"江苏高校品牌专业建设工程"资助项目
国家"双一流"建设学科"南京大学中国语言文学艺术"资助项目

汉语言文学本科专业核心课程
研 究 导 引 教 材

主编 徐兴无
徐雁平

文 学 理 论

汪正龙 等 编

南京大学出版社

汉语言文学本科专业核心课程研究导引教材

顾　问

[学校按汉语拼音顺序排列]

北京大学	陈晓明
北京师范大学	过常宝
复旦大学	陈引驰
华东师范大学	朱国华
吉林大学	张福贵
南开大学	沈立岩
武汉大学	涂险峰
中山大学	彭玉平

序

徐兴无

任何一所大学的本科课堂教学,都要随着知识内涵和教学手段的更新而不断地改进。课堂教学改进的途径是多种多样的,在当下中国高等教育"以本为本,植根课堂",打造"金课"的基调中,中国的高校主要在三个方面下功夫,一是培育教学名师和优秀教学团队;二是变革教学方式,有所谓"线下课堂"、"线上课堂"、"线上线下混合课堂";三是打造精品教材,"精品"是一个流行词汇,应该指有内涵、高等级的产品,包括文化产品。这三方面的核心是提高学生的知识积累和学习能力。

但是,不同的学科、不同的培养目标,其课堂教学的三个方面各有其规律与特点。汉语言文学是基础性人文学科,按照英国学者托尼·比彻和保罗·特罗勒尔所著《学术部落及其领地》中形象的学科分类,属于所谓的"纯软科学",其知识带有整体性和有机性的特点,关注事物的特殊性和复杂性,包含着人的主观色彩以及价值观与信仰,本质上是人类对世界的理解或阐释,因而涉及的领域广,问题分散,甚至很难有共识。上述特点,决定了人文学科的主要传授方式就是讲学与讨论,古人叫做"讲习"、"讲论"或者"讲辩"。"讲"的本义,就是不同观点与思想的商议,《说文解字》曰:"讲,和解也。"段玉裁注曰:"不合者调龢之、纷纠者解释之是曰讲。"从孔子、苏格拉底这些人类文明"轴心时代"的思想家开始直到现代大学的人文学科教育,无不如此,既古老,又现代,即便线上课堂也应设计讨论的场域,但终究不如面对面,"见而知之"。这和具有普遍性、规律性、客观性的知识传授不同,后者主要通过验证事实、计算推理、技能训练等方式教学。

因此,尽管不需要很多物质条件的支撑,人文学科的教学永远是成本最高的教学,因为它对人力资源的要求最为苛刻,所以荀子在《劝学篇》中说:"学莫便乎近其人。学之经莫速乎好其人。"这里的人,指的是知识渊博、富有智慧而且能以人格和道德魅力影响学生的师长。人文学科的教学方式,绝不是一两本教材、一张嘴、一支笔、一块黑板或一个PPT、一教室的学生、一两张考试卷子。人文学科教学的第一步,就是要真正地将"一言堂"改进为"多言堂",由集中讲授与平行小班研讨共同构成课堂教学的实践过程。只有学会聆听不同的声音,才能提出问题;只有学会与他者对话,才能克服偏见;只有学会自我陈述,才能主动学习。需要特别指出的是:这样的理想绝不是什么先进的教学改革理念,而是大学人文学科教学方式的"题中之义"和"应然"的状态,只是当下的"实然"状态,与此相差甚远。作为研究型大学的人文学科,如果具备师资基础和教学投入能力,与其不断地创新教学方式,还不如让课堂教学回到其"应然"状态。

随着知识信息的网络化和云端化,人文学科的主要教学目标必须由获得与掌握系统化知识或纯粹的信息,转变为培养问题意识、提升理解与阐释能力。这就要求教师的教学水平要从讲授技巧的提升转变为讲授内容的提升:集中讲授讲得少,讲得精,讲成有新意有深度的学术讲座。还要求教师从一个讲授者转变为训练者与组织者:在平行小班研讨课上和助教一道,向学生抛出有启发性的问题,提供研习材料与书目,训练、督促学生开展阅读、讨论、报告,辅导课程论文、习题训练,管理学生的学习环节和评价环节;既要避免漫谈式的研讨,又要避免小班化的"一言堂"。

传统的中文本科专业,以通史、通论和作品选作为专业核心课程的教材形式,旨在传授系统的知识和经典作品的内容。现在看来,这些常识性的知识只能是工具性的,起到接引和背景坐标的作用,而不是教学内容的主体。如果以问题作为教学的核心内容,就要围绕问题设计一系列的研讨活动与研究课题,这就需要有面向"应然"的课堂教学,并为其提供示范的教材。早在2006年,南京大学就已经规划编纂文史哲等人文学科本科专业的"大学研究型课程专业系列教材",由周宪教授担任总主编,并出版了其中"中国语言文学类导引系列"8种,部分教材如《中国古代文学研究导引》《文学理论研究导引》等已经在南京大学汉语言文学本科教学中使用,受到师生们的广泛好评,作为"中文本科专业研究型课程体系建设"的成果之一,荣获2009年国家优秀教学成果二等奖。随着一流学科建设的开展,创新型人才培养的教学改革逐步深化,南京大学文学院自2018年起,对汉语言文学本科和戏剧影视文学本科专业的核心课程实行全面提升计划,实施集中讲授与平行小班研讨教学,编纂了《核心课程助教手册》,各核心课程的任课教师也编纂了《小班研讨教学资料汇编》《学生研讨会论文集》等,边实践边总结,积累了一些经验。在此基础上,我们决定对2006版"中国语言文学类导引系列"8种的内容进行改编,有的重新编纂,有的修订三分之一以上的内容并修改体例,经过各专业一年的努力,推出这套新编的"汉语言文学本科专业核心课程研究导引"教材。

这套教材的编纂思路体现在三个方面:

一、以问题建构教材的内容体系。在每门课程的知识领域内,结合本课程的教学实践与科研成果,提炼最主要的问题集群。这些问题既是本课程的核心知识集群,又是本学科基础性或前沿性乃至带有方法论启示性的科研课题。通过对问题的发现、分析和研究,培养学生的问题意识和科研能力。

二、围绕问题,选择具有权威性、文献性、可读性与引导性的经典学术文献。通过对这些典范性文献和研究方法的解析,训练学生把握或体会研究方法和理论。

三、设计研讨、研究和课外延展学习的方案。这些方案,既可以为平行小班研讨课程提供参考,又可以为本科生的学年论文与毕业论文写作提供前期训练,甚至对研究生的学习也具有参考价值。

梁启超先生说过:"教科书死物,教员所讲则活物也。"在人文学科中,任何教材都是知识或学术的"导游图",在使用时,既不能指定教材,也不能"照本宣科",绝不能将"导游图"当成在场的体验。因此,我们将这套教材定义为一个开放的体系,它的目的只是"导引"而已,老师和学生可以参考教材的体例与功能,在具体的教学过程中,创造性地自行拓展问题,选择研讨文献,设计研究方案,深化、更新教学内容。我们衷心地希望这套教材能够帮助、启发师生进入学术对话的场域,变被动接受知识为主动探求知识,从而创新中文本科专业教材的形式。更希望广大师生在教学实践中对这套教材提出批评与建议。

前　言

新时期以来,我国文学理论教材发生了很大变化,涌现了不少新的成果。而同期国外文学理论教材的变化尤为显著,早已超越了我们所熟知的韦勒克、沃伦的《文学理论》及波斯彼洛夫的《文学原理》的模式,总的趋向是以问题为中心,走向开放与对话。比如英国学者本尼特(Andrew Bennett)与罗伊尔(Nicholas Royle)合著的《文学、批评与理论引论》(*An Introduction to Literature, Criticism and Theory*, 2004)选择了有关文学的32个关键词如"作者"、"文本与世界"、"叙事"、"人物"等为线索加以清理。再比如,另一学者布雷斯勒(Charles E. Bressler)的《文学批评:理论与实践导论》(*Literary Criticism: An Introduction to Theory and Practice*)则包括了导论、历史发展、问题分析、范文、延展阅读、相关网站、学生论文、专家论文等部分,表现了开放的、多元化的文学观念与教学理念。这些对我国文学理论教材编写甚至文学理论课程教学无疑具有借鉴意义。

我们认为,文学理论教材编写应当体现"问题意识"与"历史优先"两个原则。首先是要有问题意识。文学理论,其实就是对有关文学活动的各种"问题"的阐释,而任何关于文学的"阐释"都应当是多层面、多方向和无穷尽的。对于文学问题多维度的阐释不仅能向学生传授关于文学的一般性知识,更重要的是能训练与培养学生对文学的阐释能力。其二是"历史优先"。自觉或不自觉地设定某种意识形态或文学理念统帅全书的"先入为主"式的文学理论教材编写方式,会形成唯我独尊的话语霸权,限制文学阐释的广阔天地,导致学生失去独立判断文学问题的能力。"历史优先"的原则要求将文学问题纳入一定的历史语境中加以考察,并且对于每一具体问题的阐发也尽可能充分地展示前人和他人的观点,少下判断,以平等的身份向学生述说关于文学的种种理解,从而架构一个中西对话、古今对话和师生对话的平台,激活学生的文学理解潜能,启迪学生的心智,培养学生独立思考问题的能力与科学研究能力。

这部文学理论教材就是我们本着上述原则编写的。本书共分十二章,选择了中西文论中常常涉及的、对于文学活动具有共通性的十二个基本问题为章节结构全书,以求对文学活动中的诸多因素做多角度、多侧面的透视。在每章的导论部分对该问题的历史线索、相关知识及研究现状尽量加以客观地介绍。每章导论后选入从不同角度论述该问题的研究论文若干篇,总计选入论文四十九篇。所选论文既考虑经典性与权威性,也考虑文献性与代表性,力求在论文与论文之间形成多种学术观点的碰撞,造成一种对话与互动的张力,创设问题情境。每章所选的论文大体按照先中国、后西方,先古代、后现代,先总论、后分论的顺序加以编排(考虑到篇幅原因,绝大多数论文为节选)。每篇论文前配有简短的导言作为导读文字,对论文的基本内容与学术价值进行概述与评价。每章后面还包括与该问题相关的延伸阅读、问题与思考、研究实践三个附属部分,把问题逐渐引向纵深,进一步引导学生展开探究式学习,使学生对该问题的把握体现出一般知识了解、理性思考、学术研究的阶段性与层次性跃迁。

本人从事一线文学理论课程的教学近三十年,深感流行的文学理论教材从理论到理论的弊端。如何结合实际的文学经验,从多方面发掘文学的自身特性,展示文学的内在魅力,寻找并切准教师与学生阅读、感知文学的共同点,激发学生对文学的兴趣与思考,是本教材的一个目标,也算是一种新的尝试。

鉴于本教材初版已经历经十三年,这期间文学基本理论研究有很多新的成果面世,我本人也有一些新的思考,认为有相当多的内容需要更新、补充或细化。此次修订与初版最大的不同是进一步突出问题导向,扩张导论部分使之成为全书主干,即以导论为主,选文为辅,选文仅仅作为研讨性教学的参考。全书大幅度增加了每章导论文字的篇幅,使得每章涉及的主要问题得以充分展开,以利于进行课堂教学与研讨。本次修订版压缩、合并了一些章节:把原来的诗歌与抒情、小说与叙事、戏剧与戏剧性三章合并到文体与文类中去作为大文类进行讲解,另辟文学叙事一章专门讨论叙事中的理论问题,删除形式与风格、文学史论两章,增加文学的现状与未来一章以适应当下的文学发展态势。

本书可以说是南京大学文学院文艺学学科与各个兄弟院校同行集体合作的结晶。教材的编写思路是经教研室同仁反复协商,最终确定的,其他兄弟院校的一些同行参与了部分导读文字的写作。本书(指除去所选论文以外的文字稿部分)主要由汪正龙执笔,文艺理论教研室的其他同志和兄弟院校的同仁也参与了部分导论、选文导言的写作。具体分工如下:

第一——九章、第十一、第十二章导论,汪正龙;第十章导论,王曦;前言、延伸阅读、问题与思考、研究实践,汪正龙。

论文导言:第一章,张卫东;第二章,张卫东;第三章,张卫东;第四章,李永新(第一篇),汪正龙(第二、五篇),罗良清(第三、四篇),王文博(第六篇);第五章,汪正龙(第一、二、四篇),罗良清(第三篇);第六章,汪正龙(第一、三、四篇),王文博(第二篇);第七章,汪正龙;第八章,汪正龙;第九章,汪正龙(第一、四篇),罗良清(第二、三篇);第十章,王文博;第十一章,包兆会(一、三篇),李永新(第二篇),王文博(第四篇);第十二章,汪正龙。

书后的参考书目由汪正龙编制,其中包括中文教材与中文著作两部分,既是本书的主要资料来源,也是学生进一步学习与研究文学理论的基本读物。

全书由汪正龙负责统稿。

本书在编写过程中吸收了不少同行的研究成果,并对国内外文学理论教材有所借鉴,同时也得到了一些国内同行的关心与帮助,在此一并表示感谢。

汪正龙

2019 年 3 月 18 日

目 录

第一章 何为文学理论？为何要学习文学理论？ …………… (001)
  导论 ……………………………………………………………… (001)
    一、文学理论概说 ………………………………………………… (001)
    二、文学理论教材的模式 ………………………………………… (003)
      1. 反映论的文学理论 ………………………………………… (003)
      2. 形式主义的文学理论 ……………………………………… (006)
      3. 以文学活动中的"基本问题"为中心的文学理论 ……… (007)
      4. 文化论的文学理论 ………………………………………… (009)
    三、学习文学理论的意义 ………………………………………… (012)
  选文 ……………………………………………………………… (015)
    理论是什么？（节选）（[美] 卡勒） …………………………… (015)
    文学理论、文学批评和文学史（节选）（[美] 韦勒克） ……… (020)
  延伸阅读 ………………………………………………………… (026)
  问题与思考 ……………………………………………………… (026)
  研究实践 ………………………………………………………… (027)

第二章 文学是什么 ……………………………………………… (028)
  导论 ……………………………………………………………… (028)
    一、模仿论与反映论 ……………………………………………… (029)
    二、实用论 ………………………………………………………… (031)
    三、表现论 ………………………………………………………… (033)
    四、客体论 ………………………………………………………… (034)

五、游戏论 ………………………………………………………… (035)
   六、文化论 ………………………………………………………… (038)
  选文 …………………………………………………………………… (040)
   文学界说(节选)(罗根泽) ……………………………………… (040)
   文学小言(王国维) ……………………………………………… (042)
   文学的本质(节选)([美]韦勒克) ……………………………… (047)
   文学是什么?(节选)([美]卡勒) ……………………………… (055)
  延伸阅读 ……………………………………………………………… (061)
  问题与思考 …………………………………………………………… (062)
  研究实践 ……………………………………………………………… (062)

第三章 文学语言 ………………………………………………… (065)
  导论 …………………………………………………………………… (065)
   一、四种代表性的语言观 ………………………………………… (066)
    1. 工具语言观 ………………………………………………… (066)
    2. 形式语言观 ………………………………………………… (066)
    3. 社会语言观 ………………………………………………… (068)
    4. 存在语言观 ………………………………………………… (069)
   二、文学语言的存在形态 ………………………………………… (071)
    1. 隐喻 ………………………………………………………… (071)
    2. 反讽 ………………………………………………………… (074)
    3. 含混 ………………………………………………………… (076)
  选文 …………………………………………………………………… (081)
   语言的两种用法(节选)([英]艾·阿·瑞恰兹) ……………… (081)
   标准语言与诗的语言(节选)([捷克]简·穆卡洛夫斯基) … (087)
   文学作品中的语言(节选)([俄]巴赫金) …………………… (094)
   言语的力量:科学与诗歌(节选)([法]保罗·利科) ………… (098)
  延伸阅读 ……………………………………………………………… (108)
  问题与思考 …………………………………………………………… (108)
  研究实践 ……………………………………………………………… (109)

第四章　文体与文类 ……………………………………………… (110)
导论 ………………………………………………………………… (110)
一、文学的分类 ………………………………………………… (111)
1. 中国文学分类的演变 ………………………………… (111)
2. 西方文学分类的三分法 ……………………………… (113)
二、诗歌 …………………………………………………………… (114)
1. 诗歌的定义 …………………………………………… (114)
2. 诗歌的特点 …………………………………………… (115)
三、小说 …………………………………………………………… (119)
1. 小说的起源与发展 …………………………………… (119)
2. 现代主义小说与后现代主义小说 …………………… (120)
3. 元小说 ………………………………………………… (121)
四、戏剧 …………………………………………………………… (122)
1. 戏剧的起源与发展 …………………………………… (122)
2. 戏剧性与淡化戏剧性 ………………………………… (123)
五、新兴文体与反文体 …………………………………………… (126)
1. 戏仿、恶搞、同人写作 ……………………………… (126)
2. 反文体 ………………………………………………… (127)
选文 ………………………………………………………………… (128)
诗的境界——情趣与意象(节选)(朱光潜) ……………… (128)
纯诗(节选)([法]瓦莱里) ……………………………… (134)
谈中国小说(节选)(俞平伯) ……………………………… (137)
论现代小说(节选)([奥]弗兰兹·K.斯坦泽尔) ………… (142)
诗学(节选)([古希腊]亚里士多德) ……………………… (151)
戏剧和剧场([德]汉斯-蒂斯·雷曼) ……………………… (155)
延伸阅读 …………………………………………………………… (163)
问题与思考 ………………………………………………………… (164)
研究实践 …………………………………………………………… (165)

第五章　文学叙事 ································ (167)
导论 ·· (167)
一、叙事概述 ······························ (167)
二、经典叙事学 ···························· (170)
1. 叙事功能项与叙事语法 ················ (170)
2. 叙述时间 ···························· (173)
3. 叙述角度 ···························· (176)
4. 叙述者 ······························ (178)
5. 叙事分层与叙事跨层 ·················· (180)
6. 悬念 ································ (181)
三、后经典叙事学 ·························· (183)
1. 叙事与意识形态 ······················ (183)
2. 跨媒介、跨学科、跨文化叙事研究 ······ (184)

选文 ·· (187)
叙事的含义与聚焦(节选)([法] 热奈特) ·········· (187)
从《十日谈》看叙事作品语法(节选)([法] 兹维坦·托多罗夫)
·· (193)
小说的叙事类型(节选)([美] 布斯) ·············· (200)
叙事与数码:学会用媒介思维(节选)([美] 玛丽-劳里·瑞安)
·· (208)

延伸阅读 ···································· (217)
问题与思考 ·································· (218)
研究实践 ···································· (218)

第六章　主题、母题与形象分析 ···················· (219)
导论 ·· (219)
一、主题、母题与形象概述 ·················· (219)
1. 主题与母题 ·························· (219)
2. 形象 ································ (223)
二、几种主要的文学母题分析 ················ (226)
1. 爱情 ································ (226)

                2. 战争 ································ (229)
                3. 死亡 ································ (233)
            三、文学形象举隅 ····························· (236)
                1. 侠客 ································ (236)
                2. 灰姑娘 ······························ (239)
    选文 ··· (241)
        伤春诗(节选)(钱锺书) ························ (241)
        歌谣的比较的研究法的一个例(节选)(胡适) ········ (243)
        主题(节选)([俄]鲍·托马舍夫斯基) ············· (246)
        《俄狄浦斯王》与《哈姆雷特》([奥]弗洛伊德) ······· (251)
    延伸阅读 ····································· (256)
    问题与思考 ··································· (256)
    研究实践 ····································· (256)

第七章 作者与写作 ································· (258)
    导论 ··· (258)
        一、作者观念的变迁 ························· (258)
            1. 从意图决定论到反意图论 ················ (258)
            2. 作者的退隐与回归 ····················· (261)
        二、童年记忆与生平经历 ····················· (263)
            1. 童年记忆 ····························· (263)
            2. 个人经历与创作原型 ··················· (265)
        三、作家的观察、想象与灵感 ················· (267)
            1. 观察与想象 ·························· (267)
            2. 灵感 ································ (270)
        四、互文性与影响的焦虑 ····················· (272)
            1. 互文性 ······························· (272)
            2. 影响的焦虑 ·························· (273)
    选文 ··· (274)
        小说作者和读者(节选)(沈从文) ··············· (274)
        传统与个人才能(节选)([英]艾略特) ············ (281)

创作家与白日梦(节选)([奥]弗洛伊德) ·················· (286)
　　作者是什么?(节选)([法]福柯) ······················ (293)
　　作者的死亡([法]巴特) ···························· (300)
　延伸阅读 ·· (305)
　问题与思考 ······································ (306)
　研究实践 ·· (306)

第八章　读者与阅读 ································ (307)
　导论 ·· (307)
　　一、阅读理论的变迁 ····························· (307)
　　　1. 期待视野与召唤结构 ························· (307)
　　　2. 误读 ···································· (311)
　　　3. 征候阅读 ································ (312)
　　　4. 对位阅读 ································ (314)
　　二、文本空白与意义建构 ·························· (316)
　　　1. 英伽登与伊瑟尔的空白理论 ···················· (316)
　　　2. 空白与意义建构 ··························· (318)
　　三、中国古代阅读理论 ···························· (320)
　　　1. 言、意、象关系与意在言外 ···················· (320)
　　　2. 以意逆志与知人论世 ························· (321)
　　四、阅读的社会功能 ····························· (322)
　选文 ·· (324)
　　文心雕龙·知音(刘勰) ···························· (324)
　　文本与读者的相互作用(节选)([德]伊瑟尔) ············ (328)
　　编码,解码(节选)([英]霍尔) ······················ (332)
　　反对释义([美]桑塔格) ··························· (338)
　延伸阅读 ·· (344)
　问题与思考 ······································ (344)
　研究实践 ·· (344)

第九章　文学与社会 (346)

导论 (346)

一、文学与政治 (346)
1. 文学中的"公共政治"与"微观政治" (346)
2. 文学与意识形态 (347)

二、文学与道德 (349)
1. 文学的道德诉求 (349)
2. 文学的道德自省与道德反思 (350)
3. 文学中道德判断的特点、局限与文学的道德超越 (351)
4. 文学与恶 (352)

三、文学与历史 (353)
1. 历史的文学性与文学对历史的表征 (353)
2. 文学中的历史判断 (355)
3. 作为文学批评的文史互证 (357)

四、文学与经济 (358)
1. 物质发展推动文学发展 (358)
2. 物质生产与艺术生产的不平衡关系 (359)

五、文学与宗教 (360)
1. 文学的终极关怀 (360)
2. 文学对宗教的批判 (361)

六、文学与制度 (361)
1. 艺术界 (361)
2. 文学场 (362)

选文 (363)
通书·文辞(周敦颐) (363)
机械复制时代的艺术作品(节选)（[德] 瓦尔特·本雅明） (364)
艺术与社会(节选)（[德] 阿多诺） (370)
文化生产场的几个普遍特征(节选)（[法] 布尔迪厄） (378)

延伸阅读 (387)
问题与思考 (387)
研究实践 (387)

第十章　文学的现状与未来 ……………………………………… (389)

导论 …………………………………………………………… (389)

一、数字文学与"故事的变身" ……………………………… (390)
1. 数字文学与超文本 ……………………………………… (390)
2. 交互性与故事的变身 …………………………………… (393)

二、后人类主义思潮与科幻母题 ……………………………… (395)
1. 后人类主义 ……………………………………………… (395)
2. 科幻母题 ………………………………………………… (398)

三、作为"世界文学"与"文化工业"的文学生产 ……………… (401)
1. "世界文学"时代的到来 ………………………………… (401)
2. 从"文化工业"到"文化产业"? ………………………… (403)

选文 …………………………………………………………… (406)
赛博格的宣言(节选)([美]哈拉维) ……………………… (406)
数字文本与文学(节选)([芬兰]考斯基马) ……………… (414)
从旧世界到全世界([美]大卫·丹穆若什) …………………… (426)
虚拟性的符号学:描摹后人类(节选)([美]N.凯瑟琳·海勒)
……………………………………………………………………… (436)

延伸阅读 ……………………………………………………… (449)
问题与思考 …………………………………………………… (450)
研究实践 ……………………………………………………… (450)

第十一章　文学研究方法论(上) ……………………………… (452)

导论 …………………………………………………………… (452)

一、文学研究方法论概说 ……………………………………… (452)
1. 方法与范式 ……………………………………………… (452)
2. 文学研究方法的分类 …………………………………… (454)

二、马克思主义方法 …………………………………………… (454)
1. 经典马克思主义文艺批评 ……………………………… (454)
2. 西方马克思主义文艺批评 ……………………………… (455)

三、形式主义方法 ……………………………………………… (457)
1. 俄国形式主义的兴起 …………………………………… (457)

2. 俄国形式主义批评的基本主张 …………………………… (458)
　四、结构主义方法 ……………………………………………………… (459)
　　1. 结构主义的基本理论 ……………………………………… (459)
　　2. 结构主义文学批评 ………………………………………… (460)
　五、文学地理学方法 …………………………………………………… (461)
　　1. 文学地理学方法的兴起与发展 …………………………… (461)
　　2. 文学地理学方法的拓展 …………………………………… (463)
选文 …………………………………………………………………………… (464)
　马克思主义文学理论(节选)([英]伊格尔顿) ………………………… (464)
　作为程序的艺术(节选)([俄]什克洛夫斯基) ………………………… (472)
　结构主义——一种活动([法]巴尔特) ………………………………… (477)
　文学地理学(节选)([法]米歇尔·柯罗) ……………………………… (484)
延伸阅读 ……………………………………………………………………… (498)
问题与思考 …………………………………………………………………… (498)
研究实践 ……………………………………………………………………… (499)

第十二章　文学研究方法论(下) ………………………………………… (502)
导论 …………………………………………………………………………… (502)
　一、解构批评 …………………………………………………………… (502)
　　1. 解构主义的基本观点 ……………………………………… (502)
　　2. 耶鲁学派与解构批评 ……………………………………… (503)
　二、东方主义与后殖民批评 …………………………………………… (504)
　　1. 东方主义 …………………………………………………… (504)
　　2. 后殖民批评 ………………………………………………… (506)
　三、女性主义方法 ……………………………………………………… (507)
　　1. 女性主义批评的基本观点 ………………………………… (507)
　　2. 女性主义批评的得失 ……………………………………… (509)
　四、文化研究 …………………………………………………………… (510)
　　1. 文化研究的兴起与文学理论的边界扩张 ………………… (510)
　　2. 文化研究的趋势与得失 …………………………………… (512)
选文 …………………………………………………………………………… (513)

解构批评(节选)([美]卡勒) …………………………………………… (513)
东方主义(节选)([美]萨义德) …………………………………………… (521)
女性主义与文学(节选)([美]肖瓦尔特) …………………………… (527)
文化分析(节选)([英]威廉斯) …………………………………………… (532)

延伸阅读 ………………………………………………………………… (539)
问题与思考 ……………………………………………………………… (539)
研究实践 ………………………………………………………………… (539)

参考书目 ………………………………………………………………… (541)

第一章 何为文学理论？
      为何要学习文学理论？

导 论

一、文学理论概说

"文学理论"，是关于文学的理论，是对于文学活动中所出现的各种问题的各种阐释。按照课程设置与课程性质来说，它是我国高等院校中国语言文学系的主干课程之一，是文艺学学科的基础与核心课程。

文学理论与美学、比较文学、艺术学理论存在着一定的交叉或亲源关系。美学在其学科创始人鲍姆嘉通（Baumgarten，1714—1762）那里被定义为研究"感性认识的科学"和"自由艺术的理论"[①]，它奠基于西方人对人的心理结构所作的知、情、意的划分与对各门艺术统一性的追求。知研究真，对它的探讨形成逻辑学；意志研究善，与之对应的是伦理学；而研究情感或感性认识的完善的便是美学。1746年，法国学者巴托（Charles Batteux，1713—1780）将文学、建筑、绘画、雕刻、音乐、舞蹈、戏剧与一般技艺与科学相区分，称为"美的艺术"（fine arts），被普遍接受，自此艺术成为美学的主要研究对象。但与文学理论不同，美学主要偏重于对审美与艺术现象的思辨研究，并不探讨文学活动及文本解读中的具体问题，因此更偏于哲学。比较文学也注意寻找与把握不同民族文学的共同点与问题，在这方面与文学理论有相通之处，但无论是法国学派的影响研究，还是美国学派的平行研究，都主张对文学进行跨国别、跨学科、跨文化的研究，与文学理论在研究对象与方法上有别。美国比较

---

① ［德］鲍姆嘉通：《美学》，简明、王旭晓译，文化艺术出版社1987年版，第13页。

文学学者亨利·雷马克(Henry Remak,1916—2009)认为,"比较文学是超出一国范围之外的文学研究,并且探究文学与其他知识和信仰领域之间的关系,包括艺术(如绘画、雕刻、建筑、音乐)、哲学、历史、社会科学(如政治、经济、社会学)、自然科学、宗教等等。简言之,比较文学是一国文学与另一国或多国文学的比较,是文学与人类其他表现领域的比较。"①这种观点有一定的代表性。艺术学理论固然要研究文学,但只是一个方面,它还要研究包括绘画、雕刻、音乐、舞蹈、戏剧、电影等各门艺术中的理论问题以及博物馆学,与文学理论的研究范围与对象不同。

中西方古代的典籍虽然常常论及有关文学的问题,但这些论述尚不能称为独立形态的文学理论,因为有关文学的知识常常混杂于关于社会、政治、哲学、道德、文化、宗教、修辞、语言等论述之中,并没有形成一个自觉的和有效的知识系统。从知识社会学的角度看,近代以来的文化分化与学科分化推动了独立的文学理论的产生。德国社会学家马克斯·韦伯(Max Weber,1864—1920)认为,古代艺术、科学、道德是混整不分的,文学艺术通常依附于各种政治、宗教和伦理道德的目标,文化的进步就表现在各个领域意识到自身的特性和价值而不断地分化,当文学艺术不再按照非艺术、非审美化的依据来操作时,它便具备了自身的独立价值。西方直到启蒙时代,人们方把知识看作社会存在的条件,从而致力于纯粹知识的建构和各门知识分门别类的研究,关于"文学科学"的系统建构催发了独立形态的文学理论。但是到了19世纪后期和20世纪,人们又意识到知识的存在本身也需要某种社会条件,从而开始关注起各门知识与其社会建制之间的复杂关系。有人认为,德国的赫尔德(Johann Gottfried Herder,1744—1803)是西方第一个试图确立语言艺术的独特性与民族发展规律的学者,因此可以说是第一个现代意义上的文学理论家②。这样

---

① [美]雷马克:《比较文学的定义与功用》,见伍蠡甫、胡经之主编:《西方文艺理论名著选编》下卷,北京大学出版社1987年版,第264页。
② 参见[俄]波斯彼洛夫:《文学原理》,王忠琪等译,生活·读书·新知三联书店1985年版,第15页。当然,莱辛1766年发表的《拉奥孔》(第一卷)中就已经从语言艺术(诗)与造型艺术(画)相区分的角度谈到语言艺术的特点:从媒介与题材来说,诗作为语言艺术适宜于叙述时间上先后承续的动作,题材不受限制;就艺术接受的感官和心理功能说,由于语言的观念性,诗所描写的事物不能凭感官一下子把握住整体,需要借助记忆与想象。但莱辛基本上是从比较艺术学的角度来考察,有一定的局限性。

看来,18世纪末、19世纪初之前处于零散化状态、混杂于其他知识之中的文学理论,只能算是"前文学理论"①。所谓"中国古代文学理论"、"西方文学理论",只是现代人以其现有的概念、范畴与知识构建方式对中西方古代关于文学的观念与论述的体系化重构。另一方面,现代大学的学科与课程设置对文学理论的发展也起到了重要的推动作用。大学的学科设置以及与之相对应的教材编写将有关文学的观念与知识进一步条理化、规范化与系统化,实际是以某种社会权力实施着对有关文学的知识的筛选、命名、评价与传播,由此形成了各具特色的教科书或准教科书式的文学理论知识体系,它们试图总括关于文学的概念、性质与功能,阐发各自的文学观念。自20世纪30—40年代起,前苏联开始在高校语言文学系设置文艺学学科并开设文学理论课程,英美不少大学的语言文学系或比较文学系也开设有文学理论课程。我国的文艺学学科建制与文学理论课程设置起于对前苏联同类学科与课程的移植。1955年,平明出版社出版了当时苏联权威的文学理论家季摩菲耶夫的《文学原理》一书。1958年,前苏联另一文学理论家毕达可夫来华讲学的讲稿《文艺学引论》被整理出版,这两部著作构成了我国学者60年代自行编撰的两部影响深远的文学理论教材——以群主编的《文学的基本原理》和蔡仪主编的《文学概论》的基础。改革开放以来,随着形形色色西方现代文学理论的引进以及后现代主义思潮的涌入,我国的文学理论在研究方法和体系建构方面发生了很大变化,取得了较大进展。

二、文学理论教材的模式

1. 反映论的文学理论

这是一种曾经在苏联、东欧和中国影响很大的文学理论模式。究其根源,虽然反映论与古老的模仿论有一定的继承关系,但是与近代认识论哲学的兴起关联度更大。法国哲学家笛卡尔(Rene Descartes,1596—1650)的"我思故我在"暗示了理智是心灵之眼,"真正说来,我们只是通过在我们心里的

---

① 这只是就学科与知识形态来说的。波斯彼洛夫也曾称18世纪下半叶之前的历史时期为"前文艺理论时期"。参见[俄]波斯彼洛夫:《文学原理》,王忠琪等译,生活·读书·新知三联书店1985年版,第3页。

理智功能,而不是通过想象,也不是通过感官来领会客体"。① 在英国哲学家洛克(John Locke,1632—1704)那里,人类的知识以经验为基础,没有感觉、经验之前的心理状态是"白板"(tabula rasa),知识揭示的是人和对象的关系,"知识是由于一种特殊的镜式本质而成立的,而镜式本质使人类能够反映自然"。② 这种对镜式本质的追求正是文学反映论的哲学依据。在马克思主义经典作家当中,恩格斯、列宁奠定了认识论与反映论的基础。恩格斯在《路德维希·费尔巴哈与德国古典哲学的终结》中把思维与存在的关系问题视为哲学的基本问题,并认为哲学的基本问题还有一个重要方面,即"我们关于我们周围世界的思想对这个世界本身的关系是怎样的? 我们的思维能不能认识现实世界? 我们能不能在我们关于现实世界的表象和概念中正确地反映现实?"③列宁在与马赫主义④者论战的著作《唯物主义与经验批判主义》一书中论证了物质不依赖于意识而存在、意识是物质的反映的反映论。他说:"物、世界、环境是不依赖于我们而存在的。我们的感觉、我们的意识只是外部世界的映象;不言而喻,没有被反映者,就不能有反映,但是被反映者是不依赖于反映者而存在的。""物质是标志客观实在的哲学范畴,这种客观实在是人通过感觉感知的,它不依赖于我们的感觉而存在,为我们的感觉所复写、摄影、反映。"⑤我们看到,这个物质定义,包括此书对反映论的论证忽视了实践在马克思主义学说中的基础地位以及人的意识对客观实在的反作用,带有一定的局限性。列宁不仅从哲学上论证了反映论,还运用反映论进行文学批评,例如对托尔斯泰的评论。他说:"如果我们看到的是一位真正伟大的艺术

---

① [法]笛卡尔:《第一哲学沉思录》,庞景仁译,商务印书馆1986年版,第33页。
② [美]罗蒂:《哲学和自然之镜》,李幼蒸译,生活·读书·新知三联书店1987年版,第32页。
③ [德]恩格斯:《路德维希·费尔巴哈与德国古典哲学的终结》,《马克思恩格斯全集》第21卷,人民出版社1965年版,第315—316页。
④ 马赫主义(Machism),又称经验批判主义,是19世纪末、20世纪初德国、奥地利及欧洲大陆兴起的一种哲学思潮,以代表人物马赫而得名。马赫主义强调经验的重要性,把感觉经验看作是认识的界限和世界的基础。从这一立场出发,强调一切科学理论都不过是假说,只有方便与否之分,没有正确与错误之别。
⑤ [俄]列宁:《唯物主义与经验批判主义》,《列宁全集》第18卷,人民出版社1988年版,第65页、第130页。

家,那么他就一定会在自己的作品中至少反映出革命的某些本质方面。"①20世纪30年代初,随着斯大林主义在苏联占据统治地位,苏联的教科书把列宁在《唯物主义与经验批判主义》一书中所阐发的反映论简单化、绝对化,例如初版于1939年的《简明哲学词典》将反映论定义为"唯物主义的认识论"。根据反映论,人的感觉、概念和全部科学认识都是客观存在着的现实的反映";并认为这是"唯一科学的认识论"②。

苏联和我国1949年后相当长一段历史时期的文学理论普遍坚持文学是反映社会存在的社会意识形式之一,突出文学的社会本质与社会认识功能。例如苏联权威的文学理论教科书季摩菲耶夫的《文学原理》写道,"文学反映生活","它是依照作家对生活的认识和理解而或多或少地反映着生活的真理"。③ 曾经成为我国20世纪50—60年代文学理论教科书范本的毕达可夫的《文艺学引论》也主张"文学也正如一般艺术一样,是一种社会意识形态。文学在艺术形象的形式中反映社会生活,它对社会的发展有巨大的影响,它起着很大的认识、教育和社会改造的作用"。④ 苏联另一文学理论家波斯彼洛夫在20世纪60年代出版的《文学原理》也认为文学"是认识生活的一种形式","是对人类的外部生活的社会历史特征及与其相关的大自然生活的创造性的典型化"。⑤ 我国60年代自行编写的最早的文学理论教材——以群主编的《文学的基本原理》也属于此类。其《绪论》开宗明义就说:"文学的基本原理,顾名思义,讲的是文学现象中原来就客观存在着的一些基本道理。"这些基本道理首先是文学作为精神活动的产物,"是客观存在的自然界和社会现实的反映",是"社会意识形态之一"⑥,接着从本质论、创作论、作品论、鉴赏批评论四个方面分别对之加以论述。

---

① [俄]列宁:《列甫·托尔斯泰是俄国革命的镜子》,《列宁选集》第2卷,人民出版社1972年版,第369页。
② [俄]罗森塔尔、尤金编:《简明哲学词典》,生活·读书·新知三联书店1973年版,第39页。
③ [俄]季摩菲耶夫:《文学原理》,查良铮译,平明出版社1955年版,第13页。
④ [俄]毕达可夫:《文艺学引论》,北京大学中文系文艺理论教研室译,高等教育出版社1958年版,第193页。
⑤ [俄]波斯彼洛夫:《文学原理》,王忠琪等译,生活·读书·新知三联书店1985年版,第54页、第69页。
⑥ 以群主编:《文学的基本原理》,上海文艺出版社1980年版,第1页、第20页、第23页。

我们注意到,苏联、中国当代常常仅仅根据列宁在与马赫主义者论战的著作《唯物主义与经验批判主义》中的相关论述来讨论反映论,对列宁反映论的解读明显有简单、粗陋之处。实际上,列宁的反映论不能等同于机械的反映论。列宁早已经注意到反映中有创造的因素,认为认识是反映与创造的统一。列宁在《哲学笔记》中写道,"认识是思维对客体的永远的、无止境的接近。自然界在人的思想中的反映,要理解为不是'僵死的',不是'抽象的',不是没有运动的,不是没有矛盾的,而是处在运动的永恒过程中,处在矛盾的发生和解决的永恒过程中。""人的意识不仅反映客观世界,并且创造客观世界。"①如何合理、科学地看待反映论包括列宁的反映论还是一个需要继续研究的问题。新时期我国学者提出"审美反映"问题,把反映论做了改进。王元骧认为,我们过去在坚持反映论的时候,没有分清机械反映论和能动反映论的区别,只强调反映而忽视创造,强调再现而忽视表现,强调创作过程中现实的客观制约性而忽视了作家的主观能动性,使想象、情感、个性、风格等没有得到应有的重视。他进而认为,"反映"的内涵比"认识"的内涵大得多,文学反映"与其他反映活动的最根本的区别就在于它是审美的。其特点就在于它是以主体的审美感知和体验(审美快感和审美反感)的形式,通过对现实世界中审美对象(包括美的正、负价值,即'美'和'丑')的审美评价活动而作出反应的。所以,在性质上属于情感的反映方式而不属于认识的反映方式"。② 这些说法也落实在他编写的教材上。

文学反映论把文学视为一种对现实的反映,有一定的合理性。文学世界的创造免不了要参照现实世界,反映论可以在一定程度上对文学活动进行解释,特别是针对那些带有写实性的作品。但是从哲学思维上看,文学反映论把文艺问题主要归结为认识论问题,忽视了文学的创造、交往、生存等诸多维度,存在明显的局限性。

2. 形式主义的文学理论

这类文学理论将文学作为一个独立的审美的和语言活动的领域加以考察,其渊源可追溯到俄国形式主义文论,俄国形式主义者托马舍夫斯基

---

① [俄]列宁:《哲学笔记》,《列宁全集》第55卷,人民出版社1990年版,第165页、第182页。
② 王元骧:《文学原理》,广西师范大学出版社2002年版,第23页。

(B. Tomashevski, 1890—1957)的《文学理论》(1925)是这方面的较早著述。其代表性著作则是新批评的重要人物——美国的韦勒克（Rene Wellek, 1903—1995）与沃伦（Austin Warren, 1899—1986）合著的《文学理论》(1948)，该书曾被译成多种文字风行世界，成为形式主义文学理论教材的典范。它将"文学理论"定义为"一种方法论上的工具"，"一个不断发展的知识、识见和判断的体系"。① 该书尽管也讨论了文学与个人经历、文学与心理、文学与社会、文学与时代精神之间的关系，也承认上面所说的诸因素在文学创作的准备或解释文学创作的起因方面是有作用的，但是本身并没有艺术价值，对这些因素的研究只是文学的"外部研究"，只具有非常次要的意义，"有些文学名著与社会的关系很小，甚至没有关系……文学有它自己的存在理由和目的"。② 由于该书在本质上将文学看作是为特别的审美目的服务的独立的符号结构与符号体系，一个交织着多层意义和关系的极其复杂的组合体，因此突出了对文学自身属性的"内部研究"，借鉴了现象学与结构主义语言学的观点，重点分析了文学的结构层面：(1) 声音层面，包括谐音、节奏和格律；(2) 意义单元，它决定文学作品形式上的语言结构、风格和文体的规则；(3) 作为诗歌核心部分的意象和隐喻；(4) 存在于象征与象征系统中的特殊"世界"；(5) 由叙述性的小说投射出的世界所提出的有关形式与技巧的特殊问题；(6) 文学类型的性质问题；(7) 文学作品的评价问题；(8) 文学史的性质问题。

形式主义文学理论模式重视文学的语言、叙事等"内部规律"的研究，深化了人们对文学自身特性的认识，但是有把文学与其他社会文化形态相隔绝的孤立主义倾向。

3. 以文学活动中的"基本问题"为中心的文学理论

这是英美晚近比较流行的文学理论教材模式。基本问题、核心范畴或关键词模式的文学理论教材我国学者比较熟悉的有美国学者卡勒（Jonathan Culler, 1944—   ）的《文学理论：简短的导论》(Literary Theory: A

---

① [美]韦勒克、沃伦：《文学理论》，刘象愚等译，生活·读书·新知三联书店1984年版，第6页。
② [美]韦勒克、沃伦：《文学理论》，刘象愚等译，生活·读书·新知三联书店1984年版，第111—112页。

Very Short Introduction,1998 中译本译名为《文学理论》),这本书系由作者在康乃尔大学讲授文学理论课的讲稿加工而成。卡勒在介绍该书的写作思路时说:"我更倾向于选择几个题目,集中介绍关于它们的重要议题和辩论,并且谈一谈我认为从中已经学到的东西。"①因此该书是以文学活动中的八个基本问题如"理论是什么"、"文学是什么"、"文学与文化研究"、"语言、意义和解释"、"修辞、诗学和诗歌"、"叙述"、"述行语言"、"属性、认同和主体"结构全书,应该说所选论题较新,但问题相对过于宏观,且论述失之简略。除了卡勒的书之外,在英美一脉学者当中,属于这一类文学理论教材的还有罗杰·韦伯斯特(Roger Webster)的《研究性的文学理论导论》(*Studying Literary Theory:An Introduction*,1990)以及本尼特(Andrew Bennett,1960—)和罗伊尔(Nicholas Royle,1957—)1995年初版的《文学、批评与理论引论》(*An Introduction to Literature,Criticism and Theory*,中译本名为《关键词:文学、批评与理论引论》)。《研究性的文学理论导论》也是以问题为框架安排全书。该书分为六个部分:"变更的观点"、"什么是文学理论"、"语言与叙事"、"社会和个人"、"性别关系"、"进一步阅读",但与卡勒书一样存在着论题过大、论证简略的毛病。而《文学、批评与理论引论》则在广泛吸收他人研究成果的基础上将文学活动中的基本问题分解为比较具体,但又涵盖面较广、具有较大学术容量的三十二个核心范畴或关键词,这三十二个关键词吸纳了很多鲜活的文学现象和文学经验,勾画出文学活动的丰富多彩的面貌,涉及了文学活动的方方面面。它既论述了传统意义上的文学理论问题如文本与世界、人物、悲剧等,又探讨了神秘、幽灵、自我认同、战争、怪异、动态的画面、述行语言、悬念、变异、种族差异、性别差异等令人耳目一新的话题。例如,动态的画面探讨了文学与电影的关系。作者不仅看到了电影发明以后,文学作品怎样有意识地吸收、消化电影的技巧,更重要的是,作者认为很早以前文学就无意中运用了充满动感的画面和表象运动,从而暗合或接近现代电影的表现方式。幽灵部分及变异部分讨论了自古以来文学中常见的幽灵、变形或灵异现象,指出了文学中这些现象的出现和流行与人类文化心理、人性塑造的关系。在论述战争时,作者借用了弗洛伊德的理论,阐明了自古以来文学对

---

① [美]卡勒:《文学理论·前言》,见卡勒:《文学理论》,李平译,辽宁教育出版社1998年版,第1页。

战争的热衷和人们对战争文学、文学中的暴力场面的津津乐道,与人类攻击本能潜在的关系。即便是阐述老的话题如文本与世界,该书作者也借鉴现代学术视野,力求谈出新意。作者认为,文本与世界是交互作用的,不仅世界作用于文本,更重要的是文本已经是现实的一部分,文本形成了我们所处的现实,构造了我们所生活的世界。但是文本对世界的构造又是发生在语言之中,因此文本与世界终究又有抹杀不了的差异。这些分析不仅别致有趣,而且兼容了各家各派的观点,正视了研究对象自身的复杂性。其次,在学术观念和研究方法上,该书不采取先验的理论预设,即不给文学或任何一个文学问题下最终的定义,而是追求一种多元对话的复调效果,即在对文学问题的多元探讨和文学文本的多种解读中呈现文学理解的多种可能路径,为读者提供多样化的看待和理解文学的方式。

国内学者陶东风主编的《文学理论基本问题》(北京大学出版社 2004 年版)也属于此类教材。该书提出,不能先验地设定文学的"本质",要历史地理解历史上关于文学的各种定义,不能把其中的任何一种视作是自明的、先验的、不变的"真理"。要打破"四大块"(本质论、创作论、作品论、欣赏论)的机械构架与"剪刀＋浆糊"的教材编写方法,在认真研究中西方文学理论史的基础上,提出不同国家与民族的文学理论共同涉及的几个"基本问题"与重要概念,以此为主线统一教材体例,强调文学理论知识的建构性、历史性与地方性,强调它与社会历史语境之间的复杂而具体的联系。在介绍完相关知识后,不作结论,让学生自己去思考,从而达到开放学生的文学观念的目的。

4. 文化论的文学理论

英国马克思主义文学理论家威廉斯(Raymond Williams,1921—1988)是文化论的文学理论的肇始者。按照他的研究,英文中的"文学"(Literature)一词开始表示的是"读写能力",现代意义上的"文学"观念形成于 18 世纪,它将文学定义为人类整体经验的表达,其特征是强调文学的"趣味"与"感受力"的审美品质,突出文学的"想象性"与创造力,并张扬一种"民族文学"的观念。显然,这种文学观念的出现与资产阶级作为一个阶级的兴起有很大的关系。威廉斯以此证明,正是由于文学的边界不断地具体化并处于变动之中,"文学"可以说是一种特定化的社会和历史归类,一种带有意识形态性的界说。这样,威廉斯便把文学看作一种社会文化现象,试图恢复和重新授予文学作为"读写能力"这一被遗忘与被压抑的含义。因为该含义超越了近代以来对于文学过于小圈子化的狭隘规定,把人们多元化的生活体验包容其中,而且它可以把新兴的文学变异形态如影视和音像等涵盖在内。所以,威廉斯坚决主张,"尽管文学理论可以从文化理论中区分出来,但它却不能脱离文化理论。"①其实,美国文学理论家乔纳森·卡勒所著的《文学理论》虽然框架上是以文学的基本问题结构全书的,但是在理念上也把"文学"看作随一定时代文化观念的改变而不断建构的一个过程,也可以算是文化论的文学理论教材的一种。在卡勒看来,文学的范畴并不十分明确,文学作为审美的、想象的作品的观念只不过是最近 200 年左右的事,而这 200 年只是文学数千年历史长河中的一小段。而且这个观念并未能涵盖文学的其他属性,更难以概括当今的文学存在形态。他的结论是,文学是一定文化的产物,"文学就是一个特定的社会认为是文学的任何作品,也就是由文化来裁决,认为可以算作文学作品的任何文本"②。卡勒认为必须重新思考文学与文化的关系,将文学研究视为文化研究的一部分,这样做可以更好地为分析文化、精神的作用以及公众经验与个人经验的关系提供借鉴,从而为文学文本和文化问题提供更新的、更有说服力的解释。

从思维方式上看,上述四种文学理论教材模式其实代表了两种类型:认识论或反映论的文学理论与形式主义的文学理论属于普遍主义或本质主义的理论建构模式,它们重视从一个先在的预设前提出发去推演出一个普遍的理论体系,企图以此去统摄与解释纷繁多样的文学现象;以基本问题为中心的文学理论与文化论的文学理论受到解构主义或后现代主义思潮的影响,属于相对主义的文学理论知识建构模式,重视文学知识生成的特殊性与历史条件。虽然两类文学理论教材各自在规范化、系统性上做了不少工作,但总的来说,前一类文学理论教材带有某种封闭性,即便交代了与己不同的其他观点与学说(如韦勒克、沃伦的《文学理论》),也多有负面的否定性的评价,而后一类文学理论教材也许有这样那样的问题,却是开放式的,代表了新的编写理念与教学理念。当然,我们在这里讨论的主要是以教科书或准教科书形态出现的文学理论,除此之外,还有多种形态各异的个性化文学理论研究。

---

① [英]威廉斯:《马克思主义与文学》,王尔勃等译,河南大学出版社 2008 年版,第 151 页。
② [美]乔纳森·卡勒:《文学理论》,李平译,辽宁教育出版社 1998 年版,第 23 页。

20世纪下半叶以来,人类进入了后现代社会、消费社会、图像时代,文学理论出现了一些新的变化。从大的方面看,文学理论发展经历了一个从追求学科纯粹化到重新融入社会文化视野的过程。20世纪初至中叶,西方文学理论以俄国形式主义、英美新批评为代表,致力于独立的文学科学的建立,孜孜于研究属于文学自身特性的方面(即俄国形式主义者雅克布森所说的"文学性"),如语言、形式、文体、叙事等。20世纪下半叶以来,西方学术开始了综合化趋势,从社会、政治、文化角度研究文学问题成为时尚;其次,最近几十年来,西方社会文化问题如种族、民族、宗教问题的突显,也使文学研究的疆界发生改变,性别、身份、政治、文化等进入文学研究的视野,促进了西方文学理论的社会文化转向。有人称这种现象为从"文学理论"到"理论"。按照卡勒的说法,如今的"理论"的种类包括人类学、艺术史、电影研究、性别研究、语言学、哲学、政治理论、心理分析、科学研究、社会和思想史,以及社会学等各方面的著作,它们之所以成为"理论",是因为它们提出的观点或论证对那些并不从事该学科研究的人具有启发作用,并提供借鉴。他得出的结论是:"1. 理论是跨学科的——是一种具有超出某一原始学科的作用的话语。2. 理论是分析和话语——它试图找出我们称为性,或语言,或文字,或意义,或主体中包含了些什么。3. 理论是对常识的批评,是对被认定为自然的观念的批评。4. 理论具有反思性,是关于思维的思维,我们用它向文学和其他话语实践中创造意义的范畴提出质疑"[①]。

此外,20世纪文学理论还有一个重要变化,就是从语言分析到话语分析,有学者称之为"文学理论:从语言到话语"[②]。20世纪文学理论的发展原先是从瑞士语言学家索绪尔(Ferdinand de Saussure, 1857—1913)的语言学革命获得灵感的。索绪尔在《普通语言学教程》中把语言研究的重点由历时性转向共时性,以此来探讨语言的交流本质,并把语言符号看作概念和音响之间的一种联系,这种联系是任意的,这实际上是把语言看作与外在世界并列的一种实体。这些启发了俄国形式主义对文学语言及其结构的研究,以及使文学研究变成一门独立的科学的追求。这一转向有人称之为文学研究的"减法",即把全部的文学问题归结为语言问题。而20世纪60年代之后,又出现

---

① [美]卡勒:《文学理论》,李平译,辽宁人民出版社1998年版,第16页。
② 周宪:《文学理论:从语言到话语》,《文艺研究》2008年第11期。

了把语言分析转向现实的符号表意实践的趋势,这是文学理论的第二次语言转向。法国学者福柯(Michel Foucault,1926—1984)对话语构成(formation of discourse)机制的研究,把问题从研究人们说什么,引向研究人们为什么这么说,什么制约着他们这么说,即把索绪尔所抽空了的语言概念,还原到现实的社会历史语境中去,这被英国文化研究的代表人物霍尔(Stuart Hall,1932—2014)称为"话语的转向"(discursive turn)。还有人认为,法国语言学家本维尼斯特(Emile Benveniste,1902—1976)对话语的主体性、我与你交互关系、见证与参与的研究,推动了这一转向。这一转向凸显了主体,把语言活动与人联系起来,超越了索绪尔共时研究,重新引入了社会历史维度。所以说它是文学研究的"加法"。

三、学习文学理论的意义

我们对文学理论学科历史的追溯表明,文学理论的形成既是对文学缓慢地意识到自身的特性、逐渐走向自觉与独立的回应,也是近代以来文化与知识分化的结果,同时又是一定的社会、政治与文化建制在文学知识领域中的表现,是多种因素综合作用的产物。而上述多种文学理论形态的存在也说明,文学活动不是一种孤立发生的现象,而是牵涉到作家创作、文本建构、读者阅读、时代社会及文学传统等等诸多因素与变量的复杂的系统工程,可以从多个角度与层次对其加以描述和概括。因此,我们赞同一个国内学者提出的口号,"文学理论:开放的研究"[①]。我们认为,文学理论研究的模式、形态、观念与技术应当多样化,无论是上述四种体系化的文学理论及其各种结合体或变体,还是各种个性化的文学理论研究,完全可以并存,都应当在文学理论研究中占有一席之地。在研究内容上,既要注意文学的语言、叙事、文体,也要考虑文学与各种社会变量之间的交互关系。在理论资源的利用上,既要引进西方新的学术观念与方法,也要注意挖掘我国传统文学理论的丰厚宝藏。只有这样,才能建立既有当代感与现实性,又具有中国特色的文学理论。同时,还必须看到,文学理论虽然向各种学科和文化形态保持开放,但其研究对象最终还是要与文学有关,如此方可称为"文学理论"。

学习文学理论,有助于我们全面理解与分析流动的文学现实与文学经

---

① 南帆主编:《文学理论新读本》,浙江文艺出版社2002年版,第1页。

验。例如古代神话、史诗较为发达,体现了原始初民思维混整不分、文学与一般文化融为一体的状况。即便是各民族较早发展起来的诗歌,推究其创作动机,也多与社会政治、道德有关。就拿中国古代最早的诗歌总集《诗经》来说,相传是周代朝廷"采风"制度的产物。采诗官广泛收集民歌,作为统治者体察民情的借鉴。这些诗歌内容既有描写民风民情的,也有描写祀神祭祖方面的。但创作这些诗歌的诗人们的写作动机和他们所看待的诗歌的功用,则多来自诗歌艺术自身以外的因素。如"维是褊心,是以为刺"(《魏风·葛屦》),"夫也不良,歌以讯之"(《魏风·墓门》),"家父作颂,以究王讻"(《小雅·节南山》)等。而小说的繁荣则与市民阶级的兴起有关。近代以来,随着浪漫主义文学思潮的勃兴,天才、想象、虚构受到推崇,文学自身的合法性问题提上了议事日程。在浪漫主义之后,象征主义、唯美主义等各种标榜文学形式与审美特性的文学思潮蔓延开来。表现在文学理论上,就是将研究的视角转向文学自身的象征主义文论、俄国形式主义文论、英美新批评和法国结构主义文论等纯审美或纯形式的文学理论的兴起。最近 50 年来文化活动发生了很大的形态变异,文学活动渐渐失去了作为文化活动中心范式的地位,并且出现了与其他文化形式相互结合的趋势:一方面,技术向文学艺术全面渗透,文学生产从写作到排版、印刷实现了电子化,特别是网络文学以其匿名性与参与性,打破了文学精英对创作的垄断权,文化的创造与传播由纸质媒介向电子媒介转变;另一方面,广播、影视、音像、多媒体网络艺术的蓬勃发展,在传统的所谓文学活动与非文学活动之间出现了越来越多的灰色区域,电视更以其直观的视觉冲击取代了静观沉思的文学作品成为最广泛普及的艺术消费方式。与此同时,种族、性别、宗教与文化冲突问题日益尖锐,这些问题在文学中也多有反映。上述现象体现了新的文学经验,突破了纯审美或纯形式的文学理论对文学边界及其特性狭隘的规定,也表现了文学与社会之间新一轮的互动关系,因此关于文学的界定正逐步走向开放与多元。所以在 20 世纪下半叶之后,人们又重新重视文学与外部现实的联系。解构主义批评家希利斯·米勒(J. Hillis Miller,1928—)认为,"文学研究的兴趣中心已经发生大规模的转移:从对文学作修辞学式的内部研究,转为研究文学的'外部的'联系,确定它在心理学、历史或社会学背景中的位置。换言之,文学研究的兴趣已由读解(即集中注意研究语言本身及其性质的能力)转移到各种形式的阐释学解释上(即注意语言同上帝、自然、社会、历史等被看作是语言之外的事物的关系）。"①

其次，学习文学理论，也有助于我们掌握中西方文学理论的丰富遗产。我国古代关于文学问题的论述有自己的特色。由于我国古代诗歌艺术较为发达，涌现了大量谈论诗歌艺术的诗话、词话。这类著作侧重于以形象和比喻的方式表达自己的感受，其优点是充满灵性与感悟。如严羽在《沧浪诗话》中这样评李白、杜甫："李、杜二公，正不当优劣。太白有一二妙处，子美不能道；子美有一二妙处，太白不能作。子美不能为太白之飘逸，太白不能为子美之沉郁。"②但分析比较笼统，理论色彩比较淡薄。明、清以后，随着小说的兴起，出现了以金圣叹、张竹坡、脂砚斋等为代表的小说评点。小说评点具有灵活自如、与作品共存一体的优势，但也失之于散漫而不成系统。直到晚清王国维受康德（Immanuel Kant, 1724—1804）、叔本华（Arthur Schopenhauer, 1788—1860）影响，倡导美文学观念，才标志着我国现代意义上的文学理论的产生。西方古代关于文学的论述主要是由哲学家完成的，文学观念只是他们哲学观念的一个组成部分。例如古希腊柏拉图（Plato, 前 427—前 347）与亚理士多德（Aristotle, 前 384—前 322）提出的"摹仿说"就是如此。柏拉图的理念论把理念看作自在自为的超越于人的感官之外的实体，是万物的原型，理念与个别事物相分离，感官所感知的只是可感现象。柏拉图用摹仿来说明个别事物和普遍理念的相似关系，既然现实事物只是对理念不完全的摹仿，所以画家所画的床只是对理念的不完全的影子的不完全的摹仿，因此与真理隔着三层。亚理士多德批判了柏拉图的理念论，认为没有物质，就不可能有理念，一般的理念只是存在于个别事物之中的共性。所以他为摹仿的真实性进行了辩护，强调通过摹仿创作的文艺作品可以比其原型更真实、更高级。在柏拉图与亚理士多德之后，又有不少哲学家如西塞罗（Cicero, 前 106—前 43）、普罗提诺（Platinus, 204—270）、奥古斯丁（Aurelius Augustine, 354—430）、狄德罗（Denis Diderot, 1713—1784）等关注过文学问题，阐发了各自的文学观念。哲学家谈论文学常常具有思辨的理论深度，但有时难免脱离文学

---

① ［美］希利斯·米勒：《文学理论在今天的功能》，见［美］拉尔夫·科恩编：《文学理论的未来》，程锡麟等译，中国社会科学出版社 1993 年版，第 121—122 页。
② 严羽：《沧浪诗话》，见丁福保辑：《历代诗话》上册，中华书局 1981 年版，第 697 页。

实际，陷入主观武断。19世纪之后，这种情况有了很大的改变，职业的文学研究者逐渐成为文学理论研究的主体。

本部分所选的两篇文章，卡勒的《理论是什么？》认为文学理论没有确切的边界，它总是对文学研究中惯常的前提或假设提出质疑，表达了一种文化论的文学理论观念；而韦勒克的《文学理论、文学批评和文学史》则区分了文学研究的三个基本概念，并提出文学理论的研究对象是文学的原理、范畴和判断标准，影响深远。

选　文

理论是什么？（节选）

[美] 卡　勒

导言——

本文节选自乔纳森·卡勒著《文学理论》（辽宁教育出版社，1998）第一章《理论是什么？》，李平译。

作者乔纳森·卡勒（Jonathan Culler,1944—　），先后毕业于哈佛大学和牛津大学。曾任职于剑桥大学、牛津大学，1977年起任美国康乃尔大学教授。著有《结构主义诗学》、《论解构》、《符号的追寻》、《文学理论》、《理论中的文学》等，是美国著名文学理论家。

卡勒的《文学理论》是一个简短的文学理论入门读本。作者从初学者的兴趣出发，选择几个关键词，勾勒出了现代西方文论的主要议题。在本文中，作者认为，文学理论并不是关于文学性质及文学分析方法的系统解释，而是按照特别的思路对于错综复杂的关系进行推测的结果，是一系列没有界限的著作。理论总是对文学研究中最基本的前提或假设提出质疑，对任何没有结论却可能一直被认为理所当然的事情提出质疑。作者以同属于后结构主义者的福柯和德里达为例，详细说明了建构理论的通常的方式和不同的路径。

作者得出的关于理论的四点结论，虽不能构成一个确切的定义，却能让我们对理论的不可控制性有清醒的认识。理论的结果不可预测，但理论可以帮助我们提出新的问题，或者对于问题的意义有更清楚的了解，从而不断享受到思考的乐趣。文章高屋建瓴，切中肯綮，极具启发性。

近代的文学和文化研究中有许多关于理论的讨论——我要提醒你注意的是，这可不是指关于文学的理论，而是纯粹的"理论"。对任何一位不在这个圈子里的人来说，这种用法一定显得很怪。"关于什么的理论？"你肯定会这样问。要回答这个问题的确是意想不到的困难。它既不是任何一种专门的理论，也不是概括万物的综合理论。有时理论似乎并不是要解释什么，它更像是一种活动——一种你或参与，或不参与的活动。你有可能被卷入理论中去，你也有可能教授或学习理论，你还有可能会痛恨或惧怕理论。只不过，所有这些对于理解什么是理论都不会有太大的帮助。

我们被告知，"理论"已经使文学研究的本质发生了根本的变化。不过说这话的人指的不是**文学理论**，不是系统地解释文学的性质和文学的分析方法的理论。比如，如今当人们抱怨文学研究的理论太多了的时候，他们可不是说关于文学性质方面的系统思考和评论太多了，也不是说关于文学语言与众不同的特点的争辩太多了。远非如此，他们指的是另外一回事。

确切说，他们指的是非文学的讨论太多了，是关于综合性问题的争辩太多了，而这些问题与文学几乎没有任何关系；还有，要读那么多很难懂的心理分析、政治和哲学方面的书籍。理论简直就是一大堆名字（而且大多是些外国名字），比如雅克·德里达（Jacques Derrida）、米歇尔·福柯（Michel Foucault）、露丝·伊利格瑞（Luce Irigaray）、雅克·拉康（Jacques Lacan）、朱迪斯·巴特勒（Judith Bulter）、路易·阿尔都塞（Louis Althusser）、加亚特里·斯皮瓦克（Gayatri Spivak）。

…………

一个理论必须不仅仅是一种推测：它不能一望即知；在诸多因素中，它涉及一种系统的错综关系；而且要证实或推翻它都不是件容易事。

如果我们记住这些要素,那么弄懂"理论"是什么就容易多了。

文学研究的理论并不是关于文学性质的解释,也不是解释研究文学的方法(尽管这些也是理论的一部分,而且本书的第二、五、六章里也会论及这些)。理论是由思想和作品汇集而成的一个整体,很难界定它的范围。哲学家理查德·罗蒂(Richard Rorty)对一种始于19世纪的混合类型有过如下阐述:

> 从歌德、麦考利、卡莱尔和爱默生的时代开始出现了一种新类型的著作,这些著作既不是评价文学作品的相对短长,也不是思想史,不是伦理哲学,也不是关于社会的预言,而是所有这些融为一体,形成一种新的类型。

要给这种包罗万象的类型取个名称,最简便的就是**理论**这个词。它已经成为专指那些对表面看来属于其他领域的思考提出挑战,并为其重新定向的作品的词。那么,是什么使有些作品成为理论呢?以下便是最简单的解释。

> 被称为理论的作品的影响**超出**它们自己原来的领域。

虽然这种简单的解释算不上一个令人满意的定义,但它似乎的确概括了1960年以来所发生的事实:从事文学研究的人已经开始研究文学研究领域之外的著作,因为那些著作在语言、思想、历史或文化各方面所作的分析都为文本和文化问题提供了更新、更有说服力的解释。这种意义上的理论已经不是一套为文学研究而设的方法,而是一系列没有界限的、评说天下万物的各种著作,从哲学殿堂里学术性最强的问题到人们以不断变化的方法评说和思考的身体问题,无所不容。"理论"的种类包括人类学、艺术史、电影研究、性研究、语言学、哲学、政治理论、心理分析、科学研究、社会和思想史,以及社会学等各方面的著作。讨论中的著作与上述各领域中争论的问题都有关联,但它们之所以成为"理论"是因为它们提出的观点或论证对那些并不从事该学科研究的人具有启发作用,或者说可以让他们从中获益。成为"理论"的著作为别人在解释意义、本质、文化、精神的作用,公众经验与个人经验的关系,以及大的历史力量与个人经验的关系时提供借鉴。

如果理论是根据它的实际效果定义的,把它作为改变人们的观点,使人们用不同的方法去考虑他们的研究对象和他们的研究活动,那么这些效果是哪种类型的效果呢?

理论的主要效果是批驳"常识",即对于意义、作品、文学、经验的常识。比如,理论会对下面这些观点提出质疑。

——认为言语或文本即言语人"脑子中所想的东西"。

——认为作品是一种表述,在某个地方存在着它的真实性,它所表述的是一个真实的经验,或者真实的境况。

——认为事实就是给定时间内的"存在"。

理论常常是常识性观点的好斗的批评家。并且,它总是力图证明那些我们认为理应如此的常识实际上只是一种历史的建构,是一种看来似乎已经很自然的理论,自然到我们甚至不认为它是理论的程度了。理论既批评常识,又探讨可供选择的概念。它涉及对文学研究中最基本的前提或假设提出质疑,对任何没有结论却可能一直被认为是理所当然的事情提出质疑,比如:意义是什么?作者是什么?你读的是什么?"我",或者写作的主体、解读的主体、行为的主体是什么?文本和产生文本的环境有什么关系?

…… ……

好了,理论究竟是什么呢?我们得出如下四点:

1. 理论是跨学科的——是一种具有超出某一原始学科的作用的话语。

2. 理论是分析和话语——它试图找出我们称为性,或语言,或文字,或意义,或主体中包含了些什么。

3. 理论是对常识的批评,是对被认定为自然的观念的批评。

4. 理论具有反射性,是关于思维的思维,我们用它向文学和其他话语实践中创造意义的范畴提出质疑。

结果是理论变得很吓人。如今的理论有一点最令人失望,就是它永无止境。它不是那种你能够掌握的东西,不是一组专门的文章,你只要读懂了,便"明白了理论"。它是一套包罗万象的文集大全,总是在不停地争论着,因为年轻而又不安分的学者总是在批评他们的长辈们的指导思想,促进新的思想家对理论作出新的贡献,并且重新评价老的、被忽略了的作者的成果。因此,理论就成了一种令人惊恐不安的源头,一种不断推陈出新的资源:"什么,你没读过拉康!你怎么能谈论抒情诗而不提及这个宝典呢?"或者说,"要是不用福柯关于如何利用性征和女人身体的性障碍方面的阐述,还有加亚特里·斯皮瓦克对殖民主义在建构都市题材中所起的作用的论证,你怎么能写得出关于维多利亚时期小说的文章呢?"理论常常会像一种凶恶的刑法,逼着你去阅读你不熟悉的领域中的那些十分难懂的文章。在那些领域里,攻克一部著作带给你的不是短暂的喘息,而是更多的、更艰难的阅读。("斯皮瓦克?读过了,可你读过贝尼塔·派瑞(Benita Parry)对斯皮瓦克的批评,以及她的答复吗?")

  理论的不可控制性是人们抵制理论的一个主要原因。不论你认为自己多么精通理论,你永远也说不准你是否"必须要读一读"让·鲍德里亚(Jean Baudrillard)、米哈伊尔·巴赫金(Mikhail Bakhtin)、瓦尔特·本雅明(Walter Benjamin)、埃伦娜·西苏(Héléne Cixous)、詹姆斯(C.L.R.James)、梅拉内·克雷恩(Melanie Klein),还有朱莉亚·克里斯蒂娃(Julia Kristeva)等等,还是你完全可以"平安无事"地不去理他们。(这当然取决于"你"是谁和你想成为什么人。)毫无疑问,对理论的敌对情绪大部分源于这样一个事实,即如果承认了理论的重要性就等于做了一个永无止境的承诺,就等于让自己处于一个要不断地了解、学习重要的新东西的地位。然而,生活本身的情况不正是如此吗?

  理论使你有一种要掌握它的欲望。你希望阅读理论文章能使你掌握归纳组织并理解你感兴趣的那些现象的概念,然而理论又使完全掌握这些成为不可及。这不仅仅是因为永远有新的东西需要了解,而更确切,也更令人苦恼的是因为理论本身就是推测的结果,是对作为它自己基础的假设的质疑。理论的本质是通过对那些前提和假设提出挑战来推翻你认为自己早就明白了的东西,因此理论的结果也是不可预测的。你没有成为理论家,但也不在你原有的位置了。你对自己阅读的内容有了新的理解,你针对它们提出了不同的问题,并且对这些问题的意义有了更清楚的理解。

文学理论、文学批评和文学史(节选)

[美] 韦勒克

导言——

本文节选自韦勒克、沃伦著《文学理论》(三联书店,1984)第四章《文学理论、文学批评与文学史》,刘象愚等译。

作者雷纳·韦勒克(Rene Wellek,1903—1995),生于维也纳,后移居布拉格和美国。先后毕业于布拉格大学和普林斯顿大学。曾任教于伦敦大学、衣阿华大学、耶鲁大学,是新批评的代表人物之一,著有《文学理论》、《近代文学批评史》、《批评的诸种概念》等。

作者认为,为了更有效地对文学做系统、整体的研究,有必要在文学本体研究的范围内,对文学理论、文学批评和文学史加以区分,将文学理论看成是对文学的原理、范畴和判断标准的研究,而将具体作品的研究看成文学批评或文学史,是广为人知的区分。但三种研究方式不能单独进行,而应互相包容。文学理论必须植根于具体文学作品的研究,才能产生文学的准备、范畴和技巧。同时,必须先确定一套课题、概念、论点和抽象的概括,才能进行文学批评和文学史的编写。三者之间互相渗透、互相作用。由这一基本立场出发,作者批驳了一些将文学史与文学理论和文学批评隔离开来的观点,并提倡一种称为"透视主义"的观点。文学的各种价值产生于历代批评的累积,批评家必须根据自己时代的风格或需要来重新评估过去的作品,并敢于评估当代作家。文章既有学理上的辨析,又有极强的现实针对性。

在文学"本体"的研究范围内,对文学理论、文学批评和文学史三者加以区别,显然是最重要的。首先,文学是一个与时代同时出现的秩序(simutaneous order),这个观点与那种认为文学基本上是一系列依年代次序而排列的作品,是历史进程上不可分割的一部分的观点,是有所区别的。其次,关于文学的原理与判断标准的研究,与关于具体的文学作品的研究——不论是做个别的研究,还是作编年的系列研究——二者之间也要进一步加以区别。要把上述的两种区别弄清楚,似乎最好还是将"文学理论"看成是对文学的原理、文学的范畴和判断标准等类问题的研究,并且将研究具体的文学艺术作品看成"文学批评"(其批评方法基本上是静态的)或看成"文学史"。当然,"文学批评"通常是兼指所有的文学理论的;可是这种用法忽略了一个有效的区别。亚里士多德是一个理论家,而圣伯夫(A. Sainte-Beuve)基本上是个批评家。伯克主要是一个文学理论家,而布莱克默(R. P. Blackmur)则是一个文学批评家。"文学理论"一语足以包括——本书即如此——必要的"文学批评理论"和"文学史的理论"。

上述的一些定义的区别是相当明显并广为人知的。可是一般人不太能够认识以上几个术语所指的研究方式是不能单独进行的,不太能够认识它们完全是互相包容的。文学理论不包括文学批评或文学史,文学批评中没有文学理论和文学史,或者文学史里欠缺文学理论与文学批评,这些都是难以想象的。显然,文学理论如果不植根于具体文学作品的研究是不可能的。文学的准则、范畴和技巧都不能"凭空"产生。可是,反过来说,没有一套课题、一系列概念、一些可资参考的论点和一些抽象的概括,文学批评和文学史的编写也是无法进行的。这里所说的问题当然都不是不可克服的:例如,我们常常带些先入为主的成见去阅读,但在我们有了更多的阅读文学作品的经验时,又常常改变和修正这些成见。这个过程是辩证的:即理论与实践互相渗透,互相作用。

有人曾试图将文学史与文学理论和文学批评隔离开来。例如,贝特森(F. W. Bateson)认为文学史旨在展示甲源于乙,而文学批评则在宣示甲优于乙。根据这一观点,文学史处理的是可以考证的事实,而文学批评处理的则是观点与信仰等问题。可是这个区别是完全站不住脚的。文学史中,简直就没有完全属于中性"事实"的材料。材料的取舍,更显示对价值的判断;初步简单地从一般著作中选出文学作品,分配不同的篇幅去讨论这个或那个作家,都是一种取舍与判断。甚至在确定一个年份或一个书名时都表现了某种已经形成的判断,这就是在千百万本书或事件之中何以要选取这一本书或这一个事件来论述的判断。纵然我们承认某些事实(如年份、书名、传记上的事迹等)相对来说是中性的,我们也不过是承认编撰各种文学年鉴是可能的而已。可是任何一个稍稍深入的问题,例如一个版本校勘的问题,或者渊源与影响的问题,都需要不断作出判断。例如,像"蒲伯受德莱顿(J. Dryden)的影响"这样一个观点,不仅首先需要作出判断把德莱顿与蒲伯从他们同时代的无数诗人中挑选出来,还必须认识德莱顿与蒲伯的特点,然后再不断地衡量、比较和选择,看看其中何者本质上是关键所在。再如,鲍芒(F.Beaumont)与弗莱契(J·Fletcher)二人合作创作的问题,就需要我们首先接受这样一个重要的原则才能得到解决,也就是说某些风格上的特点(或手法)只涉及两个作家中的一人;如果不是这样看问题,我们就只能将风格的差别当作既成的事实来接受。

但是,一般把文学史从文学批评中分离出来的理由是多种多样的,并不止上述一端。有一种论点虽然不否认判断的必要,却申辩说:文学史本身有其特殊的标准与准则,那是属于以往时代的标准与准则。这些文学的重建论(reconstructionists)主张:我们必须设身处地地体察古人的内心世界并接受他们的标准,竭力排除我们自己的先入之见。这个观点,也称为"历史主义"(historicism),在19世纪的德国十分流行,但仍受到德国杰出的历史理论家特吕尔契(E.Troeltsch)的抨击。这个观点现在似乎直接或间接地渗入英国和美国,而我们许多所谓的"文学史家"都或多或少地接受了它。例如克雷格就说过,近代学术最新与最好的一面就是"避免了认错时代的思考方法"。斯托尔(E.E.Stoll)在研究伊丽莎白时期的舞台艺术传统与观众的要求时,就坚持主张文学史的重要目的在于重新探索出作者的创作意图。这样的理论主张可见于研究伊丽莎白时期的心理学的诸多理论中,如体液论(Doctrine of Humours)①和诗人的科学观念论与假科学观念论等。图夫(R.Tuve)就曾根据邓恩(J.Donne)及其同时代人接受过拉穆派逻辑(Ramist logic)②的训练一点解释玄学派诗歌意象的起源和意义。

这些研究无不使我们明白:不同时代有不同的文学批评观念和批评规范。因此,有人得出这样的结论:每一个时代都是一个独立自主的单元,它表现于其本身所独有的诗歌的形态之中,与其他时代是无法相比较的。这个观念在波特尔(F.A.Pottle)的《诗的成语》一书中有明白有力的阐释。波特尔自称他的立场是"批判的相对论"(Critical relativism),并且认为诗歌史中常有

---

① 体液论:古代欧洲人一种不科学的医学观念,认为人体内有四种液体,即血液、冷淡液、胆液和忧郁液。这四种液体的不平衡决定人的性格。如胆液过盛则其人勇敢、暴躁。
② 拉穆派逻辑:以16世纪法国著名的逻辑学家P.拉穆命名的一个学派,其理论与亚里士多德的逻辑理论相反。

深奥莫测的"感受性的变迁"和"全面的中断性"。他的立场由于兼具伦理和宗教的绝对标准而显得更有价值。

这种"文学史"观念的极致要求文学史家具备想象力、"移情作用"(empathy)和对一个既往的时代或一种已经消逝的风尚的深深的同情。学者们已成功地考证出各种不同的文明形式中的一般人生观、态度、偏见和潜在的设想。因此,我们得以认识希腊人对神、对女人和对奴隶的各种态度;我们可以十分详尽地描述中世纪的宇宙观;还有人力图辨别中国艺术与拜占庭艺术在观察事物时极不相同的方式,或者至少是极不相同的传统和习惯。特别是在德国,许多人在施本格勒(O.Spengler)的影响之下,过分热衷于研究哥特人的艺术和巴洛克人的艺术——这两种艺术的精神实质据说与我们这个时代迥然不同,它们均有自己的境界。

在文学研究中,这种重建历史的企图导致了对作家创作意图的极大强调。这派学者认为可从文学批评史和文学风尚中着手进行这种研究。他们通常认为,如果我们能够确定作家的创作意图,并看到该作家已达到其目的,我们也就解决了文学批评的问题:既然原作者已经满足了当时的要求,那么就无须,甚至也不可能,再对他的作品作进一步的批评了。这个方法给人一种印象:文学批评只有一个标准,即只要能取得当时的成功就可以了。如此说来,文学观点就不止一两个,而是有数以百计独立的、分歧不一而且互相排斥的观点;每一观点就某方面而言都是"正确"的。诗的理想于是人言言殊,破碎而不复存在。其结果是一片混乱,或者毋宁说是各种价值都拉平或取消了。文学史于是就降为一系列零乱的、终至于不可理解的残篇断简了。另有一种略为温和的观点则认为诗的理想处于两个极端,其中并无共同的标准:古典主义与浪漫主义,蒲伯的理想与华兹华斯(W.Wordsworth)的理想,直叙诗(poetry of statement)与蕴藉诗,其不同的程度均是如此。

不过,作家的"创作意图"就是文学史的主要课题这样一种观念,看来是十分错误的。一件艺术作品的意义,绝不仅仅止于,也不等同于其创作意图;作为体现种种价值的系统,一件艺术品有它独特的生命。一件艺术品的全部意义,是不能仅仅以其作者和作者的同代人的看法来界定的。它是一个累积过程的结果,也即历代的无数读者对此作品批评过程的结果。历史重建论者宣称这整个累积过程与批评无干,我们只须探索原作开始的那个时代的意义即可。这似乎是不必要而且实际上也不可能成立的说法。我们在批评历代的作品时,根本不可能不以一个 20 世纪人的姿态出现:我们不可能忘却我们自己的语言会引起的各种联想和我们新近培植起来的态度和往昔给予我们的影响。我们不会变成荷马或乔叟(G.Chaucer)时代的读者,也不可能充当古代雅典的狄俄尼索斯剧院或伦敦环球剧院的观众。想象性的历史重建,与实际形成过去的观点,是截然不同的事。我们不可能真正崇拜酒神狄俄尼索斯而同时又嘲笑他,就像欧里庇得斯(Euripides)的《酒神的崇拜者》一剧的观众当场可能出现的反应那样;我们之中很少有人会把但丁笔下的层层地狱和炼狱山信以为真。如果我们果真能重建《哈姆莱特》一剧对当时观众的意义,那末我们只会排斥此剧所含有的其他的丰富意义。我们会否认后来人在此剧中不断发现的合理涵义。我们也会否认此剧有新的解释的可能性。这里并非赞同主观武断地去误解作品:"正确"了解和误解之间的区别仍然是存在的,需要根据各个特定的情况一一加以解决。历史派的学者不会满足于仅用我们这个时代的观点去评判一件艺术品,但是这种评判是一般文学批评家的特权;一般的文学批评家都要根据今天的文学风格或文学运动的要求,来重新评估过去的作品。对历史派的学者来说,如果能从第三时代的观点——既不是他的时代的,也不是原作者的时代的观点——去看待一个艺术品,或去纵观历来对这一作品的解释和批评,以此作为探求它的全部意义的途径,将是十分有益的。

实际上,这么直截了当地在历史观点和当代观点之间作出取舍决定几乎是不可能的。我们必须既防止虚假的相对主义又防止虚假的绝对主义。文学的各种价值产生于历代批评的累积过程之中,它们又反过来帮助我们理解这一过程。对历史相对论的反驳不是教条式的绝对主义——绝对主义诉诸"不变的人性"或"艺术的普遍性"。因此我们必须接受一种可以称为"透视主义"(perspectivism)的观点。我们要研究某一艺术作品,就必须能够指出该作品在它自己那个时代的和以后历代的价值。一件艺术品既是"永恒的"(即永久保有某种特质),又是"历史的"(即经过有迹可循的发展过程)。相对主义把文学史降为一系列散乱的、不连续的残篇断简;而大部分的绝对主义论调,不是仅仅为了趋奉即将消逝的当代风尚,就是设定一些抽象的、非文学的理想(如新人文主义〔new humanism〕①、马克思主义和新托马斯主义等批评流

---

① 亦可译为新人道主义。

派的标准,不适合于历史有关文学的许多变化的观念)。"透视主义"的意思就是:把诗,把其他类型的文学,看作一个整体,这个整体在不同时代都在发展着、变化着,可以互相比较,而且充满着各种可能性。文学不是一系列独特的、没有相通性的作品,也不是被某个时期(如浪漫主义时期和古典主义时期,蒲伯的时代和华兹华斯的时代)的观念所完全束缚的一长串作品。文学当然也不是一个均匀划一的、一成不变的"封闭的体系"——这是早期古典主义的理想体系。绝对主义和相对主义二者都是错误的;但是,今天最大的危机,至少在英美是如此,是相对主义的流行,这种相对主义造成了价值观的混乱,放弃了文学批评的职责。实际上,任何文学史都不会没有自己的选择原则,都要做某种分析和评价的工作。文学史家否认批评的重要性,而他们本身却是不自觉的批评家,并且往往是引证式的批评家,只接受传统的标准和评价。今天他们一般来说都是落伍的浪漫主义信徒,拒斥其他形式的艺术,尤其是拒斥现代文学。但是,正如科林伍德(R.G.Collingwood)很恰切地说过的那样,一个人如果"宣称知道莎士比亚之所以成为一个诗人的原因,也就等于默认他知道斯坦(G.Stein)到底是不是一个诗人,假如她不是诗人,又何以不是"。

近代文学之所以被排斥于严肃的研究范围之外,就是那种"学者态度"的极坏的结果。"现代"文学一语被学院派学者作了如此广泛的解释,以至于弥尔顿(J.Milton)以后的作品几乎没有被当作上品来研究的。后来,18世纪的文学在传统的文学史中获得了正当的地位和良好的评价;研究18世纪遂成为时尚,因为这个时期的文学似乎给人们提供了一个更为优美、稳定和秩序井然的世界。浪漫主义时期和19世纪后期也开始受到学院派学者的注意;甚至在学院派之中,也有少数坚毅的学者捍卫并研究当代文学。

反对研究现存作家的人只有一个理由,即研究者无法预示现存作家毕生的著作,因为他的创作生涯尚未结束,而且他以后的著作可能为他早期的著作提出解释。可是,这一不利的因素,只限于尚在发展前进的现存作家;但是我们能够认识现存作家的环境、时代,有机会与他们结识并讨论,或者至少可以与他们通信,这些优越性大大压倒那一点不利的因素。如果过去许多二流的、甚至十流的作家值得我们研究,那么与我们同时代的一流或二流的作家自然也值得研究。学院派人士不愿评估当代作家,通常是因为他们缺乏洞察力或胆怯的缘故。他们宣称要等待"时间的评判",殊不知时间的评判不过也是其他批评家和读者——包括其他教授——的评判而已。主张文学史家不必懂文学批评和文学理论的论点是完全错误的；这个道理很简单：每一件艺术品现在都存在着，可供我们直接观察，而且每一作品本身即解答了某些艺术上的问题，不论这作品是昨天写成的还是一千年前写成的。如果不是始终借助于批评原理，便不可能分析文学作品，探索作品的特色和品评作品。"文学史家必须是个批评家，纵使他只想研究历史"。

反过来说，文学史对于文学批评也是极其重要的，因为文学批评必须超越单凭个人好恶的最主观的判断。一个批评家倘若满足于无视所有文学史上的关系，便会常常发生判断的错误；他将会搞不清楚哪些作品是创新的，哪些是师承前人的；而且，由于不了解历史上的情况，他将常常误解许多具体的文学艺术作品。批评家缺乏或全然不懂文学史知识，便十分可能马马虎虎，瞎蒙乱猜，或者沾沾自喜于描述自己"在名著中的历险记"；一般来说，这种批评家会避免讨论较远古的作品，而心安理得地把它们交给考古学家和"语言学家"去研究。

延伸阅读

1. 钱中文《会当凌绝顶：回眸20世纪文学理论》，见钱中文《文学理论：走向交往对话的时代》，北京大学出版社，1999。

2. 叶维廉《批评理论架构的再思》，见叶维廉《历史、传释与美学》，台湾东大图书公司，1988。

3. 希利斯·米勒《文学理论在今天的功能》，见拉尔夫·科恩编《文学理论的未来》，程锡麟等译，中国社会科学出版社，1993。

问题与思考

1. 什么是文学理论？从教材上看，文学理论在范畴与体系建构方面有哪些基本模式？

2. 怎样看待文学理论与美学、比较文学及艺术学原理之间的关系？

3. 如果把中西方古代关于文学的见解与观念也称之为"文学理论"的话，那么这两类文学理论有何不同？

◎ **研究实践** ◎

1. 你接触过哪些中西方文学理论教材？试以"我心目中的文学理论教材"为题做一次讨论，谈谈你对文学理论教材编写原则、内容框架的看法。

2. 某杂志社组织了一次关于文学理论与文学关系的讨论，结果形成了三种不同的看法：(1) 认为文学理论就是理论，它可以自说自话，没有必要过问文学的是是非非；(2) 认为文学理论是对文学经验的回应、命名与提升，它可以对文学活动作出概括与总结进而推进文学发展；(3) 主张文学理论是对文学的对抗与抵制，它以一种文学的另类声音表明自己的存在价值。而不少文学爱好者则认为，现今有的文学理论著作脱离文学实际，一味沉湎于思辨的空谈之中，解释不了当下的文学现实。试以上述现象为背景，做一篇论文，谈谈文学理论与不断发展的文学现实的关系。

第二章 文学是什么

导 论

"文学是什么"是文学理论的核心问题。不同历史时期不同的人们对这个问题有各种不同的看法,形形色色的文学理论其实便是对这一问题的回答。我国先前的文学理论教材一般着眼于文学与社会的关系,倡导反映论的文学观,认为"文学是社会生活的反映","文学是一种社会现象,是一种社会意识形态"。① 近来的教材则考虑到文学作为语言艺术的特点,试图顾及文学社会的与语言的两个方面的属性,比如一部影响较大的教材指认"文学是显现在话语含蕴中的审美意识形态"。② 另一教材则以为,必须从文学作为一种审美现象与作为一种社会历史现象两方面来界定文学,"第一,文学必须进入特定意识形态指定的位置,并且作为某种文化成分介入历史语境的建构;第二,文学必须在历史语境之中显出独特的姿态,发出独特的声音——这是文学之所以存在的理由。"③形式主义的文学理论则从语言或审美等角度来做出回答,例如新批评派的韦勒克认为给文学下定义的"最简单方法是弄清文学中语言的特殊用法"。④ 他的基本观点是文学语言不同于科学语言与日常语言之处在于它是"内涵的",即具有歧义性与富于联想,并且是多功能的。可

---

① 蔡仪主编:《文学概论》,人民文学出版社1979年版,第1页。
② 童庆炳主编:《文学理论教程》,高等教育出版社1992年版,第96页。
③ 南帆主编:《文学理论新读本》,浙江文艺出版社2002年版,第3页。
④ [美]韦勒克、沃伦:《文学理论》,刘象愚等译,生活·读书·新知三联书店1984年版,第10页。

见"文学是什么"这一问题不仅涉及人们如何看待文学的基本属性,还关系到文学理论建构的体制框架,甚至还牵涉到如何看待文学在特定历史时期文化发展现状中的地位与处境,以及如何判断文学与非文学的界限等重大问题。

法国文学理论家托多罗夫(T.Todorov,1939—2017)在《文学的概念》中说,考察文学的概念最好不要预先讨论文学的本质,而是看其试图谈论文学本质的论述,即要看的"不是最终目标的不同之处,而是研究过程的不同之处"。① 考察文学是什么这一问题有多种不同的途径。美国当代著名文学理论家艾布拉姆斯(M.H.Abrams,1912—2015)在《镜与灯》一书中,提出了艺术实际上包含世界、艺术家、作品、读者这四个基本范畴,整个艺术活动便是以艺术品为中心的四个要素的互动:艺术家对文化现实进行观察,形成题材或主题,创作出物化了艺术家思想、情感与体验的艺术品,经过读者的阅读,使艺术品的潜在意义得到了实现。读者受到艺术品的感染,不知不觉接受了作品的观念,从而反过来作用于社会。艾布拉姆斯的艺术四要素理论,较好地说明了文学系统中的各个相关概念及其关系。他进一步认为,各种文学理论实际上是对上述艺术活动四个要素的概括,并且几乎总是偏重于其中某一个要素。他由此总结出历史上考察文学的四种主要理论倾向:摹仿论、实用论、表现论和客体论。这种概括虽不全面,但有一定的合理性。我们认为,如果加上游戏论和近年来颇为流行的文化论,则大体上可以反映出历史上存在的几种主要文学观念的风貌。

一、模仿论与反映论

模仿论,又译为摹仿论,这是一种认为文学是对世界或外物进行模仿的理论体系。西方自古希腊开始便盛行摹仿说。赫拉克利特(Herakleitos,约前540—前480与470之间)最早提出了"艺术……显然是由于摹仿自然"。② 其后德谟克利特(Demokritos,约前460—前370)指出,"在许多重要的事情上,我们是摹仿禽兽,做禽兽的小学生的。从蜘蛛我们学会了织布和缝补;从

---

① [法]托多罗夫:《文学的概念》,见《马克思主义文艺理论研究》编辑部编:《美学文艺学方法论续集》,文化艺术出版社1987年版,第135—136页。
② [古希腊]赫拉克利特:《著作残篇》,见《古希腊罗马哲学》,商务印书馆1982年版,第19页。

燕子学会了造房子；从天鹅和黄莺等歌唱的鸟学会了唱歌。"①亚里士多德也从摹仿是人的天性出发，认为诗是对人的行动、性格和感受的模仿，而模仿是人从孩提时代就具有的本能。当亚里士多德把模仿与人的成长包括戏剧表演联系在一起时，模仿带有明显的社会学和人类学意味。但是亚里士多德同时又把文艺的模仿和认知联系起来，认为我们观看逼真的模仿会感到愉快，是因为我们在求知、在推理。② 在《形而上学》中，亚里士多德批判了其师柏拉图的模仿论，认为模仿可以通过个别表达一般，"对理念进行模仿，是怎么一回事情呢？用不着去模仿另外的东西，相似的事物照样可以存在和生成……模式和模仿品是同一的。这样看来，实体不能离开以它为实体的东西而存在。"③这就在一定程度上赋予了模仿以认识论的色彩；或者说，模仿或多或少具有反映的因素。此后，意大利的达·芬奇（Leonardo da Vinci, 1452—1519）艺术是自然的一面镜子的镜子说，接近后来的反映论。近代认识论哲学突出了主客二分，认为知识揭示的是人和对象的关系，这构成了反映论的哲学基础，例如俄国的车尔尼雪夫斯基（Nikolay Chernyshevsky, 1828—1889）认为艺术是对生活的再现，便带有明显的反映论色彩。

  法国哲学家吉拉尔（René Girard, 1923—2015）说："只是晚近（按：对模仿论的）这种强调才转移到所谓的现实（reality），最好的作家变成那些最好地'复制'（copy）他们身边'现实'的作家。"④反映论的文学观在苏联、东欧、中国产生了很大的影响，一度成为支配性的文学观念。比如苏联权威的文艺理论家季摩菲耶夫在《文学原理》中写道："文学和任何别的意识形态一样，积极地反映生活，帮助人在生活中去行动。"而形象只不过是艺术反映生活的特殊形式。⑤ 匈牙利马克思主义批评家卢卡契（Georg Lukács, 1885—1971）把模仿论与反映论融合起来，提出了一种辩证的文学反映模式，认为日常生活、科学和艺术都包含了反映，而模仿是把现实中对一种现象的反映移植到自身的活

---

① ［古希腊］德谟克利特：《著作残篇》，见《古希腊罗马哲学》，商务印书馆1982年版，第112页。
② 参见［古希腊］亚里士多德：《诗学》，陈中梅译注，商务印书馆1996年版，第38页、第47页。
③ ［古希腊］亚里士多德：《形而上学》，苗力田译，中国人民大学出版社2003年版，第27页。
④ ［法］吉拉尔：《双重束缚》，刘舒、陈明珠译，华夏出版社2006年版，《序言》第3页。
⑤ ［俄］季摩菲耶夫：《文学原理》第一部《文学概论》，查良铮译，平明出版社1953年版，第14—15页。

动中去,"当反映超出了单纯知觉的直接性时,比单纯被动地感受外部世界时,更能形成现象与本质(当然还有其他的辩证矛盾)的辩证法,更接近于它的客观真实的联系"。① 周扬也认为,"文学,和科学、哲学一样,是客观现实的反映和认识,所不同的,只是文学是通过具体的形象去达到客观的真实的。"② 毛泽东在《在延安文艺座谈会上的讲话》里认为,"作为观念形态的文艺作品,都是一定的社会生活在人类头脑中的反映"。③ 上述见解可以说是凸显文学艺术对外在世界的依从关系的主张。

中国古代也有类似模仿或反映方面的论述,但总的来说这派观点不占优势。《易经·系辞传》里便有"观物以取象"的说法。钟嵘在《诗品》中说:"气之动物,物之感人,故摇荡性情,形诸舞咏。"刘勰《文心雕龙·明诗》也说:"人禀七情,应物斯感,感物吟志,莫非自然。"

文学世界的创造免不了要参照现实世界,反映论可以在一定程度上对文学活动进行解释,特别是针对那些带有写实性的作品。模仿论及反映论重视文学的社会历史属性,重视作者的意图及理性力量的作用,重视对超个人的社会现实的表征,这都有其合理性方面,但是模仿论及反映论忽视了文学的语言性、交往性等多种维度,若以此来概括文学活动的全部则是远远不够的。

二、实用论

这是一种强调文学对社会的功能和效用的理论体系。中国古代儒家的教化理论就是一种实用论。孔子就非常重视诗歌和音乐在塑造心灵和维护社会稳定方面的作用,他把文艺当作道德教化的重要手段。他说"诗,可以兴,可以观,可以群,可以怨,迩之事父,远之事君"(《论语·阳货》)。其中"兴"孔安国解为"引譬连类",朱熹解为"感发志意",指诗能诉诸于人的社会情感,使人在心理上受到感染,从而影响人的意志;"观"郑玄释为"观风俗之盛衰",朱熹释为"考见得失",指诗可以帮助读者认识一定时代的社会状况和政治得失;"群"孔安国解为"群居相切磋",朱熹解为"和而不流",指诗能够有

---

① [匈]卢卡契:《审美特性》第一卷,徐恒醇译,中国社会科学出版社1986年版,第314页。
② 周扬:《文学的真实性》,《周扬文集》第1卷,人民文学出版社1985年版,第58页。
③ 毛泽东:《在延安文艺座谈会上的讲话》,见《毛泽东选集》第三卷,人民出版社1991年版,第860页。

助于人们彼此间交流思想感情,与他人和谐相处;"怨"孔安国释之为"怨刺上政",朱熹注为"怨而不怒",指诗歌可以对不良政治进行揭露。孔子对于教化的重视奠定了儒家的"诗教"传统,即要求文学以"温柔敦厚"作为伦理道德规范,描写温柔恭顺的形象,使人人遵从礼教,从而有利于社会政治统治的稳固。自此之后,我国古代各种企图以文学维护礼教或发挥社会政治功能的观点层出不穷,如"经夫妇,成孝敬,厚人伦,美教化,移风俗"(《诗大序》),文章乃"经国之大业,不朽之盛事"(曹丕《典论·论文》),"道沿圣以垂文,圣因文而明道"(刘勰《文心雕龙·原道》),"致君尧舜上,再使风俗淳"(杜甫《奉赠韦左丞丈二十二韵》),"文章合为时而著,歌诗合为事而作"(白居易《与元九书》)等,都可以归入实用论。近代梁启超在《论小说与群治之关系》中把小说摆在很高的位置,认为它对于治国、提高国民素质、改变社会风气等方面都起着决定性的作用,提出小说革新应当符合政治变革的需要,以改良小说作为改良社会的第一步。梁启超还归纳出小说熏、浸、刺、提四种艺术感染力,具有强大的社会功能。但作者认为许多社会问题的起源都是因为小说对社会造成的影响,把小说单纯作为达到某一政治目的的工具,片面夸大了小说的作用。现代毛泽东关于文艺为政治服务的理论也属于实用论。毛泽东在《在延安文艺座谈会上的讲话》里把文学看成是进行社会动员的一种力量。他要求革命的文学作品"能使人民群众惊醒起来,感奋起来,推动人民群众走向团结和斗争,实行改造自己的环境"。

西方自古也流传着一种类似中国古代教化说的实用理论。古希腊的柏拉图便要求文学要有道德教育意义:"我们必须寻找到一些艺人巨匠,用其大才美德,开辟一条道路,使我们的年轻人由此而进,耳朵所听到的艺术作品,随处都是;使他们如坐春风,如沾化雨,潜移默化,不知不觉中受到熏陶,从童年时,就和优美、理智融合为一。"① 古罗马的贺拉斯(Horatius,前65—前8)则提出了著名的"寓教于乐"说。他在《诗艺》中指出:"诗人的愿望应该是给人益处和乐趣,他写的东西应该给人以快感,同时对生活有帮助。……寓教于乐,既劝喻读者,又使他喜爱,才能符合众望。"② 文艺复兴时期英国的诗人与

---

① [古希腊]柏拉图:《理想国》,郭斌和、张竹明译,商务印书馆1986年版,第107页。
② [古罗马]贺拉斯:《诗艺》,杨周翰译,见亚理士多德、贺拉斯:《诗学 诗艺》,人民文学出版社1962年版,第155页。

文学理论家锡德尼(Sir Philip Sidney,1554—1586)认为诗人是历史家和道德家之间的仲裁者,因为诗歌可以正确地评价善恶,"引导我们,吸引我们,去到达一种我们这种带有惰性的、为其泥质的居宅染污了的灵魂所能够达到的尽可能高的完美"。① 另一英国学者培根(Francis Bacon,1561—1626)也说,文学"可以使人提高,可以使人向上"。② 法国古典主义理论家布瓦罗(一译布瓦洛,Boileau,1636—1711)则张扬普遍的人性即理性的作用,他说:"首先须爱义理:愿你的一切文章永远只凭着义理获得价值和光芒。"③ 20世纪英国的文学批评家利维斯(F.R.Leavis,1895—1978)指出,伟大作家总是在其塑造的具体形象中倾注了责任感,"这种责任感,在本质上,就包含了富于想象力的同情、道德甄别力和对相关人性的价值判断"。④ 法国的萨特(Jean-Paul Sartre,1905—1980)主张以文学介入社会,发表对社会的看法,也具有实用论的色彩。实用论关注文学的道德感化与社会功用,有可取之处,但又有忽视文学审美愉悦功能之嫌。

三、表现论

这是一种认为文学是作家情感的表现和内心世界的外化的理论主张。文学与作家情感与心灵的关系很早便受到注意。但与文学有关的情感、心灵究竟包括哪些方面,它们又是如何影响文学的?对这些问题则有不同的看法,故而表现论便有多种存在形态。中国魏晋时期的陆机在《文赋》中提出"诗缘情而绮靡"。明代的李贽则把纯真的童心看作文学创作的基础。他在《焚书》中写道,"童心,最初一念之本心也","天下之至文,未有不出于童心焉者也"。⑤ 西方近代浪漫主义思潮更是赋予情感以突出的地位。英国诗人华兹华斯(W.Wordsworth,1770—1850)在《〈抒情歌谣集〉序言》中,指认"诗是

---

① [英]锡德尼:《为诗一辩》,钱学熙译,见伍蠡甫主编:《西方文论选》上卷,上海译文出版社1979年版,第233页。
② [英]培根:《学术的进展》,见伍蠡甫主编:《西方文论选》上卷,上海译文出版社1979年版,第248页。
③ [法]布瓦罗:《诗的艺术》,任典译,人民文学出版社1959年版,第5页。
④ [英]利维斯:《伟大的传统》,袁伟译,生活·读书·新知三联书店2002年版,第49页。
⑤ 李贽:《〈焚书〉〈续焚书〉》,中华书局2011年版,第32页。

强烈感情的自然流露"。① 另一诗人柯勒律治(一译柯尔律治,Samuel Taylor Coleridge,1772—1834)也说:"有一个特点是所有真正的诗人所共有的,就是他们写诗是出于内在的本质,不是由任何外界的东西所引起的。"②意大利美学家克罗齐(Benedetto Croce,1866—1952)主张直觉即表现,表现即艺术。奥地利心理学家弗洛伊德(Sigmund Freud,1856—1939)认为文学艺术是人被压抑的欲望(主要是性欲)的转移或升华。上述这些说法都可以说是表现论的不同表现形态。

表现论并不排除文学对外界对象的描写,但认为这些外界事物只有经过作家的自我与情感的过滤之后才具有意义。表现论强调文学表现自我情感,突出情感、想象和天才的地位,有其合理之处,但过于重视情感无疑以偏概全。

四、客体论

这是一种将文学从其他外界事物中孤立出来进行考察的理论,其基本形态是强调文学是一种语言的构造,文学的成功取决于作家的语言创造力量。20世纪以来,西方思想界发生了语言学转向。瑞士语言学家索绪尔(Ferdinand de Saussure,1857—1913)在《普通语言学教程》中将语言看作是与世界相互并列的系统,语言的能指(符号)与所指(指示物)之间的关系是任意的。他进一步把语言区分为由一定的社会集团使用的语言和个人使用的言语两个部分。按照这种观点,文学所描写的世界只是一种以作家个体创造为基础的追求符号能指的言语活动,与外在的现实世界并不对应。在这种语言观念的影响下,文学语言的建构功能和创造性力量受到重视。俄国形式主义、英美新批评、法国结构主义等派别都从语言论的角度看待文学的特性。俄国形式主义的创始人之一雅克布森(Roman Jakobson,1896—1982)声称,文学科学的研究对象是"文学性",也就是使某一作品成为文学作品的东西。新批评的代表人物之一的韦勒克、沃伦在《文学理论》一书中,将文学看作是为某种特别的审美目的服务的独立的符号结构或符号系统。他们认为,文学

---

① [英]华兹华斯:《〈抒情歌谣集〉序言》,见刘若端编:《十九世纪英国诗人论诗》,人民文学出版社1984年版,第22页。
② [英]柯勒律治:《诗的本质》,见刘若端编:《十九世纪英国诗人论诗》,人民文学出版社1984年版,第111页。

是一个交织着多层意义和关系的极其复杂的组合体,因此需要研究文学作品的存在方式和层次系统。新批评基本上是一种语言批评,甚至可以说是一种语义批评,它对文学语言的表达过程以及语词之间的相互关系给予了极大的关注,如诗歌中的意象、隐喻、反讽、张力、含混等。结构主义批评是以系统整体的观念看待语言和文学现象,并以二元对立的模式使之结构化。结构主义批评的出发点在于文学各要素之间的关系,结构主义批评的目标在于发现潜在于各种文学文化现象之下的共同的普遍的规律。其特征是:第一,以语言学方法为基础,把各种文学和文化现象都看作"语言模式",用语言学方法加以分析;第二,把各种具体的文学、文化现象看作"言语",把整个文学或文化看作"语言系统",结构主义批评的目的就是寻找存在于具体文本之下的抽象的、普遍的结构;第三,注重对文本意义的生成而不是对意义本身的研究,它的目标不是发现具体作品的意义,而在于探讨、确立文学意义生成的普遍法则或程式。

客体论的特点是突出语言在文学创作、语言建构、文学解读中的地位,使文学语言以及作为语言系统的文学成为文学理论的焦点,但有脱离作者、读者和社会历史,对文学进行孤立化研究的倾向。

五、游戏论

游戏论是一种从文学创作的发生、性质及功能的整体上将文学归结为无功利的自由活动的理论。从现有资料看,意大利文艺复兴时期的马佐尼(Mazoni)最早明确地提出文学是一种游戏。他说"如果把诗看作游戏,它的目的就在娱乐。"[①]德国美学家康德(Immanuel Kant,1724—1804)在《判断力批判》中曾经对文学艺术与手工艺作了区分,指出文学艺术活动的本质是自由的游戏。他说:"艺术甚至也和手艺不同。前者叫做自由的艺术,后者也可以叫做雇佣的艺术。我们把前者看作好像它只能作为游戏,即一种本身就使人快适的事情而得出合乎目的结果(做成功)"。[②] 依康德的说法,文学能把想象力的自由游戏当作知性的严肃事情来进行,故能给读者以很多启示。后来,德国

---

① [意]马佐尼:《神曲的辩护》,见《欧美作家论现实主义和浪漫主义》一,中国社会科学出版社1980年版,第131页。
② [德]康德:《判断力批判》,邓晓芒译,人民出版社2002年版,第147页。

美学家席勒(J.C.F.Schiller,1759—1805)、伽达默尔(Hans-Georg Gadamer,1900—2002)、伊瑟尔(Wolfgang Iser,1926—2007)等人分别从本能天性、想象的变形、人类拓展自身的一种方式等方面发挥了游戏论。应该说,文学无论就其发生、性质,还是就其功能来说都带有游戏性,文学中的游戏因素也有着诸多表现形态,并承担了从文字戏谑、感官娱乐到自我认识与超越等不同层次的社会文化功能。席勒把审美的游戏冲动当成人性解放的前提,它超越了内在和外在事物的强制,将规律与需要结合起来,因而是自由的显现。席勒在《美育书简》中写道:"只有当人在充分意义上是人的时候,他才游戏;只有当人游戏的时候,他才是完整的人。"①伽达默尔认为,与艺术有关的游戏不是指行为或游戏活动中所实现的主体性的自由,而是指艺术作品本身的存在方式,因为这种游戏活动与严肃事物有着关联。由于文本中能指与所指的离异性,所描写的"现实"是虚拟性的,伊瑟尔称之为文本游戏。但伊瑟尔认为,对于作者来说文本游戏就是一种表演:作者要扮演各种可能的角色和读者期待的角色。文学游戏中所进行的这种表演具有深刻的社会学内涵:在现实中,人们不能真实、多样地展现自我,只有文学才能从多方面彻底地表演自我,毫无羁绊地利用多种文化手段全景式地展现人的各种可能性。因为在这里无论怎样表演自己,任何一种可能形式都不会对我们发挥真实的作用。因此,伊瑟尔把文本中的表演游戏看作一种世界经验的动态的呈现方式,是人类通过语言所做的自我扩张。文学史上这样的例证不胜枚举。据说巴尔扎克的邻居有时会听到作家房间里剧烈的吵闹声,本欲上门劝阻,却发现原来是巴尔扎克沉浸到文学的幻想世界中,自己同化为笔下人物,正与另一虚拟人物发生争吵。文学创作中作者身上所发生的自我角色的分化与表演,是文学活动与游戏活动内在的契合点。

　　文学与游戏在结构上还有很多共通之处,这是更需要引起我们注意的地方。美国人类学家格尔兹(Clifford Geertz,1926—2006)曾经研究了印度尼西亚巴厘岛上的斗鸡游戏,认为"斗鸡所做的正如《李尔王》和《罪与罚》所做的一样:它把握了死亡、男性气概、激情、自尊、失败、善行、机遇等这样一些问题,并把他们排列成一个封闭的结构,通过突显它们根本性质这样一种方式来表现它们。斗鸡赋予这些主题一个意义结构,从而使它们成为有意义

---

① [德]席勒:《美育书简》,徐恒醇译,中国文联出版公司1984年版,第90页。

的——可见的、有形的、能够把握的——想象意义上的'现实'。作为一个形象,一种虚构,一个模型和隐喻,斗鸡是一个表达的工具"。① 同样,文学阅读也包含了游戏因素。读者阅读文学时,常常情不自禁地参与到文学所创造的虚拟情境之中,陷入类似儿时游戏表演时的天真、童趣与痴迷,所以英国学者克默德说,"我们读小说就是让自己扮演小孩"。② 按照格尔兹的描述,文学与游戏都假定了对现实的疏离,是超越日常生活而进入了一个非现实世界;无论文学或者游戏都要借助于象征的感性形式的模拟来表现,是被压抑愿望的替代性满足。所以弗洛伊德认为,文学是作家延续他孩童时代游戏的一种方式,是受压抑的愿望以一种歪曲的形式表现出来。

我国古代有关文学怡情悦性的理论与游戏论有类似之处。东晋的陶渊明在《五柳先生传》中说五柳先生(实为作者化身)"常著文章自娱,颇示己志,忘怀得失,以此自终"。宋代的曾巩说:"虽病不饮酒,而间为小诗,以娱情写物,亦拙者之适也。"③ 明代的汤显祖在《答张梦泽》里自述"时为小文,用以自嬉"。④ 我国现代的游戏论是受康德、席勒影响而产生的。如王国维在《文学小言》里主张:"文学者,游戏的事业也。"他还在《人间嗜好之研究》中说:"且吾人内界之思想感情,平时不能语诸人或不能以庄语表之者,于文学中以与我一定关系之故,故得倾倒而出之。易言以明之,吾人之势力所不能于实际表出者,得以游戏表出之是也。"鲁迅在《中国小说的历史变迁》中也称《西游记》"实不过出于作者之游戏"。

朱光潜先生在《文艺心理学》中这样评价游戏论:"游戏和艺术有四个最重要的类似点:一、它们都是意象的客观化,都是在现实世界之外另创意造世界。二、在意造世界时它们都兼用创造和模仿,一方面要沾挂现实,一方面又要超脱现实。三、它们对意造世界的态度都是'佯信',都把物我的分别暂时忘去。四、它们都是无实用目的的自由活动。"⑤ 游戏论在解释文学的发生、创

---

① [美]格尔兹:《文化的解释》,纳日碧力戈等译,上海人民出版社1999年版,第502页。
② [英]克默德:《结尾的意义》,刘建华译,辽宁教育出版社1998年版,第47页。
③ 曾巩:《齐洲杂诗序》,见《曾巩集》上,卷十三,陈杏珍、晁继周点校,中华书局1984年版,第215页。
④ 汤显祖:《答张梦泽》,见《汤显祖集》二,上海人民出版社1973年版,第1365页。
⑤ 朱光潜:《文艺心理学》,见《朱光潜美学文集》第一卷,上海文艺出版社1982年版,第187页。

造的自由性时确实有深刻的地方。但是细加推敲便可发现,游戏论本身并不是一个统一的理论,这里的游戏实际上涵盖了两种性质不同的游戏:一是看重文学的非功利性与超越性的严肃的游戏,一是偏向文学的消闲性与娱乐性的轻松的游戏,——伊瑟尔在《虚构与想象》中分别称之为自由的游戏与工具的游戏。西方的游戏论主要属于自由的游戏论(当然也有例外,如俄国形式主义者艾亨鲍姆把果戈理的《外套》看作游戏文学,便是工具的游戏论),我国古代甚至现代鲁迅的游戏论基本上是工具的游戏论。如何将两种游戏协调起来是游戏论面临的一个问题。

六、文化论

近40年来,西方越来越多的人们倾向于对文学作社会文化的思考。文学文化论的主要理论来源是英国马克思主义"文化研究"学派,代表人物有威廉斯、霍尔(Stuart Hall,1932—2014)、霍加特(Richard Hoggart,1918—2014)等。按照威廉斯的研究,英文中的"文学"(literature)一词开始表示的是"阅读能力"(reading ability)、"阅读经验"(reading experience);也就是说,原先的"文学"是混整未分的,既包括诗歌,也涵盖了哲学、历史及散文随笔等。现代意义上的"文学"观念形成于18世纪,它将文学定义为人类整体经验的表达,其特征是强调文学的"趣味"与"感受力"的审美品质,突出文学的"想象性"与创造力,并张扬一种"民族文学"的观念。这种文学观念的出现与资产阶级作为一个阶级的兴起有很大的关系。由于这种文学观念及其关于文学的定义,使文学与某种受过教育并经过审美与艺术训练的"特别的少数"人联系在一起,有很大的局限性。而当今时代的文学已经发生了根本性的变化,电子传播、电子合成、访谈、形象传播等与文学融为一体,言语、写作与形象相互关联,但是细细推究起来,所有这些仍然都没有离开书写与阅读。所以,威廉斯试图恢复和重新授予文学作为"书写"、"阅读能力"、"阅读经验"这一被遗忘与被压抑的含义。因为该含义超越了近代以来对于文学过于小圈子化的狭隘规定,把人们多元化的生活体验和新兴的文学变异形态包容其中。威廉斯对文学的考察与重新界说有两点值得我们注意:其一,由于文学的边界不断地具体化并处于变动之中,"文学"可以说是一种特定化的社会和历史归类,一种带有意识形态性的界说。因而威廉斯将文学看成是一个历史的与相对的存在,并没有恒定不变的本质或普遍性,尤其是进入传媒与电子时代之后,文学常常以混合物的形态出现。但他发现无论文学怎样发展变化，依然未脱离"书写"与"阅读"这一古老的界定。恢复这一古老的界定，就能够找到分析当下文学存在状态的新的契合点。而读、写既是文学存在的基本方式，也是文化最基本的含义，威廉斯的文学观实际上是把文学看作一种文化现象；其二，威廉斯看到了历史上"文学"观念的变迁所蕴含的权力关系，进而针对电子与传媒时代的文学发展现状提出了新的概括，并试图对这个文学状态所蕴含的新的权力关系做出分析。英国文化研究学派正是沿着威廉斯这个思路进行文化研究的。例如霍尔的"表征"(representation)概念在一定意义上便是取自威廉斯的"书写"与"阅读"。表征既是描摹，也是象征与替代，是一个同时可以应用于语词与图像中的概念。在《表征》一书中，霍尔认为表征是用语言向他人有意义地表述这个世界，它包括语言的、各种记号的及代表和表述事物的诸形象的运用。而表征活动更是一个牵涉到规则、生产、消费、认同等环节的复杂的动态过程。在霍尔看来，语言就是一个表征系统，因为通过语言我们可以使用书写文字、声音、电子技术生产的图像及音符来表征我们的观念和情感。霍尔不赞同反映论的与主体意向论的表征观念，而认为事物、思想与概念、语言之间存在着多种中介关系，质料、概念与意指均受制于文化与语言的信码，它们之间的相互关联生产了意义，因此，表征活动是一个社会行为，是一种意义生产，一种实践。乔纳森·卡勒在其近著《文学理论》中，也把"文学"看作随一定时代文化观念的改变而不断地建构的一个过程。在他看来，文学被作为审美的、想象的作品的观念只不过是最近200年左右的事，以这个观念概括当今的文学存在形态已经不合时宜，而应该把文学看作随着特定的社会情势的变化而不断地改变存在形态的文化现象。

　　文学文化论留意到新的文学经验与文学变异形态，有助于从多方面看待和理解文学在文化活动中的地位，也有助于观察文学与社会文化的多重关系，但它又有模糊文学与一般文化、文学与非文学边界的危险。因为虽然电子图像、广告和语词都包含书写与阅读问题，但其制作、传播与接受途径则大不相同。文学是一种依托于语言符号的文化形态，是通过语言来负载文化、表达意义并进行反思的。而图像文化的编码、解码有挣脱语言符号羁绊的趋向，无论是其制作与欣赏都在相当程度上消弭了反思因素，具有浅制作与浅消费的特征，不能简单地以"书写"与"阅读"来加以界定。当英国文化研究学派的文化研究者自以为他们仍然是在研究文学及语言现象时，已经不经意地逸出了文学的框架，实际上是将文学研究变成各种文化传播形式中的文学性的研究。

　　这里要还需要注意区别文学文化论与古代的杂文学观念。由于文学的产生与发展和文化活动息息相关，在相当长一段时间，文学没有自律性，被作为一般文化来看待，所以在古代曾经留行着一种将文学与文章甚至人文学术不加区分的杂文学观念。如在中国的先秦两汉时期，"文学"一词便泛指文章博学或文献经典，如"文学子游子夏"（《论语·先进》）、"选豪俊讲文学"（《汉书·武帝纪》）。直至魏晋以降，始有文笔之分，有韵者为文，无韵者为笔，这里的"文"有点接近现代意义上的文学，但并不严格。到了近代仍有人将文学混同于一般文化。如章太炎云："文学者，以有文字著于竹帛，故谓之文。论其法式，谓之文学。"①而近来兴起的文学文化论则是在文学创作取得相对独立的地位，文学理论成为一门独立的学科与知识形态之后出现的，实际上已经不同程度地借鉴了形式主义或符号学的研究成果。它强调的是文学随社会文化变迁而变化的不确定性以及文学与其他文化形式的兼容性，与古代的杂文学观念虽然有一定的相似之处，但二者的背景与视角并不相同。

　　本部分共选入四篇文章。其中罗根泽的《文学界说》带有总论的性质，王国维的《文学小言》表达了游戏论的文学观念，韦勒克的《文学的本质》与卡勒的《文学是什么？》则分别表达了形式主义与文化论的文学观念。

选　文

文学界说（节选）

罗根泽

导言——

本文节选自罗根泽著《中国文学批评史》（上海古籍出版社，1984）第一篇《周秦文学批评史》第一章《绪言》。

---

① 章太炎：《文学总略》，见傅杰编校：《章太炎学术史论集》，中国社会科学出版社1997年版，第73页。

作者罗根泽(1900—1960),字雨亭。河北深县人。毕业于清华大学研究院和燕京大学国学研究所,历任河南大学、河北大学、北京师范大学、安徽大学、中央大学、南京大学教授,是中国现代著名学者。著有《中国文学批评史》、《乐府文学史》等。

本文是罗根泽所著《中国文学批评史》开篇的一小节,带有解题的性质。在研究中国古代文学及文学批评的时候,文学的范围如何界定?作者列举了中国文论关于文学的三种界说:广义的杂文学,狭义的美文学与折中义的诗歌、小说、戏剧、散文,并说明了自己采用折中义的三个理由。作者对文学性质的探讨和界说言简意赅,说明作者对传统的文学观念有准确的整体把握。但作者并未跳出中国古代文论的思维模式,只讨论文学的范围如何划定,而不关心"文学是什么"一类的问题。

欲研究"中国文学批评史",必先确定"文学批评界说";欲确定"文学批评界说",必先确定"文学界说"。"文学界说",各家纷纭,莫衷一是,这是由于取义的广狭不同。

(一) 广义的文学——包括一切的文学。主张此说者,如章太炎先生《国故论衡·文学论略》云:"文学者,以有文字著于竹帛,故谓之文;论其法式,谓之文学。"

(二) 狭义的文学——包括诗、小说、戏剧及美文。主张此说者,如萧子显《南齐书·文学传序》云:"文章者,盖情性之风标,神明之律吕也。"梁元帝《金楼子·立言》篇下云:"今之儒博穷于史,但能识其事,不能通其理者谓之学;至如不便为诗如阎纂,善为章奏如伯松,若是之流,泛谓之笔;吟咏风谣,流连哀思者,谓之文。"合乎这个定义的,现在只有诗、小说、戏剧及美文。

(三) 折中义的文学——包括诗、小说、戏剧及传记、书札、游记、史论等散文。主张此说者,如宋祁《新唐书·文艺传序》首称:"唐有天下三百年,文章无虑三变。"所谓三变,指王勃、杨炯一变,张说、苏颋一变,韩愈、柳宗元一变。王杨所作是骈文,张苏所作是制诰文,韩柳所作是古文。又云:"今但取以文自名者,为'文艺篇'。"而文章家和诗人,都拉来入传。则所谓文章、文艺,包括骈文(制诰文也大半是骈文)、散文(古文)和诗。

唯过去的传统观念,以为词曲小说,不得与诗文辞赋并列,实则诗文辞赋有诗文辞赋的价值,词曲小说有词曲小说的价值。所以我在《中国文学史类编》里,分中国文学为诗歌、乐府、词、戏曲、小说、辞赋、骈散文七种,统予叙述,无所轩轾。

自然这是采取的折中义,所以不把凡著于竹帛的文字都请入文坛,也不把骈散文推出文坛。不过西洋文学的折中义,只包括诗、小说、戏剧和散文;中国则诗以外的韵语文学,还有乐府、词和辞赋,散文以外的非韵语文学还有骈文(也有人把骈文归入韵文,理由是骈文有韵律),也当然不能摒弃,也当然可以包括在折中义的文学领域。至于佛典的翻译文学,因为占据的时期很短,所以在《中国文学史类编》里分述于骈散文和戏曲,没有特辟一类;而那时的讨论翻译的文章,在文学批评上,占有重要位置,在这里也应当采入。

采取广义、狭义或折中义,是个人的自由。我虽采取折中义,并不反对别人采取广义或狭义。不过我之采取折中义也有三种原因:第一,中国文学史上,十之八九的时期是采取折中义的,我们如采取广义,便不免把不相干的东西,装入文学的口袋;如采取狭义,则历史上所谓文学及文学批评,要去掉好多,便不是真的"中国文学"、真的"中国文学批评"了。第二,就文学批评而言,最有名的《文心雕龙》,就是折中义的文学批评书,无论如何,似乎不能捐弃。所以事实上不能采取狭义,必须采取折中义。第三,有许多的文学批评论文是在分析诗与文的体用与关联,如采取狭义,则录之不合,去之亦不合,进退失据,无所适从;而采取折中义,则一切没有困难了。

文学小言

王国维

导言——

本文选自王国维著《王国维论学集》(中国社会科学出版社,1997)。

作者王国维(1877—1927),字静安,号观堂。浙江宁海人。曾任清华大学研究院教授,是中国现代著名学者。著有《人间词话》、《宋元戏曲史》等。

这是王国维直接、系统地阐述其文学观念的一篇文章,涉及了一系列重要的文学问题。作者认为,文学不能追求功名利禄,迎合社会趣味;文学是游戏的事业,是民族文化发达的产物;文学不应追求流行的"文体";文学是景与情、客观与主观、知识与感情的统一;文学和学问一样有三重境界,天才需要加强修养才能臻于化境;没有高尚伟大的人格,就没有高尚伟大之文学,天才、学问、德性三者的结合,是大文学产生的前提;感情真者,观物亦真,楚辞的成就源于其感自己之感、言自己之言,而词的盛衰更说明了真情实感对于文学的重要性;中国的叙事文学尚在幼稚阶段,叙事文学有着迥异于抒情文学的要求和效用;文学应成为专门的事业,而不应成为谋生的职业。王氏的文学观念,既有传统思想的影子,也有西方思想的痕迹,而其表达方式亦兼取二者之长,为中国文学观念的转型提供了一个较早的范例。

一

昔司马迁推本汉武时学术之盛,以为利禄之途使然。余谓一切学问皆能以利禄劝,独哲学与文学不然。何则?科学之事业皆直接间接以厚生利用为旨,故未有与一政治及社会上之兴味相刺谬者也。至一新世界观与一新人生观出,则往往与政治及社会上之兴味不能相容。若哲学家而以政治及社会之兴味为兴味,而不顾真理之如何,则又决非真正之哲学。此欧洲中世哲学之以辩护宗教为务者,所以蒙极人之耻辱,而叔本华所以痛斥德意志大学之哲学者也。文学亦然;餔餟的文学,决非文学也。

二

文学者,游戏的事业也。人之势力,用于生存竞争而有余,于是发而为游戏。婉娈之儿,有父母以衣食之,以卵翼之,无所谓争存之事也。其势力无所发泄,于是作种种之游戏。逮争存之事亟,而游戏之道息矣。唯精神上之势力独优,而又不必以生事为急者,然后终身得保其游戏之性质。而成人以后,又不能以小儿之游戏为满足,于是对其自己之情感及所观察之事物而摹写之、咏叹之,以发泄所储蓄之势力。故民族文化之发达,非达一定之程度,则不能有文学;而个人之汲汲于争存者,决无文学家之资格也。

三

人亦有言,名者利之宾也。故文绣的文学之不足为真文学也,与餔餟的文学同。古代文学之所以有不朽之价值者,岂不以无名之见者存乎?至文学之名起,于是有因之以为名者,而真正文学乃复托于不重于世之文体以自见。逮此体流行之后,则又为虚玄矣。故模仿之文学,是文绣的文学与铺缀的文学之记号也。

四

文学中有二原质焉:曰景,曰情。前者以描写自然及人生之事实为主,后者则吾人对此种事实之精神的态度也。故前者客观的,后者主观的也;前者知识的,后者感情的也。自一方面言之,则必吾人之心中洞然无物,而后其观物也深,而其体物也切,即客观的知识,实与主观的情感为反比例。自他方面言之,则激烈之情感,亦得为直观之对象、文学之材料;而观物与其描写之也,亦有无限之快乐伴之。要之,文学者,不外知识与感情交代之结果而已。苟无敏锐之知识与深邃之感情者,不足与于文学之事。此其所以但为天才游戏之事业,而不能以他道劝者也。

五

古今之成大事业大学问者,不可不历三种之阶级:"昨夜西风凋碧树,独上高楼,望尽天涯路。"(晏同叔《蝶恋花》)此第一阶级也。"衣带渐宽终不悔,为伊消得人憔悴。"(欧阳永叔《蝶恋花》)此第二阶级也。"众里寻他千百度,回头蓦见,那人却在灯火阑珊处。"(辛幼安《青玉案》)此第三阶级也。未有未阅第一第二阶级,而能遽跻第三阶级者。文学亦然。此有文学上之天才者,所以又需莫大之修养也。

六

三代以下之诗人,无过于屈子、渊明、子美、子瞻者。此四子者若无文学之天才,其人格亦自足千古。故无高尚伟大之人格,而有高尚伟大文章者,殆未之有也。

七

天才者,或数十年而一出,或数百年而一出,而又须济之以学问,帅之以德性,始能产真正之大文学。此屈子、渊明、子美、子瞻等所以旷世而不一遇也。

八

"燕燕于飞,差池其羽。""燕燕于飞,颉之颃之。"

"睍睆黄鸟,载好其音。""昔我往矣,杨柳依依。"

诗人体物之妙,侔于造化,然皆出于离人孽子征夫之口,故知感情真者,其观物亦真。

九

"驾彼四牡,四牡项领。我瞻四方,蹙蹙靡所骋。"以《离骚》、《远游》数千言言之而不足者,独以十七字尽之,岂不诡哉!然以讥屈子之文胜,则亦非知言者也。

十

屈子感自己之感,言自己之言者也。宋玉、景差①感屈子之所感,而言其所言;然亲见屈子之境遇与屈子之人格,故其所言亦殆与自己之言无异。贾谊、刘向②其遇略与屈子同,而才则逊矣。王叔师③以下,但袭其貌而无其情以济之。此后人之所以不复为楚人之词者也。

十一

屈子之后,文学上之雄者,渊明其尤也。韦、柳④之视渊明,其如刘、贾⑤之视屈子乎!彼感他人之所感,而言他人之所言,宜其不如李、杜⑥也。

---

① 宋玉、景差:宋玉,战国时楚辞赋家,曾事顷襄王。有人认为乃屈原弟子,作品有《招魂》(或认为屈原作)、《月赋》、《登徒子好色赋》等;景差,与宋玉同时,亦为战国时楚辞赋家。或以为《大招》为其所作。

② 刘向(约公元前77—前6):字子政,本名更生,沛(今江苏沛县)人。西汉经学家、目录学家、文学家。成帝时,校阅群书,撰《别录》,赋作多亡佚。作品今存《洪范五行传》、《说苑》、《列女传》等。

③ 王叔师:王逸,叔师为其字。东汉文学家。

④ 韦、柳:韦应物、柳宗元。

⑤ 刘、贾:刘向、贾谊。

⑥ 李、杜:李白、杜甫。

十二

宋以后之能感自己之感,言自己之言者,其惟东坡①乎!山谷②可谓能言其言矣,未可谓能感所感也。遗山③以下亦然。若国朝之新城④,岂徒言一人之言而已哉?所谓"莺偷百鸟声"者也。

十三

诗至唐中叶以后,殆为羔雁之具矣。故五季、北宋之诗(除一二大家外),无可观者,而词则独为其全盛时代。其诗词兼善如永叔、少游⑤者,皆诗不如词远甚。以其写之于诗者,不若写之于词者之真也。至南宋以后,词亦羔雁之具,而词亦替矣(除稼轩一人外)。观此足以知文学盛衰之故矣。

十四

上之所论,皆就抒情的文学言之(《离骚》、诗、词皆是)。至叙事的文学(谓叙事诗、史诗、戏曲等,非谓散文也),则我国尚在幼稚之时代。元人杂剧,辞则美矣,然不知描写人格为何事。至国朝之《桃花扇》,则有人格矣,然它戏曲则殊不称是。要之,不过稍有系统之词,而并失词之性质者也。以东方古文学之国,无一足以与西欧匹者,此则后此文学家之责矣。

十五

抒情之诗,不待专门之诗人而后能之也。若夫叙事,则其所需之时日长,而其所取之材料富,非天才而又有暇日者不能。此诗家之数之所不可更仆数,而叙事文学家殆不能及百分之一也。

---

① 东坡:苏轼。
② 山谷:黄庭坚,字鲁直,号山谷道人、涪翁,北宋诗人、书画家,有《山谷集》。
③ 遗山:元好问,字裕之,遗山为其号,金代文学家,有《遗山集》。
④ 新城:王士禛,字子真,一字贻上,号阮亭,又号渔阳山人。山东新城人,故学者称"新城"。清代诗人兼评论家,创"神韵说"。有《带经堂集》、《居易录》、《池北偶谈》等。
⑤ 永叔、少游:欧阳修与秦观。欧阳修,字永叔,号醉翁、六一居士,北宋文学家、史学家,曾与宋祁合撰《新唐书》,独撰《新五代史》,有《欧阳文忠集》。秦观,字少游、太虚,号淮海居士,北宋词人,有《淮海集》。

十六

《三国演义》无纯文学之资格,然其叙关壮缪之释曹操,则非大文学家不办。《水浒传》之写鲁智深,《桃花扇》之写柳敬亭、苏崑生,彼其所为,固毫无意义。然以其不顾一己之利害,故犹使吾人生无限之兴味,发无限之尊敬,况于观壮缪之矫矫者乎?若此者,岂真如康德所云,实践理性为宇宙人生之根本欤?抑与现在利己之世界相比较,而益使吾人兴无涯之感也?则选择戏剧小说之题目者,亦可以之所去取矣。

十七

吾人谓戏曲小说家为专门之诗人,非谓其以文学为职业也。以文学为职业,餔餟的文学也。职业的文学家,以文学为生活;专门之文学家,为文学而生活。今餔餟的文学之途,盖已开矣。吾宁闻征夫思妇之声,而不屑使此等文学嚣然污吾耳也。

文学的本质(节选)

[美] 韦勒克

导言——

本文节选自韦勒克、沃伦著《文学理论》(三联书店,1984)第二章《文学的本质》,刘象愚等译。

作者韦勒克的情况见本书第一章《何为文学理论?为何要学习文学理论?》部分之《文学理论、文学批评和文学史》导言中的介绍。

韦勒克、沃伦的《文学理论》是对20世纪40年代英美新批评派文学观念的一次总结。在本文中,作者认为,文学研究具有它特定的领域和特定的方法,不应将文学研究混同于文明史的研究。要给文学下定义,就必须弄清文学中语言的特殊用法,弄清文学语言、日常语言和科学语言的主要区别。文学语言深深地植根于语言的历史结构和文化传统中,具有歧义性和暗示性,它强调对文字符号本身的注意,强调语词的声音象征,强调情感态度的表达。而科学语言总是尽可能消除这些因素,它趋向于使用类似数学符号的标志系统,要求语言符号与指称对象一一吻合。文学语言与日常语言的区别在于,后者往往着意于影响对方的行为和态度,而前者较为微妙。虚构性、创造性或想象性是文学的突出特征。最后,作者讨论了意象和隐喻等问题,并得出结论:文学作品是交织着多层意义和关系的极其复杂的组合体。这个结论并不完满,但作者对三种语言用法的区分,为我们理解文学的本质提供了一条极好的线索。

我们面临的第一个问题显然是文学研究的内容与范围。什么是文学?什么不是文学?什么是文学的本质?这些问题看似简单,可是难得有明晰的解答。

有人认为凡是印刷品都可称为文学。那么,我们很可以去研究"14世纪的医学"、"中世纪早期的行星运行说"或者"新、老英格兰的巫术"。正如格林罗(E.Greenlaw)所主张的:"与文明的历史有关的一切,都在我们的研究范围之内";我们"在想法理解一个时代或一种文明时,不局限于'纯文学'(belles-lettres),甚至也不局限于付印或未付印的手稿","应该从对文化史的可能贡献的角度出发,看待我们的研究工作"。根据格林罗的理论和许多学者的实践,文学研究不仅与文明史的研究密切相关,而且实在和它就是一回事。在他们看来,只要研究的内容是印刷或手抄的材料,是大部分历史主要依据的材料,那么,这种研究就是文学研究。当然坚持这一观点的人可以说:历史学家之所以忽略文学研究方面的问题,是因为他们过于关注外交史、军事史和经济史的研究,因此,文学研究者理所当然地需要侵入和占领毗邻的知识领域。毫无疑问,人们不应该禁止任何人进入他所喜欢的知识领域;还可以举出许多理由说明广义地研究文明的历史如何有利。但是,这种研究无论如何不是文学研究。反对我们这种看法的人如果说这里只是在名词术语上做文章,那是不能令人信服的。事实上,一切与文明的历史有关的研究,都排挤掉在严格意义上的文学研究。于是,这两种研究之间的差别完全消失了;文学中引进了一些无关的准则;结果,文学的价值便只能根据与它毗邻的这一学科或那一学科的研究所提供的材料来判定。将文学与文明的历史混同,等于否定文学研究具有它特定的领域和特定的方法。

还有一种给文学下定义的方法是将文学局限于"名著"的范围之内,只注意其"出色的文字表达形式",不问其题材如何。这里要么以美学价值为标准,要么以美学价值和一般学术名声相结合为标准。根据美学价值,在抒情诗、戏剧和小说中选择出最伟大的作品,其他著作的选定则根据其声誉或卓越的学术地位,并结合某种比较狭隘意义上的美学价值——往往只是文体风格、篇章结构或一般的表现力等某一特点——加以考虑。这是人们区别或讨论文学问题时习以为常的方法。在说到"这不是文学"时,我们表达的就是这一种价值判断;在将一本历史的、哲学的或科学的书归属于"文学"时,我们作的也正是同一种价值判断。

大部分的文学史著作确实讨论了哲学家、历史家、神学家、道德家、政治家甚至一些科学家的事迹和著作。例如,很难设想一本18世纪的英国文学史不用另外一些篇幅去讨论伯克利和休谟(D.Hume),巴特勒(J.Butler)主教和吉本,博克(E.Burke)以至亚当·斯密(Adam Smith)。文学史在讨论这样一些著作家时,虽然通常较之讨论诗人、剧作家和小说家远为简单,却很少讨论这些著作家的纯美学上的贡献。事实上,我们都是粗略地、不很内行地考察这些著作家本身专业的成就。不错,除非把休谟当作哲学家、吉本(E.Gibbon)当作历史家、巴特勒主教当作基督教的辩护师兼道德家、亚当·斯密当作道德家兼经济学家,我们是无法评价他们的。但是,在大部分文学史里,对这些思想家的论述都是支离破碎的,没有提供他们理论产生的历史背景,对于哲学史、伦理学说、史学理论、经济理论等缺乏真正的理解。在这里,文学史家不能自动地转化为这些学科的合格的史家,而只能成为一个简单的编纂者或一个自以为是的侵入者。

孤立地研究一本"名著",可能十分适合于教学的目的。我们都必须承认:研究者,尤其是初级研究者,应该阅读名著或至少阅读好书,而不是先去阅读那些编纂的资料或历史轶事。然而,我们怀疑这个读书原则对于文学研究的实用性。这种读书原则恐怕只是对于科学、历史或其他累积性和渐进性的科目来说才值得严格地遵守。在考察想象性的文学(imaginative literature)的发展历史时,如果只限于阅读名著,不仅要失去对社会的、语言的和意识形态的背景以及其他左右文学的环境因素的清晰认识,而且也无法了解文学传统的连续性、文学类型(genres)的演化和文学创作过程的本质。在历史、哲学和其他类似的科目上,阅读名著的主张实际上是采取了过分"审美"的观点。把托玛斯·赫胥黎(T.H.Huxley)从英国所有的科学家中突出出来,认为他的著作可以作为名著来读,显然只是因为重视他的说明性的"文体"和篇章结构。这一取舍标准,除了偶有例外,必定把推行者置于伟大的始创者之上——它将会,也必定会,推崇赫胥黎而贬低达尔文(C.R.Darwin),推崇伯格森(H.Bergson)而贬低康德(I.Kant)。

"文学"一词如果限指文学艺术,即想象性的文学,似乎是最恰当的。当然,照此规定运用这一术语会有某些困难;但在英文中,可供选用的代用词,不是像"小说"或"诗歌"那样意义比较狭窄,就是像"想象性的文学"或"纯文学"那样显得十分笨重和容易引人误解。有人反对应用"文学"这一术语的理由之一就在于它的语源(litera——文字)暗示着"文学"(Literature)仅仅限指手写的或印行的文献,而任何完整的文学概念都应包括"口头文学"。从这方面来说,德文相应的术语 Wortkunst(词的艺术)和俄文的 slovesnost(即俄语 слоъесностъ 意为用文字表现的创作)就比英文 literature 这一词好得多。

解决这个问题的最简单方法是弄清文学中语言的特殊用法。语言是文学的材料,就像石头和铜是雕刻的材料,颜色是绘画的材料或声音是音乐的材料一样。但是,我们还须认识到,语言不像石头一样仅仅是惰性的东西,而是人的创造物,故带有某一语种的文化传统。

必须弄清文学的、日常的和科学的这几种语言在用法上的主要区别。波洛克(T.C.Pollock)在《文学的性质》一书中就此作了还算正确的论述,但似乎还不能令人完全满意,尤其是在阐释文学语言与日常语言的区别上还有不足之处。这个问题是很棘手的,决不可能在实践中轻而易举地加以解决,因为文学与其他艺术门类不同,它没有专门隶属于自己的媒介,在语言用法上无疑地存在着许多混合的形式和微妙的转折变化。要把科学语言与文学语言区别开来还比较容易;然而,仅仅将它们看作是"思想"与"情感"或"感觉"之间的不同,还是不够的。文学必定包含思想,而感情的语言也决非文学所仅有,这只要听听一对情人的谈话或一场普通的吵嘴就可以明白。尽管如此,理想的科学语言仍纯然是"直指式的":它要求语言符号与指称对象(sign and referent)——吻合。语言符号完全是人为的,因此一种符号可以被相当的另一种符号所代替。语言符号又是简捷明了的,即不假思索就可以告诉我们它所指称的对象。

因此,科学语言趋向于使用类似数学或符号逻辑学(symbolic logic)那种标志系统。它的目标是要采用像莱布尼茨(G.W.Leibniz)早在 17 世纪末叶就加以设计的那种"世界性的文字"（characteristica universalis）。与科学语言比较起来，文学语言就显得有所不足。文学语言有很多歧义（ambiguities）；每一种在历史过程中形成的语言，都拥有大量的同音异义字以及诸如语法上的"性"等专断的、不合理的分类，并且充满着历史上的事件、记忆和联想。简而言之，它是高度"内涵"的（connotative）。再说，文学语言远非仅仅用来指称或说明（refferential）什么，它还有表现情意的一面，可以传达说话者和作者的语调和态度。它不仅陈述和表达所要说的意思，而且要影响读者的态度，要劝说读者并最终改变他的想法。文学和科学的语言之间还有另外一个更重要的区别，即文学语言强调文字符号本身的意义，强调语词的声音象征。现在已发明了各种技术来探究文学语言的符号和象征，如格律（meter）、头韵（alliteration）和声音模式（patterns of sound）等。

　　与科学语言不同的这些特点，在不同类型的文学作品中又有不同程度之分：例如声音模式在小说中就不如在某些抒情诗中那么重要，抒情诗有时就因此难以完全翻译出来。在一部"客观的小说"（objective novel）中，作者的态度可能已经伪装起来或者几乎隐藏不见了，因此表现情意的因素将远比在"表现自我的抒情诗"中为少。语言的实用成分（pragmatic element）在"纯"诗中显得无足轻重，而在一部有目的的小说、一首讽刺诗或一首教喻诗里，则可能占有很大的比重。再者，语言的理智化程度也有很大的不同：哲理诗和教喻诗以及问题小说中的语言，至少有时就与语言的科学用法很接近。然而，无论在考察具体的文学作品时发现多少语言的混用形式，语言的文学用法和科学用法之间的差别似乎都是显而易见的：文学语言深深地植根于语言的历史结构中，强调对符号本身的注意，并且具有表现情意和实用的一面，而科学语言总是尽可能地消除这两方面的因素。

　　要将日常语言与文学语言区别开来，则是更为困难的一件工作。日常语言不是一个统一的概念：它包括口头语言、商业用语、官方用语、宗教用语、学生用语等十分广泛的变体。显然，我们上面对文学语言所作的许多讨论，都适用于除科学用法之外的其他各种语言用法。日常用语也有表现情意的作用，不过表现的程度和方式不等，可以是官方的一份平淡无奇的公告，也可以是情急而发的激动言词。虽然日常语言有时也用来获致近似于科学语言的那种精确性，它有许许多多地方还是非理性的，带有历史性语言的种种上下文允许的变化（contextual changes）。日常话语仅仅在有的时候注意到符号本身。在名称和动作的语音象征中,或者在双关语中,确实表现出对符号本身的注意。毋庸置疑,日常语言往往极其着意于达到某种目的,即要影响对方的行为和态度。但是仅把日常语言局限于人们之间的相互交流是错误的。一个孩子说了半天的话,可以不要一个听众;一个成年人也跟人家作几乎毫无意义的闲聊。这些都说明语言有许多用场,不必硬性地限于交流,或者至少不是主要地用于交流。

因此,从量的方面来说,文学语言首先要与日常各种语言用法区别开来。文学语言对于语源(resources of language)的发掘和利用,是更加用心和更加系统的。在一个主观诗人的作品中,我们可以发现十分一贯和透彻的"个性",那是人们在日常状态下所远远没有的。某些类型的诗歌可能有意采用反论(paradox)、歧义、上下文允许的语义变化甚至语法组合(如性或时态)上的倒错等方法。诗的语言将日常用语的语源加以揑合,加以紧缩,有时甚至加以歪曲,从而逼使我们感知和注意它们。一个作家会发现这些语源中有很多是经过好几代人默默地、不具名地加以运用而形成的。在某几国高度发展的文学中,特别是在某些时代中,诗人只须采用业已形成的诗歌语言体制就可以了,也可以说,那是已经诗化的语言。然而,每一种艺术作品都必须给予原有材料(包括上述的语源)以某种秩序、组织或统一性。这种统一性有时显得很松散,即如许多速写和冒险故事所表现的那样;但对于某些结构复杂而严谨的诗歌来说,统一性就有所增强:这些诗歌哪怕只是改换一个字或一个字的位置,几乎都会损害其整体效果。

文学语言与日常语言在实用意义上的区别是比较清楚的。我们否认那些劝导我们从事某项社会活动的语言为诗,至多称之为修辞。真正的诗对我们的影响是较为微妙的。艺术须有自己的某种框架,以此述说从现象世界中抽取的东西。这里,我们可以转引一些普通的美学概念——"无为的观照"(disinterested contemplation)、"美感距离"(aesthetic distance)和"框架"(framing)——来作语义分析。我们还必须认识到艺术与非艺术、文学与非文学的语言用法之间的区别是流动性的,没有绝对的界限。美学作用可以推展到种类变化多样的应用文字和日常言辞上。如果将所有的宣传艺术或教喻诗和讽刺诗都排斥于文学之外,那是一种狭隘的文学观念。我们还必须承认有些文学,诸如杂文、传记等类过渡的形式和某些更多运用修辞手段的文字也是文学。在不同的历史时期,美感作用的领域并不一样;它有时扩展了,有时则紧缩起来：个人信札和布道文曾经都被当作一种艺术形式,而今天出现了抗拒文体混乱的趋势,于是美感作用的范围再度紧缩起来,人们明显地强调艺术的纯粹性以反对19世纪末叶的美学家所提出的泛美主义(pan-aestheticism)主张的局面。看来最好只把那些美感作用占主导地位的作品视为文学,同时也承认那些不以审美为目标的作品,如科学论文、哲学论文、政治性小册子、布道文等也可以具有诸如风格、章法等美学因素。但是,文学的本质最清楚地显现于文学所涉猎的范畴中。文学艺术的中心显然是在抒情诗、史诗和戏剧等传统的文学类型上。它们处理的都是一个虚构的世界、想象的世界。小说、诗歌或戏剧中所陈述的,从字面上说都不是真实的；它们不是逻辑上的命题。小说中的陈述,即使是一本历史小说,或者一本巴尔扎克的似乎记录真事的小说,与历史书或社会学书所载的同一事实之间仍有重大差别。甚至在主观性的抒情诗中,诗中的"我"还是虚构的、戏剧性的"我"。小说中的人物,不同于历史人物或现实生活中的人物。小说人物不过是由作者描写他的句子和让他发表的言辞所塑造的。他没有过去,没有将来,有时也没有生命的连续性。这一基本的观念可以免却许多文学批评家再去考察哈姆莱特在威丁堡的求学情况、哈姆莱特的父亲对他的影响、福尔斯塔夫年青时怎样瘦削①、"莎士比亚笔下的女主角的少女时代的生活"以及"麦克佩斯夫人有几个孩子"等等问题。小说中的时间和空间并不是现实生活中的时间和空间。即使看起来是最现实主义的一部小说,甚至就是自然主义人生的片段,都不过是根据某些艺术成规而虚构成的。特别是借后来的历史眼光,我们可以看到各种自然主义小说在主题的选择、人物的造型、情节的安排、对白的进行方式上都是何等地相似。我们同样可以看到,就是最具有自然主义本色的戏剧,其场景的构架、空间和时间的处置、认以为真的对白的选择以至于各个角色上下场的方式诸方面都有严格的程式。不管《暴风雨》与《玩偶之家》有多大的区别,它们都袭用这种戏剧成规。

如果我们承认"虚构性"(fictionality)、"创造性"(invention)或"想象性"(imagination)是文学的突出特征,那么我们就是以荷马、但丁(Dante)、莎士比亚、巴尔扎克(H.Balzac)、济慈(J.Keats)等人的作品为文学,而不是以西塞罗

---

① 福尔斯塔夫是莎剧《亨利四世》和《温莎的风流娘儿们》中的一个人物。在戏中他是一个肥胖笨拙的形象。

(Cicero)、蒙田(M. de Montaigne)、波苏埃(J-B·Bossuet)或爱默生(R. W. Emerson)等人的作品为文学。不可否认,也有界于文学与非文学之间的例子,像柏拉图(Plato)的《理想国》那样的作品就很难否认它是文学,另外那些伟大的神话主题是由"创造"和"虚构"的片段组成的,但同时它们主要又是哲学著作。上述的文学概念是用来说明文学的本质,而不是用来评价文学的优劣。将一部伟大的、有影响的著作归属于修辞学、哲学或政治论说文中,并不损失这部作品的价值,因为所有这些门类的著作也都可能引起美感分析,也都具有近似或等同于文学作品的风格和章法等问题,只是其中没有文学的核心性质——虚构性。这一概念可以将所有虚构性的作品,甚至是最差的小说、最差的诗和最差的戏剧,都包括在文学范围之内。艺术分类方法应该与艺术的评价方法有所区别。

……

以上讨论的文学与非文学的所有区别——篇章结构个性表现,对语言媒介的领悟和采用,不求实用的目的,以及虚构性等——都是从语义分析的角度重申一些古老的美学术语,如"变化中的统一性"(unity in variety)、"无为的观照"、"美感距离"、"框架"以及"创新"、"想象"、"创造"等。其中每一术语都只能描述文学作品的一个方面,或表示它在语义上的一个特征;没有单独一个术语本身就能令人满意。由此至少可以得出一个结论:一部文学作品,不是一件简单的东西,而是交织着多层意义和关系的一个极其复杂的组合体。通常使用讨论"有机体"的一套术语来讨论文学,是不太恰当的,因为这样只是强调了"变化中的统一性"一面,从而导致人们误解文学可以相当于其实与它关系不大的生物学现象。而且,文学上的"内容与形式的统一"这一说法,虽然使人注意到艺术品内部各种因素相互之间的密切关系,但也难免造成误解,因为这样理解文学就太不费劲了。此说容易使人产生这样的错觉:分析某一人工制品的任何因素,不论属于内容方面的还是属于技巧方面的,必定同样有效,因此忽略了对作品的整体性加以考察的必要。"内容"和"形式"这两个术语被人用得太滥了,形成了极其不同的含义,因此将二者并列起来是有助益的;但是,事实上,即使给予二者以精细的界说,它们仍嫌过于简单地将艺术品一分为二。现代的艺术分析方法要求首先着眼于更加复杂的一些问题,如艺术品的存在方式(mode of existence)、它的层次系统(system of strata)等。

文学是什么？(节选)

［美］卡勒

导言——

本文节选自乔纳森·卡勒著《文学理论》(辽宁教育出版社，1998)第二章《文学是什么？它有关系吗？》，李平译。

作者卡勒的情况见本书第一章《何为文学理论？为何要学习文学理论？》部分之《理论是什么？》导言中的介绍。

文学是什么？这是几乎所有的文学理论教材都要首先解答的问题。但卡勒在《文学理论》第二章中认为，它并非像我们想象的那样，是文学理论的中心问题。因为理论已经融合了非文学的思想，并且在非文学现象中找到了"文学性"。作者分析了问题的难点所在：文学也许就像杂草一样。在把问题转换成"在我们的文化层面上要把一些东西看作文学会涉及什么"之后，作者结合一些细小的实例，分析了文学范例产生的可能性，认为"当语言脱离了其他语境，超然其他目的时，它就可以被解释成文学"，文学即一种约定俗成的标志。同时，作者认为文学既有可能是程式的创造，也有可能是某种关注的结果，这两种视角都必须为对方留有余地，而不能相互包含。由此出发，作者介绍了关于文学本质的五种最有影响的理论。最后，作者讨论了文学的社会政治功能，指出文学既是意识形态的手段，又是使之崩溃的工具。文章思路清晰而不单一，博采诸家之说而并不企图综合，其思考完全是开放性的。

现代西方关于文学是富于想象的作品这个理解可以追溯到18世纪末德国浪漫主义理论家那里。如果我们想得到一个确切的出处，那就可以追溯到1800年，一位法国的斯达尔夫人(Madame de Stael)发表的《论文学与社会建制的关系》(*On Literature Considered in its Relations With Social Institutions*)。不过，即使我们把自己限定在近两个世纪之内，文学的范畴也变得十分不明确：如今我们算作文学作品的——那些看上去不过是从日常对话中记录下来的只言片语，既无韵律，也没有清楚的音步的诗，在斯达尔夫人看来是否具有成为文学作品的资格呢？而且，一旦我们把欧洲之外的文化也考虑进来，那么关于什么可以称得上是文学这个问题就变得更加困难了。于是我们不想再去推敲这个问题了，干脆下结论说：文学就是一个特定的社会认为是文学的任何作品，也就是由文化来裁决，认为可以算作文学作品的任何文本。

…… ……

我们可以把文学作品理解成为具有某种属性或者某种特点的语言。我们也可以把文学看作程式的创造，或者某种关注的结果。哪一种视角也无法成功地把另一种全部包含进去。所以你必须在二者之间不断地变换自己的位置。

我介绍五点理论家们关于文学本质所作的论述。对每一点论述，你都可以从一种视角开始，但最终还要为另一种视角留出余地。

1. 文学是语言的"突出"

人们常说"文学性"首先存在于语言之中。这种语言结构使文学有别于用于其他目的的语言。文学是一种把语言本身置于"突出地位"的语言。它使语言变得与众不同，像是给你猛的一戳——"嘿，听着！我是语言！"——这样你就不会忘记你面对的是以独特的风格组合起来的语言。尤其是诗，把语言按声音的阶段排列组织起来，创作出可供人品味的东西。下面是杰勒德·曼利·霍普金斯（Gerard Manley Hopkins）的一首叫作《一座苏格兰小城》（Inversnaid）的诗的开头：

这条棕色的小溪像骏马的鬃毛，
一路欢叫，奔腾而下，
起起伏伏，泛起层层浪花，
沿着河床流向下游的湖泊，它的家。
(This darksome burn, horseback brown,
His rollrock highroad roaring down,
In coop and in comb the fleece of his foam
Flutes and low to the lake falls home.)

对于语言风格的突出——比如"burn… brown …rollrock…road roaring"这些

字音的压韵,还有那些不常见的字的组合,比如"rollrock",都清楚地表明我们面对的语言是为了把读者的兴趣吸引到语言结构本身而组织排列起来的。

但是,在许多情况下,若不是把某些东西界定为文学,读者根本不会注意到它特有的语言风格,这种情况也是存在的。当你看一篇散文时,你并没有听到它的声音效果。你会发现一句话的韵律几乎没给读者的耳朵留下任何印象;不过,如果一种韵律突然出现,它就能使你感觉到它。韵律是一种程式化的文学性的标志。是这种韵律使你注意到贯穿全文的韵律。如果一个文本是按照文学的框架构成的,我们就有可能注意到它的声音的特有风格,或者其他我们在读一般作品时会忽略的语言结构。

2. 文学是语言的综合

文学是把文本中各种要素和成分都组合在一种错综复杂的关系中的语言。当我收到一封信,要求我为某项有意义的事业做些贡献的时候,我不大可能会发现信中语言的声音与它的含义相呼应。但是在文学中就会有各种语言层次结构之间的关系——有反复强调,或者对比和不协调之间的关系,比如声音和意思之间、语法结构和主题模式之间的关系等等。一个韵律把两个词[猜测和知晓(suppose/know)]放在一起,而把它们引入了一种关系当中。("知晓"是"猜测"的反义词吗?)

不过,显然第一点,或第二点,或者二者加在一起都不能给文学下一个完整的定义。并不是所有的文学都像第一点指出的那样突出语言(许多小说就不是这样),而被突出的语言也不一定都是文学。很少有人把绕口令(比如"Peter Piper picked a pack of pickled peppers")作为文学,尽管绕口令以其语言引起人们对它的注意,并且能让你口不从心。在广告当中,各种手段也常常会得到突出的表现,甚至比抒情诗更有过之,而且不同的语言结构层次也可能会被目空一切地混合在一起。一位著名的理论家,罗曼·雅克布森(Roman Jakobson)在说明语言的"诗的功能"时,举的关键例子不是一行抒情诗,而是德怀特·D.("Ike")艾森豪威尔总统在竞选时的一句政治口号:我喜欢Ike (I like Ike)。这是一个文字游戏:被喜欢的对象(Ike)和喜欢的主语"我"(I) 都被包括在同一个行为"喜欢"(like)之中。既然**我**(I)和 Ike 都在"喜欢"(like)这个行为之中,我怎么可能不喜欢 Ike 呢?通过这则广告,喜欢"Ike"的必然性似乎已经镌刻在语言结构之中了。所以,并不是说语言不同层次间的关系只对文学有意义,而是说我们更倾向于在文学中寻找和挖掘形式与意义的关系,或者说主题与语法的关系,努力搞清楚每个成分对现实整体效果所做的贡献,找出综合、和谐、紧张或者不协调等关系。

关于文学性的解释,不论着重谈突出,还是着重讲语言的综合,都没有提出检验的标准,凭着这个标准,就能使哪怕火星人也能把文学与其他种类的文字区别开来。同大多数关于文学的性质的说明一样,这些解释也只是把注意力引向文学的某个方面,引向他们认为是文学的核心的那个方面。这一点则告诉我们要把什么东西作为文学研究,首先要研究它的语言结构,而不要把它看成是作者的自我表述,也不要把它看成是产生它的那个社会的写照。

3. 文学是虚构

读者对文学的关注期待各有不同,其原因之一就是文学的表述言词与世界有一种特殊的关系——我们称这种关系为"虚构"。文学作品是一个语言活动过程,这个过程设计出一个虚构的世界,其中包括陈述人、角色、事件和不言而喻的观众(观众的形成是根据作品决定必须解释什么和观众应该知道什么而定的)。文学作品是指虚构的,而不是历史人物的故事(比如爱玛·包法利和哈克贝利·芬)。但是虚构性并不仅限于人物和活动。我们所说的指示性词,与讲话环境相关的语言的定位特点,比如代词(我、你),或者表示时间、地点的副词(这里、那里、现在、那时、昨天、今天)在文学中都有特殊的功能。比如"此时"这个词在一句诗里("此时……飞到一起的燕子在空中啁啾"),它指的并不是诗人第一次写下这个词的那个时刻,也不是指这首诗第一次出版的那个时刻,而是指诗中的某一时刻,指它的活动所表现的那个虚构世界中的某一刻。再看,如果"我"这个字在一首抒情诗中出现,比如华兹华斯(Wordsworth)的诗句"我漫无目的地飘着,像一朵孤独的云……"这个"我"也是虚构的。它指的是诗中的叙述人。这个人也许与实际生活中的诗作者华兹华斯截然不同。(诗里的陈述人或者叙述者的经历与华兹华斯一生中某个时刻的经历也许会有不可摆脱的关联,但是,在一位老者的诗篇中,完全可能出现一位年轻的陈述人,反之亦然。而且,小说中的叙述者,那些在讲述故事时以"我"自称的角色完全可能与故事的作者有着截然不同的经历,并且作出截然相反的判断,这也是众所周知的。)

在虚构中,陈述者所讲的与作者所想的之间的关系一直是一个如何阐释的问题。经过描述的活动与生活中真实情景的关系也是如此。非虚构的话语一般包含在那种告诉你如何理解它的语境之中。比如一份指导如何烧菜的菜谱、一篇报纸上的报告、慈善机构的一封来信等等。然而,虚构的语境对故事到底要说明什么意义这个问题总是不作明确答复。文学与真实世界的关系与解释赋予它的功能相比就算不上什么特性了。如果我对一位朋友说:"请明天晚上8点钟到大岩石餐馆来和我一起吃晚饭。"她或者他会把这句话作为一个实实在在的邀请,并且从该话的语境中判断出具体的时间和地点("明天"指1998年1月14日,"8点"指东部标准时间晚上8点钟)。然而,如果诗人本·琼森写一首"邀请朋友去晚餐"的诗,那么这首诗的虚构性就使它与真实世界的关系成为一个有待解释的问题。这个信息的语境是一个文学的语境,因此我们必须作出判断,是把这首诗理解成主要勾画虚构的陈述人的态度,还是理解成概括一种逝去的生活方式,或者认为它是要说明友谊和单纯的娱乐对人的幸福是最重要的。

对于《哈姆莱特》的理解之一就是要判断是应该把它作为一个讲述丹麦王子遇到的问题的故事来读呢,还是把它理解成描写文艺复兴时期的人们在自我概念经历变化的过程中进退维谷的两难境地,抑或是总的描述男人与母亲之间的关系,或者是要说明再现(包括文学的再现)是怎样影响我们对经验的理解。故事通篇讲的都是丹麦这个事实并不意味着你必须要把它作为介绍丹麦的书去读:这是一个由理解作出的判断。我们可以用不同的方式,在不同的层次上把《哈姆莱特》与真实的世界联系起来。文学的虚构性使其语言区别于其他语境中的语言,并且使作品与真实世界的关系成为一个可以解释的问题。

4. 文学是美学对象

可以把迄今为止我们谈到的关于文学的特征——语言结构的不同的补充层次,与语言的实用语境相脱离,与真实世界的虚构关系——都归到语言的美学作用这个总标题下。历史上一直把美学作为艺术理论的名称,而且关于美究竟是艺术作品的客观属性,还是观赏人的主观反应,以及美与真和善的关系也一直争论不休。

现代西方美学的重要理论家康德(Immanuel Kant)认为美学就是在物质世界和精神世界之间架起一座桥梁的尝试,是沟通一个由力量和庞然大物组成的世界与一个由理念组成的世界的尝试。美学对象,比如绘画或者文学作品,通过把作用于感官的形式(色彩、声音)和精神的内涵(思想理念)融为一体来实现把物质与精神结合在一起的可能性。一部文学作品就是一个美学对象,这正是因为文学具有最初使其得以定位,或者说使其得以存在的交流功能。它可以使读者去思考形式与内容之间的内在的关系。

对于康德和一些其他理论家来说,美学对象具有"无目的的目的性"。它们的建构具有一种目的性:它们之所以这样建构是为了使它们的各个部分都协调一致去实现某个目的,但这个目的就是艺术作品本身,是蕴含在作品当中的愉悦,或者是由作品引起的愉悦,而不是外在的目的。具体说来,这就意味着要认定一个文本为文学就需要探讨一下这个文本各个部分为达到一个整体效果所起的作用,而不是把这部作品当成一个旨在达到某种目的的东西,比如认为它要向我们说明什么,或者劝我们去干什么。我说故事是语言、它的实际意义就是它的"可讲性"时,是注意到了故事所具有的目的性的(指那些可以使其成为"好故事"的特点),但我还注意到,这一点很难与某些外在的目的联系在一起。因此我是在讲述故事的美学和它激起感情的特点,甚至非文学的作品也是如此。一个好故事具有可讲性,可以打动读者或者听众,让他们觉得"值得一读"。它可以趣味横生,也可以给人教诲或者激励,它可以起到各种各样的作用。但你不能下一个概括的定义,说好故事就是可以做到以上任何一点的故事。

5. 文学是文本交织的或者叫自我折射的建构

近来,理论家们争辩说作品是由其他作品塑造出来的,也就是说先前的作品使它们的存在成为可能,它们重复先前的作品,对它们进行质疑或改造。这个观点有一个新鲜的名字,叫作"互文性"(intertextuality)。一部作品通过与其他作品之间的关系而存在于其他作品之中。要把什么东西作为文学理解就要把它看作一种语言活动,这种语言活动在与其他话语的关系中产生意义。比如,把一种语言活动理解为一首诗,是因为先前的诗篇为这首诗的产生创造了可能性,或者一部小说,它把它那个时代搬上舞台,并且批评那个时代的政治辞令。莎士比亚的十四行诗中写道:"我的爱人的眼睛绝不像空中的太阳。"这里就用了爱情诗篇中传统的比喻,并且否定了它们("可我在她的面颊上从未见到这样的玫瑰")——他反对用这种方法夸奖一个女人,而是说

"她行走时发出'噔噔'的脚步声"。这首诗在与使它的存在成为可能的传统发生关系时才产生意义。

既然要把一首诗作为文学理解就要把它与其他诗篇联系在一起,要比较对照它表达意义的方式与其他诗篇的方式的异同,那么在一定程度上就可以把诗篇作为诗歌艺术本身去阅读。它们具有诗歌艺术的想象和理解特性。于是我们碰到了现代理论界的一个重要观点,文学的"自我折射性"(Self-reflexivity)。小说在某种程度上是关于多部小说的作品,是关于再现和塑造,或者赋予经验意义的作品。所以《包法利夫人》这本小说就可以被看作是一部挖掘爱玛·包法利的"真实生活"与她所阅读的那些浪漫小说,以及福楼拜自己这部小说对生活的理解之间的关系的作品。针对一部小说(或者一首诗),我们总是可以提出这样的问题:它就如何阐明意义所作的明确表述与它自己在阐明意义时的具体做法之间是怎样联系的。文学是一种作者力图提高或更新文学的实践,因此它永远含有对文学的折射。不过,我们再次发现这一点同样适用于其他形式。比如贴在汽车保险杠上的小招贴广告。同诗篇一样,它要表达的意思也可以是建立在先前的这类小招贴画上的。比如,"为了耶稣不要用核武器屠杀鲸鱼!"("Nuke a Whale for Jesus!")如果没有"禁止核武器!""救救鲸鱼!"和"耶稣拯救万物!"这些小招贴,那句话就没有任何意义了。所以我们可以肯定地说"为了耶稣不要用核武器屠杀鲸鱼!"是关于小招贴广告的招贴广告。最后,文学的交织性和它的自我折射性并不是一个界定特点,而是突出运用语言的某些方面和语言再现的某些问题,在其他地方可能也会观察到同样的现象。

在这五种情况的每一种中,我们都会遇到上面提到过的结构:我们面对的是有可能被描述成文学作品特点的东西,是那些使作品成为文学的特点。不过,我们也可以把这些特点看作是特殊关照的结果,是我们把语言作为文学看待时赋予它的一种功能。看来,不论哪种视角都不能包容另一种而成为一个综合全面的观点。

延伸阅读

1. 章太炎《文学总略》,见傅杰编校《章太炎学术史论集》,中国社会科学出版社,1997。

2. 钱穆《中国民族之文字与文学》,见钱穆《中国文学论丛》,生活·读书·新知三联书店,2002。

3. 莱辛《拉奥孔》第16章《论诗与画的界限》,人民文学出版社,1979。

4. 康德《判断力批判》第43节《一般的艺术》,人民出版社,2002。

5. 托尔斯泰《什么是艺术?》,见伍蠡甫主编《西方文论选》下卷,上海译文出版社,1979。

6. 萨特《什么是文学?》,见施康强选编《萨特文论选》,人民文学出版社,1992。

7. 托多罗夫《文学的概念》,见《美学文艺学方法论续集》,文化艺术出版社,1987。

8. 克里格《文学是幻觉、隐喻和幻像》,见克里格《批评旅途》,中国社会科学出版社,1998。

9. 盖塞《文学与艺术》,见《比较文学译文集》,北京大学出版社,1982。

10. 埃斯卡皮《"文学"这一术语的定义》,见于沛选编《文学社会学——罗·埃斯卡皮文论选》,浙江人民出版社,1987。

问题与思考

1. 试比较各种文学观念的不同特点,它们在演变上有什么规律?

2. 我国1949年以来的文学观念发生了哪些变化?这些变化说明了什么?

研究实践

1. 关于文学的本质问题曾经发生过普遍主义与历史主义的尖锐对立。新批评派的韦勒克认为,存在着一个普遍的艺术王国,"阅读美学史或者诗学史所留给人们的印象是,文学的本质和作用,自从可以作为概念上广泛运用的术语与人类其他活动和价值观念相对照和比较以来,基本上没有改变过"。① 而英国马克思主义文学理论家伊格尔顿则认为,"我们可以一劳永逸

---

① [美]韦勒克:《批评的诸种概念》,丁泓等译,四川文艺出版社1988年版,第22页、第27页。

地抛弃下述幻觉,即:'文学'具有永远给定的和经久不变的'客观性'。任何东西都能够成为文学,而任何一种被视为不可改变的和毫无疑问的文学——例如莎士比亚——又都能够不再成为文学。以为文学研究就是研究一个稳定、明确的实体,一如昆虫学是研究各种昆虫,任何一种这样的信念都可以作为妄想而加以抛弃。"①你怎样看待这场争论?文学有没有固定不变的普遍本质?试就此展开一次讨论。

2. 美国学者艾布拉姆斯(Meyer Howard Abrams,1912—2015)在《镜与灯》中提出了一个后来广为人们所引用的解释艺术作品的参考框架。他把艺术活动的全体分为四个要素:作品、艺术家、世界、读者。第一个要素是作品,第二个要素是艺术生产者即艺术家,第三个要素是艺术所要涉及的人物、行动、思想、情感、物质、事件以及超越感觉的本质,艾布拉姆斯用一个中性的词——世界来表示,最后一个要素是欣赏者,即听众、观众、读者。这四者之间的关系艾布拉姆斯用图表示如下:

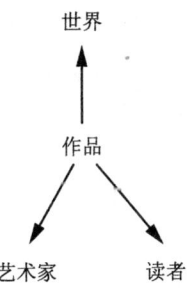

艾布拉姆斯称此图表为"艺术批评的诸坐标"。他认为虽然任何一种充分发挥了的文艺理论都涉及了四个要素,但几乎一切理论都明显地偏重于其中的一个要素。他由此将文艺理论形态分为四种类型:摹仿理论,把艺术作品解释为对世界的摹仿;实用理论,将艺术作品在读者中取得的效果看作文艺的最终目的;表现理论,将艺术品看成是艺术家感觉、思想和情感的体现;客体理论,是将艺术品与外部世界隔绝开来,作为一个自足体来进行研究的理论。

后来,美国华裔学者刘若愚在《中国的文学理论》一书中,修订了艾布拉

---

① [英]伊格尔顿:《20世纪西方文学理论》,伍晓明译,陕西师范大学出版社1987年版,第12页。

姆斯的文学四要素理论,将文学活动的四个环节——世界、作家、作品、读者看成一个动态的活动过程,提出一个新的框架①:

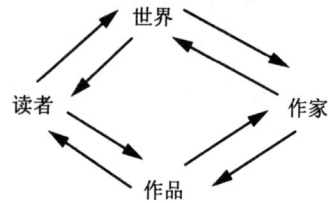

试做一篇作业,比较两个图表所表示的文学活动有什么不同。

---

① 参见[美]刘若愚:《中国的文学理论》,四川人民出版社1987年版,第14—19页。

第三章 文学语言

导 论

　　文学语言是指文学作品中的语言。文学是语言艺术。首先,从一般意义上说,作家写作凭借的是语言,语言首先是文学创作的手段与媒介,作家正是通过语言深情地感受万物和无限的生命,文学语言体现了作家独有的艺术感觉与文体风格,具有体验性、直觉性,所以高尔基(Maxim Gorky, 1868—1936)称语言是文学的第一要素。其次,从文学的存在状况看,语言是文学的基本存在方式。文学虚构的、审美的、形式的属性在很大程度上依赖于语言的建构。因为文学语言不像科学语言那样依赖于被描述和表达的对象,后者要把握并摹写对象的性质以达到准确的所指,尽量避免歧义和含混性。文学语言描写的对象不是实存的,而是再造的或虚拟的,它造就了文学语言充满变异和无限延伸的含蓄意指方式。再次,文学文本的意义及意义层面是通过语言得以生成的。波兰美学家英伽登(Roman Ingarden, 1893—1970)在《文学的艺术作品》一书中曾经将文学文本分为四个层面:语音层、意义单元层、图式化外观层(包含有待读者具体化的不确定点、由意义单元呈现出的事物的大致面貌)、再现的客体层(通过虚拟现实而生成的世界),并认为任何文学文本都包含这四个层面。他有时还认为有的文本还存在着诸如悲剧性、神圣、崇高、玄奥等形而上性质层。英伽登所说的文学文本的这些意义层面都是通过语言达到的。最后,文学语言又是一种文化现象,每一种语言都沉淀着本民族社会文化历史的投影,文学文本是作家运用语言创造性地进行文化反思的产品,自然和社会在读者面前所呈现的样态经过了作者语言的过滤。

所以苏联文学理论家洛特曼(Juri Lotman,1922—1993)认为,文学语言可以形成一种复杂的交流结构。因为文学文本具有社会视野,外部世界的关系肯定会反映到作者的语言实践中,并且与读者的经验相遇合。

一、四种代表性的语言观

1. 工具语言观

在20世纪以前,人们一般只重视文学语言的摹仿性与再现性,文学语言本身没有独立的价值,它只是再现现实生活或表达主观情感的工具。孔子在《论语·卫灵公》中所说的"辞达而已矣",就是要求表达明确、定质、名实相当,故朱熹释之曰:"辞,取达意而止,不以富丽为工。"[①]《庄子·外物》也把语言看作表达意义的手段:"荃者所以在鱼,得鱼而忘荃;蹄者所以在兔,得兔而忘蹄;言者所以在意,得意而忘言。"俄国批评家别林斯基(Vissarion Belinsky,1811—1848)说,在文学中,"语言的独立的兴趣消失了,却从属于另外一种最高的兴趣——内容,它在文学中是压倒一切的、独立的兴趣。"[②]高尔基也持一种工具语言观,他说,"语言把我们的一切印象、感情和思想固定下来,它是文学的基本材料。"[③]语言的作用只是将意义加以固定,可见他是重意义而轻语言的。所以他尽管在《和青年作家谈话》中,指认"文学的第一要素是语言",但也只是在传达与再现意义上来说的,认为文学"用语言来反映现实事件、自然景象和思维过程"。所以他紧接着便说:"语言是文学的主要工具。"[④]我国文学理论解放后相当长一段时间受苏联文学理论与高尔基语言观的影响,也普遍持一种工具语言观。工具语言观看重文学语言的摹仿性和传达思想的功能,实际上是将文学语言看成一种日常语言或俄国学者洛特曼所说的自然语言,忽视了文学语言的建构性与创造性。

2. 形式语言观

俄国形式主义、捷克布拉格学派、法国结构主义、英美新批评便把语言自

---

① 朱熹:《论语集注》,见朱熹撰:《四书章句集注》,中华书局1983年版,第169页。
② [俄]别林斯基:《文学一词的一般意义》,见《文学的幻想》,满涛译,安徽文艺出版社1996年版,第550页。
③ [俄]高尔基:《论散文》,见高尔基:《论文学》(续集),冰夷等译,人民文学出版社1983年版,第337页。
④ [俄]高尔基:《和青年作家谈话》,见高尔基:《论文学》,孟昌等译,人民文学出版社1983年版,第332页。

身视为文学活动的本质。俄国形式主义者雅克布森认为,"纯以话语为目的,为话语本身而集中注意力于话语——这就是语言的诗歌功能。"①他由此提出了文学语言的功能问题,认为文学凭语言而存在,文学的本质就是语言的本质。文学的透明性在于它能使语言的本质得到真正的直接显示,从而突出了语言自身的性质和功能。20世纪西方人文科学发生了语言学转向,文学被看作是为特别的审美目的服务的符号体系,文学语言不同于科学语言和日常语言的独特性被视为"文学性"的表现,因此对文学语言就有了诗的语言、情感语言、"内涵"语言等界定。布拉格学派的捷克文学理论家穆卡洛夫斯基(Jan Mukarovsky,1918—1975)认为诗的语言是对标准语言有意识的"扭曲",对标准语言规范的有意触犯。由于文学语言和作家的情感体验有关,被新批评派的英国文学理论家瑞恰兹(I.A.Richards,1893—1979)称之为情感语言,认为相对于指称明确的科学语言而言,语言的感情用法是用来表达或激发情感和态度的。新批评派的韦勒克认为文学语言不同于科学语言与日常语言之处在于它是"内涵的",即具有歧义性与富于联想。他说,科学语言"纯然是'直指式的':它要求语言符号与指称对象一一符合"。相比而言,"文学语言有许多歧义;……充满着历史上的事件、记忆和联想。简而言之,它是高度'内涵'的。再说,文学语言远非用来支撑或说明什么,它还有表现情意的一面,可以传达说话者和作者的语调和态度"。② 可见,形式语言观是将文学语言视为一种纯审美的、情感的存在。

现代其他文学理论派别也赋予文学语言以相当重要的地位,他们所指出的文学语言的描述性、伪指性、内向性等特征对形式语言观作了补充。接受美学的代表人物之一伊瑟尔在《本文的召唤结构》中,将语言区分为适用于理论著述的说明事实或阐发道理的"解说性语言"和创造虚拟的形象以及表达情感的"描述性语言"两种。"描述性语言"的特点是包含很多有待读者具体化的意义未定性与意义空白。另一德国接受美学家施蒂尔勒(K.Stierle)在《虚构文本的阅读》中认为语言有两种不同的用途:用于描述、叙述实在对象

---

① [俄]雅克布森:《语言学与诗学》,见[俄]波利亚科夫编:《结构-符号学文艺学》,佟景韩译,文化艺术出版社1994年版,第181页。
② [美]韦勒克、沃伦:《文学理论》,刘象愚等译,生活·读书·新知三联书店1984年版,第10—11页。

的他指（referential）功能和用于文学虚构的伪指（pseudoreferential）功能，伪指的语言不直接与外界事物打交道，它是一种自指（autoreferential）的语言，具有自身指涉的功能。与施蒂尔勒的说法近似，加拿大文学理论家诺斯罗普·弗莱（Northrop Frye，1912—1991）在《批评的解剖》中将语言分为外向的（就离开符号而言）与内向的（就指向符号本身或对其他符号而言）的两种，文学语言是一种内向的语言。其实，中国古代虽然没有将语言上升到本体的地位，但也重视探索突破语言的有限性，更好地表情达意的种种道路。《周易·系辞上》借孔子之口，阐明了易象的存在本身即是为了超越语言的有限性，去表达深邃的意义，"子曰：'书不尽言，言不尽意。'然则，圣人之意，其不可见乎？子曰：'圣人立象以尽意，设卦以尽情伪，系辞焉以尽其言，变而通之以尽利，鼓之舞之以尽神。'"唐宋以后更是注意到文学语言对意义建构的作用。司空图强调诗贵含蓄，要求"不著一字，尽得风流。语不涉己，苦不堪忧"。①叶燮说："诗之至处，妙在含蓄无垠，思致微渺，其寄托在可言不可言之间，其指归在可解不可解之会，言在此而意在彼，泯端倪而离形象，绝议论而穷思维，引人于冥漠恍惚之境，所以为至也。"②

3. 社会语言观

文学活动不仅是一种语言现象，而且是一种社会文化现象。苏联文学理论家巴赫金（Mikhail Bakhtin，1895—1975）在《马克思主义与语言哲学》（1929）中认为，符号与人的社会意识之间具有不可分割的联系，意识形态是在符号中构成并实现的。语言作为人类最完备、复杂的符号系统，必然具有意识形态性。语言在实现过程中，不可避免地与意识形态相联系，因此话语是一种独特的意识形态力量。他说，"哪里没有符号，哪里就没有意识形态。"在巴赫金看来，日常伦理、价值判断以及社会政治意识无不渗透于语言活动之中，"在话语里实现着浸透了社会交际的所有方面的无数意识形态的联系"。③ 文学语言所表达的思想含义、价值评价等就属于意识形态。但是在巴赫金那里，语言符号对社会不是一种简单的反映关系，而是一种折射，甚至在

---

① 司空图：《二十四诗品》，见何文焕辑：《历代诗话》上册，中华书局1981年版，第40页。
② 叶燮：《原诗》内编下五，见叶燮、薛雪、沈德潜：《原诗 一瓢诗话 说诗晬语》，人民文学出版社1998年版，第30页。
③ ［俄］巴赫金：《马克思主义与语言哲学》，张杰等译，见钱中文主编：《巴赫金全集》第二卷，河北教育出版社1998年版，第349页、359页。

集体符号如某种意识形态符号也不仅仅只表达该团体或阶级的意见,而可能包含着不同倾向的社会意见,因此每一种意识形态符号也都包含着多重性。

正因为文学语言是一种社会化的语言,所以它不可能是纯粹的形式化的或审美化的语言,而是和各种社会交往活动融会在一起,使文学语言不可避免地带有杂语共生性质,巴赫金在《文学作品中的语言》一文中称之为"多语体性":"在文学作品中我们可以找到一切可能有的语言语体、言语语体、功能语体,社会的和职业的语言等等。(与其他语体相比)它没有语体的局限性和相对封闭性。但文学语言的这种多语体性和——极而言之——'全语体性'正是文学基本特性所使然。"①巴赫金的社会语言观对于形式主义的语言观念具有纠偏作用,对我们全面理解文学语言活动的社会属性具有重要意义。

此外,20世纪下半叶以来,语言分析出现了与社会理论相结合的趋势,即倾向于把语言使用当作社会实践的一种形式,从语言分析走向话语分析。这一趋势的发生大致与两个因素的促进有关:一是英国分析哲学家奥斯汀(John Langshaw Austin,1911—1960)关于"施行话语"(performative utterance)的论述把人的语言与行为联系起来,启发人们把文学视为一种言语行为,试图从人类生活与实践的角度来理解文学;二是福柯话语理论的影响。福柯视话语为联结日常文化与科学知识的中间区域,具体说来,就是文化史或思想史的领域。他认为文化史是不连续的、断裂的,是由话语事件来描述的。在福柯看来,对象、陈述、概念、主题的形成都是话语关系总体的结果,而不是理性主体的作用。话语体现了社会文化作用于其成员思维、行动和组织的规范。言语行为理论和话语理论都意识到语言的社会性,对20世纪下半叶以来的文学理论产生了重要影响。

4. 存在语言观

20世纪,随着存在主义哲学的发展,产生了存在论语言观。在《存在与时间》中,海德格尔试图克服胡塞尔现象学的先验主体性倾向,将此在的本质确定为在世界中(与世界的关联),认为世界的显现有赖于此在的筹划。此书中,海德格尔已经开始把语言与人的生存关联起来。他说:"语言这一现象在

---

① [俄] 巴赫金:《文学作品中的语言》,潘月琴译,见钱中文主编:《巴赫金全集》第四卷,河北教育出版社1998年版,第276页。

此在的展开状态这一生存论建构中有其根源。"①话语因为会听就同领会、理解联系在一起,包含生存论的可能性,是此在的现身方式之一。海德格尔主张,"使话语这种现象从原则上具有某种生存论环节的源始性和广度,那么我们就必须把语言科学移植到存在论上更源始的基础之上。"②可见,对海德格尔来说,语言是人成其所是的根本方式之一。在《关于人道主义的书信》中他还说:"语言是存在之家。人居住在语言的寓所中。思想者和作诗者乃是这个寓所的看护者。""语言既是存在之家又是人之本质的寓所。"③在后期《在通向语言的途中》(1959)里,海德格尔区分了人言和道说,最终提出了著名的语言说(Die Sprache spricht),认为诗是一种纯粹的被言说。他说:"语言是:语言。语言说话。"言说即表现,"在纯粹所说中,所说之话独有的说话之完成是一种开端性的完成。纯粹所说乃是诗歌。"④是语言在说人,而不是人在说语言。"表达不仅仅意味着发出的语音和印好的文字符号。表达同时即表现(Äußerung)。"⑤即表达与生命体验有关。"思与诗的对话旨在把语言的本质召唤出来,以便终有一死的人能重新学会在语言中栖居。""作诗意谓:跟随着道说,也即跟随着道说那孤寂之精神向诗人说出的悦耳之声。在成为表达(Aussprechen)意义上的道说之前,在极漫长的时间内,作诗只不过是一种倾听。孤寂首先把这种倾听者收集到它的悦耳之声中,借此,这悦耳之声便响彻了它在其中获得回响的那种道说。精灵之夜的神圣蓝光的月亮一般的清冷在一切观看和道说中作响并闪光。观看和道说之语言就成了跟随着道说的语言,即成了诗作(Dichtung)。诗作之所说庇护着本质上未曾说出的那首独一之诗。"⑥按照他的说法,诗人倾听的"孤寂之音"、"寂静之音"不是物理之音,倾听也不是一种感官的认识行为,而是一种存在论上的理解和领悟。

---

① [德]海德格尔:《存在与时间》,陈嘉映等译,生活·读书·新知三联书店1999年版,第188页、第192页。
② [德]海德格尔:《存在与时间》,陈嘉映等译,生活·读书·新知三联书店1999年版,第193页。
③ [德]海德格尔:《路标》,孙周兴译,商务印书馆2000年版,第366页、第425页。
④ [德]海德格尔:《在通向语言的途中》,孙周兴译,商务印书馆2004年版,第4页、第7页。
⑤ [德]海德格尔:《在通向语言的途中》,孙周兴译,商务印书馆2004年版,第124页。
⑥ [德]海德格尔:《在通向语言的途中》,孙周兴译,商务印书馆2004年版,第31页、第70—71页。

其后,法国哲学家保罗·利科(P.Ricoeur,1913—2005)从哲学的角度区分了科学语言与诗歌语言。他在《言语的力量:科学与诗歌》中认为,科学语言是一种精确的、一致的和可证实的语言,是按照词典、词汇或句法的语言的语言学规则构建起来的。科学语言以定义、专名、符号以及公理和逻辑规则的形式,消除歧义,形成一种易于被逻辑证明的关于实在的模式。诗歌语言则不同,它是言论的语言学的产物,是一种应用的、生产的、力量的语言。它以歧义性、一词多义为特征,是一种"语言游戏",着眼于上下文构造出多种语义效果,体现了言论的无限性。这种语言并不教给人们任何关于现实的东西,也就是说,它没说出任何东西,它取消世界。但是诗歌的语言也是一种真理性的语言,因为每一首诗歌都突出了一种新的生活态度:诗歌把世界当成我们生活与其中的世界来谈论,它能以不同的方式构造出我们的生活态度。科学语言把我们引向与物的单纯联系,但诗歌语言从科学方面维护了真理的理想,即不是我们控制和支配的令人惊异的事物,仍然是天赋的东西。

文学语言有多重形态。隐喻、反讽与含混是其中三种比较典型的形态。

二、文学语言的存在形态

1. 隐喻

隐喻是重要的语言现象和文学现象。"隐喻"(metaphor)这个词源自希腊文"metapherein",意思是"转移"或"传送","它指一套特殊的语言过程。通过这一过程,一物的若干方面被'带到'或转移到另一物之上,以至第二物被说得仿佛就是第一物"。[①] 也就是说,在隐喻中,字面上表示某个事物的一个词或表达,可以不需要进行比较而应用于另外一个完全不同的事物。

对隐喻的研究,从古代到现代经历了相似性、语境互动和人类认知现象等多种思路。亚里士多德在《诗学》里说,"隐喻就是把属于别的事物的名词借来运用","运用好隐喻,依赖于认识事物的相似之处"。[②] 亚里士多德提出了关于隐喻的两个原则,其一是"隐喻关系不应太远,在使用隐喻来称谓那些没有名称的事物时,应当从切近的、属于同一种类的词汇中选字",这就是隐

---

① [英]特伦斯·霍克斯:《论隐喻》,高丙中译,昆仑出版社1992年版,第1页。
② Aristotle, *Poetics*, translated by Greald F. Else, Ann Arbor: The University of Michigan Press, 1980, p.57, p.61.

喻理论史上著名的相似性原则;其二,"隐喻还取材于美好的事物",即隐喻作为转义应当产生令人愉快、耳目一新的效果。① 这种研究方式可称为相似性思路,该思路假定了用于比较事物的特征先在于隐喻,隐喻的使用既可以借此物来指代与认识彼物,还可以加强语言的修辞力量与风格的生动性。这样,隐喻便与类比、转移、借用、替代联系在一起。在古典修辞学中,隐喻尤其借助于相似性。隐喻作为比喻的一种,包含了把两个事物进行关联、比较和替代的精神过程,形成了不同的表现形态,这一点在诗歌中尤为明显。

到了20世纪,隐喻研究出现了另一种路径,即英国学者瑞恰兹(Ivor Armstrong Richards,1893—1979)提出和倡导的互动论。在1936年出版的《修辞哲学》中,瑞恰兹认为隐喻是通过喻体或媒介(vehicle)与喻旨(tenor)的相互作用形成的,其中喻体就是"形象",喻旨则是"喻体或形象所表示的根本的观念或基本的主题"。隐喻的形成并不取决于本体和喻体两个要素的相似,而是保持了在语词或简单表达式中同时起作用的不同事物的两种观念。在瑞恰兹那里,喻旨是隐含的观念,喻体是通过其符号理解第一种观念的观念,隐喻是给我们提供了表示一个东西的两个观念的语词。"当我们运用隐喻的时候,我们已经用一个词或短语将两个不同事物的思想有效地结合并支撑起来的,其意义是它们相互作用的产物。"② 在此基础上,瑞恰兹给隐喻下了个定义:"隐喻看起来是一种语言的存在,一种语词的转换与错位,从根本上说,隐喻是一种不同思想交流中间发生的挪用,一种语境之间的交易。"③ 瑞恰兹认为,喻体和喻旨之所以能够互动,在于二者有"共同点"(ground)。他举的例子是莎士比亚的戏剧《哈姆雷特》中哈姆雷特说的一句话:"这些家伙会像我做的那样在天地之间爬行吗?"(Hamlet: "What would such fellows as I do crawling between earth and heaven?")在这里,爬行是喻体,喻旨是哈姆雷特挽乾坤于即倒的艰难使命,爬行和哈姆雷特的当下处境有共同点。我们知道,古典隐喻理论把主语或第一成分视为本义(本体),喻义是用来做比喻的第二个成分(喻体)。瑞恰兹的互动论其实是把喻体当作本义,发生意义变化

---

① [古希腊]亚里士多德:《修辞术》,颜一译,中国人民大学出版社2003年版,第167页。
② I. A. Richards, *The Philosophy of Rhetoric*, New York: Oxford University Press, 1965, p.97, p.93.
③ I. A. Richards, *The Philosophy of Rhetoric*, New York: Oxford University Press, 1965, p.94.

的是喻旨。可见,互动论的最大特点是建立了隐喻本体、喻体及喻旨的三角关系。在这个三角关系中淡化了本体及其与喻体的相似性,强调语境对语词本义的优先性,内容(喻旨)与表达手段(喻体)同时出现以及它们的相互作用,凸显了语境在隐喻中的地位,是对古典隐喻理论的突破。

20世纪下半叶以来,从认知的角度研究隐喻的越来越多,即把隐喻视为一种与心脑科学、神经系统、思维过程有关的认知现象,重视隐喻本体与喻体相关经验的匹配与重组。如美国的莱考夫、卡勒等人对隐喻的机理进行了深入的研究,把隐喻上升为概念构筑方式、人类思维方式甚至生存方式的一部分。莱考夫认为,隐喻植根于人类的概念结构,在语言中普遍存在,是以一种经验来部分建构另一种经验的方式,"隐喻不仅仅是语言的事情,也就是说,不单是语词的事。相反,我们认为人类的思维过程在很大程度上是隐喻性的。我们所说的人类的概念系统是通过隐喻来构成和界定的,就是这个意思"。"不论是在语言上还是在思想和行动中,日常生活中隐喻无所不在,我们思想和行为所依据的概念系统本身是以隐喻为基础。"[1]大脑的神经结构网络决定了人类的概念和推理的类型,感觉器官、行为能力、文化以及与环境的关系共同决定了对世界的理解,概念和理性思维依赖于隐喻、意象、原型等,推理具有体验性和想象性,因而概念常常由隐喻来引导或界定。按照莱考夫的说法,隐喻的原理来自康德的图式理论,即如何将概念表达与作为感知及经验基础的框架相联系。其中隐喻的本体为目标域(或称靶域),喻体为源域,目标域较为抽象,源域较为具体,我们对世界的体验构筑了思想的认知图式,形成了隐喻的基础或前提。隐喻的本体或者目标域通过源域在隐含着某种经验的图式中呈现出来。美国的卡勒则从认知和风格两个层面看待隐喻,"字面意义与比喻意义不稳定性的区分,根本性的与偶然性的相似之间无法掌握的至关重要的区别,存在于思想与语言的系统及使用的作用过程之间的张力,这些被无法掌握的区分所揭示出来的多种多样的概念的压力和作用力创造出的空间,我们称为隐喻。"[2]从认知的角度看,人类思维活动具有隐喻性,隐喻从一个侧面体现了人类认识和思考事物的方式。隐喻的使用实际上

---

[1] [美]莱考夫、约翰逊:《我们赖以生存的隐喻》,何文忠译,浙江大学出版社2015年版,第3—4页。

[2] Jonathan Culler, *The Pursuit of Signs*, London: Routledge and Kegan, 1981, p.207.

是一个认识性的精神过程,是一种投射或者说对概念领域的图绘,概念的来源领域的结构部分投射到概念的目标领域的结构部分,通过这样一种转换改变和重组了我们感知或思考事物的方式。

就广泛意义上来说,隐喻不仅仅是个语言问题,它还体现了不同文化传统的特点。美国学者古德曼(Nelson Goodman,1906—1998)说:"在隐喻中,一个术语其外延是根据习惯而定的,因此也就随时在习惯的影响之下来运用的:在这里,既有对先前东西相脱离的成分,也有对先前东西的维护。"①例如中国人用梅、兰、竹、菊四君子比喻傲、幽、坚、淡就带有鲜明的民族特色,也体现了中国人的认知方式,由此形成了一些具有民族特色的隐喻模式。比如在中国儒家文化传统中,常常以夫妻关系表示君臣关系,折柳表示送别等;同样,在西方基督教文化传统中,常常用蛇表示堕落,羔羊表示信徒等。这些特定的隐喻模式,体现了某一文化传统的继承性和不同文化的差异性。

2. 反讽

反讽原本是一个修辞学与论辩术的术语,后来被运用于文学批评当中。据考证,反讽(irony)一词源自希腊语"eironeia",原本有佯装、欺骗等含义。自苏格拉底之后,反讽大抵被看作"言意悖反",作为一种修辞格,主要服务于演说和修饰。浪漫主义兴起之后,反讽从修辞领域引入哲学思考后被推及美学领域,以图解决有限与无限、主体与客体的矛盾。20世纪上半叶,反讽成为一个诗学原则。新批评将反讽中性化,反讽被视为诗歌基本的结构元素之一。瑞恰兹认为:"反讽由相反相成的冲动组成;受反讽影响的诗歌不见得是最上乘的诗歌,但反讽本身又是最上乘诗歌的一个特性,原因就在于此。"②自此,相反相成或语义悖论成为新批评反讽研究的基调。新批评主将之一布鲁克斯(Cleanth Brooks,1906—1994)说:"诗歌中的反讽除了矛盾与调节之外别无他物……作为一个整体,诗中的反讽是一种混合了遗憾与嘲笑的丰富性与复杂性。"③比如,汪峰创作的歌曲《存在》歌词中有这样的句子:"多少人走着却困在原地/多少人活着却如同死去/多少人爱着却好似分离/多少人笑着

---

① [美]古德曼:《艺术语言》,褚朔维译,光明日报出版社1990年版,第80页。
② [美]瑞恰兹:《文学批评原理》,杨自伍译,百花洲文艺出版社1992年版,第227—228页。
③ Cleanth Brooks, *Modern Poetry and the Tradition*, New York: Oxford University Press,1965,pp.35—36.

却满含泪滴。"就包含了语义对比与张力。还有人用语义对比与矛盾分析杜甫诗歌《春望》中的句子"国破山河在,城春草木深",还有《江汉》中的句子"落日心犹壮,秋风病欲苏",发现杜甫的诗歌包含了语义的相反相成。在《反讽———一种结构原则》一文中,布鲁克斯借鉴瑞恰兹的语境理论,将反讽定义为"语境对于一个陈述语的明显的歪曲"。① 反讽使得诗歌内部的压力、矛盾、冲突的各因素处于平衡、共存、稳定的状态。语境理论的引入让反讽研究有了很大的拓展,它不再局限于单个的语词安排和语义矛盾,而是综合考察诗歌整体所具有的复杂语境。

新批评对于反讽研究的最大贡献,是在文学作品分析中复兴了反讽的修辞学功能,并赋予其诗学内涵。新批评虽然主要以诗歌为主要研究对象,但是以语义分析为标志的细读式批评也波及其他文体形态中,使得反讽作为一个诗学原则也推广到小说等其他文体形态的分析中。其后,美国芝加哥学派的韦恩·布斯(Wayne Clayson Booth,1921—2005)出版了反讽修辞研究的重要著作《反讽修辞学》,将反讽划分为稳定反讽(stable irony)和非稳定反讽(unstable irony)。布斯认为认为反讽具有社会文化内涵:反讽包含了解释者的"瞬间推理",具有社会认同功能。② 英国学者米克(D. C. Muecke)在《论反讽》中根据使用范围将反讽划分为言语反讽(行为反讽)、情境反讽、戏剧反讽乃至总体反讽、宇宙反讽等,认为"表象与事实的对照"、"自信而又佯装无知"及由此产生的"喜剧效果"是反讽的基本特点。③ 20世纪下半叶以来,在后结构主义与解构和后现代思潮的背景下,反讽蔓延到文化批评各个领域。罗兰·巴尔特(Roland Barthes,1915—1980)认为,文本显示出的是语言自身,而非语言对象,其中的距离带来的多重编码与解码造成了意义的层级性,反讽即是多重符码的重叠,文本的符码层级不断向外推移,造成文本的开放性和意义的多重性。乔纳森·卡勒在《结构主义诗学》中同样建议通过反讽的无限否定性来拓展文本的开放式阅读。在解构批评家那里,反讽具有浓厚的解构和相对主义色彩。保罗·德曼(Paul de Man,1919—1983)认为反讽"是

---

① [美]布鲁克斯:《反讽———一种结构原则》,见赵毅衡编:《"新批评"文集》,中国社会科学出版社1988年版,第335页。
② [美]布斯:《修辞的复兴》,穆雷等译,译林出版社2009年版,第102页。
③ [英]米克:《论反讽》,周发祥译,昆仑出版社1992年版,第51页。

瓦解,是幻灭"。① 伊哈布·哈桑(Ihab Hassan,1925—2015)将"激进的反讽"作为表现文学之沉默的几种形式之一,"沉默还可以通过激进的反讽获得。这种反讽指所有带反讽意味的自我否定"。② 琳达·哈琴(Linda Hutcheon,1947—)在《反讽之锋芒:反讽的理论与政见》一书中,强调了反讽作为批判武器的作用,指出反讽作为一种"间离的装置",其"双重性可以作为一种反作用方式运作",因而具有"巩固""滑稽""对抗""进攻"和"凝聚"等多种功能,并论证了反讽所具有的相关性、包容性和区别性的语义特征,其中相关性是"互动的施为行为将不同意义制造者和不同意义糅合在一起的结果,其目的首先是要创造某种新的意义……包容性使得人们可能重新思考认为反讽是简单的反语,可以直接地用替换意义加以理解这种常规的语义理念,而区别性则解释了反讽和诸如暗喻和讽喻之类的其他修辞比喻之间问题重重的亲属关系。"③ 美国哲学家理查德·罗蒂(Richard Rorty,1931—2007)在《偶然、反讽与团结》一书中,彰显了反讽分裂、批判方面的含义及可能带来多样化可能性方面的功效。新历史主义代表人物海登·怀特(Hayden White,1928—2018)认为,反讽在本质上具有否定性,"反讽式陈述的目的在于暗中肯定字面上断然肯定或断然否定的东西的反面"。④ 总之,反讽日益与解构、后现代反逻各斯中心主义的思潮相关联,被赋予民主、多元主义的价值取向,已经远远超出语言的边界。

3. 含混

"含混"(ambiguity),中文又译为"朦胧"或"复义",也是一种重要的文学语言现象。刘勰《文心雕龙》中便有"隐以复义为工"的说法,可见中国古代也是很重视文学作品的复义或含混的。"含混"作为文学批评的重要范畴原本是新批评分析诗歌语言的歧义时提出来的,直到结构主义,方才将之提高为语言编码与解码中的一种普遍现象。在新批评派当中,瑞恰兹最早注意到含混,他在《文学批评原理》中说:"一首诗的含混,正如任何其他的交流出现的

---

① Paul de Man, *Aesthtic Ideology*, Minneapolis: University of Minnesota Press, 1997, p.182.
② [美]哈桑:《后现代转向》,刘象愚译,上海人民出版社 2015 年版,第 50 页。
③ [加]琳达·哈琴:《反讽之锋芒:反讽的理论与政见》,徐晓雯译,河南大学出版社 2010 年版,第 54—59 页、第 67 页。
④ [美]海登·怀特:《元历史》,陈新译,译林出版社 2004 年版,第 48 页。

情况一样,可能是诗人的或者读者的过错。由于散漫的读解引起的含混对于批评有着重要的意义。"他从心理学方面看待含混,把它的产生归之于"评价的经验方面客观存在的严重分歧"。① 在《修辞哲学》中,瑞恰兹从语境理论方面看待含混现象,认为含混是"语言表达力量不可避免的结果,并且是我们最重要的话语——尤其是诗歌与宗教——必不可少的手段"。②

瑞恰兹的得意弟子燕卜荪(William Empson,1906—1984)更是专门写了一部著作《含混七型》(Seven Types Of Ambiguity)来讨论诗歌中的含混现象。他给含混下了个定义:"当我们感到作者所指的东西并不清楚明了,同时,即使对原文没有误解也可能产生多种解释的时候,在这样的情况下,作品该处便可称之为含混。"他又说:"只有当一个词或语法结构的几种选择意义是用来形成句子的选择意义时,这样的效果才可被称之为含混。"③在这里燕卜荪事实上将含混的产生归结为两种原因:作者意向的不清晰,可能产生多种解释的语义表达。例如,路遥的小说及其改编的电影《人生》,既要肯定高加林冲出穷乡僻壤,到广阔的世界去实现人生价值的个人奋斗精神,又对刘巧珍任劳任怨、热爱故土的传统美德赞美有加,而这两者在作品中在很大程度上具有矛盾性,这就造成了含混。但是这种作者意向的不清晰造成的含混不是《人生》这部作品的优点而是它的缺点。而苏轼的《题西林壁》"不识庐山真面目,只缘身在此山中",表面上阐明了"当局者迷"这一道理,其实暗含了道家的辩证思维和佛家的不偏执意涵,就是产生了多种解释的语义表达,富有寓意和哲理。可见,燕卜荪的"含混"说自身尚有不少含混之处。首先,含混的产生原因燕卜荪没有完全说清楚,它有时来自读者的阅读经验或心理,有时又导源于诗歌语言表达本身的歧义性;其次,燕卜荪对含混的分类有时以作者的创作心理为依据,有时又以文本的语言表达为依据,缺乏一个统一的尺度;再次,燕卜荪的含混说主要以语句为对象,未能将语句的含混多义纳

---

① [英]瑞恰兹《文学批评原理》,杨自伍译,百花洲文艺出版社1992年版,第186页、第188页。译文略有改动。
② I.A.Richards, *The Philosophy of Rhetoric*, New York:Oxford University Press,1965, p.40.
③ [英]燕卜荪:《含混七型》,中译本译名为《朦胧的七种类型》,引文见中译本,周邦宪等译,中国美术学院出版社1996年版,《第二版序言》第4页以及101页注释。译文略有改动。

入主题的含混多义中加以考察,所以有人批评他"过于热衷于语句复义的剖解,而忘了语句复义还必须是主题复义的组分,必须被主题复义所制约"。① 最后,最主要的问题是,含混不能作为鉴别诗歌好坏的依据,因为一首差的作品也可能包含着含混。

显然,含混超出了语句表达的范围。瑞恰兹本人也承认,"含混事实上是系统性的;一个语词所具有的分离的意义是与另一个语词相关联的,即便不像一座建筑物包含那样多的方面,至少也有相当大的涵盖面。"② 但既然含混的存在是系统性的,那就不仅仅是存在于诗歌语词或文学内部的一种现象了,而完全有可能涉及文学活动的整体。像燕卜荪一样,晚期的雅克布森也承认含混是诗歌话语的基本特征,"含混是一切自向性话语所内在固有的不可排除的特性,简言之,它是诗歌自然的和本质的特点"。他认为,诗歌的含混是不局限于语句内部,而是多方面的:"不仅表现在语言本身,连发话人和受话人也都变得含混不清。在诗歌中,与作者和读者一起出现的还有抒情主人公或假想叙述者的'我',还有戏剧独白、祷告或呼求的'你们'或'你'。"③ 也就是说,含混不仅存在于诗歌语言的表达层面,还广泛地涉及叙述者、人称、叙述方式及接受者诸方面。这实际上是从信息的编码、传播与接受各个侧面接触到诗歌的含混性,将燕卜荪的理论推进了一步。

结构主义将含混问题推及整个文学活动中。巴尔特在解释雅克布森的含混说时,更为强调含混是文学语言编码活动所导致的意义衍生:"雅克布森强调诗歌(文学)信息构成的含混性,那就是说,含混不是事关解释的'自由'的美学功能方面,甚至也与解释所冒的道德指责的风险没多大关系,它是指含混形成于语言的编码:文学作品的语言作为象征性的语言是一种复数的语言,其编码是依照任何话语(任何作品)都导向多重意义的方式来安排的。"④ 但实用性语言的含混是无法与文学语言相比的,因为语境、姿势及记忆等情境的作用,实用性语言的含混是有限度的。而文学语言的生产在很大程度上

---

① 赵毅衡:《文学符号学》,中国文联出版公司1990年版,第120页。
② I. A. Richards, *Practical Criticism*, London: Routledge and Kegan, 1964, p.10.
③ Roman Jakobson, "Closing Statement: linguistics and Poetics", in *Style in Language*, Thomas A. Sebeck (ed.), Massachusetts: The M.I.T. Press, 1960, pp.370 – 371.
④ [法]巴尔特:《批评与真理》,温晋仪译,上海人民出版社1999年版,第52页。译文有改动。

是独立于情境的,或者不如说,它就处在含混的情境之中:因为作品总是处在面向未来的情境之中,总是向多种意义阐释保持开放。巴尔特认为,含混对于文学是必需的,文学语言编码所引发的这种意义衍生,恰好是批评家切入文本并生产意义的通道。他在谈到巴尔扎克小说《萨拉辛》中萨拉辛追求他以为是女性的阉歌手,戏弄他的男高音歌手对他所说的"你不必害怕,这儿没有对手"时,分析了此句话所产生的含混,"1) 因为你被爱上了(萨拉辛的理解),2) 因为你在追求一个阉歌手(同谋们的理解,或许已经是读者的理解了)。依第一种理解,是个圈套;按第二种理解,则是种揭露。两种理解的编织,产生了含混。含混其实就是产生于均等地接受两种声音;出现了两条趋向目标的线路之间的相互干扰。……接收的歧异,便构成了一种'噪音',它使通讯处于朦胧、无凭、碰巧的状态:不确定的状态。然而以某类通讯为目标的话语,发出了这种噪音或不确定性:读者接收了它们,就能以之为食:读者读到的,是一种反通讯。"①

按照巴尔特的说法,在叙事作品中,话语巧妙地制造着含混,诱导着读者的阅读。含混通常存在于揭露的属和未说出来的种之间,因为话语一面前行、揭露,一面又退缩、隐藏,已经说出的又包含未说出的,使说出之真实与未说出之真实合成一片,此之谓含混。古典文学在有限程度上使用含混,现代写作则通过多重编码将双重理解或多重理解以各种形式与密度渗入写作的深处,使文学成为"噪音"艺术,作为一种给与读者的反通讯(反交流)性质的滋养提供给读者,而读者就其在接受的歧异和不纯上发挥作用而言,乃成为文学人物及文学话语的同谋,读者遂成为故事的主人公。这样一来,含混不仅充斥了文学活动的整体,也是文学根本意义上的特性。符号学家艾柯(Umberto Eco,1932—2016)的看法与巴尔特的看法在精神上是接近的,但侧重点有所不同。他是从文学编码与通常编码活动的相异性入手讨论含混的,认为"从符号学的观点看,含混必须被作为一种违反代码的模式来加以界定"。② 按照艾柯的说法,含混是文学的一种重要美学手段。文学语言是一种追求能指的语言,并不遵循通常追求信息畅通的编码规则,其表达层面的含

---

① [法]巴尔特:《S/Z》,屠友祥译,上海人民出版社 2000 年版,第 245—246 页。
② Umberto Eco, *A Theory of Semiotics*, Bloomington:Indiana University Press,1976, p.262.

混对应于内在层面的含混。由于破坏编码规则所造成的震惊会迫使读者重新考察文本的组织形式,所以,对文学的解读需要增添一定的附加解码(overcoding)。

福柯则从话语陈述形态及其解读的角度触及了含混问题。从表层看,话语陈述标志着确定已产生出来的一系列符号的存在方式,对陈述的分析只能针对那些已说出来的东西;但是在陈述语境中,存在着排斥、限制或缺陷的条件,它们分割着陈述的参照系,所以,从深层看,"明显的意义可能包藏着另一个神秘的或者有预言性的意义,而它最终会被精明的识辨者或者随着时光的流逝发现。在一种可见的表达形式下,可能存在着另一种表达,这种表达控制它、搅乱它、干扰它,强加给它一种只属于自己的发音。"因而对陈述意义的复原是不可能的。福柯认为对表层意义的辨识不是最重要的,对表层意义需要进行批判性读解与选择性感知,"尽管陈述没有被隐藏,但它并不因此是可见物;它不能作为它的界限和它的特征的明显的载体而呈现给感官。想识别它和对其自身进行观察,需要转变看法和态度。"①所以他非常注重对陈述中边缘的、被压抑的意义的体认。

巴尔特、艾柯从文学符号的编码与解码来解释含混,在理论上阐明了新批评没有完全说清楚的一个问题。

需要说明的是,我们这里主要从文学语言的角度讨论隐喻、反讽、含混问题,其实隐喻、反讽、含混等不仅是语言现象,也是复杂的文化乃至精神现象,已经超出了语言包括文学语言的范围。

本部分选了四篇文章,其中瑞恰兹的《语言的两种用法》强调文学语言的情感性及其与科学语言的差异;穆卡洛夫斯基的《标准语言与诗的语言》和巴赫金的《文学作品的语言》分别代表形式主义与社会学派的语言观念;而保罗·利科的《言语的力量:科学与诗歌》则从哲学的角度阐明了科学与诗歌在语言上的根本差异,以及二者从不同侧面昭示的真理性,大致可以代表存在论的语言观,对我们全面地理解文学语言问题极具启发性。

---

① [法]福柯:《知识考古学》,谢强、马月译,生活·读书·新知三联书店1998年版,第139—140页。

选 文

语言的两种用法(节选)

[英]艾·阿·瑞恰兹

导言——

本文节选自伍蠡甫、胡经之主编《西方文艺理论名著选编》下卷(北京大学出版社,1987),杨周翰译。

作者瑞恰兹(Ivor Armstrong Richards,1893—1979),一译瑞恰慈,毕业于剑桥大学。曾任职于剑桥大学、清华大学,1931年起任哈佛大学教授,是英国著名文学理论家,与奥格等同属语义学派。著有《文学批评原理》、《实用批评》、《修辞哲学》等。

这是作者1924年出版的《文学批评原理》一书的第三十四章。作者认为,语言有两种截然不同的用法,一是科学用法,一是情感用法。为明确区分这两种用法,作者首先作了心理学上的考察。他将心理活动的原因分为两组,认为当冲动的性质取决于外部的刺激物时,就引起联想,当冲动的性质取决于内在的欲望时,就给人以感情上的满足。虚构是一种歪曲了的联想,但虚构可以调整我们对实际生活的态度。意在陈述联想、指称事物及其关系的语言,就是科学语言;不关心联想的真假,而意在由联想引起态度与感情的语言,就是文学语言。作者还辨析了"真"这个词的三种用法,认为只有当"真"指"可接受性"和"诚"的时候,才能用作艺术的标准。瑞恰兹根据语言的用法,从理论上把文学与科学明确区分开来,对新批评派之探索文学语言特性及细读式的批评实践产生了深远的影响。

语言有两种截然不同的用法。但是由于语言的理论是最受忽视的一门学问,所以这两种用法事实上几乎从来没有划分过。但是为了建立诗歌的理论,同时也为了达到理解许多有关诗歌的言论这一比较狭隘的目的,我们必须对这两种用法的区别有一个明确的了解。为此目的,我们必须比较仔细地考察一下伴随着两种用法的许多头脑活动过程。

……

原来在某一种领域里，冲动应当是尽可能完全地依赖于并且符合于外界形势，联想应占首要地位。在另一种领域里，冲动屈从于欲望倒是有利的；而要划分这两种领域则不是一件简单的事。许多对"善"的看法或者对"什么是应该的"的看法——这些看法本身就是让联想屈从于某种感情上的满足所产生的结果——大家都不感觉有什么问题。大家都会说：我们应该首先考虑真理。大家都会说：不是建立在知识的基础上的爱情是没有价值的。我们不应当赞赏不美的东西，如果我们的情人经过客观考虑，发现确实并不美，那么按照这派理论的说法，如果我们必须对她表示赞赏，我们应当找其他理由来赞赏她。这些看法最有趣的一点就在于它们的糊涂混乱反倒使它们显得很有道理。作为事物的内在品质的美往往是复杂的，正如不能分析的理念——善——一样。美和善两者都是最终导源于欲望的习惯对我们某些冲动所作的特殊歪曲。它们之所以不能从我们的头脑里被驱逐出去是因为把一件事物想作是善的或美的，比起用联想来代替它，说它从这一特殊方面（参看本书第七章）或那一特殊方面（参看三十二章）满足了我们的冲动，要能更直接地给我们以感情上的满足。

在头脑里想着善或美并不一定像用联想那样是在"指"什么东西。因为"想"这个词所包含的头脑活动是这样的：当我们"想"的时候，我们的冲动完完全全受制于内部因素，丝毫不受刺激体的控制，因此不发生什么向哪个方向去想的问题。大多数的"想到"，当然，在一定程度上包括指示方向的作用，但又不尽然；同样，许多指示方向的作用通常也不被人说成是"想"。我们把一个烫手的东西丢掉，人们一般不会说我们是通过了思考才把它丢掉的。"想"和"想到"这两个词有互相重叠的地方，但两者的定义（如果能给日常用的"想"字下定义的话）是属于不同类型的。因此"思想"这个名词在本书前面的部分被描写为只起了间接划分的作用。

让我们回到本题。怎样调节联想作用向我们提出的要求和其他的要求，是一件很不容易的事。近来，我们的联想能力已经大大地扩张了。科学以惊人的速度一个接着一个地开辟了许多可能的联想作用的领域。科学也不过就是把许许多多联想组织起来，目的是推动联想。科学之所以能进步主要是因为它把其他的要求——最典型的就是宗教欲望的要求——搁在了一边。

所以科学和宗教发生冲突决不是偶然的。它们代表了组织冲动的两种不同原则,我们愈是仔细研究它们,愈会发现二者的互不相容是不可避免的。任何所谓的二者的调和(如果可能实现的话)只能意味着是把宗教这个名称加在了完全不同的一件事物的身上,与目前宗教这个名称所代表的冲动的系统化毫不相干,原因是:宗教中的信仰因素(在与科学调和了的条件下)必然要具有不同的性质了。

许多人企图把科学降低到屈从于某种本能或情感或欲望——例如好奇心——的地位。有人甚至发明一种为知识而知识的特殊情欲。但是事实上所有的情欲、所有的本能、所有的人的需要和欲望有时候都会给科学提供动力。没有哪种人类的活动不是有的时候需要没被歪曲的联想的。但是主要之点在于科学是自主的。科学中被发展的冲动只对彼此起修改作用,目的是为达到最大限度的完整性与系统化,同时也为了推动更多的联想。只要它们受到其他考虑的歪曲,它们就还不能算作是科学,或只能成为科学的蜕化。

宣布科学有自主性与使我们所有的活动都从属于它,这是很不相同的两回事。宣布科学有自主性只不过是说,只要某一组的联想没受到歪曲,这一组的联想便属于科学。宣布科学有自主性绝不等于说,即使有好处也不准歪曲联想,正如有无数的人类活动,如果要满足它们,就需要未受歪曲的联想。同样,也有无数其他的人类活动(它们的重要性并不亚于前一类)同样需要歪曲了的联想,说得更明白一些,需要虚构。

利用虚构,或者说,富于想象地利用虚构,并不是给我们自己戴上一副眼罩。利用虚构这一过程并不是自我欺骗,把真的当成假的。利用虚构,在任何情况下,和完全地、严肃地承认事实真相丝毫没有矛盾。这不是什么自欺欺人的把戏。但是我们的联想和我们的态度已经纠缠在一起到了非常尴尬的程度了,所以经常发生下列这种可悲的景象,如叶芝先生拼命想相信小精灵的存在,或如劳伦斯先生非难太阳物理学,认为它无法成立。被欲望逼到毫无理由的信仰这条路上去实在是极大的不幸,其结果往往对头脑起很大的损害作用。但是这种常见的对虚构的滥用不应使我们看不到虚构的巨大功用。虚构是极为有用的,只要我们把它认准,不要它是一件事,而我们却把它认做另一件事,否则就会把我们调整自己对实际生活的态度的主要手段降低为无休止的梦呓的材料了。

如果我们有足够的知识,我们有可能单单通过科学联想就获得所有我们需要的态度。由于我们现在的知识还不够，我们只能仅仅看到有这种非常遥远的可能性，但暂时不得不把它搁在一边了。

不论是陈述所引起的虚构或其他艺术中类似虚构内容的东西所引起的虚构，都可以有许多方面的用法。例如，可以用来进行欺骗。但这不是虚构在诗歌中的典型用法。我们必须把这一点分辨清楚，但虚构与科学意义上的、可以证实的真理并不因此而处于对立地位。我们可以为了陈述所引起的联想，不论真联想或假联想，而用陈述。这就是语言的科学用法。但我们也可以为了陈述引起的联想所产生的感情和态度方面的效果而用陈述。这就是语言的情感用法。其间的区别，只要明确地掌握了，其实是极简单的。我们可以为了文字引起的联想而运用文字，我们也可以为了随之而来的态度与感情而运用文字。有许多文字的安排法可以在过程中不需要联想就引起态度的产生。它们产生效果的方法颇似一句乐调。不过通常联想还是有的，是作为随之而来的态度的发展的条件或阶段而出现的，但这里重要的仍是态度而不是联想。在这些情况中，联想的真假是毫无关系的。联想的唯一功能是引起并支持进一步的反应——态度。用一种存疑求真的方式去处理联想是全然不必要的，善于读书的读者决不会允许这种方式的干扰。亚里士多德说得很有道理："与其不合乎情理的'可能'，不如合乎情理的'不可能'。"这样做可以减少不恰当的反作用的危险。

头脑活动过程在这两种情况下的区别是很大的，虽然很容易被人忽视。可以考虑一下任何一种用法如果用错了会产生什么结果。对科学语言来说，联想中的差异本身就可构成大错，因为目的没有达到。但对情感语言来说，联想中的差异无论多大都没有关系，因为我们需要的是进一步的效果，即态度与情感。

此外，在语言的科学用法中，为了达到目的，不仅联想必须正确，而且联想之间之联系和关系也必须是如我们所说的合乎逻辑的。它们不得彼此干扰，必须组织起来以不妨碍进一步的联想。但为了达到感情目的，逻辑安排就不是必需的了。逻辑安排可能是而且往往是一种障碍。重要的是联想所引起的一系列的态度应有其自己的正确组织，自己的感情的相互关系，而这并不依赖于产生态度时可能需要的联想之间的逻辑关系。

约略谈谈在批评中"真"这一词的几种主要用法也许可以防止一些误解吧：

1. "真"的科学意义,即联想以及象征联想的、派生的陈述是真实的,这一点无须赘述。当联想所联系的(或指示的)事物确实是在一起,正如联想所指示的那样,那么这联想就是真的。否则就是假的。这一意义和所有的艺术的关系都不大。为了避免混乱,最好把"真"这个字保留给这种用法。在纯粹的科学谈话中这是可能的,而且应该的,但纯粹的科学谈话并不常有。事实上,文字的打动感情的力量是极大的,即使在一般性的讨论中也很难废除它;一个发言的人如果他需要鼓动某种感情或引起某种赞成或接受的态度,是很难抗拒这种诱惑的。不论用一个字的时候有多少种不同的意义,甚至当用它的时候它并不具有任何意义,但是它仍能引起态度,由于它能产生这样的效果,所以它仍是不可缺少的;人们仍然会继续和往常一样乱用文字。

2. "真"另外一个最通常的意义是"可接受性"。《鲁滨孙漂流记》之所以"真"是因为其中所叙述的事情可以被我们接受,其所以可以被我们接受是为了叙述的效果的缘故,而不是因为故事符合一个名叫亚历山大·塞尔科克或另一个人所经历的真实。同样,如果《李尔王》或《唐·吉诃德》来一个欢乐的结局,这结局就"假"了,因为读者对作品其他部分已作出充分的反应,这样的结局是他所不能接受的。正是在这一意义上,"真"才等于"内在必然性"或正确性。所谓"真"或"内在必然"的东西指的是能够完成或能够符合其余的经验的东西,它在引起我们有条理的反应中,不论是美或其他的反应,起着辅助合作的作用。"想象当作美来捕捉的东西一定也是真",这是济慈的话,他用的真就是这意义,虽然济慈用的时候不是没有混乱的。有时候也有人这样主张:他们说凡是重叠的或多余的东西,凡是不需要的东西,尽管它们不起障碍作用或破坏作用,也是"假"的。佩特①说:"多余的东西!艺术家一定怕它,就像他的肌肉上加了道箍一样。"②(佩特自己这句话却又压缩得太厉害了些。)但是这对艺术家来说是要求过苛了。这是把砍削的刀斧用在不恰当的地方。伟大艺术的共同特点就是它们的巨大丰富性,这比起由于挖空心思想要精简而产生的雕琢,其危险性要来得小得多。主要问题在于那些不需要的东西是否干涉其他反应。如不干涉,那么增加一些东西就可以增加充实性,也许更好。

---

① 佩特(Walter Pater,1839—1894):英国唯美派批评家。
② 见《论风格》19 页。——作者

这种内在的可接受性或"说服性"必须与其他的可接受性对照来看。例如，托麦斯·莱末①就根据外在原因拒绝"接受"牙戈②，他说："作者为了取悦观众，创造了一些新奇而令人吃惊的东西，违反了常识和自然，他想用一个阴险、善于伪装的流氓来蒙骗我们，而不去写一个心胸开朗、坦率、直爽的军人，这样一个人物是世界上几千年来作家们不断在创造的人物啊。"他又说："事实是：这位作家的头脑里充满了混账的、不自然的形象。"③

无疑莱末这样写的时候，他想到的是亚里士多德的话："艺术家必须保持典型，但还必须使之具有高贵品格。"但是他按照自己的想法理解了这句话。对他来说，典型很简单，早有传统把它固定下来了，他接受不接受只要看是否符合外在的标准，毫不考虑内部必然性。莱末是个极端的例子，但是在比较微妙的问题上怎样避免莱末式的错误，这有时候却正是批评家的工作中最困难的一部分。但是我们对典型的概念究竟是来源于上面那样荒谬情况呢还是比如说来源于一本动物学手册，关系不大。从批评家的角度来说，最危险的是在于采用任何外在的标准。在同一篇文章内，莱末发表反对的意见说：威尼斯共和国的官员中从来没有过什么北非籍的将军。在这里，莱末又在运用另一种外在标准，即历史真实的标准。这种错误的危险性并不那么大，但罗斯金在论绘画的"真"的时候却特别爱犯与此类似的错误。

3. "真"也可以和"诚"等同。艺术家作品的这一特点，我们在讨论托尔斯泰有关交流的理论时已简略提到（参看本书第二十三章）。从批评家的观点来说，也许从反面来给它下个定义最容易，我们可以把它看作是艺术家没有明显地企图想把不产生在自己身上的效果加在读者身上。我们必须避免过分简单的定义。大家都知道彭斯在写《亲热的一吻》的时候，正是他千方百计想要避免"楠希"（麦克勒侯斯夫人）的注意之时；类似的例子是举不完的。在这问题上，一些天真到荒谬程度的看法是非常非常普遍的，例如有人认为巴吞利一定相信自己是受了神的启发，否则他怎能感动他的听众呢？就巴吞利的演说水平来说，演说家只要具有任何高昂情绪，不管是来自自豪感也好还是来自喝了香槟酒，都可以让他所说的一套废话发生效果。但是就彭斯的水

---

① 托麦斯·莱末（Thomas Rymer，1641—1713）：英国批评家。
② 莎士比亚的剧本《奥赛罗》中的人物。
③ 见《悲剧短论》。——作者

平来说,情况就迥然不同了。问题在这里就牵涉到彭斯作为一个艺术家的真诚和诚恳与否了。外部的情形和这问题没关系,但是可能在诗里有内部证据,可以证明作者的创作冲动有缺点。可以比较一下一首非常相似但没有缺点的诗——拜伦的《我俩分别的时候》。

标准语言与诗的语言(节选)

[捷克]简·穆卡洛夫斯基

导言——

本文节选自伍蠡甫、胡经之主编《西方文艺理论名著选编》下卷(北京大学出版社,1987),邓鹏译。

作者穆卡洛夫斯基(J.Mukarovsky,1891—1975),一译姆卡洛夫斯基,毕业于布拉格卡尔大学,曾任卡尔大学校长。是捷克著名文学理论家,布拉格语言学派成员。著有《美学》等。

本文讨论的是标准语言与诗的语言(实际上指文学语言)的关系,但侧重于为文学语言寻找合法性。作者认为,诗的语言是一种不同于标准语言的语言形式,其功能在于最大限度地"突出"自身。诗的语言不是用来为交流服务的,它有权触犯标准语的规范,这正是诗的灵魂。标准语言的规范和传统美学准则构成的背景与被突出的语言成分之间的相互关系,形成了诗的美学结构,主题只是其中最大的语义单位,它受美学结构支配,而非受现实生活支配。而诗的语言及其所包含的美学评价,对于标准语言的形成和发展又是必不可少的。文章以结构和功能为基本点进行理论建构,充分展示出了布拉格学派结构主义方法的特征。文章思路清晰,立论审慎而有力度。

标准语言与诗的语言的关系问题可以从两方面来考虑。诗的语言的理论家们提出的问题大致如下:诗人是否受到标准语的规范的约束?或者:规范在诗中是如何表现自己的?另一方面,标准语言的理论家首先想搞清楚的是:一首诗究竟在何种程度上可以用作认识这种标准语规范的材料?换言之,诗的语言的理论的根本旨趣在于标准语言和诗的语言之间的差异,而标准语的理论却侧重于它们的共同点。很明显,如果这两种方法的研究程序得当的话,它们之间本不该有什么冲突,唯一的问题只是观点的不同和解释方法上的差异。我们是从诗的语言的有利位置上来处理诗的语言和标准语言的差异的。我们的方法是将这一总的问题打散,分成若干具体问题来处理。

第一个问题,开宗明义,涉及以下方面:诗的语言的范围与标准语的范围之间、它们在整个语言系统中的各自位置之间有什么关系?诗的语言究竟是标准语的一个特殊分支呢,还是一种独立的结构?如果没有其他什么理由的话,那么从给定语言的(包括词汇、句法在内的)其发展常常参差不齐的所有方面来衡量,诗的语言都不能算作标准语的一支。有的作品(例如法国文学中维荣或里克蒂的俗语诗歌)中,甚至所有的词汇材料都出自非标准语。在诗中,不同形式的语言可以并存(例如在一部长篇小说中,对话用的是方言或俗语,而叙述段落用的又是标准语)。此外,诗的语言还有一些它自己的特殊词汇、表达方法、若干语法形式以及所谓的诗歌专用语,如 zor(凝视)、or(骏马)、pláti(燃烧)、第三格的 muz("能够",试比较英语中的-th)。(在斯·捷赫的小说《布鲁布先生登月记》中,对月球上的语言的讽刺描写里,这种例子真是俯拾皆是。)当然,赞成诗歌专用语的仅仅是一些诗派(斯·捷赫所属的五月派便是其中之一),其余各家都不承认它们。

由此观之,诗的语言并不是标准语的一支。这样说,并不等于否认二者之间的密切联系。这种联系存在于如下的事实里:对诗歌来说,标准语是一个背景,是诗作出于美学目的借以表现其对语言构成的有意扭曲,亦即对标准语的规范的有意触犯的背景。例如,我们可以想象,有这么一部作品,其中的扭曲是通过在方言中穿插标准语形成的。那么,显而易见,尽管方言在数量上占有优势,却没有谁会把标准语看成对方言的扭曲,而只会把方言看成对标准语的扭曲。正是对标准语的规范的有意触犯,使对语言的诗意运用成为可能,没有这种可能,也就没有诗。一种特定语言中标准语的规范越稳定,对它的触犯的途径就越是多种多样,而该语言中诗的天地也就越广阔。另一方面,人们对这种规范的意识越薄弱,对它的触犯的可能性就越小,而诗的天地也随之狭窄。这样,在捷克现代诗的早期,其时人们对标准语的规范的意识还较薄弱,以打破标准语规范为目标的诗的语汇,就跟以获得普遍承认并成为规范的一部分为目标制造出来的新语汇相差无几,以至二者被混为一谈。M.Z.波拉克（1788—1856，一位早期浪漫诗人）的遭遇就是如此。他的新语汇至今还被视为标准语中的蹩脚发明。

如果我们对波拉克的诗作一结构分析，就会看出，约·荣格曼（捷克民族复兴的领袖人物之一）肯定波拉克的诗是正确的。我们之所以在这里列举对波拉克的不同评价，只是为了说明这一论断：当标准语的规范松弛时——如像在民族复兴时期——要区分旨在提出规范的新语汇和旨在专门与它作对的新语汇殊非易事。因此，一种其标准语的规范薄弱的语言给诗人的新语汇也更少一些。

我们可以称之为消极的诗的语言和标准语之间的关系，也有其积极的一面。这一点，对标准语的理论比对诗的语言及其理论更重要。一部诗作的许多语言构成之所以未偏离标准语规范，是因为它们构成了其他一些语言成分的扭曲形式借以得到突出表现的背景。因此，标准语的理论家们可以将诗作为自己的研究材料，而只需保留将被扭曲的构成与其余部分加以区分的权利就行了。当然，如果说所有的构成都得服从标准语规范，那将是错误的。

我们试图回答的第二个特殊问题关系到两种语言形式的不同功能。这是问题的核心所在。诗的语言的功能在于最大限度地把言辞"突出"①。突出是"自动化"的反面，即是说，它是一种行为的反自动化。一种行为的自动化程度越高，受意识支配的成分就越少。突出的比例越大，受意识支配的程度就越高。客观地说，自动化使一事件程式化，突出则意味着对这种程式的破坏。标准语的纯粹形式，如以公式化为目标的科技语言，就极力避免突出（aktualisace）。于是，一个由于其"新"而被突出的新词语，立即在一篇科学论文中被赋予了确切定义，从而被自动化了。当然，突出在标准语，例如在报刊文章，尤其是在政治文章中还是甚为普遍。但是在这里，它总是服从于交流的：它的目的在于把读者（或听众）的注意力吸引到由突出表达手段所反映出来的主题内容上面。这里所有关于标准语中的突出和自动化的论述，在这本集子中的哈维兰内克的文章中都作了详尽阐述。现在我们就只研究诗的语言。在诗的语言中，突出达到了极限强度：它的使用本身就是目的，而把本来是文字表达的目标的交流挤到了背景上去。它不是用来为交流服务的，而是用来

---

① 突出（foregrounding）：即使其十分明显。——译注

突出表达行为、语言行为本身。于是就有这样的问题：在诗的语言中，这种突出是怎样达到最大限度的？也许有人会回答说，这是数量效果的问题，就看你如何将绝大部分构成，或者是全部构成一起突出罢了。这个回答是错误的，虽然它仅仅是理论上的错误。因为实际上将所有构成一齐突出是根本不可能的。把任何构成突出必然有其他一个或多个构成的自动化作为陪衬。例如，在沃尔契里基（1853—1912，五月派的一位诗人）和契赫的作品中，语调必然将作为一个单位的词挤到自动化的最深层次上去。因为，如果将它的意义突出，就会赋予这个词语音上的独立性，从而搅乱连贯的（流畅的）语流线。K.托曼（1877—1946，一位现代诗人）的诗给我们另外一个例子，说明到何种程度时，在语境中的一个词的语义独立同时也表现为语调独立。于是，语调作为连贯的语流线的突出就跟语义的"空洞"结下了缘，由于这种"空洞"，五月派被后人批评为"搞文字游戏"。除了将所有构成突出在现实中的可能性外，我们还应指出，同时将一首诗中的所有构成突出也是不可想象的。这是因为，所谓突出，就意味着把一次构成放到前景的显赫位置上，而所谓占据前景，也是跟留在背景上的另一个或另一些构成相对而言。同时的普遍的突出只会把所有构成一齐提高到同一水平上，结果造成了新的自动化。

　　使诗的语言最大限度地突出的并不在于突出的构成的数量，而在其他地方。这就是突出的一贯性和系统性。一贯性表现在以下的事实里：对一部特定作品中突出的构成的重新造型只在一个稳定的方向上出现。于是，在一部作品中意义的反自动化就是不断地通过词汇选择（词汇中相互对立的部分的相互渗和）来进行的，而在另一部中，又可能同样不断地通过在上下文中结合在一起的词的特殊的语义关系来实现。两种过程的结果都是意义的突出，但是对各自作用不同。在一部特定的诗作里，若干构成的系统性的突出包含在这些构成的关系的渐变中，即在它们的相对主从关系之中。在这种层序中占位最高的构成为主导因素。其他构成及其关系，无论突出与否，都受到主导因素的标准的衡量。起主导作用的构成推动其他构成的关系不断发展，并确定其方向。一首诗，即使在完全未突出的情况下，其材料也是跟各构成的相互关系交织在一起的。这样，无论在诗中，还是在交流语言中，都总是存在着语调与意思、语调与句法和词序的潜在关系，或者是作为有意义的单位的词与本文的语音结构、与人们在一篇本文中发现的词汇选择、与同一句子这一语境中作为意义单位的其他词之间的关系。可以说，通过这些形形色色的内在关系,每一项语言构成都以某种方式,直接或间接地跟所有的构成联系着。在交流语言中,这些关系大体上是潜在的。因为人们的注意力没有被吸引到它们的存在和相互关系上去。然而只要在某一点上打破这一系统的平衡,就足以使整个关系的网架倾向一方;而且,在它的内在结构的某一部分就会(通过被视为有意安排的背景的自动化)出现相应的松弛。从受到影响的方面,即主导因素的方面来看,各种关系的内在结构不是一成不变的。说得具体一点,有的时候语调要受到意义的控制(通过各种途径);而在另一些时候,意义的结构又由语调来确定;还有一些时候,一个词与所属语言的词汇的关系可能突出;再有一些时候,这个词与本文的语调结构的关系又可能被突出。至于这些可能关系中的哪一种被突出,哪些仍留在自动化水平上,突出又顺着什么方向——是从 A 构成到 B 构成呢还是恰恰相反——这一切都取决于主导因素。

　　于是,主导因素就给一篇诗作带来了统一。当然,这是它自己的特殊的统一。在美学上,它的这种特性通常被称为"多样性中的统一"。在这种能动的统一中,我们可以同时发现和谐与不和谐、聚合和散发。聚合是由趋主导因素的倾向产生;散发,则是由未突出的因素构成的不动背景对这种倾向的抵抗产生。从标准语言的角度来看,这些构成会显得并未突出;从诗的准则来看,也会有这种印象。这里所谓诗的准则,指的是一套稳定牢固的规范,它通过自动化,已经趋向于一个诗派的结构的松散、瓦解之机,将它分解消化了。换言之,在某些情况下,一项构成以标准语言的规范来衡量,可能是突出的,然而由于在一部诗作中,它跟自动化了的诗的准则是一致的,因此不算突出了的成分。人们总是把一篇诗作放到一种传统的背景上去认识,这传统就是自动化的准则。有了它,诗作才显出自己的旁逸斜出之处。这种自动化通过根据准则进行创造的自由、模仿的蔓延以及在与文学无甚关系的集团里对日趋过时的诗的嗜好中表现出来。诗的新潮流常常被视为传统准则的畸变,这种观点之强烈从保守派批评对新潮流的否定态度上可见一斑。这些人将对准则的有偏移视为违背了诗的本质的错误。

　　因此,我们在诗的后面看到的是这样一种背景,它由那些对突出进行抵抗的未突出的成分构成,并且具有两重性:标准语言的规范和传统美学准则。这两种背景都是潜在的,虽然其中一种在某一个具体例子中将占据统治地位。在语言要素大量突出的时期,标准语言的规范占据支配地位,而在突出活动适度的时期,则是传统美学准则占据统治地位。如果后者大大地扭曲了标准语言的规范,那么它的适度的歪曲也势必形成对标准语的规范的更新。其所以如此,也正因为适度二字。诗作中突出和未突出的成分之间的相互关系形成了诗的结构。这种能动的结构包括了聚合和散发,构成了不可肢解的艺术整体,这是因为它的每一项构成都是在与整体的关系中才获得了自己的全部价值。

这样,如果我们从现在起仅仅考虑对标准语言的规范的扭曲的可能性,就不难看出,这种突出的特殊背景对诗来说就是不可缺少的了,舍它便没有诗。若将从标准语言的规范的偏移斥为谬误,便无异于否定诗歌。在那些趋于将语言成分大量地突出的时期(例如目前)就更是如此。也许有人会反对这种观点,提出:在某些诗作中,尤其是在一些类别中,只有内容(主题)被突出了,因此以上论断与它们无关。针对这种论点,我们必须指出,在任何一类诗里,语言与主题之间都没有固定不变的分界,在某种意义上它们甚至没有根本的差别。一篇诗作的主题的价值不能单凭它跟主题作品中反映出的超文学现实来判断。确切地说,它是作品的语义构成(当然我们也无意断言,说它跟现实的关系就不会像在现实主义中那样成为结构的要素)。我们本可以为这一论断找来大量的论据。不过,还是紧扣要点为好。真实性问题对诗的主题内容是不适用的,它在此甚至毫无意义。即使我们提出这个问题,并给予了肯定或否定回答,它跟作品的艺术上的价值仍不发生关系,而只能确定这作品的文献性价值的高低。如果说某些诗作(如 V.万丘拉的短篇小说《好办法》)中存在对真实性的强调的话,那这种强调也只是为了赋予主题某种语义色彩罢了。在交流语言中,主题内容的地位就完全不同。在这里,主题内容与现实之间的某种关系就是一种重要价值和必要前提。这样,在一篇新闻报导里,某个事件究竟发生没有就显然是最根本的问题。

因此,一篇诗作的主题内容就是它最大的语义单位。既然是意义,它就具有某些性质、某些未直接以语言符号为基础、而只有当后者为一普遍的符号学单位时才与之发生联系的性质。(尤其是它对任何一个或一套符号的独立性。这种独立性使同一主题用另一种语言方式表达出来时,或者甚至像将主题内容从一种艺术形式移植到另一种形式那样完全移到另一套符号里时,不致产生根本的变化。)但是这种性质上的差异并不影响主题内容的语义特征。这说明,即使在那些主题内容占据着主导地位的诗作和流派里,主题跟诗作所能反映的现实仍不可混为一谈。主题是结构的一部分，它受着结构的某些规律的支配，又由于它跟结构的关系而受到评价。如果事实是这样的话，那么这证明，无论对抒情诗还是对小说来说，否认诗作触犯标准语的规范的权利，就等于否定诗。关于长篇小说，虽然看来其中的语言要素完全没有突出，我们却不能说它们是内容在美学上的惰性表现。结构是所有构成的总和，它的动力也正产生于突出和未突出的构成之间的紧张状态。其次，也还有不少长、短篇小说，其中语言构成清晰地突出了。所以，甚至在散文中，若以规范语言为准绳对文字进行改动，也会跟作品的实质发生冲突。例如，如果作者或译者根据纳塞·莱克(Naše Řcě)中的要求，企图消灭"不必要"的关系从句时，就会出现这种情况。

　　另外，还有诗的领域之外的语言中的美学价值问题。最近有的捷克人主张："必须将美学评价排出语言之外，因为在语言中没有它的用武之地。它对风格评价是必要的，对语言则不然。"(J.哈勒：《规范语言问题》)这里，我们暂且不去对命名上不够准确的风格与语言的对立进行挑剔，只想提出一点与哈勒观点不同的见解，这就是：对标准语的规范来说，美学评价是一项十分重要的因素。这是因为：一方面，舍它便谈不上对语言的有意识的提炼；另一方面，它有时也在一定程度上决定着标准语规范的形成发展。

　　且让我们首先在美学现象的范围内来作一番一般性的探讨吧。十分明显，这一现象大大超出了艺术的范围。德苏瓦尔在谈到这点时说："对美的追求没有必要仅限于在艺术的某些特殊形式中表现自己。相反，由于美的需要是如此强烈，它们几乎影响着人类的一切活动。"如果美学现象的范围真是这样广阔，那我们就很容易看出，美学评价的天地就绝不局限于艺术。无论是在择偶、时尚，还是在礼节、烹调术中我们都可以找到例证。当然，在对艺术的美学评价和艺术之外的美学评价之间是有区别的。在艺术中，美学评价必然在作品所具的一切价值的层序中占据最高的地位；而在艺术之外，它的地位时高时低，而且常常处在从属地位。再者，在艺术里，我们从被研究的作品的结构的角度来评价每个构成，其标准在每部作品中都是由构成在该作品的结构整体中的功能来确定的。在艺术之外，被评价的现象的各项构成与美学结构未融为一体，无论要研究的是什么构成，标准都是适用于它的既定规范。那么，既然美学评价的范围之大囊括了"几乎所有的人类活动"，我们便的确没有理由将语言排出美学评价的范围之外。换句话说，它的作用不应该受趣味法则的约束。我们有确凿证据证明,美学评价是纯语主义的基本标准之一。没有它,甚至连标准语的规范的形成都不可想象。……

文学作品中的语言(节选)

[俄] 巴赫金

导言——

本文节选自钱中文主编《巴赫金全集》第四卷(河北教育出版社,1998),潘月琴译。

作者巴赫金(Mikhail Mikhailoviteh Bakhtin,1895—1975),出生于沙皇俄国的奥勒尔市,毕业于彼得堡大学,苏联科学院阿·马·高尔基文学研究所文学副博士。曾在维捷布斯克师范学院、摩尔多瓦师范学院任教。是苏联著名文学理论家。著有《陀思妥耶夫斯基与诗学问题》、《拉伯雷的创作与中世纪和文艺复兴时期的民间文化》等。

这是巴赫金写于20世纪50年代中期的一则笔记,针对的是当时苏联权威的语言学观点。作者认为,文学语言是一种具有自我意识的语言,它不仅仅是为一定的对象和目的所限定的交际和表达的手段,更是自身描写的对象和客体。文学语言作为对象,并不等于作者"心灵的呼喊",它包含着在语言中早已有之的、各种风格的"他人话语",是一个复杂而又统一的体系,具有"多语体性"。文学中的语言具有两种生存形式,这使得艺术认知有可能成为一种双重的体验和观察。文学语言的意义在于它将语言提升为新的、高级的生活形式,而不在于提供正确、优秀的语言典范。在笔记的后半部分,作者进一步讨论了文学语言作为一种对话性的言语交际所涉及的诸多问题,并划清了与索绪尔语言学的界限。这则笔记并不是巴赫金留下的最重要的语言学文献,但我们从中可以清楚地了解到巴赫金对话理论的基本立场。笔记有很大的跳跃性,阅读时应注意理清主要线索。

文学不单是对语言的运用,而是对语言的一种艺术认识(如同语言学对它的科学认识一样),是语言的形象,是语言在艺术中的自我意识。语言的第三维。语言生活的新形式。

说话人、说话群体——社会——的形象。语言在所有其他应用领域内的生活都具有直接性。在那里它直接服务于交际和表达的目的。而在这里它本身成为描写的对象。言语生活展现出全部的具体性。

作为描写对象的各种言语语体。这不是社会言语生活的速记,而是这种生活的典型的艺术形象。

艺术形象具有人的特性。每一话语,每一语体(风格),每一发音的背后都蕴藏着(典型的、独特的)说者活生生的个性。

语言作为描写的手段:描写事物和表达个人的感受。作为描写手段①的语言,并不等于作者的直接话语。

根本的问题是——用于描写的语言与被描写的语言之间的相互关系问题。这是两个相互交叉的层面②。

作家个人风格的复杂性和三维性:因为它受到与其他风格、与他人话语的对话关系的决定。

外国语也能成为描写的对象。

这里说的态度(情感的),不是对客观事物(自然、物品)的态度,不是对事件(胜利、牺牲、实现愿望等等)的态度,而是对他人的话、他人的话语的态度。

言语生活的形象具有多样性:各种场合下各种类型的内心言语,形式多样的对话(日常生活的、私人的、不拘礼仪的、社交场合的、沙龙的、业务性的、学术性的),业务公函,军事命令等等。言语体裁的无限多样性。

作者语言中含有不归属于各个人物的各种风格的他人言语。各种程度的呼应。

一部完整的新型文学作品(现实主义长篇小说)的语言。这不是多种"语言"(言语语体和个人风格)的总和,而是各种"语言"和风格构成的体系,是一个复杂而又统一的体系。这个统一首先是功能上的,它表现在对所有这些语言和风格的统一态度上。

---

① 原稿可能有误,似应为"描写对象"。——原编者注
② 此处是与维诺格拉多夫的争论,认为根本的问题不是"作者形象",而是作品中不同话语的对话关系。——原编者注

当舞台上出现字斟句酌的说者时,风格便产生了。但他所能选择的一切(任何特色材料,任何修辞色彩)都是在语言中早已有之的①。

对多个"语言"的态度,都体现在作品的语言中(是体现,而不是径直说出)。这里有许多个说话者,而同时却又只有一个说话者(即作者)。

作品的组织中心,各种层次距它远近不同。要找到处于作品组织中心的词语、语言和风格。

具有自我意识的语言,成为自身对象的语言(甚至在抒情诗中也有,这与自然地、朴素地、径直地表达自己的感情不同,与"心灵的呼喊"不同)。

语言的形象。它是具典型性的,但它自身又包含有作者对它的态度,作者的情感。这种态度是如何表现的呢?从模拟讽刺和夸张,到与其他话语的比较和对照,通过在整体中凸现各个局部来实现。

人物的语言也只被视作描写或表达的手段。其实它们是描写的对象。

关于文学作品语言的基本美学特性。

可以把作品当作主人公语言和作者语言的速记,当作语言学文献、语言学资料来对待。

语言进入文学运用的领域。这个领域和语言在这一领域中的生活,原则上不同于任何其他的言语生活领域(如科技、日常生活、公务等等)。这个领域的基本的和原则性的特点何在呢?语言在这里不仅仅是为一定的对象和目的所限定的交际和表达的手段,它自身还是描写的对象和客体。

不能把这里的语言视作特定的功能语体,如科技语体。

在文学作品中我们可以找到一切可能有的语言语体、言语语体、功能语体、社会的和职业的语言等等。(与其他语体相比)它没有语体的局限性和相对封闭性。但文学语言的这种多语体性和——极而言之——"全语体性"正是文学基本特性所使然。文学——这首先是艺术,亦即对现实的艺术的、形象的认识(反映);其次,它是借助于语言这种艺术材料来达到的艺术的形象反映。

文学的一个基本特点是:语言在这里不仅仅是交际手段和描写表达手段,它还是描写的对象。

---

① 最后一句是作者引述通行的看法,他本人则认为这种说法只是在一定条件下才能成立。——原编者注

如何在描写的(手段)和被描写的语言之间划清界线。一方面是作者对自然、场景、事件的描写；另一方面是人物的语言(社会典型性的语言)。但是,描写性的语言多数情况下都趋向于成为被描写的语言,而来自作者的纯描写性的语言也可能是没有的,或者可能处处杂有各种被描写的语体和风格(作者的语言假面)。

说者(言语主体)的形象。语言学认识这个主体,只是根据语言自身所决定的言语主体抽象的关系特征(如说者对所叙事件而处的相对时间点、用代词表现的对言语交际群体的态度、性、数)。艺术认知则是指向具有具体个性的说者形象。

语言中的情态范畴。

风格要求有取舍,取舍则推出和确定了选择者的个性(他的世界观,他的理想、评价、情感等等)。

文学中的语言有两种生存形式,而在其他领域中只有一种。在所有其他的领域中,语言(表达的手段)仅仅指向事物,为一定的目的而表达一定的内容。而这种针对事物和目的的指向,也正决定了表达手段的选择,也就是决定了风格。如果这时形成了说者形象和语言形象,那么这一点决不属于言语的任务(既不是它的指物内容,也不是它的目的)。说者对这种形象既不感兴趣,也不想将之告诉听众(如果他不是矫揉造作、故作姿态的话)。只有说者自己也只有他一个对手段加以选择取舍。

而在文学中建立说者形象和语言形象(言语形象)时,作取舍的不是说者本人,而是作者从说者本人的观点出发替他作的。但与此同时作者也从自己的观点出发,而这一观点则是指向言语形象和说者形象的(使之更典型、更突出等等,亦即从形象化目的出发进行选择)。

艺术形象的本质便是如此：我们既在其中又在其外,既能生活于其内部,又能从外部观察它。艺术认知的本质就在于这是一种双重的体验和观察："他者的生活——既是我的,又不是我的。"作家既不是实录自己人物的言语,但也不能将自己的言语强加给人物(根本不能强加任何东西)。艺术家对自己主人公的态度就是如此：他既生活在主人公之内又在他之外,并将这两个方面结合成一个高度统一的形象。

言语形象不能脱离说者形象而产生。无主的言语原本是不存在的。语言是以"生活的形态"得到描绘的(车尔尼雪夫斯基语)。

这种对语言的艺术认知(而非语言学的科学认知),具有重大的实践意义。它教导人们创造性地(而不仅仅是正确地)运用语言,克服幼稚的语言和教条的语言,克服狭隘的单语体性和盲目的多语体性,也就是无风格性。它能将语言提升到高水平,实质上是提升它到新的、高级的生活形式上。文学对全民语形成的影响即表现在此,而不在于文学提供了正确的和优秀的语言典范。

言语语体(特别是其中的某些类型)和社会职业语言,会因为自己的局限性和幼稚直露而显得可笑。这是产生言语笑谑的最重要的根源之一。对语体可以讽刺模拟,对语言却不能。

言语主体、说者的作用。在我们的语言学中,这种作用被压缩到了最低点。文学语言提供了正确理解这种作用的钥匙。作为交际手段的语言所提供的关于说者的见解不同于作为表现手段的语言(唯心主义)所提供的。

关系的问题。言语与语体在作品统一体中的关系。确定这种关系的难度和重要性。这里有某种不易捉摸的因素,但它恰是全部问题之所在。这些关系不能归之于语言学里的语言(最广义的理解)表义要素之间的逻辑语法关系。

多语体体裁在古代各国文学中就已占有重要地位,但在随后的时代它们却为单语体体裁所淹没(在官方文学中)。因此人们感觉多语体性是现代文学所特有的。广义上的狂欢体裁。

研究文学语言具有特别重要的意义。可以直截了当地说,语言在这里具有了新的质,新的维度。……

言语的力量:科学与诗歌(节选)

[法]保罗·利科

导言——

本文节选自胡经之、张首映主编《二十世纪西方文论选》第三卷(中国社会科学出版社,1989),朱国均译。

作者保罗·利科(Paul Ricoeur,1913—2005),一译保罗·利科尔,巴黎大学哲学博士,曾任斯特拉斯堡大学、索邦大学、芝加哥大学等校教授。是法国当代著名哲学家。著有《解释学与人文科学》、《弗洛伊德与哲学》、《解释的冲突》等。

  这是一篇由哲学家撰写的论文。作者将焦点对准一词多义现象,深入考察了科学语言和诗歌语言是如何以不同的策略对日常语言进行加工的。作者认为,科学语言是一种系统地寻求消除歧义性的言论策略,是人工形式化的语言,具有一套消除歧义的矫正程序,它倾向于排斥活生生的经验交流。诗歌语言正好相反,它推崇歧义,同时构建多种意义系统,具有一套保留和创造歧义的程序。诗歌通过增进符号的可感知性,加深符号和对象的根本分离。在诗歌中,词语的组合比词语的选择更为重要,隐喻使诗歌成为一种瞬间的言论创造物,而象征则使诗歌成为一个连续、持久的隐喻。最后,作者重点阐述了诗歌语言策略的意义:诗歌展示了一个我们能居住于其中的可能的世界,诗歌的真理表明了我们"在存在中存在的态度"而非可证实的陈述。因此,我们同时需要两种语言,以便在精确地描述世界的同时能对世界保持敏感。本文从一个细小而独特的视角阐明了科学与诗歌在语言上的根本差异,揭示了赋予人类以不同的言语力量的内在机制。文章逻辑严密,并且充满了思辨的张力。而关于诗歌维护科学和真理的论述,更显示出作者具有宏阔的理论视野。

  我要赞美言语的力量,也就是语言赋予人类的那种力量。但我不是作为一个带着激情来谈论诗歌的诗人,而是作为一个为求得理解去分析和思考的哲学家。我特别想要弄清楚两种主要的(科学的和诗歌的)言语能力相互转化的作用,并揭示来源于它们二者的对立和互补的语言的功效。

  为了研究两种语言(能力)的这种对立。我首先将试图考察日常语言,它既不像科学语言那么严密,又不像诗歌语言那么抒情。然而,科学和诗歌(作为语言运用的模式)都是通过有意选择一种特殊策略,而从日常语言这种未区分的力量中产生出来的。

  I 在大马士革的一个博物馆里,陈列着一块三呎长的书板,一千四百年以前,一个乌嘎利特语①的刻写员在书板上刻下了迦南语字母表的三十个

---

① 乌嘎利特语(Ugaritic):很接近古希伯莱语的一种已消亡的闪语。——译者注

字母。这一字母词典无疑是世界上最古老的,它同时表达了对刻写人和说话的人们的敬意。刻写人经过深思,理解了语言的基本秘密,那就是从有限数目的符号组合中构造出无数的意义。事实上,正是这样一个天才人物,有了一种想法,把人们用以表达思想和进行交流的一系列的要素以及一系列的组合归约为这样一个要素的体系。刻写人懂得怎样从语言的洪流中抽取出三十个音的固定点或支点,但是,在他的这种天才发现之前,就已经存在着语言自身的天才了,通过人类的言语,它创造了一条相反的通道:从构成我们的语言(langues)代码的有限数量的要素中,不断地构造出数不清的言论的组合。

据洪堡(Humboldt)说,有限工具的无限运用,这就是言语的力量。有限工具:包括封闭的音素表、词汇表和语法规则表,它们以人们未意识到的字母词典、词汇或句法构造我们的语言(langues),所有这些都在任何反思之前就明确表达出来了。无限的运用:包括语言共同体的成员在他们共同的语言习惯用法内已经说出或将要说出的所有句子和所有言论构成的开放系列。这样,我们就区分出两种类型的语言学:语言(langue)的语言学,它以三个方面(音位学的、词汇学的和句法学的)的有限结构为基础;言论的语言学,它是建立在句子(言论的基本单位)的基础上,运用它是为了从句子的不可归约的特性中推演出人类言语的无限产品。

以下的分析完全限制在第二层次的语言学的框架内,即言论的语言学,应用的、生产的、力量的语言学。

一词多义指那种词具有多种含义或意义的语言现象。这个定义需要一个预备性的说明:这种分析属于两种语言学中的哪一种?人们很想回答说:属于语言的语言学(作为一个体系,la langue)。事实上,正是在词典中,一个词展示出它的含义的多样性。在这个意义上,一词多义是一个同时态的事实:它描述了语义学领域中内在差异的表现,通过另一种差异的表现,这种内在差异的表现置身于词典的整个体系之中。但如果一词多义在它的基本形式下——即体系的共时研究——涉及语言(langue)的语言学,它同时也涉及言语的语言学,或更确切地说,言论的语言学。

首先,正是在言论中,一词多义才有功用。说话就是从有效的语义丰富性中选择出与论题、与目的一致的意义范围。这样,我们就应该开始一种选择,它同时是根据被结合进句子的统一体的各个相反的语义领域进行的。正是这种统一体(综合的、论断性的统一体)统辖着意义的选择和所用词汇的语义潜能的归约。因此正是在确定的使用中,词采用一种现实的含义。从这个意义上来说,含义——指现实的、确定的含义——是言论的结果,而不再是语言(langue)的事实。只有作为完整整体的句子才有意义,单个的词只是由于配置的结果才具有含义,这与言论在有效的语义领域产生的选择和归约是一致的。

因此,在言论的范围内,一词多义具有一种结构。事实上,人们可以说词的现实含义是言论的结果,而它们的潜在含义则是语言(langue)的事实。这是不错的。但这一语言(langue)事实只有与言论的结果相联系时才能理解——在所有的情况下,证明潜在的含义的合理性,都是为了达到现实的含义。结果具有的意义不只一个,在不同的上下文中就能出现不同的意义,每一意义都借助于一个词典上解释了的规范式的使用和精心选择的典型的上下文来确定。因而,这一语言(langue)事实是由言论的语言学来整理的。一词多义很好地说明了这种一般的特性,即语言(作为一个系统,la langue)总是言论的抽象。作为一个同时态的事实,作为语言(langue)的一个特征,一词多义存在于言论的范围之中。它只是在言论之中,通过选择的行动来起作用,而这种选择行动自身又受所有言论的中心论断性行为的调节。

II 科学语言和诗歌语言可以当作是用来解决同一问题的两种不同的策略。什么问题呢？从功用的观点来看,一词多义有其积极的一面,也有消极的一面。它的积极方面就是它有非常经济的特点。在需要有人类经验的无限变化和个人观点的无限多样的那种无限词汇的地方,建立在一词多义之上的语言有一种优越性,能从词汇列举的实际含义的有限集合中获得实际上数不清的现实含义。人们根据上下文,选择与一定的论题和目的最为一致的含义。同时,人们又根据提问和回答的相互作用,去证实被言论的进展所调节的语义选择是否被对话双方正确地解释。

但是,为这种经济性所付出的代价是高昂的：词的一词多义带来了言论歧义性的危险。一词多义是正常现象,歧义性则是病态现象。言论的任务是从一词多义中形成一词一义。如果通过包含在言论中的各语义领域的互相同化,论题和目的的统一体成功地建立起一单一的同位,这一任务就完成了。有时一个简单句就足以把一系列的言论归约成一种单一的解释可能性；有时一整本书也无法做到。在后一种情况中,误解就潜入交流之中。

这就是一词多义的双重能力：一方面,它满足作为语言基础的经济原则；

由于上下文作用的灵活性,它允许从这种经济的结构中构造出多种意义效果。但是,在另一方面,它完全把语言变成了一种从上下文出发碰运气的解释工作。

因此,人们可以理解,从言论的这一核心现象出发,可以形成几种不同的策略。它们都是对同一困难的反应:怎样对待从词的最初的一词多义中产生的言论可能有的歧义性。在一系列可能的解决方法的一端,我们有科学语言,它可以定义为系统地寻求消除歧义性的言论策略。在另一端是诗歌语言,它从相反的选择出发,即保留歧义性以使语言能表达罕见的、新颖的、独特的,因而也就是非公众的经验。让我们依次研究各种主张。

在谈到科学语言时,我们所谈的不是科学自身,把它当成是谈论科学自身将是很可笑的。我们谈论的是科学事业强加于言论的矫正。从这种观点来说,科学语言可以定义为防止语言歧义的防卫步骤。这又是怎样的一种步骤呢?

在第一阶段,科学语言所做的不过是系统地扩展一种开始于日常语言水平的工作:定义的工作。事实上,语言的构成使得它总是可能借助于这一代码的其他一些要素而指称代码的某一要素。这种通常属于元语言学层次对语言自身的反思行为,是(语言学的)词汇的实验扩充的基础,并提供了下面这种形式的对等定义原则:骡马是雌性的马,单身汉是未结婚的男人。科学语言最初只是使定义工作系统化,并借助于分类来加强这种系统化。

在第二阶段,科学语言在其专有词汇中,严格地区分了那些能指称可测量的实体的词汇和不能指称可测量的实体的词汇。由伽利略、哥白尼和笛卡尔革命产生的自然的数学化,表现为对精确和严密的迫切要求,这种精确和严密也就是真正的语言再生。不再重新定义日常语言的词,也不再谈论"电流"、"质量"或"速度",取而代之的是人们赋予假想实体以名称,这种名称只是在这些实体被定义的理论框架中才有意义。然而,这些词仍与词典中的词相似,并且,严格说来,能被结合进日常词汇之中。

在更高的抽象阶段里,日常的词被数学符号体系所取代,也就是说,被那些只能默读、不能念出声的符号所取代。因而,与自然语言的联结破裂了。科学语言切断了它与日常言论中运用的语言的联系。

在最后的阶段——公理化的阶段里,公式和定理的解释是由公理系统来控制。公理系统指定所有符号在理论中的位置,并规定阅读整个符号体系的规则。这样一种规定替代了日常言论中的上下文的解释。这就构成了反对歧义性的言论策略的最高阶段。

达到这一点以后,人们就想把科学语言的使用规则——如定义、衡量、逻辑—数学的符号体系以及公理化——扩展到整个语言。从所有言论(伦理的、政治的或美学的)中,从对话自身中消除歧义,这事实上不是很值得向往的吗?

哲学常常被这种使整个语言重新形式化的梦想迷住。莱布尼茨曾想为之献身;罗素在《数学原理》时期,维特根斯坦在《逻辑哲学论》时期,都曾再次严肃地从事这一事业。有足够的理由认为,这一事业不可能成功:人工形式化语言在上下文联系上的独立,和相反地自然语言对上下文的敏感,属于不同的策略,互相都不可能归约成对方。如 R.雅克布森所写的:"含义的变化,特别是为数众多、范围广泛的意义置换,再加上多种释义的无限的能力,很显然就是增进自然语言的创造力,并把不断创造的可能性赋予诗歌行为和科学行为的诸种性能。在此,不确定性的能力与创造性的能力完全是互相依赖的。"作为人工构造物"为各种科学的或技术的目的而使用的、或多或少被形式化了的语言,可以看成是日常语言的变形"。日常语言在它自己的领域内保留它的有效性,它实质上是可变的、无限的、定性的、欣赏的、有洞察力的经验的交流。形式化的语言必然是相当孤立的:它们不想要活生生的经验交流,——即对科学言论的基本论证进行整理。雅克布森又说,正因为如此,"在上下文独立的结构和上下文敏感的结构间的关系中,数学和日常的语言是两个极端的体系,看起来它们每一个都是对其他语言进行结构分析的最为合适的元语言"。

日常语言不能归约为形式语言,这一点最清楚地被诗歌语言通过一种与科学言论的策略相反的策略,从一词多义中获得的意义效果所证明。

Ⅲ 我们已经能够用一种占支配地位的意向来说明科学语言的特征:要消除歧义,要使一个符号只具有一个意义,要使人们不能用几种不同的方法来解释同一符号。

然而,一词一义的意向没有说明语言的所有力量。还有另外一种利用歧义的方法:不是消除而是推崇它。为什么呢?我们将在下面说明原因。首先让我们看看是怎样推崇它的。

正如科学语言有它的消除歧义程序,诗歌语言也有它自己保留并创造歧义的程序。让我们从诗歌语言的基本特征,即形式对内容的依附、声音对意思的依附开始。在表述这种依附时,可以把一首诗比喻成一个雕塑品,比喻成一个由大理石或者青铜构成的物体。这样的比喻暗示着,在诗歌中,语言被当成待加工的材料。这就是为什么在一首诗中人们不能改变一词一音的原因。为什么诗歌语言的这种基本特征会为歧义效劳呢?

在雅克布森关于语言学和诗学的关系的著名分析中,语言的诗歌功能是用强调启示(message)本身来定义的:"通过增进符号的可感知性,这种功用加深了符号和对象的根本分离。"在此,所谓"符号的可感知性"的根本特征在于某些语音特征的再现,如相同的格律、头韵、对仗(在闪米特诗歌中)的周期重现,相同的音或相反的音、长音或短音的再现等等。韵律以及更明显些的韵脚都只是为语音再现的一般原则效劳的某些较为突出的程序。

在此,这种再现可以被认为是通常所说的等价原则的一个特例。这一等价原则在非诗歌的语言中调节着对多少有些相似的词语的选择。众所周知,雅克布森把选择当成是语言行为中使用的两种基本的排列方式之一,组合是这些方式的第二种。这样,当我精心地确定了一条讯息的术语时,我就在一系列存在着的多少有些相似的名词中作出了选择,所有这些名词从某种观点来看多少是等价的。例如,我从许多相邻词如"小家伙"、"小娃娃"、"小孩"等等中选择了"幼儿"。然后为了说明这一主题,我从语义上相关联的词如"睡觉"、"睡眠"、"休息"、"打盹"等中再选出一个来。这两个词就组成一个言语链。因此,选择是以等价(类似和非类似,同义和反义)为基础产生的,而组合(一系列相关联的词的构造)是以邻近为基础的。

正是在此,诗歌的作用开始介入。借助于语音的再现,人们可以说"诗歌的功用把等价原则从选择的轴线投射到组合的轴线上"。在日常的散文语言中,等价仅仅是负责在相似的范围中进行词语的选择,但在诗歌中,它就被提高到一系列相关的词的组合过程的等级。同时,支配着选择进行(雅克布森在另一篇文章中把它叫作"隐喻的过程")的相关原则也调节着诗歌启示的组合与结构。正是这种响亮的声音形式的再现影响了意义,在那些由相同形式的周期重现弄到一起的启示词汇之间,产生了密切的关系——语义的联系。例如,如果同一诗歌启示引起了"孤寂"(solitude)和"抛弃"(désuéude)的共鸣,那么这两个词通过其形式上的类同而维持着一种语义上的交感。孤寂将似乎被抛弃,而部分地耗尽的东西似乎是被弃置了的。宽泛地说,由响亮的声音的相同形式的周期重现引起的这种含义的交感,可以称为"隐喻"。意义已经"被置换"、"被转移":词语在诗歌中所意指的与它们在散文中所意指的完全不同。一种意义的光环萦绕在它们周围,这时它们由于响亮的声音形式再现而互相被迷住。

从形式上溯到意义,现在让我们来细看一下隐喻的一般语义功能。人们曾经说,每个隐喻都是一首小型的诗,而一首诗则是一个巨大的、连续的、持久的隐喻。隐喻的提出,至少必须有一种能使两个词互相对立起来的言论的要素。如果我跟一个诗人说"时间是个乞丐",隐喻并不存在于单独的一个词里。把隐喻当成一种对称的比喻是一个极大的错误。毋宁说隐喻是一种属性的形式。要谈论的不是隐喻词,而是隐喻陈述。或者如果你愿意的话,也可以说,正是在论断性的使用中,词自身转变成了隐喻。因此,人们必须努力理解意义背离的原因,这种意义背离在一个词与另一个词的相互作用中影响该词,这是一个言论的事实。

……

因而诗是这样一种语言策略,其目的在于保护我们的语言的一词多义,而不在于筛去或消除它,在于保留歧义,而不在于排斥或禁止它。语言就不再是通过它们的相互作用,构建单独一种意义系统,而是同时构建好几种意义系统。从这里就导出同一首诗的几种释读的可能性。人们可以把意义的这一结果与立体的视觉相比较:在本文的多样性中,可以看到并区分几个叠加的平面。我已经把隐喻当成了指南,但如刚才所说,隐喻仍是短命的意义或暂时的意义的结果。隐喻只是在出现语义冲突时才存在,通过以一种使诗歌语词系列富有意义的方式来释读,就可以使隐喻消除。但诗歌还有更多的功能。它不只是创造隐喻,而且通过把它们联结在一个隐喻的网络中保持它们。这种隐喻的网络不是飞逝的,而是经久的,它使诗歌成为一个连续、持久的隐喻。我把这种隐喻网络的一致原则叫作**诗的象征**。

从纯语义学的观点来看,象征的定义与隐喻的定义没有什么不同。象征是具有双重意义的表达式,因此,由于含义的相近,由于类似,字面的意义立刻给出不会在其他任何地方,也不以其他任何方式给出的第二种意义。象征也像隐喻一样,是不可替代的。它不是修辞,不是可以用详尽的释义来替代的另一种说话方式。但是,如果从语义学的观点来看,象征与隐喻有着相同的定义,它就引进了一个我们必须到别的地方而不是言论的结构中去寻找的永久原则。与罕见的、不平常的、奇异的隐喻不同，构成稳定、持久的象征之力量的，是这些象征将其双重意义的共同结构再次与一种文化，一个共同体，有时是人类整体相结合。在这种情况下，象征可以被称为（不是没有某些危险的）原型（archétypes）——用这词来指称那些名副其实的象征，它们似乎对于广阔的文化整体来说都是共同的，或者是通过影响或借鉴，或者因为最根本的、最共同的人类经验，保证了它们的稳定性。看来，人与那些十足的自然因素——火、气、水、风——之间的经常联系就是如此；人所处的恰当位置也是如此，他赋予高和低以不对称的含义和价值；在空间里借助于行动来确定方向也是如此，这赋予向前和向后的方向以不可替代的含义……当然，我们不可只从纯自然的意义上来认识象征手法，因为并不存在其特征只有自然性的象征手法。在隐喻和象征之间总是需要有某种文化中介、神话中介。通过作为言论能力的象征、隐喻，开始在语言中构造人类深刻而广阔的存在。但反过来说，也总是要借助于以隐喻为显著过程的语言策略，人类的神话——诗歌的深涵才能被唤起。

　　前面这段评论把我们引到了所有问题中最棘手的问题的极端。为什么要有这种歧义的策略？通过诗歌言论我们要追求什么？借助于诗歌我们力图说出什么？我将抛弃两种虽然并无错误，但不够充分的回答。首先要肯定，诗歌没有说出任何东西。它取消世界。我们的分析不是指向这一方向吗？如果一首诗像一座雕塑一样，是一个包围着自身的坚固对象，那么诗歌的这种功能最终不就是我们从声音和意义之间的含糊不清的作用中获得的乐趣？进而言之，如果人们通过意义了解了某种信息、某种描述，就肯定不能说诗歌没有意义吗？

　　我同意这些阐述，但只是到某一点为止，而在此之外才是最为重要的。我完全同意说诗歌将信息的言论悬搁起来。诗歌并不教给人们任何关于现实的东西。只有科学的陈述才有经验上可证实的意义。而诗歌是不可证实的。至少在这个意义上不可证实。也许在某种别的意义上可以证实？在此我要说，每一首诗，每一件文字作品，都有一个"世界"，都展示了一个"世界"：作品的世界。我以此来意指一个我们能居住于其中的可能的世界。为了理解"世界"一词的这种不平常的意义，我们必须恢复想象力的功能，这不是作为感觉之残余的那种印象的产生，而是地平线生动地表现出来，这将能够改变我们自己存在的地平线。每一首诗、每一件文学作品都展开了一个世界之假设,提出了一个世界。诗歌没有说出任何东西这一论题的正确仍然在于:语言由中介转化成原材料引起了信息功能的取消,这是另一本体论(非描述的、但却正是创造的)功能得以发挥的条件。

在此,还提出另一种有启发但同样不充分的回答。有人会认为,这另一世界只是一个情感的世界。事实上,人们可以说,通过语言,诗歌与音乐一样表达了感情、情绪和情感方面的细致差别。应该再加一句,感情是在诗中,而不是在诗外。一首奏鸣曲表达了一种它所特有的感情方面的细致差别,它既没有名称,也无实在,完全外在于这一奏鸣曲。没有任何释义知道怎样说明它。感情引起言语,但无目的。诗也是一样。感情就是一首诗所表达的。

我完全同意说感情就是诗歌言论所表达的东西。但感情是什么呢?感情不只是情绪,我用情绪一词来表示心灵的骚动。感情是一个确立自己在世界中的位置的问题。如果感情在诗中,它就不在灵魂里。每一种感情都描述一种确定自己在世界中的位置和方向的方式。(我在我们所说的"你今天觉得怎么样?"①这种意义上使用表达式"觉得"。)因而,说一首诗创造或引起一种感情,是说它创造或引起了一种发现和感受到自己生活在世界中的一种新方式。因此,这也就是所谓的一首诗更新了我们的地平线,即从它的方位中心——我们在这个世界的存在——把它生动地表现出来。

没有什么比感情更具有本体论性质。正是凭借着感情,我们才居住在这世界上。每首诗都突出一种新的生活态度,它提出了这些态度。在这样做时,诗就说出某些有关实在的东西,但它不是以信息和描述或陈述事实的形式说出的。诗歌把世界当成我们生活于其中的世界来谈论;它以不同方式构造出我们的生活态度。正是在这个意义上,诗歌谈论真理。但真理在此不再意味着可证实。诗歌并不提出什么理解与事物之间的等价。在诗歌中,真理意味着表明存在的东西,而被表明的东西就是我们在存在中存在的态度。

现在,我们就理解为什么我们需要两种语言了。我们需要一种用尺寸和数目来说话的语言,一种精确的、一致的和可证实的语言。这就是科学语言。用这种语言,我们形成一种关于实在的模式,这种实在易于为我们的逻辑所表明,它与我们的理性是相似的,因此,也可以说与我们自己是相似的。但这

---

① 法文"Comment vous trouvez-vous aujourd,hui?"通常译成"你今天怎样?"("How are you today?")或者"你今天觉得怎么样?"("How do you feel today?")——英译者注

种语言并没有受到诗歌语言的限制或被诗歌语言抵消,它把我们引向一种与物的单纯联系——人对物,以及人对人的统治、探索、控制的联系。

从这种意义来说,诗歌通过阻碍产生这种对可控制东西的盲信,维护了科学。就科学自身而言,诗歌维护了一种真理的理想,根据这种理想,所表明的不是由我们支配的,也不是可控制的,而仍然是令人惊异的事物,仍然是天赋的东西。那么,语言可能是赞美和歌唱的仪式。然而,在这一点上,诗人必然会代替我去充满激情地谈论诗歌。正如我已说过的,哲学家并不去冒充诗人。他分析和创造理解,在这段文字里,创造理解就是引向诗歌的门槛。一旦到达了这一门槛,哲学家向欢迎他的诗人表示致意——然后就不再说什么了。

延伸阅读

1. 郑敏《世纪末的回顾:汉语语言的变革与中国新诗创作》,载《文学评论》1993 年,第 3 期。

2. 高尔基《和青年作家谈话》,见高尔基《论文学》,人民文学出版社,1983。

3. 海德格尔《语言》,见海德格尔《在通向语言的途中》,商务印书馆,2004。

4. 巴赫金《马克思主义与语言哲学》,见钱中文主编《巴赫金全集》第二卷,河北教育出版社,1998。

5. 雅克布森《语言学与诗学》,见波利亚科夫编《结构-符号学文艺学》,文化艺术出版社,1992。

6. 布鲁克斯《悖论语言》,见赵毅衡编"新批评"文集,中国社会科学出版社,1988。

问题与思考

1. 文学语言有什么特点?
2. 近代以来文学语言观念发生了哪些变化?这些变化说明什么问题?
3. 形式语言观与存在语言观看起来有相似之处,实际上有何不同?

研究实践

1. 结合具体文学作品,谈谈隐喻、含混、反讽的联系与区别。

2. 文学语言的模糊性、体验性、直觉性等在诗歌中表现得尤为显著。阅读下列舒婷的诗句:"我是你河边上破旧的老水车/数百年来纺着疲惫的歌","我是新刷出的雪白的起跑线/是绯红的黎明/正在喷薄"(《祖国啊,我亲爱的祖国》),"血运旺盛的热乎乎的土地啊/汗水发酵的油浸浸的土地啊/在有力的犁刃和赤脚下/微微喘息着"(《土地情诗》),"当我们头挨着头/像乘着向月球去的高速列车/世界发出尖锐的啸声向后倒去/时间疯狂地旋转/雪崩似地纷纷摔落"(《会唱歌的鸢尾花》),体会并讨论一下诗歌语言作为文学语言与日常语言的区别。

第四章 文体与文类

导 论

通常认为,文体是历史发展过程中形成的各种文学作品类型,是作品群的内在与外在的统一形式,是作品存在必要的、普遍的形式。也就是说,文学通过体裁而把内容物质化,成为揭示文学的不同类别变化的形式结构。[①] 每一种文体都有其独有的审美特征,决定这些特征的最主要因素是文学语言的审美表现性,如语言的表现功能、节奏和韵律就是区分文体的标志;其次是描写对象的不同,叙事性文体如小说与抒情性文体如诗歌的描写对象就有区别;第三是容量,不同的文体容量如篇幅、规模、场景、人物等都不大一样。文体的分类遵循着一定的原则,如西方通行的抒情类、叙事类、戏剧类着眼于文学种类的性质,而我国流行的诗歌、小说、散文、戏剧四分法注重的是作品的形态。

一种文体的孕育、成熟和衰亡,往往沉淀着文化和历史的投影。例如中国古典诗歌的流变,便经历了四言诗、楚辞、乐府民歌、五言诗、七言诗、长短句的词、散曲等阶段。文体的演变和社会、文化、语言观念等的发展呈现出某种关联性。法国作家雨果(Victor Hugo,1802—1885)在《〈克伦威尔〉序言》中试图对这种现象加以探讨。他将西方流行的抒情类、叙事类与戏剧类三种文

[①] 参见钱中文:《文学发展论》,经济科学出版社1998年版,第173—174页。我们在这里讨论的是狭义的文体,即"文类",与西方的文体概念不同,后者有时也将语体、风格等包括在文体之中。

体划分对应于人类社会经历的三个历史时期:原始时代是用牧歌歌颂理想的抒情诗时代,古代是赞美部族和民族之间的战争和英雄的叙事诗时代,自基督教以来的近代,是人间与天堂、灵魂与肉体、美与丑相互对立的戏剧时代。

一种文体一经形成,便有着相对的稳定性。对于以该文体来写作的作家来说,常常具有审美规范的约束力。所以巴赫金称之为一种"艺术的记忆",认为"就其本性来说,体裁反映了文学发展的最稳固的、'经久不衰'倾向"。① 具体说,体裁对文学的语言形态、意象创造及结构安排常常起着无形的规范作用。例如诗歌要分行排列,结构上富于跳跃性等。但是另一方面,伟大的作家总是在某种程度上突破既有的审美规范,赋予文体以新的面貌与性质。克罗齐(Benedetto Croce,1866—1952)说:"每一个真正的艺术作品都破坏了某一种已成的种类,推翻了批评家们的观念。"②克罗齐以此作为反对文学分类的理由固然不甚恰当,但他所说的情况大体符合事实。而且,文体之间的交叉、互渗现象也是常有的,如古典小说《红楼梦》、《水浒传》、《三国演义》都容纳了大量的诗词。同时,不少作家还致力于打破文学分类的超文体写作,如德国作家歌德(G.W.Goethe,1749—1832)的《浮士德》既是戏剧又是诗歌,法国作家萨特(Jean-Paul Sartre,1905—1980)的《词语》可以说既是文学传记,也是文学评论及理论著作。而我国当代作家张承志的《心灵史》则集小说的虚构叙事、往事的历史考证、宗教的心灵探索于一体,另一作家孙甘露的《访问梦境》、《信使之函》则是小说、诗歌、散文、哲学、谜语、寓言等文体的混合物。这些探索都给既有的文体注入了新的因素与活力。

一、文学的分类

1. 中国文学分类的演变

大致说来,我国从汉代到明代,对文体和文类的划分是逐渐展开、趋于细致的。三国时曹丕《典论·论文》里按照"本同而末异"的原则划分了四类,并且指明了它们的体性:"奏议宜雅,书论宜理,铭诔宜实,诗赋宜丽。"西晋的陆

---

① [俄]巴赫金:《陀思妥耶夫斯基与诗学问题》,白春仁等译,生活·读书·新知三联书店1988年版,第156页。
② [意]克罗齐:《美学原理》,朱光潜译,见克罗齐:《美学原理 美学纲要》,外国文学出版社1983年版,第45页。

机在《文赋》提出"体有万殊,物无一量",列出了十体并对其特征加以概括:"诗缘情而绮靡。赋体物而浏亮。碑披文以相质。诔缠绵而凄怆。铭博约而温润。箴顿挫而清壮。颂优游以彬蔚。论精微而朗畅。奏平彻以闲雅。说炜晔而谲诳。"刘勰《文心雕龙》五十篇,自第六篇到二十五篇共二十篇谈的是文体,实际是把文章分为三十三个体类:明诗第六、乐府第七、诠赋第八、颂赞第九、祝盟第十、铭箴第十一、诔碑第十二、哀吊第十三、杂文第十四、谐隐第十五、史传第十六、诸子第十七、论说第十八、诏策第十九、檄移第二十、封禅第二十一、章表第二十二、奏启第二十三、议对第二十四、书记第二十五。梁代昭明太子萧统在《文选》中则将七百五十二篇诗文分为三十七类:赋、诗、骚、七、诏、册、令、教、文、表、上书、启、弹事、笺、奏记、书、檄、对问、设论、辞、序、颂、赞、符命、史论、述赞、论、连珠、箴、铭、诔、哀、碑文、墓志、行状、吊文、祭文。到明代吴讷《文章辨体》中将诗文分为五十九类,徐师曾《文体明辨》在前者的基础上,将诗文分为一百二十七类,其中仅诗歌就划为二十六种,赋划为四类,更是显得繁杂了。

清代以后,我国文体划分开始走向归并与简化。如桐城派古文家姚鼐编纂的曾经影响很大的《古文辞类纂》就将文章分为十三类:论辩类、序跋类、奏议类、书说类、赠序类、诏令类、传状类、碑志类、杂记类、箴铭类、颂赞类、辞赋类、哀祭类。直至现代进一步简化,分为诗歌、小说、散文、戏剧四类。四分法出现于五四时期,是在流传进来的西方三分法的基础上,结合本民族文学的历史与现状而形成的。四分法最早见于1919年傅斯年《怎样做白话文》一文:"散文在文学上,没甚高的位置,不比小说,诗歌,戏剧。但是日用必须,整年到头的做它。"[①]后来朱自清、鲁迅、胡适等多人沿用这个划分,至1935—1936年,上海良友公司赵家璧主编的多卷本《中国新文学大系》将诗歌、小说、散文、戏剧分卷出版,四分法遂约定俗成。

我国古代的文体分类显得繁杂,缺乏概括,而且存有偏见,在很长时间里把后来得到很大发展的小说、戏曲排除在外。但也有其特点和优点:一是承认散文的地位,二是对某些文体特别是论述文体的特点把握得比较细密而精微。

---

① 傅斯年:《怎样做白话文》,见胡适编:《中国新文学大系·建设理论集》,良友图书公司1935年版,第218页。

2. 西方文学分类的三分法

俄国文学理论家维谢洛夫斯基(A. Veselovsky, 1838—1906)在《历史诗学》一书中曾经探讨了西方文学中几种主要文体的起源。按照他的看法,在人类原始文化初期,存在着各种艺术混为一体的现象,他称之为"混合艺术"。这种艺术是有节奏的表演、歌舞和语言因素的结合。起初歌词只是偶然的即兴的叫喊,慢慢地被赋予意义,诗歌的雏形便产生了。其中抒情诗来自合唱歌曲中情感激昂的呼喊,最简朴的形式是即兴的两句诗或四句诗。叙事诗的萌芽是故事的吟诵和演唱,后来按传说的年代顺序或根据故事的内在结构编织在一起,则成为叙事诗文体。戏剧的起源比较复杂,大体可以推断是从不同的礼仪和祭祀中逐步发展起来的。维谢洛夫斯基的说法可以作为参考。

西方从古希腊开始便将文学分为叙事类、抒情类与戏剧类三个类别。亚里士多德在《诗学》一开头就谈到史诗、悲剧、喜剧以及其他艺术都是摹仿,只是摹仿所用的媒介不同,文学用语言,音乐运用音调和节奏;摹仿的对象不同,悲剧摹仿的是比我们今天的人好的人,喜剧摹仿的是比我们今天的人坏的人;摹仿所采的方式不同,"时而用叙述手法,时而叫人物出场"的是史诗,"始终不变,用自己的口吻来叙述"是抒情诗,"使摹仿者用动作来摹仿"①的是戏剧,这奠定了文学三分法的基础。歌德在他的《西东胡床集注释》中提出,文学一般有三种自然形式:清晰的叙述式、热情的激动式与个人的行动式。这种分类实际上是与史诗、抒情诗和戏剧相对应的。歌德认为这三种自然形式可以单独存在,也可以结合在一起。德国古典美学的代表人物黑格尔(Georg Wilhelm Friedrich Hegel, 1770—1831)在《美学》中继承了亚里士多德的说法,并做了发挥,认为史诗是诗歌发展的正题,抒情诗是反题,而戏剧诗则是合题。他把史诗与事物的客观形状相联系,"按照本来的客观形状去描绘客观事物",把抒情诗与诗人的内心世界相联系,"主体自我表现作为它的唯一形式和终极目的",而戏剧诗则是内在精神与客观事物的统一,是"处在整体状态的精神"。② 其后,虽然有克罗齐质疑三分法甚至主张取消艺术分类本身,三分法还是西方最流行的文学分类方法。例如美国的韦勒克、瑞士

---

① [古希腊]亚里士多德:《诗学》,罗念生译,见亚里士多德、贺拉斯:《诗学 诗艺》,人民文学出版社1962年版,第9页。
② [德]黑格尔:《美学》第三卷下册,朱光潜译,商务印书馆1981年版,第99—101页。

文学理论家施塔格尔(Emil Staiger,1908—1987)、凯塞尔(Wolfgang Kayser,1906—1960)以及前苏联的波斯彼洛夫等人便取三分法。在《诗学的基本概念》一书中,施塔格尔用抒情式、叙事式和戏剧式代表三种主要的文学类型,认为抒情式风格即回忆,叙事式风格即呈现,戏剧式风格即紧张。但纯粹抒情式、叙事式和戏剧式的文学并不存在,一切文学皆参与了三个类,因参与的程度不同,形成古往今来文学的无限丰富性。由于抒情式、叙事式和戏剧式的语言要素分别是音节、词和句,正合人类语言发展的三个阶段:语言的感性表达阶段、直观表达阶段和概念思维表达阶段,并且正合人类本质的三个领域:情感的、图象的和逻辑的。①

文学分类问题与特定的文化传统有关。西方叙事文学和戏剧发展较早,故三分法出现较早。我国诗歌发展较早,叙事文学与戏剧发展与成熟相对较晚,加之散文比较发达,所以能够接受四分法。

三分法和四分法各有其存在依据。1949年后,我国文学理论教学与研究中三分法和四分法并行不悖。以"文革"前后影响很大的两部文学理论教科书为例,以群主编的《文学的基本原理》主张四分法,蔡仪主编的《文学概论》就倡导三分法。我们在此主要依据三分法,简要谈一下诗歌、小说和戏剧的基本理论问题,以及新兴文体与反文体现象。

二、诗　歌

1. 诗歌的定义

诗歌在各民族中是发展较早的一门艺术。中国现代著名诗人何其芳曾经给诗歌下了个定义,"诗是一种最集中地反映社会生活的文学样式,它饱和着丰富的想象和感情,常常以直接抒情的方式来表现,而且在精炼与和谐的程度上,特别是在节奏的鲜明上,它的语言有别于散文的语言。"②这个定义虽然偏于反映论的文学观,但还是突出了诗歌直接抒情的特征。《尚书》中便有"诗言志"的说法。应当说,这一说法尚不够确切具体。中国古代自魏晋以后,以情论诗便日益普遍。陆机说:"诗缘情而绮靡。"(《文赋》)朱熹云:"诗

---

① 参见[瑞士]施塔格尔:《诗学的基本概念》,胡其鼎译,中国社会科学出版社1992年版。
② 何其芳:《关于写诗和读诗》,作家出版社1956年版,第27页。

者,人心之感于物而形于言之余也。"(《诗集传序》)严羽说:"诗者,吟咏情性也。"(《沧浪诗话》)西方人也多从情感方面论诗。华兹华斯说:"诗是强烈感情的自然流露。"①拜伦说过:"诗歌就是激情。"②美国美学家乔治·桑塔耶那(George Santayana,1863—1952)也说:"诗歌的本质是感情。"③法国诗人瓦莱里(Paul Valéry,1871—1945)则以为:"诗的本质是一种以其引起的本能表现力为特征的情感。"④美国美学家布洛克(H.Gene Block)说:"艺术表现本身,乃是使某种尚不确定的情感明晰起来,而不是把内心原来的情感原封不动地呈示出来。"⑤通过声音、节奏与韵律来抒情正是诗歌抒情的一个基本路径。

2. 诗歌的特点

诗歌在古代同音乐与节奏有传统的联系。希腊人称抒情诗歌是"ta mele",即"用来演唱的诗"。在文艺复兴时期,经常把抒情诗与竖琴和长笛联系起来。瓦莱里(Paul Valery,1871—1945)认为,诗歌与小说不同之处在于它不提供一种虚假的生活幻象,而是引发或再造活生生的人的整体性与和谐,对人的影响是深层的,"诗会扩展到整个身心;它用节奏来刺激其肌肉组织,解放或者激发其语言能力,鼓励他充分发挥这些能力。"⑥美国美学家苏珊·朗格(Susanne Longer,1895—1982)也谈到过语音、节奏、韵律等在诗歌意义生成中的作用:"……尽管诗歌的材料是由语言形成的,但其意义并非是由词语构成的字面上的宣言,而是'那种作出宣言的方法',并且这还包含了声音、速度,同词语相联系的气氛、意念的长短连续、其中包括的变化无常的意象的丰富与贫乏、由单纯的事物突然捕捉到的幻想,或者从突然的幻想捕捉到熟悉的事物、用一个期待已久的关键词语来解决由于字面意义保持含糊

---

① [英]华兹华斯:《〈抒情歌谣集〉序言》,见刘若端编:《十九世纪英国诗人论诗》,人民文学出版社1984年版,第22页。
② [英]拜伦:《唐·璜》,转引自艾布拉姆斯:《镜与灯》,郦稚牛等译,北京大学出版社1989年版,第72页。
③ [美]乔治·桑塔耶那:《诗歌的基础和使命》,温作夫译,见《美国作家论文学》,生活·读书·新知三联书店1984年版,第135页。
④ [法]瓦莱里:《论诗》,见瓦莱里:《文艺杂谈》,段映虹译,百花文艺出版社2001年版,第342页。
⑤ [美]布洛克:《美学新解》,滕守尧译,辽宁人民出版社1987年版,第140页。
⑥ [法]瓦莱里:《论诗》,见瓦莱里:《文艺杂谈》,段映虹译,百花文艺出版社2001年版,第338—339页。

不清而造成的焦虑和悬念,以及统一的无所不包的节奏韵律技巧。"①

中国诗歌同样重视节奏和韵律,但有自己的特点。在魏晋以前,我国的古典诗歌是诗乐一体的。魏晋之后,随着对汉语声音构成认识的深化,终于形成了讲究对仗、轻重、高低、开阖、抑扬的古典诗歌的"律绝体"的近体形式。近体诗讲究平仄、对偶、长短和轻重的格律规范,它与古诗不同之处在于开始和音乐分家,而看重汉语言本身的音乐性。这类诗不仅在诵读上会产生起伏不平的音乐感,意象与情感也在虚—实、明—暗、上—下的变化中推进、对照与转换,从而衍生出更多的意蕴与内涵,如"白日依山尽,黄河入海流"(王之焕《鹳鹊楼》),"大漠孤烟直,长河落日圆"(王维《使至塞上》),"香稻啄余鹦鹉粒,碧梧栖老凤凰枝"(杜甫《秋兴八首》其八)等。到唐宋以后,律绝体诗歌的主导地位为宋词、元曲所取代。词、曲既保留了近体诗语言中的音乐感,又借助外在的音乐手段表现意义。不少词与曲沿袭旧曲另度新声,音韵和谐,纡徐委曲,精于修辞,适于演唱,是节奏与语义相结合的最典型的形式。五四以来,自由诗取代格律诗成为我国现代诗歌的主导样式,但不少诗人仍然在探索新的历史条件下诗歌的节奏、韵律和形式美问题。

诗歌的语言具有特别的表现力。我们知道,俄国形式主义代表人物之一雅克布森便是从语言角度给诗歌下了另外一个定义:"通过将语词作为语词来感知,而不是作为指称物的再现或情绪的宣泄,通过各个语词和它们的组合、含义,以及外在、内在形式,获得自身的分量和价值而不是对现实的冷漠指涉。"②雅克布森认为诗歌是对普通语言有组织的背反,具体表现在三个方面,一是在声音结构方面诗歌里的语词具有使发音受阻或停滞的功能,二是诗歌利用了韵律和普通句法之间的矛盾,形成了一种紧张关系,三是诗歌中的语义不同于普通语言中的语义。所以俄国形式主义者艾亨鲍姆(Boris Eikhenbaum,1886—1959)指出:"语词一旦进入诗歌,它们似乎就脱离了普通话语。它们四周的气氛具有新的意义。"③布拉格语言学派的创始人之一穆卡

---

① [美]苏珊·朗格:《一个新基调的哲学》,转引自布鲁克斯:《释义误说》一文,见赵毅衡编选:《"新批评"文集》,中国社会科学出版社1988年版,第197页。
② Roman Yakobson, "What is Poetry?" Krystyna Pomorska and Stephen Rudy (eds), *Language in Literature*, Cambridge: University of Harvard Press, 1987, p.378.
③ 转引自[英]安纳·杰弗森、戴维·罗比等:《西方现代文学理论概述与比较》,陈昭全等译,湖南人民出版社1986年版,第22页。

洛夫斯基(J.Mukarovsky,1891—1975)也认为诗歌语言是对日常语言有意识的背反。新批评更是一个主要以诗歌为研究对象的文学理论派别,他们集中探讨了诗歌的意象、比喻、含混以及诗歌语言的张力等。该派的艾伦·退特(Allen Tate,1888—1979)在《论诗的张力》中将语言张力视为优秀诗歌的标志,此之所谓张力就是通过语言所形成的意象及表达效果之间的对立和磨擦。所以韦勒克在《文学理论》中写道:"语言的研究对于诗歌的研究具有特别突出的重要性。"[1]其他派别的学者也赋予诗歌语言以特别的重要性。瓦雷里的"纯诗"理论便是把诗歌作为语言表达的一个特殊领域。德国哲学家与美学家海德格尔(Martin Heidegger,1889—1976)在《语言》一文中也认为诗是一种纯粹的被言说。他说:"语言是:语言。语言说话。"言说即表现,"在纯粹所说中,所说之话独有的说话之完成是一种开端性的完成。纯粹所说乃是诗歌。"[2]法国学者乔治·巴塔耶(Georges Bataille,1897—1962)也说:"关于诗歌,我相信,它就是以词语为祭品的献祭。……我们也无法摒弃词语在人与物之间引入的有效关系。但通过一阵谵妄,我们把词语从这些关系里扯出。"[3]英国诗人和学者玛卓丽·布尔顿(Marjorie Boulton,1924—2017)认为,诗歌的特性主要体现在隐含着某种限定性或聚合性的表达了某种人类经验的形式中,她将诗歌的形式分为感性形式和理性形式。前者表现为视觉感性形式,由元音、辅音关联组合的近似、重复或差异所造成的语音形式以及受感情支配的特殊强调形式——语调模式,后者是诗歌表达情感的逻辑结构——逻辑顺序、思维过程等。依她的看法,"诗中有一种和谐的韵律;主题逐渐向高潮发展;韵脚的巧妙设置产生了强化节奏的重复和扣人心弦的意外效果;语词的选用比你所能想象的任何用法都恰倒好处"[4],这些是一首好诗的标志。

诗歌常常构筑新颖的意象,想象大胆奇特,这一点在浪漫主义诗歌那里

---

[1] [美]韦勒克、沃伦:《文学理论》,刘象愚等译,生活·读书·新知三联书店1984年版,第188页。
[2] [德]海德格尔:《在通向语言的途中》,孙周兴译,商务印书馆2004年版,第4页、第7页。
[3] [法]巴塔耶:《内在体验》,尉光吉译,广西师范大学出版社2016年版,第183页。
[4] 参见[英]玛卓丽·布尔顿:《诗歌剖析》,傅浩译,生活·读书·新知三联书店1992年版,第5页。

尤其显著。雪莱(Percy Bysshe Shelley,1792—1822)在《为诗辩护》中说:"诗可以解作'想象的表现'。"①诺斯罗普·弗莱也说过,诗歌,特别是"抒情诗更经常地依靠新颖的或令人惊奇的意象以达到其主要的效果,这一事实经常导致认为这样的意象从根本上说是新颖的和非程式化的错觉"。② 这说明意象创造在诗歌中的重要性。的确,抒情意象的营造对于诗歌也是不可缺少的。我国古典诗歌强调意境的创造,意境实际上是意象与情趣、实境与虚境的结合。如李白的诗《南陵别儿童入京》:"白酒新熟山中归,黄鸡啄黍秋正肥;呼童烹鸡酌白酒,儿女歌笑牵人衣。高歌取醉欲自慰,起舞落日争光辉。游说万乘苦不早,著鞭跨马涉远道。会稽愚妇轻买臣,余亦辞家西入秦。仰天大笑出门去,我辈岂是蓬蒿人。"情景并茂地表达了李白得到天子诏见讯息时的喜悦心情和狂放的个性。如果说古典诗歌在意象创造上比较重视情绪氛围的创造,现代诗歌则相对看重某种文化意蕴的宏观揭示,甚至力图展示一个时代的整体精神气氛。例如艾略特(T.S.Eliot,1888—1965)的《荒原》便反映了一战后西方整整一代人的幻灭与绝望。该诗运用了几种语言,并大量使用典故,将多个镜头、意象、场面、对话片段叠加在一起,通过对文明与毁灭、生存与死亡、信仰与迷惘等20世纪西方带有普遍性的境遇的透视,表达了对西方现代文明"荒原"的拯救及人类命运的思考。古典诗歌的意象经营和意义建构与特定社会结构存在着一定的对应关系,所以一些习惯母题、传统意象占据着十分重要的地位,现代诗歌则推崇个人经验与个性化象征系统。奥地利诗人里尔克(Rainer Maria Rilke,1875—1926)在给一个青年诗人的信中,奉劝他"走向内心","躲开那些普遍的题材,而归依于你自己日常生活呈现给你的事物;你描写你的悲哀与愿望,流逝的思想与对于某一种美的信念……用你周围的事物、梦中的图影、回忆中的对象表现自己"。③ 他在另一篇《诗是经验》中认为,诗歌不是一般地表达情感,而是表现深邃的人生经验。

---

① [英]雪莱:《为诗辩护》,见刘若端编:《十九世纪英国诗人论诗》,人民文学出版社1984年版,第119页。
② [加]诺斯罗普·弗莱:《批评的剖析》,陈慧等译,百花文艺出版社1998年版,第367页。
③ [奥]里尔克:《给一个青年诗人的十封信·第一封信》,冯至译,生活·读书·新知三联书店1994年,第3—4页。

三、小 说

1. 小说的起源与发展

小说这种文体是从传奇发展起来的。法兰克福学派的本雅明（Walter Benjamin，1892—1940）在《讲故事的人》中认为，小说起源于民间讲故事人的经验，写小说是通过展示人的生活的丰富性去证明人生的困惑。从中西方文学史看，小说原是起源于民间的一种艺术形式。早期中国古典小说是供说书人讲述的话本，比较注重对人物行动的描绘以及书场效果，所述多为神仙志怪、才子佳人、侠义英雄等的故事。在较长一段时间里，我国古典小说多为传奇小说与笔记小说，注重实录，但在写作上又无拘无束。另一方面，我国古典小说在写法上受史传影响较大。《史记》等史书以"善序事理"著称，特别是其中的人物传记，注重故事情节的叙述。我国古典小说完整而谨严的结构，在情节中刻画人物，在人物的相互关系中展示时代与社会风貌，便是借鉴了史传中的人物传记而又超越了它们。而法语、德语、意大利语中最后表示"小说"的词"roman"，源于中世纪的"romanice"，也是用民间语来写作或讲话。中世纪的骑士传奇奠定了西方现代小说的雏形。从观念上说，西方骑士传奇已带有市民化色彩，与市民阶层的兴起有关，骑士传奇集教育、娱乐功能于一炉，具有较为稳定的结构意识，"基本的情节和情境是：一个主人公或一批主人公从一个冒险活动转到另一个冒险活动，从一个岛屿驶向另一个岛屿，从一座城市走到另一座城市"。①

小说的进一步发展与社会阶层及意识形态领域的分化有关，也和小说这一文体意识的自觉有关。就文体方面说，小说家们意识到小说是人类经验最充分和最真实的记录，它应该用生动的人物创造和故事情节的特殊性来使读者得到满足。而市民阶层的进一步崛起和启蒙运动对人性的张扬使小说的各成分经历了内在的瓦解和变化。例如以笛福（Daniel Defoe，1660—1731）、理查逊（W.Richardson，1743—1814）和菲尔丁（Henry Fielding，1707—1754）为代表的小说家视野开阔，注意到小说的叙事特征，"力图描绘人类经历的每

---

① ［美］吉列斯比：《欧洲小说的演化》，胡家峦、冯国忠译，生活·读书·新知三联书店1987年版，第13—14页。

一个方面,而不仅限于那些适合某种特殊文学观的生活"。① 更重要的是,在诸如笛福的《鲁滨孙漂流记》之类的小说中,资产阶级的意识形态得到鲜明的体现。鲁滨孙·克鲁梭的海上冒险就表现出浓厚的经济个人主义色彩,经济动机的首要性以及对簿记和契约的重视,这些都带有明显的资本主义特征。到了19世纪小说家那里,一方面愈益推崇超越再现之物的细节的统一性,推崇宏大的背景和个性化的人物塑造;另一方面他们时时企图使读者注意到作品与自己所处的那个确定世界的相关性,在以巴尔扎克(Guez de Balzac, 1799—1850)为代表的经典现实主义作家那里,人物性格创造、环境描写和故事叙述都较为成熟,形成了古典小说人物、环境、情节三大要素。这类小说具有明确的历史起源,完整的故事情节和故事结局,这种历史叙事的外观表明了这类小说呈现生活经验的美学追求。

2. 现代主义小说与后现代主义小说

19世纪后期之后,以福楼拜(Gustave Flaubert, 1821—1880)为发端,小说出现了"向内转"的倾向,不追求对外在世界的表征,而致力于有限叙事、时空倒错、主观印象等,展示人物的意识流动。这被称为现代主义小说,代表人物有沃尔夫(Virginia Woolf, 1882—1941)、乔伊斯(James Joyce, 1882—1941)、普鲁斯特(Marcel Proust, 1871—1922)、卡夫卡(Franz Kafka, 1883—1924)、福克纳(William Faulkner, 1897—1962)等。到了罗伯-格里耶(Alain Robbe-Grillet, 1922—2008)等新小说派作家那里,小说的人物、环境、情节全面淡化,只剩下若明若暗的情绪的表达。西方20世纪后半叶兴起了消除意义的"深度模式",打破真实与虚构界限,追求反讽、戏仿、拼贴、断裂、随意性以及写作快乐的后现代主义艺术思潮,在此背景下出现了所谓后现代小说,代表人物有美国的约翰·巴思(John Barth, 1930—   )、托马斯·品钦(Thomas Pynchon, 1937—   )、唐纳德·巴塞尔姆(Donald Barthelme, 1931—1989)、阿瑟·伯格(Arthur Asa Berger, 1933—   )、意大利的艾柯(Umberto Eco, 1932—2016)等。他们的小说具有"元小说"(metafiction)的一些特征,即放弃叙述呈现经验世界的认识价值,叙述方式本身成为谈论的对象,成为叙述的叙述。巴塞尔姆的《白雪公主》借用了格林的同名童话与美国迪斯尼公司的

---

① [英]瓦特:《小说的兴起》,高原、董红钧译,生活·读书·新知三联书店1992年版,第3页。

同名动画片,主人公是个性感的都市女郎,粗鲁不堪,同时与七个男人同居。而七个小矮人也不再淳朴自然,而是彼此勾心斗角,满嘴陈词滥调。小说以当代生活场景解构童话的传统价值。阿瑟·伯格的《一个后现代主义者的谋杀》描写美国"后现代主义之父"格罗奇教授在一个晚宴上停电的一分钟里被人用五种方式谋杀,而在座的其他五个人都有涉嫌谋杀的可能,却又都没有明显的证据来证明他们的谋杀罪。侦探亨特则认为,这是一个不知凶杀是否发生,也弄不清凶手是谁的后现代的谋杀,因为在被谋杀之前,格罗奇教授已经突发心脏病而死。该小说借用侦探小说的通俗形式,又大量插入图片、格罗奇教授的授课讲稿、证人的证词及多个后现代理论家的观点,以其后现代理论的实践操作解构了传统的侦探故事。受西方后现代主义思潮影响,我国自20世纪80年代之后,出现了以马原、格非、余华、孙甘露等人为代表的先锋小说家,他们从多方面进行小说文体的实验,通过背景的虚化、多重叙事、反讽体现了一种新的美学风格。如孙甘露的《请女人猜谜》、格非的《褐色鸟群》都将小说的虚构过程、俗套与秘密展现于读者面前。

3. 元小说

"元小说"(metafiction)是小说的一种类型,即试图摆脱传统小说的表达模式,放弃叙述呈现经验世界的取向,有意裸露写作技巧,叙述手法再次语义化,成为叙述的叙述。根据现有材料,意大利著名美学家马里奥·佩尔尼奥拉(Mario Perniola, 1941—2018)最早对元小说进行了专门研究。他于1966年出版了《元小说》一书,认为元小说是一种意义深远的文化表达,具有严肃性与哲学价值。有的古典小说家也有朦胧的或者说不自觉的"元"意识,即对小说自身的思考。例如,英国作家乔叟(Geoffrey Chaucer, 1340—1400)在《坎特伯雷故事集》之《律师的故事前引》中提到过他自己("而乔叟,虽则他不善于运用诗节,配合韵脚,也曾讲过一些故事"),曹雪芹在《红楼梦》的开头把自己说成是"批阅十载,增删五次"的故事编订者,但是上述做法是在不违背整体叙述逼真性的情况下进行的。也就是说,在通常的情况下,小说的操作过程受到程式化表达的遮蔽,成为叙述表意的一部分。

元小说则对虚构文本自身作出评论,彰显虚构的过程与策略,是一种文学的自反与自指现象。莫言有的小说带有元小说意味。例如莫言在《姑妈的宝刀》叙述铁匠淬火时写道,"淬火时挺神秘,我在《透明的红萝卜》里写过淬火,评论家李陀说他搞过半辈子热处理,说我小说里关于淬火的描写纯属胡写。……根本没有那么玄乎,李陀说。"这段奇怪的交代不仅暗示了上述两部小说的关系,还把文本与现实中的人(李陀)联系起来。但是中国当代具有明确的元小说意识的作家当属马原。马原有时把自己写作小说的过程及其特有的体验和感受也写入小说,使逼真的故事情节被置于虚构的背景之下来讲述。如《死亡的诗意》的开头:"去年圣诞日在拉萨发生的命案是这个故事的结尾。"在女主人公林杏花失火烧死之后,小说是这样结局的:"到此为止,需要讲述和交代的事件及其后果就都完成了。我要多说的一句话是——借真实事件来编撰我的人物、虚构我的故事,这第一次经验带给了我永远的激动。"元小说在现代小说和后现代小说中的比例大大增加,是小说创作元意识走向自觉的标志,体现了作家对小说的自我意识与思考。

四、戏　剧

1. 戏剧的起源与发展

一般认为,西方戏剧起源于古希腊的酒神祭祀。举行酒神祭祀时,人们组成合唱队,合唱队长在酒神祭坛前讲述有关酒神的神话故事,合唱队报之以赞美酒神的歌唱。后来,合唱队增加了一个演员,他所描述的故事扩大到关于酒神以外的神话,并且与合唱队有问有答,这就是悲剧的由来。同样,喜剧也是从酒神祭祀中形成的,人们举行宴会和欢乐歌舞的游行表演便是后来喜剧的雏形。

中国戏剧的起源与流变比较复杂。就起源来说,中国当代戏曲理论家周贻白在《中国戏剧的形成和发展》中便介绍了巫觋、楚国优孟、宫廷乐舞、传自西域、模仿傀儡等说法,认为中国戏剧形成发展"线索不止一条,来源也不止一处"。[①] 明代的程羽文在《盛明杂剧序》中曾经勾划了中国戏剧从上古歌舞到先秦优伶,到五代伶官,再到元杂剧、明传奇的发展历程,可备一说。王国维在考察中国古代戏剧的源头时,认为古代祭典中迎神、扮神的"巫"与在帝王身边提供笑料的"优"与戏剧起源有关,故有"后世戏剧,当自巫、优二者出"之说。[②] 当代中国戏剧理论家董健认为,人类所具有的摹仿、表演、观看三种

[①] 周贻白:《中国戏剧的形成和发展》,见周贻白:《中国戏曲论集》,中国戏剧出版社 1960 年版,第 1 页。

[②] 王国维:《王国维戏曲论文集》,中国戏剧出版社 1957 年版,第 6 页。

本能和欲望,以及这三者所表现出来的娱乐、寄托是戏剧艺术得以发生的心理学基础。他并且概括了戏剧艺术的四个特征:一、从言说方式看,戏剧是史诗的客观叙事性与抒情诗的主观叙事性这二者的统一;二、从艺术的构成方式看,戏剧是一种集众多艺术于一体的综合性艺术;三、从艺术运作的流程来看,戏剧是包括编剧、导演、演员、作曲、舞台美术、剧场、观众在内的多方面艺术人才的集体性创造;从艺术的传播方式看,戏剧艺术是具有现场直观性、双向交流性与不可完全重复的一次性艺术。①

2. 戏剧性与淡化戏剧性

人们常说,"无巧不成书"。可以说,戏剧性在小说、诗歌、散文中都或多或少地存在,但其重要性的程度赶不上戏剧,戏剧性是戏剧审美特性的集中表现。从叙述上看,正因为戏剧缺少讲述者,使其意义的显现不能通过叙述语言见出,而只能通过行动描写来直观地呈现。所以,戏剧性首先是指动作性。亚理士多德曾经把悲剧定义为"对一个严肃、完整、有一定长度的动作的摹仿;它的媒介是语言,……摹仿方式是借人物的动作来表达,而不是采用叙述法"。② 在亚理士多德那里,情节是悲剧的第一原则。他视情节与动作为同义语,而情节本身就包含了结构布局,所以他把整整一出戏当作"一个动作"。德国启蒙运动时期的戏剧理论家莱辛(Gotthold Ephraim Lessing,1729—1781)在《汉堡剧评》中认为戏剧描写的事件是互为因果的,动作性应当表现为一个有机的发展和运动,戏剧应当讨论人们在生活中的地位并表达为人们所能接受的观点。美国戏剧理论家乔治·贝克(George Beck,1866—1936)说,"通过多少个世纪的实践,认识到动作确实是戏剧的中心","动作是激起观众感情的最迅速的手段"。③ 另一美国戏剧理论家劳逊(John Howard Lawson,1894—1977)也说:"动作性是戏剧的基本要素。"④动作性一要集中,需要将"一个行动从所有的行动中抽出来;它化为最单纯的形式,或者说尽可

---

① 参见董健、马俊山:《戏剧艺术十五讲》,北京大学出版社 2004 年版,第 7 页、第 13—22 页。
② [古希腊]亚理士多德:《诗学》,罗念生译,见亚理士多德、贺拉斯:《诗学 诗艺》,人民文学出版社 1962 年版,第 19 页。
③ [英]乔治·贝克:《戏剧技巧》,余上沅译,中国戏剧出版社 1985 年版,第 25 页。
④ [美]约翰·爱德华·劳逊:《戏剧与电影的创作理论与技巧》,赵齐译,中国电影出版社 1962 年版,第 214 页。

能简化"。① 简化的结果使生活、性格和道德在戏剧中高度集中地被表现出来,"一出戏的含义必须写得鲜明尖锐"。② 二要紧张曲折。戏剧剧情的发展既出乎意料之外,又在情理之中。亚里士多德《诗学》中所说的复杂戏剧情节的突转与发现就容易造成紧张曲折的戏剧效果。"突转"是剧情向相反的方向转变。如索福克勒斯(Sophocles,公元前 496—前 406)的剧本《俄狄浦斯王》中报信人报告科任托斯国王波吕玻斯已死,请俄狄浦斯王回去继任,俄狄浦斯怕杀父娶母不敢回去,报信人告知俄狄浦斯他不是亲生,而是抱养的,这一下造成了情节的突转。所谓"发现"是指由不知到知的转变,使那些处于顺境或逆境之中的人偶然发现自己和对方有亲属关系或仇敌关系。如剧本《俄狄浦斯王》中俄狄浦斯发现自己杀父娶母。

其次,戏剧性是指冲突性。黑格尔说,自由意志在矛盾冲突中的实现富于戏剧性,"每一个动作后面都有一种情致在推动它,这种推动的力量可以是精神的,伦理的和宗教的,例如正义,对祖国,父母,兄弟姊妹的爱之类。这些人类情感和活动的本质意蕴如果要成为戏剧性的,它(本质意蕴)就必须分化为一些不同的对立的目的,这样,某一个个别人物的动作就会从其他发出动作的个别人物方面受到阻力,因而就要碰到纠纷和矛盾,矛盾的各方面就要互相斗争,各求实现自己的目的。"他很强调心灵冲突的重要性,认为戏剧应当描写"人物在超意志和实现意志之中各自活动,互相冲突,但终于得到解决"③的历程,戏剧的任务就是要消除在不同人物身上各自独立化的那些精神力量的片面性。20 世纪西方戏剧中出现了一股"反戏剧"的倾向,淡化戏剧性。比利时象征主义剧作家梅特林克(Maurice Maeterlinck,1862—1949)主张在平静的生活中发掘"戏剧性":"他纵然没有动作,但是,和那些扼死了情妇的情人、打赢了战争的将领或'维护了自己荣誉的丈夫'相比,他确实经历

---

① [爱]威廉·巴特勒·叶芝:《语言、性格与结构》,见朱虹编译:《外国现代剧作家论剧作》,中国社会科学出版社 1982 年版,第 43 页。
② [英]高尔斯华绥:《写戏常谈》,见朱虹编译:《外国现代剧作家论剧作》,中国社会科学出版社 1982 年版,第 51 页。
③ [德]黑格尔:《美学》第三卷下册,朱光潜译,商务印书馆 1981 年版,第 246—247 页、第 242 页。

着一种更加深邃、更加富于人性和更具有普遍性的生活。"①这类戏剧家追求一种内心化、散文化的戏剧表现:"剧作家努力的目标不是在激变的时刻而是在最平稳的单调的状态中描绘生活,并且在表现个别事件时避免运用任何明快的手法。在这一派作家心中,'戏剧性'一词成了与'剧场性'同义的骂人的话。"②特别是荒诞派戏剧,更是有意识地谋求一种"反戏剧"效果。它"没有什么故事情节,没有传统戏剧所要求的剧情发展、高潮、结尾,没有构成戏剧冲突的具体矛盾"。③比如法国荒诞派戏剧家贝克特(Samuel Beckett,1906—1989)的二幕剧《等待戈多》,第一幕描写主人公弗拉基米尔和爱斯特拉冈久等戈多先生,而不见戈多先生到来。第二幕又写两人在"同一时间、同一地点"再次相遇,一个劲地做出各种无聊的动作却终未等来戈多先生。这就展示了一种静态乃至板滞的戏剧结构。没有情节的进展,只有僵硬的重复;没有高潮和结局,只有自身的纠缠,暗示了人与目标之间无望的周旋关系和现实的无序性。与其反戏剧的做法相对应,荒诞派戏剧企图成为一种"总体戏剧"。它不同于传统戏剧主要依赖曲折的动作与情节来表达意义,而是综合运用了舞台形象、场面、道具、化装、音乐、舞蹈等演出效果烘托戏剧的意义。荒诞派戏剧家尤奈斯库说:"我试图通过物件把我的人物的局促不安加以外化,让舞台道具说话,把行动变成视觉形象……我就是这样试图伸延戏剧的语言。"④贝克特的戏剧《等待戈多》在空间背景和道具方面该剧也颇具匠心:一条光秃秃的马路和一棵仅剩四片叶子的矮树把人物置于空旷、荒凉和孤寂的背景之中,构成了弗拉基米尔和爱斯特拉冈全部活动的空间,这不仅透露了他们的无家可归的流浪处境,还昭示了这种处境将会不断地沿续的无奈的前景。

在淡化戏剧性的同时,20世纪西方戏剧注重演员与观众面对面的交流与碰撞,主张推倒横亘于演员与观众之间的第四堵墙。美国戏剧理论家威尔逊

---

① [比]梅特林克:《日常生活中的悲剧》,见朱虹编译:《外国现代剧作家论剧作》,中国社会科学出版社1982年版,第36页。
② [英]威廉·阿契尔:《剧作法》,吴钧燮、聂文杞译,中国戏剧出版社1964年版,第38页。
③ 郝振益等:《英美荒诞派戏剧研究》,译林出版社1994年版,第119页。
④ 转引自朱虹:《〈荒诞派戏剧〉前言》,见《荒诞派戏剧》,上海译文出版社1980年版,第31—32页。

(E. Wilson)在《论观众》一文中,指认演员和观众是戏剧的两个最根本的成分。德国戏剧家布莱希特(Bertolt Brecht,1898—1956)提出的"陌生化"或间离理论也是为了突出这一点。他认为,亚理士多德在《诗学》中提出的净化理论实际上是一种移情论,即将观众的怜悯和恐惧移入由演员来摹仿的角色身上从而得到净化。这正是传统戏剧的主要特征。传统戏剧使观众处于剧情之中,分享作者表达的情感,产生一种麻痹作用。为此布莱希特针锋相对地提出"叙事剧"概念,叙事剧使观众正视某些剧情辩论,使观众处于剧情之外,关注戏的过程。这种间离效果能迫使观众作出抉择,唤起观众的行动能力。这样,戏剧"讲述者不再需要第四堵墙。不仅舞台的背景要对舞台上发生的事变表态,舞台上的巨幅字幕唤起了对另一处地点发生的另一些变化的回忆,用幻灯文字来证实或反驳演员的言论,把抽象的交谈通过数字变得可感并易于了解,对于有形象的,但还不能把握意义的变化过程可使用数字和语句。甚至演员也不完全变成角色,而是与自己所扮演的角色要保持一定距离,从而要求人们去进行批判"。①

六、新兴文体与反文体

1. 戏仿、恶搞、同人写作

除了人们熟悉的传统文体——小说、诗歌、戏剧之外,还有一些新兴文体,例如戏仿、恶搞、同人写作等等。戏仿是通过仿文对源文本进行颠覆的文体。虽然说这种文体从古至今都存在,但成为一股风尚与潮流带有明显的后现代特征。一般而言,在戏仿中源文具有某种崇高的特征,仿文通过人们的历史记忆,运用一些矮化的手法对源文进行消解或解构,比如巴塞尔姆的《白雪公主》对格林童话白雪公主,薛荣的小说《沙家浜》对革命现代京剧《沙家浜》等,就进行了解构与再创造。就此来说,戏仿与当下流行的二度创作现象——同人写作有类似之处。

恶搞是一种网络次文化现象,原意是恶劣的玩笑,原先是由日本游戏界传入台湾,旨在改编原有的资源(如图片)的格调与气氛,也可以说是一种新兴文体。它用滑稽、搞笑等方式表达出自己心里对某些流行的事物的看法,

---

① [德]布莱希特:《论叙事剧》,见伍蠡甫、胡经之主编:《西方文艺理论名著选编》下卷,北京大学出版社1987年版,第317页。

以颠覆的、滑稽的、莫名其妙的无厘头表达来解构所谓的"正常"。中国大陆最早的恶搞发生在 2005 年年末,胡戈的《一个馒头引发的血案》恶搞陈凯歌的电影《无极》。

同人写作是近年来盛行的一种文学现象,大体上属于"二度创作",即利用原先文本的意象、故事、人物、情境、语言进行再创作。同人写作有的接近戏仿或恶搞,有的则有自己的特点。例如林长治的《沙僧日记》让唐僧师徒取经中没有什么存在感的沙僧充当主角,讲述另类的取经故事;电视剧《甄嬛传》热播后,网络上出现了多种模拟甄嬛说话口吻的"甄嬛体"段子,等等。

2. 反文体

反文体也是一种重要的文学现象,即把一些带有某种写作程式或表意模式的亚文体加以破坏甚至颠倒,这里的情况多种多样,以小说为例,便有反侦探小说、反武侠小说、反言情小说等。侦探小说,通常按照疑犯犯罪—机警侦探的洞察,糊涂侦探的误判—罪犯被发现和受惩罚的路数一路演绎;言情小说大抵不脱离"有情人终成眷属"的情节安排;武侠小说则多半遵循着父母或师傅被杀—子女或徒弟拜师学武—报仇雪恨的叙事模式。博尔赫斯、余华喜欢进行反文体实验。博尔赫斯的《死亡和罗盘》似乎是侦探小说,但又颠覆了罪犯被惩罚的侦探小说模式:通过前面三次离奇的谋杀,自以为已经发现犯罪规律从而侦破了案情的警官隆罗,第四次反而陷入系列案犯夏拉克精心编织的死亡陷阱而丧失了性命。余华的《河边的错误》也是反侦探小说:离奇的杀人惨案一再在河边发生,而现场总有一位目击者许亮,故而他受到公安人员的怀疑,经受不了巨大的压力而自杀了。当其他刑侦人员把侦察的目光投向许亮时,刑警队长马哲则确认真正的疑犯是一个疯子。但他深知法律无法制裁疯子,所以在疯子准备第四次作案时开枪杀死了疯子,最后他听从公安局长的劝告,把自己伪装成疯子逃避了惩罚。余华的《战栗———一封过去的信》和《鲜血梅花》则分别是反言情小说和反武侠小说。

反文体不是单纯的文体实验。它以新的编码方式瓦解先前文体的意义建构方式,从而具有独特的文化内涵与批判精神。

本部分所选的六篇文章大体上反映了文体的各个方面,其中朱光潜的《诗的境界》主要讨论中国诗歌的意境问题,瓦莱里的《纯诗》讨论了诗歌与语言的关系,俞平伯的《谈中国小说》分析了中国小说的源流与特点,斯坦泽尔的《论现代小说》分析了现代小说的特征,亚里士多德的《诗学》表达了西方传统的戏剧观念,雷曼的《戏剧和剧场》则表达了西方晚近的剧场艺术观念。

选 文

诗的境界——情趣与意象(节选)

朱光潜

导言——

本文节选自朱光潜《诗论》,见《朱光潜美学文集》第二卷(上海文艺出版社,1981)。《诗论》1943年由国民图书出版社出版,1948年3月中正书局出版增订本。

作者朱光潜(1897—1986),字孟实,安徽桐城人。曾先后在香港大学、爱丁堡大学、伦敦大学就读,1933年获法国斯特拉斯堡大学文学博士学位。回国后分别在北京大学、四川大学、武汉大学任教授。1946年后一直在北京大学西语系任教授,是我国现代著名美学家。著有《诗论》、《西方美学史》、《谈美书简》等。

在本文中作者运用西方美学家克罗齐的直觉说和立普斯的"移情说"分析中国诗的境界,认为境界是情趣和意象的结合,能使诗人特殊的个性、情致在其中永恒化、普遍化。在"见"中形成的境界必须具备两个重要条件:首先,诗的"见"必为"直觉",也就是对个别事物的知,而不是对事物意义以及它与其他事物关系的"名理的知"。境界是在联想和想象的基础上形成的独立自足的意象,但联想和想象决不能与直觉同时存在;其次,所见意象必须恰好能表现一种情趣。内在情趣和外在意象通过移情作用相融合相影响,在有创造性的"见"中形成生生不息、新鲜有趣的诗的境界。无论作者还是读者都因性格情趣和经验的不同使它处在"创化"中。这是运用西方理论分析中国文学总体特征的经典之作,对中西理论的交流和融合也有重要意义。

像一般艺术一样,诗是人生世相的返照。人生世相本来是混整的,常住永在而又变动不居的。诗并不能把这漠无边际的混整体抄袭过来,或是像柏拉图所说的"模仿"过来。诗对于人生世相必有取舍,有剪裁,有取舍剪裁就必有创造,必有作者的性格和情趣的浸润渗透。诗必有所本,本于自然;亦必有所创,创为艺术。自然与艺术媾合,结果乃在实际的人生世相之上,另建立一个宇宙,正犹如织丝缕为锦绣,凿顽石为雕刻,非全是空中楼阁,亦非全是依样画葫芦。诗与实际的人生世相之关系,妙处唯在不即不离。唯其"不离",所以有真实感;唯其"不即",所以新鲜有趣。"超以象外,得其圜中",二者缺一不可,像司空图所见到的。

　　每首诗都自成一种境界。无论是作者或是读者,在心领神会一首好诗时,都必有一幅画境或是一幕戏景,很新鲜生动地突现于眼前,使他神魂为之钩摄,若惊若喜,霎时无暇旁顾,仿佛这小天地中有独立自足之乐,此外偌大乾坤宇宙,以及个人生活中一切憎爱悲喜,都像在这霎时间烟消云散去了。纯粹的诗的心境是凝神注视,纯粹的诗的心所观境是孤立绝缘。心与其所观境如鱼戏水,忻合无间。姑任举二短诗为例:

　　君家何处住,妾住在横塘。停船暂相问,或恐是同乡。
　　　　　　　　　　　　　　　　　——崔颢《长干行》
　　空山不见人,但闻人语响。返景入深林,复照青苔上。
　　　　　　　　　　　　　　　　　——王维《鹿柴》

　　这两首诗都俨然是戏景,是画境。它们都是从混整的悠久而流动的人生世相中摄取来的一刹那,一片段。本是一刹那,艺术灌注了生命给它,它便成为终古,诗人在一刹那中所心领神会的,便获得一种超时间性的生命,使天下后世人能不断地去心领神会。本是一片段,艺术予以完整的形象,它便成为一种独立自足的小天地,超出空间性而同时在无数心领神会者的心中显现形象。囿于时空的现象(即实际的人生世相)本皆一纵即逝,于理不可复现,像古希腊哲人所说的:"濯足急流,抽足再入,已非前水。"它是有限的,常变的,转瞬即化为陈腐的。诗的境界是理想境界,是从时间与空间中执着一微点而加以永恒化与普遍化。它可以在无数心灵中继续复现,虽复现而却不落于陈腐,因为它能够在每个欣赏者的当时当境的特殊性格与情趣中吸取新鲜生命。诗的境界在刹那中见终古,在微尘中显大千,在有限中寓无限。

从前诗话家常拈出一两个字来称呼诗的这种独立自足的小天地。严沧浪所说的"兴趣",王渔洋所说的"神韵",袁简斋所说的"性灵",都只能得其片面。王静安标举"境界"二字,似较概括,这里就采用它。

一 诗与直觉

无论是欣赏或是创造,都必须见到一种诗的境界。这里"见"字最紧要。凡所见皆成境界,但不必全是诗的境界。一种境界是否能成为诗的境界,全靠"见"的作用如何。要产生诗的境界,"见"必须具备两个重要条件。

第一,诗的"见"必为"直觉"(intuition)。有"见"即有"觉",觉可为"直觉",亦可为"知觉"(perception)。"直觉"得对于个别事物的知(knowledge of individual things),"知觉"得对于诸事物中关系的知(knowledge of the relations between things),亦称"名理的知"(参看克罗齐《美学》第一章)。例如看见一株梅花,你觉得"这是梅花","它是冬天开花的木本植物","它的花香,可以摘来插瓶或送人"等等,你所觉到的是梅花与其他事物的关系,这就是它的"意义"。意义都从关系见出,了解意义的知都是"名理的知",都可用"A 为 B"公式表出,认识 A 为 B,便是知觉 A,便是把所觉对象 A 归纳到一个概念 B 里去。就名理的知而言,A 自身无意义,必须与 B、C 等生关系,才有意义,我们的注意不能在 A 本身停住,必须把 A 当作一块踏脚石,跳到与 A 有关系的事物 B、C 等等上去。但是所觉对象除开它的意义之外,尚有它本身形象。在凝神注视梅花时,你可以把全副精神专注在它本身形象,如像注视一幅梅花画似的,无暇思索它的意义或是它与其他事物的关系。这时你仍有所觉,就是梅花本身形象(form)在你心中所现的"意象"(image)。这种"觉"就是克罗齐所说的"直觉"。

诗的境界是用"直觉"见出来的,它是"直觉的知"的内容而不是"名理的知"的内容。比如说读上面所引的崔颢《长干行》,你必须有一顷刻中把它所写的情境看成一幅新鲜的图画,或是一幕生动的戏剧,让它笼罩住你的意识全部,使你聚精会神地观赏它,玩味它,以至于把它以外的一切事物都暂时忘去。在这一顷刻中你不能同时起"它是一首唐人五绝","它用平声韵","横塘是某处地名","我自己曾经被一位不相识的人认为同乡"之类的联想。这些联想一发生,你立刻就从诗的境界迁到名理世界和实际世界了。

这番话并非否认思考和联想对于诗的重要。做诗和读诗,都必用思考,都必起联想,甚至于思考愈周密,诗的境界愈深刻;联想愈丰富,诗的境界愈美备。但是在用思考起联想时,你的心思在旁驰博骛,决不能同时直觉到完整的诗的境界。思想与联想只是一种酝酿工作。直觉的知常进为名理的知,名理的知亦可酿成直觉的知,但决不能同时进行,因为心本无二用,而直觉的特色尤在凝神注视。读一首诗和做一首诗都常须经过艰苦思索,思索之后,一旦豁然贯通,全诗的境界于是像灵光一现似地突然现在眼前,使人心旷神怡,忘怀一切。这种现象通常人称为"灵感"。诗的境界的突现都起于灵感。灵感亦并无若何神秘,它就是直觉,就是"想象"(imagination,原谓意象的形成),也就是禅家所谓"悟"。

一个境界如果不能在直觉中成为一个独立自足的意象,那就还没有完整的形象,就还不成为诗的境界。一首诗如果不能令人当作一个独立自足的意象看,那还有芜杂凑塞或空虚的毛病,不能算是好诗。古典派学者向来主张艺术须有"整一"(unity),实在有一个深理在里面,就是要使在读者心中能成为一种完整的独立自足的境界。

二 意象与情趣的契合

要产生诗的境界,"见"所须具的第二个条件是所见意象必恰能表现一种情趣,"见"为"见者"的主动,不纯粹是被动的接收。所见对象本为生糙零乱的材料,经"见"才具有它的特殊形象,所以"见"都含有创造性。比如天上的北斗星本为七个错乱的光点,和它们邻近的星都是一样,但是现于见者心中的则为像斗的一个完整的形象。这形象是"见"的活动所赐予那七颗乱点的。仔细分析,凡所见物的形象都有几分是"见"所创造的。凡"见"都带有创造性,"见"为直觉时尤其是如此。凝神观照之际,心中只有一个完整的孤立的意象,无比较,无分析,无旁涉,结果常致物我由两忘而同一,我的情趣与物的意态遂往复交流,不知不觉之中人情与物理互相渗透。比如注视一座高山,我们仿佛觉得它从平地耸立起,挺着一个雄伟峭拔的身躯,在那里很镇静地庄严地俯视一切。同时,我们也不知不觉地肃然起敬,竖起头脑,挺起腰杆,仿佛在模仿山的那副雄伟峭拔的神气。前一种现象是以人情衡物理,美学家称为"移情作用"(empathy);后一种现象是以物理移人情,美学家称为"内模仿作用"(inner imitation)(参看拙著《文艺心理学》第三、四章。)

移情作用是极端的凝神注视的结果，它是否发生以及发生时的深浅程度都随人随时随境而异。直觉有不发生移情作用的，下文当再论及。不过欣赏自然，即在自然中发现诗的境界时，移情作用往往是一个要素。"大地山河以及风云星斗原来都是死板的东西，我们往往觉得它们有情感，有生命，有动作，这都是移情作用的结果。比如云何尝能飞？泉何尝能跃？我们却常说云飞泉跃。山何尝能鸣？谷何尝能应？我们却常说山鸣谷应，诗文的妙处往往都从移情作用得来。例如'菊残犹有傲霜枝'句中'傲'，'云破月来花弄影'句的'来'和'弄'，'数峰清苦，商略黄昏雨'句的'清苦'和'商略'，'徘徊枝上月，空度可怜宵'句的'徘徊'、'空度'和'可怜'，'相看两不厌，唯有敬亭山'句的'相看'和'不厌'，都是原文的精彩所在，也都是移情作用的实例"（《文艺心理学》第三章）。

从移情作用我们可以看出内在的情趣常和外来的意象相融合而互相影响。比如欣赏自然风景，就一方面说，心情随风景千变万化，睹鱼跃鸢飞而欣然自得，闻胡笳暮角则黯然神伤；就另一方面说，风景也随心情而变化生长，心情千变万化，风景也随之千变万化，惜别时蜡烛似乎垂泪，兴到时青山亦觉点头。这两种貌似相反而实相同的现象就是从前人所说的"即景生情，因情生景"。情景相生而且相契合无间，情恰能称景，景也恰能传情，这便是诗的境界。每个诗的境界都必有"情趣"（feeling）和"意象"（image）两个要素。"情趣"简称"情"，"意象"即是"景"。吾人时时在情趣里过活，却很少能将情趣化为诗，因为情趣是可比喻而不可直接描绘的实感，如果不附丽到具体的意象上去，就根本没有可见的形象。我们抬头一看，或是闭目一想，无数的意象就纷至沓来，其中也只有极少数的偶尔成为诗的意象，因为纷至沓来的意象零乱破碎，不成章法，不具生命，必须有情趣来融化它们，贯注它们，才内有生命，外有完整形象。克罗齐在《美学》里把这个道理说得很清楚：

> 艺术把一种情趣寄托在一个意象里，情趣离意象，或是意象离情趣，都不能独立。史诗和抒情诗的分别，戏剧和抒情诗的分别，都是繁琐派学者强为之说，分其所不可分。凡是艺术都是抒情的，都是情感的史诗或剧诗。

这就是说，抒情诗虽以主观的情趣为主，亦不能离意象；史诗和戏剧虽以客观的事迹所生的意象为主，亦不能离情趣。

诗的境界是情景的契合。宇宙中事事物物常在变动生展中，无绝对相同的情趣，亦无绝对相同的景象。情景相生，所以诗的境界是由创造来的，生生不息。以"景"为天生自在，俯拾即得，对于人人都是一成不变的，这是常识的错误。阿米尔（Amiel）说得好："一片自然风景就是一种心情。"景是各人性格和情趣的返照。情趣不同则景象虽似同而实不同。比如陶潜在"悠然见南山"时，杜甫在见到"造化钟神秀，阴阳割昏晓"时，李白在觉得"相看两不厌，唯有敬亭山"时，辛弃疾在想到"我见青山多妩媚，料青山见我应如是"时，姜夔在见到"数峰清苦，商略黄昏雨"时，都见到山的美。在表面上意象（景）虽似都是山，在实际上却因所贯注的情趣不同，各是一种境界。我们可以说，每人所见到的世界都是他自己所创造的。物的意蕴深浅与人的性分情趣深浅成正比例，深人所见于物者亦深，浅人所见于物者亦浅。诗人与常人的分别就在此。同是一个世界，对于诗人常呈现新鲜有趣的境界，对于常人则永远是那么一个平凡乏味的混乱体。

这个道理也可以适用于诗的欣赏。就见到情景契合境界来说，欣赏与创造并无分别。比如说姜夔的"数峰清苦，商略黄昏雨"一句词含有一个情景契合的境界，他在写这句词时，须先从自然中见到这种意境，感到这种情趣，然后拿这九个字把它传达出来。在见到那种境界时，他必觉得它有趣，在创造也是在欣赏。这九个字本不能算是诗，只是一种符号。如果我不认识这几个字，这句词对于我便无意义，就失其诗的功效。如果它对于我能产生诗的功效，我必须能从这九个字符号中，领略出姜夔原来所见到的境界。在读他的这句词而见到他所见到的境界时，我必须使用心灵综合作用，在欣赏也是在创造。

因为有创造作用，我所见到的意象和所感到的情趣和姜夔所见到和感到的便不能绝对相同，也不能和任何其他读者所见到和感到的绝对相同。每人所能领略到的境界都是性格、情趣和经验的返照，而性格、情趣和经验是彼此不同的，所以无论是欣赏自然风景或是读诗，各人在对象（object）中取得（take）多少，就看他在自我（subject-ego）中能够付与（give）多少，无所付与便不能有所取得。不但如此，同是一首诗，你今天读它所得的和你明天读它所得的也不能完全相同，因为性格、情趣和经验是生生不息的。欣赏一首诗就是再造（recreate）一首诗；每次再造时，都要凭当时当境的整个的情趣和经验作基础,所以每时每境所再造的都必定是一首新鲜的诗。诗与其他艺术都各有物质的和精神的两方面。物质的方面如印成的诗集,它除着受天时和人力的损害以外,大体是固定的。精神的方面就是情景契合的意境,时时刻刻都在"创化"中。创造永不会是复演(repetition),欣赏也永不会是复演。真正的诗的境界是无限的,永远新鲜的。

纯 诗(节选)

[法]瓦莱里

导言——

本文节选自伍蠡甫主编《西方现代文论选》(上海译文出版社,1983),丰华瞻译。原文有删节。该文最初是一次讲演,刊于丹尼斯英译本《瓦莱里选集》第7卷《诗的艺术》,伦敦路特列基和保罗公司1958年版。

作者瓦莱里(Paul Valéry,1871—1945),是法国象征主义诗人和文学理论家,1926年起为法兰西学院院士,主要文论著作是《文艺杂谈》。瓦莱里把诗歌看作是语言表达的一个特殊领域,他的纯诗理论便是以此为基础提出来的。他认为,纯诗是诗人创造的与实际事物无关的一个世界或一种秩序、一种体制,是用语言来创造一个虚构的、理想的境界。它是那些偏离最直接的事物呈现的思想的精致的话语表达,因而建构了一个不同于纯粹的实际世界的关系世界。纯诗要求诗的思想、意象、语言及其合成的整体都是审美的。但是由于瓦莱里又将诗的本质视为一种以其引起的本能表现力为特征的情感,纯诗仍然免不了处理受外在世界所影响的感情世界,研究语言与它对人的感化作用之间的各种各样的和多方面的关系。因此他感叹纯诗实际上是达不到的,只是诗人努力的一个理想。

概括地说,纯诗的问题是这样:……我们所称为"诗"的,实际上是由纯诗的片段嵌在一篇讲话中而构成的。一句很美的诗句是诗的很纯的成分。人们把一句很美的诗句比作宝石,这个平庸的比喻表明了每个人都知道这种纯的品质。

　　……纯诗事实上是从观察推断出来的一种虚构的东西,它应能帮助我们弄清楚诗的总的概念,应能指导我们进行一项困难而重要的研究——研究语言与它对人们所产生的效果之间的各种各样的关系。也许说"纯诗"不如说"绝对的诗"好;它应被理解为一种探索——探索词与词之间的关系所引起的效果,或者毋宁说是词语的各种联想之间的关系所引起的效果;总之,这是对于由语言支配的整个感觉领域的探索。这个探索可以摸索着进行。一般就是这样做的。但是将来有一天,也许这种探索能被有系统地进行,这并不是不可能的。

　　……

　　……我们说"诗",我们也说"一首诗"。谈到风景和情景时,有时谈到人时,我们说它(他)们"有诗意";另一方面,我们也谈"诗的艺术",我们说:"这首诗很美。"但是在第一种情况下,显然是某一种情感的问题……这种情感很自然地、自发地来自我们内部的生理和心理状况与环境(真实的与虚构的)给我们的印象之间的某种和谐。……我所讲的这种情感可以由事物所激起;它也可以由语言以外的其他手段所激起,例如建筑、音乐等;但是严格地称为"诗"的东西,其要点是使用语言作为手段。至于讲到独立的诗情,我们必须注意,它与人类其他感情的区别在于一种独一无二的特性,一种很可赞美的性质:它倾向于使我们感觉到一个世界的幻象,或一种幻象(这个世界中的事件、形象、生物和事物,虽然很像普通世界中的那些东西,却与我们的整个感觉有一种说不出的密切关系)。我们原来知道的物体和生物,在某种程度上被"音乐化"了——请原谅我用这个词语;它们互相共鸣,仿佛与我们自己的感觉是合拍的。这样解释以后,诗的世界就与梦境很相似,至少与某些梦所产生的境界很相似。

　　当我们回想梦境的时候,它使我们认识到,我们的知觉可以由一些产物的集合所唤醒,或充实、满足,而这些产物与感官的普通产物有颇不相同的规律。但是要随便进入或离开这个我们有时可通过做梦而认识的感情世界,并不是我们的意志力所能办得到的事。这个世界是在我们内心的,而我们被这个世界包围着——这话的意思是:我们没有办法对它起作用,来更改它;另一方面,它不能和我们对外部世界的较大的行动力量并存。它变幻莫测地出现和消失,但是人已经为它做了他为一切宝贵而易消灭的东西所曾做过或曾试做过的事：他探索并想出了办法，可以随意重新创造这个境界，使它可以在他愿意的时候重新出现，而且最后可以人为地发展这些人类感情的自然产物。他已经能在某种程度上把这些不稳定的形成物和结构从自然界中抽出来，从盲目而匆忙过去的时间中拦截下来；为了达到这个目的，他使用了我早已提到过的好几种手段。在这些创造诗的世界并使它再现、使它丰富的手段中，最古老、也许最有价值然而最复杂、最难使用的一种，是语言。

……语言是一种普通的、实用的东西，因此它必然是一种粗糙的工具；每个人使用它，用它来适应自己的需要，倾向于按照自己的个性损坏它的形状。不管语言对我们是怎样亲切，不管"用词语来思想"这件事对我们来说是多么熟悉，语言毕竟起源于统计，而纯粹以实用为目的。因此，诗人的问题是必须从这个实用的工具吸取手段来完成一项从本质上来说无实用价值的工作。我早已说过，他的任务是创造与实际事物无关的一个世界或一种秩序，一种体制。

……

……没有一样事物比在语言中发现的各种特性的奇怪结合更为复杂，更难清理。大家都知道，声音和意义相配合是多么难得；而且，大家都知道，一个谈话可以显示很不相同的特性：它可以合乎逻辑但一点也不和谐；它可以很和谐但没有意义；它可以很清楚但一点也不美；它可以是散文或是诗；……在这里，诗人就得吃力地应付这个多种多样的、十分丰富的特性的杂烩——事实上是太丰富了，因此不能不混淆；诗人必须从这样一个东西选取材料来制造他的艺术品，他的产生诗情的机器。这意思是说，他必须强迫这个实际的工具，这个由每个人创造的拙劣工具，这个为当前的需要而使用并经常由活着的人修改的日常工具——强迫它……成为他所选择的一种情感状态的材料……人们可以不加夸张地说，普通的语言是共同生活杂乱的结果……而诗人虽然必然使用这个杂乱状态所提供的语言材料，他的语言却是一个人努力的成果——努力用粗俗的材料来创造一个虚构的、理想的境界。

如果这个矛盾的问题能够完全被解决——那就是说，如果诗人能够设法创作出一点散文也不包括的作品来，能够写出一种诗来，在这种诗里音乐之美一直继续不断，各种意义之间的关系一直近似谐音的关系，思想之间的相互演变显得比任何思想重要，词藻的使用包含着主题的现实——那么人们可以把"纯诗"作为一种存在的东西来谈。但事实不是这样：语言的实际或实用主义的部分,习惯和逻辑形式,以及我早已讲过的在词汇中发现的杂乱与不合理(由于来源多而杂,在不同时期语言的各种成分相继被引进),使得这些"绝对的诗"的作品不可能存在。但是我们很容易看到,这样一种理想或虚构状态的概念,对于欣赏一切看得见的诗来说,具有很大的价值。

纯诗的概念是一个达不到的类型,是诗人的愿望、努力和力量的一个理想的边界。

谈中国小说(节选)

俞平伯

导言——

本文节选自《国学大师论国学》(东方出版中心,1998),原载《小说月报》19卷2期。

作者俞平伯(1900—1990),浙江绍兴人,曾任北京大学教授、中国社会科学院文学研究所研究员,著有《〈红楼梦〉辨》等。这是一位著名红学家写的小说论文。文章对中国小说名称内涵、分类及流变、缺点及原因作了分析,指出我国古代"小说"广义指子史之流裔,发展为志怪,狭义指唐宋以来的话本。作者在分析中国小说内涵的基础上得出,古今人虽同用小说之名称,然而性质上有根本差别,他赞成美国学者汉密尔顿对小说所作的"在想象诸事实之系列里显示人生之真"的定义。作者在言文两分的基础上又对中国小说作了分类,同时贯以中国小说的特点和流变过程,认为大别只有笔记体之文言和话本体之白话小说两大类。本文又针对中国小说在人物描写、结构上的缺点进行了详细解剖,指出任意起讫、人物描写简单、结构松散、文辞缺乏锤炼等六大弊病,并从历史发展的角度对其作了溯源分析,充分显示出作者独具的勇气和卓见。这篇论文虽是从西方视角来对中国小说作了分析,然而颇为重视中国小说自身特点及其历史,观点辩证,并未对中国小说全面否定。文章思路清晰、实事求是,颇具说服力,对于中国小说的研究具有很大的指导价值。

一 小说的名称与解释

小说一词多歧义,约言之不外广狭二义:广义的小说,乃准原来之义而立,所谓小说,即"小言"、"小语"之谓,其初原是子史之流裔,是否含有民间故事尚在难定,后来所作渐多,由志怪鬼神而渐及于描写人情,别起附庸,蔚成大国,遂脱离说理记事之范围,骎近于今之所谓文艺矣,然其历史上之遗痕,犹往往可见。

狭义的小说,属于宋人说话之一种,说话者今之说书,在唐时即有之,至宋而盛,诸家笔记每有记载,唯类目稍不同耳。小说为说话中之一家数,据吴自牧《梦粱录》说,小说一名"银字儿"。而据灌园耐得翁《都城纪胜》却分小说为三类:(1)银字儿,烟粉灵怪传奇;(2)说公案,搏拳提刀赶棒及发迹变泰之事;(3)说铁骑儿,士马金鼓之事。说虽不尽同,而所谓小说何指,总约略可见。操此等说话生涯者谓之说话人,其说话之底本谓之话本,其体格之犹可考见者如《五代史平话》、《清平山堂话本》皆是也。此等话本即为白话小说之滥觞。白话小说既渐盛,于是距话本渐远,别开文艺上之新境界,然其遗痕自在,其影响于白话小说之体格风裁亦大,正与上节所述广义小说之变迁相平行。

此广狭二义,悉无当于我们所谓小说,彰彰明甚。唯若求了解中国小说之实况,必先明白古今人虽同用小说这名称而释义有别,尤宜知这些传统的观念对于自来小说创作之成就,有深切之关系。我们用今日所谓小说之标准去衡量古之小说,而发现种种的有趣的龃龉,这倒是当然的现象,若古人能预知我们的标准,处处合式,这才是真的奇异呢。

今日所谓小说,在西方有种种的训释,我觉得美人 Clayton Hamilton 所谓"在想象诸事实之系列里显示人生之真"尚为适切(见他所著《小说法程》)。这定义,有三点须稍解释:第一,有所谓想象之事实,而小说遂别于历史的传记,想象非即幻想,故无论其派别为自然为浪漫,而其所叙述固皆想象的事实也。第二,事实成为系列,则非各自分离的,亦非混杂无序的,乃依复合因果的关系排列成的,故叙一桩孤立的事实不成为小说,而叙许多各个孤立的事实(如偶然连属,无名理之必然,仍为各个孤立,非真的系列)亦不成为小说,此所以别于笔札体小说也。第三,宜与人生的真合一,"真"之诠释为义甚繁,非此能尽,约言之,小说之功能,在乎能"借题发挥",显示人生内蕴之诸因果,而非直抄人生外面之琐屑偶发的诸事情。直抄人生,以小说之义言之,非特不得为真,有时且为虚妄也。习作小说者,每以篇中所叙为自己或其亲友之实事,便自诩以为得真,此实大误。须知小说的创作乃一种复杂的过程(依哈氏的说法,乃由现状之人生,蒸发为抽象之真理,复由此抽象之真凝缩而为想象事实的系列,若蒸馏然,此说比拟极精),非直接向人生抄写,若以直抄人生为作小说之捷径,则新闻纸及杂志上之时事汇纪琐闻等,岂非至真切之品乎?呜呼可!

以上所言,诚至简略,然即此观测,已知我们所谓小说与中国固有之观念,非特范围之广狭不同,并有性质上之根本差别,虽同用此一名,按其实际,殆为大异之二物;所以我们评量中国的旧有小说,与其用我们的准则,不如用他们自己的准则,尤为妥切。这固然似乎过于宽大,但非如此,我以为亦不足以了解中国小说之实况。

二　小说的分类

分类原只是方便,列表更是方便。兹将中国小说分为言文两种,在文言一类又分为韵散两项,白话则韵散混杂者多,暂时不分。见下面附表。

中国小说之类别及其流变

文言	韵	古代乐府诗及其支流
	散	巫　　神话传说——志怪——拟作 先秦子史　（汉）　（六朝）　唐传奇——拟作 优——俳优小说——语林世说——神怪以外各体笔记小说
白话	韵	佛经唱文
	散	说经参——弹词宝卷 （唐）　　（宋）　讲史——演义小说 市人小说——说话　小说——白话小说 　　　　　　　　　合生 　　　　　　　　　　　　　　　　杂剧院本(?)

这表曾经多次修改。诗与小说最初实是不可分的,但中国古代的材料缺乏,我们知道得极少。西洋及印度的巨大史诗,我们似乎是没有。最早的歌曲总集《诗经》,已经和后来的乐府差不多,它恐怕已是较进步的而非原始的谣曲了。《楚辞》很显明的应属于乐府,而《天问》、《九歌》中间含有丰富的神话传

说。自此以降，乐府中说故事者甚多，一直到后来"长庆体"歌行，还保持着此项遗风。所以我就把它们填了第一格。乐府这种体裁，虽未必含有民族性，却往往在表现当时的社会风俗。拉它和小说连宗，或者也不算鲁莽罢。

古代原没有小说，《汉书·艺文志》所谓小说家实在是不很相干的东西。大概唯有神怪滑稽的故事影响到后来。诸子多造作寓言，史则多含异闻琐事，均非与小说无关，而巫优的风尚正代表古代小说属性的两面。至六朝始渐分化，唐则加入一种新成分——恋爱与性欲——于是文言的小说就完成了。在这里，我们不该忘记外国的影响，虽然表上并没有。

第三项疑义最多，兹从简略，亦偷巧之法也。佛教文学之影响于白话者较文言为尤巨，最初的白话小说只是一种摹拟而已，虽然中国本土的关系未必全无。宋人说话，韵散相兼，乃合话本唱本而成者，所以今日所存之各种白话小说，无论其为历史演义或民间杂事，无论其为唱本书或说部，都出于此，却无可疑。可惜宋人说经参之话本无传，致我们失却连锁中重要之一环，此格右端所示，尽有可疑之处。

观陆游"斜阳古柳"之诗，宋人固有其弹词，特即在话本中耳。此体之兴起甚古，且始终限于民间，经历千年，变化甚微，比较今之弹词与唐之佛经唱文可见。

白话小说虽其原始韵散相兼，略偏重于韵文，到后来韵散实有分化之倾向。其一支保存原始之面目较多，遂为今之唱本；其又一支，则说白部分渐占重要，歌唱部分逐渐退化，遂为今之说部。至于杂剧院本、傀儡影戏、民间故事，处处与小说关连，不易究诘，特非直接的系属耳。兹表原系从略，故不载焉。

诗与小说之错杂不甚重要，故大别之只有两类，一笔记体之文言小说，二话本体之白话小说。其一进为后之传奇文，其二进为较高等之白话小说，此两种体裁，即为中国小说发展到最近的成绩——自然新的作物及翻译小说都应该除外。

三　其缺点所在与解释

……

若讲起结构，在此方面更劣于描写。即有名的《红楼梦》细考较去，亦是一塌糊涂。依我所想到，结构方面有下列弊病，完全能避免的可说没有，至其他的弊病，或者还有，在此所举本不完全也。

(1) 任意起讫——这是笔记小说之通病，可以说是没有结构。随便写去，写到哪里是哪里，不高兴写就不写了，所谓"随笔"、"漫谈"也者，正明示这个态度。

(2) 直记事实——这是客观的态度，与主观的任意正相反，但无结构可言正同。事实如何，他便照抄，其不足言结构明甚。哈密尔顿说，"夫结构非仅为提炼之人生，而于提炼人生所得之连贯事实当更加以提炼。"(《小说法程》第四章)故其所记之事实，即使有统序，亦不足言结构，简单之因果连接，本非即结构也。这也是笔记小说之通病，如"纪实"、"纪事"等名也表示这种态度。

(3) 抄袭窠臼——这是文言白话两种小说通有之病，其窠臼之面目未必尽同，而遵依窠臼之态度不异：如"某生遇仙或狐鬼，后缘尽分散，某生遂入山不知所终"，此一窠臼也；"小姐花园订终身，公子落难中状元"，此又一窠臼也，陈陈相因，虽非文句之抄袭，乃格局之抄袭也。此等窠臼，本身即不成为结构，况其谬种流传之副本乎？至于何以要如此，作笔记者与作白话小说者各有各的情形，后当述之。

(4) 无意味的延长——以下三项均是篇幅较长的小说之病。所谓延长，即是明明数言可毕者辄枝蔓为数十言，一回可尽者辄敷衍为两三回，烦琐拖沓而已。这种毛病在笔记小说中却没有，因为笔记为体贵在简洁，而文言亦较白话为凝练，至于话本唱书其病滋甚，因非如此，不足以敷衍时间，拉拢听众。后起之白话小说，承其流弊而不能改。

(5) 无限制的连缀——有许多篇幅长的作品，表面看去非不庞然大也，仔细一看，好的是件百结的天衣，坏的是件百结的鹑衣，论其组织之方实无区别。譬如《儒林外史》、《二十年目睹之怪现状》，名为一书，其实是许多短故事连络成的，甲与乙之间，乙与丙之间……只是偶然的连缀，好像八股文之截搭题一般，绝无必然复合之系属。此等组合之小说，自《儒林》以降，作者甚多，最近流行之《留东外史》、《春明外史》等皆以此法构成。其在结构上之不妥，事固显明，以既无必然之系属，其连缀固可至无穷也。

(6) 不调和的混合——这情形事实上较少，然亦有妨于结构的完整。大凡每一小说即是一完整，似一有机体然，长篇不能分解为数短篇，或缩为一短篇；数短篇亦不能集合为一长篇，一短篇亦不能引申为一长篇；正如人的高矮是一定的，凫胫鹤膝不能互易，其差别非仅外面之短长，并有性质的殊异。上述四五两项，揆之此义绝不可通。在此场合，却有历史的因由，不必由于作者的胡闹,然其伤害结构之完整则一。例如《水浒传》的本事是北宋之大盗,但在南宋则因中原沦落,想望草泽英雄,遂变盗贼为忠义,而有招安平寇之说;明初杀戮功臣,于是写宋江等功成被害;清初又因苦流寇久,重新又把张叔夜请来杀强盗,而"天下太平"。《水浒》既有那么长远的历史,而各种版本又多错杂,于是这书便成为一种杂拌,文格文情自相龃龉。又如《三侠五义》中包公断案是一事,狸猫换太子是一事,而诸侠义的行动又是一事,现在并为一书,其间既无名理的系属,也成为一种杂拌。

论现代小说(节选)

[奥] 弗兰兹·K.斯坦泽尔

导言——

本文节选自《文艺理论研究》1988年第6期,周宪译。原是斯坦泽尔为沃尔夫冈·B.弗莱施曼主编《20世纪世界文学百科全书》(纽约弗里德里克·昂格尔出版公司1969年第2版)所写的"长篇小说"条目。

作者斯坦泽尔(Franz K.Stanzel,1923—)是著名小说理论家,奥地利格拉茨大学教授、奥地利科学院院士,著有《典型的小说形式》、《叙事理论》等。在这篇文章中,斯坦泽尔认为,现代小说较之于传统小说有三个明显的特征:其一是客观事物和外在世界的重要性降低了,让位于展示思想或意识发生过程的背景。比如在意识流小说中,外在世界已经退缩为对象和事件的轮廓;其二是小说家全神贯注于时间。对时间经验的描绘既是现代小说的主题,同时时间也是现代小说的结构因素,这种结构因素力图克服传统小说时间的"单轨"性,具体表现为拓展时间的宽度(描写同时发生的多个事件)和深度(描写过去影响现在的"持续时间"),或表现流动的时间(可转换性或年代悬置);其三是叙述技巧和程序的试验。现代小说打破了传统小说按事件发展的年代顺序加以描绘的结构方式,而倾向于把主观秩序强加于事件过程,因此反讽、分割、拼贴等叙述方式取得了重要性。作者对现代小说的特征有较为深入的体察,其见解建立在对现代小说文本的细致分析的基础之上,有较强的说服力。

就印刷品的规模而言，显而易见，当代文学通过小说而获得了最广大的读者。然而，小说在文学中的重要性，也只能说明这一文学大众相对的一小部分。因此，批评家们不同意说近几十年的小说已进入黄金时代或是陷入了危机，这是不足为奇的。

最早的小说理论家之一哈艾特(P.D.Huet)曾在1670年，把小说定义为爱情中冒险的想象故事，是用于娱乐和教化读者并用精致的散文写的。小说史的显著特征是，在这以后的几个世纪里，这一定义对于流行的通俗小说以及近来仍畅销的某些小说是适用的，但就其与文学领域中的现代小说的关系而言，这个定义是毫无意义的。显然，现代小说的片断世界和经验范围，已不再限于爱情。在小说的发展过程中，它所接受的若干领域的社会、哲学和心理学是很重要的。此外，现代作家并不满足于讲述一个创造的故事。虚构与现实的关系本身已成为小说的一个主题。在虚构与现实的交界处，运用幻觉为小说家提供了无须写论文便可哲学思考的唯一机会。最后，通常所认可的娱乐与教化之间的区别，对于现代美学和文学理论已没什么关系了。

在不断为人们所探究的小说史中，严格说来，是在世纪之交普鲁斯特(Proust)和乔伊斯(Joyce)的小说之后，才出现了新时代的黎明。① 总的说来，《追忆逝水年华》(1913—1927)和《尤利西斯》(1922)的不同方式表明，已打破了由塞万提斯、菲尔丁、拉·菲耶特(La Fayette)、司各特、巴尔扎克和拉伯(Raabe)这类作家所建立的讲述故事的伟大传统。② 这些革新者是有其先驱的，诸如陀思妥耶夫斯基、福楼拜、詹姆斯，尽管这些作家的作品中现代性与传统性是联系在一起的。现代小说有三个特征显得特别突出：第一，客观事物和事件的外在世界的重要性降低了，除了它能被上升到象征的高度而外，显然已让位于展示思想，或用作意识发生过程的背景。第二，小说家全神贯注于时间。第三，对叙述技巧和程序的试验。

当然，小说一开始就显示出与个人、个人内心世界的密切关系，但这种内心世界、意识及其内容和过程，只有受到威·詹姆斯、柏格森和弗洛伊德影响

---

① 普鲁斯特(1871—1922)：法国小说家。乔伊斯(1882—1941)：英国小说家。
② 拉伯(1831—1910)：德国小说家。

时,才变成一个直接的、深刻的有代表性的问题。① 新近对于意识独立性的发现,使得理查生的《克拉丽莎》(1747—1748)和歌德的《少年维特之烦恼》(1774)这类作品中所建立的并长久以来被当作典范认可的内心描写传统方法,要在虚构人物意识中产生直接洞见某种戏剧的幻觉,这是完全不可信的。于是,描写意识的新形式就发展起来了,这些新形式企图使叙述文字变成意识内容的一面镜子。这些新形式从对思想活动的传统记述(即用与描写外在事件同样的方法来"报道"内心事件),通过间接引语非常精致的形式和内心独白,一直到似乎是"意识流"现实主义的再生。大多数作家把他们对意识内容的描写局限于暗示的象征化,少数作家至今已做了这样的实验,即最终不但使句法结构,而且使文字形式的界限丧失,并使它们彼此结合。这些作家认为,在这方面他们能够描绘意识流、观念流和思想流——即弗吉尼亚·沃尔夫所说的意识中"成千上万片断印象不间断的雨水"。杜雅丹(E. Dujardin)、比尔-霍夫曼(Beer-Hofmann)、普鲁斯特、施尼兹勒(Schnitzler)、乔伊斯、弗吉尼亚·沃尔夫发展并尝试了这种技巧。② 这种讲述故事的实验,是把意识描写的似真性(Plausibility)当作唯一的试金石,对这种实验的任何批评都不会把握这一实验的精髓。在意识描写中,同我们所接受的现实的任何其他领域的文学描写一样,只能使现实适合某种风格并加以暗示,从不可能真正地复制现实。所以,对这种实验文学评价的标准,只能是作家在创作中随后发生的对现实幻觉的程态。

在意识流小说中,外在世界已退缩为相对来说不那么重要的对象和事件的轮廓。早期小说中所形成的所有感兴趣的东西——具有丰富多彩事物的千姿百态的世界,其居民和戏剧情境变幻多端的活动等,早期作品中这些因素甚至是没完没了的,通常服务于"依照激动人心的情节来展示某种文化"(佩奇语)——然而在意识流小说中,上述的一切都退为背景。一个完全没料到的事件的几个片断,一般说来就足以构成某种若干人物的星座,这就产生了构成小说真正内容的思想和心境。在弗吉尼亚·沃尔夫的《到灯塔去》

---

① 威·詹姆斯(1842—1910):美国哲学家、心理学家。柏格森(1859—1941):法国哲学家。弗洛伊德(1850—1939):奥地利心理学家。

② 杜雅丹(1861—1949):法国象征派诗人和小说家。比尔-霍夫曼(1860—1945):奥地利诗人、剧作家。施尼兹勒(1862—1931):奥地利小说家。

（1927）和布托（Butor）的《变化》（1957）中，外在世界已降到如此低的程度，以至于用很少几句话便可详尽概括。①

把外在世界降到最低限度，是随着人们生活中许多有决定性的事件其重要性的降低而出现的——诸如灾难、主要场景和"一系列片断"，这都是巴洛克小说的内在组成部分。它们不再能描绘出生活中真正的分界线和关节点，但是，在延长了的渐变的意识中能发现这样的分界线和联结点。即使是在无限增长的意识所构成的图画中把外在世界驱逐出去，那么，在这些地方外在世界也经历了显著的变化。显然，这就是要使读者通过这种变化看到真情，可以说是使读者集中在一个世界观问题或哲学问题上，如同萨特的《恶心》（1938）一样。② 或者，它也许充满了象征意义，像卡夫卡的小说一样，被当作象征，几乎是寓言，因而也就是典型的经验情境，而不是来源于个人和个人生活经历的若干场景。

小说中的时间的作用是双重的：即作为主题（时间的经验）和作为结构因素（小说即描绘时间的艺术）。这两种作用紧密关联，因为时间结构的描绘可以暗示时间经验的特性。此外，时间的经验是一个时代思想文化风气的一部分，它随着这个风气而变化，因此，16 和 17 世纪所赞赏的数学和机械的时间观念，在今天是值得怀疑的。

普鲁斯特、弗吉尼亚·沃尔夫和托马斯·曼已使时间和对时间的经验与传达在当代文学中成为一个迫切的问题。③ 不管怎样，对这个问题来说，理性已靠边了。福楼拜要使时间成为他无主题小说（roman Sans subjet）的真正主题。另外，福楼拜第一个认识到，在传统形式中，小说至多只能论述时间，从来不可能把它当作一种经验来传达。因此，在拓宽小说传达范围时，经验在这里便是必要的了。托马斯·曼在《魔山》（1924）中提出了对时间的重新考察："能叙述时间本身吗？"他的回答比起普鲁斯特在《追忆逝水年华》和乔伊斯在《尤利西斯》，以及弗吉尼亚·沃尔夫在《到灯塔去》中所作的回答，更值得怀疑。事实上，这些小说以及与之相似的作品，都试图用小说中严格的"现在"和"然后"的模式来克服时间的"单轨"特性。新的时间维度存在于时间的

---

① 布托（1926— ）：法国小说家。
② 萨特（1905—1980）：法国哲学家、小说家。
③ 托马斯·曼（1875—1955）：德国小说家。

宽度中(每个事件的同时性),存在于时间的深度中("持续时间",过去影响现在),存在于时间流动的方向上(可转换性或年代悬搁)。

在旧的小说传统里,同时性只能作连续的安排。语言连续的模式使得传达同时性几乎是不可能的。对于小说来说,解决的办法就在于通过暗示再创造出一种幻觉。因此,两条或更多的情节线索被分割成许多短小的片断,它们很快地和变化多端地出现,即是说几乎是同时的。在两个情节流中,对于同时性的进一步接进,是通过不断插入涉及另一情节流(同时性的)那个情节流的语言母题(rer balmotif)的描述而达到的。乔伊斯在《尤利西斯》的"奥芒德饭店"一章中,显然是运用了这种技巧。由于普鲁斯特的《追忆逝水年华》所然,"持续时间"的概念变成了艺术传达的直接问题:如何展示无数过去瞬间对每一现在瞬间所施加的影响,如何传达那些在完全不同的时间水平上有其历史地位的事件的经验同一性。普鲁斯特所开辟的一条途径,是借助斯特恩(L.Sterne)以来广泛接受的时间分层和时间变化的习惯,即故事从现在到过去事件诸多时间水平的不断变化。① 所以,恰好在叙述所涉及的时间的几种不同层次的深度上,回忆的事件就常常变得可以看见了。时间的变化和分层并不与任何特定叙述情境相联结。在《追忆逝水年华》中,时间的变化和分层在第一人称的形式中加以运用,而道德勒(Doderer)写的《斯特鲁德霍夫梯道》(1951)则用一种特殊的第三人称叙述者,赫胥黎(Huxley)的《加沙的盲人》(1936)则用了一种抽象的("无叙述的")写法。② 时间的变化展示了时间的深度。一种类似的方法是通过几个同时的情节流的横断面,在所有时间宽度上解释空间。多斯·帕索斯(Dos Passos)的《在曼哈顿转车》(1925)和《美国》(3卷,1927—1936),诺曼斯(Romains)的《善良的人》(28卷,1932—1956),德布林(Döblin)的《柏林亚历山大广场》(1926)和布洛赫(Broch)《梦游者》(3卷,1931)的后一卷都运用了这种技巧。③

时间的变化,时间的分层,横断面场景以及故事线索被割成一些小部分,这些都极大降低了作为结构形式基础的情节过程最初的按年代排列顺序的

---

① 斯特恩(1713—1768):英国小说家。
② 道德勒(1896—1966):奥地利小说家。赫胥黎(1894—1963):英国小说家。
③ 多斯·帕索斯(1896—1970):美国作家。德布林(1878—1957):德国小说家。诺曼斯(1885—1972):法国作家。布洛赫(1866—1951):奥地利小说家。

重要性。穆西尔(Musil)①的小说《无性格的男人》(3卷,1930—1943)中,主人公乌尔里希这个"无性格的人"为丧失了生活的秩序而痛心,这种生活类似于这样的叙述公式:"那个事已发生之后,这个事也发生了。"乌尔里希的经验是当代小说中一再重复的时间的征兆。对情节顺序按年代排列过程审慎的史诗式的一般观察,会推断出如下实际经验虚假的印象,即这种经验流离于按年代排列的顺序之外,往往更多地集中在急速运动事件的偶然方面而非连续方面。那种按年代排列生活的故事,很大程度上是由于"高贵传统"的多卷本小说已成为描绘人类生活的典范,但是到现在,这种小说作为一种结构形式已受到许多作家的怀疑。因此,他们用继续的事件,诸如可以存在于叙述者记忆中或一个人物意识中的事件,来代替连续的编年史。比如,道德勒的小说《斯特鲁德霍夫梯道》的主人公和许多人物,不是在按年代排列顺序的场景中,而是在若干插曲中介绍给读者,这些插曲是"叙述意识"(托马斯·曼语)在似乎是继起联想更有力地指向时间的水平维度(同时性的),而不是垂直维度(连续性的)中所回忆起来的。与此相仿,在福克纳(W.Faulkner)《押沙龙,押沙龙!》(1936)中,用一种源于"叙述意识"深度的非编年的次序梳理情节。②

这样,叙述过程的实验和对新的叙述形式的寻找,是与许多现代作家寻找描绘意识过程和时间经验的方法这样的愿望密切相关的。但是,这种实验的理由靠边了。依赖于有卓越洞察力和无可怀疑判断力的叙述者的传统叙述方法,作为一种其基础已崩溃或值得怀疑的价值体系,已毫无用处了,对它来说只有两个方法:要么反讽地对待叙述者及他的描写权威,要么把叙述者,他对事件的评论以及他个人的陈述降到最低限度。抛弃叙述者个人尤其适合于意识小说,适合于任何从与人物有关的观点出发,极少用议论而呈现出人物主观性的作品。

这一发展至少可以追溯到19世纪中叶。福楼拜把这样一种精密性和严谨性赋予他的叙述风格,即,使故事中的题材与人物似乎直接与读者说话。从那时以来,袒护或反对自己塑造的人物的作家,似乎是狭隘的、道德的和维多利亚女王时代的,所以,许多作家都抛弃了这种方法。19世纪与20世纪之交,詹姆斯在其后期小说中引入了严格"叙述观点"的技巧,这种技巧显然确

---

① 穆西尔(1888—1942):奥地利小说家。
② 福克纳(1897—1962):美国小说家。

立了并往往依照某种叙述观点,通过它便能看到某个虚构现实部分。运用这种叙述方法,叙述者的介入一般限于与情节有关的短小而无人称的"舞台说明"。在《专使》(1903)中,所有发现到和经验到的焦点中心——通过这个中心,读者完全相信自己就处在正在接受的事件中——这个中心完全是同一个人物:莱·斯特雷塞。他在这类小说中成功地获得了应有的过人的理智和敏感特性,尽管这些特性在较为传统的小说中显得毫无色彩和被动。在这类小说中,一切都变成了经验,事件只在它们能在某个人物意识里唤起反应的程度上传达给读者。现代读者对于描写客观性幻象的要求,能在虚构人物经验和意识显然未经修饰的主观性中得到最大的满足。

早期小说的结构大都为主要人物的生活过程所决定,而这一过程又是通过叙述者在事件的按年代排列的顺序中加以描绘的。结构的重点是通过无拘束地讲述故事和浓缩的情节之间的交替而形成的。在意识小说中,这将被基本上根植于某个人物联想之中的故事成分和插曲的结构所取代。这个结构向读者表明,一个特定人物的意识是如何把主观的次序强加于事件过程——即传达出不存在于现实而是人物意识中的故事成分之间联系的顺序。这里,意识小说实际上不过是某种逻辑上延续的东西,这在斯特恩的《项狄传》和拉伯《吃饱蛋糕》这样的早期小说中已达到非常熟练的程度了,在这些小说中,特定叙述者显然准许其思想和记忆从一个主题跳到另一个主题的自由流动。

当一个小说家求诸于抽象写法的模式时,自然的或讲述故事的结构形式也许被完全抛弃了。既然这样,他往往会结合其他艺术中取来的因素,如音乐中的赋格曲技巧或主导动机技巧,电影的蒙太奇,或是实验绘画的画面拼贴。

这样的小说,其基本结构的统一并不是冗长的情节的连续,而是片断,通常是突然插入和同样突然结束的较短的情节段落。由于片断之间并不存在说明变化的段落,所以,借助"然后"、"因为"或"所以"来联结各叙述段落的常规方法不再起作用了。不过,那种常常通过线、点或其他印刷符号彼此分开各片段,也可以提供一个可认知的意义结构。通过片断的直接并列所产生的对比,一般说来会产生一种直接的议论效果,如赫胥黎《美妙的新世界》(1932)中的反讽,或德布林《柏林亚历山大广场》中使人感到凄楚的暗示和讨论等,以及多斯·帕索斯《在曼哈顿转车》和《美国》中所运用的展现这些被描写的城市的生活断面的分割技巧。多斯·帕索斯在叙述情节的片断间散置了引证材料:报纸杂志上的大标题,几段歌,广告口号和当代一些人物的画像。一般说来,分割使插入离题话、论文、文件报告和诸多时间的全景轮廓变得容易了。因此,在布托《变化》的最后一卷里,一连串关于当代"价值崩溃"的议论性的评论,以及与情节完全无关的插曲式的"柏林救世军小姑娘的故事",被插入涉及主要情节的片断之间。分割的另一种用法,可以在纪德的《伪币制造者》(1925)和赫胥黎的《旋律与对位》(1928)中发现,在这些小说中,片断的顺序类似于音乐作品。语言的主导动机作为各片断之间的一个"变动的"连结环,在纪德、赫胥黎、弗吉尼亚·沃尔夫和多斯·帕索斯的小说诸片断中加以运用,在普鲁斯特和托马斯·曼的小说中也扮演着重要角色。

比奇(J.M.Beach)在1932年仍把个人叙述者当作现代小说的主要特征。然而,从20世纪初以来,确切地说,"无叙述者"(narratorless)小说已相当普遍了。不管怎样,尤其在今天的德国文学中,无叙述者小说从不像英美文学那样坚定地确认自己,个人叙述者小说的复活是显而易见的。这种新的个人叙述方法的标志,是叙述者个人与他所描述的虚构人物世界之间的张力(用多种方式描绘)关系。凯塞尔(W.Kayser)认为,现代小说是在菲尔丁和威兰德的作品中发端的,因为这些作家在展示对人物和情节显然有限的个人态度的叙述情境中,首先成功地描绘了叙述者。① 具有个人叙述者的新小说来源于这个旧传统,而没有在如下两个方面越出18和19世纪的模式之外,即叙述者的个性化和对叙述过程本身处理的注意。

几乎是同时,文学批评也开始意识到,权威的叙述者将被当作虚构人物,而不仅仅作为作者的画像。这严重影响了对许多古典小说的解释。在现代小说中,叙述者的精神面貌常常是一个很清楚的轮廓,而作家自己的自传特点则往往要有意加以抑制,叙述者对于虚构现实的态度强调了叙述者角色的个人特征,叙述者的枝节话和议论很容易给他的故事以一个穆西尔所说的"结构性反讽"特质。这种叙述态度在托马斯·曼的《魔山》、穆西尔《无个性的男子》和道德勒的《斯特鲁德霍夫梯道》中很清楚地展现出来。托马斯·曼和穆西尔又把小说结构与议论文结合起来,而议论文早在菲尔丁那里已构成了小说的一部分(尽管还不完全是有机结构的一部分)。这将导致想象的情节的焦点离开人物而趋向叙述者。同时,由于读者有时非常仔细地对待叙述过程,他们的兴趣便从故事转向讲故事的人。当叙述过程最终安排好时,叙

---

① 凯塞尔:瑞士文学批评家。

述者的"此时此地"被审慎地加以描述时,以及与读者讨论叙述技巧时,叙述实际上变成了主要的主题。在这些小说中,叙述者的诱导作用在任何地方都是显而易见的,尽管这一作用就"叙述意识"使自己为一闪念所改变,从一个情节线索到另一个情节线索跳动等这方面来说,有时被许多决定故事过程的联想或某种意愿所掩盖。

第一人称小说在与其叙述情境相一致的形式中已经历了许多形态变化。如果撇开《项狄传》(作为意识小说,它对时间和力的描写大大提前了),最早的变化在《追忆逝水年华》中变得明显了。在这部作品中,运用所有实际上可能的变化,普鲁斯特在第一人称叙述方面,以及叙述与经验本身对立的方面(叙述者意识的两种分离的编年层次),充分运用了回顾。凯里(Cary)《朝圣者》中的"我",用另一种方式摸索到了回到他意识早期阶段的门径。① 在托马斯·曼的第一人称小说《菲利克斯·克鲁尔》(1932,1936,1954)中,如同在他的其他小说中一样,我们意识到一种反讽,即好像到处都要废弃叙述者个人对所描写的事件和事物弃而不作的要求。在这部作品中,运用在无叙述者小说中事实上已变得不可能的幻觉与现实,重又进入了现代小说。杜里尔(Durrell)的小说《加斯丁》(1957)和《香槟酒瓶》(1958)中的"我",更感兴趣的是在虚构世界中创造某种具有最大可能性的事件的同时性全景,而不是穿入经验的一时深度。加缪(Camus)提供了另一种变化,他的《局外人》(1942)中的"我",似乎是用无个性而冷酷无情的面具和明显的超然态度在说话,尤其是在他个人复杂的时候。海明威笔下的许多主人公的坚忍态度可能也属于这种类型。②

罗伯-格里耶(Robbe-Grillet)的小说《嫉妒》(1957)中,第一人称叙述者的人格解体(如果这个术语是适用的话)更进一步形成了。随着电影镜头的移动,我们对于"我—人物"对正在发生的事情的反应线索,也就从所提及的对象的选择中以及焦距深度的及时调整中产生了。因此,引导客观小说的界限已被打破了。另外,在罗伯-格里耶的小说中,外在世界的所有装饰材料都回到传统中。实际上,作者有时故意过分强调这些装饰材料,使其作用比人物更重要。

---

① 凯里(1888—1957):爱尔兰小说家。
② 杜里尔(1921—):爱尔兰作家。加缪(1913—1960):法国作家。

诗　学(节选)

[古希腊] 亚里士多德

导言——

本文选自《诗学》第六章(人民文学出版社,1962),罗念生译。

作者亚里士多德(Aristotele,前384—前322),古希腊著名哲学家、文学理论家,著有《形而上学》、《政治学》、《修辞学》、《诗学》等。《诗学》(*Poetics*)希腊文原题"Poietike"系"Poiētike tecknēc"(作诗的技艺)的简化形式。一般认为该书是亚里士多德晚年在雅典吕克昂学园讲学时所写,故带有讲课提纲的性质。现存的《诗学》为一卷共二十六章,主要讨论史诗和悲剧。

探讨悲剧问题的第六章是《诗学》全书的核心。亚里士多德给悲剧下了个经典性定义,认为悲剧是用语言对一定长度的行动的摹仿,悲剧的审美效果是借引起怜悯和恐惧从而净化、陶冶人们的性情。悲剧有六个艺术成分:情节、性格、言词、思想、形象和歌曲,其中最重要的是情节,也就是一连串的人物行动。情节可分为简单情节和复杂情节。前者指人物由顺境到逆境或由逆境到顺境逐渐转变的故事进程,后者指主人公一直处在顺境或逆境之中,到了某一场里情势突然发生变化,它包括突转、发现、苦难、穿插、结局等部分。悲剧摹仿的主人公是比一般人好的人,他由于某种缺点和失误而陷入厄运。亚里士多德的悲剧理论总结了古希腊戏剧创作的丰富经验,探讨了悲剧的原因、成分和美感性质,尤其是他对悲剧情节性和动作性的强调表明他对传统戏剧艺术的审美特性有深刻的理解。作为西方文论史上最早的成系统的悲剧理论,它对后世的悲剧理论和悲剧创作产生了深远的影响。

用六音步格来摹仿的诗和喜剧,以后再谈。① 现在讨论悲剧,先根据前面所述,给它的性质下个定义。

悲剧是对于一个严肃、完整、有一定长度的行动的摹仿;它的媒介是语

---

① "用六音步格来摹仿的诗"指史诗。亚里士多德在第23到24章讨论史诗。至于《诗学》论喜剧的部分则已失传。

言,具有各种悦耳之音,分别在剧的各部分使用①;摹仿方式是借人物的动作来表达②,而不是采用叙述法;借引起怜悯与恐惧③来使这种情感得到陶冶④。(所谓"具有悦耳之音的语言",指具有节奏和音调〔亦即歌曲〕⑤的语言;所谓"分别使用各种",指某些部分单用"韵文",某些部分则用歌曲⑥。)

悲剧中的人物既借动作来摹仿,那么"形象"的装饰⑦必然是悲剧艺术的成分之一,此外,歌曲和言词也必然是它的成分,此二者是摹仿的媒介。言词指"韵文"的组合⑧,至于歌曲的意思则是很明显的。

悲剧是行动的摹仿,而行动是由某些人物⑨来表达的,这些人物必然在"性格"和"思想"两方面都具有某些特点(这决定他们的行动的性质〔"性格"和"思想"是行动的造因〕⑩,所有的人物的成败取决于他们的行动⑪);情节是行动的摹仿(所谓"情节"⑫,指事件的安排),"性格"是人物的品质的决

---

① 参看第1章第4段末句。
② 含有"表演"的意思。
③ "恐惧"指观众害怕自己遭受英雄人物所遭受的厄运而发生的恐惧。或解作"为英雄人物担心害怕"。
④ "陶冶"原文作 katharsis,作宗教术语,意思是"净洗"(参看第17章第2段中"净罪礼"一语),作医学术语,意思是"宣泄"或"求平衡"。亚里士多德认为人应有怜悯与恐惧之情,但不可太强或太弱。他并且认为情感是由习惯养成的。怜悯与恐惧之情太强的人于看悲剧演出的时候,只发生适当强度的情感;怜悯与恐惧之情太弱的人于看悲剧演出的时候,也能发生适当强度的情感,这两种人多看悲剧演出,可以养成一种新的习惯,在这个习惯里形成适当强度的情感。这就是悲剧的 katharsis 作用。一般学者把这句话解作"使这种情感得以宣泄",也有一些学者把这句话解作"使这种情感得以净化"。参看《卡塔西斯笺释》一文(见《剧本》,1961年11月号)。
⑤ 括弧里的四个字是亚里士多德的原话。亚里士多德曾在第1章第4段用"歌曲"代替"音调",参看第7页注8。
⑥ "韵文"用于对话中,"歌曲"用于合唱歌中。
⑦ 指面具和服装。
⑧ 指对话。
⑨ 原文意思是"行动者"。
⑩ "'性格'和'思想'是行动的造因"一语,是上一句话的释义,疑是伪作。
⑪ "性格"和"思想"使人物具有某种道德品质,道德品质决定人物的行动,行动决定人物的事业的成败。
⑫ 在《诗学》中,"情节"指主要情节,有时候可译为"布局"。

定因素，"思想"指证明论点或讲述真理的话，①因此整个悲剧艺术的成分必然是六个②——因为悲剧艺术是一种特别艺术③——（即情节、"性格"、言词、"思想"、"形象"与歌曲），其中之二是摹仿的媒介，其中之一是摹仿的方式，其余三者是摹仿的对象④，悲剧艺术的成分尽在于此。剧中人物⑤（一般的说，不只少数）都使用此六者；整个悲剧艺术⑥包含"形象"、"性格"、情节、言词、歌曲与"思想"。

六个成分里，最重要的是情节，即事件的安排；因为悲剧所摹仿的不是人，而是人的行动、生活、幸福（〔幸福〕与不幸系于行动）⑦；悲剧的目的不在于摹仿人的品质，而在于摹仿某个行动；剧中人物的品质是由他们的"性格"决定的，而他们的幸福与不幸，则取决于他们的行动。他们不是为了表现"性格"而行动，而是在行动的时候附带表现"性格"。因此悲剧艺术的目的在于组织情节（亦即布局），在一切事物中，目的是最关重要的。

悲剧中没有行动，则不成为悲剧，但没有"性格"，仍然不失为悲剧。大多数现代诗人⑧的悲剧中都没有"性格"，一般说来，许多诗人⑨的作品中也都没有"性格"，就像宙克西斯的绘画⑩跟波吕格诺托斯的绘画的关系一样，波吕格诺托斯善于刻画"性格"，宙克西斯的绘画则没有"性格"。

（再说，如果有人能把一些表现"性格"的话以及巧妙的言词和"思想"连串起来，他的作品还不能产生悲剧的效果；一出悲剧，尽管不善于使用这些成

---

① 亚里士多德曾在上文说明，人物的道德品质是由"性格"和"思想"决定的，他在此处却认为人物的道德品质只是由"性格"决定的。他并且在此处把"思想"界定为"话"，其实是指一种思考力、一种使人说出某种话的能力，参看本章第10段。
② "整个悲剧艺术"牛津本作"每出悲剧"。亚里士多德曾在本章第6段提起没有"性格"的悲剧，可见并不是每出悲剧都必须具有这六个成分。
③ 或解作"悲剧的好坏即取决于此六者"。
④ "其中之二"指"言词"和"歌曲"，"其中之一"指"形象"，"其余三者"指情节、"性格"和"思想"。
⑤ 原文是"他们"，或解作"诗人们"。
⑥ "整个悲剧艺术"或解作"每出悲剧"，参看第20页注8。
⑦ 括弧里的话是上文"幸福"一词的释义，这句话谈论现实生活，不是谈论剧中人物的遭遇。或将上句及此句改为："而是人的行动、生活、幸福（与不幸，〔幸福〕与不幸系于行动）。"
⑧ 指欧里庇得斯以后的诗人（包括欧里庇得斯）。
⑨ 指一般诗人，不专指悲剧诗人。
⑩ 宙克西斯（Zeuxis，前424—前380）画的是理想人物。

分,只要有布局,即情节有安排,一定更能产生悲剧的效果。就像绘画里的情形一样:用最鲜艳的颜色随便涂抹而成的画,反不如在白色底子上勾出来的素描肖像那样可爱。① 此外,悲剧所以能使人惊心动魄,主要靠"突转"②与"发现",此二者是情节的成分。)

此点还可以这样证明,即初学写诗的人总是在学会安排情节之前,就学会了写言词与刻画"性格",早期诗人也几乎全都如此。

因此,情节乃悲剧的基础,有似悲剧的灵魂③;"性格"则占第二位。④ 悲剧是行动的摹仿,主要是为了摹仿行动,才去摹仿在行动中的人。

"思想"占第三位。"思想"是使人物说出当时当地所可说、所宜说的话的能力,(在对话中)这种活动属于伦理学或修辞学范围;旧日的诗人使他们的人物的话表现道德品质,现代的诗人却使他们的人物的话表现修辞才能。⑤

---

① 这句(自"就像"起)自本章第9段中的"'性格'则占第二位"后面移至此处。"白色底子"指装用来润皮肤的橄榄油的土瓶的白色底子,其上绘着人物。"在白色底子上"或解作"用粉笔在黑色底子上"。
② 指意外的转变。悲剧中的主人公的处境不是由顺境转入逆境,就是由逆境转入顺境;有一些转变是逐渐形成的,有一些转变是突然发生的,参看第11章第1段。或解作"事与愿违"的转变,即动机与效果相反。
③ 在亚里士多德的生物学中,"灵魂"是人的架子。亚里斯多德认为"情节"是悲剧的架子。
④ 以上一段多(自"此外,悲剧所以能使人惊心动魄"起)是从"更能产生悲剧的效果"(即1450a的末句)后面移至此处的。
⑤ 原文直译是:"这是政治学或修辞学范围内的事;旧日的诗人使他们的人物用政治方式讲话,现代的诗人使他们的人物用修辞方式讲话。"一般学者认为亚里士多德指旧日的诗人(例如埃斯库罗斯和索福克勒斯)的悲剧中的人物属于上层贵族,他们说话有政治家风度,而现代的诗人(指欧里庇得斯及公元前4世纪的悲剧诗人)的悲剧中的人物却像演说家那样讲话,尽巧辩之能事。这种解释与上下文的意思不衔接。亚里士多德所说的政治学包含伦理学,而且主要是伦理学,此处指的应是伦理学;亚里士多德所说的政治,主要指社会道德(参看第92页注15);道德品质取决于人的"性格"和行动。此处所说的"思想"与"性格"有关,故说属于"伦理学范围"。"思想"属于修辞学范围,参看第19章第1段。剧中人物可以按照人物自己的"性格",说出当时当地所可说、所宜说的话;也可按照修辞学原则(即雄辩原则),说出当时当地所可说、所宜说的话,尽巧辩之能事。所谓"用政治方式"即用表现道德品质,表现"性格"的方式之意;当然,雄辩家也注意表现自己的"性格",顾及观众的"性格",但是,对他们说来,这不是主要的事。旧日的诗人的悲剧中都有"性格",大多数现代的诗人的悲剧中,则没有"性格"(见本章第6段),只有"思想"。此段谈"思想",但涉及"性格",亚里士多德害怕众门徒把"思想"混作"性格",因此在下文说明它们的区别。

"性格"指显示人物的抉择的话(在某些场合,人物的去取不显著时,他们有所去取);一段话如果一点不表示说话的人的去取,则其中没有"性格"。"思想"指证明某事是真是假,或讲述普遍真理的话。

语言的表达占第四位(我所指的仍是前面所说的那个意思,即所谓"表达",指通过词句以表达意思,不管我说"通过'韵文'"或"通过语言",这句话的意思都是一样的)。① 在其余成分中,歌曲(占第五位)最为悦耳②。"形象"固然能吸引人,却最缺乏艺术性,跟诗的艺术关系最浅;因为悲剧艺术的效力即使不倚靠比赛或演员,也能产生;况且"形象"的装扮多倚靠服装面具制造者的艺术,而不大倚靠诗人的艺术。

戏剧和剧场

[德] 汉斯-蒂斯·雷曼

导言——

本文节选自《后戏剧剧场》(北京大学出版社2010年版)第一章第一节《戏剧和剧场》,李亦男译。

作者汉斯-蒂斯·雷曼(Hans-Thies Lehmann, 1944—),曾任法兰克福大学戏剧系教授、系主任,研究领域包括戏剧理论、古希腊戏剧、当代剧场艺术等,著有《戏剧与神话》、《悲剧与戏剧剧场》等,是德国著名戏剧学者,其《后戏剧剧场》一书是当代剧场艺术研究的奠基性著作。选文中,作者展示了多位理论家对于现代剧场模式的概括和论述,在与其观点的辩驳中显明戏剧和剧场的区别,并提出了"后戏剧剧场"这一概念。这一概念是对于当代剧场艺术核心特点的理论概括,也是对于传统戏剧观念的反对。在戏剧剧场中,文学剧本占据支配地位,推崇以摹仿、情节为基础的戏剧与戏剧性,各种剧场

---

① 亚里士多德曾在本章第3段说,"言词指'韵文'的组合",这时候他改用"语言的表达"一语,此语和前面的话似不相同,因此他随即加以解释,说意思没有变。"语言的表达占第四位"一语根据抄本译出,牛津本改订为:"在有关语言的成分中,言词占第四位。"此处的最后一句(自"不管"起)一般误解为:"用韵文或散文来传达,是一样的。"

② 实际上是说比言词更为悦耳,参看本章第2段。

符号从属于文本,隐而不显。后戏剧剧场反对以剧本为中心的戏剧样式,强调各种剧场符号(文本、音乐、舞蹈、动作、美术等)的独立性及其平等关系。作者以20世纪70年代以来的剧场艺术为关注对象,对20世纪以来剧场艺术的新趋势进行理论概述,资料翔实,论证有力。

一、布莱希特之后的剧场

安德勒泽伊·威尔特写道:"布莱希特把自己称为新戏剧形式的爱因斯坦。他的叙事剧理论的确开启了一个新的纪元。如果把他的理论理解为一个极其有效且操作性很强的发明的话,他的这种自我评价就并不夸张。他的这个理念推动了传统舞台对话和话语形式,或者所谓'单独话语'(der Solilog)形式的消解。布莱希特的理论暗含着这样一个意思,即剧场里的话语包含了语词和运动元素(姿势),而它们的地位是等同的。话语不是单单通过其文学性质而产生的。"①但是,这里所提到的推动力难道真的来自布莱希特吗?抑或在相同程度上也来自布莱希特剧场的对立面?普遍而言,姿势难道不是所有剧场演出的核心吗?难道可以不去仔细阅读布莱希特的文字,而把他"极其有效、且操作性很强的发明"从其仍然当作理所应当的、但新型剧场要打破的寓言(情节)剧场成规中分割出来吗?基于这些问题,我们可以从威尔特关于新型剧场中继承布莱希特遗产的深入思考出发,构架出一种后戏剧剧场理论。

布莱希特的成就不能再被片面理解为对于传统的革命性反向设计。新近的发展越来越多地显示,叙事剧理论实际上是一种对古典式戏剧构作的改良与完成。在布莱希特的理论中,潜藏着一个极为传统的命题:寓言(情节)对他来说仍然是剧场艺术的核心。但是,如果从情节角度出发,20世纪60年代到90年代新型剧场的核心部分,甚至包括戏剧文学(如贝克特、汉德克、博托·施特劳斯、穆勒等人)的文本形式都不能得到解释。

后戏剧剧场是后布莱希特剧场。布莱希特追问了被表现物中的表现过程的存现与意识,追寻着一种新的"观看艺术"。在这种追问所开辟的空间

---

① Andrzej Wirth,"Vom Dialog zum Diskurs: Versuch einer Synthese der nachbrechtschen Theaterkonzepte", In: *Theater Heute* 1/1980, p.19.

里，后戏剧剧场产生了。同时，它抛弃了布莱希特剧场中的政治风格、教条化趋势与对理性的强调，且处于一个布莱希特剧场概念的权威性失效之后的时代之中。海纳·穆勒把罗伯特·威尔森看作是布莱希特的合法继承人，从而标示了这种关系的复杂性："在这个舞台上，布莱希特（Heinrich von Kleist）的木偶戏在上演，布莱希特的叙事戏剧构作在舞蹈。"①

二、悬念与张力

剧场与戏剧二者在很多人（也包括许多剧场研究者）眼中联系得非常紧密，几乎是完全等同的，是一对所谓紧紧拥抱着的伴侣。不管剧场艺术发生怎样极端的变化，戏剧概念仍旧是潜在的常规剧场理念。无论怎样，"戏剧"和"剧场"两个概念在日常用语里反正都是等同的。从剧场走出来的时候，观众们会说他们挺喜欢这个"戏"，而他们指的却是"剧场演出"，两个词之间并没有什么明显的区别。而许多批评与研究著作大致来讲也是一样。它们通过暗含或公开的形式，在用词时将剧场与剧场中演出的戏剧同等化，维持着二者趋于等同的这一假定，虽然这种假定已经不再正确。而且，在不知不觉之间，它们也把这种假定看成是一种规范。这样的结果是：很多人对剧场（不光是当代剧场）中发生的一些重要事实视而不见。

古希腊悲剧、拉辛的剧作和罗伯特·威尔森的视觉戏剧构作等均为剧场艺术形式。但如果基于新近对于戏剧的理解，前者可称为"前戏剧"；拉辛的剧本作品无疑是"戏剧剧场"，而威尔森所谓的"作品"（operas）则必须被视为"后戏剧"。如果打破戏剧幻象、制造叙事化的距离不再是唯一的目的；如果创作出来的"剧场"中既没有情节，也没有戏剧人物塑造；既没有戏剧辩证法的价值冲撞，甚至连可辨识得出的人物都不再是必需的（所有这一切都在新型剧场中充分显示出来了），那么，"戏剧"的概念不管再怎么大包大揽，偏离、注水，它包含的实质性内容也会过于贫乏，以至于丧失了认知上的价值。在观念上，它不再能够担当起锐化感知的任务，而会对剧场，也对剧场文本的认识产生误导式的影响。

为什么人们仍旧必须通过和"戏剧"类别的关联或区别来阅读新型剧场艺术呢？一个表面上的原因，就是日报剧评的趋势，即在评判剧场艺术时采

---

① Frank Hörnigk(ed.), *Heiner Müller Material*, Güttingen 1989, p.50.

取一种"戏剧性"与"无聊"的价值两极化标准。面对公众对于动作、娱乐、消遣和悬念的需求，一些评论家（即使经常是不公开地）采取传统戏剧概念的美学尺度来丈量剧场艺术，而置剧场对这些需求的公然拒绝于不顾。彼得·汉德克的《关于村庄——戏剧性的诗歌》1982年在萨尔斯堡岩石骑术学校首演。批评界抱怨在汉德克的文本里没有看到狄奥尼索斯式的悲剧冲突，将其称为"一个为静静阅读而创作的剧本"。而该剧在汉堡演出的版本却受到赞誉。评论家乌尔斯·珍妮（Urs Jenny）称赞说：该剧导演尼尔斯·彼得·鲁道夫（Niels-Peter Rudolph）在一首"诗"中发现了"充满悬念的戏剧"。笔者本人仅看过这部作品在汉堡的演出。它的特点恰恰在于用全然不同的节奏去承载汉德克所营造的巨大形式。无论如何，导演的目的绝不是要创造一出"充满悬念的戏剧"。

显然，即便在剧场研究工作者中，戏剧的标准也仍旧没有受到挑战。戏剧标准的有效性被想当然地采纳。① 对于戏剧的经典式理解继续存活在"悬念"标准里——说得更准确点：戏剧只是悬念的一种配料。铺陈（die Exposition）、动作上升、突转、灾变：这一切听起来是这样的老套，然而人们仍然期待着电影和剧场为他们提供娱乐性的故事。

其实，古典美学中（不仅仅是剧场美学中）自然有"张力"的概念，但切不可以和"悬念"这个概念相混淆。大众娱乐艺术的时代虽然拥有仿真技术，但是依然极其崇尚自然主义。在这个时代，除了"内容"之外就什么也没有了。而古典美学中所讲的则是一种张力与张力消解的逻辑，是一种在音乐、建筑中极普遍的构作意义上的张力（如绘画中所讲的画面张力）。在新型剧场中，戏剧与张力的复杂概念造成了偏见性的判断。其原因在于：如果按照充满悬念的戏剧情节模式对文本和舞台的演出过程进行感知和接受，那么剧场自身的感知条件，也就是剧场作为剧场的那些审美特质——事件性的当下、身体自身的符号学、表演者的姿势和动作、作为声音景观的语言布局及形式结构、视觉在摹仿之外的画面性、音乐节奏过程及其自身时间等等——就必然会退

---

① Paul Stefanek, "Lesedrama?: Überlegungen zur szenischen Transformation 'buhnenfremder' Dramaturgie", In: Erika Fischer-Lichte: *Das Drama und seine Inszenierung: Vorträge des internationalen literatur-und theatersemiotischen Kolloquiums Frankfurt am Main*, 1983, Tübingen 1985, pp.133 – 145.

居次要地位。而所有这些因素却恰恰构成了许多当代剧场作品(绝不只是那些昙花一现式的实验作品)的主体。对它们进行应用的目的不单单是为了体现充满悬念的情节。

三、"瞧瞧你演的这出戏!"

日常口语也对感知与接受时的期待产生影响。在很多日常用语中会用到"戏剧"(或"戏剧性")一词。人们说某件事情"简直像是一出戏"时,意思是指日常生活中的一个不同寻常的,或令人兴奋的情境或事件。兴奋与事件的发生是"戏剧"一词的注脚。新闻播音员这样讲:"戏剧性的绑架事件以未流血的结果而告终。"他想说的其实是:这一事件的结局在很长的时间内悬而未决,从而造成了一种对于事件过程、对于事件结局的"戏剧性的"紧张感。当修饰语"戏剧性的"加在一个事件、一种做法或者一种行为方式之上时,指的就是这个意思。如果有一个母亲,她的孩子因为不被允许去看电影而大哭大闹,她会这样描述她孩子的痛苦:"瞧瞧你演的这出戏!""戏"这个词把实际中的那个过程给距离化了。这位母亲带着些讽刺叙述了孩子小题大做的原因。但是可以发现,这里面有一种东西跟戏剧确实很相似:作为对要求遭到拒绝的回应,孩子呈现了痛苦,至少说是失望;加之以(可能比较富有表现力的)情感宣示。

在"戏剧"一词的日常用语使用当中,有两个方面的特点是非常明显的。一方面,日常用语注意到了戏剧演出严肃的一面。这方面的意思往往是不言而喻的。人们说到什么东西具有"戏剧性",意思指的是产生了一个严重的局面。人们并不把现实生活中喜剧性的纠葛称为"戏剧性的"。这可能基于18世纪以来"戏剧"(drame)一词的普遍用法——意为严肃的市民阶级戏剧演出。有趣的是:另一方面,"戏剧"这个词的日常语言应用几乎完全缺乏那种以黑格尔所谓"戏剧冲突"概念为基础的戏剧基本模式。而这种模式实际上几乎是每种戏剧理论的中心。按照这种模式,戏剧的核心是不同人物所代表的不同态度之间的冲突。在这些冲突中,戏剧人物被"悲情"(das Pathos)所充满,戏剧则将悲情用实事求是的态度呈现出来,充满激情地捍卫人物在道德上的地位。

戏剧冲突的这种模式在日常用语中几乎是看不到的。大家把花了几个小时寻找一个丢失的宠物也叫作一出"戏"。这里面并没有任何冲突、矛盾的位置。显然,日常语感把"戏剧"和"戏剧性"这样的词语和一种气氛、一种激动的提升,一种恐惧和不确定性联系在一起,而不是和一个确定的事件结构联系在一起。

四、"形式主义剧场"与摹仿

每个欣赏者站在杰克逊·波洛克(Jackson Pollock)、巴尔内特·纽曼(Barnett Newman)或者塞·托姆布里(Cy Twombly)的画作面前,都会明白这些画家并不是在摹仿一种事先存在的现实。当然,也曾有过某些大胆的理论观点(如在 18 世纪)曾力图拯救摹仿原则,比如在音乐领域中,把音乐理解为对自然声效的一种摹仿。面对抽象绘画的挑战,马克思主义理论家也还在极力捍卫艺术反映现实这个原则。当效果或灵魂的状态无声、无形时,美学创作与它们之间的关系就显得更为复杂;不是单纯的"摹仿",而是一种"影射"(die Anspielung)的关系。显然,最迟从现代派开始,绘画就不再愿意谈及摹写性了,而是想创造出一种属于绘画自身的新的真实:明确、坚定、凝固的姿势(die Geste)与神经支配的、自我断言的陈述,并不比一摊血迹或者一堵新粉刷的墙壁更少具体性、真实性的痕迹。在这种情况下,审美经验要求着,也造就了反思式的视觉欣赏方式。在艺术欣赏中,欣赏者对于视觉性感知自身多会有所意识,而并不一定想要识别出被摹写的现实。

在造型艺术中,这种欣赏态度上的变化已成定局。而相对而言,面对舞台上的"行为"与真人表演者的自身存现,认识到抽象的现实性与合法性则显然更加困难。在剧场中,与"真"人行为的关系似乎太直接了。因此,剧场里的"现象行为"曾被人当成一种"极端"的实验。[①] 在为剧场艺术作定义时,这些因素干脆被忽略不计了。

但是,借用迈克尔·科尔比的关键词来讲,最迟从 20 世纪 80 年代开始,在所谓的"形式主义剧场"中,一种"抽象行为"(abstract action)、一种"表演"(die Performance)的真实过程替代了那些"摹仿式表演"(mimetic acting)。而在抒情诗剧场中,则完全没有(或几乎没有)情节摹仿。这些剧场中的变化绝不是某种"极端"的标志,而完全是现在新型剧场的主要特征。所有这些做法都不是要像以前那样,旨在为现实作出精华式的、浓缩的、形式艺术化的复

---

① Martin Esslin, *An Anatomy of Drama*, New York 1977, 3rd Printing 1979, p.14.

写与重影,而是出于另外一种目的。界线发生了推移,从而将以情节为中心的戏剧排挤出了审美要求较高的剧场艺术(当然还远远不是常规的机构性剧场)中心之外。

五、情节的摹仿

亚里士多德在《诗学》中把摹仿和情节(行动)二者在这样一个著名的公式里联系在一起:悲剧是对人的行动的摹仿,即所谓"Mimesis Praxeos"(行动的摹仿)。"Drama"(戏剧)一词来源于希腊语词"δραν"(做)。如果把剧场艺术看作为戏剧与摹仿,那么情节(行动)就似乎自然而然地成为了这种摹仿的本来对象与核心。

事实上,直到电影出现,还没有任何其他的艺术实践能够像剧场那样令人信服地统领(由真实表演者表现的)人的行动的摹仿这一领域。正是由于对行动的关注,使得人们似乎必然把剧场审美结构作为另一种现实(生活、人的行动、现实等)的变体来进行构想。这种现实作为原本总是先于剧场的摹本而存在的。如果只专注于情节、摹仿这样的思维程序,那么就会既看不到戏剧文本的结构,也看不到表现性的行为在感官面前的自我展现。而恰恰是这些使得被表现物、(假定的)"内容"、含义得以确立,从而最终确保了意义的存在。

戏剧诗学坚持把行动作为摹仿的对象。而新型剧场则恰恰起始于戏剧、情节、摹仿这三颗星的沉陨。正是这种三位一体使得剧场不断沦为戏剧的牺牲品,使得戏剧成为戏剧化的牺牲品,而最终使戏剧化成为其概念的牺牲品——真实在这个过程里不断撤退着。如果不从这个模式中解脱,我们就不会认识到:我们在生活中认识、感觉到的一切是如何彻底地被艺术塑形、结构,被观看、感觉、思考的方式,即本雅明(Walter Benjamin)所谓的"意指方式"(die Art des Meinens)所塑造的。这种塑形的力量如此之大,以至于我们不得不承认:经验世界的真实性在很大程度上是由艺术造就的。这里,我们只要想一想这样一个道理就够了:审美观点建立于概念的网架之上,创造了感知画面,创造了情感、感觉世界。这个世界在其文本、声响、画面或者场景的艺术表现之外、之前,都还不存在。一个听者在一个贝多芬的交响曲中分辨出固执、叛逆、凯旋等等情感态势,而这些情感在这个声响组合特定的、一次性的审美"创造"之外根本就没有在这个听者的世界中存在过。艺术摹仿生活,反之,人的感觉也摹仿艺术。维克多·特尔纳(Victor Turner)区分了两种戏剧:一是产生于社会现实之中的"社会戏剧"(social drama),一是他所谓的"审美戏剧"(aesthetic drama)。这个区分是很重要的。他这样做的目的首先旨在解释后者"反映"了前者所隐藏的结构。然而他也反过来强调:社会冲突的审美表达在其本身就提供了某种感知模式,因此对真实社会生活的礼俗化方式负有部分责任。以审美形式存在的戏剧画面世界、过程形式和意识形态模式由此而产生。而这种模式又对社会、社会组织与感知产生影响。①

六、"能量剧场"

利奥塔在其著作中举了一个贝尔梅尔(Hans Bellmer)质问摹仿的例子:"我的牙疼得厉害,我握紧拳头,指甲深深地嵌进手掌。这是两码事。难道说,手的姿势表现了,或言代表了牙的疼痛吗?什么是什么的符号?"②利奥塔在这里谈到的是一种新的剧场理念。如果要设想一种位于戏剧彼岸的剧场,就必须把这个理念作为出发点。利奥塔把这样的剧场称为"能量剧场"(das energetische Theater)。③ 他所谈到的不是意义的剧场,而是"力量、强度、情感在其自身存现之中"的剧场。④ 埃纳·施雷夫抛向观众的话语动作合唱中充满了"能量"。如果只在其中寻找符号与"表现",就是将场景性强行归入了摹仿、情节(即"戏剧")的模式之中。施雷夫的合唱之于现实,就如同贝尔梅尔的拳头之于牙痛一样。

可以这样理解:在剧场中姿势、造型和链接的创造方面,利奥塔早就可以从阿尔托那里得到启示。阿尔托的观念与摹仿、表现或象征的"符号"不同,它们标识、暗示或者指向别处,同时把自身作为一种流动性、一种神经支配、一种狂怒的情绪。

能量剧场位于表现之外。这个意思当然不是指其中没有表现,而是说:它不被表现的逻辑所掌控。为描述后戏剧剧场中对于符号的应用,也许可以借用阿尔托在《剧场与文化》一文结尾处的话:"像被处火刑的人那样在柴堆

---

① Victor Turner, *On the edge of the Bush*, University of Arizona Press, 1985, p.300f.
② Jean François Lyotard, *Affirmative Ästhetik*, Berlin 1982, p.12.
③ Jean François Lyotard, *Affirmative Ästhetik*, Berlin 1982, p.21.
④ Ibid.

上画十字。"①阿尔托的悲观看法我们倒不必采纳,但是对于新型剧场艺术而言,这种由反应性的声音和身体姿势组成的特征描述可以创造一些关键性的理念。这更多地跟阿多诺的摹仿概念相关——阿多诺把摹仿解释为一个先于概念的、有实际效果的、让自己等同于什么的行为。他的摹仿观和社会学家罗杰·凯洛瓦(Roger Caillois)所描述的拟仿行为(Mimétisme)近似,而不单指"摹仿"(Mimesis)。

阿尔托所谓的"火刑者画十字"、阿多诺所说的"摹仿"都把惊恐与痛苦看作剧场的关键性因素。利奥塔尔所谓能量强度剧场的理念也很重视这种因素(牙痛、握紧的拳头)。但是阿尔托和阿多诺都坚持认为:抽搐像符号一样,是被组织起来的。用阿多诺的话来说,摹仿是通过一种审美的、理性的,或创作的过程才得以自我实现的。它们同一部乐曲作品中的声响材料一样,遵循着同样的逻辑。我们不应该在探究剧场符号之前就去摹仿那些既定逻辑(比如说一种情节的逻辑)。阿多诺就此所说的一句话跟利奥塔所举的例子非常接近:"艺术既不是描摹,也不是对于一种对象的认识;否则的话,艺术就堕落成为了那个对象的复制品。胡塞尔(Edmund Husserl)在论及话语场域时,就已经一针见血地批评过这种看法。艺术其实是姿势性地伸向现实的,在碰触到现实的那一刻,它就缩回来了。艺术的字母就是这一动作的次数。"②本书在下文中会说明,"后戏剧剧场"的概念接近于"能量剧场",但比后者更佳。之所以采用这个概念,为的是不失去对剧场传统的关注,为的是对剧场话语进行分析,也出于对剧场"姿势"和表现方法的多层混合的关注。

延伸阅读

1. 钱中文《文学体裁的审美特性、规范与反规范》,见钱中文《文学发展论》,经济科学出版社,1998。

2. 乌尔利希·威斯坦因《文学体裁研究》,见《比较文学译文集》,北京大

---

① 译文参考桂裕芳译本《戏剧及其重影》,中国戏剧出版社,1993年。
② Theodor W. Adorno, *Ästhetische Theorie*, *Cesammelts Schriften*, Vol. 7. Frankfurt am Main, 1970, 4. Aufl, 1984, p.425.

学出版社,1982。

3. 托多罗夫《文学体裁》,见《美学文艺学方法论续集》,文化艺术出版社,1987。

4. 韦勒克、沃伦《文学的类型》,见韦洛克、沃伦《文学理论》,生活·读书·新知三联书店,1984。

5. 叶公超《论新诗》,见杨匡汉、刘福春编《中国现代诗论》上册,花城出版社,1985。

6. 艾伦·退特《论诗的张力》,见赵毅衡编《"新批评"文集》,中国社会科学出版社,1988。

7. 里尔克《诗是经验》,见《词与文化——诗歌创作论述》,社会科学文学出版社,1997。

8. 汪曾祺《小说的语言》,见《汪曾祺全集》第四卷,北京师范大学出版社,1998。

9. 巴赫金《诗的话语和小说的话语》,见《巴赫金全集》第三卷,河北教育出版社,1998。

10. 本雅明:《讲故事的人》,见陈永国、马海良编《本雅明文选》,中国社会科学出版社,1999。

11. 顾仲彝《戏剧结构的类型》,见顾仲彝《编剧理论与技巧》,中国戏剧出版社,1981。

12. 梅特林克《卑微者的财富》,见伍蠡甫主编《现代西方文论选》,上海译文出版社,1983。

13. 布莱希特《论叙事剧》,见伍蠡甫、胡经之主编《西方文艺理论名著选编》下册,北京大学出版社,1987。

14. 赵宪章《超文性戏仿文体解读》,《湖南师范大学社会科学学报》2004年第3期。

问题与思考

1. 中西方有哪些文学分类的基本模式?这些分类模式的依据是什么?
2. 诗歌的特征有哪些?现代诗歌与古典诗歌有何不同?
3. 传统小说与20世纪小说有何不同?
4. 戏剧性包含哪些方面?如何看待现代西方戏剧淡化戏剧性的现象?

5. 怎样看待新兴文体与反文体？

研究实践

1. 意大利美学家克罗齐反对文学分类，认为这种分类是理智追求普遍化的结果，其实文学不可分类。他说，"理智主义的最大错误在艺术的和文学的种类说，这在文学论著中仍然风行，使批评家和艺术史家们都迷惑了。我们且来穷究它的起源。人的心灵能从审美的转进到逻辑的，正因为审美的是逻辑的初步。心灵想到了共相，就破坏了表现，因为表现是对于殊相的思想。……这些区分之中最精微而最有哲学面貌的也经不起批评；例如把艺术作品分为主观的与客观的两种，分为史诗的与抒情的，分为表现感觉的作品与装饰的作品。在美学的分析中，要把主观的与客观的，抒情的与史诗的，感觉的形象与事物的形象分开，都是不可能的。""每一个真正的艺术作品都破坏了某一种已成的种类，推翻了批评家们的观念。"①试做一次讨论，分析克罗齐质疑文学分类的主要理由，谈谈你对此的看法。

2. 我国新时期诗歌在语言建制及意象创造上与先前的诗歌相比发生了很大变化。下面是当代诗人伊沙的诗作《车过黄河》：

列车正经过黄河
我正在厕所小便
我深知这不该
我应该坐在窗前
或站在车门旁边
左手叉腰
右手作眉檐眺望
像个伟人
至少像个诗人
想点河上的事情
或历史的陈账
那时人们都在眺望

---

① ［意］克罗齐：《美学原理》，朱光潜译，见克罗齐：《美学原理 美学纲要》，外国文学出版社1983年版，第43—45页。

>   我在厕所里
>   时间很长
>   现在这时间属于我
>   我等了一天一夜
>   只一泡尿工夫
>   黄河已经流远

试做一篇作业,分析该诗在构思及意象创造上的特点。

3. 元小说在现代小说中很常见。例如马原的小说经常把写作过程写入文本,并创造出另一个与己似乎相关又似乎无干的"马原"形象。而卡尔维诺的《寒冬夜行人》,主体叙事是男读者"你"与女读者柳德米拉的恋爱故事,但小说却以此为线索穿插了十个风格迥异的开头,展开了一系列复杂的故事,涉及了小说的各种叙事可能。表面看来,该书是一篇展示小说技术的小说,但由于书中写到了面目各异的读者与作者,实际上又以此揭示了文学的命运。在阅读层面上,小说也建构了两个阅读世界:一个以男读者"你"为核心,其阅读行为已经被卡尔维诺写出来了,另一个则以小说在现实生活中的读者为核心,他在卡尔维诺的提醒下阅读卡尔维诺制造的文本世界。请以此为例,结合你所熟悉的文本,思考一下元小说,它仅仅是小说叙事的一种技巧呢,还是否包含着更深的寓意或诉求?

4. 曹禺的剧本《雷雨》设置了五组男女三角情爱关系:(1)周朴园、侍萍、繁漪;(2)周朴园、繁漪、周萍;(3)周朴园、侍萍、鲁贵;(4)周萍、周冲、四凤;(5)繁漪、周萍、四凤。可用图表表示如下:

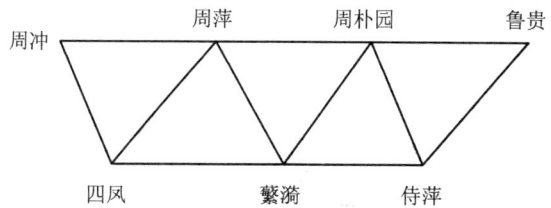

试以此图表为个案做一篇作业,分析《雷雨》戏剧冲突的特点。

第五章 文学叙事

导 论

叙事广泛地存在于小说、民间故事、神话传说、散文、戏剧乃至宗教、影视等各种文化现象之中。关于叙事的思考古已有之,但是叙事学成为系统的理论形态是20世纪60年代兴起的结构主义叙事学,以及80年代之后以人类文化、社会科学研究、传播活动为对象的后经典叙事学。叙事最初处理的口传文化和纸本文学中讲故事的方式,后来演变成社会文化多个领域和各门人文社会科学共同关注的文化现象。

一、叙事概述

西方叙事研究的发端可以追溯到柏拉图(Plato,公元前427年—前347)。柏拉图在《理想国》第三卷中通过苏格拉底之口讨论故事的形式和风格的时候对叙事和模仿进行了区分,叙事(diegesis)是叙述者自己讲故事,模仿(mimesis)是叙述者与人物同化,直接模仿和引用人物对话的叙事。[①] 这说明叙事包括叙述者、故事、叙述行为、叙述角度等要素。20世纪俄国形式主义、英美新批评,特别是法国结构主义对叙事进行了系统的研究,使叙事学成为一门科学。法国结构主义叙事学家热奈特(Gérard Genette,1930—2018)辨析了叙事的三层含义,一"指的是承担叙述一个或一系列事件的叙述陈述,口头

---

① 参见[古希腊]柏拉图:《理想国》,郭斌和、张竹明译,商务印书馆1986年版,第94—95页。

或书面的话语";二"指的是真实的或虚构的、作为话语对象的接连发生的事件,以及事件之间连贯、反衬、重复等等不同的关系";三指某人讲述某事的叙述行为。① 按照美国学者普林斯(Gerald Prince,1942—)的说法,"叙事是一个或数个(公开或半公开的)叙述者向另一个或数个(公开或半公开的)受众讲述(作为结果或者过程、对象或者行为、结构或者结构过程)一个或多个真实的或虚构的事件。"②

可见,叙事包含双重结构:被告知的层面与讲述层面,前者指的是叙述者意欲使我们相信发生了的事件或行为,后者指这些事件被叙述的方式,即讲述的组织形态。俄国形式主义分别称之为 fabula(故事)与 sjuzhet(情节),这里的情节不仅涵盖对事件的安排,也包括打断和拖延叙事的方法。法国结构主义分别称这两个层面为叙事 récit(或 histoire,故事)与话语(discours)。用美国叙事学家查特曼(Seymour Chatman,1928—2015)的话说,叙事和话语对应的是叙事的"故事层面"和"表达层面"。③

英国作家、批评家福斯特(Edward Morgan Forster,1879—1970)曾经举例说,"国王死了,不久王后也死去"是故事,而"国王死了,不久王后因伤心而死"就是情节。④ 也就是说,情节不仅包含两个时间上相互关联的事件,还包含着因果性的连接,叙事是与时间和因果性相关的线性行为系列。一件事情与另一件事情之间逻辑的或因果的连接,构成了叙事的基本方面。美国叙事理论家斯科尔斯(Robert Scholes,1929—2016)认为,"情节可被定义为叙事文学中动态的、连续的元素。"⑤他还说,"情节可以定义为叙事文学中动态性的、序列性的成分。"按照他的研究,"主要的情节形成经验性的叙事:(1)历史形态,它建立在伴随原因与结果的过去发生的事件基础之上,而又被不相干的背景所撕裂,被叙述形式所离析,或者建立在以这种方式处理的有关事件序

---

① [法]热奈特:《叙事话语 新叙事话语》,王文融译,中国社会科学出版社 1990 年版,第 6 页。
② Gerald Prince, *Dictionary of Narratology*, Lincoln: University of Nebraska Press, 1987, p.58.
③ [美]西摩·查特曼:《故事与话语》,徐强译,中国人民大学出版社 2013 年版,第 130 页。
④ [英]福斯特:《小说面面观》,苏炳文译,花城出版社 1987 年版,第 75 页。
⑤ [美]斯科尔斯、费伦、凯洛格:《叙事的本质》,于雷译,南京大学出版社 2015 年版,第 219 页。

列的基础之上；(2)传记形态,它呈现为真实的个体从出生、成长到死亡的外观。"①由于法国结构主义者将作品当作一个封闭、完成、绝对的对象来看待,他们并不重视对作品具体情节的研究,而关注从一部部作品中抽象出来的"一般"情节。所以他们已经不大使用"情节"这一术语,而用实际上大于情节的话语涵盖了先前"情节"说法中所包含的内容。

  法国结构主义在俄国形式主义、新批评之后将叙事研究上升为系统的理论形态,即叙事学。叙事学(narratology)一词最早出自法国学者托多罗夫(Tzvetan Todorov,1939—2017)的《〈十日谈〉的语法》(1969)一书,通常被认为是关于叙事、叙事结构及这两者如何影响我们的知觉的理论及研究。以结构主义为代表的经典叙事学主要致力于研究叙述角度、叙述时间、叙述语法、叙述接受者等。叙事学研究经历了受结构主义语言学影响的以文学作品为研究中心的经典叙事学和其后跨文化、跨学科的后经典叙事学两个阶段。经典叙事学发端于20世纪20年代末俄国形式主义者普罗普(Vladimir Propp,1895—1970)对民间故事的研究以及40年代新批评派布鲁克斯和沃伦对短篇小说的研究,后来在60年代由法国结构主义者热奈特、罗兰·巴尔特(Roland Barthes,1915—1980)、托多罗夫、格雷马斯(Algirdas Julien Greimas,1917—1992)等人推延至故事、小说和神话的研究,并影响到美国学者普林斯、查特曼以及荷兰学者巴尔(Mieke Bal,1946—)等人,具有形式主义批评的明显印记。从批评实践来看,经典叙事学似乎更适宜于分析民间故事、短篇小说及神话,对长篇小说的分析就明显要打折扣,较少涉及戏剧、电影等的叙事问题。80年代之后兴盛起来的后经典叙事学突破了叙事研究的语言学框架,把触角延伸至电影、戏剧、音乐、历史、教育、新闻、心理、网络甚至音乐等领域。后经典叙事学克服了经典叙事学语言学框架造成的封闭性,一方面注意到叙事与欲望、种族、性别、伦理、意识形态等的关系;另一方面,走向历史、教育、电影、新闻、传播和大众媒体等领域,研究跨学科、跨媒介、跨文化叙事。当然,即便到了第二个阶段,经典叙事学研究仍然还在发展演化之中。也就是说,经典叙事学与后经典叙事学并非前后对立、此消彼长,而是相互补充、互动共存。

---

① Robert Scholes and Robert Kellogg, *The Nature of Narrative*, London: Oxford University Press,1966,p.207,p.214.

二、经典叙事学

我们先来看经典叙事学。经典叙事学遵循索绪尔对"语言"和"言语"的区分,把具体的故事看作由某种共同符号系统支持的具体故事信息。由于索绪尔认为"语言"高于"言语",关注语言符号系统的结构元素和组合原则,因而"叙事学家们同样也将一般叙事置于具体叙事之上,主要关注点是基本结构单位(人物、状态、事件,等等)在组合、排列、转换成具体叙事文本时所依照的跨文本符号系统原则"。"叙事学的基本假设是,人们能够把形形色色的艺术品当作故事来阐释,是因为隐隐约约有一个共同的叙事模式。因此叙事学分析的存在理由是,它能够对潜存于人们直觉到的故事知识中的模式特性做出明确的描述,对人类叙事能力的构成情况做出说明。"[①] 下面我们分别从叙事功能或叙事语法、叙事时间、叙述角度、叙述者等几个方面做一番介绍。

1. 叙事功能项与叙事语法

俄国形式主义者普罗普在《民间故事形态学》研究了 100 篇俄国民间故事。他发现,虽然这些民间故事变化多样,但只包含了 31 种行动方式或功能项。由此普罗普得出了研究俄国民间故事的四个原则:1."人物的功能项在故事中是一个稳定的、持续不变的因素,它们不依赖于人物如何实现这些功能。这些功能项构成了一个故事的基础性的组成部分。"2."民间故事中已知功能项的数量是有限的。"3."功能项的秩序总是一致的。"4."就其结构而言,所有的民间故事都属于一个类型。"[②] 若干功能项构成特定的行动域(spheres of action)。上述民间故事的叙事功能项可划分为七个行动域:对手(villain)、施与者(donor)、协助者(helper)、被追求者和她的父亲(a sought-for person and her farther)、派遣者(dispatcher)、主人公(hero)、假主人公(false hero)。普罗普认为,行动域是与人物相对应的,一个人物可以同时涉及几个不同的行动域,而一个行动域也可以分派给几个不同的人物。这里所说的"行动域"大致相当于格雷马斯后来所说的"行动元"。

---

① [美]戴维·赫尔曼:《叙事理论的历史》,见詹姆斯·费兰等主编:《当代叙事理论指南》,申丹等译,北京大学出版社 2007 年版,第 4 页、第 17 页。
② V. Propp, *Morphology of the Folktale*, Austin: University of Texas Press, 1968, pp.21-23.

格雷马斯沿袭并改造了普罗普的说法。不是根据人物是什么,而是根据人物做什么——行动元(actant),来对人物进行分类。他指出,作品的语义世界作为"一个内在的句法世界,能够生成句法表征层上更大的单位。我们提议用'行动元'来命名可分解成一个个独立单位的义子,用'述谓'来命名那类起整合作用的义子。……在整个语义世界中,述谓先验地预设了行动元的存在,但在微观世界的内部,一个完整的述谓清单则后天地构成了行动元"。① 也就是说,行动元不是一个社会学的或意识形态的规定,而是一个句法关系单位。通常行动元固然与行为者有关,"行动元这一术语表明彼此关联的一类行为者。这些相互关系由每一行动元对于事件的关系而决定"。但这一点不是主要的,重要的是"行为者作为一种特殊的叙述单位这一语义功能"。② 格雷马斯以之对叙事结构进行分析。人物是交际、欲望与考验三大语义轴的组成部分并成对安排的,所以作品中的人物世界服从于叙述过程中反映出来的聚合结构。在《结构语义学》一书中,格雷马斯合并了普罗普的两个人物类型——施与者与协助者为辅助者,提出了六个行动元:发送者/接受者,主体/客体,辅助者/反对者。其图式如下:

发送者→ 客体 →接受者
　　　　　↑
辅助者→ 主体 →反对者

主体的行为蕴含着具有行为的能力,在叙事展开过程中起行动元作用,正是行动元作用覆盖了整个叙事话语,给叙事话语以动力,并决定了角色人物与行动元之间的关系。虽然每一个行动元都承担着特定的功能项系列,但行动元与具体的人物角色不完全一致,一个行动元可能由一个角色担任,也可以由数个人物(夫妻、父子、双胞胎、老奶奶与小孙子等)来担任;反过来,一个角色也可以具有多个行动元的功能。行动元与角色处于不同的层面,"如果行动元这概念具有句法性质,角色这概念至少初看不属于句法而属于语义范畴;一个角色能起行动元的功能不是因为叙述句法就是因为语言子句法对它

---

① [法]格雷马斯:《结构语义学》,吴泓缈译,生活·读书·新知三联书店1999年版,第172—173页。图式参见该书第257页。
② [荷兰]巴尔:《叙述学:叙事理论导论》,谭君强译,中国社会科学出版社1995年版,第90页。

起了作用"。① 角色只是叙事话语的中介层,相当于名词性的词汇学单位。角色可以承担语义功能,具有某种统一性,但他在叙事结构中随情节主题变化会采取种种不同的行动,因而会发生行动元的转换。在中国古典小说《西游记》中,跟随唐僧取经的孙悟空、猪八戒、沙僧尽管角色不同,却同属于一个行动元——协助者。但事情并非一开始就如此。猪八戒、沙僧原先都是唐僧取经路上的障碍,属于另一个行动元——反对者。随着情节的进展,他们俩才成了唐僧取经的助手,即协助者,这就是行动元的转换。

托多罗夫进而主张,需要提出一种新的概念,把叙事研究"建立在语言与叙事紧密统一的基础上,这种统一迫使我们修正对语言和叙事的看法"。② 这就是叙事语法概念。因为叙述总是由一个一个句子组成的,每一个文本都可视为一个放大了的句子,因此他把句法分析引入叙事情节与叙事结构研究,即执行者比作名词,行动比作动词,属性比作形容词。一个完整的文本是由五个叙述句组成的,即最初的完整状态、该状态的恶化、主人公陷入困境、摆脱困境的办法和与最初状态相似的最终状态。在这个过程中,行动元的主要角色是施动者与受动者,承担句法功能,做主语与宾语,而谓语是各种各样的,可以是出现于句子形成之前的形容词,也可以是由与句子同时出现的动词来承担。其中基本谓语是人物的自主行为,自主行为的存在不需要以任何其他行为的完成为前提,派生谓语是人物的反应行为,反应行为附属于已经出现的自主行为。

托多罗夫以《十日谈》为例证,对上述理论作了进一步阐明与应用。《十日谈》里的故事从句法上看是由人物(名词)、属性(形容词)和行动(动词)构成陈述。陈述是句法的基本要素,有五种基本语式:直陈式(indicative)、必定式(obligative)、祈愿式(optative)、条件式(condition)和推测式(predictive)。直陈式表达已经发生的事件,其他四种是表达尚未发生的潜伏着的行为的语式,其中必定式是构成社会法则的非个人的代码意愿,祈愿式与人物渴望采

---

① [法]格雷马斯:《行动元、角色和形象》,见张寅德编:《叙述学研究》,中国社会科学出版社1989年版,第128页。着重号系原文所有。
② Tzvetan Todorov, *The Poetics of Prose*, Ithaca: Cornell University Press, 1980, p.119. 美国叙事学家普林斯(Gerald Prince)在《叙事学》中,认为叙事存在"某种内在化了的规则","叙事语法就是描述这些规则或能够产生同样结果的一系列的表达与公式"。(参见普林斯《叙事学》,徐强译,中国人民大学出版社2013年版,第79页。)

取的行动有关,条件式使两个分句产生牵连关系,推测式表现可能发生的事物的逻辑,每个语句代表一个故事情节。超出语句的句法单位成为序列(sequence),序列根据语句间的关系建立起文本的逻辑关系。

故事从逻辑关系看有两大类,一类是"避免惩罚型",其模式是平衡——不平衡——平衡。如彼罗娜与情人偷情的故事(《十日谈》Ⅶ2)。彼罗娜常趁做泥瓦匠的丈夫不在,与情人会面。但没料到有一天丈夫突然提前回了家,彼罗娜赶紧把情人藏进一个木桶里,等丈夫进屋,就说有人想买家里的木桶,正在看货。丈夫信以为真,暗自高兴,于是爬进木桶清洗污垢。这时,彼罗娜趴在桶口上,她的情人便趁机和她发生了性关系。在本故事里,彼罗娜、丈夫、情人都是叙事专有名词,情人和丈夫两个词还表明了某种状态,即和彼罗娜关系的合法性如何,具有形容词功能。故事的开场是平衡状态:彼罗娜是泥瓦匠的妻子,没权与别的男人相好。紧接着发生了彼罗娜与情人幽会这违反常理的事。这是一个动词,可用"违反、违背"(法规)这样的语法动词来表示,由此产生了不平衡。下面有两种恢复平衡的可能性:惩罚不忠的妻子,或者妻子设法逃避惩罚。彼罗娜采取了第二种办法,逃避了惩罚。这里便有了另一个动词"转变"。最后还有一个状态,即一个形容词:女人有权满足她的愿望这一新法则的建立。第二类是"转变型",其模式是不平衡—平衡。托多罗夫认为,"这个不平衡并不是某个特殊的行动引起的(一个动词),而是由人物的品性决定的(一个形容词)。"①我们举一个中国文学中的例子。鲁迅的小说《在酒楼上》写魏连殳接受新思想后处处碰壁,最后又退回到原来的生活状态,躬行先前所憎恶、所反对的一切,就属于转变型。

2. 叙述时间

叙述时间主要处理的是叙述者对故事所处的相对位置。从表面上看,叙述时间似乎理所当然地处于它所讲述的故事之后,例如,"很久很久以前,有一个人……"这是我们所熟悉的古典叙事文学(故事、童话、小说等)处理时间的方法,也是最常见的方法。但是实际上,讲述未发生事件的预叙以及现在时的叙述在近代以来也不少见。同时由于过去时的叙事行为可以被分解,插入的叙述也是常见的。叙述时间是一种语言时间,它虽然与物理时间有关,

---

① [法]托多罗夫:《从〈十日谈〉看叙事作品语法》,见张寅德编《叙述学研究》,中国社会科学出版社1989年版,第186—187页。

但不同于物理的自然时间。罗兰·巴尔特曾经从话语表达的角度谈到两种时间:物理的或日历的时间与语言的时间。在物理的时间中,话语系统对应着说话者的暂时性和说话起源的现场性,而叙事文本中的时间则是语言学的时间,语言学的时间不同于物理的或日历的时间。① 也就是说,物理时间具有向前推移的线性的不可逆的性质,有具体事物与场景的变迁为参照。而叙事作品中的时间不与现实时间相对应,它所处理的是一个符号时间。

热奈特认为从时间位置上可划分四类叙事行为:事后叙述、事先叙述、同时叙述与插入叙述。现在时的运用按照偏向故事还是偏向叙述话语可向两个方向发展。偏向故事,可形成行为主义叙述的客观化效果,如在新小说家如罗伯-格里耶的作品中是常见的,它可造成叙述行为的消失。而偏向话语,只是内心独白式叙事,行为与事件只不过是一个幌子,最终被取消。

热奈特以"时序"(order)来表示虚构文本中故事的时间顺序与这些事件在叙事作品中的时间顺序之间的关系。他提出,叙事实际上处理的是基本按顺时间发展的"初级叙事文"与逆时序叙述、追叙、预叙等构成的"第二叙事文"的关系。但是叙事与故事严格的等时状态又是无法衡量的,于是热奈特设想要研究故事时长与叙事文时长之间的均衡状态,就要研究叙述"时长"(duration),即叙事速度无限的变化形式在时间上是如何分配和组织的,叙事速度被界说为故事长度(以年、月、日、时、分等为单位)和用来描述它的文本长度(以页、行等为单位)之间的关系。热奈特承认这种分析不是很严谨,只是在宏观的结构层次上适用,为此他提出了概略(summary)、停顿(pause)、省略(elipsis)、场景(scene)四大基本的叙述时间运动形式的划分。其中概略是用几段或几页叙述较长的几天、几月或几年的日子,情节和话语都不带细节,如"两年过去了";停顿是叙述者为了给读者提供某些信息,丢开故事进程不管,描写其他的场面,如描写人的相貌或景物;省略是用简短的叙述跨越式地迈过较长的时段,如"贫穷惨痛的两年过去了,在这两年中,她失去了两个孩子,失了业,由于无法付房租而被撵了出去"。场景则是故事时间大致等于事

---

① Roland Barthes, "To Write: Intransitive Verb?", in *The Structuralist Controversy*, Richard Macksey and Eugenio Donato(ed.), Baltimore: The Johns Hopkins University Press, 1972, pp.136 - 137.

件时间,是戏剧性情节的集中点。① 此后,荷兰文学理论家米克·巴尔在其与热奈特论战的《叙述学:叙事理论导论》一书中,在此基础上还加上了第五种叙述时间运动形式:减缓(slow-down)。按照巴尔的说法,减缓的发展速度是与概略直接相对的,比如"在制造悬念的时刻,减缓可以起到放大镜那样的作用"。② 比如武侠小说中对比试武功的描写,类似电影中的慢镜头。

托多罗夫认为,"叙事特有的变化将时间分割成断续的单位;纯连续时间不同于叙述事件的时间。"③叙事时间处理的问题有三个方面。首先是叙事的先后顺序:叙述时间顺序与被叙述事件顺序不可能完全平行,这就有预叙和倒叙。这是因为叙述的轴心是一维的,而被叙述(想象)现象的轴心是多维的,可能引起两种基本的时间倒错——倒叙的回溯和预叙的提前;其次,文本本身与文本所描述的事件之间的时间关系可以从阅读文本的延续性,即耗时量来计算。这一点他借鉴了热奈特的观点。这又分几种不同情况:在描写与议论中,会出现时间的延宕或停顿,或者某一段"实际"时间在叙述中被跳过,即省略,或两个时间轴心完全等价,这种情况较为少见,或叙事时间"长于"被叙述时间的"膨胀"以及短于被叙述时间的一笔带过。说明叙述时间同被叙述事件关系的还有频率特征。这又有三种情况:单一性,对单一故事时刻的单一话语呈现,文本的一个成分相应于一个事件;重复性,文本的若干成分相应于同一个事件,书信体小说擅长制造这种效果;综合性,文本的一个成分描述类似事件的反复发生。④

如果说上面主要讲的是文本叙述中时间长度的处理的话,还有一个时间顺序的处理问题。这里主要分预叙与倒叙。所谓预叙就是把未发生的事情提前交代的命定式叙述。如《水浒传》开头:"今日开书演义,又说着些甚么?看官不要心慌,**下文便有:三十六员天罡下临凡世,七十二座地煞降在人间。**

---

① 参见[法]热奈特:《叙事话语 新叙事话语》,王文融译,中国社会科学出版社1990年版,第59—70页。
② [荷兰]巴尔:《叙事学:叙事理论导论》,谭君强译,中国社会科学出版社1995年版,第85页。
③ [法]托多罗夫:《巴赫金、对话理论及其他》,蒋子华等译,百花文艺出版社2001年版,第41页。
④ 参见[法]托多罗夫:《文学作品分析》,见张寅德编:《叙述学研究》,中国社会科学出版社1989年版,第62—63页。

直使宛子城中藏虎豹,蓼儿洼内聚蛟龙。""下文便有"后面就是预叙。倒叙是事件在主要叙述线索上应有的位置之后的叙述,例如鲁迅《祝福》的开头。

3. 叙述角度

叙述角度的选择不仅具有文体意义,还表明艺术感知方式的变化。美国学者韦恩·布斯(Wayne C.Booth,1921—2005)在《小说修辞学》中认为,各种叙述视角体现了不同的信息表达方式并影响着读者的判断,比如内视点可以创造一种不受中介的阻碍直接接近人物的幻觉,就像简·奥斯汀(Jane Austen,1775—1817)的《爱玛》将爱玛作为叙述者便拉近了我们与爱玛的距离。"简·奥斯汀开创了连续不断运用造成同情的内心观察这一方法……来减少有缺点的主人公与读者之间平行的情感反应。"①

在《理解小说》中,新批评派的布鲁克斯(Cleanth Brooks,1906—1994)与沃伦(Robert Penn Warren,1905—1989)对叙述角度发表了自己的看法。他们提出"叙述焦点"(fucus of narration)这一术语并将之等同于视点(point of view):"叙述焦点与谁讲故事有关。我们可以作出四个基本区分:(1) 一个人物以第一人称讲述他自己的故事;(2) 一个人物以第一人称讲述他所观察到的故事;(3) 作者以纯客观的态度从动作、言辞、姿态诸方面进行讲述,不进入人物内心,也不发表评论;(4) 作者有充分的自由进入人物内心讲述故事并发表自己的评论。这四种叙事类型可以被称为(1) 第一人称;(2) 第一人称观察者;(3) 作者-观察者和(4)全知全能的作者。"②从叙事学观点看,布鲁克斯和沃伦对叙述角度的分析存在着局限性,因为他们简单地将视点问题等同于人称问题,其实这二者既有关联,又有区别。

结构主义叙事学不单独研究人称问题,而将人称纳入对叙述视点及叙事人物关系的处理之中。托多罗夫区别了三种不同的叙述视角:(1) 叙述者＞人物("从后面观察"),叙述者比他的人物知道的更多,这是古典作品常用的叙述模式;(2) 叙述者＝人物("同时"观察),叙述者和人物知道得同样多,叙述可以根据第一或第三人称,但总是根据同一个人物对事件的观察。卡夫卡的《城堡》开始用第一人称,结尾用第二人称,但叙述语式未变。有的叙述者

---

① [美]韦恩·布斯:《小说修辞学》,华明等译,北京大学出版社1987年版,第278页。
② C.Brooks and R.P.Warren, *Understanding Fiction*, New Jersy: Prentice-Hall, 1979, p.511.

则跟随一个或几个人物。还可以像福克纳那样是从一个人物或他大脑入手的"剖析"式的有意识叙述;(3)叙述者＜人物("从外部观察"),叙述者比任何一个人知道得都少,这一叙述类型较少,只出现于20世纪。①

热奈特在《叙事话语》中则提出了另一种说法。他认为,不可将叙述者的地位问题与视角问题混为一谈,因为主人公讲他的故事和分析家式的无所不知的作者讲故事都有可能使用内视角;同样,旁观者讲主人公的故事和作者从外部讲故事都有可能使外视角。所以,简单地谈论"第一人称"、"第三人称"是没有意义的。鉴于叙事作品的功能从根本上说是讲述一个故事,严格说来,它唯一的代表性语式只能是直陈式,它必定会根据某个观察点去讲述故事。在以直接或不那么直接的方式向读者提供或多或少的细节时,叙事文与其所述事件会保持或远或近的距离。为此,他提出要从语式即观察点而不是从语态(谁是叙述者)来看待叙述角度问题。为了避免"视点"、"观察点"这些术语曾有的视觉含义,他使用了他自称与布鲁克斯与沃伦的说法比较相近的"聚焦"(focalization)一词。这样便有了三分法:一是无焦点或零度焦点(zero focalization)叙述,即托多罗夫所说的叙述者＞人物的情况。它相当于英美批评家所说的"全知全能的叙述者的叙述",古典作品一般属于这一类;二是内在式焦点(internal focalization)叙述,它相当于托多罗夫所说的叙述者＝人物的情况。这个焦点可以是固定的,也可以是变化的(例如在福楼拜的小说《包法利夫人》中,焦点先是对向查理,然后是爱玛,之后又是查理),还可以是多元的,比如在书信体小说中,同一个事件由若干个人物通过他们的通信叙述好几遍。但除非在内心独白式文本或类似罗伯-格里耶所创作的那样有限的文本中,内在式焦点叙事才能充分实现;三是外在式焦点(external focalization)叙述,它相当于托多罗夫所说的叙述者＜人物的情况。主人公在我们面前行动,而我们不知道他的思想和情感。② 侦破、冒险小说致力于以一个谜团造成趣味,喜欢采用此类叙述。热奈特将叙述者的地位与视点问题分开

---

① 参见[法]托多罗夫:《诗学》初版,中译文见赵毅衡编:《符号学文学论文集》,百花文艺出版社2004年版,第207页。托多罗夫承认还有许多中间状态的复杂情况,又见该书修订版, T. Todorov, *Introduction to Poetics*, Minneapolis: University of Minnesota Press, 1981, pp.33-37。

② [法]热奈特:《叙事话语 新叙事话语》,王文融译,中国社会科学出版社1990年版,第129—130页。

来谈,解决了一个长期以来叙事理论中一个争论不休、悬而未决的问题。

这里说的是叙述角度的一般情况,有时候会发生叙述视角越界。这时候叙述者会发生分化:叙述者、人物各占据一部分主体性,或者说人物抢夺了叙述者的主体性。按照申丹在《叙述学与小说文体学》一书中的划分,视角越界大致有三种情况①:(1)第一人称限知叙事侵入全知视角,比如《三国演义》第十六回曹操在宛城遭张绣突袭,写曹操"刚走到河边,贼兵追至"。众所周知,《三国演义》是全知叙述,叙述者原本站在拥刘反曹的立场,但在这里把突袭曹操的张绣称为"贼",分明是用了曹操的视角,站在了曹操的立场;(2)第三人称外视角侵入全知视角。《金瓶梅词话》第八十七回写武松杀潘金莲之后,"迎儿小女儿在旁看见,唬得只掩了脸。武松这汉子,端的好狠也。可怜这妇,正是三寸气在千般用,一日无常万事休。亡年三十二岁"。显然,这里运用了迎儿小女儿的视角;(3)全知视角侵入内视角,鲁迅小说《祝福》用的是第一人称限知视角"我",但是中间穿插了卫老婆子和祥林嫂婆婆密谋把祥林嫂卖到贺家墺的事情,这就是全知视角侵入内视角。叙述视角越界虽然也很常见,但是要处理得当,最好不要有明显的斧凿痕迹。

4. 叙述者

叙述者对文学具有特别的意义。法国作家索莱尔斯(Philippe Sollers, 1936—)说:"文学的大问题不是要知道'它在说什么'或'它在叙述什么',而是:谁在讲述谁? 也就是说:是谁掌控了叙述?"②先前的文学理论对作者、叙述者未作区分,对叙述者的研究正是从俄国形式主义到法国结构主义的一个贡献。俄国形式主义者托马舍夫斯基较早提出有两种叙事:全知全能的(omniscient)叙述与有限的(limited)叙述。在全知全能的叙事中,作者知道一切,包括人物隐秘的心理;而在有限的叙事中,整个故事是通过一个处于信息感知者的立场上的叙述者的心灵来表现的。但他对叙述者与作者未作区分。

托多罗夫曾经给叙述者下了个定义,即叙述者是"所有创造小说工作的代理人。叙述者代表判断事物的准则:他或者隐藏或者揭示人物的思想,从

---

① 参见申丹:《叙述学与小说文体学研究》,北京大学出版社1998年版,第282—303页。
② [法]索莱尔斯:《无限颂——谈文学》,刘成富等译,河南大学出版社2018年版,第18页。

而使我们接受他的'心理学'观点；他选择对人物话语的直述或转述，以及叙述时间的正常顺序或有意颠倒"。但是叙述者在小说中的介入程度可以十分不同。托多罗夫认为："只有讲述人公开出现时才能称作叙述者，而在一般情况下则叫作隐含的作者。"① "隐含的作者"（implied author）的概念最早是由美国学者韦恩·布斯提出的。他说："在他（按：指作者）写作时，他不是创造一个理想的、非个性的'一般人'，而是一个'他自己'的隐含的替身，不同于我们在其他人的作品中遇到的那些隐含的作者。对于某些小说家来说，的确，他们写作时似乎是发现或创造他们自己。……不管我们把这个隐含的作者称为'正式书记员'，还是采用最近由凯瑟琳·蒂洛森所复活的术语——作者的第二自我，但很清楚，读者在这个人物身上取得的画象是作者最重要的效果之一。"② 从布斯的论述看，他大致上是把隐含的作者视为支持写作的价值观，即作者的执行者。此外，布斯还提出了"可靠的叙述者"和"不可靠的叙述者"的说法，后来人们认为叙述者的"可靠性"体现了对某些价值标准的默认，如一般认为理性的、展现自我的人本主义的主体以及将语言视为反映世界的透明中介的指认，是可靠的叙述者的标志。反之，不可靠的叙述者指的是"叙述者所知有限、个人介入程度以及有问题的价值观。"③ 比如莫言作品的叙述者多为儿童或身心有残疾的人，也就是说，属于不可靠的叙述者。他的小说《透明的红萝卜》中的黑孩是个哑巴。作为哑巴，黑孩具有异乎寻常的听觉之外的感受力，他可以听到头发落地的声音，还能听到"逃逸的雾气碰撞黄麻叶子和深红或是淡绿的茎秆，发出震耳欲聋的声响"；还可以用手抓热铁，热铁在手里发出知了般的响，在水中他感到有"若干温柔的鱼嘴在吻他"。通过黑孩，叙述者以非常态的眼光感知世界，感受到常人感受不到的东西。

热奈特虽然不太赞同布斯"隐含的作者"的说法，但他也认为，传统上把叙述主体与"写作"主体、叙述行为与视点、叙述文的接受者与读者相混同的做法是不合适的，叙述者本人在这里是一个虚构的角色。不仅作者不同于叙述者，虚构文本的叙述情境也不等于真实的写作情境。他从叙述层次（故事

---

① T. Todorov, *Introduction to Poetics*, Minneapolis: University of Minnesota Press, 1981, pp.38–39.
② [美]韦恩·布斯：《小说修辞学》，华明等译，北京大学出版社1987年版，第80页。
③ S. Rimmon-Kenan, *Narrative Fiction: Contemporary Poetics*, London: Metheun, 2003, p.100.

外或内)和与故事的关系(不同或相同故事)两个方面确定叙述者的位置,将叙述者分为四个基本类型:(1) 故事外不同故事的叙述者,不是他所叙述事件中的一个人物,这相当于所谓"全知全能的叙述者",如荷马;(2) 故事外相同虚构域的叙述者,例如法国作家勒萨日(Alain Rene Lesage,1668—1747)的《吉尔·布拉斯》,作者位于叙述域外,但所叙述事件是对自我经历的追溯性叙述;(3) 故事内的不同故事的叙述者。如《一千零一夜》中的山鲁佐德,她是第二度叙述者,讲述与本人无关的故事;(4) 故事内相同故事的叙述者。如荷马史诗《奥德赛》中卷九到卷十二中的奥德修斯,他是第二度叙述者,讲他自己的故事。① 在热奈特看来,叙述者有五个功能,其一是故事,与之有关的是纯粹的叙述功能——这是叙述者最基本的功能;其二是叙述文本,在这里叙述者在某种元叙述的话语中起组织作用,如标志出话语的衔接、关联、内在联系;其三是叙述情境本身,它要建立起叙述者与出现的、不出现的或潜在的叙述接受者的关系;其四是叙述者转向他自己,表现叙述者对他所讲的故事的参与,他与故事的关系;其五是叙述者的思想功能,②该功能表现为叙述者对故事的进一步干预,如对事件的评论。虽然叙述者对思想功能占有绝对的支配权,但热奈特认为要用之慎重,因为这是唯一的不属于叙述者的功能。

5. 叙事分层与叙事跨层

叙事层次问题最早是热奈特 1972 年在《叙事话语》中提出来的。他认为"叙事讲述的任何事件都处于一个故事层,下面紧接着产生该叙事的叙述行为的故事层"。③ 也就是说,叙事是分层次的,大体上有超叙述、主叙述、次叙述之分。"当被叙述者转述出来的人物语言讲出一个故事,从而自成一个叙述文本时,就会出现叙述中的叙述,叙述就会出现分层。此时,一层叙述中的人物变成另一层叙述的叙述者,也就是一个层次向另一个层次提供叙述者,提供叙述的层次可以认为比被提供叙述者的层次高一层。如果一部作品有三个

---

① [法]热奈特:《叙事话语 新叙事话语》,王文融译,中国社会科学出版社 1990 年版,第 175 页。
② 参见[法]热奈特:《叙事话语 新叙事话语》,王文融译,中国社会科学出版社 1990 年版,第 180—182 页。
③ [法]热奈特:《叙事话语 新叙事话语》,王文融译,中国社会科学出版社 1990 年版,第 158 页。

叙述层次,我们可以把主要叙述层之上的层次称为超叙述,之下的层次为次叙述。"①薄伽丘(Giovanni Boccaccio,1313—1375)的《十日谈》叙述了发生瘟疫后一帮人——七个小姐、三个男人带着仆人到郊外小山上的别墅里躲避瘟疫,坐在绿草茵茵的树荫下每人每天讲一个故事,十天讲一百个故事,这个开头就是超叙事。主叙事就是这一百个故事。鲁迅《狂人日记》则是以发现手稿作为超叙事。可见发现手稿、讲故事记录者是超叙事常见的建构手法。小说《红楼梦》原本是写在石头身上的自述,空空道人"从头至尾抄录回来,问世传奇……后因曹雪芹于悼红轩中披阅十载,增删五次,纂成目录,分出章回,则题曰《金陵十二钗》。并题一绝云:满纸荒唐言,一把辛酸泪。都云作者痴,谁解其中味?"这是超叙事,贾史王薛四大家族的故事,特别是贾府的故事是主叙事,林如海的故事等是次叙事。

"任何叙述行为,实际上都是跨层,因为叙述者的叙述行为发生在高一层,而其叙述出来的人和事存在于低一层。"②虽然叙事跨层是不可避免的,但是要做得很巧妙并不容易。例如《红楼梦》中主叙述层的人进入了超叙述层就不露痕迹:小说结尾,空空道人带着小说新抄本,在觉迷渡口遇到贾雨村,此人告诉他去找曹雪芹,贾雨村从主叙述层转入超叙述层。《红楼梦》中也写到超叙述层进入主叙述层的:茫茫大士与渺渺真人原是超叙述中人,却八次闯入宁荣二府。第五回贾宝玉梦游太虚幻境,原是主叙述一部分,但十二回渺渺真人给濒危的贾瑞送来风月宝鉴说这物出自太虚幻境空灵殿上,一一七回茫茫大士又来见宝玉,宝玉问:"可是从太虚幻境而来?"因此太虚幻境又是超叙述的一部分。《红楼梦》基本上做得比较巧妙,读者可以接受。同样,所有的叙述干预、评论,也都是跨层进行的。

6. 悬念

通常意义上来说,悬念(suspense)是小说、戏剧、影视以及表演类文学如评书、相声中的一种使情节环环相扣、吸引读者阅读兴趣、增强阅读效果的表达技巧。诗歌中也有悬念,但是不是那么典型,所起的作用也不像小说、戏

---

① 赵毅衡:《苦恼的叙述者——中国小说的叙述形式与中国文化》,北京十月文艺出版社1994年版,第117页。

② 赵毅衡:《苦恼的叙述者——中国小说的叙述形式与中国文化》,北京十月文艺出版社1994年版,第124页。

剧、影视中那么显著，因为悬念首先是情节设置的问题，其次才是语言表达的问题。

俄国形式主义者托马舍夫斯基较早注意到悬念问题，把它视为情节结构的一部分，他称之为"自由母题"的一部分，例如他在《主题》一文中举了奥斯特洛夫斯基的戏剧《没有陪嫁的女人》里前面的剧情曾经交代墙上挂着一把枪，正是因为有了这把枪才有了后面的谋杀。新批评的兰色姆（John Crowe Ransom，1888—1974）也谈到过悬念，他认为，除了燕卜荪在《含混七型》中所说的七种含混外，还存在三种含混：一是有节制的（restrictive）或肯定性（predicative）的含混，二是由悬念造成的（suspended）或临时的（temporary）含混，三是非常复杂或者说是缩短了（telescoped）的比喻。① 兰色姆所说的由悬念造成的或临时的含混指的就是叙事过程中扣留信息形成的读者一个劲地试图窥破故事谜底的扣人心弦的叙述效果。从实际的文学创作看，推理小说、侦探小说、谍战小说、冒险小说等喜欢构筑一个谜团吸引读者，对设置悬念的要求很高。例如英国作家阿加莎·克里斯蒂（Agatha Christie，1890—1976）的侦探小说《云中命案》、《东方快车上的谋杀案》、《罗杰疑案》等等，都有一个谜团在吸引着我们欲罢不能地读下去，特别是《罗杰疑案》，杀死弗拉尔斯太太的凶手居然是第一人称叙述者、协助侦探波罗调查案件的谢泼德医生，几乎出乎所有读者的预料，所以阿加莎·克里斯蒂当之无愧地被人们称为"悬念大师"。

英国学者本尼特（Andrew Bennett，1960— ）认为，悬念在封闭的文本和开放的文本中的作用不一样，例如在侦探小说、言情小说中，悬念有一个谜底，读者的期待被导向一个最终的结局，"在封闭的文本中，最终的结局是凶手被找到，秘密被揭开，作为一种无意识幻象的鬼魂的真相也被暴露，或者有情人终成眷属。在这种情况下，悬念因有了结局而使有一个或多个秘密的真相大白于天下。这类悬念的创造是通过推迟我们知道将要发生的事件来实现的"。② 但是在开放的文本例如詹姆斯（Henry James，1843—1916）的小说

---

① See J.C.Ransom, *The New Criticism*, Norfolk: New Directions Publishing Corporation, 1941, pp.125-128.
② ［英］本尼特、罗伊尔：《关键词：文学、批评与理论导论》，汪正龙等译，广西师范大学出版社 2007 年版，第 191 页。

《螺丝钉在拧紧》中,尽管读者对结局的期待被调动起来,但最终是一个开放的悬念,没有结局的悬念。

除了扣留信息,超叙事、预叙、倒叙等也都能形成引人入胜的悬念效果,大的悬念又包含无数小的悬念或悬念因素,例如《一千零一夜》超叙述层中的叙述者山鲁佐德,她如何面对残忍的国王保全自己构成了大的悬念,而她通过向国王讲述一个一个故事,每当故事达到令人兴奋的高潮时,她就中断了叙事,制造了一个一个小的悬念。国王因为想知道后面发生了什么,就没有杀死她,山鲁佐德就这样无限地延迟了自己的死期。可见,悬念是一个十分复杂的问题,涉及叙事学、心理学、语言学等诸多领域。德里达是从语言指涉方面涉及到这个问题的,他称之为指称悬置。他说:"没有对于意义与指称的悬置关系就没有文学。悬置表示悬而未决,但也表示依赖、条件、条件性。在其悬置的条件下,文学只能超越其自身。"①目前,从情节及叙事方面对悬念进行的研究还很不够,其他方面也是如此。

三、后经典叙事学

1. 叙事与意识形态

如果说经典叙事学是基于语言的叙事研究,以文学虚构为核心,即对一个完成的、静态的、线性的因果序列的研究,那么,后经典叙事学超出了经典叙事学的语言学边界,其中一个重要走向是打破形式主义的中立性,引入社会历史维度和价值判断,研究叙事与欲望、性别、种族、伦理及意识形态等的关系。例如,美国叙事理论家彼得·布鲁克斯(Peter Brooks,1938—)认为,在富有想象力的文学作品中,身体总是幻象的对象,既是意指活动独特的他者又是这种意指活动的对象,"叙述的欲望作为故事及其讲述的双向动力学,转而指向对于身体的认识和拥有。叙述寻求建立这样一种身体符号学,把身体标记或者铭刻为一个语言学的、叙述的符号"。② 而女性主义叙事理论家苏珊·兰瑟(Susan Sniader Lanser)认为,叙事包含了意识形态,应该"把叙

---

① [法]德里达:《文学行动》,赵兴国等译,中国社会科学出版社1998年版,第14页。译文略有改动。
② [美]彼得·布鲁克斯:《身体活——现代叙述中的欲望对象》,朱生坚译,新星出版社2005年版,第10页。

事技巧不仅看成是意识形态的产物,而且还是意识形态本身"。① 她主张叙事学要研究女性采取什么形式的声音向什么样的女性叙述心声。而美国马克思主义批评家詹姆逊(Fredric Jameson,1934—)也认为,故事叙事中就包含着意识形态,"审美行为本身就是意识形态的,而审美或叙事形式的生产将被看作是自身独立的意识形态行为,其功能是为不可解决的社会矛盾发明想象的或形式的'解决办法'"。② 另一美国叙事理论家詹姆斯·费伦(James Phelan,1951—)认为,故事有伦理维度,讲故事也有伦理维度,需要研究故事的伦理维度及其和讲故事的伦理维度的关系。③ 英国学者马克·柯里(Mark Currie)也认为,叙事研究可以包括同情等价值判断的研究。按照他的看法,"同情的产生和控制是通过进入人物内心及与人物距离的远近调节来实现的"。④

2. 跨媒介、跨学科、跨文化叙事研究

后经典叙事学的另一个重要走向是突破文本中心主义,走向跨媒介、跨学科、跨文化叙事研究。早在20世纪70年代,西摩·查特曼在《故事与话语》中就研究了电影的叙事问题,并把文学叙事与电影叙事进行了比较,指出就时间而言电影更多地依从于物理时间,"电影只出现于现在时间中……在其纯粹的、未剪辑状态下是绝对系于真实时间的"。⑤ 而从媒体发展来看,广播、电视和网络直播已经打破了叙事过去时的回顾取向,把现在时作为主要的叙事形式,试图在生活的前瞻性与叙事的回顾性之间寻找平衡。这为探讨指向未来和多种可能世界的叙事形态提供了可能。

20世纪80—90年代以来,随着计算机技术的发展,网络文学异军突起,改变了叙事和叙事学研究的面貌。1981年尼尔逊(Ted Nelson,1937—)首

---

① [美]苏珊·兰瑟:《虚构的权威——女性作家与叙述声音》,黄必康译,北京大学出版社2002年版,第4页。
② [美]詹姆逊:《政治无意识》,王逢振等译,中国社会科学出版社1999年版,第67—68页。
③ 参见[美]詹姆斯·费伦:《作为修辞的叙事——技巧、读者、伦理、意识形态》,陈永国译,北京大学出版社2002年版,第92—93页。
④ [英]马克·柯里:《后现代叙事理论》,宁一中译,北京大学出版社2003年版,第26页。
⑤ [美]西摩·查特曼:《故事与话语》,徐强译,中国人民大学出版社2013年版,第69页。

次提出超文本(hypertext)概念,即"非相续著述,即分叉的、允许读者做出选择、最好在交互屏幕上阅读的文本。正如通常所想象的那样,它是一个通过链接而关联起来的系列文本块体,那些链接为读者提供了不同的路径。"[1]尼尔逊认为超文本叙事的基本特征是多重链接。乔治·兰道(George Landow, 1944—)指出,电子超文本写作追求创作与欣赏的互动效应,改变了先前叙事的线性序列以及因果性、完整性,颠覆了传统创作的情节安排、人物刻画与背景设置,"超文本对基于线性的叙事和所有文学形式提出了挑战,对亚里士多德以来盛行的关于情节和故事的思想提出了质疑"。[2] 例如雪莱·杰克逊(Shelley Jackson, 1963—)的《拼缀姑娘》(*Patchwork Girl*, 1995)以玛丽·雪莱(Mary Shelley, 1797—1851)的《弗兰肯斯坦》(*Frankenstein*,又译《科学怪人》)为背景,内容是玛丽·雪莱创造的女性拼凑人的故事。女性的身体被分裂成碎片,读者在阅读过程中可以不断发现线索,碎片会逐渐出现,最终形成一个完整的人体。

跨媒介叙事研究的代表人物之一玛丽-劳尔·瑞安指出:"最丰富的故事世界容许在用户—计算机实时互动中产生有意义的叙事行动。在这种系统中,设计师让能够产生多样行为的能动者占据故事世界,用户则通过激活这些行为而创造故事,这些行为影响其他能动者,改变系统的总体状态,并通过反馈循环开辟新的行动和反应的可能性。"[3]比如蒂娜·拉森(Deena Larsen, 1964—)的《石泉镇》(*Marble Springs*, 2008)首页上显现一幅城镇的地图,其中建筑道路都是可以点击的图像式链接:这些链接会把读者带到与这个地点有关的描述中去,最终使读者形成对镇子的整体认识。

跨媒介、跨文化叙事研究已经取得了重要进展。2004年玛丽-劳尔·瑞安主编了《跨媒介叙事》一书,把各种非文字的媒介如图画、电影、音乐、数字

---

[1] Ted Nelson, *Literary Machines: The report on, and of, Project Xanadu concerning word processing, electronic publishing, hypertext, thinker toys, tomorrow's intellectual revolution, and certain other topics including knowledge, education and freedom*, Sausalito: Mindful Press, 1981. p.35.

[2] George Landow, *Hypertext 2.0: The Convergence of Contemporary Critical Theory and Technology*, Baltimore: Johns Hopkins University Press, 1997, p.181.

[3] [美] 玛丽-劳尔·瑞安:《故事的变身》,张新军译,译林出版社2014年版,第102—103页。

等纳入叙事研究之中。① 到了2005年,瑞安把叙事具体化为四类:讲述类,如小说、口头故事;模仿类,如电影、戏剧;参与类,如互动戏剧、儿童游戏;模拟类:通过使用引擎输入而创生故事。中国学者赵毅衡2013年提出"广义叙述学"概念,把叙事分为五类:(1) 记录类:文字、言语、图像、雕塑;(2) 记录演示类:胶卷与数字录制(纪录片、故事片、演出录像等);(3) 演示类:身体、影像、实物、言语(电视与广播现场直播、演说、戏剧、比赛、游戏、电子游戏等);(4) 类演示类:心像(梦、幻觉等);(5) 意动类:任何媒介(广告、许诺、算命、预测等)。②

跨学科的叙事研究也已经蔓延到历史学、教育学、心理学、人类学、哲学等领域。新历史主义代表人物海登·怀特(Hayden White,1928—2018)认为历史也是一种叙事:"历史叙事不仅是有关历史事件和进程的模型,而且也是一些隐喻陈述,因而暗示了历史事件和进程与故事类型之间的相似关系,我们习惯上就是用这些故事类型来赋予我们的生活事件以文化意义的。"③以色列心理学家利布里奇(Amia Lieblich,1939—)等的《叙事研究:阅读、分析和诠释》(1999)把叙事视为人类体验世界的方式,重在对叙事材料及其意义的研究,"做群体间的比较分析。了解一种社会现象或者一段历史,探究个性等"。④ 美国教育学者克兰迪宁(D.Jean Clandinin)主编的《叙事探究——原理、技术与实例》(2000)探讨了叙事作为社会素材的加工如何影响人们的心理构造,引导个体的生活方向,在塑造或绘制人一生的自我认同过程中起着重要作用。⑤ 英国学者本尼特认为宗教、哲学、精神分析等等也是叙事,"多少个世纪以来,千百万人通过基督、佛陀或先知穆罕默德的生平故事理解了他们在世界上的处境,他们生命的意义,以及政治、伦理与正义的性质。从农业社会到资产阶级统治时期关于阶级斗争和解放的叙事,已经在过去的一百五十年中产生了根本性的影响。到了20世纪,弗洛伊德提出了一种新的、使人

---

① Marie-Laure Ryan,(eds),*Naarrative Across Media:The Languages od Storytelling*,Norman:University of Nebraska Press,2004.
② 参见赵毅衡:《广义叙述学》,四川大学出版社2013年版,第1页。
③ [美]海登·怀特:《话语的转义》,董立河译,大象出版社2011年版,第95—96页。
④ [以]利布里奇:《叙事研究:阅读、分析和诠释》,王红艳等译,重庆大学出版社2008年版,第2页。
⑤ 参见[美]克兰迪宁主编:《叙事探究——原理、技术与实例》,鞠玉翠等译,北京师范大学出版社2012年版,第130—160页。

反感的关于婴儿性欲的叙事。谈论基督教、佛教、伊斯兰教、马克思主义、精神分析并非暗示它们仅仅是虚构。相反,它是想指明这样的事实:人类生活的各个领域鲜有不与叙事的策略与效果发生瓜葛的。"[1]因此,在利科那里,叙事便具有了人类学的意味,成为人们理解他人、自身并采取行动的中介。"语言的传递或游戏属于叙述的秩序,从一开始就具有社会的和公众的本质:当这种语言传授还没有被提升到文学叙述或者历史叙述的地位时,叙述首先出现在相互交往的日常谈话中;此外,这种叙述所使用的语言自始就是大家所通用的语言。最后,我们与叙述的关系首先是一种倾听的关系;别人给我们讲述故事之后,我们才能够获得讲述的能力,更不要说讲述自己的能力。这种语言及叙述的传授要求对个体记忆占优先地位的论点作出重要修正。"[2]这些都说明叙事研究的领域在不断地扩大,人们对叙事的认识也在不断地深化。

本部分所选的四篇文章反映了叙事研究的大致状况,热奈特的《叙事的含义与聚焦》论述了叙事的三种含义,并划分了三种聚焦方式;托多罗夫的《从〈十日谈〉看叙事作品语法》借鉴语言学提出"普遍语法"概念,把故事视为放大的句子,进行叙述结构分析;布斯的《小说的叙事类型》则讨论了小说的叙事类型;瑞安的《叙事与数码》则探讨了数码叙事中的互动虚构。

选 文

叙事的含义与聚焦(节选)

[法] 热奈特

导言——

热奈特(Géard Genette,1930—2018),法国著名结构主义叙事理论家,著有《辞格》(1,1966)、《辞格》(2,1969)、《辞格》(3,1972)。选文原为《叙事话

---

[1] [英]本尼特、罗伊尔:《关键词:文学、批评与理论导论》,汪正龙等译,广西师范大学出版社 2007 年版,第 52 页。
[2] [法]利科:《过去之谜》,綦甲福等译,山东大学出版社 2009 年版,第 40 页。

语》的两部分，载《辞格》(3,1972)，后与作者写于1983年的《新叙事话语》一起，收入中文版热奈特《叙事话语 新叙事话语》（中国社会科学出版社1990年版）一书，题目为编者所加。《叙事话语》全书共分五章，以普鲁斯特的《追忆逝水年华》为研究对象，分别从叙事时间、语式、语态三个方面论述叙事问题，是结构主义叙事学的代表作，在叙事理论史上有重要地位。

选文一开始区分了叙事的三层含义："一个或一系列事件的叙述陈述"，"真实或虚构的、作为话语对象的接连发生的事件，以及事件直接的连贯、反衬、重复等不同的关系"，"某人讲述某事"，即对故事、叙事和叙述这三个不同的概念做了界定，为叙事研究奠定了良好的基础。

热奈特提出要从语式即观察点而不是从语态（谁是叙述者）来看待叙述角度问题，这样便有了叙述角度的三分法：一是无焦点或零度焦点（zero focalization）叙述，相当于英美批评家所说的"全知全能的叙述者的叙述"，古典作品一般属于这一类。二是内在式焦点（internal focalization）叙述，三是外在式焦点（external focalization）叙述。热奈特的划分避免了第一人称、第二人称、第三人称的说法带来的麻烦，将叙述者的地位与视点问题分开来谈，解决了叙事理论研究中的一个疑难问题。

我们通常使用（法语）**叙事**一词时不大注意词义的模棱两可，而且往往无所觉察，叙述学的某些难题或许正与这种含混有关。我认为若想开始把这个领域看个明白，就必须把这个词包含的三个不同概念区分清楚。

叙事的第一层含义，如今通用的最明显、最中心的含义，指的是承担叙述一个或一系列事件的叙述陈述，口头或书面的话语；这样，我们就可将《奥德修纪》第9至12章主人公在菲阿西斯人面前发表的一席话，以及这四章本身，即荷马作品中声称忠实记录了这席话的段落，称为**奥德修斯叙事**。

叙事的第二层含义不大普遍，但为今天叙述方面的分析家和理论家所常用，它指的是真实或虚构的、作为话语对象的接连发生的事件，以及事件之间连贯、反衬、重复等等不同的关系。"叙事分析"意味着撇开把行动和情境告知我们的语言或其他媒介，对这些从本身考虑的行动和情境的总体进行研究：在这里就是奥德修斯自特洛伊陷落直到抵达卡利普索所辖岛屿的冒险经历。

叙事的第三层含义看来最古老，指的仍然是一个事件，但不是人们讲述的事件,而是某人讲述某事(从叙述行为本身考虑)的事件。这样,人们会说《奥德修纪》的第 9 至 12 章写的是奥德修斯的叙事,正如人们说第 22 章写了对求婚者的杀戮:讲述冒险经历和杀戮妻子的求婚者一样是个行动,倘若这些冒险经历(假设人们和奥德修斯一样把这看作真实经历)的存在不言而喻丝毫不取决于这个行动,那么叙述话语(第一层含义的奥德修斯叙事)则显而易见完全取决于它,因为叙述话语是它的**产品**,正如一切陈述均为陈述行为的产品。相反,如果认为奥德修斯撒了谎,他讲述的冒险经历纯属杜撰,那么叙述行为反而增加了重要性,因为不仅话语的存在,而且杜撰由它"转述"行动的存在也取决于它。大凡荷马直接承担叙述奥德修斯冒险经历之处,他的叙述行为显然同样增加了重要性。所以没有叙述行为就没有陈述,有时甚至没有叙述内容。因此叙事理论至今很少过问叙述的陈述行为问题着实令人惊讶,它几乎把全部注意力放在陈述及其内容上,仿佛认为诸如奥德修斯的冒险经历时而由荷马讲述、时而由奥德修斯本人讲述完全是个次要的问题。然而大家知道,我们在下文中还将提及,昔日柏拉图并不认为这个题目不值得他关注。

正如标题指出或差不多指出的那样,本书主要涉及最通常意义上的叙事,即叙述话语,在文学上,尤其在与我们有关的情况下,它恰巧就是一篇叙述**文本**。但是人们将看到,我所理解的对叙述话语的分析总包含着对这篇话语和它详述的事件(叙事的第二层含义)之间关系的研究,以及对这同一篇话语和产生它的或真实(荷马)或虚构(奥德修斯)的行为(叙事的第三层含义)之间关系的研究。为了避免一切混乱,避免一切用词上的含糊不清,我们从现在起就必须用单义词来表示叙述现实的这三个侧面,我不多谈选择词语的明显的理由,建议把"所指"或叙述内容称作**故事**(即使该内容恰好戏剧性不强或包含的事件不多),把"能指",陈述,话语或叙述文本称作本义的**叙事**,把生产性叙述行为,以及推而广之,把该行为所处的或真或假的总情境称作**叙述**[①]。

[①] "叙事"与"叙述"无需说明。至于"故事"尽管有着明显的缺陷,我将采用通常的用法(我们说:"讲述一个故事")和专门的用法。这种专门的用法显然更为狭窄,但是,自从兹维坦·托多罗夫建议区别"作为陈述的叙事"(第一层含义)和"作为事件的叙事"(第二层含义)以来这种用法比较能被接受。我将在同一意文上运用 diégése(故事)这一术语,这一术语是:电影叙事理论家们首先采用的。——原注

本文的对象是我们现在给这个词规定的狭义的**叙事**。在刚刚分出的三个层次中，唯独叙述话语这一层可直接进行文本分析，我认为这是相当明显的。在文学叙事，特别是虚构叙事的领域中，文本分析是我们掌握的唯一研究工具。如果我们想研究叙事本身，比方米什莱在《法国史》中讲述的事件，那么我们可以求助于这部著作之外的各种有关法国历史的资料，如果我们想研究该著作的撰写本身，我们可以利用米什莱这部著作之外，与他写作年代的生活和工作有关的其他资料。然而，那些既对《追忆逝水年华》构成的叙事所讲述的事件感兴趣，又对产生该叙事的叙述行为感兴趣的人却不能指望这样做：《追忆》之外的任何资料，特别是马塞尔·普鲁斯特的任何一部好传记（假如有的话），都不能向他提供这些事件和这个行为的情况，因为二者均为杜撰，粉墨登场的不是马塞尔·普鲁斯特，而是他的小说中假设的主人公兼叙述者。当然我并不认为《追忆》的叙述内容与作者的生平毫无关系，只不过这种关系不允许人们利用后者对前者作严密的分析（反之亦然）。至于产生叙事的叙述，马塞尔讲述生活往事的行为，我们从现在起就要避免把它和普鲁斯特写作《追忆逝水年华》的行为混为一谈；对此下文还要论及，现在只需提请注意的是 1913 年 11 月发表的、在此日期之前普鲁斯特写了几年的长达 521 页的《斯万之家》（格拉塞版），被假设（在当前的虚构状况下）是叙述者在战后写的。所以叙事，唯有叙事在此把它详述的事件和被认为把叙事公诸于世的活动告知我们，换句话说，我们对二者的了解只能是间接的，不可避免地要以叙事话语为媒介，因为前者是话语的对象，而后者在话语中留下可以发现和解释的痕迹、标记或标志，如第一人称代词的出现表明人物和叙述者同为一人，或者过去时动词的出现表明被讲述的行动先于叙述行动，这些并不影响更加直接、更加明确的迹象存在。

对我们而言，故事和叙述只通过叙事存在。但反之亦然，叙事、叙述话语之所以成为叙事、叙述话语，是因为它讲述故事，不然就没有叙述性（如斯宾诺莎的《伦理学》），还因为有人把它讲了出来，不然它本身就不是话语（例如考古资料文集）。从叙述性讲，叙事赖以生存的是与它讲述的故事之间的关系，从话语讲，它靠与讲出它来的叙述之间的关系维系生命。

所以对我们而言，分析叙述话话主要是研究叙事与故事，叙事与叙述，以及故事与叙述（因为二者是叙述话语的组成部分）之间的关系。……

我们把第一类，即一般由传统的叙事作品所代表的类型改称为无聚焦或零聚焦叙事,将第二类改称为内聚焦叙事,它又分三种形式:固定式(典型的例子是《专使》,其中一切都通过斯特雷瑟。更佳的例子为《梅西所知道的》,我们几乎始终不离开这位小姑娘的视点,她的"有限视野"在这个她不解其意的成年人的故事中特别引人注目),不定式(如在《包法利夫人》中,焦点人物首先是查理,然后是爱玛,接着又是查理,在斯丹达尔(现译作司汤达)的作品中焦点人物的变动更为迅速和难以把握),多重式,如书信体小说可以根据几个写信人的视点多次追忆同一事件;我们知道,罗伯特·布朗宁的叙事诗《指环和书》(讲述的是先后由凶手、受害者、被告方面、起诉人等等所目睹的一桩谋杀案件)曾在几年中被当作这类叙事的典型例子,后来被影片《罗生门》所取代。第三类将改称为外聚焦叙事,这类作品在两次大战之间变得家喻户晓,这归功于达希尔·哈梅特的小说(他的主人公就在我们眼前活动,但永远不许我们知道主人公的思想感情)和海明威的某些短篇小说,如《杀人者》,尤其是《白象似的山丘》(《失去的天堂》),他守口如瓶,一直发展到叫人猜谜的地步。但是我们不应把该叙述类型只限于这一文学手法上。米歇尔·莱蒙正确地指出,在"因存在一个谜而饶有趣味"的情节小说或惊险小说里,作者"不一下子把他知道的情况和盘托出",事实上,从沃尔特·司各特,经过大仲马到儒勒·凡尔纳,大量惊险小说的开头都是以外聚焦来处理的。请看菲莱阿斯·福格的同时代人一开始如何以好奇的目光从外部注视他,他那不近人情的这个迷如何到他作出豪侠之举后才解开。但是19世纪的许多"严肃"小说也使用这类高深莫测的手法,比如巴尔扎克的《驴皮记》,《当代史内幕》,甚至《邦斯舅勇》中的主人公长时间地被当作一个身份可疑的陌生人来描写和跟踪。采取这种叙述态度自然还有其他动机,如《包法利夫人》中出租马车那一段,就是为了不失体统(或对于伤风败俗行为的恶作剧)而完全依照一个不知内情的目击者的视点来讲述的。

最后一例表明,聚焦方法不一定在整部叙事作品中保持不变,不定内聚焦(这个提法已十分灵活)就没有贯串《包法利夫人》的始终,不仅出租马车那一段是外聚焦,而且我们已有机会说过,第二部分开始时对永镇的描写并不比巴尔扎克的大部分描写更聚在一个焦点上。因此聚焦方法并不总运用于整部作品,而是运用于一个可能非常短的特定的叙述段。另外,各个视点之间的区别也不总是象仅仅考虑纯类型时那样清晰,对一个人物的外聚焦有时可能被确定为对另一个人物的内聚焦:对菲莱阿斯·福格的外聚焦也是对被新主人吓得发呆的帕斯帕尔图的内聚焦,之所以坚持认为它是外聚焦,唯一的原因在于菲莱阿斯的主人公身份迫使帕斯帕尔图扮演目击者的角色;当目击者没有个性化,只是个无人称的、时隐时现的旁观者时(如《驴皮记》的开头),这种双重性(或可逆性)同样十分突出。不定聚焦和无聚焦之间的分野有时也很难确定,因为无聚焦叙事常常可以依照"难事都能做,容易的事不在话下"的原则,作为任意选择的多重聚焦叙事来分析(不要忘记,按布兰的话说,聚焦的本质是限制);然而,谁也不至于在这点上把菲尔丁的手法与斯丹达尔或福楼拜的混为一谈。

还需指出,不折不扣的所谓内聚焦是十分罕见的,因为这种叙述方式的原则极其严格地要求决不从外部描写甚至提到焦点人物,叙述者也不得客观地分析他的思想或感受。斯丹达尔在下面这段陈述中描写了法布里斯·台尔·唐戈的行动和心理活动,因而不存在严格意义上的内聚焦:"法布里斯心里厌恶得要命,然而还是毫不犹豫地跳下马,握住死尸的手,使劲地晃了晃,接着就像傻了似的站在那里。他觉得已经没有力气再跨上马。最叫他害怕的是那只睁着的眼睛。"相反,下面这段陈述只描写主人公看到的情景,是十足的内聚焦:"一颗子弹从鼻子旁边打进去,从另一边的太阳穴上穿出来,使死人的脸变得非常难看;他的一只眼睛还睁着。"让·普荣十分正确地揭示了这一矛盾,他指出"同视角"不是指"从人物的内部"观察人物,"因为正当我们全神贯注的时候必须从中走出来,我们是从人物对他人的印象中观察他,而他在这个印象中可以说坦露无遗。总之,我们把握人物就象把握我们自己,不是从自身,而是通过我们对事物的直接意识,对周围事物的态度的直接意识来把握自己。因此可以得出以下结论:以对他人的印象为视角不是与中心人物'同视角'的结果,而是'同视角'本身"。① 内聚焦只在"内心独白"叙事或罗伯-格里耶的《嫉妒》这一边缘作品中得到充分的实现,该作品的中心人物绝对处于他的唯一的焦点地位,并完全从这一地位中演绎出来。因此,对内聚焦这个词,我们只取其必然不大严格的涵义。罗兰·巴尔特在给叙事作品的个人语式下的定义中指出了它的最低标准,这个标准就是可以用第一人称改写供研究的叙述段(如原来未用第一人称写的话),而不引起"除改变语法代词之外的任何其他话语的变化"。比如"詹姆斯·邦德瞧见一个年纪五

---

① 参见让·普荣《时间与小说》,第79页。——原注

十开外,步履仍很矫健的男人云云",这个句子可以用第一人称来表述("我瞧见云云"),因此我们认为它属于内聚焦。相反,"敲打玻璃杯的叮当声似乎突然使邦德灵机一动",这个句子不能用第一人称来表述,否则意思显然就不通了。该句属于典型的外聚焦,因为叙述者显然不知道主人公的真实思想。这个标准用起来很方便,但是不应混淆聚焦和叙述这两个主体,二者甚至在"第一人称"叙事中,即两个主体由同一个人来承担的叙事中也分得一清二楚(现在时的内心独白除外)。马塞尔写道:"我看见一个年纪四十岁左右的男子,身材魁梧,略显肥胖,蓄着乌黑的唇髭,一边用手杖神经质地敲打着裤腿,一边双眼瞪得滴溜圆地盯着我。"在巴尔贝克看见一个陌生人的少年(主人公)和数十年后重提旧事,并清楚地知道这个陌生人就是夏尔吕(以及他当时的态度意味着什么)的成年人(叙述者),实际上是同一个"人",但这不应掩盖二者在功能和信息上的区别。后一点在此对我们尤为重要。叙述者几乎总比主人公"知道"得多,即使叙述者就是主人公,因而对主人公的聚焦就是对叙述视野的限制,不论用第一人称还是用第三人称,这种限制都是人为的。下面我们论述普鲁斯特的叙述投影时还将谈到这一关键性问题,但在此之前需要确定对这个研究必不可少的两个概念的含义。

从《十日谈》看叙事作品语法(节选)

[法]兹维坦·托多罗夫

导言——

本文节选自张寅德编选《叙述学研究》,中国社会科学出版社1989年版,黄建民译。原载托多罗夫《散文的诗学》。

作者托多罗夫(Tzvetan Todorov, 1939—2017),生于保加利亚,1963年移居法国,1968年起为法国国家科研中心研究员,著名符号学家、叙事理论家,著有《象征理论》、《批评的批评》、《奇幻文学导论》、《散文的诗学》等。本文把"普遍语法"的概念运用至文学作品——《十日谈》的分析中,认为故事的情节结构也存在着"叙事作品语法",其中"名词"是施动者(主语和宾语),"动词"表示一个状态向另一状态的转变,"形容词"表示某种状态。托多罗夫把故事简化为句法结构,按照命题与序列,分析作品的结构模式,发现《十日谈》各个故事可以归为"避免惩罚型"和"转变型"两大类。叙事语法是托多罗夫从言语的基本表现对文学进行思考,带有尝试的性质,并且研究对象是短篇故事,不具有普遍意义。

如果叙述是一种符号活动,那叙述理论则将有助于认识这种符号活动语法。这里,有一个两重意义的关系:我们既可以从语言研究的丰富概念群里借用一些范畴;同时又应避免跟在流行的言语理论后面亦步亦趋,因为对叙述的研究,也有可能会修正我们在各种书中看到的语言形象。

对叙事作品描写的研究也一样,既有借鉴,又不盲目服从。下面我举几个例子,说明在此项研究中出现的一些问题。①

1. 先谈词类问题。整个词类语义理论必须以区分描写和命名为基础。言语同时具备这两种功能。描写和命名在词汇里相互渗透,常使我们忘记它们之间的区别。如果我说"这孩子",这个词就是用来描写一个对象,例举他的各种特征(年龄、身材等),但同时它也能使我辨认出存在于时空里的具体的人,并给他一个名字(这里特别是通过一个定冠词表示)。描写和命名这两种功能在语言里的分布是不固定的:专有名词、代词(人称代词、指示代词等),冠词首先是用来命名的,而普通名词、动词、形容词和副词主要是描写性的。这仅仅是说它们的主要作用。因此,把描写和命名看成像专有名词和普遍名词那样互相错开还是有益的。这些词类只是一种几乎是偶然的形式,因此,下面这种现象也得到了解释,即普通名词很容易变为专有名词,如("未来"旅馆),专有名词也很容易变为普通名词,如贾西②一词。这两种形式可以互相变化,但程度不同。

要研究故事的情节结构,首先就得把情节作一概括介绍,其中每个语句代表一个故事情节。如果我们赋予这些分句一个典型形式,那命名与描写间

---

① 我例举的每则故事都取于薄伽丘的《十日谈》,文中罗马数字表示讲故事的日期,阿拉伯数字表示故事的顺序。要对这部故事集进行详细的研究,可参考我的《〈十日谈〉语法》一书。
② "贾西"(Jazy)原为英国作家福比(Forby)所作《贾西的天赋》一故事中的主人公,有着一头浓密奇怪的假发。后"贾西"一词成为普通名词,用来指称所有类似的假发。

的对立就会表现得更明显。语句中的施动者（主语和宾语）总是典型的专有名词（应指出"专有名词"的第一个意思不是说"属于某一个人的名词"，而是说这是"本义上的名词""货真价实的名词"），如语句的施动者是普通名词（名词），我们在分析时，就要在这个词里把命名体和描写体区别开来。当我们像薄伽丘常说的那样说"法国国王"或"这个寡妇"或"这个仆人"时，我们既在命名那个独一无二的人，又在描写他的一些属性。每个词等于一个完整的语句：它的描写体组成分句的谓语，它的命名体构成分句的主语。"法国国王外出旅游"这一句子，实际包含两个语句：一、"某人是法国国王"，二、"某人外出旅游"。句中某人起专有名词作用，尽管他的姓名没有出现；施动者没有任何固定含义，只是一个虚形，由各种不同的谓语修饰补充。它不比诸如"那个奔跑的人"或"那个勇敢的人"中的代词"那个……人"有更多的意思。语法主语一直没有固定含义，只有和谓语临时结合时，这种内在含义才会产生。

因此，我们只能对谓语进行描写。要区别各种类型的谓语，就应该仔细研究各种故事结构。故事中一个平衡向另一个平衡过渡，就构成一个最小的完整情节。典型的故事总是以四平八稳的局势开始，接着是某一种力量打破了这种平衡，由此产生了不平衡的局面；另一种力量进行反作用，又恢复了平衡。第二种平衡和第一种平衡相似，但不等同。

因此，一个故事有两类成分组成：第一类描写平衡或不平衡的状态；第二类描写从一种状态向另一种状态的转变。第一类相对稳定，可称作反复体，因同一类行动可以重复无数次，而第二类则属动态，原则上只产生一次。

对这两类成分下的定义适用于代表这两类成分的语句。因此，我们可以把这两类成分和形容词、动词两大词类联系起来看。正如人们经常指出的那样，动词和形容词的对立不是特定的行动和品质的对立，而是不同体的对立，可能就是反复体和非反复体的对立。叙述"形容词"就是描写平衡或不平衡状态的谓语，叙述"动词"就是描写一种状态向另一种状态转变的谓语。

我们词类表里没有名词类，读者可能会感到奇怪。但正如一些语言学家所发现的那样，名词总是可以变为一个或数个形容词。因此哈保罗写道："形容词表示一个简单的或表现为简单的含义；名词表示一个复合含义。"在《十日谈》里，名词几乎无一例外地变成形容词；因此"贵族"（Ⅱ，6；Ⅱ，8；Ⅲ，9)"国王"（Ⅹ，6；Ⅹ，7），"天使"（Ⅳ，2）都表示一个意思，即"出身高贵"。这里，要注意一点：我们用来表达某种含意或行动的法语单词，对叙述词类划分并没有区别意义。某个含义既可用形容词表达,也可用名词,甚至整个短语表达。我这里指的是叙事作品语法中的形容词或动词,而不是法语语法中的形容词或动词。

举一例来说明这些叙述"词类"。彼罗娜常趁丈夫,一位可怜的泥瓦工不在时,与情人会面。但有一天,她丈夫提前回了家,彼罗娜赶紧把情人藏在一个木桶里,等丈夫一进屋,她就说有人想买家里的木桶,现正在看货。泥瓦工信以为真,暗暗高兴,于是他爬进木桶里刮污垢,准备洗洗干净再卖。这时,彼罗娜趴在桶口上,她情人趁机和她发生了性关系。

彼罗娜、情人和丈夫三人是这个故事的施动者,都是叙述专有名词,尽管没有点出后两人的名字。我们可用 X、Y、Z 三个字母分别表示三人。情人和丈夫两个词还向我们表明某种状态,即和彼罗娜关系的合法性如何,因此具有形容词功能。这些形容词描写故事开场的平衡状态:彼罗娜是泥瓦工的妻子,没权和别的男人睡觉。

接着发生了彼罗娜和情人幽会这一违反常理的事。显然,这是一个叙述"动词"。我们可用诸如"违犯、违背"(法规)两个语法动词来表示,由此产生了不平衡状态,因为家庭法遭到了破坏。

从那时起,有两种恢复平衡的可能性:第一种是惩罚不忠贞的妻子,但这一行动有可能会把我们引到原先的平衡状态。然而薄伽丘的故事(或至少《十日谈》里的故事)从不描写恢复原先秩序的那种重复。叙述动词"惩罚"贯穿在故事里(如危险始终窥伺着彼罗娜),但它不具体实现,处于潜在状态。第二种可能性就是想方设法避免惩罚,彼罗娜采取的就是这种办法。她把不平衡局势(违犯家法)转变为平衡局面(购买木桶不触犯家法),从而逃避了惩罚。这里还有第三个叙述动词"转变"。最后又是一个状态,即一个形容词:女人有权满足她的欲望这一新的法则建立了,尽管这没有明说。

因此,对叙述作品的分析,能使我们划分出专有名词、动词、形容词这些具体单位,它们与词类划分有惊人的相似之处。因为我们在这里不考虑支撑这些词类的言语材料,我们对叙述词类的认识,有可能比在研究某一语言时对语言词类的认识更清楚。

2. 我们通常在语法里把第一范畴区别于第二范畴。第一范畴使我们能划分出各大词类;第二范畴就是体现这些划分出的词类,即语态、语体、语式和时态等。现举语式为例来观察它在叙事作品语法中的变化。

叙述分句的语式阐明有关人物和分句保持的关系,这人物起陈述者的作用。我们首先要把直陈式和其他语式区别开来。这两种语式互相对立就如真实和非真实互相对立一样。我们听到用直陈式陈述的语句,就知道它所表达的行动确实已发生过;如果改用其他语式,即意味着行为没发生,但潜伏着(如对彼罗娜的惩罚始终潜伏着)。

言语不仅描写因而涉及事实,而且也表达我们的意愿。过去的语法就用这一事实来说明情态语句的存在,并由此解释语式和通常表达意图的将来式之间,在多种语言里存在着的密切关系。我们不一一阐述了。因为我们可把《十日谈》里的四种语式用二分法进行剖析,看看它们是否与意愿相关。这四种语式可分为两大类:意愿类和假设类。

意愿类又分两小类:必定式和祈愿式。必定式是一种必须产生的语句语式;它是构成社会法则的非个人的代码意愿。从这一点讲,必定式有其特定规则:因为社会法规总是暗示性的,从不明说(也无此必要),读者可能会忽视它。在《十日谈》里,惩罚得用必定式写出来,因它是社会法规的直接结果。惩罚即使没表现出来,也总是存在着。

祈愿式与人物渴望采取的行动有关。在《十日谈》里每采取一个行动,都是因为某人有此愿望,只是程度不同而已。因此,从某种意义上讲,每个语句前可加上表示祈愿的同样的语句。拒绝是祈愿式的特殊情况:它是先肯定,后否定的祈愿式。因此,当吉哈尼知道了变化的所有细节后,放弃了原先想把妻子变为母马的愿望(IX,10)。同样,当安萨多了解到她丈夫十分慷慨大方时,打消了占有狄安瑙拉的欲望(X,5)。一则故事也有第二等级的祈愿式:在第三天讲述的第九个故事里,吉尔特不仅仅渴望和丈夫同房,还渴望丈夫的爱,渴望丈夫成为祈愿分句的主语,即渴望丈夫对她产生欲望。

另两种语式是条件式和推测式。它们既有共同的语义特点(假设),又因各自特别的句法结构而互相区别;它们与两个相联的而不是孤立的语句相关,说得更明确些,它们与两个语句间的牵连性的关系有关,但陈述者可以与之保持不同的联系。

条件式的定义就是使两个修饰分句产生牵连关系。因而,第二分句的主语和提出条件的分句的主语应是同一个人。(人们有时候用考验一词来指条件式)。因此,在IX,1里,法朗丝卡在奉献她的爱情之前提出一个条件:林奴丘和亚莱山特多每人必须完成一个壮举：如他们的勇敢经受得住考验，她就答应他们的要求。同样，在Ⅹ，5里，狄安瑙拉向安萨多要"一座正月里像五月份一样鲜花盛开的花园"，如果他做得到，就能占有她。有一个故事甚至把考验当作中心题材，如皮罗要求丽迪雅完成三件事，以考验她的爱情：一，当着她丈夫的面，杀死他最心爱的鹰；二，拔一撮她丈夫的胡子；三，拔掉一颗他长得最牢的牙齿。只要丽迪雅经受住了考验，他马上答应和她睡觉。（Ⅶ，9）

推测式和条件式结构相同，但推测者不应是表示结果的第二分句的主语，在这一点上，与瓦夫提出的"愈关系式"相近。第一分句的主语不受任何限制，因此，它也可以和陈述者是同一个人，如："假如我惹麦启士德不开心，他会给我钱，萨拉丁思忖着。"（见Ⅰ，3）"如果我对克里什尔达凶狠，她会想方设法报复我的，高基自言自语道。"（见Ⅹ，10）两个分句也可以是同一主语，如："如果吉罗拉摩离开这城市，他不会再爱撒万斯塔，她母亲想着。"（见Ⅳ，8）"如果我丈夫吃醋了，他会起身走的，贝尔蒂斯暗自思忖着。"（见Ⅶ，7）这些推测有时用得很广：在刚提到的那则故事里，贝尔蒂斯想和吕道维克睡觉，就故意对丈夫说，吕道维克在向她求爱；同样，在Ⅲ，3里，一女士为获得一位骑士的爱，故意对他一位朋友抱怨道，这位骑士老是在追求她。这两则故事里的推测（它们被证明是正确的）并不是十分明显的：因为在推测式里，词在创造事情而不在反映事情。

这一事实使我们看到，推测式特殊地表现了可能会发生的事物的逻辑。我们假设一个行动引起另一个行动，因为两者的因果关系具有普遍性。但是，应该避免把人物可能会做的事和读者感到似乎存在着的规律混淆起来，因为这样会导致我们去寻找每一个别行动的概率，而人物可能会做的事是有其精确的表现形式的，即推测式。

如果我们想把四种语式所表示的关系陈述得更清楚些，那除了意愿出现/意愿没出现这一对立外，我们还要列出另一种对立：即祈愿式、条件式与必定式、推测式的对立。祈愿式和条件式的特点是陈述者和陈述句主语一致，因为这与说话者自己有关。而必定式和推测式表达的行动与陈述者无关，因为法规是全社会性的，而非个人的。

3. 如果我们想超出语句范围，就会碰到一些更为复杂的问题。因为在语句范围里，我们始终能把我们分析的结果和对语言研究的结果进行比较。而话语语言学理论是不存在的，我们不会想方设法地去求助于它。对《十日谈》

进行分析，我们能够得出下面几个关于叙述话语结构的普遍结论。

各语句间的关系可分三种。最简单的是时间关系，其中各个事件在故事里一个连着一个发生，因为它们在《十日谈》这个想象世界里也是一个连着一个的。另一种是逻辑关系，因叙述作品一般都是以牵连、事先假定或包含为基础的。两个分句因彼此间有某些相同之处而并列，并因此描绘出一个作品空间，那它们间的关系就是"空间关系"。我们看到，一次次地划分更小的单位，就会发现这种对称性。第三种关系在诗歌里似乎占主导地位。叙事作品具备这三种关系，但根据每一作品特有的等级体系，其程度总不相同。

我们还可以确定一个比语句更高一级的句法单位，称为序列。它的特点根据分句间的关系而各不相同，但每次部分重复前面的语句，标志着序列的终结。另外序列还激发读者的直觉反应，知道这是个完整的故事，这段轶事已结束。一则故事常常和一个序列不谋而合（但不总是这样），从序列的角度，可区分好几种类型的语句。这几种类型分别与下面各种逻辑关系相应：1. 排斥（用"或者……或者……"表示）；2. 分离（用"和……或者……"表示）；3. 联结（用"和……和……"表示）。我们把第一类分句称为交替型，因为在序列的某一点上，只能出现其中一个分句，而且一定得出现。第二类是随意型分句，它的位置不限定，也可以不出现。第三类是必须型分句，它们必须在限定的位置上出现。

举一则故事为例来说明这些不同的关系。加士高尼的一位女士在塞浦路斯逗留期间，遭到"几个小流氓"的侮辱。她想去岛上的国王那里告状，但有人告诉她，此举是徒劳无益的，因为国王对自己受到的侮辱都无动于衷。但她还是去见了国王，并对他说了几句尖刻的话。国王受到了触动，随即改变了自己的软弱性格（Ⅰ，9）。

把这个故事和《十日谈》里其他故事作个比较，我们可以分辨出每个语句的地位。首先是必须型语句，即女士要改变前状的愿望。这种愿望在《十日谈》每个故事里都有。接着是包含产生这愿望的原因的两个语句（小流氓的侮辱和女士的不幸），我们可以叫作随意性语句，因这是女主人公想改变现状而采取行动的心理动机。这种动机在故事里经常不出现。（而十九世纪小说里的故事与此恰恰相反。）在关于彼罗娜的故事里，没有出现心理动机；但同样可找在一句随意型语句，即两位情人背着她丈夫又发生性关系。要明确一点，我们称这类语句为随意型语句，就是说它存在与否并不妨碍我们把故事情节看成一个整体。这是故事本身的需要,是故事的"佐料"。但应该把情节和故事这两个概念分清楚。

最后是交替性语句。就以那位女士改变国王性格的行动为例吧。句法上它和那位把情夫藏在木桶里的彼罗娜的行动具有同样的功能,即两次行动都旨在造成一个新的平衡。但那女士用的是直接了当的唇枪舌剑,而彼罗娜则采用制造假像的方法。"唇枪舌剑"和"制造假像"就是出现在交替语句里的两个动词;换言之,她们组成一个纵聚合体。

我们只有根据交替成分,才能对情节进行分类。因为非出现不可的必须型语句和有可能出现的随意型语句,在这里都无济于事,另外,我们也可用纯横组合的标准进行分类。因为我们前面已说过,叙述就是从一个平衡向另一个平衡的过渡。但叙述也可以只介绍这种过渡的一部分。因此,它可以只描写平衡向不平衡的过渡,或不平衡向平衡的过渡。

通过对《十日谈》各个故事的研究,我们发现所有故事只归结为两大类。第一类可以称为"避免惩罚"型。关于彼罗娜的故事就是一例。在这类故事里,有一个完整的过渡,即平衡——不平衡——平衡。而不平衡总是由该受惩罚的违背法规的行为引起的。第二类可叫"转变型",关于那位女士和国王的故事就属此类。这类故事只有第二部分,即从不平衡(国王软弱)到最终的平衡。另外,这个不平衡并不是某个特殊的行动引起的(一个动词),而是由人物的品性决定的(一个形容词)。

……

小说的叙事类型(节选)

[美] 布 斯

导言——

本文节选自布斯《小说修辞学》第六章《叙述的类型》,华明、胡苏晓、周宪译,本章由周宪译(北京大学出版社,1986)。题目由编者所加。

作者韦恩·布斯(Wayne C. Booth,1921—2005),美国犹他州人,1944年毕业于布雷翰姆·扬大学,1950年获芝加哥大学哲学博士学位。美国芝加哥大学教授,著有《小说修辞学》等。

作者是当代著名的文学批评家。这篇文章主要是讲他关于小说的叙事类型的看法。作者认为，西方传统上第一人称、第三人称和全知观点的叙事类型的划分，并没有抓住叙事的核心问题，他主张应该以作者声音在小说中的多种形式考察叙述，并提出了三种新的分类范畴：戏剧化的叙述和非戏剧化的叙述；"可信的"和"不可信"的叙述；"受限制的"和"不受限制的"叙述。其中又以第一类最为重要。他认为在叙事效果中，最重要的区别也许取决于叙事者本身是否戏剧化。戏剧化的叙述者与非戏剧化的叙述者的叙述在效果上是截然相反的。作者对后两种叙事类型也作了一定的分析和说明。文章言之有据，西方小说史资料引证丰富，既涉及了当时的理论纷争，又对历史的联系进行了追溯。同时作者反对创作技巧的规则化，主张小说家的创作采取多元的、灵活多样的艺术技巧。这些对于小说研究都具有很大的价值和意义。

戏剧化与非戏剧化的叙述者

在叙述效果中，最重要的区别或许取决于叙述者本身是否戏剧化了，取决于叙述者的信仰和特征是否与作者共有：

隐含的作者（作者的"第二自我"）——即使那种叙述者未被戏剧化的小说，也创造了一个置于场景之后的作者的隐含的化身，不论他是作为舞台监督、木偶操纵人，或是默不作声修整指甲而无动于衷的神。这个隐含的作者始终与"真实的人"不同——不管我们把他当作什么——当他创造自己的作品时，他也就创造了一种自己的优越的替身，一个"第二自我"。

一部小说并不能直接归结于这个作者，就此而言，作者与隐含的、非戏剧化的叙述者之间并无区别。例如，在海明威的《杀人者》中，除了海明威写作时所创造的隐含的第二自我而外，没有叙述者。

非戏剧化的叙述者——故事通常并不像海明威的《杀人者》那样具有这种严格的无人称叙述，大多数故事是通过"我"或"他"之类讲述者的意识来叙写的。甚至在戏剧里，许多东西都是经由某一人物的叙说我们才得知的，因而，我们很感兴趣的常常是对叙述者内心和感情的影响，就像对得知作者必然要讲的其他事一样感兴趣。《哈姆莱特》中，霍拉旭讲述他第一次意外遇见鬼魂时，虽然他的性格从未提到过，但对我们正在看戏的人来说却是很重要的。在小说中，我们一旦碰到一个"我"便会意识到一个体验着的内心，其体验的观察点将处于我们和事件之间。当小说中并无"我"时，如《杀人者》那样,这时,没经验的读者便会产生故事是无中介地到达他的误解。然而,这样的误解在作者明确地将叙述者置于故事中时是不会发生的,即使叙述者没有被赋于任何个人特征。

戏剧化的叙述者——在某种意义上说,甚至是那些最缄默的叙述者,一旦把自己作为"我"来提及时,或像福楼拜那样,告诉我们说,当查尔斯·包法利进来时,"我们"正在教室里,他也就被戏剧化了。许多小说把叙述者完全戏剧化,把他们变成与其所讲述的人物同样生动的人物(《项狄传》,《追忆逝水年华》,《黑暗的中心》,《浮士德博士》)。① 在这样的作品中,叙述者与创造他的隐含作者往往根本不同。作为叙述者,被戏剧化了的人的诸种类型,其变化范围几乎与其他小说人物的变化范围一样广——这里必须说"几乎",是因为有些人物并不完全能胜任叙述或"反映"故事(福克纳之所以能采用白痴作为他小说的角色,只是因为小说中存在着区分和澄清白痴混乱的另外三个人物)。②

我们应该记住,有许多戏剧化的叙述者根本未被明确地称作叙述者。在某种意义上说,他们的每一次说话,每一个姿态都是在讲述。大多数作品都具有乔装打扮的叙述者,他们用来告诉读者那些需要知道的东西,但他们似乎只在表演自己的角色。

虽然这类乔装打扮的叙述者很少像《约伯记》中的上帝那样被明确地称为叙述者,但他们常常用与上帝完全一样确定的口气说话。信使回来讲述了神谕,妻子们极力想使丈夫们相信生意是不道德的,年长的家仆规劝任性的后代——这些对我们比对上述闻者更有效果;国王坚持其固执的搜寻,丈夫们在继续做买卖,地狱边上的年轻人继续向地狱走去,他们就好像什么也没听到,而我们却知晓听到的一切,如同作者或他正式的叙述者告诉我们的一样确切。在《达尔杜弗》一剧中,克莱昂德对奥尔恭说:"老兄,她正当着你的面笑话你呐!坦率地讲,我必须说她是完全正确的,这并非要激怒你。世上有过这样的怪念头吗?……老兄,你一定是疯了,我敢发誓。"在悲剧里,通常有一个道出与主人公悲剧过失相对照的真理的合唱队,或是一个朋友,甚至

---

① 《项狄传》:或译《特里斯特拉姆·香迪》,斯特恩(1713—1768)的小说。《追忆逝水年华》:普鲁斯特(1871—1922)的小说。《黑暗的中心》:康拉德的小说。《浮士德博士》:康拉德的小说。

② 这里指福克纳的小说《喧哗与骚动》。

是一个直接的反派角色。

现代小说尚未被承认的最重要的叙述者,就是第三人称"意识中心",作者借助它把自己的叙述给过滤掉了。这样的"反映者"(詹姆斯有时这样称呼),不管它是高度光洁用于反映复杂内心经验的镜子,还是自詹姆斯以来许多小说中相当混浊、感官范围内的"摄影之眼",它们都明确地承担了公认的叙述者的作用,虽然它们能够加上自己的各种强度。

> 格伯雷尔没和别人一起向门口走去,他站在过道幽暗的地方,凝视着楼梯。一个妇人在靠近第一段楼梯的顶部站着,也处在阴影里。他看不清她的面孔,但可以看到她赤褐色和橙红色的裙子下摆,在阴影里显得黑一块白一块。那是他的妻子,她正依着楼梯扶手,倾听着什么……他自忖道:一个妇人站在楼梯的阴影中,倾听隐约的乐声,这象征着什么?(乔伊斯《死者》)

这一叙述方法的实际优点,在某些方面已为现代批评提供了一个重要的论题。的确,只要我们的注意力集中于诸如自然性、生动性这样的特性上,这些优点似乎就是占主导地位的。流行的观点认为,一切好小说都试图用同样的方式造成同一种生动的幻觉,只有当我们推翻这种假想时,才会迫使我们认识到它的缺点。第三人称反映者只不过是许多叙述方式中的一种,它只适合于某些效果,要达到另一些效果,它就是累赘的,甚至是有害的。

……

距离的变化

叙述者和第三人称反映者,依据把他们和作者、读者以及其他小说人物区分开来的距离程度和类别,是有显著不同的,不管他们是否作为代言人或当事人介入情节。任何阅读体验中都具有作者、叙述者、其他人物、读者四者之间含蓄的对话。上述四者中,每一类人就其与其他三者中每一者的关系而言,都在价值的、道德的、认知的、审美的甚至是身体的轴心上,从同一到完全对立而变化不一(口吃的读者会对 H·C·艾尔威克的口吃像我一样作出反应吗?肯定不会!)。那些通常归诸"审美距离"加以论述的因素当然会出现:时空的距离,社会阶级或言谈服饰习惯的差异——这些和许多别的因素用来控制我们涉及审美对象时的感觉,就像某些现代戏剧的纸月和其他非真实的舞台效果具有"间离"作用一样。但是,我们决不能在作者、读者、叙述者和所有别的人物中,把这些因素与同等重要的个人信仰和品质混淆起来。

1. 叙述者可以或多或少地离开隐含的作者。这种距离可以是道德上的(《喧哗与骚动》中杰生对作者福克纳,《理发》中理发师对作者拉德纳,《江奈生·魏尔德》中的叙述者对菲尔丁),也可以是理智上的(马克·吐温对哈克贝利·芬,斯特恩对项狄,理查生对克拉丽莎),还可以是身体上的或时间上的。多数作者甚至远离最有见识的叙述者,因为他们可能知道"一切事情的结局"如何。等等。

2. 叙述者也可以或多或少地远离他所讲述的故事中的人物。他可以在道德上、理智上和时间上不同于故事中的人物(《远大前程》或《雷得本》中成年叙述者与年青时的自我);①他也可以在道德上和理智上远离故事中的人物(G.格林《沉静的美国人》中叙述者弗勒和美国人帕尔,他俩完全离开了作者的准则,却是在不同方向上);叙述者还可以在道德上和情感上远离故事中的人物(在莫泊桑的《项链》和赫胥黎的《宴中的修女》里,叙述者表现的感情涉入明显少于作者明确期望的读者所具有的感情涉入),这种距离就是这样可以在任何一种可能的特质上形成。

3. 叙述者可以或多或少地远离读者自己的准则。例如,在身体上和情感上的距离(卡夫卡的《变形记》);道德上和情感上的距离(G.格林《布赖顿硬糖》中的品凯,莫里亚克《蝮蛇结》中的守财奴,以及现代小说设法使之成为令人信服的人的许多道德堕落者)。

由于拒绝运用全知叙述,面对戏剧化的可靠叙述者的内在限制,毫不奇怪,许多现代作家已在运用不可信的叙述者进行尝试,这种不可信的叙述者在他们叙述的作品的进程中,其性格是变化的。自从莎士比亚告诉现代人希腊人在忽视性格变化中曾经忽略了什么后(比较一下《麦克白》、《李尔王》与《俄狄浦斯王》),性格发展或堕落的小说已变得越来越普遍了。然而,直到作家发现了第三人称反映者的全部作用时,他才能有效地显示出叙述者叙述时的性格变化。在《远大前程》里,成年的匹普被描写成一个慷慨无私的人,他的心地与读者的一样;他注视着自己年轻的自我似乎先是远离读者,后来又

---

① 《雷得本》:美国小说家麦尔维尔(1819—1891)的小说。

回到读者那里。但是,可以展示第三人称反映者接近或远离读者所珍视的价值,在技巧上是过去时的,而表现在我的眼前的效果则是现在的。20世纪的作家在继续这样做,似乎决心把建筑在这样多种变化基础上的所有可能的情节形式都写出来:叙述者在小说开始时是远离读者的,而到了结尾时则接近读者;开头接近读者,尔后却背离读者,到了结尾又接近读者;开头就背离读者,接着更加远离读者等等。然而,最富于特征性的也许要数叙述者开头远离而结尾接近读者这一距离变化中所达到的惊人成就。把叙述者写成福克纳笔下的明克·斯诺普斯一样绝无同情心的人物,然后通过性格变化和技巧的娴熟运用,把他们变成高尚而有才能的人。① 我们非常需要对来源于这种距离变化的多变的情节形式作彻底的研究。

4. 隐含的作者可以或多或少地远离读者。这种距离可以是理智上的(《项狄传》中的隐含的作者,当然与项狄不是一回事,他比任何读者对深奥的古典学问更感兴趣,知之更多);也可以是道德上的(萨德的作品)②;还可以是审美的。依据作家之见,要成功地阅读他的作品,就必须消除他的隐含的作者的基本思想规范与假定的读者的规范之间的所有距离。一开始就不大存在基本距离是很常见的,简·奥斯丁也不必使我们确信傲慢和偏见是令人生厌的。另一方面,一部劣作往往很容易被认出来,因为隐含的作者要我们按照我们所不能接受的思想规范来判断。

5. 隐含的作者(他自己携带读者)可以或多或少地远离其他人物。同样,这种距离能够立足于任何一种价值轴心。某些成功的作家在各方面都距其大多数人物很远(如康普顿——伯内特),像威廉·燕卜荪论及 T.F.波伊斯所说的那样③,他们可以完全有意识地保持一种使其人物"远离作者"的人为状态。另一些作家则基于多种轴心,展示了距其人物由远到近的广阔变化范围。举例来说,简·奥斯丁就表现了一个道德判断的广阔范围(从完全赞同《爱玛》中的简、弗尔法克斯,到鄙弃《傲慢与偏见》中的威卡姆),也表现了一个智慧的广阔范围(从奈特利到贝茨小姐或班奈特太太),她还表现了趣味的、机智的、情感的广阔范围。

---

① 明克·斯诺普斯:福克纳小说《大宅》中的人物。
② 萨德(1740—1814):法国作家。
③ 燕卜荪(1906—1984):英国诗人兼批评家。波伊斯(1875—1953):英国小说家。

显而易见,对于上述这些层次,我所举的例子并未涵盖各种可能性。我们所说的"介入"、"同情"或"同一",常常由作者、叙述者、旁观者和其他人物的许多反应所构成。叙述者可以运用多种介入或超然手段而有别于作者和读者,这种区别的变化范围从深切的个人挂念(《了不起的盖茨比》中的尼克,《贝兰奇少爷》中的麦克拉,《浮士德博士》中的蔡特布洛姆),到平淡的分离,较为愉悦的分离,或只是稀奇古怪的分离(伊芙琳·沃的《衰落与瓦解》)。①

对于实际批评来说,这几类距离中最重要的或许要算这样一种距离,即难免有误或不可信的叙述者之间的距离。如果说讨论叙述观点的理由是它如何与文学效果有关,那么,叙述者的道德和理智性质对我们的判断来说,显然比叙述者是否称之"我"或"他"更重要,也比他是否是不受限制或有所限制的叙述者更为重要。如果发现叙述者是不可信的,那他传达给我们的作品的整个效果也就被改变了。

对于叙述者中的这种距离,我们几乎找不到恰当的术语名之。由于缺少更好的术语,当叙述者为作品的思想规范(亦即隐含的作者的思想规范)辩护或接近这一准则行动时,我把这样的叙述者称之为可信的,反之,我称之为不可信的。确实如此,大多数非常可信的叙述者喜欢作大量附带的冷嘲热讽,因而,就其存在着潜在的欺骗而言,他们是"不可信的"。然而,尖刻的嘲讽并不足以使叙述者变得不可信,通常,说谎也并不一定就是不可信,尽管着意欺骗人的叙述者已成为一些现代小说家的主要手法(加缪的《堕落》,威林海姆②的《天真的儿童》等)。叙述者是错的,或者他相信自己具有作家要否定的品质,这往往就是詹姆斯称之为不知不觉的问题。或者,像《哈克贝利·芬》中,叙述者声称要自然而然地变邪恶,而作者却在他身后默不作声地赞扬他的美德。

因而,不可信的叙述者之间依据他们距离作者的思想规范有多远,依据他们在什么方向上背离作者的思想规范,存在着显著差别;就像新近流行的术语"反讽"和"距离"一样,传统的术语"基调"涵盖了我们应该加以区别的诸多效果。一些像贝里·林登那样的叙述者,除了某种有趣的活力,就其一切美德而言,他被尽可能设置得远"离"作者和读者。而一些像詹姆斯《波音顿的珍藏品》中反映者弗莱达·维奇那样的叙述者,接近于代表作者趣味、判

---

① 《了不起的盖茨比》:美国小说家菲茨杰拉尔德(1896—1940)的小说。伊芙琳·沃(1903—1966):英国小说家。
② 威林海姆(1922—):美国小说家。

断、道德观点的理想。所有这样的叙述者对于读者的推断力的要求,远比可信的叙述者所要求的更强烈。

赞同或修正的变化

可信的叙述者和不可信的叙述者都有可能不为其他叙述者所赞同或修正(《马口》中的加利·吉姆森,贝娄《雨王汉德森》中汉德森),也有可能为其他叙述者所赞同或修正(《贝兰奇少爷》,《喧哗与骚动》)。有时,要推断叙述者是否有错或什么程度上错了,几乎是不可能的;有时,明确证实的论据或自相矛盾的论据却使推论变得容易了。我们必须注意到,赞同或修正之间的根本差别在于:它是由情节内部提供的,以便在坚持正确线索或改变叙述者代言人观点时,使叙述者代言人可从情节中有所获益(福克纳的《死亡介入者》);还是仅仅由情节之外提供的,以利于读者修正或加强自己与叙述者的观点相对立的观点(格雷厄姆·格林的《权力与荣耀》)。显而易见,孤立的效果在这两种情况中是很不相同的。

不受限制的叙述

旁观者和叙述者代言人,不论是自觉的还是不自觉的,是可信的还是不可信的,是说长道短议论的,还是缄默不言的,是孤立无援的,还是为人证实的,他不是有特权知晓按严格的合乎情理的方式所无法知道的东西,就是要受到现实的眼光和现实的推理的限制。完全不受限制的叙述我们通常称之为全知观点。但是,不受限制的叙述有很多种,而可为作者知道或显示同样之多的"全知"叙述者却是极少的。

我们需要对种种不受限制或受到限制的叙述及其功能作认真的研究。叙述中的某些限制只是暂时的,甚至是开玩笑的,就像菲尔丁有时把某种无知强加给作品中的"我"(《汤姆·琼斯》13卷第1章中,菲尔丁怀疑自己的叙述能力而乞求诗神帮助的时候)。某些限制似乎是更为近乎持久的,除了短暂的放松,诸如《白鲸》里,受到一般限制的具有人的真实特点的伊希梅尔,当故事需要时,他也能够冲破人的局限("'他变得勇敢起来,但只不过是听话;那就是最审慎的勇敢!'亚哈低声说。"——没人出场转述给叙述者)[①]。某些

---

① 《白鲸》:美国小说家麦尔维尔的小说,伊希梅尔和亚哈为书中的人物。

限制受制于叙述者所处的实际条件所允许知道的东西(第一人称的哈克贝利·芬,凯瑟琳·安·波特短篇小说中的第三人称的米兰达和劳拉)。

个别最重要的不受限制的叙述,也就是获得对另一人物的"内心观察"的叙述,是由于把不受限制的特权赋予叙述者的某种修辞能力使然。在全知观点这个术语中,存在着难以理解的含混。许多我们归之于戏剧化叙述的现代小说,都借助人物有限的视野把一切都告诉给我们,这样的作品对缄默的作者要求的全知程度,完全与菲尔丁对自己的要求一样高。在某种意义上说,我们在福克纳《我弥留之际》的16个人物内心逡巡,除了看到他们内心所蕴含的一切,其他并未看到,在某种意义上这似乎并不需要依靠全知的作者。但是,这种方法已将全知观点蕴含其内了,隐含的作者要求我们完全相信他的预见能力。我们必然是片刻都不怀疑作者知道每一个人内心的一切,也不怀疑作者对每一个人内心表现多少的选择是正确的。简而言之,无人称叙述实际上并不能避免全知观点——真正的作者就像他总是"不合情理"地无所不知一样。如果显著的人为状态是一种失误的话(但并非如此),那么,现代叙述将和特罗洛普的失误是一样的。

叙事与数码:学会用媒介思维(节选)

[美] 玛丽-劳里·瑞安

导言——

本文选自费伦、拉比诺维茨主编《当代叙事理论指南》,申丹等译,本文由陈永国译,北京大学出版社2007年版。

作者玛丽-劳里·瑞安(Marie-Laure Ryan),美国著名叙事理论家,独立学者,著有《可能世界、人工智能、叙事理论》《作为虚拟现实的叙事》《故事的变身》,主编文集《跨媒介叙事》等。

本文把对电脑硬件的依赖看作"数码"家族的标志,认为数码媒介的叙事活动具有交互性和反应性,特别是电脑游戏,玩家的输入是叙事的必要组成部分,而超文本叙事则需要多重链接,产生多个线索。作者曾为电脑工程师,对数码文学的演变比较熟悉,从一个重要的角度勾勒出文学的发展趋势,对我们理解文学的走向很有启发性。

一

完全在数码环境中成长和运行的第一个叙事文类是游戏和文学的纯文本杂交,称作交互式虚构(以下简称 IF)。这个文类的经典作品是现已解体的 Inforcom 公司生产的游戏,尤其是 1980 年的魔域帝国冒险记(Zork adventures),但具有文学素质的人都会记得《脑际智轮》(*Mindwheel*),是诗人罗伯特·平斯基写的所谓的"电子小说"(1984)。早在 20 世纪 80 年代初,个人电脑首次问世的时候,IF 还只是个对话系统,在系统中,操纵一个人物(以下称化身)的用户不是通过从固定菜单中选择一个项目来与机器交流,而是通过相对自由的文本生产:用户可以打出他或她想要的东西,尽管与系统连接的语法分析器只懂有限的动词和名词。"在这种虚构中,"现在最常用的生产 IF 的著作系统 Inform 网站说,"电脑描写一个世界,玩家打出指令,如**触摸镜子**,主人公便依言而行;电脑通过描写其结果而给予回应,以此类推,直到故事讲完。"①

可以说所有叙事都描写一个世界,但运行 IF 的发动机更进一步,不仅通过可视文本想象一个世界,而且通过玩家从来没有看见过的电脑语句建构了这个世界的生产模式。这些语句确切说明了限定用户选择范围的普遍规律,确定了化身的行动结果。比如,如果在电脑的世界模式中把可口可乐描写成液体和毒药,如果用户让化身喝一听可乐,这个行动结果将是化身之死。当玩家采取行动时,系统便更新虚构世界的现有模式,如在化身喝了毒药之后便删除"活着"的属性。当一个客体的属性发生变化时,客体自身的各种活动也随之变化。这种生产机器就是仿真,与标准的叙事再现相对立的一个概念:叙事再现往往再造过去的事件(无论真实还是虚构),仿真生产瞻前的事件,就像我们在生活中一样,根据玩家的输入,程序的每一次运行都生产出不同的事件过程。

这些故事的逻辑性产生于系统,通过世界规则、通过每一个情节都涉及玩家的个性这样一个事实而得到保证。当世界规则相互矛盾,或与普通的世界知识相矛盾时,叙事就不合逻辑或不可预见了。比如,如果不把可口可乐界定为液体,系统将用"你不能那样做"的信息来阻止化身喝那饮料。在标准的叙事中,没有必要说可乐是液体,因为读者将基于真实世界的经验做出推

---

① www.inform-fiction.org/introduction/index.html.

断；但在 IF 中，每一个相关属性都必须在看不见的代码中加以明确，因为叙事的正常发展既取决于电脑的知识基础，又取决于读者的推理能力——而且，与读者不同的是，电脑不可能根据生活经验进行推断！

作为 IF 之基础的世界模式的设计开始于地理的建构，这是由一个通道网络连接而成的不同网址（术语叫"房间"）。这个虚构世界的基本地图明确标出每一个地点附近的网址，或不同地区所包含的物体。比如，从盗贼的洞穴，你可能向东走向森林，或向西爬行，通过狭隘的天井来到藏宝的密室，但玩家却不能通过墙到北部或南部，如果他或她不在洞穴的地上拣起一块魔石的话。要在虚构世界里有效地运行，玩家需要建构其空间组织的精神或图像地图。

地理分布的重要性，IF 文本是游戏这个事实，事先给这些文本安排了一种史诗的结构，或神秘故事的框架，突出了探索的主题。在这个原型结构中，玩家—主人公接受一项任务，为完成这个使命，他开始穿越虚构世界的一次旅行。旅行期间，玩家要去许多地方，用途中所得的东西或信息解决各种问题。

尽管这个世界模式允许不同的叙事展开——理论上，每一次游戏就是一个新叙事——但这些新叙事并不都能使玩家满意：有些以完成使命结束，另一些则导致化身之死。模仿托尔斯泰的话说，不幸的叙事各有各的不幸，而喜剧的叙事都遵循同一条路线。然而，重要的是要把玩家的行动创造的可变故事与作为游戏结局而写入系统的预先决定的"主叙事"（或几个叙事）区别开来。要打开宝库的大门，一个玩家将进行十次尝试而终未成功，另一个玩家将直接使用正确的工具。在游戏世界里，这两个玩家（或他们的化身）的冒险经历将生产不同序列的事件，把不同文本纳入屏幕，但他们最终都将采取相同的行动完成主情节。

为了完成主情节而阅读（和玩游戏）并不是接触 IF 或一般电脑游戏的唯一途径。对真正的行家来说，这个文类的特殊快感之一在于避开游戏设计者的控制，在于最佳的解构阅读传统。在一个世界模式中，每一个法则，每一个物体的每一个属性，都必须明确，这样一个世界模式必然存在着矛盾和致命的缺失——用程序的术语说就是"bugs"（程序缺陷）。破坏性读者会主动寻找这些缺陷，希望能从系统中摆弄出未经计划的故事或令人愉快的胡言乱语。埃斯本·阿塞斯描写了马克·布兰克的《死亡线》(1982)中一个特别有趣的缺陷,①这是一个神秘故事,玩家必须在故事中找到谋杀富商罗伯纳的凶犯。如果玩家不怀好意地决定采访罗伯纳先生本人,系统会忘记他已经死了,玩家就能与罗伯纳进行一次谈话。系统不会因为罗伯纳谋杀了自己而让玩家逮捕他,原因是证据不足。但是,如果玩家射杀罗伯纳先生,系统就会宣布谜团解开了,并把玩家送入监狱。

对于叙事学家来说,IF 是言外情景、话语模式和相互作用的叙事层次的金矿,极大地扩展了以语言为基础的叙事技巧仓库。IF 通常以第二人称和现在时态讲述,是一种罕见的叙事形式,叙事中,"你"的使用构成了与某一他者的真正对话而非纯粹修辞关系,而"现在时"表示所叙述事件和叙述时间之间存在着狭隘的巧合。虚构世界里发生的事件不是想象地先存于叙述行为之前,而是以屏幕上出现的话语的施为力量在描述的时刻发生。或更确切说,它们在用户按下返回键时发生,因为当用户给以回应时叙述时间已经悬置了。

当与印刷的叙事或本文讨论的其他数码形式比较时,IF 最独特的叙述特征就是通过进出于故事——进出于虚构世界——的运动建构故事。标准的叙事虚构采用一种统一的、世界内部的观点。但在 IF 中,有些语句是位于虚构世界内部的叙述者说的,比如,

> 玩家:杀死罗伯纳先生。
>
> 系统(叙述者):用你的手给他致命的一击,罗伯纳先生倒下死了。在奇怪的尖叫声、呼喊声和痛苦的良心责备中,你开始迷茫。"我怎么会干出这等事呢?"你自问道。这时,你听到了远处的警笛声。军士杜菲和两个军官走了进来,粗暴地抓住了你。②

其他人(在下面的例子里用黑体表示)代表一种外部声音,与玩家合作生产故事的系统的声音:

---

① E. Aarseth, *Cybertext. Perspectives on Ergodic Literature*, Baltimore, MD: Johns Hopkins University Press, 1997.
② M. Blank, *Deadline*, Cambridge, MA: Infocom, 1982. 转引自 Aarseth, 1997, pp. 123-4.

系统(叙述者):你的东面是一扇平展的金属门,靠近胡同的尽头。它紧闭着。

玩家:开门。

系统:你不知道怎么开。

玩家:绝望地尖叫。

系统:我不认那个动词。①

进出于虚构世界的这个游戏开启了转叙性地僭越本体界限的可能性。

然而,通过让读者像在标准虚构中一样,在想象中不仅成为过去事件之报道的匿名接受者,而且成为虚构世界的一个人格化的成员和准实时行动的积极参与者,IF 开拓了一种叙事经验,它完全利用数码媒介的互动性,因此代表了最纯粹的用媒介思考的形式。视频游戏给 IF 附加了传感频道,使得用户在真实时间内交流,而不是在停滞的时间内通过模拟身体行动的键盘输入,但是,它们的流行多亏了这样一个想法,即在虚构世界中把某一积极的人物非人格化。②

二

……

我们大多数人都把超文本与 20 世纪 80 年代末和 90 年代用著作程序的故事空间创作的文本联系起来:如迈克尔·乔伊斯的《下午:一个故事》(1987)、斯图亚特·牟尔思罗普的《胜利公园》(1991)和雪莱·杰克逊的《拼缀姑娘》(1995),都是由东门系统出售的。故事空间在设计时就掺入了文学思想,③也就是用数码再现小说的大项目,对许多读者来说,这个模式已经成为超文本叙事的经典形式:《下午》以及稍有点逊色的《胜利公园》和《拼缀姑

---

① A. Plotkin, *Spider and Web*, < ftp://ftp.gmd.de/if-archive/games/infocom/tangle.z5>.
② 我知道有些学者也在思考电脑游戏,思考其与叙事性不相容的仿真机器,他们认为这是回顾性地再现过去的事件;如 H.Porter Abbott(2002)和 Espen Aarseth(2004)。关于相反的观点,见 Marie-Lgure Ryan(2002)。
③ 故事空间最初不是为文学文本设计的。这个系统——以及普遍的超文本系统——的主要用途是建立信息数据库。

娘》,实际上都被看作这个文类的经典了。

与 Infocom 相比,故事空间是非常简单的程序。没有必要编码,创作的过程只比用文字处理器稍微复杂一点。Infocom 的虚构能使读者通过语言与机器交流,而故事空间则只听从鼠标的点击。① Infocom 依据规则建构一个世界,这些规则可以看作是基本的人工智能因素,而故事空间则仅限于机械地综合文本断片,毫不了解它们的内容。这意味着故事空间并未坚持内部再现虚构世界的发展状况,也没有筛选逻辑规则的数据库以便决定情节的先后顺序,故事空间只需要跳跃到某些记忆的地址,当用户点击指称一个链接的词时展示它们的数据。故事空间的超文本在运作方式上比互动虚构更加确定。

一个故事空间的超文本是链接和结点的网络,这些结点也叫断片(lexias)。断片与文本单位对应——也就是数码文本的页。当用户点击一个链接时,系统就在屏幕上展示新的一页。由于一页通常有几个链接,读者可以激活几个不同的断片,这意味着断片的表现顺序不是固定的。超文本的这个属性一般称作非线性,尽管多线性可能更合适些,因为读者的选择必然导致一个序列性的顺序。在大多数文本中,词是链接的支撑点,用不同字体标记以便让读者看见;但是,这个特征是选择性的。比如,在《下午》中,链接是隐藏起来的。这把读者对文本的探讨转向了无目标的航行,或转向了对复活节彩蛋的探讨——也就是乔伊斯称作"生产性词语"的复活节彩蛋。

为了帮助作者控制复杂的数据库,故事空间生产地图,表明链接和结点网络的发展现状。有些成品,如《拼缀姑娘》,把这些地图作为界面的组成部分而呈现给读者,而另一些,如《下午》,则把地图隐藏起来。查阅地图的可能性使其能够越过作者设计的链接系统。在《拼缀姑娘》中,读者实际上能够通过点击图像而到达地图上任何可见的结点。但是,由于故事空间超文本的网络要比屏幕所能展示的大得多,所以,地图不能完全被展示出来,它们从来不允许穿行文本的自由运动。

在重新强化程序名称的同时,地图的特征清楚地说明了故事空间最长久的遗产:根据诸如迷宫或十字路口花园等空间隐喻把超文本叙事概念化。故事空间的工具箱有利于创建浓缩的链接网络,但是,这些网络的复杂性往往

---

① 故事空间允许读者在特殊的地方记笔记,在文本的边缘写同样的数码,但这些笔记是文本之外的,并不推进情节发展。

使读者坠入五里雾中，因为众多的选择使航行变成了一系列盲目的决定，还因为紧密连接的网络会造成循环进行的可能性。① 但是，如果故事空间把阅读行为框定为对文本空间的探讨，那么，这个空间就与虚构世界的想象地理毫无关系，而在 IF 中则是直接相关的。文本空间是由文本地图的两个维度决定的，它本身是作为文本基础的链接和结点网络的图像再现。这个空间是纯虚拟的，因为文本本身被作为零和一的一维系列而储存在电脑记忆里。如阿兰·图林所实际展示的，所有可计算的任务都可以由能阅读无限长的胶带的一台机器来完成。

为了开拓一个新型空间，故事空间超文本牺牲了文学叙事的另一个维度，也就是读者沉浸在叙述时间流动中的维度。超文本格式的断片性阻碍了对我们所说的"阅读情节"的狂热期待。超文本虚构中没有惊险的故事，没有悬念，也没有起伏跌宕的戏剧曲线。悬念的效果大多取决于对阅读时刻读者所知和不知的东西的操纵；但是，当把文本的线性化留给读者时——这一般意味着它被留给了机遇——作者便无法控制信息的疏漏了。在故事空间的超文本中，情节并不根据读者想要知道下一步将发生什么的愿望来揭示自身；它只是读者在文本的虚拟空间中漫游，在每一站采集叙事断片，并努力把这些断片组装成有意义的结构时建构的一个图像。这种阅读模式可以比作拼七巧板的活动，即选择单个板块，将其拼凑成具有视觉意义的图画。智力玩具与超文本之间的主要区别实际上在于，与后现代美学相一致的超文本可能防止一个完整图画的形成，或导致许多相互冲突的部分图像的构成。

有些理论家（如兰道 1997）曾经提出，在超文本虚构中漫游的每一个人都生产一个不同的故事，但是这种说法不切实际，因为这意味着断片中再现的事件可以被无休止地改动，却仍然能生产一个连贯的叙事序列。这就是要忘记叙事意义基本上是线性的。由于一维因果关系、心理动机和时间序列的调整，叙事意义是不能由读者随意创造的，也不能从文本碎片的随意组合中浮现出来。在 IP 中，逻辑规则，所有情节都与玩家的个性有关这个事实，以及呈现的顺序与在故事世界中出现的顺序相对应的普遍假设，所有这些保证了不

---

① 这个可能性解释了大多数故事空间超文本何以缺乏封闭性。J. Yellowless Douglas 把她论超文本的书叫《书的终结——或没有终结的书》(2000)，她暗示无休止的循环是故意的艺术选择，而不是设计上的错误。

同漫游者的叙事逻辑。但是,在故事空间超文本中,读者外在于文本,系统不能控制他或她在当下结点之外的地方漫游。① 这不可能确保连续的断片遵循叙事逻辑。每一种阅读都造成话语的不同,而不是故事的不同。这种不同涉及的是揭示事件的动力,而不是所述事件本身。

但是,从零散的话语中重建一个合理连贯的故事会很快成为一个令人厌烦的活动,如果读者的作用被七巧板隐喻的智力活动所耗尽的话。任何一幅图画都可以剪贴、装箱、作为智力拼图而卖掉。因此,把超文本绘制成严格的智力拼图意味着读者参与的意义独立于文本的叙事内容。从文学的观点来看,最好的超文本是设法呈现读者漫游网络的活动,再把叙事组装成具有文本特殊意义的象征性姿态,这个意义不像马歇尔·麦克卢汉的著名公式所说的那样,通过阅读作为内嵌信息的媒介就可以预见的。让叙事题材和读者的作用适应超文本的机制,这种能力就是我所说的用媒介思维的能力。下面是这种思维的两个例子。

迈克尔·乔伊斯的短篇故事《12个蓝骑士》包括几个叙事的亚世界,每一个都住着不同的人物,但却由共同的主题连接着。(其中最主要的是溺水的主题)色彩鲜明的线索之间有一个界面,它们是命运线,用以延宕故事的发展。通过点击特定颜色的线索,读者可以在有限时间内跟随某一特定人物的生活,但这条线索终将要消失,读者便转换到另一条情节线上,仿佛记忆已经失去,仿佛大脑神经原的突触突然转了方向。整个过程就像意识流,只不过这个流是经由许多人物的精神和私人世界的。因此,点击和把文本带到屏幕上来的随意活动相似于记忆的神秘功能、梦的流动性和集体意识的运作。但是,恰恰是因为这些色彩线条把我们控制在同一个个体的世界之内,我们才熟悉了人物的内在和外在生活,开始注意他们。乔伊斯曾经成功地用流线型画出了航行的选择,突出了叙事的意义。

在雪莱·杰克逊的《拼缀姑娘》中,读者的点击象征着用从旧衣服上剪下来的块块拼缀缝制一条被子的疯狂活动。缝制被子的题材是对后现代建构文本的实践的讽喻,即从互不相关的、往往是回收的材料中建构文本。《拼缀姑娘》实际上充满了互文典故,包括叙事碎片和关于媒介本质的理论思考。

---

① 在故事空间中,一个叫作"警戒区"的特征能防止读者在访问其他断片之前到达一个断片,但这个特征只能部分控制读者的漫游。

但是,读者的象征性缝制也激发了两个女性人物的活动:女主人公玛丽·雪莱(《弗兰肯斯坦》的作者的虚构再现),她就像一个女妖把从许多妇女那里收集来的身体残片缝制起来;另一个是作者雪莱·杰克逊,她从这些妇女的故事中建构这个女妖的叙事身份。

三

数码叙事发展的下一个里程碑是数码系统的两个特征的开发:有效地编制和传达视听数据的能力,以及把个人电脑连接成世界规模的网络的能力。20世纪90年代中期,数码叙事发展成多媒体文本,因特网成了这些文本的基本发行模式。由于下载仍然很慢,网址空间也很有限,所以激发了短文本的创造。这对今天的数码作品形式的最大影响是广泛采用Macromedia公司生产的闪客(Flash)程序,促成了所谓的信息"流动":当用户从网上下载闪客影片时——这是其产品的名称,在所有数据下载之前影片就可以在用户的屏幕上上演了。

闪客是一个高级多媒体程序,可以操控许多客体:文本、位图、矢量图形和声音文件。与故事空间不同的是,它有一种编程语言,使得用户能够识别这些客体的行为,比如当光标在屏幕上搜寻某些部位时使客体变形。用指闪客产品的"影片"这个标签突出了它与故事空间的另一个重大差别:权重从空间漫游向时间动力的转移。影片的向前运动产生了动画效果,但是设计者可以控制时间流量,比如,让影片在某个画面上停下来,然后用户可以启动某个按钮或回到前一个画面。有时,闪客影片强行让用户接受它的速度;有时,用户能够决定在某一特定画面上停留多久。这种给与拿的时间游戏使得休闲的阅读活动与影片无情的向前运动能够交替进行,所以是所有媒介中真正独一无二的互动数码文本。

程序对时间动力的强调并不意味着闪客产品忽视了空间性:作者使用的是一种空间显示,叫做舞台,同时也在使用一个时间显示,叫做时间线。但闪客中的空间基本上是指舞台上的**可视空间**,而不是虚构世界里的**地理空间**(如在IF游戏中),也不是文本的结构空间(如故事空间的超文本)。这个可视空间被建构成一系列层面,赋予图像以深度:被置于顶层的客体将出现在前景中,并部分地掩盖了低层的客体。这种叠层结构的最大效果之一就是当用户漫游某些"热点"区域时能够使客体从数码复写的深度浮现。

在闪客时代很难预测叙事朝何方向发展。迄今为止的大多数应用都是微型游戏，视觉作品，声音、文本或零碎图画的随意组合，这些组合被称做"重新混合"、"理论虚构"，它们推崇元文本评论而置叙述、具体诗歌或印刷诗歌的视觉应用于不顾。① 目前我们只能说，由于篇幅有限，闪客叙事既不能成为故事空间的复杂迷宫，也不是消耗时间的 IF 探索。

……

根据我们是否用媒介思维还是用比较熟悉的传统文学的观点思维，我们将以两个截然不同的方法判断数码叙事在目前取得的成就。有些人说：电子媒介没有生产出可与莎士比亚的悲剧、普鲁斯特的《追忆似水年华》甚至伟大的电影经典相媲美的东西。数码文本未能成为文学场景中的主力军，电脑不能替代书，这种情况也不会发生什么变化。这些说法既是对的又是错的：对，是因为普鲁斯特的小说不会因为提供多种选择而获益，莎士比亚的悲剧也不会因为让观众操纵人物而获得什么；还因为印刷叙事还没有失宠的危险。但这些说法也是错的，因为你不能拿起现在正好用的东西去修理它。不应该指望把数码文本变成强化的小说、戏剧或电影版本。它们的成就在别处：可随意浏览的叙事档案、词与像之间的互动，最重要的是积极参与幻想的世界。如果我们用文学经典的标准，就是说用另一种媒介的标准来衡量数码叙事，那么数码叙事就只能是失败的了。

延伸阅读

1. 余华《虚伪的作品》，见《上海文论》1989 年，第 5 期。
2. 巴赫金《诗的话语和小说的话语》，见《巴赫金全集》第三卷，河北教育出版社，1998。
3. 巴赫金《审美活动中的作者与主人公》，见《巴赫金全集》第一卷，河北教育出版社，1998。
4. 弗兰克《现代小说的空间形式》，北京大学出版社，1991。
5. 昆德拉《小说的艺术》，生活·读书·新知三联书店，1996。

---

① 如 Talan Memmott，*Lexia to Perplexia*，⟨www.altx.com/ebr/ebr11/11mem⟩。

6. 热奈特《论叙事文话语》,见张寅德编《叙述学研究》,中国社会科学出版社,1989。

7. 托多罗夫《文学作品分析》,见张寅德编《叙述学研究》,中国社会科学出版社,1989。

问题与思考

1. 20世纪小说叙事理论的基本观点。
2. 举例分析叙述者的分化。
3. 你怎样看待叙事越界现象?

研究实践

1. 以下是世界上最短的小说:"世界上最后一个人坐在屋子里,忽然传来一阵敲门声……"试做一篇作业,对其美学特色进行分析。

2. 作者与叙事的关系问题是小说创作当中的一个重要问题。前苏联学者巴赫金与法国结构主义叙述学家托多罗夫及热奈特曾经分别在《审美活动中的作者与主人公》、《文学作品分析》和《论叙事文话语》中就作者、叙述者、人物——视角问题提出了自己的观点,图表如下:

理论家	原术语	作者或叙述者与笔下人物的关系	作者态度的人称标志
巴赫金	作者掌握主人公 主人公即作者 主人公掌握作者	作者＞人物 作者＝人物 作者＜人物	他 我 你
托多罗夫	"从后面"观察 "同时"观察 "从外部"观察	叙述者＞人物 叙述者＝人物 叙述者＜人物	他 他,我 他
热奈特	无焦点或零度焦点 内在式焦点 外在式焦点	叙述者＞人物 叙述者＝人物 叙述者＜人物	他 我,他 他

阅读上述三篇文章的相关部分,结合布斯对小说叙事类型的分析,试做一篇论文,比较三种模式的理论出发点及其异同。

第六章　主题、母题与形象分析

导　论

一、主题、母题与形象概述

1. 主题与母题

主题是文学作品中统一的支配性观念,它是文学作品的内在要素。托马舍夫斯基在《主题》一文中说:"在艺术过程中,各个单独的语句根据各自的意义彼此组合起来,形成一定的结构,在这样的结构里由一种思想或共同主题把语句联系在一起。一部作品中各个具体要素的含义构成一个统一体,这便是主题。"①托马舍夫斯基认为,主题具有某种情感色彩,常常包含价值判断。穆卡洛夫斯基也承认:"一篇诗作的主题内容就是它最大的语义单位。"但他从形式主义立场出发,认为:"主题是结构的一部分,它受着结构的某些规律的支配,又由于它跟结构的关系而受到评价。"②诺思罗普·弗莱认为:"当一部虚构作品为表现主题而写,或单从主题加以解释时,它就成了一篇教诲故事或解释性的寓言。所有正式的讽喻都有主旨,即一种明确的主题。"③主题鲜明的作品往往是以一定的因果律展开故事情节的。如果不按照因果律来

---

① [俄]托马舍夫斯基:《主题》,见《俄苏形式主义文论选》,蔡鸿滨译,中国社会科学出版社1989年版,第234页。
② [捷]穆卡洛夫斯基:《标准语言与诗的语言》,邓鹏译,见伍蠡甫、胡经之主编:《西方文艺理论名著选编》下卷,北京大学出版社1987年版,第420—421页。
③ [加]诺思罗普·弗莱:《批评的剖析》,陈慧等译,百花文艺出版社1998年版,第36页。

安排情节，主题就会显得淡化。以前人们对主题、内容、题材、母题等不加区分，这是不确切的。应当说主题是与作品的形式、结构密切相关的内在意义。俄国形式主义开始将主题分析与语言联系起来。日尔蒙斯基在《诗学的任务》中说："确切地讲，诗作中的主题不是脱离语言表达而抽象存在的，而是通过词来实现的，并服从于像诗歌词汇所具有的那种艺术结构的规律。"①

母题（英文 motif，俄文 МОТИВ，德文 motive），中文或译动机、意元等，既与主题有关，也与情节结构有关。母题常常指文学演进中反复出现的主题性元素。德国作家歌德（Johann Wolfgang von Goethe，1749—1832）较早将母题这一概念运用至文学，指文学中经常出现的精神现象如爱情、生活等，接近主题的含义，并与叙述时的情境相联系。他说："母题多么重要，这一点是人们完全所不理解的，是德国妇女所梦想不到的。她们说'这首诗很美'时，指的只是情感、文词和诗的格律。没有人梦想到一篇诗的真正的力量和作用全在情境，全在母题，而人们却不考虑这一点。"②托马舍夫斯基也曾把母题与主题联系起来，认为爱情、死亡、革命可以把作品结构的各个成分凝聚起来，具有主题学意义。台湾学者颜元叔在《西洋文学辞典》中把 motif 译为"主题"，并将之定义为"一个故事扩展所根据的单纯因素；较不完全地说，是民间传说、小说、戏剧所采用的传统情况、手法、旨趣、事件"。③ 他举例说，人间的王后被爱慕她的仙人掳走是中古传奇所依据的主题，少女一听音乐就爱上未曾谋面的骑士是"仙乐"的主题。颜元叔这里所说的"主题"其实是"母题"。乐黛云更是认为，母题可以纳入比较文学或比较诗学的主题学视野，"指的是文学作品中反复出现的人类的基本行为、精神现象及人类关于周围世界的概念，诸如生、死、离别、爱、时间、空间、季节、海洋、山脉、黑夜，等等"。④ 很显然，这里所说的母题相当于"永恒主题"。还有人甚至把母题泛化到意象、象征、人物与动作的，如张错认为："文学里不断重复出现的意象、象征、动作、人

---

① ［俄］日尔蒙斯基：《诗学的任务》，见《俄国形式主义文论选》，方珊等译，生活·读书·新知三联书店 1989 年版，第 224 页。
② ［德］歌德：《歌德谈话录》，爱克曼辑录，朱光潜译，人民文学出版社 1978 年版，第 54 页。
③ 颜元叔：《西洋文学辞典》，台湾正中书局 1991 年版，第 495 页。
④ 乐黛云主编：《中西比较文学教程》，高等教育出版社 1987 年版，第 189 页。

物、对象或处境,呈现出一种重复的主题,就叫母题。"①通常来说,德文中的母题接近主题,二者可以通用。比如,德国汉学家莫宜佳(Monika Motsch, 1942—)的《中国中短篇叙事文学史》主要从母题如神灵、妖怪、鬼魂等的角度研究中国的志怪小说与传奇。

但是母题又与情节、结构有关。母题一词来源于拉丁文 movere,有"使某物运动"的含义,所以形式主义一脉批评家从俄国形式主义到新批评、结构主义都重视母题的结构和动力因素,特别是俄国形式主义者普罗普关于"功能项"的研究对母题研究影响很大。普罗普视母题为人物叙事功能项的构成物,是"引导人物从事各种行动的理由与目标"。② 托马舍夫斯基也认为母题是情节的结构要素。他曾经给母题下了个定义:"作品中不能再分解部分的主题称为母题。"他将母题分为两种,一是可以省略又不至于破坏叙事连续性的母题,可称为自由母题(free motifs);一是联系各种事件因果关系纽带的不可省略的母题,称为组合母题(bound motifs)。对于故事来说,组合母题最重要,而在情节中起主导作用并决定作品结构的主要是自由母题。③托马舍夫斯基所说的组合母题其实是构成情节的主要因素,自由母题则是催化剂。他举了个自由母题的例子,奥斯特洛夫斯基的戏剧《没有陪嫁的女人》里前面的剧情曾经交代墙上挂着一把枪,正是因为有了这把枪才有了后面的谋杀。新批评派的布鲁克斯和沃伦曾说,母题是"目的,或多个目的的综合,或者甚至说是决定人物行动的有意无意的推动力"。④ 属于结构主义脉络的布洛蒙、卡勒等人从叙事学动力方面深化了母题研究。布洛蒙把母题作为整个叙事结构的潜在构成因素:"(1)要具备关联结构各个层面的叙述信息;(2)某些叙述结构层面必须通过合并或归纳更小的叙事单位而联合起来,这些更小的叙事单位我们可以称之为'母题'。"⑤即叙事过程中通过各种不同关系组合所呈现

---

① 张错:《西洋文学术语手册》,上海译文出版社 2012 年版,第 210 页。
② V.Propp, *Morphology of the Folktale*, Austin: University of Texas Press, 1968, p.75.
③ Boris Tomashevsky, "Thematics", in *Russian Formalist Criticism: Four Essays*, Lincoln: University of Nebraska Press, 1965, pp.67-68.
④ C.Brooks and R.P.Warren, *Understanding Fiction*, New Jersy: Prentice-Hall, 1979, p.513.
⑤ C.Bremond, "A Critique of the motif", in *French Literary Theory Today*, T.Todorov (ed.), Cambridge: Cambridge University Press, 1982, p.131.

出来的统一性。卡勒认为,母题"意指通过说明文本的结构单元之并非随意紊乱的,而是可以按我们所命名的功能术语加以理解,从而证明这些结构单元的确属作品结构的一部分的过程"。① 20世纪中期以后,母题研究向民俗与民间故事及人类学研究领域扩展。美国民俗学家汤普森(Stith Thompson,1885—1970)认为母题指"一个故事中最小的,能够持续在传统中的成分。要如此它就必须具有某种不寻常的和激动人心的力量"。② 他把民间故事分为死亡、考验、性、奇迹、动物、命运、诡计、报答与惩罚等母题。与此同时,文学理论界十分重视对母题的研究。威廉·弗里德曼(William Freedman)归纳了文学母题五特征:流行性、不可避免性、在富有意味的语境中发生、继承性、象征的适当性。③ 捷克裔美国文学理论家多利泽尔(Lubomír Dolezel,1922—2017)在《异宇宙:虚构与可能世界》一书中一方面认为母题是"叙事的微观结构",又指出母题已经扩展到状态、属性、事件、关系和行为。④

近年来母题、主题并列或者混合使用在欧洲大陆和英美学界已经较为常见,如德国学者德姆里克(Ingrid Daemmrich)等编的《西方文学中的主题与母题要览》(*Themes & Motifs in Western Literature A Handbook*,1987)就把母题与主题并列研究,西格莱特(Jean-Charles Seigneuret)编的《文学的主题与母题辞典》(*Dictionary of Literary Themes and Motifs*,1988)列举成长、焦虑、家园、性、时间、乌托邦等132个主题与母题加以解释。挪威学者霍索恩(Jeremy Hawthorn)编的《当代文学理论辞典》(*A Concise Glossary of Contemporary Literary Theory*,1994)干脆把母题归入"主题与主题学"条目。美国学者艾布拉姆斯在《文学术语辞典》中把母题、主题并列,认为母题是文学作品中反复出现的事件、手法、指涉或程式的类型。⑤ 另一美国学者霍顿

---

① [美]卡勒:《结构主义诗学》,盛宁译,中国社会科学出版社1991年版,第206—207页。
② [美]汤普森:《世界民间故事分类学》,郑海等译,上海文艺出版社1991年版,第499页。
③ William Freedman,"The Literary Motif",*Novel:A Forum on Fiction*,Vol.4,No.2(Winter,1971),pp.123-131.
④ Lubomir Dolezel,*Heterocosmica:Fiction and Possble Worlds*,Baltimore:The John Hopkins University Press,1998,pp.33-34.
⑤ M. H. Abrams, Geoffrey Harpham,*A Glossary of Literary Terms*,Cengage Learning,2015,p.229.

(Dennis J.Horton)在《死亡与复活》(Deathe and Resurrection, 2011)一书中认为母题是作品的"核心主题"并以源于圣经的西方文学母题死亡和复活为例加以分析。

中国对母题的研究始于20世纪20年代。胡适首次以"母题"对译motif,大致相当于主题,既有对西方母题概念的误读,也包含了中国学者对母题概念的本土重构。其后,顾颉刚的《孟姜女故事研究》等从形态描述和要素分析等方面推进了中国本土文学母题研究,这时候母题又接近于题材;同类著述还有罗根泽《〈霓裳羽衣曲〉底故事、歌词及舞容》等。后来钱锺书的《管锥编》和《七缀集》基本上是以中国诗学为主体的中外诗学母题研究。可见文学母题既涉及文学的质料因素或主题元素,又事关动力因素或功能属性。

2. 形象

形象是一个复杂的概念,大致涵盖了人物、意象甚至场景、原型等。亚里士多德在《诗学》中便已经谈到形象问题。他认为悲剧有六个基本成分:情节、性格、言词、思想、形象和歌曲。但这里的"形象"实际是戏剧情景,并不特指人物。倒是亚氏所说的性格接近后来人们所说的人物形象。他对性格提出了四点要求:善良、适合、相似、一致。善良指比一般人好。适合指人物性格必须符合其社会地位和身份,什么人说什么话、做什么事应该和人物性格统一起来。相似指刻画的人物应该符合传统的说法,或与一般人的性格相似。[①] 康德在《判断力批判》中提出了"审美理念"的概念,他认为审美理念是"想象力的一个加入到给予概念之中的表象,这表象在想象力的自由运用中与各个部分表象的这样一种多样性结合在一起"[②],是能表现理性概念的感性形象。其后,人们认识到具体可感的艺术形象是文学艺术区别于科学活动的重要特点。歌德说,"诗指示出自然界的各种秘密,企图用形象来解决它们。"[③]黑格尔也认为:"艺术的形式就是诉诸感官的形象。"并且认为艺术形象具有某种概括性与精神意蕴,并不只代表它自己,"而是要显现出一种内在的

---

① 参见[古希腊]亚里士多德:《诗学》,罗念生译,见亚里士多德、贺拉斯:《诗学 诗艺》,人民文学出版社1962年版,第48—49页。
② [德]康德:《判断力批判》,邓晓芒译,人民出版社2002年版,第161页。
③ [德]歌德:《慧语集》,见《外国理论家作家论形象思维》,中国社会科学出版社1979年版,第35页。

生气,情感,灵魂,风骨和精神"。① 黑格尔在《美学》中还重点讨论了人物形象问题,把人物性格作为艺术美的核心。他特别重视性格的丰富性和复杂性,认为荷马史诗中的人物"每一个英雄都是许多性格特征的充满生气的总和",比如阿喀琉斯既爱母亲,尊重老人,又忠实于朋友,珍惜荣誉。在得知自己的朋友牺牲后毅然为之报仇。他是个勇敢而又暴躁的人,但却是一个完满的有机整体。其次,黑格尔重视性格的特殊性与明确性,认为在多样的性格特征的组合之中,应当有一个作为统治方面的主导性格。最后,黑格尔看重性格的坚定性和决断性,认为性格还"必须具有一种一贯忠实于它自己的情致所显现的力量和坚定性"。② 恩格斯在《致玛·哈克奈斯》的信中,主张文学作品要把人物、人物关系和时代环境结合起来,塑造"典型环境中的典型人物"。③

20世纪以来,随着主体性哲学的衰微,淡化人物的作品很流行,形象在文学理论中举足轻重的地位受到了挑战。俄国形式主义认为形象并非是艺术必不可少的特征。什克洛夫斯基说,按先前人们的看法,"'形象'艺术的历史将是由形象改变的历史构成。但是他们哪知道,形象几乎是呆滞不动的,它在各个时代、各个地方、各个诗人那里流动,形象本身是不变的"。④ 他区分了两类不同形象,一是把事物联结成类的形象,这是日常语言中便存在的形象,二是诗歌语言中能给读者造成强烈印象的诗意性形象,后者对文学来说才是必不可少的。人物形象更是不被重视。托马舍夫斯基甚至否认人物在叙述上有任何重要性。结构主义也是如此。巴尔特说:"结构分析十分注意避免用心理本质的语言来给人物下定义,至今为止一直力图通过各种假设,不是把人物确定为'生灵',而是'参加者'。"⑤ 在巴尔特那里,人物成为叙事的一个语法单位,他以"主语"、"专有名称"来加以称呼。

西方20世纪虽然不大研究人物形象问题,但却对文学形象的一些存在

---

① [德]黑格尔:《美学》第一卷,朱光潜译,商务印书馆1979年版,第47页、第25页。
② [德]黑格尔:《美学》第一卷,朱光潜译,商务印书馆1979年版,第298页。
③ [德]恩格斯:《致玛·哈克奈斯》,见《马克思恩格斯选集》第四卷,人民出版社1972年版,第462页。
④ [俄]什克洛夫斯基:《作为程序的艺术》,见伍蠡甫、胡经之主编:《西方文艺理论名著选编》下册,北京大学出版社1987年版,第380页。
⑤ [法]巴尔特:《叙事作品结构分析导论》,见张寅德编:《叙述学研究》,中国社会科学出版社1989年版,第25页。

形态如意象、隐喻、原型等很感兴趣。在对意象的研究中,人们一般重视意象的情感特性,将文学意象看作是"意"与"象"的结合体,"象"中存"意"。瑞恰兹说:"人们一直过分重视意象的感官属性,使一个意象具有效应的首先不是它作为意象的生动性,而是它作为一个和感觉奇特地联系在一起的精神活动的特性。"① 象征派诗人庞德(Ezra Pound,1885—1972)也说,"意象"不是一种图像式的重现,而是"一种在瞬间呈现的理智与感情的复杂经验",是一种"各种根本不同的观念的联合"。② 但韦勒克认为,意象主要还是描述性的存在,"意象一词表示有关过去的感受上的经验在心中的重现或回忆","意象可以作为一种'描述'存在,或者也可以作为一种隐喻存在"。③ 而一旦意象成为比喻性的暗示性存在时,它一般被名之为"隐喻",隐喻中价值性或精神性成分增加。此外,瑞士心理学家荣格(Carl Gustav Jung,1875—1961)的集体无意识与原型理论对文学形象研究也颇有借鉴价值。荣格认为人类除个人无意识之外,还先天存在着集体无意识,艺术家在某种程度上是一个"集体的人",其任务就是使人类无意识具体化,而集体无意识是由原始形象或原型组成的,"原始意象或者原型是一种形象(无论这形象是魔鬼,是一个人还是一个过程),它在历史进程中不断发生并且显现于创造性幻想得到自由表现的任何地方"。④ 荣格认为,"生活中有多少种典型情势,就会有多少种原型。无止境的重复已经把这些经验铭刻进了我们的精神构成之中,但是并不是以充满内容的形象的形式,而是首先仅为没有内容的形式,仅仅表征某种感知与行为的可能性。当符合某种原型的情势出现时,这种原型便被激活,一种强制性随之出现;这种强制性要么像本能驱使一样,获取反对所有理性与意志的方法,要么引发病理维度的冲突,换言之,引发神经病。"⑤ 所有这些都推进

---

① [英]瑞恰兹:《文学批评原理》,杨自伍译,百花洲文艺出版社1992年版,第105—106页。译文略有改动。
② [法]庞德语,转引自韦勒克、沃伦:《文学理论》,刘象愚等译,生活・读书・新知三联书店1984年版,第202页。
③ [美]韦勒克、沃伦:《文学理论》,刘象愚等译,生活・读书・新知三联书店1984年版,第201页、第203页。
④ [瑞士]荣格:《论分析心理学与诗歌的关系》,见荣格:《心理学与文学》,冯川、苏克译,生活・读书・新知三联书店1987年版,第120页。
⑤ [瑞士]荣格:《原型与集体无意识》,徐德林译,国际文化出版公司2011年版,第41页。

了文学形象的研究。

二、几种主要的文学母题分析

1. 爱情

爱情是文学中最重要的意象与母题之一,也是文学的主要魅力所在。从《诗经》中的《关雎》,古罗马奥维德(Publius Ovidius Naso,公元前43—18)的《爱的艺术》,到薄伽丘的《十日谈》,曹雪芹的《红楼梦》,再到劳伦斯(David Herbert Lawrence,1885—1930)《查泰莱夫人的情人》、曹禺的《雷雨》等等,古今有数不胜数的描写爱情的文学作品。爱情文学和文学中的爱情描写在本能与人性、人性与神性的交叉地带,真实细腻地呈现了人类可能具有的性与爱以及与之相关的诸多心理、社会元素纠葛冲突的状态,进而思考人类自然层面和精神层面可能具有的关联方式和跃迁潜能,因此在塑造人性、创造人们对可能生活的想象方面具有独特的价值和功能。

文学为什么要描写爱情?在看重性本能作用的弗洛伊德那里,艺术作为人类的高尚活动之一是作家性欲的一种转移或升华:"性的冲动,对人类心灵最高文化的、艺术的和社会的成就作出了最大的贡献。"①既然文学是性欲的转移或升华,那么爱情自然也成为文学的主题或母题,"造成'恋爱'的条件是什么?或者说,男人和女人根据什么选择自己的爱恋对象?当现实生活中找不到合乎自己理想的对象时,他们又是如何来满足自己的要求的,这一向是一个由诗人和想象力丰富的作家们描述和回答的问题。"②

爱情在文学中的重要地位是与爱情在人生中的重要地位相关联的。马克思认为,男女两性关系的演进是人类文明演进的标尺,"人和人之间的直接的、自然的、必然的关系是男女之间的关系。在这种自然的、类的关系中,人同自然界的关系直接地就是人和人之间的关系,而人和人之间的关系直接地就是人同自然界的关系,就是他自己的自然的规定。因此,这种关系通过感性的形式、作为一种显而易见的事实,表现出人的本质在何种程度上对人来说成了自然界,或者,自然界在何种程度上成了人具有的人的本质。因而,从

---

① [奥]弗洛伊德:《精神分析引论》,高觉敷译,商务印书馆1984年版,第9页。
② [奥]弗洛伊德:《爱情心理学》,滕守尧译,见《性爱与文明》,安徽文艺出版社1996年版,第203页。

这种关系就可以判断人的整个教养程度"。① 马克思注意到爱情中的悖论,即一方面含有动物性,另一方面又含有人性、灵性甚至神性的成分。按照李泽厚的解释,爱情是"自然的人化"中情欲的人化,"性欲成为爱情,自然的关系成为人的关系,自然的感官成为审美的感官,人的情欲成为美的情感"。②

爱情文学在文学阅读中也起着重要作用。弗洛伊德认为,爱情文学可以给人们一种被压抑欲望的替代性满足,"人们可能做得更多,可能试图再创造现实世界,建立起一个世界来取代原来的世界。在那里,现实世界中最不堪忍受的东西消除了,取而代之的是人们所希望的东西"。③ 据研究,现代人对浪漫爱情的追求与浪漫爱情小说的爱情描写不无关系,女性尤其如此。浪漫的恋爱是中世纪宫廷之爱理想的蜕变形态,其性质主要是精神之爱。我们可以从中世纪晚期流行的以颂扬"荣誉、爱情和忠诚"为主题的骑士传奇中窥见一斑,甚至在塞万提斯(Miguel de Cervantes Saavedra,1547—1616)的《堂·吉诃德》中依然可以看到其漫画式表现。到了18世纪,英国的感伤小说以求婚和结婚为中心,把情感放在理性之上,赞美炽热的爱情,体现了男权制下女性的理想。西方现代的浪漫爱情小说则带有个性主义的叛逆色彩。美国作家埃里奇·西格尔(Erich Segal,1937—)的小说《爱情故事》就是如此。该书写的是美国金融巨子巴雷特三世之子奥利弗·巴雷特四世与出身于面包师家庭的平民女子詹尼弗·卡维果里之间的故事。二人共同就读于哈佛大学,他们冲破门第的壁垒和家庭的反对走到一起,宁愿靠自己的努力自食其力。在巴雷特四世事业蒸蒸日上之际,詹尼弗却不幸25岁时死于白血病。而巴雷特四世最终也获得了巴雷特三世的谅解。故事的编码非常切合美国年青人的梦想。西方至今仍然存在许多模式化的浪漫爱情小说。法兰克福学派的阿多诺(Theodor Wiesengrund Adorno,1903—1969)在研究大众文化时便指认"文化工业把爱情化约为浪漫史"。④

---

① [德]马克思:《1844年经济学哲学手稿》,见《马克思恩格斯全集》第42卷,人民出版社1979年版,第119页。
② 李泽厚:《批判哲学的批判》(修订本),人民出版社1984年版,第435页。
③ [奥]弗洛伊德:《性学三论》,见《文明与缺憾》,傅雅芳等译,安徽文艺出版社1996年版,第21页。
④ [德]霍克海默、阿多诺:《启蒙的辩证》,林宏涛译,台北商周出版社2008年版,第178页。

文学创造了两种不同类型的爱情神话学：浪漫的情爱和美妙的性爱。前者更重视精神层面，后者更重视肉体层面。就前一方面说，文学从不同侧面刻画了美满的甚至悲壮的爱情。北宋李之仪的词《卜算子·我住长江头》："我住长江头，君住长江尾。日夜思君不见君，共饮长江水。此水几时休，此恨何时已。只愿君心似我心，定不负相思意。"书写了处于阻隔中的永恒之爱。同样，悼亡诗中的一部分情诗，也是在对爱情的追忆中祈求爱的永恒。苏轼的《江城子》把现实与梦境、悼亡与伤时相结合，表达了超越了阴阳两界的真挚爱情。这其中最为感人至深的还是那些描写爱情悲剧的作品，从《孔雀东南飞》到《罗密欧与朱丽叶》、《少年维特之烦恼》等。爱情悲剧作品，尤其是描写为了爱而殉情的作品的独特性在于，它体现了弗洛伊德所说的生本能（性、食、自我保存）和死本能（回归无机体状态）的奇妙的融合。本来，爱情的自然根源是通过两性的结合推动生命的延续，但却由于门第、出身等造成的沟壑或种种不合理的干扰不能成功，于是当事人以自戕的方式结束生命去追求永恒之爱。在这里，生即是死，死即是生，爱情被提升到精神层面。后面一种爱情文学偏重于性，当然是健康的性。最为著名的作品当数劳伦斯的《查泰莱夫人的情人》和杜拉斯（Marguerite Duras，1914—1996）的《情人》。对于劳伦斯和杜拉斯这样的作家来说，人之超越动物繁殖本能的地方便在于性。性的描写被审美化，性的感知和性的快乐成为观察人之本性的最佳切入点。

不少文学作品正是通过描写性、爱情和婚姻之间的冲突获得了叙事的张力和人性的深度。例如，无论是《雷雨》中的繁漪，还是《安娜·卡列妮娜》中的安娜，都是处在情性、妻性和母性的巨大冲突之中。当她们情性的一面萌动时，她们为人妻、为人母的责任担当就要与之发生龃龉，而她们动人的魅力恰恰就体现在冲决罗网的困兽犹斗般的挣扎之中。与文学所创造的幸福美满的爱情神话相比，文学的爱情书写似乎对扭曲、痛苦和不幸的爱情生活更为青睐，性虐待狂、性受虐狂、色情狂、厌女症得到了触目惊心的表现。在文学中，我们常常会遭遇到生活中难得一见的变态的错乱的爱情：姐弟（兄妹）恋、母子恋、父女恋以及同性恋、恋童癖等。爱情文学尽管描写了诸多错乱的爱情，但是仍然不同于色情文学。前者致力于探讨人性的奥秘和人们面对情欲及其诱惑追求人性解放的多种空间与途径，后者则流于机械地展示性活动及其过程。

爱情包含着灵与肉、沉湎与超越的悖论、人性与神性的抗争。《十日谈》

等作品就揭露了基督教禁欲主义的虚伪性。但是基督教传统又隐含着爱情与神性的某种关联。比如在基督徒的婚礼中,婚姻便是对爱情的庄重承诺。对白头偕老的现世永恒之爱的追求可以视为世俗爱情生活中的神性层面。可见,如同爱情自身包含着悖论一样,爱情文学也存在着悖论。一方面,爱情文学和文学中的爱情描写昭示了人类由动物性向人性到神性的演进;另一方面,爱情文学和文学中的爱情描写终归又显示出人类由动物进化而来的种种痕迹,本能与人性、人性与神性在此盘根错节,呈拉锯状曲折展开。如何更好地面对本能、体验人生、重塑人性,文学做出了最为多姿多彩的回答。

2. 战争

众所周知,性(爱情)、暴力(战争等)是艺术的永恒母题。战争无疑是文学最重要的描写对象或母题之一。从总体上看,战争文学和战争描写从个人、群体、民族、国家、人类等的临界点透视个体的体验与命运,构成英雄主义与人道主义、民族情感认同与人类情感认同、历史见证与心灵见证等复杂的矛盾关系,由此形成战争文学丰富的人性内涵、历史内涵与审美内涵。

战争是人类的一种极端的生存状态,是刚强与懦弱、忠诚与背叛、正义与邪恶、理智与疯狂、仁慈与凶残等的厮杀。正因为战争中的人性暴露得最清楚、最充分,所以战争文学也对人性进行了最为淋漓尽致的表现。海明威(Ernest Miller Hemingway,1899—1961)说:"当人们为把祖国从外国侵略者手中解放出来而战,当这些人是你的朋友,新朋友,老朋友,而你知道他们如何受到进攻,如何一开始几乎是手无寸铁地起来斗争的,那么,当你看到他们的生活、斗争和死亡时,你就会开始懂得,有比战争更坏的东西。胆怯就更坏,背叛就更坏,自私自利就更坏。"①战争文学常常赞美参战者的英勇品质:"将军百战死,壮士十年归"(《木兰诗》),"宁为百夫长,胜作一书生"(杨炯《从军行》),"黄沙百战穿金甲,不破楼兰终不还"(王昌龄《从军行》其四),"相看白刃血纷纷,死节从来岂顾勋?君不见沙场征战苦,至今犹忆李将军"(高适《燕歌行》)……这就是洋溢于战争文学中的英雄主义。英国作家卡莱尔(Thomas Carlyle,1795—1881)认为,英雄主义是人类一种与民族生存、宗教皈依、历史

---

① [美]海明威:《作家和战争》,见《美国作家论文学》,刘保端等译,生活·读书·新知三联书店1984年版,第349页。

进步相关联的古老情感,"是人的生命的要素,是我们这个世界中人类历史的灵魂"。① 它在战争文学中体现得最为显著。在各民族早期的英雄史诗中,这种英雄主义表现为尚武甚至好战倾向。荷马史诗《伊利亚特》从描写阿喀琉斯愤怒的杀戮开始,狂热地醉心于战争和赞美战争,努力在诗歌中抒发尚武、好战的情感。

从一般意义上说,战争又是一种悲惨性的事件。战争导致杀戮成性,血流成河,人头落地,生命如同草芥,只有在战争中才能真正地感受生命的美好、人生的真谛。最感人的战争文学作品,常常把战争的暴力场景与人性的美好闪光进行对照与融合。只有在战争中,生命的意义才能得到真正的领悟;也只有在战争文学中,生命的意义才能被如此深邃地加以揭示。对人的命运的关注使得不少战争文学致力于描写战争的残酷性,表达反战情绪:"拳跼竞万仞,崩危走九冥。籍籍峰壑里,哀哀冰雪行"(陈子昂《感遇》其二);"年年战骨埋荒外,空见蒲桃入汉家"(李颀《从军行》);"君不见青海头,古来白骨无人收;新鬼烦冤旧鬼哭,天阴雨湿声啾啾"(杜甫《兵车行》)。20世纪爆发了人类历史上规模空前的两次世界大战,现代科学技术被广泛应用于飞机、坦克、航空母舰、生化武器、原子弹投入战争,造成了惨烈的伤亡,个体在战争中的卑微性进一步彰显出来。所以,20世纪以来的战争文学,不仅仅注目于战争过程本身残酷性的描写,而且更多地注视与沉思个体的人在战争中的体验与感受,这一时期的战争文学常常具有更为明显的反战倾向。无论是以一战为题材的法国作家巴比塞(Henri Barbusse,1873—1935)的《火线》、德国作家雷马克(Erich Maria Remarque,1898—1970)的《西线无战事》,还是以二战为背景的美国作家海勒(Joseph Heller,1923—1999)的《第二十二条军规》、梅勒(Norman Mailer,1923—2007)的《裸者与死者》等众多作品,都具有鲜明的反战主题。淡化战争性质(正义、非正义,侵略、反侵略),关爱个体生命,反对一切战争成为战争文学的主流,如海明威的小说《永别了,武器》以及英国诗人欧文(Wilfred Owen,1893—1918)的诗歌《徒然》等。

由于战争经常是民族或国家之间的战争,战争在文学中的表现还涉及一个重要的问题,即战争文学作为民族或国家认同机制的问题。在我国,每当

---

① [英]卡莱尔:《论英雄和英雄崇拜》,张志民、段忠桥译,中国国际广播出版社1988年版,第29页。

民族危亡时期,岳飞的《满江红》和文天祥的《过零丁洋》就会引起无数爱国者的共鸣。而在战后,为了重振民族精神,增强民族凝聚力,又需要战争文学。也就是说,战争文学在战前和战争进行当中可以弘扬民族主义和爱国精神,激发尚武的力量;在战后又可以修复民族精神创伤,重建民族精神。在文学史上,爱国主义作为一种民族认同的情感,曾经是不少战争文学所表现的内容。民族主义、爱国主义在文学中的表现是一个复杂的问题,需要进行具体分析。对于遭受压迫和奴役的一方的反侵略行为,自然要表现他们的民族情感和爱国情怀,但是有的作品宣扬抗日民众血债血还、报仇雪恨的合理性,渲染民族仇恨,缺乏对战争与个人、民族、人类关系的深入思考和个体在战争中的命运的关注,忽视了理解战争的多重维度。从根本意义上说,战争文学所主张的认同绝非只是民族认同或国家认同,而是与他人甚至敌手认同,这是对人类共同情感的认同。

在研究战争文学和文学中的战争描写时,也许最让人们深思的问题是,充满暴力与血腥的战争文学以及战争描写何以能使人产生"审美"愉悦的问题。从题材来看,战争文学有其自身魅力。首先,战争文学传达了一种真切、动人的战争体验和战争感觉。除了对战争参加者的英勇品质的描写具有的阳刚美与崇高感之外,战争造成的生离死别和物是人非更具有特别的悲凉美和悲剧感:"昔我往矣,杨柳依依。今我来思,雨雪霏霏"(《诗经·小雅·采薇》);"十五从军征,八十始得归"(汉乐府民歌《十五从军征》);"子孙阵亡尽,焉用身独完!投杖出门去,同行为辛酸"(杜甫《垂老别》)。亲历者的战争文学写作更能造就战争文学的现场感。实际上,20世纪最伟大的战争文学作家——巴比塞、雷马克(Erich Maria Remarque, 1898—1970)、海明威、克洛德·西蒙(Claude Simon, 1913—2005)、海勒、肖洛霍夫(M. A. Sholokhov, 1905—1984)、哈谢克(Jaroslav Hašek, 1883—1923)等人,正是一、二次世界大战的亲历者。由战争亲历者创作的作品倾向于揭示严峻的战争状态,更多地写到了战争中士兵们的空虚、迷惘、恐惧和绝望,其核心是对生的渴望。从更高意义上说,所有的战争文学都揭橥了保全自己、消灭对手的策略和步骤,体现了一种对生命原欲的肯定;而且,战争所涉及社会生活的深广程度使战争文学适宜于构建规模宏大、场面壮阔的史诗性作品,如《荷马史诗》、托尔斯泰的《战争与和平》、肖洛霍夫的《静静的顿河》等,就是如此;再次,由于战争向人们展现的是一个超常的场景,血与火、激情与搏杀、斗志与斗勇、变故与偶然是战争的常态,因而战争文学和文学中的战争描写常常有着让人欲罢不能的传奇性。从艺术感受力来看,战争文学通常是故事性较强的文学类型,拥有变换的动感画面和强烈的视觉感受性,能够提供给人以其他文学类型难以匹敌的感官冲击力。战争的进程有其自身的发展轨迹,如聚集与起事、筹划与调遣、开会与转移、攻防与救援、逃亡与追击等,以此为描写契机的战争文学便具有扣人心弦的叙事节奏与张弛效果。同时,我们还要看到战争观念和战争手段的变迁对战争文学的影响。在崇尚人力的古代和近代,英雄主义曾经是战争文学讴歌的主题。而到了20世纪,特别是到了21世纪,科学技术在战争中的作用大大增加,无论是神勇的个人,还是人海战术,在战争中都失去了原先的重要性,战争文学更为关注个体在战争中的体验与处境。战争文学欣赏与读者隐秘心理甚至暴力冲动的关系,也是一个饶有趣味的话题。英国美学家伯克(Edmund Burke,1729—1797)将人们对描写战争、暴力的文学的喜爱归结为人类"幸灾乐祸"的心理作祟。他在《对崇高和美的观念的起源的哲学探讨》中指出,人们喜欢观看苦难的画面或图像,是由于我们对他人的不幸和痛苦怀有一定程度的喜悦。近来,有人倾向于从弗洛伊德关于攻击本能的角度加以解释。弗洛伊德认为:"本能有不同的两类,即最广义的性本能(或 eros,可译为食色)及以破坏为目的的攻击本能。"[1]他指出,"人类"不仅仅是渴望得到爱的温和的动物,"相反,人类这一动物被认为在其本能的天性中具有很强的攻击性","显而易见,要人们放弃对进攻倾向的满足是不容易的。没有这一满足,他们就会感到不适"。[2] 因为"文明"社会要求我们放弃人类天性中的攻击本能,使我们本能中的攻击欲望隐藏于内心,变成了一种追逐文学艺术中的暴力场景、以他人的痛苦为乐的精神暴力。由此可以解释人们对战争文学以及电影、电视、漫画、电脑游戏中暴力和施虐景象的接受与喜爱。战争本身是人的非理性、攻击性的体现。战争文学在礼赞英雄主义时无形中张扬了暴力,在刻画凶残时免不了沾染血腥。这样看来,战争文学所肯定的英雄主义、人道主义和人类共同情感,其实在一定程度上包含了对人类攻击本能和生存本能的吸纳。欣赏战争文学既可以唤醒读者沉睡的人性与良知,

---

[1] [奥]弗洛伊德:《精神分析引论新编》,高觉敷译,商务印书馆1987年版,第81页。
[2] [奥]弗洛伊德:《文明及其缺憾》,傅雅芳等译,安徽文艺出版社1987年版,第56页、第59页。

也可以使人们的攻击本能得到释放,生存智慧得以开启。这应该是战争文学的深层悖论与永恒魅力所在。

3. 死亡

死亡也是文学的重要母题。我们知道,弗洛伊德晚年曾经提出了死本能概念,认为生、死本能的运动共同构成了生命现象。他对死本能的解释是:"假定远在往古,生命以一种不可思议的方式起源于无生物,那么据我们的假设,那时便已有一种本能要以毁灭生命而重复返于无机状态为目的。又假设我们所称的自我破坏的冲突源于这种本能,那么这个冲动便可被视为任何生命历程所不能缺少的一种死亡本能的表现。我们相信本能可分两类:食色本能常欲将生命的物质集合而成较大的整体,而死亡本能则反对这个趋势,它要将生命的物质重返于无机的状态。这两种本能势力的合作和反抗产生了生命的现象,到死为止。"① 按照这个说法,死本能要将生命的物质重返于无机状态。很多文学作品写到了死亡:巴尔扎克《欧也妮·葛朗台》中老葛朗台想把来给他做临终法事的神甫手中镀金的十字架抓在手里,这个最后的努力送了他的命;吴敬梓《儒林外史》中的严监生死前还在心疼灯盏里点的是两茎灯草耗油,赵氏挑掉一茎灯草之后才他才断了气。这两部作品对吝啬鬼死亡的描写给读者留下很深的印象。我们应该从宽泛意义上来理解和看待文学的死亡母题或主题。也就是说,不仅赞美奉献牺牲、慷慨赴义的作品具有死亡意识,例如匈牙利诗人裴多菲(Petöfi Sándor,1823—1849)的诗歌《自由颂》等等,那些感叹韶华易逝、人生短促的文字也包含了死亡意识,例如李贺、李煜的一些诗词。

德国哲学家舍勒(Max Scheler,1874—1928)认为,死亡包含在生命的结构中,"在每一个被经验的生命要素的这种本质结构中,这种变化的方向之体验亦可被称为死亡之方向的体验。即使我们既没有通过对我们的皱纹和白发的外部知觉,也没有通过我们的生命情感的变化(例如麻醉状态),觉察到我们的衰老,我们也可以通过上述体验而确知死亡"。② 正因为如此,不仅作家关注死亡主题或母题,甚至一些学者也以感性的方式把哲理与诗情寄托于

---

① [奥]弗洛伊德:《精神分析引论新编》,高觉敷译,商务印书馆1987年版,第84页。
② [德]舍勒:《死与永生》,见舍勒:《死 永生 上帝》,孙周兴译,中国人民大学出版社2010年版,第15页。

死亡的书写之中,例如,哲学家周国平的《妞妞——一个父亲的札记》写一个父亲怎样把对一个患了眼肿瘤的女儿的爱传递到天堂;美国心理学家威尔伯(Ken Wilber,1949—)在《超越死亡》一书中记录与其患乳腺癌的妻子崔雅携手五年与疾病抗争的过程,以及最后崔雅优雅、从容地死去的情景,集女主人公的叙说与男主人公的解说于一体。

对于一个作家来说,文学创作也是他反抗死亡、超越生命的有限性走向永恒的一种方式,布鲁姆说:"每一位诗人的发轫点(无论他多么的'无意识')乃是一种较之普通人更为强烈的对'死亡的必然性'的反抗意识。"[1]英国学者本尼特也说:"作家、艺术家、哲学家以及其他文化产品的创造者都对不朽存在着深深的迷恋,也即渴望诗歌、小说、雕塑、绘画、摄影作品、交响乐或哲学著作能够不受其创作者个人死亡的影响而永世长存。"[2]中国古代也有立德、立功、立言"三不朽"的说法。春秋时鲁国大夫叔孙豹说:"太上有立德,其次有立功,其次有立言,虽久不废,此之谓不朽。"(《左传·襄公二十四年》)立言属于三不朽之一。这一点也深深地影响了中国作家的创作动机:"人生自古谁无死,留取丹心照汗青"(文天祥《过零丁洋》),"惟留一简书,金泥泰山顶"(李贺《咏怀二首》其一),等等。

虽然死亡每天都在我们身边发生,每个人从一出生开始就在走向死亡,但是,我们常常仍然只作为死亡的旁观者而存在。也就是说,我们大多数人未能把死亡担当起来。有人认为,孔子"未知生,焉知死"的说法耽搁了中国人对死的理解与讨论。海德格尔是对死亡进行了深入思考的现代思想家。他说:"终有一死者乃是人类。人类之所以被叫作终有一死者,是因为它能够赴死。赴死意味着:有能力承担作为死亡的死亡。只有人赴死。动物只是消亡而已。……作为无之圣殿,死亡庇护存在之本质现身于自身之内。作为无之圣殿,死亡乃是存在之庇所。"[3]按照海德格尔的说法,死亡具有个体性、属我性和不可替代性,死亡是世界上最私有的东西,是"此在最本己的可能性",

---

[1] [美]布鲁姆:《影响的焦虑》,徐文博译,生活·读书·新知三联书店1989年版,第8页。
[2] [英]本尼特:《后世书写理论》,见本尼特《文学的无知》,李永新、汪正龙译,河南大学出版社2015年版,第155页。
[3] [德]海德格尔:《演讲与论文集》,孙周兴译,生活·读书·新知三联书店2005年版,第186—187页。

应该学会"向死的自由",即把死亡担当起来,面对自己的死亡,选择自己,筹划自己。只有生存论的死亡概念,才可能把此在死亡中"向终结存在"从而也就是这一存在者的整体存在纳入对可能的整体存在的讨论。① 海德格尔关于死亡的思考从形而上层面以死逼迫生之意义,对一些现代作家如法国作家加缪、索莱尔斯等人产生了很大的影响。加缪小说《局外人》的主人公莫尔索就说:"别人的死活,母亲的慈爱,对我还有什么意思呢?既然我自己,只有一种命运在等待着我,……不管是谁,有一天都注定要死。"但是也有学者如意大利美学家佩尔尼奥拉不赞成海德格尔的死亡观念。他认为海德格尔的死亡观念使人的生命分裂为向死的存在与在世的存在,处于真实与虚假、创新与守成之间。他从罗马仪式中发掘了一种新的死亡观念,即死亡与生命相互过渡转移:"生与死是一种中介地带,在这里,罗马人一旦成人,就学会了从同一走向同一的过渡。"② 在西方,影响最大的莫过于基督教的死亡观念。《圣经》提供了理解死的两种维度,一是认为死是生命的终端,一段生命史的终结,二是认为分担人的死亡的上帝已经战胜死,那么信仰的力量就是"从死中复活"。德国神学家云格尔(Eberhard Jüngel)认为:"通过这个尘世的过去和生命时间之外的这个尘世的未来,每个人的生命时间都被赋予了个体的历史价值。正是由于这些限制,人才具有自己的可能性,他将部分实现这些可能性,并由此构成他的生命。"③

那么,文学究竟应该如何描写死亡? 黑格尔认为,文学单纯地描写物理的自然力量(如疾病、死亡、灾害等)引起的冲突是消极的,没有意义的,只有描写自然力量引起的心灵冲突才有意义。他曾经举古希腊戏剧家欧里庇得斯(Euripides,前 480—前 406)的悲剧《阿尔克斯提斯》为例,该剧叙述的是预言告诉阿德默特,如果找不到一个替身替他到阴间,他就必死。阿尔克斯提斯为了挽救阿德默特——她的丈夫和儿女的父亲,决定替死,所以到阴间做了替死鬼,然后指出:"疾病本身并不足以为真正艺术的对象,欧里庇得斯之所以采用它,只是就它对于患病的人导致进一步的冲突。"④ 可见,生命、疾病

---

① [德]海德格尔:《存在与时间》,陈嘉映译,生活·读书·新知三联书店 1999 年版,第 302 页、297 页。
② [意]佩尔尼奥拉:《仪式思维》,吕捷译,商务印书馆 2006 年版,第 83 页。
③ [德]云格尔:《死论》,林克译,上海三联书店 1995 年版,第 107 页。
④ [德]黑格尔:《美学》第一卷,朱光潜译,商务印书馆 1979 年版,第 262 页。

与死亡是三位一体的,优秀的作家作品会利用三者之间的关系构筑叙事张力。例如,在《红楼梦》中,生病的林黛玉和健康的贾宝玉都是带着死亡意识去存在的个体。林黛玉生性多疑,疾病缠身,习惯以敌意的眼光打量周遭的人,她这样做反过来也深深地伤害了自己脆弱的生命。贾宝玉因为参与、分享了对黛玉疾病的细微感知,使自己的生命进入对死亡的深度追问。我们来看宝玉对死亡的看法:"只求你们同看着我,守着我,等我有一日化成了飞灰,——飞灰还不好,灰还有形有迹,还有知识;等我化成一股轻烟,风一吹便散了的时候,你们也管不得我,我也顾不得你们了。那时凭我去,我也凭你们爱那里去就去了。"(第十九回)"趁你们在,我就死了,再能够你们哭我的眼泪流成大河,把我的尸首漂起来,送到那鸦雀不到的幽僻之处,随风化了,自此再不托生为人,就是我死的得时了。"(第三十六回宝玉对袭人说)因此,宝黛二人赋予死亡以积极意义,就像海德格尔所说的那样,死亡是赋予此在以意义的庇所。

三、文学形象举隅

1. 侠客

武侠文学是中国影响很大的文学类型,侠客更是中国文学中常见的文学形象,也是读者大众非常喜爱的人物类型。中国先秦至东汉初年存在"侠"这一社会群体。司马迁在《史记·游侠列传》中写道:"今游侠,其行虽不轨于正义,然其言必信,其行必果,已诺必诚,不爱其躯,赴士之厄困,既已存亡死生矣,而不矜其能,羞伐其德,盖亦有足多者焉。"文学中塑造的侠客行侠仗义,路见不平,拔刀相助;武功更是出神入化,使枪弄棒,飞檐走壁,无所不能。侠客的魅力,有人用底层苦难的心理疏解来解释:"为什么下层阶级会给武侠小说所抓住了呢?这是人人所周知的事。他们无冤可伸,无愤可平,就托诸这幻想的武侠人物,来解除脑中的苦闷。"[①]由于侠客通常为男性,也有人用奥地利心理学家阿德勒(Alfred. Adler,1870—1937)所说的"男性钦羡"(masculine protest)来解释,因为不论男性或者女性都有追求强壮的愿望,侠客满足了受众的这个愿望。但是实际上,"侠"这一历史上存在过的群体与后来的"侠客"

---

① 张恨水:《论武侠小说》,见王运熙编:《中国文论选》现代卷(下),江苏文艺出版社 1996年版,第 443 页。

文化不是一回事。侠这一群体的产生与流行是中国特定历史时期社会缺乏统合能力的产物,即现行体制不足以强大到吸纳社会一切人等进入其统治秩序中。周代的封建制下,权力的分散性使得民间社会并没有被严格纳入大一统秩序与等级制管理,产生了"侠"这一社会群体。而帝制社会建立后,特别是汉武帝文化上独尊儒术,政治上大一统,在其诛杀郭解父子之后,中国实际上已经不存在先秦意义上的"民间"和侠客群体。所谓"武侠",只是后世文人凭借想象建构出来的一个体制外的幻想世界,与体制内高度集权的帝制社会形成对比或者镜像关系,所谓"千古文人侠客梦"。刘若愚认为,侠客"能处理法律不便处理而又为人们所不满的事,成为法外之法,严惩权豪势要中的不法者,为民除害,为国除奸"。① 这才是中国武侠文学长盛不衰的原因,侠满足了民众替天行道的深层心理。

追溯武侠文学的发展,东汉至唐代为形成期。最早的武侠小说是东汉末年无名氏的《燕丹子》,内容写的是荆轲刺秦王的故事。到了魏晋,陶渊明有著名的诗歌《咏荆轲》表达了对侠客的赞颂:"惜哉剑术疏,奇功竟不成。其人虽已没,千载有余情。"曹植的《白马篇》也写到侠客:"控弦破左的,右发摧月支。仰首接飞猱,俯身散马蹄。矫捷过猿猴,勇剽若豹螭。父母且不顾,何言子与妻。名在壮士籍,不得中顾私。捐躯赴国难,誓死忽如归。"可以说,唐代是中国武侠文学真正的发端,武、侠、文学三者开始合流。不少诗歌与传奇以侠客为主题或人物,李白、杜甫、高适、岑参、王昌龄等人都有咏侠诗传世,李白的《侠客行》是其中最著名的一首:"十步杀一人,千里不留行。事了拂衣去,深藏身与名。"此诗所描写的侠客形象武功高强,行踪飘忽不定。唐传奇中的不少作品如杜光庭的《虬髯客传》、袁郊的《红线》、裴铏的《聂隐娘》、《昆仑奴》等侠客故事可谓早期武侠小说。金庸甚至认为《虬髯客传》是我国武侠小说的鼻祖。唐代传奇已经把剑术、法术和轻功作为侠客特征写入小说,比如《聂隐娘》中的刺客"空空儿"不似先秦侠客主要靠偷袭,而是凭借出色的轻功。

明清是武侠小说的第一个高潮。虽然明代小说《水浒传》本身不是严格意义上的武侠小说,但是《水浒传》中的武松、鲁智深等人有侠客遗风,对后世

---

① [美]刘若愚:《中国之侠》,周清霖等译,生活·读书·新知三联书店1991年版,第1页。

武侠小说的人物塑造有启迪价值。严格说来,直到清代才出现典型意义上的武侠小说,如石玉昆《三侠五义》、唐芸洲《七剑十三侠》等。其中《三侠五义》及其续书不仅塑造了性格鲜明的侠客形象,他们仗义除暴,为民伸冤,而且还把各类武侠元素如点穴、暗器、剑诀、轻功、闷香、夜行衣等等各种套路机关包揽进去,对后来的武侠小说创作产生了决定性的影响,因此此书可以说是中国武侠小说史上的一个具有重大意义的作品。

民国时期是武侠小说的第二个高潮。之所以如此,一方面是此一时期发达的报刊、图书出版业的推动,另一方面是读者群的扩大,武侠文学的受众不再局限于一般市民,甚至也包括不少知识分子和读书人。本期武侠小说逐渐文人化,大量知识分子投身武侠小说的创作,其整体风格也从暴力层面转移到文化层面,重要作家有还珠楼主、平江不肖生、赵焕亭、王度庐等,武侠小说的数量几乎占了民国时期小说出版数量的半壁江山。"还珠楼主"李寿民的《蜀山剑侠传》竟然长达五百万言。本期的武侠小说已经形成了不同的风格类型:有人将其划分出还珠楼主的神怪武侠小说、白羽的社会武侠小说、郑证因的技击武侠小说和王度庐的言情武侠小说四大派别。郑证因当年的《鹰爪王》八部曲将武侠的豪气、精妙的武术与惊险的情节融为一体,并特别注重武术技巧的描写。王度庐的武侠小说则重言情类的悲情,写到生死缠绵处,常常感人至深。这一时期,大批的武术绝技、功法被创造出来。如赵焕亭在其《奇侠精忠传》中首创服食千年灵芝以使功力大增的方法,这一元素在后来的武侠小说中屡见不鲜。此外,还有武侠电影,在20世纪中国电影之初就曾经兴盛一时,从1928年《火烧红莲寺》到1931年,中国拍了200多部武侠电影。

新派武侠小说是武侠小说创作的第三个高潮,极盛时期港台武侠小说家超过三百人,代表人物有金庸、梁羽生、古龙等。上述三个人的风格不一样:金庸的作品常与历史融为一体,如《射雕英雄传》,又借鉴西洋小说及电影技法,在人物关系、情节结构的张力方面颇有造诣,至《鹿鼎记》封笔。例如《天龙八部》塑造了丐帮帮主萧峰这一形象。他是生于辽国长于大宋的契丹人,又受到汉族养父母的抚养,处于复杂的民族、群体与家国认同关系中,最后他为了宋辽和平,自我牺牲。梁羽生古典文化修养深厚,提出"宁可无武,不可无侠"的口号,融合中国武术与传统文化于一身,作品体现了"以侠胜武"的鲜明特色,特别宣扬了侠义的精神与人格,尤其是重视赞颂被压迫者对统治者的反抗,其历史叙述多为虚构,用来作为人物活动的历史氛围。古龙则受日本推理小说影响,淡化了历史背景,杂糅武侠、文艺与心理分析。本期武侠影视更是发展迅猛,形成了"黄飞鸿系列"、"霍元甲系列"、"方世玉系列"、"陈真系列"武侠电影。电视剧以金庸作品改编本最为火爆,《射雕英雄传》、《笑傲江湖》、《天龙八部》、《倚天屠龙记》、《鹿鼎记》都有几种不同的版本。最近兴起后武侠小说,以温瑞安为代表。此外,还有武侠游戏。如《仙剑奇侠传》、《金庸群侠传》、《天龙八部》、《英雄》等,由玩家扮演游戏的主角。

武侠文学中的侠客形象有着自己鲜明的特点。首先,在人物塑造方面,侠客的人格被理想化、完美化,既有高强武功,又独立、纯真、超越现实,包含了对国民强健人格和阳刚血性的诉求。梁启超说:"中华民族之武,其最初之天性也。"[1]其次,侠客除了张扬正气与舍身取义的美德之外,还有保家卫国的民族大义在里面。梁启超说:"天下之达道,曰智,曰仁,曰勇,侠者合乎勇,而实统智、仁而一之也。是故雪大耻、复大仇,起毁家,兴亡国,非侠者莫属。"[2]"我支那数千年来,义侠之风久绝。国家只有易姓之事,而无革政之事。士民之中,未闻有因国政而以牺牲者,是以民气嗒然不昌,国势薾焉不振,日渐月削以至于今日而否塞极矣。善夫烈士谭君之言也,曰:'世界万国之变法,无不经流血而成。中国自古未有因变法而流血者,此国之所以不昌也。有之,请自嗣同始。'呜呼!吾闻谭君之言,始焉而哀,终焉而喜。盖我支那数十年以来,正如严冬寒沍,水泽腹坚,及有今日之事,乃所谓一声春雷,破蛰起户。自此以往,其必有仁人志十,前仆后继,以扶国家之危于垒卵者,安知二十世纪之支那,必不如十九世纪之英、俄、德、法、日本、澳、意乎哉。"[3]因而武侠文学,特别是民国以来的武侠文学除了美感作用,还具有比较强的家国情怀,起民族统合作用。

2. 灰姑娘

灰姑娘是全世界比较流行的人物形象与人物类型,在童话、民间故事以及小说、影视中有不同形态的表现。灰姑娘的故事虽然多有变化,但有一些基本模式,如灰姑娘一般出身社会底层,从小受尽磨难,最终与出生上层的白

---

[1] 梁启超:《中国之武士道》,见《梁启超全集》第 6 卷,北京出版社 1999 年版,第 1383 页。
[2] 梁启超:《〈意大利兴国侠士传〉序》,见夏晓虹辑《饮冰室合集·集外文》上册,北京大学出版社 2005 年版,第 14 页。
[3] 梁启超:《〈清议报〉叙例》,林志钧编《饮冰室合集》文集之三,中华书局 1989 年版,第 30 页。

马王子喜结良缘,等等,在心理上可以满足大众的审美需求。所以在民间文学分类上灰姑娘的故事常常都是一个基本的类型。

灰姑娘故事的起源比较复杂。众所周知,《格林童话》中有一个灰姑娘的故事,讲的是一个穷苦的女子辛德瑞拉(Cinderella)从小就饱受继母的折磨,由于一个偶然的机会,她获得了一身华丽的新衣和一双水晶鞋,由此她在晚会上遇到了心仪的王子。到了午夜十二点,她匆忙离去,留下一只鞋子。王子凭鞋按图索骥找到了她,最终灰姑娘与王子一起过着神仙眷侣般的生活。这个故事在全世界有几百个变体。但是根据一些民俗民间文学专家的考证,灰姑娘故事很有可能最早起源于中国,因为全世界有文献记载的第一个灰姑娘型故事是公元9世纪中国唐朝段成式《酉阳杂俎》中叶限的故事,这个故事包含了灰姑娘故事的基本要素。这说明,中国文学也有描写灰姑娘的传统。现代很多的言情小说其实是灰姑娘故事的变种,如琼瑶、岑凯伦的不少作品。甚至琼瑶编剧的电影《还珠格格》也是这种故事套路的变化形态。草民出身的小燕子经过种种错综复杂离奇曲折的经历而变成了格格,并与五阿哥永琪有情人终成眷属;紫薇虽然是在野的真格格,但是经过磨难而获得"真身",最后也是美人配英雄,与尔康缔结美满姻缘。这里明显有灰姑娘故事的影子。

一些学者特别是女性主义批评家对灰姑娘型文学包括灰姑娘形象进行批评,认为在男权制(父权制)的压迫下,"灰姑娘"仍然在潜意识里处于一种从属、沉默、等待拯救的情势中,她外表美丽,内心善良,却只是男性的附庸和玩偶。有人批评《简·爱》中的简·爱虽然有自主意识,意识到女性的从属地位并为此而抗争过,但是最后仍然以婚姻为归宿,是灰姑娘故事的翻版。因而,近三十年来,灰姑娘型文学发生了一些微妙的变化。如美国制片人加里·马歇尔(Garry Marshall,1934—　)于1990年导演的《漂亮女人》(又名《风月俏佳人》)表面上看属于灰姑娘型的电影:男主人公爱德华·刘易斯是个身家百万的公司合并专家,也是个潇洒迷人的青年男子。而女主人公维维安是红灯区的一名妓女,但她美丽活泼,有着独立的人格。某个夜晚爱德华由于驾车迷路而误入红灯区,碰到妓女维维安。维维安接受爱德华的小费并上车带他回旅馆。回到旅馆后,爱德华却没有让维维安离开,而是"雇"了她一夜,并发觉自己喜欢上了维维安。之后爱德华花3000美元雇她一周作为交际花参加社交活动,此后的七天里维维安端庄大方的形象和谈笑风生的交际技巧彻底地征服了爱德华的心,于是爱德华希望维维安做他长久的情妇,却被维维安拒绝了。维维安离开了爱德华回到自己的公寓,决定去上学,开始她新的生活。可见,在来势汹涌的女性主义思潮的冲击下,灰姑娘故事的叙事发生了变异,带有明显的解构和反抗男权制的意味。

本部分所选的四篇文章,钱锺书的《伤春诗》是偏于文化原型的母题研究,胡适的《歌谣的比较的研究法的一个例》是中国现代最早采用母题分析模式对歌谣进行研究的文章,托马舍夫斯基的《主题》代表形式主义的主题观,弗洛伊德的《〈俄狄浦斯王〉与〈哈姆雷特〉》则是精神分析主题与形象分析模式的代表作。

选 文

伤春诗(节选)

钱锺书

导言——

本文选自钱锺书《管锥编》第一册(中华书局,1986)。

作者钱锺书(1910—1998),江苏无锡人,1929年入清华大学外文系学习,后留学英国,曾任清华大学外文系教授、中国社会科学院文学研究所研究员,是中国当代著名学者和作家。著有《谈艺录》、《管锥编》、《七缀集》及小说《围城》等。本文梳理了伤春诗的演变情况,作者列举了众多文本,指出《七月》等伤春诗是"发乎情"又"止乎礼义"的产物。而男女的情感萌动与季节的冷暖变换有某种对应关系,伤春诗表达了女子怀春微妙的心理状态。作者具有深厚的国学修养,广征博引,开阖自如。但作判断并进行论证时相当谨慎,主要通过系列文本来演示同一主题的流变情况,判断在后。这就使文章比较有说服力。

"春日迟迟,采蘩祁祁,女心伤悲,殆及公子同归";《传》:"春,女悲,秋,士悲;感其物化也";《笺》:"春,女感阳气而思男;秋,士感阴气而思女。是其物化,所以悲也。悲则始有与公子同归之志,欲嫁焉";《正义》:"迟迟者,日长而暄之意。春秋漏刻,多少正等,而秋言'凄凄',春言'迟迟'者,……人遇春暄,则四体舒泰,觉昼景之稍长,谓日行迟;……及遇秋景,四体褊躁,不见日行急促,唯觉寒气袭人。……'凄凄'是凉,迟迟非暄,二者观文似同,本意实异也。"按孔疏殊熨贴心理,裨益词学。张衡《西京赋》:"夫人在阳时则舒,在阴时则惨",薛综注:"阳谓春夏,阴谓秋冬",夫"舒"缓即"迟迟","惨"烈即"凄凄","舒"非"暄"而"惨"是"凉";潘岳《闲居赋》:"凛秋暑退,熙春寒往",李善注:"凛、寒也;熙熙、淫情欲也",夫"凛"即"凉"义而"熙"非即"暄"义;今语常曰:"冷凄凄,暖洋洋","凄凄"之意,"冷"中已蕴,而"洋洋"之意,"暖"外另增。皆一言触物而得之感觉,物之体也,一言由觉而申之情绪,物之用也;孔疏所谓"观文似同,本意实异"者。苟从毛、郑之解,则吾国咏"伤春"之词章者,莫古于斯。唐张仲素《春闺思》:"袅袅城边柳,青青陌上桑。提笼忘采叶,昨夜梦渔阳";《诗》言因采叶而"伤春",张言因伤春而忘采叶,亦善下转语矣。《召南·野有死麇》虽曰"有女怀春",而有情无景,不似此章之有暄日、柔桑、仓庚鸣等作衬缀,亦犹王昌龄《闺怨》之有陌头杨柳,《春怨》之有黄鸟啼及草萋萋等物色。曹植《美女篇》:"美女妖且闲,采桑歧路间",中间极写其容饰之盛,倾倒行路,而曲终奏雅曰:"盛年处房室,中夜起长叹",是亦怀春而"女心伤悲"也;然此女腕约金环,头戴金钗,琅玕在腰,珠玉饰体,被服纨素,以此采桑,得无如佩玉琼琚之不利步趋乎!欧阳詹《汝川行》:"汝坟春女蚕忙月,朝起采桑日西没。轻绡裙露红罗袜,半踢金梯倚枝歇"云云,亦太渲染、多为作。均逊《七月》之简净也。《牡丹亭》中腐儒陈再良授杜丽娘《诗经》,推为"最葩",历举《燕羽》、《汉皋》诸篇,"敷演大意"(第七句),而又自矜"六十来岁,从不晓得伤个春"(第九句),殆读《三百篇》而偏遗此章欤?抑读此章而谨遵毛公、郑君之《传》、《笺》,以为伤春乃女子事,而身为男子,只该悲秋欤?毛、郑于《诗》之言怀春、伤春者,依文作解,质直无隐。宋儒张皇其词,疾厉其色,目为"淫诗",虽令人笑来;然固"晓得伤个春"而知"人欲"之"险"者,故伤严过正。清儒申汉绌宋,力驳"淫诗"之说,或谓并非伤春,或谓即是伤春而大异于六朝、唐人《春闺》、《春怨》之伤春;则实亦深恶"伤春"之非美名,乃曲说遁词,遂若不晓得伤春为底情事者,更令人笑来矣。陆机《演连珠》:"幽居之女,非无怀春之情,是以名胜欲,故偶影之操矜";是囿于名教,得完操守,顾未尝不情动欲起。丁绍仪《听秋声馆词话》卷一一:"俗谚:'管得住身,管不住心',周济《虞美人》衍之曰：'留住花枝，留不住花魂'"。窃谓可作"名胜欲"之的解，"管得住身"亦即"止乎礼义"，"管不住心"又正"发乎情"。胡承珙《毛诗后笺》卷四说《蝃蝀》曰："《序》云：'止奔也'，……朱《传》以为'刺淫奔'之诗。……夫曰'刺奔'，则时有淫奔者而刺之也；曰'止奔'，则时未有奔者而止之也，所谓'礼止于未然者'尔。"苟非已有奔之事而又常有奔之情与势，安用"止"乎？"止"者，鉴已然而防未然，据成事以禁将事。"礼禁于将然，法禁于已然"，语本贾谊《论治安疏》、《史记·自序》、《大戴礼·礼察篇》；然《礼记·坊记》反复曰："礼以坊德，刑以坊淫，……夫礼坊民所淫，……以此坊民，……犹淫佚而乱于族。"胡氏不愿《三百篇》中多及淫奔，遂强词害理耳。故戟手怒目，动辄指曰"淫诗"，宋儒也；摇手闭目，不敢言有"淫诗"，清儒为汉学者也；同归于腐而已。女子求桑采蘩，而感春伤怀，颇征上古质厚之风。后来如梁元帝《春日》："春心日日异，春情处处多，处处春芳动，日日春禽变"，李商隐《无题》："春心莫共花争发"；以至《牡丹亭》第一○出："原来姹紫嫣红开遍"。胥以花柳代桑麻，以游眺代操作，多闲生思，无事添愁，有若孟郊《长安早春》所叹："探春不为桑，探春不为麦，日日出西园，只望花柳色。"华而不实，朴散醇漓，与《七月》异撰。李觏《盱江全集》卷三六《戏题〈玉台集〉》："江右君臣笔力雄，一言宫体便移风。始知姬旦无才思，只把《豳诗》咏女功！"亦有见于斯矣。《小雅·出车》亦云："春日迟迟，卉木萋萋，仓庚喈喈，采蘩祁祁。"毛传"春女、秋士"云云，亦见《淮南子·缪称训》。孔疏隐指《小雅·四月》："秋日凄凄，百卉具腓。"

歌谣的比较的研究法的一个例（节选）

胡　适

导言——

本文选自《胡适文存》第二集（首都经济贸易大学出版社2013年版），原载《努力周报》1922年第31期。

作者胡适（1891—1962），字适之，安徽绩溪人，曾任北京大学校长、台湾"中央研究院"院长，著有《尝试集》、《胡适文存》等，是20世纪中国最重要的知识分子之一、著名学者。作者对于民间歌谣研究提出了"比较研究法"。通过此方法，可以看出一些民间歌谣大同小异，源出于同一个"母题"，只有把握民间歌谣的同一母题，才能够发现和比较其差异之处。"母题"这一概念由作者率先介绍到中国，首见于此文。"比较研究法"和"母题"研究为中国民俗学研究提供了重要的方法论支撑，对于学科发展具有重要意义。同时，"母题"研究在文学研究领域中也得到了广泛应用。作者提出了"比较研究法"，对于中国学界具有开创之功，但缺乏对此方法的系统说明和理论建构。

　　研究歌谣，有一个很有趣的法子，就是"比较的研究法"。有许多歌谣是大同小异的。大同的地方是他们的本旨，在文学的术语上叫做"母题（motif）"。小异的地方是随时随地添上的枝叶细节。往往有一个"母题"，从北方直传到南方，从江苏直传到四川，随地加上许多"本地风光"；变到末了，几乎句句变了，字字变了，然而我们试把这些歌谣比较着看，剥去枝叶，仍旧可以看出他们原来同出于一个"母题"。这种研究法，叫做"比较研究法"。
　　《读书杂志》第二期上有一首歌谣：

　　　　沙土地儿跑白马，
　　　　一跑跑到丈人家，
　　　　大舅儿望里让，
　　　　小舅儿望里拉。
　　　　隔着竹帘儿看见他——
　　　　银盘大脸，黑头发，
　　　　月白缎子棉袄，银疙疸。

　　这首歌是全中国都有的，我们若去搜集，至少可得一两百种大同小异的歌谣——他们的"母题"是"到丈人家里，看见了未婚的妻子"，此外都是枝节了。比较研究的结果，可以看出：
　　（1）某地的作者对于母题的见解之高低。
　　（2）某地的特殊的风俗、服饰、语言等等——所谓"本地风光"。
　　（3）作者的文学天才与技术。

如我的邻县——旌德——的这一只歌谣,虽可以看出当时本地的服饰,在文学技术上就远不如上文引的北京的同题歌了:

> 东边来了一位小学生,
> 辫子拖到脚后跟,
> 骑花马,坐花轿,
> 坐到丈人家。
> 丈人丈母不在家,
> 帘子背后看见他。
> 金簪子,玉耳挖,
> 雪白脸,定粉擦,
> 雪白手,银指甲,
> 大红棉袄绣兰花,
> 天青背心胡蝶花,
> 百裥裙子海棠花,
> 大红缎鞋四面花。
> 我回家,告诉妈:
> 卖田卖地来娶他!

我们再举一个例。第十六期《努力》上,登出一首北京附近的歌谣:

> 蒲棍子车(原注:大车上搭席棚的),
> 呱达达,
> 一摇鞭,到了家。
> 爹看见,抱包袱;
> 娘看见,抱娃娃。
> 哥哥看见瞅一瞅,
> 嫂子看见扭一扭。
> 不用你瞅,
> 不用你扭,
> 今天来了明天走。

> 爹死了，我念经；
> 娘死了，我唱戏；
> 哥哥死了，烧张纸；
> 嫂子死了，棺材上边抹狗矢！

这歌的"母题"是"小姑出嫁后回娘家，受了嫂嫂的气，发泄他对于嫂嫂的怨恨"。……

现在搜集歌谣的人，往往不耐烦搜集这种大同小异的歌谣，往往向许多类似的歌谣里挑出一首他自己认为最好的。这个法子是不很妥当的。第一，选的人认为最好的，未必就是最好的。第二，即便他删的不错，他也不免删去了许多极好的比较参考的材料。即如上文《蒲灵子车》一首，若单只有这一首，我们也许把他看作一个赶车的男子回家受气的诗。但有了这五首互相比较①，他们的母题就绝无可疑了。参考比较的重要如此！

主题（节选）

[俄] 鲍·托马舍夫斯基

导言——

本文节选自《俄苏形式主义文论选》（中国社会科学出版社，1989），蔡鸿滨译。

作者托马舍夫斯基（Boris Tomashevky，1890—1957）是俄国形式主义的代表人物之一，著有《俄国诗法》、《文学理论》等。本文认为，一部作品中各个具体要素的含义构成一个统一体，便是主题，文学过程的中心环节是选择和设计主题。探讨当前社会现实的主题可能会激发读者的兴趣，但只有排除现实性的局限，才能达到具有普遍兴趣的持久的主题。因此作者强调选择主题时要考虑到能唤起读者的情感和价值判断，时代特点当然是重要的，但是如何激起读者持久的兴趣才是最为重要的。本文过分突出了主题的超时代性，

---

① 原文有五首诗，节选时删除了两首。

表明了作者的形式主义立场。但文章能从作者的创作与读者阅读两方面来分析主题问题,使其立论比较审慎,有一定的说服力。

主题的选择

在艺术过程中,各个单独的语句根据各自的意义彼此组合起来,形成一定的结构,在这样的结构里由一种思想或共同主题把语句联系在一起。一部作品中各个具体要素的含义构成一个统一体,这便是主题(就是所说的内容)。可以说整个作品有一个主题,也可以说作品的每一部分各有一个主题。每一部用有意义的语言写成的作品都有一个主题。只有无意义的作品没有主题,因此它只是一种实验,是某些诗歌流派在实验室里做的练习。

当一部文学作品根据其内容所揭示的唯一主题写成时,它便具有统一性。

因此,文学过程是围绕着两个重要时刻组成的,这便是选择主题和设计主题。

主题的选择密切取决于主题在读者中得到的反应。"读者"这个词一般是指范围不太确定的一批人,往往连作家本人对这个范围也不甚了了。

读者的形象即使是抽象的,即使它要求作者尽力使自己成为作品的读者,这种形象也始终出现在作家的意识里。读者的形象可以用传统的致读者的话的形式来表达,就像我们在《叶甫盖尼·奥涅金》最后一节诗里所看到的:

> 不论你是谁,我的读者啊,
> 友人,仇人,我想和你
> 现在像朋友似的分手。
> 别了,你在我这里
> 在这草率的诗节里,
> 不论找的是苦恼的回忆,
> 或是工作之后的休憩,
> 生动的图画,或是尖锐的字句,
> 或是文法的错误,
> 但愿的是,在这本小书里

> 为了消遣,为了幻想,
> 为了心灵,为了杂志上的论战,
> 你至少总可以找到一点什么。
> 我们就分手吧,别了!①

对抽象的读者的这种关注通过"兴趣"的概念表达出来。

一部作品应当有趣。作者在选择主题时就已经受兴趣概念的指引。但是兴趣可以具有极为不同的形式。对技巧的关注是作家和他最亲近的读者习以为常的事,这种关注是文学发展最强有力的动力。渴求技巧新颖,希望独辟蹊径,从来都是最进步的文学方式和流派的明显特点。文学的实验,作家所借鉴的传统,对作家来说都是前人留下来的任务,为实现这个任务,他倾注了自己全部的注意力。另一方面,一个不偏不倚的、对技巧问题陌生的读者,他的兴趣可以具有各种不同的形式,从纯娱乐性的要求(从"纳特·平克顿"到"泰山"之类的"站台"文学所满足的要求),到文学兴趣与普遍关心的问题的结合,无一不有。

从这种意义上说,现代的主题,也就是探讨当前文化问题的主题,使读者感到满足。

因此,围绕着屠格涅夫的每一部小说积累起大量的报刊文献资料,这种文献资料关心的不是艺术作品,而是普遍的文化问题,尤其是社会问题。这种报刊文献资料作为对小说家所选择的主题的反应是完全合情合理的。

革命、革命生活的主题也是当代的现实主题,它深入皮利尼亚克、爱伦堡和其他散文作家,诗人马雅可夫斯基、吉洪诺夫、阿谢耶夫的所有作品里。

现实性的基本形式是日常形势提供的。但是现实性作品("短评专栏"、讽刺歌曲)可以由于一时的兴趣而兴起,但过后就不复存在。这些主题的重要性是有限的,因为它们不适应读者不断变化的日常兴趣。反之,主题越重要,更有持久的兴趣,作品也越具有生命力。如果我们排除现实性的局限,就可以达到普遍的兴趣(爱情问题、生死问题),实际上这种兴趣在整个人类历史进程中是始终不变的。但是,这些普遍的主题也应吸取具体的材料,如果材料脱离了现实性,那么提出这类问题是毫无意义的举动。

---

① [俄]普希金:《叶甫盖尼·奥涅金》,吕荧译,人民文学出版社1954年版。——译者注

不应把现实性理解为当代生活的再现。例如,如果说对革命的兴趣现在是现实性的,这就意味着描述革命运动时期的历史小说,或是描写虚构情景下的乌托邦小说,也可以是现实性的。例如,我们记得在俄国舞台上出现的一系列有关动乱年代的戏剧(奥斯特洛夫斯基、阿列克谢·托尔斯泰、恰耶夫①等,同时还有科斯托马罗夫②的作品),说明甚至距离遥远的时代的历史主题也可能是现实的,可能比再现当代生活引起更大的兴趣。最后,还要了解再现当代生活的哪些方面。并非当代的一切东西都是现实的,并引起同样的兴趣。

因此,产生文学作品的时代特点对于主题的兴趣来说是有决定意义的。我们再补充一点,文学传统和它所提出的任务在这些历史条件里起极其重要的作用。

只选择一个有兴趣的主题是不够的,还应当保持这种兴趣,应当激发起读者的注意力。兴趣吸引读者,读者的注意力也持久不变。

感情的因素大大有助于捕捉注意力。把直接影响广大观众的戏剧按其感情特点分为喜剧和悲剧,并不是没有道理的。激起感情是捕捉注意力的最好方式。

如果观察到革命运动各个阶段的人用冷淡的语气去叙述,那是不够的。必须要表现出同情,愤慨,欢乐,反抗。这样,作品就变成名副其实的现实作品,因为它对读者产生影响,在读者心中唤起支配他的意志的感情。绝大多数诗歌作品都是根据作者所感受的同情或厌恶写成的,根据对引起注意的材料所作的价值判断写成的。正直的(正面的)主人公和坏人(反面人物)就是文学作品的这种评价要素的直接表现形式。读者在同情和感情方面应得到指引。

因此,文学作品的主题通常是具有感情色彩的,从而它唤起愤慨或同情的感情,并将永远使人想起价值判断。

除此之外,也不应忘记感情要素是存在于作品之中的,而不是读者加进去的。一个人物(如莱蒙托夫作品中的毕巧林)的正面或反面性质是不能争论的。必须发现作品中包含的感情关系(即使这不是作者个人的看法)。这

---

① 恰耶夫(1824—1914):俄国作家。——译者注
② 科斯托马罗夫(1817—1885):俄国政论家、历史家、批评家、作家。

种感情色彩在早期的文学类别里始终是很明显的(例如在流浪汉小说中,道德得到褒奖,而罪恶受到惩罚),在比较成熟完美的作品里,它可能很细腻,很复杂,而有时它又很模糊,无法用简单的公式来表示。然而,总的说来,指引兴趣和吸引住读者注意力,使他参与主题展开的是同情的时刻。

本事与情节

主题表现一定的统一性,是由按照一定次序安排的小的主题要素构成的。

主题要素是根据两种主要形式安排的:或是在编年史的一定范围内遵循因果论的原则;或展开主题而不考虑时间,即在不考虑任何内部因果关系的连续情况下展开主题。在第一种情况下,属于"有主题"作品(短篇小说、长篇小说、史诗),在第二种情况下,则属于无主题作品,描写性的作品(描写诗和教喻诗、抒情诗、游记,如卡拉姆津的《一个俄国旅行家的书信》,冈察洛夫的《战舰巴拉达号》等等)。

必须指出,故事不仅要求有时间的标志,而且有因果关系的标志。

旅行可以像年代学的连续那样加以叙述,但是,如果仅限于叙述旅行者的印象,而不介绍他个人的种种奇遇,那只不过是无主题的叙事。

因果的联系越弱,时间的联系就越重要。削弱曲折的情节就把主题小说变成了编年史,变成对过去的描述(如阿克萨科夫的《巴格罗夫孙子的童年》)。

我们仔细地探讨一下故事的概念。在整个一部作品里,我们获知的彼此相互联系的全部事件,就称为故事。故事可以按事实因果关系的方式,按照自然的顺序展开,也就是按照事件的时间顺序和因果顺序展开而不受任何安排事件和写入作品的方式的制约。

故事和由同样事件构成的情节是对立的,但是情节遵循事件在作品中出现的顺序和表明事件的材料的连贯①。

主题的概念是指连接作品中言语材料的一种粗略的概念。整部作品可以有它的主题,同时作品的每一部分也有它的主题。把一部作品加以分解就是把作品中带有特定主题单位特点的各部分分列出来。例如,普希金的短篇小说《射击》可以分解为两方面的故事:一是关于讲述者与西尔维渥和伯爵相

---

① 简单地说,本事就是实际发生过的事情,情节是读者了解这些事情的方式。——作者注

遇的故事，一是关于西尔维渥和伯爵之间的冲突的故事。第一部分又可分解为部队生活的故事和乡间生活的故事；在第二部分里，又可分为西尔维渥和伯爵的第一次决斗以及他们的第二次相遇。

借助这种把作品分解为几个主题单位的方法，最后我们得出不能再分解的各个部分，得出主题材料的最小粒子："夜幕降临"，"拉斯科尔尼科夫杀死了老妇人"，"主人公死了"，"来了一封信"等等。作品中这种不可再分解的部分的主题称为动机。实际上，每一语句都有它的动机。

《俄狄浦斯王》与《哈姆雷特》

[奥] 弗洛伊德

导言——

本文选自《弗洛伊德论美文选》（知识出版社，1987），张唤民等译，原为弗洛伊德所著《梦的解释》（1900）第五章第四节。

作者弗洛伊德（Sigmund Freud,1856—1939）是奥地利著名心理学家、精神分析学说的创始人，著有《梦的解释》、《精神分析引论》、《文明及其不满》、《一个幻想的未来》等。弗洛伊德一生写了不少有关文学艺术问题的文章，本文即为其中之一。作者认为，《俄狄浦斯王》感动现代读者的魅力的根源在于题材的特性：它表现了深藏于每个人内心的弑父娶母的情结。同样，《哈姆雷特》的主人公也不是人们通常所看待的是一个没有行动能力的人，他完成复仇任务时的犹豫的原因在于他不能向杀死了其父亲、篡夺了王位并娶了他母亲的人实施报复，这个人向他展示了他童年时代被压抑的愿望的实现，因此自我谴责和良心顾虑阻碍了哈姆雷特的复仇行动。作者引入无意识的视角解释文学史上两大著名悲剧的主题，做出了崭新的研究结论，但将《俄狄浦斯王》和《哈姆雷特》的创作动机归之于作家童年时代被压制的性欲，并认为两部悲剧经久不衰的魅力在于满足了人们被压抑的性的欲望，这就把复杂的文学现象简单化了。

根据我累积的经验,在所有后来变为精神神经病患者的儿童的精神生活中,他们的父母亲起了主要作用。爱双亲中的一个而恨另一个,这是精神冲动的基本因素之一,精神冲动形成于那个时候,并且在决定日后神经病症状中起十分重要的作用。但是我不相信,在这个方面,精神神经病患者和其他正常人之间有明显的区别,也就是说,我不相信他们能够创造出某些对他们自己来说完全新鲜和独特的东西来。最有可能的是,由于他们夸大地表现了对父母亲的爱和恨的感情,他们才被区别开来。这种感情在大多数孩子的心理中却不那么明显,不那么强烈,对正常的儿童的偶然观察证实了这一点。

古典作品遗留给我们的一个传说证实了这一发现:只有我所提出的有关儿童心理的假设具有普遍的有效性,这个传说——它的深刻而普遍的力量令人感到——才能被理解。我所要论及的是关于俄狄浦斯王的传说和索福克勒斯的同名剧《俄狄浦斯王》。

俄狄浦斯是忒拜国王拉伊俄斯和王后伊俄卡斯忒的儿子,由于神警告拉伊俄斯说,这个尚未出生的孩子将是杀死他父亲的凶手,因此俄狄浦斯刚刚出生就被遗弃了。后来,这个孩子得救了,并作为邻国的王子长大了。由于他怀疑自己的出身,他去求助神谕,神警告他说,他必须离乡背井,因为他注定要弑父娶母。就在他离开他误以为是自己的家乡的道路上,他遇到了拉伊俄斯王,并在一场突发的争吵中杀死了他。然后他来到忒拜,并且解答了阻挡道路的斯芬克斯向他提出的谜话。忒拜人出于感激,拥戴他为国王,让他娶了伊俄卡斯忒为妻。他在位的一个长时期里,国家安宁,君主荣耀,不为他所知的他的母亲为他生下了两个儿子和两个女儿。终于,瘟疫流行起来,忒拜人再一次求助神谕。正是在这个时候,索福克勒斯笔下的悲剧开场了。使者带回了神谕,神谕说,杀死拉伊俄斯的凶手被逐出忒拜以后,瘟疫就会停止。

但是他,他在哪儿?在哪儿才能找到以前的罪犯消失了的踪迹?

戏剧的情节就这样忽而山穷水尽,忽而柳暗花明——这个过程正好与精神分析工作过程相类似——从而逐步揭示俄狄浦斯本人正是杀死拉伊俄斯的凶手,且还是被害人和伊俄卡斯忒的儿子。俄狄浦斯被他无意犯下的罪恶所震惊,他弄瞎了自己的双眼,离开了家乡。神谕应验了。

《俄狄浦斯王》作为一出命运悲剧为世人所称道。它的悲剧效果被说成是至高无上的神的意志和人类逃避即将来临的不幸时毫无结果的努力之间的冲突。他们说,深受感动的观众从这出悲剧中所得到的教训是,人必得屈服于神的意志,并且承认他自己的渺小。因此,现代剧作家们就靠着把同样的冲突写进他们自己发明的情节中去的方法,试图获得一个同样的悲剧效果。但是,当咒语或神谕不顾那些可怜的人的所有努力而应验了的时候,观众们看来并不感动;就后来的命运悲剧的效果而言,它们是失败了。

如果《俄狄浦斯王》感动一位现代观众不亚于感动当时的一位希腊观众,那么唯一的解释只能是这样:它的效果并不在于命运与人类意志的冲突,而在于表现这一冲突的题材的特性。在我们内心一定有某种能引起震动的东西,与《俄狄浦斯王》中的命运——那使人确信的力量,是一拍即合的;而我们对于只不过是主观随意的处理——如(格里尔·帕泽写的)《女祖先》或其他一些现代命运悲剧所设计的那样——就不为所动了。实际上,一个这类的因素包含在俄狄浦斯王的故事中:他的命运打动了我们,只是由于它有可能成为我们的命运,——因为在我们诞生之前,神谕把同样的咒语加在了我们的头上,正如加在他的头上一样。也许我们所有的人都命中注定要把我们的第一个性冲动指向母亲,而把我们第一个仇恨和屠杀的愿望指向父亲。我们的梦使我们确信事情就是这样。俄狄浦斯王杀了自己的父亲拉伊俄斯,娶了自己的母亲伊俄卡斯忒,他只不过向我们显示出我们自己童年时代的愿望实现了。但是,我们比他幸运,我们没有变成精神神经病患者,就这一点米说我们成功了,我们从母亲身上收回了性冲动,并且忘记了对父亲的嫉妒。正是在俄狄浦斯王身上,我们童年时代的最初愿望实现了。这时,我们靠着全部压抑力在罪恶面前退缩了,靠着全部压抑力,我们的愿望被压抑下去。当诗人解释过去的时候,他同时也暴露了俄狄浦斯的罪恶,并且激发我们去认识我们自己的内在精神,在那里,我们可以发现一些虽被压抑,却与它完全一样的冲动。《俄狄浦斯王》结尾的合唱使用了一个对照:

> 请看,这就是俄狄浦斯,他道破了隐秘的谜,
> 他是最显贵最聪明的胜利者。
> 他那令人嫉妒的命运像一颗星,光芒四射。
> 现在,他沉入苦海,淹没在狂怒的潮水之下……

它给了我们当头一棒：对我们和我们的骄傲发出了警告，对从童年时代起就自以为变得如此聪明和无所不能的我们发出了警告。像俄狄浦斯一样，我们活着，却对这些愿望毫无觉察，敌视自然对我们的教训；而一旦它们应验了，我们又全都企图闭上眼睛，对我们童年时代的情景不敢正视。

在索福克勒斯的悲剧剧本中有一个十分清楚的迹象说明俄狄浦斯的传说起源于某个原始的梦的材料，这个材料的内容表明孩子与双亲关系中令人苦恼的障碍是由于第一个性冲动引起的。当俄狄浦斯开始因他对神谕的回忆而感到苦恼时——虽然他还不知道其中的意义——伊俄卡斯忒讲了一个梦来安慰他，她认为这个梦没什么意义，但是许多人都梦到过它：

> 过去有许多人梦见娶了自己的生母。
> 谁对这种预兆置之不理，
> 他就能过得快活。

今天像过去一样，许多人都梦见和他们的母亲发生了性关系，并且在讲述这事时，既愤恨又惊讶。这一现象显然是解释悲剧的关键，也是做梦的人的父亲被杀这类梦的补充说明。俄狄浦斯的故事正是这两种典型的梦（杀父和娶母）的想象的反映。正如这些梦在被成年人梦见时伴随着厌恶感一样，这个传说也必然包含着恐怖与自我惩罚。对传说过多的修饰，出现在《俄狄浦斯王》的令人误解的"修改本"中，"修改本"企图利用这个传说为神学服务（参见《释梦》中关于阐述梦展现过程中的梦的材料的部分）。当然，调和至高无上的神力与人类的责任感的企图，肯定是同《俄狄浦斯王》的这个题材无关的。

另外一部伟大的诗体悲剧：莎士比亚的《哈姆雷特》，与《俄狄浦斯王》来自同一根源。但是，同一材料的不同处理表现出两个相距甚远的文明时代的精神生活的全然不同，表明了人类感情生活中的压抑的漫长历程。在《俄狄浦斯王》中，作为基础的儿童充满愿望的幻想正如在梦中那样展现出来，并且得到实现。在《哈姆雷特》中，幻想被压抑着；正如在神经病症状中一样，我们只能从幻想被抑制的情况中得知它的存在。特别奇怪的是，许多现代的悲剧所产生的主要效果原来与人们对主角的性格一无所知相一致。戏剧的基础是哈姆雷特在完成指定由他完成的复仇任务时的犹豫不决；但是剧本并没有提到犹豫的原因或动机，五花八门的企图解释它们的尝试，也不能产生一个结果。根据歌德提出来的,目前仍流行的一个观点,哈姆雷特代表一种人的典型,他们的行动力量被过分发达的智力麻痹了(思想苍白使他们病入膏肓)。另一种观点认为:剧作家试图描绘出一个病理学上的优柔寡断的性格,它可能属于神经衰弱一类。但是,戏剧的情节告诉我们,哈姆雷特根本不是代表一个没有任何行动能力的人。我们在两个场合看到了他的行动:第一次是一怒之下,用剑刺穿了挂毯后面的窃听者;另一次,他怀着文艺复兴时期王子的全部冷酷,在预谋甚至使用诡计的情况下,让两个设计谋害他的朝臣去送死。那么,是什么阻碍着他去完成他父亲的鬼魂吩咐给他的任务呢?答案再一次说明,这个任务有一个特殊的性质。哈姆雷特可以做任何事情,就是不能对杀死他父亲、篡夺王位并娶了他母亲的人进行报复,这个人向他展示了他自己童年时代被压抑的愿望的实现。这样,在他心里驱使他复仇的敌意,就被自我谴责和良心的顾虑所代替了,它们告诉他,他实在并不比他要惩罚的罪犯好多少。这里,我把哈姆雷特心理中无意识的东西演绎成了意识的东西;如果有人愿意把他看作歇斯底里症患者,那我只好承认我的解释暗含着这样一个事实。哈姆雷特与奥菲丽雅谈话时所表现出的性冷淡,正好符合于这一情况:同样的性冷淡命中注定在此后的年月里越来越强地侵蚀了诗人莎士比亚的精神,而在《雅典的泰门》中,它得到了最充分的表达。当然,哈姆雷特向我们展现的只能是诗人自己的心理。我在乔治·勃兰兑斯评论莎士比亚的著作中看到这样的话(1896):《哈姆雷特》写于莎士比亚的父亲死后不久(1601),也就是说,在他居丧的直接影响之下写成的,正如我们可以确信的那样,当时,他童年时代对父亲的感情复苏了。大家也知道,莎士比亚那早夭的儿子被取名为"哈姆奈特"(Hamnet),与"哈姆雷特"(Hamlet)读音十分相近。正如《哈姆雷特》处理的是儿子与他的双亲的关系,《麦克白》(写于几乎同时期)与无子的主题有关。但是,像所有的神经病症状(同理,也像所有的梦)能有"多种的解释",也确实需要有"多种的解释"一样——假如它们被充分理解了——所有真正的创造性作品同样也不是诗人的大脑中单一的动机和单一的冲动的产物,并且这些作品同样也面对着多种多样的解释。在我所写的文字中,我只想说明创造性作家的心理冲动的最深层。

延伸阅读

1. 威斯坦因《主题学》，见威斯坦因《比较文学与文学理论》，辽宁人民出版社，1987。
2. 罗曼·雅克布逊、列维-斯特劳斯《评夏尔·波德莱尔的〈猫〉》，见波利亚科夫编《结构-符号学文艺学》，文化艺术出版社，1994。
3. 韦勒克、沃伦《意象，隐喻，象征，神话》，见《文学理论》，生活·读书·新知三联书店，1984。
4. 本尼特、罗伊尔《关键词：文学、批评与理论导论》第31章《战争》，汪正龙、李永新译，广西师范大学出版社2007年版。

问题与思考

1. 什么是主题、母题与形象？它们各自经历了哪些变化？
2. 主题研究（包括母题研究）与形象研究对文学研究有什么意义？
3. 怎样看待文学中的爱情母题、战争母题、死亡母题？
4. 侠客形象的美学意义与文化意义是什么？西方也有侠客文艺，如电影《游侠传奇》、《佐罗》等，比较一下中西方侠客有何不同？

研究实践

1. 我国古代除伤春诗外，还有不少主要抒发人生伤感之情的悲秋诗。阅读以下资料，以此为基础，写一篇论述中国古代悲秋诗的论文。在写作时可参照钱锺书先生的《伤春诗》等论文的写法。

A 唐·卢纶《同李益伤秋》：岁去人头白/秋来树叶黄/搔头向黄叶/与尔共悲伤

B 唐·杜甫《登高》：风急天高猿啸哀/渚清沙白鸟飞回/无边落木萧萧下/不尽长江滚滚来

C 唐·郎士元《夜泊湘江》：湘山木落洞庭波/湘水连云秋雁多/寂寞舟中谁借问/月明只自听渔歌

D 唐·司空曙《秋园》：伤秋不是惜年华/别忆春风碧玉家/强向衰丛见芳意/茱萸红实似繁花

E 宋·苏轼《书李世南所画秋景》：野水参差落涨痕/疏林欹倒出霜根/

扁舟一棹归何处/家在江南黄叶村

F　宋·陆游《新秋以"窗里人将老，门前树欲秋"为韵作小诗》：残暑无多日/幽居近小江/酒醒中夜起/松月入山窗

2. 唐朝段成式《酉阳杂俎》记载了叶限的故事，有人说这是世界上最早的灰姑娘故事：

南人相传，秦汉前有洞主吴氏，土人呼为吴洞。娶两妻，一妻卒。有女名叶限，少惠，善淘金，父爱之。末岁父卒，为后母所苦，常令樵险汲深。时尝得一鳞，二寸余，赪鬐金目，遂潜养于盆水，日日长，易数器，大不能受，乃投于后池中。女所得余食，辄沉以食之。女至池，鱼必露首枕岸，他人至不复出。其母知之，每伺之，鱼未尝见也。因诈女曰："尔无劳乎，吾为尔新其襦。"乃易其弊衣。后令汲于他泉，计里数百也。母徐衣其女衣，袖利刃行向池。呼鱼，鱼即出首，因斫杀之，鱼已长丈余。膳其肉，味倍常鱼，藏其骨于郁栖之下。逾日，女至向池，不复见鱼矣，乃哭于野。忽有人被发粗衣，自天而降，慰女曰："尔无哭，尔母杀尔鱼矣，骨在粪下。尔归，可取鱼骨藏于室，所须第祈之，当随尔也。"女用其言，金衣玉食随欲而具。

试把叶限的故事与格林童话中灰姑娘的故事进行比较，谈谈你的看法。

第七章 作者与写作

导 论

一、作者观念的变迁

1. 从意图决定论到反意图论

作者在历史上曾经是文学理论关注的中心环节。传统的以作者为中心的文学理论及文学研究非常看重作家本人的意图、价值判断、情感等在文学创作中的地位。首先是意图或创作动机被赋予特别重要的意义。文艺复兴时期英国诗人锡德尼（Philip sidney，1554—1586）说："每个技工的技能就在于其对于作品的观念，或事先的设想，而不在于其作品本身。而诗人有那种观念，这是明白的。"①霍布斯（Thomas Hobbes，1588—1679）也说，包括文学在内的语言活动其用途之一就是"使别人知道我们的意愿和目的"②；其次，对文学创作所包含社会的、政治的或道德内涵的推崇。浪漫主义诗人雪莱说："诗是最快乐最良善的心灵中最快乐最良善的瞬间之记录。"③利维斯（F.R. Leavis，1895—1978）也指出，伟大作家总是在其塑造的具体形象中倾注了责任感，"这种责任感，在本质上，就包含了富于想象力的同情、道德甄别力和对

---

① ［英］锡德尼：《为诗辩护》，钱学熙译，见锡德尼、扬格：《为诗辩护 试论独创性作品》，人民文学出版社1998年版，第11页。
② ［英］霍布斯：《利维坦》，黎思复等译，商务印书馆1985年版，第19页。
③ ［英］雪莱：《为诗辩护》，缪灵珠译，见刘若端编：《十九世纪英国诗人论诗》，人民文学出版社1984年版，第154页、129页。

相关人性的价值判断"。① 中国有"文以载道"的传统,作家的创作常常有比较强的社会政治时代动机。白居易提出其诗歌创作旨在"补察时政"②,其文章是"为君、为臣、为民、为物、为事而作,不为文而作"③。鲁迅先生则自叙其创作动机是启蒙与改造国民:"说到'为什么'做小说罢,我仍抱着十多年前的'启蒙主义',以为必须是'为人生',而且改良这人生……所以我的取材,多采自病态社会的不幸的人们中,意思是在揭出病苦,引起疗救的注意。"④沈从文在《小说作者和读者》中也认为,小说的成功在于恰当地表现共同的人性;再次,不少作家张扬情感表达。无论是司马迁的"发愤著书",韩愈的"不平则鸣",还是西谚所说的"愤怒出诗人",都说明作家情感在传统写作中的重要性。俄国作家列夫·托尔斯泰(Leo Tolstoy,1828—1910)认为艺术创作就是把作家体验过的情感传达给别人,而别人也为这些情感所感染,从而也体验到这些情感的活动;最后,在传统的文学作品中,作家较多地发挥叙述者的思想功能,具体表现为叙述者对故事的进一步干预,如对事件的评论,通过某些箴言或整段的议论表达作者的思想,这些箴言或议论代表了作者对故事性质和发展进程的看法。如托尔斯泰《安娜·卡列尼娜》开头众所周知的箴言"幸福的家庭都是相似的,不幸的家庭各有各的不幸",是对该书故事性质的高度概括。总之,传统的作者理论与创作理论的重要特征一是作者中心论,突出作者在创作全过程从构思到传达中的主宰地位,二是认为"文如其人",强调作家人品与文品、作家人格与创作个性的一致性。

19世纪后期以来,西方由于现代主义思潮的兴起和形式主义文学观念的影响,在文学创作和理论倡导上企图摆脱主观性的控制,出现了某种非主体化、非道德化的倾向,作家在创作中的地位被重新审视。奥地利心理学家弗洛伊德认为,在作家的心灵深处,有着为社会伦理道德所不容的本能欲望(主

---

① [英]利维斯:《伟大的传统》,袁伟译,生活·读书·新知三联书店2002年版,第49页。
② 白居易:《与元九书》,见郭绍虞主编:《中国历代文论选》第二册,上海古籍出版社1979年版,第97页。
③ 白居易:《新乐府序》,见郭绍虞主编:《中国历代文论选》第二册,上海古籍出版社1979年版,第109页。
④ 鲁迅:《我怎么做起小说来》,见《鲁迅全集》第4卷,人民文学出版社1981年版,第512页。

要是性本能),这种被压抑的性本能是文学艺术的内驱力,文学艺术的创造类似于白日梦,经过压抑、转移和感官意识的加工,使作家被压抑的欲望与本能得到幻想形式的升华与满足;也就是说,文学创作是作家被社会力量压抑的本能欲望以白日梦的形式经过幻想的伪装后的实现,这个说法凸显了童年经验、本能与无意识在文学活动中的作用。现代主义文学常常质疑传统文学中叙述者评论与分析过多,属于一种"讲述"的写作方式,转而倡导一种作家隐退的叙述方式,价值判断的中立性受到肯定。唯美主义诗人王尔德(Oscar Wilde,1854—1900)说:"艺术除了表现它自己之外,不表现任何东西","'谎言',即关于美而不真的事物的讲述,乃是艺术的本来的目的。"① 新批评反对浪漫主义的滥情主义,新批评的先驱艾略特(Thomas Stearns Eliot,1888—1965)说:"诗人之所以引人注意,引人感到兴趣,到不是由于他的个人的情绪,由于他自己生活中的特殊事件所激起的那种情绪,……诗不是放纵情绪,而是避却情绪;诗并不是表达个性,而是避却个性。"② 即诗人作家在创作中应尽力逃避情感的人格化的流露或表现。新批评的主将兰色姆也说:"我认为在一般意义上,在理想的情况下,诗人应当完全不带情感完成他的作品,而批评家在对他的研究对象做出透彻研究之前也应当隐藏他的情感发现;只有诗人在描绘一种情感之前不知引起这情感的东西是何物,并且有意避免表现它的时候,他又试着向我们描绘这种在他身上所发生的情感,这才是合适的。"③ 对于传统的意图决定论,新批评更是加以反对。维姆萨特(William K. Wimsatt,1907—1975)和比尔兹利(M. C. Beardsley,1915—1985)认为,创作意图在时间和空间上远离作品,仅仅是"作者内心的构思或计划"④,认为它虽可成为文学创作的动力或根源,却不能作为文学释义的路径或标准。卡勒也主张,离开话语陈述和读者阅读的作者意图是无意义的:"人们过去可以认

---

① [英]王尔德:《谎言的衰朽》,杨烈译,见伍蠡甫主编:《西方文论选》下卷,上海译文出版社1979年版,第116—117页。
② [英]艾略特:《传统与个人才能》,曹庸译,见伍蠡甫、胡经之主编:《西方文艺理论名著选编》下卷,北京大学出版社1987年版,第46—47页。
③ J.C. Ransom, *The New Criticism*, Norfolk: New Directions Publishing Corporation, 1941, pp.20 - 21.
④ [美]维姆萨特、比尔兹利:《意图谬见》,见赵毅衡编:《"新批评"文集》,中国社会科学出版社1988年版,第209页。

为,一个行为或一部文本就是一个符号,它的全部意义存在于主体的意识之中。例如,以文学而论,我们可以编织出一个'作者',把我们从一个人产生的文本中所发现的任何一点统一性都称之为'构想'。……可是,他写诗也好,写历史或批评也好,他只能置身于一个为他提供各种程式的系统之中,而这些程式则构成并界定了话语表述的种类。你要表达一个意思,就必须先行假定想象中的读者由于吸收同化了有关的程式而会作出怎样的反应。"①在他们眼中,作品一旦创作出来便脱离了作者,成为一个自成一统的为某种特别的审美目的服务的完整的符号体系或符号结构,因此"就衡量一部文学作品成功与否来说,作者的构思或意图既不是一个适用的标准,也不是一个理想的标准"②,必须予以摒弃。

2. 作者的退隐与回归

现代叙事理论较多地注意到主体在叙述中的分化现象,所以重新解释了作者这一概念。热奈特在《叙事话语》中认为思想功能是唯一的不一定属于叙述者的功能,因此强调作者应该与写作活动保持距离。在《小说修辞学》中,美国学者韦恩·布斯声称作家在创作时会创造出一个与他实际的人不同的"第二自我",他称之为"隐含的作者",虽然真实的作者常常通过隐含的作者表达自己的主张,但是"不管一位作者怎样试图一贯真诚,他的不同作品将含有不同的替身,即不同思想规范组成的理想。……作家也根据具体作品的需要,用不同的态度表明自己。"③布斯以此说明应当把实际的作者的思想、价值准则与作品体现出来的思想以及作者本人对作品的解释分开,而一个作家的能力就表现在能恰当地控制价值评判的距离。另一叙事学家查特曼则进一步区分了作者、隐含作者、叙述者三个层面。作者从属于现实世界,常常是传统文学批评关注的对象。但是,还有一个存在于文本之内的隐含的作者,查特曼称之为"作者的第二自我",是作者在文本中的代理人。隐含作者处于现实世界与文本世界的交汇处,是作品中起支配作用的意识,但不等同与作者,甚至和作者是对立的,"它无声地指示我们,通过整体的设计,用所有的声

---

① [美]卡勒:《结构主义诗学》,盛宁译,中国社会科学出版社 1991 年版,第 59 页。
② [美]维姆萨特和比尔兹利:《意图谬见》,见赵毅衡编:《"新批评"文集》,中国社会科学出版社 1988 年版,第 209 页。
③ [美]韦恩·布斯:《小说修辞学》,华明等译,北京大学出版社 1987 年版,第 80—81 页。

音,凭借它选择让我们知悉的一切手段。"按照查特曼的看法,隐含作者也不同于叙述者,是位于话语行为深层结构之后的隐蔽的操纵者,而叙述者则活动于陈述事件、人物的表层结构中。①

后结构主义和后现代思潮更是使主体空心化,强调文学创作是与作者信念、价值判断及社会责任感无关的自治的话语实践整体。后结构主义与后现代主义的思想先驱福柯(一译福科,Michel Foucault,1926—1984)提出了一个以话语运作为中心的"写作"观念:"我们今天的写作摆脱了'表现'的必然性;它只指自己,⋯⋯这种颠倒使写作变成了符号的一种相互作用,它们更多地由能指本身的性质支配,而不是由表示的内容支配。"②而罗兰·巴尔特干脆宣布了作者的死亡。因为他把写作看成是一种复杂的意识形式,一种既积极又消极,既在个人生活中展示又在其中缺席的特殊的思维方式。他赞成为了写作自身的写作——他称之为"不及物的写作",认为写作就是使主体自己成为语言行动的中心,它是通过影响自己而影响写作的。法国新小说派作家罗伯-格里耶(Robbe-Grillet,1822--2008)的小说把内容和意义置入括弧之中,通过语言的障眼法,让不应对现实存在的空间的客体和穿行其间的人成为空心化的主体,并模糊叙述层面的人物与事物的界限。他说:"我们必须制造出一个更实体、更直观的世界,以代替现有的这种充满心理的、社会的和功能意义的世界。让物件和姿态首先以它们的存在去发生作用,让它们的存在临于企图于把它们归入任何体系的理论阐述之上,⋯⋯在小说的这个未来世界里,姿态和物件将在那里,而后才能成为'某某东西'。此后他们还是在那里,坚硬、不可变、永远存在,嘲笑自己的意义,这些意义妄图把它们的作用降为一个无形过去和一个不定未来之间的轻脆工具。"③这就从根本上解除了传统上所理解的作者的功能。这些说法也得到作家本人创作的印证。罗伯-格里耶自称他的写作"不是就真实再现的意义上选材,而是就其生活的写作意

---

① 参见[美]西摩·查特曼:《故事与话语》,徐强译,中国人民大学出版社2013年版,第133页。
② [法]福柯:《作者是什么?》,载王潮编:《后现代主义的突破》,敦煌文艺出版社1996年版,第273页。
③ [法]罗伯-格里耶:《未来小说道路》,见柳鸣九编:《新小说派研究》,中国社会科学出版社1986年版,第63—64页。

上,在其作家痛苦劳作的现实中,自我表现想象,就是说自我表现创造,自我发现"。①

但是晚近作者有回归的趋势。英国学者安德鲁·本尼特认为,作者对理解作品仍然有其必要性。他指出,文学的创作与批评都离不开经验意义上的作者,作者死亡指的是作者主宰一切的大写的作者观念的死亡,而不是经验意义上的作者,"在西方文学传统中,对文学的兴趣是受关于作者、作者是什么、这个作者(我们手头正在阅读的一本书的作者)是什么的某种不确定性所引导的,并且此类兴趣事实上是由对作者所赋予的文本性、意义、意图的界限难以抗拒的违反来推动的"。②

二、童年记忆与生平经历

1. 童年记忆

一些作家、批评家、理论家认为,作家的童年记忆、个人经历对他(她)的创作有重要影响。弗洛伊德认为,童年记忆对人的一生包括文学创作极为重要,"仍然留在记忆中的童年发生的事,是那段生活中最有意义的因素。不管此事在当时便显得十分重要,还是由于后来经历的影响才变得突出,都同样具有重要意义"。按照弗洛伊德的说法,童年遭受的创伤留下的记忆会以扭曲或变形的方式表露出来,并在后来的创作中留下印记。他举了歌德的例子加以分析,指出歌德弟弟出生后母亲把对自己的疼爱转移到弟弟身上引起了他的嫉妒。按照他的分析,歌德在《诗与真》中记载他小时候"把陶制品扔出窗子是一种象征性行为,或者更准确地说,是一种有魔力的行为。通过这种行为,孩子(歌德以及我的这个病人)表达出了他要除掉讨厌的闯入者的强烈愿望"。③ 弗洛伊德还分析过文艺复兴时期意大利画家达·芬奇(Leonardo Da Vinci,1452—1519)的绘画《蒙娜丽莎》中蒙娜丽莎神秘的微笑,认为蒙娜丽莎勾起了达·芬奇儿时对母亲的记忆,把对母亲微笑的回忆熔铸到画作

---

① [法]罗歇-米歇尔·阿勒芒:《阿兰·罗伯-格里耶》,苏文平等译,上海人民出版社 2004 年版,第 10 页。
② [英]安德鲁·本尼特:《作者理论与文学问题》,汪正龙译,《文艺理论研究》2010 年第 1 期。
③ [奥]弗洛伊德:《歌德在其著作〈诗与真〉里对童年的回忆》,见《弗洛伊德论创造力与无意识》,孙恺祥译,中国展望出版社 1986 年版,第 112—113 页、第 117 页。

中,画作中的"蒙娜丽莎"成了母亲和蒙娜丽莎女士的复合。达·芬奇是一个私生子,母亲是一个被遗弃的农村姑娘,从出生到五岁达·芬奇和生母在一起,后来由父亲和养母抚养成人。弗洛伊德认为:"由于对孩子的爱,可怜的、遭人遗弃的母亲不得不表达出对她曾经享受过的爱抚的所有记忆和对新的爱抚的渴望;她不得不这样做不仅是为了补偿她没有丈夫的痛苦,而且也为了补偿她的孩子得不到的父亲的爱抚。"[1]因而蒙娜丽莎的微笑带有温情、媚态两种不同的元素,造成了让人迷惑的神秘感。英国作家狄更斯(Charles John Huffam Dickens,1812—1870)也有一个不幸的童年。他在六个孩子中排行老二(男性兄弟中老大),从小跛脚,瘦弱多病,容易痉挛,小时候在鞋油作坊当过童工。狄更斯早年当童工和学徒的经历在他后来的多部作品中反复重现。狄更斯后来回忆说:"我那年轻的心灵受到的痛苦,关于以上这一切的深刻记忆是无法写出来的。我的整个身心所受到的悲痛和屈辱是如此巨大,即使到了现在,我已经出了名,受到了别人的爱抚,生活愉快,在睡梦中我还常常忘掉我自己有着爱妻和孩子,甚至忘掉自己已经长大成人,好像又孤苦伶仃地回到那一段岁月里去了。"[2]众所周知,莫言对其儿童时的饥饿刻骨铭心,在他后来的创作中发展出一系列"食"的意象与主题。

当然,童年既有苦难也有欢乐。童年记忆也未必都是痛苦的,那些美好的记忆也同样会在后来的创作中以不同的方式重现。这里不得不提及但丁(Dante Alighieri,1265—1321)。但丁九岁时邂逅了八岁的贝雅特丽齐,后者虽然没有成为他的爱人,并且后来两人只见过一面,但是但丁终身保持着对贝雅特丽齐的精神上的爱情,甚至在《神曲》中是她取代维吉尔(Virgi,前70—前19),带领但丁升上天堂。但丁以此理想之爱追求精神的完满。就广泛意义上来说,儿童时期的生活、观察和记忆会在作家成年的创作中留下烙印。沈从文以《边城》为代表作的文学创作带有浓郁的地方特色。他晚年曾经谈到湘西凤凰县的风土人情在他的视觉、听觉、嗅觉上留下的丰富而新鲜的记忆,"……各处去看,各处去听,还各处去嗅闻,死蛇的气味,腐草的气味,屠户

---

[1] [奥]弗洛伊德:《列奥纳多·达·芬奇和他童年时代的一个记忆》,见《弗洛伊德论美文选》,张唤民等译,知识出版社1987年版,第85页。

[2] [英]约翰·福斯特:《查尔斯·狄更斯评传》,见罗经国编选《狄更斯评论集》,上海译文出版社1981年版,第316页。

身上的气味,烧碗处土窑被雨淋以后发出的气味,要我说出来虽当时无法用语言来形容,要我辨别却十分容易。蝙蝠的声音,一只黄牛当屠户把刀刺进它喉中时叹息的声音,藏在塍土穴中大黄喉蛇的鸣声,黑暗中鱼在水中拔剌的微音,全因到耳边时分量不同,我也记得那么清清楚楚。因此回到家里时,夜间我便做出无数稀奇古怪的梦……这些梦直到将近二十年后的如今,还常常使我在半夜无法安眠,既然把我带回到那个'过去'的空虚里去,也把我带往空幻的宇宙里去。"①我们由此发现了沈从文作品中的湘西风情和泥土气息的由来。

2. 个人经历与创作原型

作家的生活经历和他的文学创作之间常常有密切的关系。德国学者狄尔泰说过,"诗艺是生活的表现和表达。诗艺表达生活经历,表现生活的外部现实。……但是,生活价值存在于各种相互关系中,这些关系的原因在于生活本身的关联,各种相互关系给予个人、事物、环境、事件以它们的意义。作家就这样趋向有意义的东西。"②鲁迅在谈到他写小说的经验时说,"所写的事迹,大抵有一点见过或听到过的缘由,但绝不全用这事实,只是采取一端,加以改造,或生发开去,到足以几乎完全发表我的意思为止。人物的模特儿也一样,没有专用过一个人,往往嘴在浙江,脸在北京,衣服在山西,是一个拼凑起来的脚色。"③这说明作家笔下的人物和事件常常是有原型的,这些原型来自作家经历的所见所闻,当然,作家对这些原型进行了加工改造。根据周作人所写的回忆录《鲁迅小说里的人物》,我们从中得知,《狂人日记》里狂人的原型是鲁迅的表兄弟,《故乡》中闰土的原型是绍兴城东北乡民章运水。章运水中年后的穷困落魄不是因为小说中提到的"多子,饥荒,苛税,兵,匪,官,绅",而是因为和村中一个寡妇相好导致了婚变④。托尔斯泰在年轻时候见过普希金的女儿,她美丽,超凡脱俗,给托尔斯泰留下很深的印象,后来就成了托尔斯泰创作《安娜·卡列尼娜》时安娜形象的原型。秘鲁作家巴尔加斯·略萨(Mario Vargas Llosa,1936—)写了一部小说《胡利娅姨妈》,这个胡利

---

① 沈从文:《从文自传》,《新文学史料》1980年第3期。
② 狄尔泰:《体验与诗》,胡其鼎译,生活·读书·新知三联书店2003年版,第149页。
③ 鲁迅:《我怎么做起小说来》,《鲁迅全集》第4卷,人民文学出版社1981年版,第513页。
④ 参见周作人:《鲁迅小说里的人物》,河北教育出版社2002年版,第15页、第65—74页。

娅姨妈是有生活原型的。略萨后来说:"我19岁的时候跟一位的确名叫胡利娅的女士结了婚,她比我岁数大,是我的亲戚:我舅妈的妹妹。当时她来到秘鲁弹琴,我们就产生了狂风暴雨式的爱情,主要线索在我的那部小说里都出现了。"①

曹禺创作的戏剧一些人物也是有原型的。根据曹禺自己的说法,《雷雨》中的周冲就是曹禺自己,曹禺家里女仆长得秀气,心地善良,曹禺喜欢她,那个小丫头就是四凤的原型。曹禺第一任太太是他上清华大学外语系时法律系女生郑秀,但是两人结婚后由于性格、脾气、爱好、情趣有反差,感情出现了裂痕,曹禺感到非常苦闷,与方瑞产生了恋情,方瑞就成了《北京人》中愫方的原型。曹禺后来说,"愫方是《北京人》里的主要人物。我是用了全副的力量,也可以说是用我的心灵塑造成的。我是根据我死去的爱人方瑞来写愫方的……"②事实上,当代文学中的很多作品,如杨沫的《青春之歌》、曲波的《林海雪原》、罗广斌和杨益言的《红岩》等等,程度不同地带有自传色彩,其中不少人物如《红岩》中的江姐、许云峰等都有原型。

从广泛意义上说,作家总是从他所生活的时代、社会吸取创作素材与养料。被称为拉美"魔幻现实主义"代表人物的哥伦比亚作家加西亚·马尔克斯(Gabriel José de la Concordia García Márquez,1927—2014)也认为,"在加勒比地区,在拉丁美洲,人们以不同的方式学习生活。我们认为,魔幻情境和'超自然的'情境是日常生活的一部分,和平常的、普通的现实没有什么不同。对预兆和迷信的信仰和不计其数的'神奇的'说法,存在于每天的生活中。在我的作品中,我从来也没有寻求对那一切事件的任何解释。它不过是生活的一部分。所以,当人们认为我的小说是'魔幻现实主义'的表现时,这说明我们仍然受着笛卡尔哲学的影响,把拉丁美洲的日常世界和我们的文学之间的亲密联系抛在了一边。不管怎样,加勒比的现实,拉丁美洲的现实,一切现实,实际上都比我们想象的神奇得多。我认为我是一个现实主义作家,仅此而已。"③

---

① [秘鲁]巴尔加斯·略萨:《谎言中的真实》,赵德明译,云南人民出版社1997年版,第34—35页。
② 曹禺:《曹禺自述》,京华出版社2008年版,第128—129页。
③ [哥伦比亚]马尔克斯:《两百年的孤独》,朱景冬等译,云南人民出版社1997年版,第309页。

但是作家经历与创作原型的关系也不能估计过高。大体上说,写实性的作家对个人的生平经历、经验见识有较大的关联性,其他类型的作家未必如此,即所写的作品与其经历没有明显的关联性。

三、作家的观察、想象与灵感

1. 观察与想象

作家常常是具有敏锐观察力的人。高尔基说:"我是一个文学工作者。这个职业逼着我注意琐碎的事情。这个职务已经变成习惯了。"①歌德也说:"我观察自然……就连一些最微小的细节也熟记在心里。"②但是,即便是在作家当中每个人的观察力也有很大的差别。高尔基与同时代的两个作家安德烈耶夫和蒲宁在意大利那不勒斯一个旅馆里曾经进行了一场观察比赛:三人找进来的一个旅客,观察三分钟谈谈自己的观感。高尔基观察后说,这是一个脸色苍白的人,穿的是灰色西服,长着一双细长的发红的手。安德烈耶夫胡诌了一通。但是蒲宁观察得极为细致,从这个人的服装到结的带小点的领带,又注意到他小指的指甲有些不正常,连他身上还有一个小瘊子也描绘出来了,最后他断言:此人是一个国际骗子。后来饭馆招待证实了蒲宁的观察,此人经常在街头闲逛,声名狼藉。从中可见,蒲宁有极为敏锐的观察力。

观察、体验、记忆与想象是不可分的。正如黑格尔所说:"最杰出的艺术本领就是想象……想象是创造性的。属于这种创造活动的首先是掌握现实的资禀和敏感,这种资禀和敏感通过常在注意的听觉和视觉,把现实世界丰富多彩的图形印入心灵里。此外,这种创造活动还要靠牢固的记忆力,能把这种多样图形的花花世界记住。"③想象是人在头脑里对已储存的表象进行加工改造形成新形象的心理过程,心理学上分为再造性想象、创造性想象和幻想。在写实性作家那里,作家会通过想象把他平时的生活积累、观察和记忆转化为一种类似生活世界的艺术图景。巴尔扎克说:"法国社会将写它的历史,我只能当它的书记。编制恶习和德行的清册、搜集情欲的主要事实、刻画性格、选择社会的主要事件、结合几个本质相同的人的特点揉成典型人物,这

---

① [俄]高尔基:《忆列宁》,曹葆华译,人民文学出版社1977年版,第3—4页。
② [德]歌德:《歌德谈话录》,朱光潜译,人民文学出版社1978年版,第108页。
③ [德]黑格尔:《美学》第1卷,朱光潜译,商务印书馆1979年版,第357页。

样我也许能写出许多历史家没有想起写的那种历史,即风俗史。"①高尔基说:"想象在其本质上也是对于世界的思维,但它主要是用形象来思想,是'艺术的'思维。"②巴金曾经叙述其创作《家》时的情景:"我写《家》的时候,我仿佛在跟一些人一同受苦,一同在魔爪下面挣扎。我陪着那些可爱的年轻生命欢笑,也陪着他们哀哭。我一个字一个字地写下去,我好像在挖开我的记忆的坟墓,我又看见了过去使我的心灵激动的一切。"③这里面记忆、体验、想象就融为一体了。

但是非写实性作家的想象便有所不同——他们不是试图再现生活世界的面貌,而是建立一个艺术的结构,这个艺术的结构可以指涉生活世界,但是与生活世界的结构并不对应。阿根廷的博尔赫斯(Jorge Luis Borges,1899—1986)属于想象力特别丰富的作家。他说,"我可以海阔天空地幻想,我可以随心所欲地想象。我不必描写细节。我没有必要做历史学家或者新闻记者。"④博尔赫斯用想象建筑艺术的迷宫。博尔赫斯的《死亡和罗盘》似乎是侦探小说,但又颠覆了罪犯被惩罚的侦探小说模式:通过前面三次离奇的谋杀,自以为已经发现犯罪规律从而侦破了案情的警官隆罗,第四次反而陷入系列案犯夏拉克精心编织的死亡陷阱而丧失了性命。莫言也是想象力特别丰富的作家,他的想象受到中国古代志怪小说的影响。他的小说《透明的红萝卜》如此描写黑孩眼中的红萝卜:"红萝卜晶莹透明,玲珑剔透。透明的、金色的外壳里包孕着活泼的银色液体。红萝卜的线条流畅优美,从美丽的弧线上泛出一圈金色的光芒。光芒有长有短,长的如麦芒,短的如睫毛,全是金色……"即便是红高粱这样的植物,在莫言那里也被赋予了生命的品格。《红高粱》写"我奶奶"临死前听到了日军飞机的扫射,"高粱齐声哀鸣,高粱的残破肢体呈直线下落呈弧线飞升……"再看该作品写"我爷爷"和"我父亲"躲在高粱地里,日军骑马追踪而来的情景:"父亲看到他用马刀把高粱穗子劈下

---

① [法]巴尔扎克:《〈人间喜剧〉前言》,陈占元译,见王秋荣编《巴尔扎克论文学》,人民文学出版社1986年版,第62页。
② [俄]高尔基:《谈谈我怎样学习写作》,见《论文学》,孟昌等译,人民文学出版社1978年版,第160页。
③ 巴金:《谈自己的创作》,《巴金文集》第十四卷,人民文学出版社1962年版,第342页。
④ [阿根廷]博尔赫斯:《博尔赫斯谈话录》,王永年译,上海译文出版社2008年版,第5页。

来,有的高粱无声无息地头颅落地,连站立的棵子都纹丝不动;有的高粱哗哗乱响,被砍折了的穗子喑哑地哀鸣着歪向一边,悬挂在茎叶抖颤的秸秆上;有的高粱则以极度的柔韧顺着刀前倾,又随着刀后仰,像粘在刀口上的一捆麻线。"莫言的中篇小说《欢乐》通篇采用第二人称"你"来叙述农村高考落榜青年齐文栋的经历。这个屡考不中的乡村青年处于幻觉之中,"跳蚤在母亲的紫色的肚皮上爬,爬! 在母亲积满污垢的肚脐眼里爬,爬! 在母亲泄了气的破气球一样的乳房上爬,爬! 在母亲的弓一样的肋条上爬,爬! 在母亲的瘦脖子上爬,爬! 在母亲的尖下巴上、破烂不堪的嘴上爬,爬! 母亲嘴里吹出的绿色气流使跳蚤站立不稳,脚步趔趄,步伐踉跄;使飞行中的跳蚤仄着翅膀,翻着筋斗,有的偏离飞行方向,有的像飞机跌入气涡,进入螺旋……"作品还写到喝了剧毒农药的齐文栋弥留时的感觉:"你感到气闷,肺叶里充满气体,肺叶膨胀成笨拙的羽翼,你喘息,挣扎着起飞,跟着黄麻花飞升,进入闪光的蝶的河流。你的喘息是你扇动羽翼的声音。追着彩蝶,追着光,追着鱼翠翠那两朵丰满的乳房。你随着蝶的流,忽高忽低,忽上忽下,忽快忽慢,忽急忽缓,风从你身上流过去,梳理着你光滑的羽毛。你俯瞰着大地,云朵在你身下,蘑菇状的、树冠状的、森林起落般的云层在你身下漂移着,你透过云的眼看到大地;村庄与河流;树木和沙丘;……你飞翔着,盘旋着,在上不着天下不着地的空间里,你感到轻松自由、无拘无束,肉体不痛苦,灵魂不痛苦,你宁静,无欲无念,你说:欢乐呵,欢乐!"莫言小说中的这些想象的场景显然带有奇幻的色彩。卡夫卡在谈到创作小说《乡村教师》的体会时说:"初看上去,每篇小说的开头都是可笑的。要使这个新的、尚不完备的、处处有懈可击的机体在世界那已经完备了的结构中站住脚,似乎是没有希望的。世界的结构同任何已经完备了的结构一样力求闭关自守。但人们忘记了,小说(如果它有成功的权利)也有着自己的完备的结构,虽然这种结构可能还没有充分展开。"①反过来,写实性的作家,例如被认为属于现实主义作家的司汤达(Marie-Henri Beyle,1783—1842),有时候也需要创造性的想象。法国批评家让-皮埃尔·理查(Jean-Pierre Richard)在司汤达的作品中区分出两种形式的想象,"一种是现实事物的逐渐模糊,并且有纯粹的退想;另一种是永不脱离

---

① [奥]卡夫卡:《日记》(1914年12月19日),见叶廷芳编《论卡夫卡》,中国社会科学出版社1988年版,第743—744页。

尘世，而是尽力对它进行弥补和纠正"。①

中国古代文论也谈想象，但是用的术语是"神思"等，并且时常跟"虚静"联系在一起。陆机《文赋》所说的"精骛八极，心游万仞"，"观古今于须臾，抚四海于一瞬"说的就是想象。萧子显、刘勰等人所说的"神思"就是想象。萧子显在《南齐书·文学传论》中认为神思是"属文之道"，可以"感召无象，变化不穷。俱五声之音响，而出言异句；等万物之情状，而下笔殊形"。刘勰在《文心雕龙》里更是将神思视为"驭文之首术，谋篇之大端"。他说："古人云，形在江海之上，心存魏阙之下；神思之谓也……故思理为妙，神与物游。神居胸臆，而志气统其关键；物沿耳目，而辞令管其枢机。枢机方通，则物无隐貌。关键将塞，则神有遁心。""文之思也，其神远矣。故寂然凝虑，思接千载；悄焉动容，视通万里；吟咏之间，吐纳珠玉之声；眉睫之前，卷抒风云之色，其思理之致乎？"之所以称之为神思，是因为文之想象不同于日常生活中的计划安排或者胡思乱想，而是脱离了功利性，不受时空的限制。所以刘勰把"神思"和"虚静"联系在一起，认为心灵的虚静是文学创造不可缺少的条件。虚静最早是《老子》十六章提出的："致虚极，守静笃，万物并作，吾以观复。"庄子更以庖丁解牛、佝偻者承蜩等寓言说明了虚静对体道的重要性。《荀子·解蔽》亦云："心何以知？曰：虚壹而静。"到魏晋时期，虚静便从先秦作为认识对象的基本条件转化为文学创作的心理基础。刘勰《文心雕龙·神思》篇说："陶钧文思，贵在虚静，疏瀹五脏，澡雪精神。"苏轼《送参寥师》："欲令诗语妙，无厌空且静；静故了群动，空故纳万境。"虚静强调作家创作时凝神观照、虚空宁静的无功利的心理状态。

2. 灵感

灵感是由于作家长期积累、思考材料和主题而产生的思路接通、文思打开的情况。自古希腊以来，西方的灵感说强调文学创作的突发性与非自觉性，常常与天才相联系，带有非理性色彩。德谟克利特说："一位诗人以热情并在神圣的灵感之下所作成的一切诗句，当然是美的。"②柏拉图认为，诗人写

---

① ［法］让-皮埃尔·理查：《文学与感觉》，顾嘉琛译，生活·读书·新知三联书店1992年版，第49页。
② ［古希腊］德谟克利特：《著作残篇》，见北京大学哲学系外国哲学史教研室编译《古希腊罗马哲学》，商务印书馆1961年版，第107页。

诗是因为得到了神灵的凭附而获得了作诗的灵感。他说:"凡是高明的诗人,无论在史诗或抒情诗方面都不是凭技艺来做成他们优美的诗歌,而是因为他们得到灵感,有神力凭附着。……因为诗人是一种轻飘的长着羽翼的神明的东西,不得到灵感,不失去平常理智而陷入迷狂,就没有能力创造,就不能作诗或代神说话。"①"若是没有这种诗神的迷狂,无论谁去敲诗歌的门,他和她的作品都永远站在诗歌的门外,尽管他妄想单凭诗的艺术就可以成为一个诗人。他的神智清醒的诗遇到迷狂的诗就黯淡无光了。"②其后,不少人将灵感视为文学创作的条件。如法国艺术史家丹纳(一译泰纳,Hippolyte Taine,1828—1893)说:"艺术家需要一种必不可少的天赋,你用许多好听的名字称呼它,称之为灵感,称之为天才,都可以,都很对。"③灵感的确具有突发性。郭沫若曾经谈到他写《凤凰涅槃》时灵感袭来时的情景:"《凤凰涅槃》那首长诗是在一天中分两个时期写出来的。上半天在学校课堂里听讲的时候,突然有诗意袭来,便在抄本上东鳞西爪地写了那诗的前半。在晚上行将就寝的时候,诗的后半的意趣又袭来了,伏在枕头上用着铅笔只是火速的写,全身都有点作寒作冷,连牙关都在打战。就那样把那首奇怪的诗也写了出来。……由精神病理学的立场看,那明白地表现着一种神经性的发作。那种发作大约也就是所谓'灵感'(inspiration)吧!"④

关于灵感的起源,黑格尔认为,除了要有内容和主题,还要有才情和机缘,"要煽起真正的灵感,面前就应该先有一种明确的内容,即想象所抓住的并且要用艺术方式去表现的内容。灵感就是这种活跃地进行构造形象的情况本身","作为一个天生地具有才能的人,他与一种碰到的材料发生了关系,通过一种外缘,一个事件……把这种材料表现出来"。⑤

我国古代一般以"应感""妙悟""兴会"来表示灵感。陆机在《文赋》中写

---

① [古希腊]柏拉图:《伊安篇》,见《柏拉图文艺对话集》,朱光潜译,人民文学出版社1963年版,第8页。
② [古希腊]柏拉图:《斐德若篇》,见《柏拉图文艺对话集》,朱光潜译,人民文学出版社1963年版,第118页。
③ [法]丹纳:《艺术哲学》,傅雷译,人民文学出版社1963年版,第27—28页。
④ 郭沫若:《我的作诗的经过》,《郭沫若全集》文学篇第十六卷,人民文学出版社1989年版,第217页。
⑤ [德]黑格尔:《美学》第1卷,朱光潜译,商务印书馆1979年版,第364—365页。

道:"若夫应感之会,通塞之纪,来不可遏,去不可止,藏若景灭,行犹响起。方天机之骏利,夫何纷而不理。思风发于胸臆,言泉流于唇齿。"就表达了灵感到来时文思泉涌的状态。"妙悟"一词来自禅宗,在《坛经》中表示"识心见性,自成佛道"。宋代的严羽在《沧浪诗话》中把它运用于文学,"大抵禅道在妙悟,诗道亦在妙悟,且孟襄阳学力在韩退之下远甚,而其诗独处退之上者,一味妙悟而已。唯妙悟乃当行,乃为本色"。在严羽眼中,"识"是妙悟的前提。兴会的含义比较复杂,有时候指兴致,有时候指灵感。清代的袁枚说,"作诗兴会所至,容易成诗。"(《随园诗话》卷二)这里所说的兴会大体上相当于灵感。但是上述说法较少涉及非理性的状态。

四、互文性与影响的焦虑

1. 互文性

1966年,法国批评家克里斯蒂娃(Julia Kristeva,1941—)在一篇介绍巴赫金对话理论的文章《词语、对话和小说》中,认为"任何文本都是对另一个文本的吸收与变形",她称这一文本之间相互吸收与影响的现象为互文性(Intertextuality)[1],又译为文本间性。例如,作为两部同样描写封建大家庭生活的作品,《红楼梦》包含了对《金瓶梅》的参考与借鉴,这就是互文性。

但是互文性并不单纯指文本与文本之间正面的影响、借鉴与吸收,还包括反向的改写、戏仿和颠覆等。例如,英国作家简·里斯(Jean Rhys,1890—1979)的小说《藻海无边》就是对夏洛蒂·勃朗特《简·爱》的改写和颠覆。该书以《简·爱》中的负面人物安托瓦内特为核心,把人物置于种族冲突与文化冲突的语境中,描写了这个西印度群岛的克里奥尔人的早年生涯及殖民统治者罗切斯特与其被征服者的婚姻。该书既是《简·爱》内容的补充,因而是其续作;小说中的故事发生在《简·爱》故事发生之前,因而又是其前篇。表面上看,《简·爱》和《藻海无边》都是写女性解放的,但是前者仍然有帝国主义色彩,后者则对帝国主义和殖民主义进行了深刻批判,所以克里斯蒂娃后来谈到互文性时说,词语(文本)只是一个中介,"词语的'对话'地位使词语在

---

[1] Julia Kristeva,"Word,Dialogue and Novel",in *The Kristeva Reader*,Toril Moi(ed.),Oxford:Blackwell,1986,p.37.

'空间'中发挥作用,这是一个三维空间,包括写作主体、读者与语境"。① 可见,互文性虽然表示作品之间的借鉴与影响关系,实际上也体现了主体(作者)与语言(文本)的关系。

后来,热奈特在《广义文本之导论》中对互文性理论作了进一步发挥。他提出了"跨文本性"这一概念表示"所有使文本与其他文本发生明显或潜在关系的因素。"②后来,热奈特在《隐迹稿本》中论证了五种跨文本性的关系。一是克里斯蒂娃所说的文本间性的狭义化,即两个文本或若干个文本之间的互现关系,一个文本在另一个文本中的出现,它表现为引用、借鉴、寓意陈述及剽窃等。二是一部文学作品中正文与只能称作它的"副文本"(paratext)之间的关系组成。副文本由标题、副标题、前言、跋、告读者、插图、磁带等其他附属物构成,此外,草稿、提纲及各种梗概等前文本也可发挥副文本的功能。三是"元文本性关系",即一个文本不一定直接引用蓝本,但暗中包含了对蓝本的评论或隐射。第四是"承文本性",它表示文本对蓝本的非评论性攀附关系,是文本对蓝本的改造。如维吉尔的《伊涅阿斯纪》和乔伊斯的《尤利西斯》都是荷马的《奥德赛》的承文本。第五是"广义文本性",如体裁、文本类型、历史变迁等承袭关系。

2. 影响的焦虑

作家的创作不是在真空中发生的,而是处于与同代及前辈作家作品关系的链条中。文学的发展既表现在文体的兴衰、作家作品的更替上,也表现在先前已有的创作观念和审美规范对后来作家的启迪与影响上。前苏联美学家鲍列夫曾经提出过"创作场"的概念,他说:"前辈艺术的启示作用不是伟大先驱的创作对后代艺术家产生直接的影响上面,而是表现在它能造成一个后代艺术家经常要陷入其中的、特殊的创作场。这种影响比较隐蔽,但影响力更大。"③布鲁姆在《影响的焦虑》中提出了"影响即焦虑"的说法,认为作家写作自身从根本上说就是一种和死者、和先前伟大作家的对话和反抗的关系,具体表现在后辈作家对前辈作家作品的继承、摒弃、借用、摹仿、竞赛等方面。

---

① [法]克里斯蒂娃:《主体·互文·精神分析》,祝克懿、黄蓓编译,生活·读书·新知三联书店 2016 年版,第 15 页。
② [法]热奈特:《广义文本之导论》,见《热奈特论文集》,史忠义译,百花文艺出版社 2001 年版,第 64 页。
③ [俄]鲍列夫:《美学》,乔修业等译,中国文联出版公司 1986 年版,第 329 页。

我们知道,"焦虑"(anxiety)是弗洛伊德精神分析中的一个重要概念,指受到内部或外部刺激产生的一种痛苦的心理体验。如果比照弗洛伊德对外在的焦虑和神经症的焦虑的划分的话,文学创作中的焦虑应该属于前者,即"对于危险——或预料中的外来伤害——的应有的反应"。① 布鲁姆认为,前辈诗人会给后辈诗人以巨大的压力,后辈诗人为了使自己的想象力不被淹没要采取各种防御措施,"哪里有前驱的诗,就让我的诗在哪里吧——这是每一位强者诗人的理性准则"。②

本部分所选五篇文章大致可反映作者及创作理论的基本情况。其中沈从文的《小说作者和读者》相对强调文学的审美性与超越性;艾略特的《传统与个人才能》则提出了他的诗歌非个人化理论;弗洛伊德的《创作家与白日梦》认为艺术是艺术家未被满足的潜意识与愿望的实现;福柯的《作者是什么?》带有某种折中性,他既认为文学作为"写作"活动只指向自己,又认为文学作为话语实践是权力扩散的结果;而巴尔特的《作者的死亡》认为写作只是一种单纯的语言活动,代表后结构主义的观点。

选 文

小说作者和读者(节选)

沈从文

导言——

本文节选自王运熙主编《中国文论选》现代卷(下)(江苏文艺出版社,1996)。原是作者 1940 年 8 月 3 日在西南联合大学师院国文学学会的演讲,载于 1940 年 8 月 15 日《战国策》第 10 期。

作者沈从文(1902—1988),湖南凤凰县人,是中国现代著名作家,代表作

---

① [奥]弗洛伊德:《精神分析引论新编》,高觉敷译,商务印书馆 1987 年版,第 63 页。
② [美]布鲁姆:《影响的焦虑》,徐文博译,生活·读书·新知三联书店 1989 年版,第 82 页。

有小说《边城》等,曾任西南联合大学教授、中国社会科学院历史所研究员。作者认为,一部好的作品除了给人以美感以外,还有一种引人向善的力量,即创造一种能给读者的人生或生命以深一层理解的人生。作家的创作是由比食、性本能更强烈的永生愿望所触动,作品所显示的是"超越世俗甚远"但又以"共同人性"为基础的"另外一种人生",因此或许只有"少数解味的读者"才能理解。作者还认为作家不应受商品利益和政治利益所左右,也不应当为某种"时代"意义而忘记作品超越时空的价值。本文也是对作者本人创作活动的一个总结,其关于文学超越性的见解是比较精辟的,而关于作品商品价值、政治意义及"时代"性的见解虽然有偏颇之处,不少还是合理的。

    我们想给小说下一个简单而明白的定义,似乎不大容易。但目下情形,"小说"这两个字似乎已被人解释得太复杂太多方面,反而把许多人弄糊涂了,倒需要把它范围在一个比较素朴的说明里。个人只把小说看成是"用文字很恰当记录下来的人事",这定义说它简单也并不十分简单。因为既然是人事,就容许包含了两个部分:一是社会现象,即是说人与人相互之间的种种关系;二是梦的现象,即是说人的心或意识的单独种种活动。单是第一部分不大够,它太容易成为日常报纸记事。单是第二部分也不够,它又容易成为诗歌。必须把"现实"和"梦"两种成分相混合,用语言文字来好好装饰、剪裁,处理得极其恰当,方可望成为一个小说。

    我并不说小说须很"美丽"地来处理一切,因为美丽是在文字辞藻以外可以求得的东西。我也不说小说需要很"经济"地来处理一切,即或是一个短篇,文字经济依然不是这个作品成功的唯一条件。我只说要很"恰当"。这恰当意义,在使用文字的量与质上,就容许不必怕数量的浪费,也不必对于辞藻过分吝啬。故事内容发展呢,无所谓"真",也无所谓"伪",要的只是恰当。全篇分配要恰当。描写分析要恰当,甚至于一句话一个字,也要它在可能情形下用得不多不少,妥帖恰当。文学作品上的真美善条件,便完全从这种恰当产生。

    我们得承认,一个好作品照例会使人觉得在真美感觉以外,还有一种引人"向善"的力量。我说的向善,它的意义,不仅仅是属于社会道德一方面"做好人"为止。我指的是读者能从作品中接触了另外一种人生,从这种人生景象中有所启示,对人生或生命能作更深一层的理解。普通"做好人"的庸俗乡愿道德,社会虽异常需要,然而已有许多简单而便利的方法和工具可以应用,且在那个多数方面极容易产生效果,似乎不必要文学中小说来作这件事。小说可作的事远比这个大。若勉强运用它来作工具,实在费力而不大讨好。(只看看历史上绝大多数说教作品的失败,即可明白把作品有意装入一种教义,永远是一种动人理论,见诸实行并不成功。)至于生命的明悟,消极的使一个人从肉体理解人的神性和魔性如何相互为缘,并明白人生各种型式,扩大到个人生活经验以外。或积极的提示人,一个人不应仅仅能平安生存即已足,尚必须在生存愿望中,有些超越普通动物肉体基本的欲望,比饱食暖衣保全首领以终老更多一点的贪心或幻想,方能把生命引导向一个更崇高的理想上去发展。这种激发生命离开一个动物人生观,向抽象发展与追求的欲望或意志,恰恰是人类一切进步的象征,这工作自然也就是人类最艰难伟大的工作。我认为推动或执行这个工作,文学作品实在比较别的东西更其相宜。说得夸大一点,到近代,这件事别的工具都已办不了时,惟有小说还想担当。原因简单,小说既以人事作为经纬,举凡机智的说教,梦幻的抒情,都无一不可以把它综合组织到一个故事发展中。印刷术的进步,交通工具的进步,又可以把这些作品极便利的分布到使用同一种文字的任何一处读者面前去。托尔斯泰或曹雪芹过去的成就,显然就不是用别的工具可以如此简便完成的!20世纪虽和十八九世纪情形大不相同,最大不同是都市文明的进步,人口集中,剥夺了多数人的闲暇,能从从容容来阅读小说的人已经不怎么多,能从小说来接受人生教育的更不会多了。可是在中国,一个小说作品若具有一种崇高人生理想,希望这理想在读者生命中保留一种势力,依然并不十分困难。中国人究竟还有闲,尤其是比较年轻的读书人,在习惯上用文学作品来耗费他个人的剩余生命,是件已成习惯的时髦事情。若文学运动能在一个良好影响上推动,还可望造成另外一种人的习惯,即人近中年,当前只能用玩牌博弈耗费剩余生命的中层分子,转而来阅读小说。

  可是什么作品可称为恰当?说到这一点,若想举一个例来作说明时,倒相当困难了。因为好作品多,都只能在某一点上得到成功。譬如用男女爱情作为题材,同样称为优秀作品的作品,好处就无不有个限制。从中国旧小说看来,我们就知道《世说新语》的好处,在能用素朴文字保存魏晋间人物行为言语的风格或风度,相当成功,不像唐人小说。至于唐人小说的好处,又是处理故事时，或用男女爱憎恩怨作为题材（如《霍小玉传》、《李娃传》），或用人与鬼神灵怪恋爱作为题材（如《虬髯客传》、《柳毅传》），无不贴近人情。可是即以贴近人情言，唐人短篇小说与明代长篇小说《金瓶梅》又大不相同。《金瓶梅》的好处，却在刻画市井人物性情，从语言运用上见出卓越技巧。然而同是从语言控制表现技巧，《金瓶梅》与清代小说《红楼梦》面目又大异。《红楼梦》的长处，在处理过去一时代儿女纤细感情，恰如极好宋人画本，一面是异常逼真，一面是神韵天成。……不过就此说来，倒可得到另外一种证明，即一个作品其所以成功，安排恰当是个重要条件。只要恰当，写的是千年前活人生活，固然可给读者一种深刻印象，即写的是千年前活人梦境或驾空幻想，也同样能够真切感人。《三国演义》在历史上是不真的，毫无关系；《西游记》在人事上也不会是真的，同样毫无关系。它的成功还是"恰当"，能恰当给人印象便真。那么，这个恰当究竟应当侧重在哪一点上？我以为一个作品的恰当与否，必须以"人性"作为准则。是用在时间和空间两方面都"共通处多差别处少"的共通人性作为准则。一个作家能了解它较多，且能好好运用文字来表现它，便可望得到成功，一个作家对于这一点缺少理解，文字又平常而少生命，必然失败。所以说到恰当问题求其所以恰当时，我们好像就必然要归纳成为两个条件：一是作者对于语言文字的性能，必须具敏锐的感受性，且有高强手腕来表现它。二是作者对于人的情感反应的同差性，必须有深切的理解力，且对人的特殊与类型能明白刻画。

换句话说，小说固然离不了讨论人表现人的活动种种，但作者在他那个作品的制作中，却俨然是一个"上帝"（这自然是一种比喻）。我意思是他应当有上帝的专制和残忍，细心与耐性，透明的认识一切，再来处理安排一切，作品才可望给人一个深刻而完整的印象。一个作家在写作过程中，"天才"与"热情"，常常都不可免成为毫无意义的名词。所有的只是对人事严密的思索，对文字保持精微的敏感，追求的只是那个"恰当"。

关于文字的技巧与人事理解，在过去，这两点对于一个小说作家，本来不应当成为问题。可是到近来却成为一个问题。这有一种特别原因，即近二十年中国的社会发展，与中国新文学运动不可分，因此一来小说作家有了一个很特别的地位。这地位也有利也有害，也帮助推进新文学的发展，也妨碍伟大作品产生。新作品在民国十五年左右已有了商品价值，在民国十八年又有了政治意义，风气习惯影响到作家后，作家的写作意识，不知不觉从"表现自我"成为"获得群众"。于是留心多数,再想方法争夺那个多数,成为一种普遍流行文学观。"多数"既代表一种权力的符号,得到它即可得到"利益",得到利益自然也就象征"成功"。跟随这种习惯观念,不可免产生一种现象,即作家的市侩工具化与官僚同流化。尤其是受中国的政治习惯影响,伪民主精神的应用,与政治上的小帮闲精神上相通,到时代许可竞卖竞选时,这些人就常常学习谄谀群众来争夺群众;到时代需要政治集权时,又常常用捧场凑趣方式来讨主子欢心。且用商品方式推销,作家努力用心都不免用在作品以外。长于此者拙于彼,因此一来,作者的文字技巧与人事知识,当然都成为问题了。这只要我们看看当前若干作家如何把作品风格之获得有意轻视,在他们作品中,又如何对于普通人情的极端疏忽,就可明白近十年来的文学观,对于新文学作品上有多大意义,新的文学写作观,把"知识"重新提出又具有何等意义了。作品在文体上无风格无性格可言,这也就是大家口头上喜悦的"时代"意义。文学在这种时代下,与政治大同小异,就是多数庸俗分子的抬头和成功。这种人的成功,一部分文学作品便重新回到"礼拜六"派旧作用上去,成为杂耍,成为消遣品。若干作家表面上在为人生争斗,貌作庄严,全不儿戏,其实虚伪处竟至不可想象。二十年来中国政治上的政策变动性既特别大,这些人求全讨好心切,忽而彼忽而此的跳猴儿戏情形,更是到处可见。因此若干活动作家写成的作品,即以消遣品而论,也很少有保存到五年以上,受时间陶冶,还不失去其消遣意义的。提及这一点时,对于这类曾经一时得到多数的作家与作品,我无意作何等嘲讽。不过说明这种现象为什么而来,必然有些什么影响而已。这影响自然很不好,但不宜派到某一个作家来负责。这是"时代"!

想得到读者本不是件坏事。一个作者拿笔有所写作,自然需要读者。需要多数读者更是人之常情。因为写作动机之一种,而且可说是最重要的一种,超越功利思想以上,从心理学家说来,即作品需要多数的重视,方可抵补作者人格上的自卑情绪,增加他的自高情绪。抵补或增加,总之都重在使作者个人生命得到稳定。觉得"活下来,有意义"。若得到多数不止抽象的可以稳定生命,还可望从收入增多上具体的稳定生活,那么,一个作家有意放弃多数,离开多数,也可以说不仅是违反流行习惯,还近于违反动物原则了。因为动物对于生命的感觉,有一个共通点,即思索的运用,本来为满足食与性而有,即不能与这两种本能分开。多数动物只要能繁殖,能吃喝,加上疲乏时那点睡眠,即可得到生命的快乐。人既然是动物之一,思想愿望贴近地面,不离泥土,集中于满足"食"与"性",得到它俨然得到一切,当然并不出奇,近于常态。

可是这对于一般人,话说得过去。对于一个作家,又好像不大说得过去。为什么?为的是作家在某种意义上,是比较能够用开明脑子在客观上思索人生,研究人生,而且要提出一种意见表示出人生应有些事与普通动物不同的。他有思索,他要表现。一个人对人生能作较深的思索,是非爱憎取予之际,必然会与普通人不大相同。这不同不特要表现到作品上,还会表现到个人行为态度上!

所以把写作看作本来就是一种违反动物原则的行为,又像是件自然不过的事情。为的是他的写作,实在还被另外一种比食和性本能更强烈的永生愿望所压迫,所苦恼。他的创作动力,可说是从性本能分出,加上一种想象的贪心而成的。比生孩子还更进一步,即将生命的理想从肉体分离,用一种更坚固材料和一种更完美形式保留下来。生命个体虽不免死亡,保留下来的东西却可望百年长青。(这永生愿望,本不是文学作家所独具,一切伟大艺术品就无不由同一动力而产生。)愿望既如此深切,永生意义,当然也就不必需普通读者来证实了!他的不断写作,且俨然非写不可,就为的是从工作的完成中就已得到生命重造的快乐。

为什么我们有这种抽象的永生愿望?这大约是我们人类知识到达某种程度时,能够稍稍离开日常生活中的哀乐得失而单独构思,就必然会觉得生命受自然限制,生活受社会限制,理想受肉体限制,我们想否认,想反抗,尽一切努力,到结果终必败北。这败北意思,就是活下来总不能如人意。即这种不如意的生活,时间也甚短促,不久即受生物学的新陈代谢律所拘束,含恨赍志而死。帝王蝼蚁,华屋山丘,一刹那间即不免同归消灭于乌有之乡。任何人对死亡想要逃避,势不可能。任何人对社会习惯有所否认,对生活想要冲破藩篱,与事实对面时,也不免要被无情事实打倒。个人理想虽纯洁崇高,然而附于肉体的动物基本欲望,还不免把他弄得拖泥带水。生活在人与人相挨相撞的社会中,和多数人哺糟啜醨,已感觉够痛苦了,更何况有时连这种贴近地面的平庸生活,也变成可望而不可即,有些人常常为社会所抛弃,所排斥,生活中竟只能有一点回忆,或竟只能作一点极可怜的白日梦。一个作者触着这类问题时,自然是很痛苦的!然而活下来是一种事实,不能否认。自杀又违反生物的原则,除非神经衰弱到极端,照例不易见诸实行。人既得怪寂寞痛苦的勉强活下来,综合要娱乐要表现的两种意识,所以说,写作是一种永生愿望。试从中国历史上几个著名不朽文学作家遗留下的作品加以检查,就可明白《离骚》或《史记》,杜工部诗或曹雪芹小说,这些作品的产生,情形大都相去不远。我们若透过这些作品的表面形式,从更深处加以注意,便自然会理解作者那点为人生而痛苦的情形。这痛苦可说是惟有写作,方能消除。写作成后,愿望已足,这人不久也就精尽力疲,肉体方面生命之火已告熄灭,人便死了,人虽死去,然而作品永生,却无多大问题。

这个"永生",我指的不是读者数量上问题,因为一个伟大作家的经验和梦想,既已超越世俗甚远,经验和梦想所组成的世界,自然就恰与普通人所谓"天堂"和"地狱"鼎足而三,代表了"人间",虽代表"人间"却正是平常人所不能到的地方。读者对于这种作品的欣赏,决不会有许多人。世界上伟大作品能在人的社会中长久存在,且在各种崇拜、赞美、研究、爱好,以及其他动人方式中存在,其实也便是一种悲剧。正如《红楼梦》题词所载:

满纸荒唐言,一把辛酸泪,都言作者痴,谁解其中味?

从作品了解作者,实在不是一件容易事。所以一个诚实的作者若需要读者,需要的或许倒是那种少数解味的读者。作者感情观念的永生,便靠的是那在各个时代中少数读者的存在,实证那个永生的可能的梦。对于在商业习惯与流行风气下所能获得的多数读者,有心疏忽或不大关心,都势不可免。

另外还有一种作家,写作动力也可说是为痛苦,为寂寞,要娱乐,要表现。但情绪生活相当稳定,对文学写作看法只把它当作一种中和情感的方式。平时用于应世的聪明才智,到写作时即变成取悦读者的关心,以及作品文字风格的注意。作品思想形式自然能追随风气,容易为比较多数读者接受。因此一来,作品在社会上有时也会被称为"伟大",只因为它在流行时产生功利作用相当大。这种作家在数量上必相当多,作品分布必比较广,也能产生好影响,即使多数读者知稍稍向上。也能产生不好影响,即使作者容易摹仿,成为一时风气,限制各方面有独创性的发展。文学史上遗留下最多的篇章,便是这种作家的作品。

另外又还有一种作家,可称为"新时代"产物。这种作家或受了点普通教育，为人小有才技，或办党从政，出路不佳，本不适宜于与文字为缘，又并无什么被压抑情感愿望迫切需要表现，只因为明白近二十年有了个文学运动，在习惯上文学作家又有了个特殊地位，一个人若能揣摩风气，选定一种流行题目，抄抄撮撮，从事写作，就很容易得到满足。于是这种人就来作文学运动，来充作家。写作心理状态，完全如科举时代的应制，毫无个人的热诚和兴趣。然而一个作家既兼具思想领导者与杂耍技艺人两种身份，作品又被商人看成商品，政客承认为政治场面点缀品，从事于此的数量之多，可以想象得出。人数既多，龙蛇不一，当然也会偶然有些像样作品产生，不过大多数实无可望。然而要说到"热闹"或"成功"时，这些作家的作品，照例是比上述两种作家的作品还容易热闹成功的。只是一个人生命若没有深度，思想上无深度可言，虽能捉住题目，应制似的产生作品，因缘时会，作伪售巧，一时之间得到多数读者，这种人的成就，是会受时间来清算，不可免要随生随灭的。

传统与个人才能（节选）

［英］艾略特

导言——

　　本文节选自戴维·洛奇编《二十世纪文学评论》上册（上海译文出版社，1987），卞之琳译。原载艾略特的随笔和评论集《圣林》（1920），写于1918年。

　　作者艾略特（Thomas Stearns Eliot，1888—1965）是英国著名诗人与批评家。生于美国密苏里州的圣路易斯，后加入英国籍。曾就读于哈佛大学和牛津大学，著有长诗《荒原》、《四个四重奏》等及大量文学评论著作，1948年获诺贝尔文学奖。本文主要讨论了诗人与传统之间的关系。作者认为，欧洲自荷马以来的全部文学作品构成了一个同时并存的文学传统，任何诗人及艺术家都不能独自拥有其意义，其意义与价值必须置于传统及过去艺术家的关系中方可确定。诗人不可避免地要受到过去准则的裁判。艾略特进而提出了他的诗歌非个人化理论，即"诗歌不是抒发感情，而是逃避感情；不是表现个性，而是逃避个性"，因为传统是比感情、个性更重要的东西。艾略特的理论是对浪漫主义强调个性与情感的一个反拨，但有矫枉过正之嫌。

一

在英文著述中我们不常说起传统,虽然有时候也用它的名字来惋惜它的缺乏。我们无从讲到"这种传统"或"一种传统";至多不过用形容词来说某人的诗是"传统的",或甚至"太传统化了"。这种字眼恐怕根本就不常见,除非在贬责一类的语句中。不然的话,也是用来表示一种浮泛的称许,而言外对于所称许的作品不过认作一件有趣的考古学的复制品而已。你几乎无法用传统这个字叫英国人听来觉得顺耳,如果没有轻松地提到令人放心的考古学的话。

当然在我们对已往或现在作家的鉴赏中,这个名词不会出现。每个国家,每个民族,不但有自己的创作的也有自己的批评的气质;但对于自己批评习惯的短处与局限性甚至比自己创作天才的短处与局限性更容易忘掉。从许多法文论著中我们知道了,或自以为知道了,法国人的批评方法或习惯;我们便断定(我们是这样不自觉的民族)说法国人比我们"更挑剔",有时候甚至于因此自鸣得意,仿佛法国人比不上我们来得自然。也许他们是这样;但我们自己该想到批评是像呼吸一样重要的,该想到当我们读一本书而觉得有所感的时候,我们不妨明白表示我们心里想到的种种,也不妨批评我们在批评工作中的心理。在这种过程中有一点事实可以看出来:我们称赞一个诗人的时候,我们的倾向往往专注于他在作品中和别人最不相同的地方。我们自以为在他作品中的这些地方或这些部分看出了什么是他个人的,什么是他的特质。我们很满意地谈论诗人和他前辈的异点,尤其是和他前一辈的异点;我们竭力想挑出可以独立的地方来欣赏。实在呢,假如我们研究一个诗人,撇开了他的偏见,我们却常常会看出:他的作品中,不仅最好的部分,就是最个人的部分也是他前辈诗人最有力地表明他们的不朽的地方。我并非指易受影响的青年时期,乃指完全成熟的时期。

然而,如果传统的方式仅限于追随前一代,或仅限于盲目的或胆怯的墨守前一代成功的方法,"传统"自然是不足称道了。我们见过许多这样单纯的潮流很快便消失在沙里了;新颖总比重复好。传统是具有广泛得多的意义的东西。它不是继承得到的,你如要得到它,你必须用很大的劳力。第一,它含有历史的意识,我们可以说这对于任何想在 25 岁以上还要继续做诗人的人差不多是不可缺少的;历史的意识又含有一种领悟,不但要理解过去的过去性,而且还要理解过去的现存性;历史的意识不但使人写作时有他自己那一代的背景,而且还要感到从荷马以来欧洲整个的文学及其本国整个的文学有一个同时的存在,组成一个同时的局面。这个历史的意识是对于永久的意识,也是对于暂时的意识,也是对于永久和暂时的合起来的意识。就是这个意识使一个作家成为传统性的。同时也就是这个意识使一个作家最敏锐地意识到自己在时间中的地位,自己和当代的关系。

  诗人,任何艺术的艺术家,谁也不能单独的具有他完全的意义。他的重要性以及我们对他的鉴赏就是鉴赏对他和以往诗人以及艺术家的关系。你不能把他单独的评价;你得把他放在前人之间来对照,来比较。我认为这是一个不仅是历史的批评原则,也是美学的批评原则。他之必须适应,必须符合,并不是单方面的;产生一件新艺术作品,成为一个事件,以前的全部艺术作品就同时遭逢了一个新事件。现存的艺术经典本身就构成一个理想的秩序,这个秩序由于新的(真正新的)作品被介绍进来而发生变化。这个已成的秩序在新作品出现以前本是完整的,加入新花样以后要继续保持完整,整个的秩序就必须改变一下,即使改变得很小;因此每件艺术作品对于整体的关系、比例和价值就重新调整了;这就是新与旧的适应。谁要是同意这个关于秩序的看法,同意欧洲文学和英国文学自有其格局的,谁听到说过去因现在而改变正如现在为过去所指引,就不至于认为荒谬。诗人若知道这一点,他就会知道重大的艰难和责任了。

  在一个特殊的意义中,他也会知道他是不可避免的要经受过去的标准所裁判。我说被裁判,不是被制裁;不是被裁判为比从前的坏些,好些,或是一样好;当然也不是用从前许多批评家的规律来裁判。这是把两种东西互相权衡的一种裁判,一种比较。如果只是适应过去的种种标准,那么,对一部新作品来说,实际上根本不会去适应这些标准;它也不会是新的,因此就算不得是一件艺术作品。我们也不是说,因为它适合,新的就更有价值;但是它之能适合,总是对于它的价值的一种测验——这种测验,的确,只能慢慢地谨慎地进行,因为我们谁也不是决不会错误地对适应进行裁判的人。我们说:它看来是适应的,也许倒是独特的,或是,它看来是独特的,也许可以是适应的;但我们总不至于断定它只是这个而不是那个。

  现在进一步来更明白的解释诗人对于过去的关系:他不能把过去当作乱七八糟的一团,也不能完全靠私自崇拜的一两个作家来训练自己,也不能完全靠特别喜欢的某一时期来训练自己。第一条路是走不通的,第二条是年轻人的一种重要经验,第三条是愉快而可取的一种弥补。诗人必须深刻地感觉到主要的潮流,而主要的潮流却未必都经过那些声名最著的作家。他必须深知这个明显的事实:艺术从不会进步,而艺术的题材也从不会完全一样。他必须明了欧洲的心灵,本国的心灵——他到时候自会知道这比他自己私人的心灵更重要几倍的——是一种会变化的心灵,而这种变化,是一种发展,这种发展决不会在路上抛弃什么东西,也不会把莎士比亚,荷马,或马格达林时期①的作画人的石画,都变成老朽。这种发展,也许是精炼化,当然是复杂化,但在艺术家看来不是什么进步。也许在心理学家看来也不是进步,或没有达到我们所想象的程度;也许最后发现这不过是出之于经济与机器的影响而已。但是现在与过去的不同在于:我们所意识到的现在是对于过去的一种认识,而过去对于它自身的认识就不能表示出这种认识处于什么状况,达到什么程度。

有人说:"死去的作家离我们很远,因为我们比他们知道得多得多。"确实这样,他们正是我们所知道的。

我很知道往往有一种反对意见,反对我显然是为诗歌这一个行当所拟的部分纲领。反对的理由是:我这种教条要求博学多识(简直是炫学)达到了可笑的地步,这种要求即使向任何一座众神殿去了解诗人生平也会遭到拒绝。我们甚至于断然说学识丰富会使诗的敏感麻木或者反常。可是,我们虽然坚信诗人应该知道得愈多愈好,只要不妨害他必需的感受性和必需的懒散性,如把知识仅限于用来应付考试、客厅应酬、当众炫耀的种种,那就不足取了。有些人能吸收知识,而较为迟钝的则非流汗不能得。莎士比亚从普鲁塔克②所得到的真实历史知识比大多数人从整个大英博物馆所能得到的还要多。我们所应坚持的,是诗人必须获得或发展对于过去的意识,也必须在他的毕生事业中继续发展这个意识。

于是他就得随时不断地放弃当前的自己,归附更有价值的东西。一个艺术家的前进是不断地牺牲自己,不断地消灭自己的个性。

现在应当要说明的,是这个消灭个性的过程及其对于传统意识的关系。要做到消灭个性这一点,艺术才可以说达到科学的地步了。因此,我请你们(作为一种发人深省的比喻)注意:当一根白金丝放到一个贮有氧气和二氧化

---

① 欧洲西南部旧石器时代的晚期。
② 普鲁塔克(Plutarch,46?—120?):希腊史学家。

硫的瓶里去的时候所发生的作用。

二

诚实的批评和敏感的鉴赏,并不注意诗人,而注意诗。如果我们留意到报纸批评家的乱叫和一般人应声而起的人云亦云,我们会听到很多诗人的名字;如果我们并不想得到蓝皮书的知识而想欣赏诗,却不容易找到一首诗。我在前面已经试图指出一首诗对别的作者写的诗的关系如何重要,表示了诗歌是自古以来一切诗歌的有机的整体这一概念。这种诗歌的非个人的理论,它的另一面就是诗对于它的作者的关系。我用一个比喻来暗示成熟诗人的心灵与未成熟诗人的心灵所不同之处并非就在"个性"的价值上,也不一定指哪个更饶有兴味或"更富有涵义",而是指哪个是更完美的工具,可以让特殊的,或颇多变化的各种情感能在其中自由组成新的结合。

……

诗人所以能引人注意,能令人感到兴趣,并不是为了他个人的感情,为了他生活中特殊事件所激发的感情。他特有的感情尽可以是单纯的,粗疏的,或是平板的。他诗里的感情却必须是一种极复杂的东西,但并不是像生活中感情离奇古怪的一种人所有的那种感情的复杂性。事实上,诗界中有一种炫奇立异的错误,想找新的人情来表现:这样在错误的地方找新奇,结果发现了古怪。诗人的职务不是寻求新的感情,只是运用寻常的感情来化炼成诗,来表现实际感情中根本就没有的感觉。诗人所从未经验过的感情与他所熟习的同样可供他使用。因此我们得相信说诗等于"宁静中回忆出来的感情"是一个不精确的公式。因为诗不是感情,也不是回忆,也不是宁静(如不曲解字义)。诗是许多经验的集中,集中后所发生的新东西,而这些经验在讲实际、爱活动的一种人看来就不会是什么经验。这种集中的发生,既非出于自觉,亦非由于思考。这些经验不是"回忆出来的",它们最终不过是结合在某种境界中,这种境界虽是"宁静",但仅指诗人被动的伺候它们变化而已。自然,写诗不完全就是这么一回事。有许多地方是要自觉的,要思考的。实际上,下乘的诗人往往在应当自觉的地方不自觉,在不应当自觉的地方反而自觉。两重错误倾向于使他成为"个人的"。诗不是放纵感情,而是逃避感情,不是表现个性,而是逃避个性。自然,只有有个性和感情的人才会知道要逃避这种东西是什么意义。……

创作家与白日梦

[奥] 弗洛伊德

导言——

本文选自伍蠡甫、胡经之主编《西方文艺理论名著选编》下卷（北京大学出版社，1987），林骧华译。

作者弗洛伊德的情况见本书第六章《主题、母题与形象分析》部分之《〈俄狄浦斯王〉与〈哈姆雷特〉》导言中的介绍。在《梦的解释》一书中，弗洛伊德曾经阐述了他的梦的理论，认为人的本能欲望由于不合社会道德准则被压抑到无意识之中，在睡眠中便以各种伪装的形象偷偷进入意识层次，因而形成梦。在本文中，弗洛伊德认为艺术在某些方面和梦境类似。现实的经验唤起了作家对早年经验的记忆，从这个记忆中产生的愿望在作品中得到了实现，因此艺术是艺术家未被满足的愿望的实现。在作者看来，艺术家像精神病患者一样，受着本能需要的压抑，这一需要把他从现实引向幻想，即以白日梦的形式创造出艺术作品，从而使本能得以实现。作者将作家分成两种，一种"接受现成的材料"，另一种是"创造他们自己的材料"，后一种作家的幻想较为突出，也更为弗氏所看重。他们创作的心理小说"用自我观察的方法将他的'自我'分裂成许多'部分的自我'，结果就使他自己精神中冲突的思想在几个主角身上得到体现"。文章注意到了作者的本能、无意识及童年经验对文学创作的重要意义，对我们理解文学的发生与特性具有启发价值。在方法论上本文不是纯粹文学理论的研究，而是弗洛伊德从其无意识理论出发，将文学当作推演印证其理论的场所。

创作家所做的，就像游戏中的孩子一样。他以非常认真的态度——也就是说，怀着很大的热情——来创造一个幻想的世界，同时又明显地把它与现实世界分割开来。在语言中保留了儿童游戏和诗歌创作之间的这种关系。语言给那些充满想象力的创作形式起了个德文名字叫"Spiel"（"游戏"），这种创作要求与可触摸到的物体产生联系，要能表现它们。语言中讲到"Lustspiel"（"喜剧"）和"Trauerspiel"（"悲剧"），把从事这种表现的人称为

"Schauspieler"("演员")。然而，作家那个充满想象的世界的虚构性，对于他的艺术技巧产生了十分重要的效果，因为有许多事物，假如是真实的，就不会产生乐趣，但在虚构的戏剧中能给人乐趣；而有许多令人激动的事，本身在事实上是苦痛的，但是在一个作家的作品上演时，却成为听众和观众乐趣的来源。

由于考虑到另一个问题，我们将多花一些时间来讨论现实和游戏之间的这种对比。当一个孩子长大成人，不再做游戏了，他以相当严肃的态度面对生活现实，做了几十年工作之后，有一天他可能会发现自己处于一种重新消除了游戏和现实之间差别的精神状态之中。作为一个成年人，他可以回顾他在儿童时代做游戏时曾经怀有的那种热切认真的态度；他可以将今日外表上严肃认真的工作和他小时候做的游戏等同起来，丢掉生活强加在他身上的过分沉重的负担，而取得由幽默产生的高度的愉快。

那么，人们长大以后，停止了游戏，似乎他们要放弃那种从游戏中获得的快乐。但是，凡懂得人类心理的人都知道，要一个人放弃自己曾经经历过的快乐，比什么事情都更困难。事实上，我们从来不可能丢弃任何一件事情，只不过是把一件事转换成另一件事罢了。表面上看来抛弃了，其实是形成了一种替换物或代用品。对于长大的孩子也是同样情况，当他停止游戏时，他抛弃了的不是别的东西，而只是与真实事物之间的连结；他现在做的不是"游戏"了，而是"幻想"。他在虚渺的空中建造城堡，创造出那种我们叫作"白日梦"的东西来。我相信大多数人在他们的一生中时时会创造幻想，这是一个长期以来被忽略了的事实，因此人们也就没有充分地认识到它的重要性。

人们的幻想活动不如孩子的游戏那么容易观察。的确，一个孩子独自做游戏，或者和其他孩子一起为游戏的目的而组成了一个精神上的集体；但是虽然他可能不在成年人面前做游戏，从另一方面看，他并不在成年人面前掩饰他的游戏。相反，成年人却为自己的幻想感到害臊而把它们藏匿起来，不让人知道。他把自己的幻想当作个人内心最深处的所有物；一般说来，他宁愿坦白自己的过失行为，也不愿把他幻想告诉任何人。于是可能产生这种情况：由于上述原因，他相信自己是唯一创造这种幻想的人，他并不知道这种创造其实是人类非常普遍的现象。游戏者和幻想者行为上的不同，在于这两种活动的动机，然而这两种动机却是互相附属的。

一个孩子的游戏是由他的愿望决定的：事实上是一种单一的愿望，希望自己是一个大人、一个成年人,这种愿望在他被养育成长的过程中很起作用。他总是以做"成年人"来作为自己的游戏,在游戏中他尽自己所知来模仿比他年长的人们的生活。他没有理由要掩饰这种愿望。但对于成年人来说,情况就不同了。一方面,他知道他不应该继续做游戏或幻想,而应该在现实世界中行动;另一方面,某些引起他幻想的愿望是应该藏匿起来的。这样,他会因为自己产生孩子气的或不能容许的幻想而感到害臊。

但是你也许会问,如果人们把自己的幻想掩饰得如此神秘,那么我们对这种事情又怎么会知道得这么多呢?那么听我说。有这样一部分人,他们不是由一位神,而是由一位女神——"必然"——分配给他们任务,要他们讲述他们遭受了什么苦难,是哪些东西给他们带来了幸福。[①] 这些都是精神病的受害者,他们必须把自己的幻想和其他事情一起告诉医生,期望医生用精神治疗法把他们的病医好。这是我们知识的最好的来源,我们由此找到了很好的理由来假设:病人所告诉我们的,我们从健康人那里也完全可以听到。

现在让我们来介绍一下幻想活动的几种特征。我们可以断言一个幸福的人绝不会幻想,只有一个愿望未满足的人才会。幻想的动力是未得到满足的愿望,每一次幻想就是一个愿望的履行,它与使人不能感到满足的现实有关联。这些激发幻想的愿望,根据幻想者的性别、性格和环境而各不相同;但是它们很自然地分成两大类。或者是野心的欲望,患者要想出人头地;或者是性欲的愿望。在年轻的女人身上,性欲的愿望占极大优势,几乎排除其他一切愿望,因为她们的野心一般都被性欲的倾向所压倒。在年轻的男人身上,利己的和野心的愿望十分明显地与性欲的愿望并行时,是很惹人注意的。但是我们并不打算强调这两种倾向之间的对立,我们要强调的是这一事实:它们常常结合在一起。正如在许多作祭坛屏风的绘画上,总可以从画面的一个角落找到施主的画像一样,在大多数野心的幻想中,我们总可以在这个或那个角落发现一个女子,幻想的创造者为她表演了全部英雄事迹,并且把他的全部胜利成果都堆放在她的脚下。在这里,你们可以看到有各种强烈的动机来进行掩饰:一个有良好教养的年轻女子只允许怀有最起码的性的欲望;

[①] 这里指的是歌德的剧本《塔索》最后一幕中诗人—主角所讲的著名诗行:
  当人类因磨难而沉默时,
  有一个神允许我讲述自己的苦痛。

年轻的男人必须学会抑制自己在孩提时代被娇养的日子里所养成的过分注重自己利益的习惯，以使他能够在一个充满着提出了同样强烈要求的人们的社会中，明确自己的位置。

我们不能假设这种想象活动的产物——各式各样的幻想、空中楼阁和白日梦——是固定而不可改变的。相反，它们根据人对生活的印象的改变而作相应的更换，根据他的情况的每一变化而变化，并且从每一新鲜活泼的印象中接受那种可以叫作"日戳"的东西。幻想同时间的关系，一般说来是很重要的。我们可以说，它仿佛在三种时间——和我们的想象有关的三个时间点——之间徘徊。精神活动是与当时的印象与当时的某种足以产生一种重大愿望的诱发性的场合相关联的。从那里回溯到早年经历的事情（通常是儿时的事情），从中实现这一愿望；这种精神活动现在创造了一种未来的情景，代表着愿望的实现。它这样创造出来的就是一种白日梦，或称作幻想，这种白日梦或幻想带着诱发它的场合和往事的原来踪迹。这样，过去、现在和未来就联系在一起了，好像愿望作为一条线，把它们三者联系起来。

有一个非常普通的例子可以用来清楚地阐明我所要说的问题。让我们假设有一个贫穷的孤儿，你给了他某个雇主的地址，他在那儿或许可以找到一份工作。他一路上可能沉溺于适合当时情况而产生的白日梦中。他幻想的内容也许会是这样的：他找到了一份工作，得到了新雇主的欢心，使自己成了企业中不可缺少的人物，为雇主的家庭所接纳，与这家人家的年轻漂亮的女儿结了婚，然后他自己成了这企业的董事，首先作为雇主的合伙人，然后做他的继承人。在这一幻想中，幻想者重新得到了他在愉快的童年所有的东西——保护他的家庭，爱他的双亲，以及他最初寄予深情的种种对象。从这个例子你可以看到，愿望是如何利用目前的一个场合，按照过去的格式，来设计出一幅将来的画面。

关于幻想还可以讲许许多多，但我将尽可能简明扼要地说明某些要点。如果幻想变得过于丰富，过分强烈，神经官能症和精神病发作的条件就成熟了。此外，幻想是我们的病人所称诉的苦恼症状在精神上的直接预兆。在这里，有一条宽阔的叉道，引入了病理学的领域。

幻想和梦的关系，我不能略去不谈。我们晚上所做的梦也就是幻想，我们可以从解释梦境来加以证实。语言早就以它无比的智慧对梦的实质问题作了定论，它给幻想的虚无缥缈的创造起了个名字，叫"白日梦"。如果我们不顾这一指示,觉得我们所做的梦的意思对我们来说通常是模糊不清的,那是因为有这种情况:在夜晚,我们也产生了一些我们羞于表达的愿望;我们自己要隐瞒这些愿望,于是它们受到了抑制,被推进无意识之中。这种受抑制的愿望和它们的衍生物,只被容许以一种很歪曲的形式表现出来。当科学研究成功地阐明了歪曲的梦境的这种因素时,我们不难认清,夜间的梦正和白日梦——我们都已十分了解的那种幻想——一样,是愿望的实现。

  关于幻想,我就说这些。现在来谈谈创作家。我们是否真的可以试图将富于想象力的作家与"光天化日之下的梦幻者"相比较,将作家的作品与白日梦相比较?这里我们必须从二者的最初区别开始谈起。我们必须把以下两种作家区分开来:一种作家像写英雄史诗和悲剧的古代作家一样,接收现成的材料;另一种作家似乎创造他们自己的材料。我们要分析的是后一种,而且为了进行比较起见,我们也不选择那些在批评界享有很高声誉的作家,而选那些比较地不那么自负地写小说、传奇和短篇故事的作家,他们虽然声誉不那么高,却拥有最广泛、最热忱的男女读者。这些作家的作品中一个重要的特点不能不打动我们:每一部作品都有一个作为兴趣中心的主角,作家试图运用一切可能的手段来赢得我们对这主角的同情,他似乎还把这主角置于一个特殊的神的保护之下。如果在我的故事的某一章末尾,我让主角失去知觉,而且严重受伤,血流不止,我可以肯定在下一章开始时他得到了仔细的护理,正在渐渐复原。如果在第一卷结束时他所乘的船在海上的暴风雨中沉没,我可以肯定,在第二卷开始时会读到他奇迹般地遇救;没有这一遇救情节,故事就无法再讲下去。我带着一种安全感,跟随主角经历他那可怕的冒险;这种安全感,就像现实生活中一个英雄跳进水里去救一个快淹死的人,或在敌人的炮火下为了进行一次猛袭而挺身出来时的感觉一样。这是一种真正的英雄气概,这种英雄气概由一个出色的作家用一句无与伦比的话表达了出来:"我不会出事情的!"[①]然而在我看来,通过这种启示性的特性或不会受伤害的性质,我们立即可以认出"自我陛下",他是每一场白日梦和每一篇故事的主角。

  这些自我中心的故事的其他典型特征显示出类似的性质。小说中所有的女人总是都爱上了主角,这种事情很难看作是对现实的描写,但是它是白

---

① 这是维也纳戏剧家安森格鲁伯的一句话,弗洛伊德很喜爱这句话。

日梦的一个必要成分,这是很容易理解的。同样地,故事中的其他人物很明显地分为好人和坏人,根本无视现实生活中所观察到的人类性格多样性的事实。"好人"都是帮助已成为故事主角的"自我"的,而"坏人"则是这个"自我"的敌人或对手之类。

我们很明白,许许多多虚构的作品与天真幼稚的白日梦的模特儿相距甚远;但是我仍然很难消除这种怀疑:即使与那个模特儿相比是偏离最最远的作品,也还是能通过一系列不间断的过渡的事例与它联系起来。我注意到,在许多以"心理小说"闻名的作品中,只有一个人物——仍然是主角——是从内部来描写的。作者仿佛是坐在主人公的大脑里,而对其余人物都是从外部来观察的。总的说来,心理小说的特殊性质无疑由现代作家的一种倾向所造成:作家用自我观察的方法将他的"自我"分裂成许多"部分的自我",结果就使他自己精神生活中冲突的思想在几个主角身上得到体现。有一些小说——我们可以称之谓"古怪"小说——看来同白日梦的类型形成很特殊的对比。在这些小说中,被当作主角介绍给读者的人物只起着很小的积极作用;他像一个旁观者一样,看着眼前经过的人们所进行的活动和遭受的痛苦。左拉的许多后期作品属于这一类。但是我们必须指出,我们对那些既非创作家,又在某些方面逸出所谓"规范"的个人作了精神分析,发现了同白日梦相似的变体:在这些作品中,自我以扮演旁观者的角色来满足自己。

如果我们将小说家和白日梦者、将诗歌创作和白日梦进行比较而要显出有什么价值的话,那么它首先必须用这种或那种方式表明自己是富有成效的。比如说,让我们试图把我们先前立下的论点——有关幻想和时间三个阶段之间的关系,和贯穿在这三个阶段中的愿望——运用到这些作家的作品上;并且让我们借助这种论点试行研究作家的生活和他的作品之间存在着的联系。一般说来,谁也不知道在研究这个问题时该抱什么期望;而人们又常常过于简单地来考察这种联系。我们本着从研究幻想而取得的见识,应该预期到下述情况。目前的强烈经验,唤起了创作家对早先经验的回忆(通常是孩提时代的经验),这种回忆在现在产生了一种愿望,这愿望在作品中得到了实现。作品本身包含两种身份:最近的诱发性的事件和旧事的回忆。

不要为这一公式的复杂而大惊小怪。我怀疑事实会证明这是一种非常罕见的格式。然而,它可能包含着研究真实状况的入门道路;根据我做过的一些实验,我倾向于认为这种看待作品的方法也许不会是没有结果的。你将不会忘记,强调作家生活中对幼年时的回忆——这种强调看来也许会使人感到迷惑——最终是由这样一种假设引出来的:一篇作品就像一场白日梦一样,是幼年时曾做过的游戏的继续,也是它的替代物。

然而,我们不能忘记回到上文去谈另一种作品:我们必须认清,这种作品不是作家自己的创作,而是现成的和熟悉的素材的再创造。即使在这种情况下,作家还保持着一定程度的独立性,这种独立性表现在素材的选择和改变上——这种改变往往是很广泛的。不过,就素材早已具备这点而言,它是从人民大众的神话、传说和民间故事宝库中取来的。对这一类民间心理结构的研究,还很不完全,但是像神话这样的东西,很可能是所有民族寄托愿望的幻想和人类年轻时代的长期梦想被歪曲之后所遗留的迹象。

你会说,虽然我在这篇论文的题目里把创作家放在前面,但是我对你论述到创作家比论述到幻想要少得多。我意识到这一点,但我必须指出,这是由于我们目前这方面所掌握的知识还很有限。至今我所能做的,只是抛出一些鼓励和建议;从研究幻想开始,谈到作家选择他的文学素材的问题。至于另一个问题——作家如何用他的作品来达到唤起我们的感情的效果——我们现在根本还没有触及。但是我至少想向你指出一条路径,可以从我们对幻想的讨论通向诗的效果问题。

你会记得我叙述过,白日梦者小心地在别人面前掩藏起自己的幻想,因为他觉得他有理由为这些幻想感到害羞。现在我还想补充说一点:即使他把幻想告诉了我们,他这种泄露也不会给我们带来愉快。当我们知道这种幻想时,我们感到讨厌,或至少感到没意思。但是当一个作家把他创作的剧本摆在我们面前,或者把我们所认为是他个人的白日梦告诉我们时,我们感到很大的愉快,这种愉快也许是许多因素汇集起来而产生的。作家怎样会做到这一点,这属于他内心最深处的秘密;最根本的诗歌艺术就是用一种技巧来克服我们心中的厌恶感。这种厌恶感无疑与每一单个自我和许多其他自我之间的屏障相关联。我们可以猜测到这一技巧所运用的两种方法。作家通过改变和伪装来减弱他利己主义的白日梦的性质,并且在表达他的幻想时提供我们以纯粹形式的,也就是美的享受或乐趣,从而把我们收买了。我们给这样一种乐趣起了个名字叫"刺激品",或者叫"预感快感";向我们提供这种乐趣,是为了有可能得到那种来自更深的精神源泉的更大乐趣。我认为,一个创作家提供给我们的所有美的快感都具有这种"预感快感"的性质,实际上一种虚构的作品给予我们的享受,就是由于我们的精神紧张得到解除。甚至于这种效果有不小的一部分是由于作家使我们能从作品中享受我们自己的白日梦,而用不着自我责备或害羞。这就把我们带到了一系列新的、有趣的、复杂的探索研究的开端;但是至少在目前,它也把我们带到了我们的讨论的终结。

作者是什么?(节选)

[法] 福 柯

导言——

本文节选自王潮编《后现代主义的突破》(敦煌文艺出版社,1996),逢真译。文章写于1969年,后收入作者的《语言、反记忆、实践》(1977)一书。

作者福柯(Michel Foucault,1926—1984),一译福科,1926年出生于法国外省普瓦蒂埃小城,1948年入巴黎高等师范学习,1970年成为法兰西学院思想史教授,是著名的哲学家、社会学家,著有《性史》《疯狂与文明》《词与物》等。本文考察了作者社会功能的变化,古代的作品常常是匿名的,近代以来作者被个人化,与著作权及某种社会财产联系在一起,从而形成了作者作用的批评模式;另一方面,当今的文学已经摆脱了"表现"的必然性,它只指自己,写作成了符号之间的相互作用,更多地由能指本身的性质所支配,而不是由表现的内容所支配。写作的主体消失了。表面看来,福柯的观点与后结构主义有相似之处,但作者并没有由此完全走向后结构主义。他认为文学作为话语实践是权力扩散的结果,仅仅空洞地肯定作者消失是不够的,必须界定作者消失遗留的空间,裂隙与缺口的分布,这种消失揭示的空隙。这体现了福柯的历史主义。

为了这篇论文,我将不去对作为个人的作者和在这个语境里值得注意的许多问题作社会历史的分析:在我们这样一种文化里,作者如何被个人化;例如当我们开始研究真实性和属性时,我们赋予作者什么地位,包括作者在内的辅助体系是什么；或者何时英雄的故事让位于作者的传记；形成系统表达"人及其作品"的基本批评范畴的条件是什么。我想暂时使自己局限于作者和文本之间单一的关系，即文本明显指向这个在它之外并先于它的人物的方式。

贝克特指出了一个方向："谁在说话有什么关系，某人说，谁在说话有什么关系。"在这样一种差异里，我们必须承认当代写作中基本的道德原则之一。它不仅因为表示我们说和写的方式的特征是道德的，而且还因为它是一种固有的规则，虽被不断采用但却从未被充分运用。作为一种原则，它支配着作为一种不断发展实践的写作，并轻视我们习惯上对完成产品的注意。为了便于说明，我们只须考虑它的两个重要主题：第一，我们今天的写作摆脱了"表现"的必然性；它只指自己，然而又不局限于内在性的限制。相反，我们在其外部展开中对它认识。这种颠倒使写作变成了符号的一种相互作用，它们更多地由能指本身的性质支配，而不是由表示的内容支配。此外，它包含一种行为，这种行为总是检验它的规定性的极限，侵越并颠倒某种它接受并运用的秩序。写作像某项运动那样展开，不可避免地超越它自己的规则，最后把规则抛开。因此，这种写作的本质基础不是与写作行为相关的崇高情感，也不是将某个主体嵌入语言。实际上，它主要关心的是创造一个开局。在开局之后，写作的主体便不断消失。

第二个主题甚至更熟悉：这就是写作与死亡之间的密切关系。这种关系颠倒了希腊叙事或史诗的古老概念，即它是用于保证某个英雄不朽的概念。英雄接受一种早死，因为他的生命通过死亡的奉献和赞美变成了永存；而叙事偿还了他对死亡的接受。在一种不同的意义上，阿拉伯故事，尤其是《一千零一夜》，把这种战胜死亡的策略作为它们的动因、它们的主题和借口。讲故事的人把他们的叙述继续到深夜，阻止死亡，推迟人人都陷入沉默的不可避免的时刻。山鲁佐德的故事拼命将凶杀转化；在所有那些夜晚，它努力从生存圈里排除死亡。作为防止死亡的这种说或写的叙事概念，已经被我们的文化改变。写作现在与奉献和奉献生命本身联系在一起；它故意取消在书中不需要再现的自我，因为它发生在作者的日常生活之中。凡是作品有责任创造不朽性的地方，作品就获得了杀死作者的权利，或者说变成了作者的谋杀者。福楼拜、普鲁斯特和卡夫卡是这种转变的明显实例。此外我们发现，这种写作与死亡之间的联系，还表现在作者个人特点的完全消失；作者在他自己和文本之间产生的矛盾和对抗,取消了他独特的个人性的标志。如果我们今天要了解作者,那就要通过他不在的独特和他与死亡的联系,而这就使他变成了他自己写作的受害者。虽然这一切在哲学里和在文学批评里都是熟悉的,但我不能肯定从这种消失或作者之死所产生的后果已经得到充分的探讨,或者这种事件的重要性已经得到正确的评价。具体地讲,我觉得必定取代作者所得到的特权地位的主题,只是用于抓住真正转变的可能性。对于这些,我想考察看上去特别重要的两点。

首先,关于一部作品的论点。一般认为,批评的任务不是重建作者与其作品之间的关系,也不是通过作者的作品重构他的思想和经验,进一步说,批评应该关注作品的结构,它的建构形式,通过研究它们了解它们固有的内部关系。然而,怀疑作品观念的语境怎么样呢?简言之,作品这个术语所表示的奇怪的单位是什么呢?如果一部作品不是由某个称作"作者"的人写的东西,那么什么是构成它的必需的东西?如果我们以这种方式提出问题,各个方面都会出现困难。如果个人不是作者,那么对他写的或说的那些东西,对他留在纸上或与别人交流的那些东西,我们会构成什么?难道不正是一部作品?例如,在萨德被承认为作者之前,他的文稿是什么呢?也许不只是一些他在监狱时不断说明自己幻想的纸卷。

假定我们是在谈一个作者,那么他写的和说的一切,他所留下的一切,是不是都包括在他的作品当中?这既是个理论问题又是个实际问题。例如,如果我们想出版尼采的作品全集,我们在什么地方划定界限?毫无疑问,一切东西都应该出版,但我们能对"一切东西"的含义一致吗?当然,我们会包括所有他本人出版的东西,以及他的作品的手稿、他的警句安排和他页边的注释与修改。但是,如果在一本充满警句的日记里,我们发现某种参照符号,某种关于约会的提示,某个地址或一张洗衣账单,那么这其中什么应该包括进他的作品?一个人在他死后会留下千百万线索,只要我们考虑一部作品如何从千百万线索中提炼出来,这些实际的考虑便无休无止。显然,我们缺少一种理论包括由作品引起的问题,而那些天真地承担出版一个作者全集的人的经验活动,则因没有这种架构而常常受到阻碍。而且还有更多的问题。我们是不是可以说《一千零一夜》、亚里山大的克莱蒙的《斯特罗梅茨》或狄奥尼斯·雷厄提斯的《生活》构成作品?这样的问题只是开始提出我们困难的范围,而且,如果有人觉得它适于绕开作者的个性或他作为作者的地位而集中于作品，那么他们对同样有争议的"作品"一词和它所表示的统一性的性质便不可能作出正确的评价。

另一种论点阻滞我们对作者的消失作出充分的评价。它避免面对具体的事件，而具体事件不仅使它成为可能，而且以一种微妙的方式继续保持作者的存在。这就是"写作"（écriture）的概念。严格地讲，这种概念不仅应该使我们防止对作者的参照，而且应该使我们确定作者最近的不在。按照最近运用的情况，"写作"的概念既不关心写作的行为，也不关心在文本内部作为征兆或符号对作者意义的表示；相反，它标志着一种详述一切文本条件的非常深刻的尝试，既包括文本在空间分布的条件，也包括它在时间里安排的条件。

不过，按照当前应用的情况，似乎这个概念只是把作者在经验上的特点转变成一种超验的匿名。作者经验活动中极其明显的标志被抹掉了，从而使宗教或批评表现特征的方式在平行或对立中发挥作用。事实上，在赋予写作以一种原始地位时，难道我们不是仅仅以超验的方式，重写神学上对它的神圣始源的肯定，或者批评上对它的创造性质的信念？如果按照写作使之成为可能的独特的历史，说那种写作服从于遗忘和压制，这是不是以超验的方式重新引入关于隐在意义的宗教原则（这需要解释），重新引入关于隐含的意义、无声的目的和朦胧的内容（这引起评论）的批评设想？最后，写作作为不在的概念，难道不是把一种固定而连续的传统的宗教信念，或者声称作品的生存乃是一种超越作者之死的、对作者的奇妙替代的美学原则，转变成超验的形式？

这种"写作"的概念，通过维护演绎推论保持了作者的特权；形成作者独特形象的表现作用，在一种灰色的中性里得到延伸。作者的消失——自马拉美以来我们时代的一个事件——受到超验论的控制。有人相信，我们可以继续把我们现在的不连续性置于19世纪的历史和超验传统当中，也有人正在作出巨大的努力，使自己一劳永逸地摆脱这种概念的结构。在这两种人之间难道没有必要划一条界线？

显然，重复一些空洞的口号是不够的，如作者已经消失，上帝和人共同死去。相反，我们应该重新审视作者消失所留下的空的空间；我们应该沿着它的空白和错的界线，仔细观察它的新的分界线，仔细观察这个空的空间重新分配的情况；我们应该等待由这种消失所释发的流动易变的作用。在这种语境里，我们可以简要地考虑运用作者名字所产生的问题。作者的名字是什么？它如何发生作用？

……

在认为"作者"是话语的一种作用时，我们必须考虑一种话语的特征，因为它们支持这种运用并决定它与其他话语的差别。如果把我们的论述只限于那些有作者的作品或文本，我们可以分出四种不同的特征。

第一，它们是占有的客体；它们已经适应的占有形式属于一种独特的类型，其合法的编纂多年前已经完成。还有值得重视的是，它作为资产的地位，在历史上从属于支配其占有的刑事法典。只有当作者变得可以惩罚并达到他的话语被认为违法的程度时，言语和著作才会有真正的作者而不是神秘或重要的宗教人物。在我们的文化里——无疑也指在其他文化里——话语原初并不是一种事物、一种产品或一种占有物，而是处于神圣与世俗、合法与非法、虔敬与亵渎这种两极相对领域中的一种行为。远在它变成一种财产价值循环中占有之前它是充满危险的一种姿态。但是，恰恰在一种所有制和严格的版权规定确立时（约在18世纪末和19世纪初），写作行为固有的违法特征变成了强有力的文字规则。在作者被纳入支配我们文化的社会财产秩序的时刻，仿佛他是在为自己的新地位补偿，他以一种系统的违法实践复活话语中旧的两极相对的领域，同时也恢复写作的危险，因为写作在另一方面得到了财产的利益。

第二，"作者——作用"在整个话语里不是普遍的或永恒的。甚至在我们自己的文化里，同样类型的文本并非总需要作者；曾经有一个时期，我们现在称作"文学的"那些文本（小说、民间故事、史诗和悲剧）得到承认、传播和维持，但根本不询问谁是它们的作者。它们的作者匿名不被注意，因为它们真正的或假定的年代足以保证它们的真实性。但是，我们现在称作"科学的"文本（论述宇宙和太空、医药或疾病、自然科学或地理学），在中世纪只有指出作者的名字才会被认为是真实的。类似"希波克拉茨说……"或"普莱尼告诉我们……"这样的陈述，不仅仅是以权威为根据的论证公式；它们还标志着一种被证实的话语。17、18世纪，一种全新的观念得到发展，当时，科学文本根据它们自己的价值得到承认，并被置入关于既定真理和证实方法的一种匿名而清楚的概念系统。证实不再需要参照生产文本的个人；作者作为一种真实性的标志作用已经消失，在它仍然作为一个发明者的名字的地方，它只是表示一种特殊的定理或命题，一种奇怪的效果，一种特征，一个主体，一组因素，或者病理学上的综合症。

但与此同时,"文学的"话语只有载有作者的名字时才被接受;每一个诗或小说的文本,必须说明它的作者以及它写作的时间、地点和有关事项。归于文本的意义和价值依赖于这种资料。如果一个文本偶然地或故意地以匿名的方式出现,人们会作出各种努力来确定它的作者。文学匿名只有作为一种待解之谜才有意义,因为在我们今天,文学作品完全受作者的统治权支配。(毫无疑问,这些说法过于绝对。一个时期以来,批评已经注意到文本的某些方面并不完全依靠单个创造者的概念,如文类研究、对重现文本主题的分析,以及对根据非作者标准的主题变化的分析。另外,在数学里,作者差不多成了对某个特殊定理或一组命题的随手可用的参考,而在生物学或医学里对作者的参考,或者对他的研究时间的参考,则具有一种实质上不同的意义。这后一种参考并非只是指出知识的来源,而是证实证据的"可靠性",因为它必须评价在一个特定时间和特定实验室里所能获得的方法和资料。)

关于这种"作者——作用"的第三点是,它并不是通过把话语简单地归于个人而自发地形成。它是一种以构成我们称为作者的理性实体为目的的综合作用的结果。毫无疑问,这种构成被赋予一种"现实主义的"方面,因为我们谈到某个个人的深度或"创造性"力量,谈到他在写作中表现出来的意图或原始灵感。然而,我们称之为作者的个人(或包含作者作为个人)的这些方面,按照或多或少总是心理学的方式,是我们处理文本方式的一些投射:我们进行比较,我们提炼有关的特征,我们确定连续性,我们实行排除。此外,所有这些作用都依照有关话语的时期和形式发生变化。一个"哲学家"和一个"诗人"不会以同样的方式构成;一部18世纪小说作者的构成方式也与现代小说家不同。然而,在支配作者构成的规则里,仍然有一些超越历史的持久的东西。

例如在文学批评里,确定一个作者——或毋宁说从现存文本确定作者构成——的传统方法,大部分产生于基督教传统用以证实(或否定)它所占有的特殊文本的那些方法。就现代批评意欲从作品中"重新发现"作者来看,当它想通过说明作者的神圣性来证实文本的价值时,它所运用的方法使人明显想到基督教《圣经》的评注。在《德维里图解》里,圣杰罗姆坚持同一人名并不证明是几本书的共同作者,因为许多人可以用同样的名字,或者某个人可以非法地盗用他人的名字。当名字与一种文本传统关联时,作为某个个人标记的名字是不够的。那么，几个文本如何归之于一个作者呢？联系到作者的作用，什么标准会说明多个作者的介入？根据圣杰罗姆的看法，有四种标准：必须从归于一个作者的作品名单中排除的文本，是那些低于其他文本的文本（这样作者被限定为一种标准的质量水平）；其思想与在其他文本中表达的学说相对抗的那些文本（这里作者被限定为某种观念和理论上连贯一致的领域）；以一种不同的风格写成并包含其他作品中一般没有的一些词语和修辞的那些文本（作者被视为一种文体风格上的统一）；涉及作者死后的事件或历史人物的那些文本（这样作者就是一个确定的历史人物，在他身上集中了一系列的事件）。虽然现代批评看上去没有这些关于证实的怀疑，但它限定作者的策略却惊人地相似。作者解释一个文本内部某些事件的存在，并解释它们的转变、歪曲和它们的各种修改（其方法是通过作者的传记或参考他特有的观点，分析他的社会倾向及其在一个阶级中的地位，或通过描述他的基本的目标）。作者还在写作中构成一种统一的原则，写作中任何产品的不平衡性都归因于发展、成熟或外部影响所引起的变化。此外，作者还可以中和在一系列文本中发现的矛盾。支配这种作用的是一种信念，即相信在作者思想中的某个层次上，在他有意识或无意识的欲望的某个层次上，必定有一个矛盾得到解决的地方，在那里，互不相容的因素可以表现出互相关联，或者围绕一种基本的、原生性的矛盾连贯起来。最后，作者是表现的一种特殊源泉，他以或多或少完成的形式，在文本、书信、片断和手稿等等当中，同样明确地表现出来，并且具有相似的效能。因此，圣杰罗姆的四种证实原则在现代批评家看来虽然远远不够，但它们仍然限定着现在用以说明作者作用的批评形式。

……

另一方面，一种话语实践的创始对其后来的转变是异质性的。按照弗洛伊德初创那样拓展精神分析实践，并不是要假定一种开始不曾提出的形式的普遍性；它是要探讨多种可能的运用。对它加以限定就是要在原始文本中分离出一小批命题或陈述，它们被认为具有某种创始价值，并且表明其他弗洛伊德式的观念或理论是衍生性的。最后，在这些创始者的作品里不存在"错误的"陈述；那些因与另外话语相关而被认为是非本质的或"前历史的"陈述，由于支持作品中更恰当的方面被完全忽视。话语实践的创始不像一种科学的创立，它笼罩着而又必然脱离它后来的发展和转变。结果，我们根据创始者的作品来确定一种陈述的正确性，而在伽利略或牛顿的情况里，这种确定则根据宇宙学或物理学里所确立的结构的或内在的标准。按照这种概要的说明,这些创始者的作品不是处于与某种科学的关系之中,也不是处于作品所限定的空间;相反,恰恰是科学或话语实践把他们的作品当成了最初的参照点。

……

作者的死亡

[法]巴特

导言——

本文选自《罗兰·巴特随笔选》(百花文艺出版社,1995),怀宇译,原发表于1968年的《占卜术》杂志,后收入作者的批评随笔集《语言的细声》,巴黎瑟伊出版社1984年。

作者巴尔特(Roland Barthes,1915—1980),一译巴特,生于法国巴约拿城的一个海军军官家庭。早年就读于巴黎大学,专攻文学与古典文学,后进入法国科学研究中心,从事社会学、符号学及美学研究,生前为法兰西学院院士,著有《符号学原理》、《文本的快乐》、《S/Z》等。

在《作者的死亡》中,巴尔特认为传统的以作者为中心的文学研究把文学当作是作家自我及其生活的表现,而写作实际上是非个人性的,只是一种单纯的语言活动。当代作家以极端破碎的方式力求打乱作家与其人物的关系,不把自己的生活放入小说之中,而是彻底加以颠倒。文学语言的陈述过程是一种空的过程,文本是由各种引证组成的编织物,是多种写作相互对话、相互戏仿、相互争执而成,作家成了抄写员。所以不需要考察作者的社会功能,而应以读者替代作者,读者是没有历史、传记、心理的,他能够把构成作品的所有痕迹汇聚在一起。本文表达了后结构主义的写作观念,对我们理解文学如何以语言来挑战写作极限很有启示。文章看到了作者功能的变化,但由此否认作者在创作中的地位,并且没有具体分析读者如何在人际话语实践、伦理范围内起作用,使其研究带有一定的局限性。

巴尔扎克的中篇小说《萨拉辛》谈到了一位装扮成女人的被阉割男人,他写有这样的句子:"那是一位女人,她经常突然露出惊怕,经常毫无理智地表现出任性,经常本能地精神恍惚,经常毫无原因地大发脾气,她爱虚张声势,但感情上却细腻而迷人。"是谁在这样说呢?是乐于不想知道以女人身相出现的那位被阉割男人的小说主人公吗?是巴尔扎克本人因其个人经验而具有女人的哲学吗?是宣扬女性"文学"观念的作者巴尔扎克吗?是普遍都有的智慧吗?是具有浪漫色彩的心理吗?人们将永远不会知道,其实在的原因便是,写作是对任何声音、任何起因的破坏。写作,就是使我们的主体在中销声匿迹的中性体、混合体和斜肌,就是使任何身份——从写作的躯体的身份开始——都会在中消失的黑白透视片。

情况大概总是这样:一件事一经叙述——不再是为了直接对现实发生作用,而是为了一些无对象的目的,也就是说,最终除了象征活动的练习本身,而不具任何功用——那么,这种脱离就会产生,声音就会失去其起因,作者就会步入他自己的死亡,写作也就开始了。不过,对这一现象的感觉是多种多样的;在人种志社会里,叙事从来都不是由哪个人来承担的,而是由一位中介者——萨满或讲述人来承担,因此,必要时,人们可以欣赏"成就"(即对叙述规则的掌握能力),而从来都不能欣赏"天才"。作者是一位近现代人物,是由我们的社会所产生的,当时的情况是,我们的社会在与英格兰的经验主义、法国的理性主义和个人对改革的信仰一起脱离中世纪时,发现了个人的魅力,或者像有人更郑重地说的那样,发现了"人性的人"。因此,在文学方面,作为资本主义意识形态的概括与结果的实证主义赋予作者"本人"以最大的关注,是合乎逻辑的。作者至今在文学史教材中、在作家的传记中、在各种文学杂志的采访录中,以及在有意以写私人日记而把其个人与其作品连在一起的文学家们的意识本身之中,到处可见;人们在日常文化中所能找到的文学的意象,都专横地集中在作者方面,即集中在他的个人、他的历史、他的爱好和他的激情方面;在多数情况下,文学批评在于说明,波德莱尔的作品是波德莱尔这个人的失败记录,凡高的作品是他的疯狂的记录,柴可夫斯基的作品是其堕落的记录:好作品的解释总是从生产作品的人一侧寻找,就好像透过虚构故事的或明或暗的讽喻最终总是唯一的同一个人即作者的声音在提供其"秘闻"。

尽管作者的王国仍十分强大(新批评仅仅通常是加强这种王国),不言而喻,某些作家长期以来已试图动摇这个王国。在法国,可以说,是马拉美首先充分地看到和预见到,有必要用言语活动本身取代直到当时一直被认为是言语活动主人的人;与我们的看法一样,他认为,是言语活动在说话,而不是作者;写作,是通过一种先决的非人格性——在任何时刻都不能与现实主义小说家的具有阉割能力的客观性混为一谈——而达到这样一点,即只有言语活动在行动,在"出色地表现",而没有"自我":马拉美的全部诗学理论在于取消作者而崇尚写作(我们下面会看到,这一点使他的位置等于了读者)。瓦莱里由于完全纠缠于一种有关自我的心理学,而大大地淡化了马拉美的理论,但是,他却从兴趣出发从古典主义转到了修辞学内容,他不曾停止过怀疑和嘲笑作者,他强调语言学本性;而且,作为他的"大胆的"活动,他在其全部散文书籍中要求文学考虑主要是词语的条件,因为在这种条件的对面,对作家内在性的任何求助在他看来都纯粹是一种迷信。普鲁斯特也不顾人谓他的分析似乎具有心理学的特征,而是以极端琐碎的方式明显地力求打乱作家与其人物的关系:他不使叙述者变成曾见过、曾感觉过的人,也不使之变成正在写作的人,而是使之成为即将写作的人(小说中的年轻人,他到底多大年纪?而且他到底是谁呢?他想写作,但又不能写,可是在写作最后成为可能的时候,小说也结束了),普鲁斯特赋予了现代写作以辉煌的业绩:他不把自己的生活放入小说之中,而是彻底颠倒,正像人们常说的那样,他把自己的生活经历变成了一种创作,而他的书则成了这种创作的样板,以至于我们明显地看到,不是夏吕斯在模仿孟德斯鸠,而是孟德斯鸠在其历史故事真实之中仅仅是由夏吕斯产生的其次要的一节。最后,超现实主义,由于停留在现代性的前历史阶段,在言语活动作为系统存在和(或)这一运动所关注的是任意地对编码进行直接的破坏(甚至是虚幻式的破坏,因为一种编码不会自行毁掉,人们只能"运用"它)的情况下,它无疑不能赋予言语活动一种至高无上的地位;但是,超现实主义屡屡建议要突然辜负被期待的意义(这便是超现实主义著名的"颠动"),它让手尽可能快地写作连脑袋都不知道的事情(这便是自动写作),它接受一种多人共同写作的原则与经验,在这些情况下,它已经使作者的形象失去了神圣性。最后,除了文学本身,语言学也为破坏作者提供了珍贵的分析工具,它指出,陈述过程在整体上是一种空的过程,它可以在不需用对话者个人来充实的情况下就能出色地运转:从语言学上讲,作者从来就只不过是写作的人,就像我仅仅是说我的人一样;言语活动认识"主语",而不认识"个人",而这个主语由于在确定它的陈述过程之外就是空的,便足以使言语活动"挺得住",也就是说足以耗尽言语活动。

　　疏远作者(用布莱希特的话来讲,我们可以在此说是一种真正的"间离",在整个文学场面的结尾,作者会变成一个陪衬人物像)不仅仅是一种历史事实或一种写作行为:它还彻底地改变现代文本(或者,这当然是一回事,文本今后在被构成和被阅读时都会使作者在每个层次上缺席)。首先,在时态上就不一样。作者,在人们相信有的时候,总被认为是其书籍的过去时:书籍与作者处于同一条线上,但这条线却被分成前面与后面两部分:作者被认为筹划书籍,也就是说他在书籍之前存在,他为书籍而思考,而忍受,而活着;他与其作品之间存在着一种父与子的先后关系。相反,现代抄写者却与其文本同时出现;他不以任何方式具有先于或超出于其写作的某个人,他仅仅是其书籍作其谓语的一个主语。除了陈述过程的时态,没有其他时态,任何文本都永远是此时和现在写作的。这样一来(或者,其结果便是),写作便不能再表明一种记录过程、一种确认过程、一种再现过程和一种"描绘"过程(就像古典作家所说的那样),却可以很好地代表语言学家们继牛津派哲学之后称为性能表现的东西。这是一个罕见的词语形式(只用于第一人称和现在时),在这种词语形式中,陈述活动没有别的内容(即别的陈述内容),而只有它借以对自己大声说话的行为:这有点像是国王们的我诏示和远古诗人们的我赞颂那种情况;现代的抄写者,在其先辈哀惋的眼光里,由于他埋葬了作者,便不会再相信他的手慢得赶不上他的思想或他的激情,因此,也就不会再相信他在建立一种必然性规则时应该强化这种迟缓和无止境地"加工"其形式;相反,在他看来,他的手由于摆脱了任何声音和只被一种纯粹的誊写动作(而非表现动作)所引导,因此可以开拓一种无起因的领域——或者至少,这种领域只有言语活动这种起因而无别的,也就是说,这种说法本身也在不停地怀疑任何起因。

　　现在我们知道,一个文本不是由从神学角度上讲可以抽出单一意思(它是作者与上帝之间的"讯息")的一行字组成的,而是由一个多维空间组成的,在这个空间中,多种写作相互结合,相互争执,但没有一种是原始写作:文本是由各种引证组成的编织物,它们来自文化的成千上万个源点。布瓦尔和佩居榭①都是既高尚又滑稽的不朽抄袭者,而且其最深刻的可笑之处恰恰表明

---

① 福楼拜《布瓦尔与佩居榭》中的人物。——译注

了写作的真实。像他们一样,作家只能模仿一种总是在前的但又从不是初始的动作;他唯一的能力是混合各种写作,是使一部分与另一部分对立,以便永远不依靠于其中一种;他也许想表明——但至少他应该明白,他打算"表达"的内在"东西"本身只不过是包罗万象的一种字典,其所有的字都只能借助于其他字来解释,而且如此下去永无止境:这种经历典型地出现在年轻的托马斯·德·昆西①身上,他古希腊语很好,甚至能使用这种已死的语言来表达完全近代的观念和意象。波德莱尔告诉我们:"他为自己准备好了一套随时可以取用的词汇,这套词汇比繁琐的纯粹文学性主题的词汇还复杂和广泛。"(《人造天堂》)继作者之后,抄写者身上便不再有激情、性格、情感、印象,而只有他赖以获得一种永不停歇的写作的一大套词汇:生活从来就只是抄袭书本,而书本本身也仅仅是一种符号织物、是一种迷茫而又无限远隔的模仿。

作者一经远离,试图"破译"一个文本也就完全无用了。赋予文本一位作者,便是强加给文本一种卡槽,这是上一个所指的能力,这是在关闭写作。这种概念很适合于文学批评,批评以在作品中发现作者(或其替代用语:社会,历史,心理,自由)为己重任:作者一被发现,文本一被"说明",批评家就成功了;因此,从历史上讲,作者的领域也是批评家的领域和批评(即便是新批评)在今天与作者同时被动摇,也就没有什么大惊小怪的了。实际上,在复合写作中,一切都在于分清,而不在于破译什么;结构可以在其每一次重复和其每一个阶段上被后续、被"编织"(就像有人说的长丝袜的网眼编织的情况),然而,却没有底,写作的空间需要走遍,而不可穿透;写作不停地提出意思,但却一直是为了使其突然消失:写作所进行的,是有步骤地排除意思。就在这里,文学(今后最好说写作)在拒绝给予文本(以及作为文本的世界)一种"秘密"的同时,也解放可被称为是反神学的和真正革命的一种活动,因为拒绝中断意思,最终便是拒绝上帝和它的替代用语,即理智、科学和规则。

我们再回到巴尔扎克的那个句子上来。没有人(也就是说没有任何"个人")可以这样说:它的起因,它的声音,不是写作的真正场所,而是阅读。还有一个极明确的例子可以使人明白问题:最新的一项研究(如 J‐P.维尔纳的研究)已经阐明了古希腊悲剧在构成方面的模棱两可的本性;文本是由具有

---

① 托马斯·德·昆西(Thomas de Quincey,1785—1859):英国作家,曾依据自己的经历写过一本《一英国嗜鸦片者的忏悔》,波德莱尔据此写出了《人造天堂》。——译注

双重意思的词构成的。每个人物都可以从一个方面去理解(这种经常的误解恰恰正是"悲剧性");然而,却有人可以从两个方面去理解一个词,甚至——如果可以这样说的话,去理解在其面前说话的所有人物的哑语:这个人便正好是读者(在此也可以说是听众)。于是,写作的完整存在状况便昭然若揭:一个文本是由多种写作构成的,这些写作源自多种文化并相互对话、相互滑稽模仿和相互争执;但是,这种多重性汇聚在一处,这一处不是至今人们所说的作者,而是读者:读者是构成写作的所有引证部分得以驻足的空间,无一例外。一个文本的整体性不存在于它的起因之中,而存在于其目的性之中,但这种目的性却又不再是个人的:读者是无历史、无生平、无心理的一个人;他仅仅是在同一范围之内把构成作品的所有痕迹汇聚在一起的某个人。所以,按照虚伪地以读者权利捍卫者自居的一种人文主义来理解对新写作的指责,那是可笑的。古典主义的批评从未过问过读者;在这种批评看来,文学中没有别人,而只有写作的那个人。现在,我们已开始不再受这种颠倒的欺骗了,善心的社会正是借助于种种颠倒来巧妙地非难它所明确地排斥、无视、扼杀或破坏的东西;我们已经知道,为使写作有其未来,就必须把写作的神话翻倒过来:读者的诞生应以作者的死亡为代价来换取。

延伸阅读

1. 钱锺书《诗可以怨》,见钱锺书《七缀集》,上海古籍出版社,1985。

2. 萨特《弗郎索瓦·莫里亚克先生与自由》,见施康强选编《萨特文论选》,人民文学出版社,1991。

3. 维姆萨特和比尔兹利《意图谬见》,见赵毅衡编《"新批评"文集》,中国社会科学出版社,1988。

4. 罗伯-格里耶《未来小说道路》,见柳鸣九编《新小说派研究》,中国社会科学出版社,1986。

5. 里蒙-凯南《叙事虚构作品》,生活·读书·新知三联书店,1992。

6. 安德鲁·本尼特《作者理论与文学问题》,《文艺理论研究》2010年第1期。

问题与思考

1. 从传统的作者理论到当代的作者理论经历了什么变化?

2. 传统的创作理论假定了作者人品与文品的统一性,假定了作家个人情感与经历与其文学创作之间的投射关系。但是文学史上不具有这种统一性与投射关系的现象比比皆是,例如骆宾王人品有问题,却写出《在狱咏蝉》这样志向高洁的诗词,苏童是城里人,却写出"枫杨树村系列"小说,怎么看待这一现象?

3. 怎样理解作家生活经历与创作原型的关系?

4. 中国古代文论谈论想象、灵感与西方作家、理论家谈论想象、灵感有何异同?

研究实践

1. 作者意图问题是作家创作及作品解读中一个争论颇大的问题。比如对于李商隐的诗《锦瑟》的创作意图,便有对亡妻的哀悼、人生的自我感伤、对锦瑟这一乐器的描写、李商隐为自己作品所写的诗歌体序言、一个思妇对逝去的爱情的追忆等各种说法。你如何看待这场争论?尝试做一篇论文,探讨作者意图在文学创作及意义理解中的地位与局限。

2. 试做一次讨论,从传统的作者主宰到20世纪的作者退隐和作者死亡,看文学创作中作者的角色与功能发生了哪些变化?这些变化说明了什么问题?

第八章 读者与阅读

导 论

一、阅读理论的变迁

1. 期待视野与召唤结构

20世纪80年代初,伊格尔顿曾经如此描述近代以来文学理论的发展历程:"全神贯注于作者阶段(浪漫主义和19世纪);绝对关心作品阶段(新批评);以及近年来注意力显著转向读者的阶段。"[①]20世纪中期至80年代文学理论向读者接受的倚重赋予了读者的解读活动以空前重要的地位。这个过程中现象学与解释学所起的作用比较大。按照解释学的说法,被重构出来的视野无法存在于它原来的视野之中,因为这个历史的视野总是已经包括在现在的视野之中,理解是带着前理解与先见的解释者的视域在解读中与对象形成"视界融合",因此解释必然是复原与创造的统一。"一个被重构的问题决不能处于它原本的视域之中","如果我们返回到所说的话背后,我们就必然已经超出所说的话进行追问。我们只有通过取得问题视域才能理解本文的意义,而这种视域本身必然包含其他一些可能的回答"。[②] 从接受的角度看,读者是一个能动的构成,只有经过读者的阅读,作品才进入一种连续变化的

[①] [英]特雷·伊格尔顿:《二十世纪西方文学理论》,伍晓明译,陕西师范大学出版社1986年版,第83页。
[②] [德]伽达默尔:《真理与方法》上,洪汉鼎译,上海译文出版社1992年版,第480页、第475页。

视野之中。1967年,德国康斯坦茨大学教授姚斯(又译尧斯或耀斯,Hans Robert Jauss,1921—1997)发表了著名论文《作为向文学科学挑战的文学史》,标志着接受美学的诞生。该文认为:"文学史是一个审美的接受和创造的过程,它发生在由进行接受的读者、反思的批评家和不断创造的作者所完成的文学文本的实现中。……仅当时在一个文学事件之后的人仍然或重新对它发生反应——仅当还有重新占有过去作品的读者,或想要模仿、超越或否定它的读者存在的时候,一个文学事件才能继续具有效力。作为事件的文学的连续性主要是在当时和以后的读者、批评家和作者的文学经验的期待视野之内被完成。""一部文学作品在其出现的历史时刻满足、超越、反对、或使其第一批接受者失望的方式显然为确定该作品的美学价值提供了一个标准。"①读者在阅读文学作品之前,总处于一种先在理解和阅读期待之中,根据文体或文类的规范、该作品与读者所熟知的文学-历史环境中的作品的关系以及读者的审美能力(虚构与现实、语言的诗学功能与实用功能的对立)等,产生成功、拒绝或震惊、零碎的称赞、逐渐的或迟来的理解等反应和判断,熟悉的经验被否定或把新表达的经验提高至意识层次而导致"视野的改变",因此文学接受过程就成了不断建立、修正与再建立期待视野的过程。姚斯建立的核心概念是"期待视野"(expectation horizon),期待视野首先是读者阅读先行具有的理解结构或知识框架,其次意味着作品总是处于其他作品与接受者的历史链条之中,处于这一链条上的接受者总是处于从已有状态到预期更新状态的变化之中,因此所谓期待视野是不断建立和改变的。

其后,伊瑟尔作了《本文的召唤结构》的著名讲演,提出文学语言是一种"描写性语言",包含许多不确定性和意义空白,这就是作品的召唤结构。正是作品的不确定性和空白,使读者得以参与文学的意义构成,并形成文学理解在不同空间和时间中的个性变异。由于传统文论把文学的意义看作是存在于文本中的静止的、固定的东西,它预设了一个能完美领略作者意图并把握作品客体化内容的读者群——通常称之为"理想读者"(the ideal reader)的存在,"理想的读者是一个准确理解并完全赞同他作品中最不足道之处以及

---

① [德]尧斯:《作为向文学科学挑战的文学史》,见胡经之、张首映主编:《西方二十世纪文论选》第3卷,中国社会科学出版社1989年版,第155—156页、第160页。

他的微妙意图的人"。① 接受美学则对读者做了区分。德国的瑙曼把读者分为现实的、假想的和隐形的三种。前者是文学公众的组成部分和文学社会学的研究对象;中者是作者的读者期待,是心理学或意识形态意义上的读者,因为作者常把自己对这一读者的想象融入作品之中,但是想象的读者和现实的读者很可能有距离;后者是为现实读者提供的标准读者,是阅读的指示楷模,这是一个审美的范畴。三者之间存在着差异。② 审美的或标准的读者接近于法国学者里法泰尔(Michel Riffaterre,1924—2006)所说的"超级读者"(the super-reader),即从事理论研究的群体,包括作家、批评家、学者。伊瑟尔则提出读者在阅读中分解的观点。他不赞同日内瓦学派的乔治·普莱(George Poulet,1902—1991)的观点——作者的思想占据读者的头脑因而消除了主客区分③,认为由于作者的思想常常超越读者的个人经验,读者在阅读中有时会暂时抛开自己的倾向,将他人的思想作为自己的思想带进阅读中,而以其个人思想作为现时思考的背景,从而形成了读者阅读中思考的两个层次。"意识会产生读者与作者的会聚点,同时,终止暂时的自我陌生性……在考虑他人的思想时,他的个性暂时退隐,因为它已被陌生的思想取代,这些陌生的思想成了读者精力集中的焦点……这样阅读就会产生两个层次——异样的'我'和真正的、实际的'我',他们彼此永远不会完全孤立。确实,只要我们的个性能适应别人的思想,我们就能使之成为自己的主题。"④

接受美学将文学阅读看作作者与读者通过作品进行的双向对话与交流过程。阅读作为一个社会行为,包含了读者对他性的尊重和了解别人的渴望。阅读意味着自身的匮乏,意味着作者经验在某种程度上对读者经验的外在性。"我们已经看到,社会交往起源于人们无法体验他人对自己的体验,而不是起源于什么共同的情境或把双方拉到一起的什么惯例。情境和惯例调

---

① [法]热拉尔·普兰斯:《试论对叙述接受者的研究》,见《读者反应批评》,汤永宽译,文化艺术出版社1989年版,第61页。
② [德]瑙曼:《接受理论》,参见瑙曼等:《作品、文学史与读者》,范大灿译,文化艺术出版社1997年版,第34页。
③ 参见[比利时]乔治·普莱:《文学作品与内在感受》,见《读者反应批评》,刘峰等译,文化艺术出版社1989年版,第85页。
④ [德]伊瑟尔:《阅读过程:一种现象学方法探讨》,见胡经之、张首映主编:《西方二十世纪文论选》第3卷,中国社会科学出版社1989年版,第203页。

节着填补鸿沟的方式,但鸿沟来自不可体验,结果,鸿沟成为交往的基本诱因。与此相似,这种鸿沟,即文本与读者之间的根本不对称导致了阅读过程中的交流。"① 在这个过程中,读者发挥想象的能动性,空白是文本中隐而不露的联结点,读者竭力去填补着文本中缺失的环节,他被牵入事件中去,根据未道出的事物去提供其所指的意义。

德国另一接受美学学者施蒂尔勒(K.Stierle)区分了两类不同的文本——实用文本和虚构文本,前者是各种应用文体,其意义是实指的、单一的和明确的,对实用文本的阅读便是把握这明晰的意义。而虚构的文本以其伪指的叙述形成了包含多个层面和可能性的文本空间,"在这一空间,所有的文本因素都与其余所有因素相联系,因为虚构文本的伪指本质预先设定每个概念都必须放到所有其他概念的背景下来看。文本作为一个文本空间,其中各种潜在的联系无限制地增衍。从读者的视角看,这种文本乃是一种反思的空间,或反思的媒介。读者可以对它一步一步探索,却无法穷尽"。② 因此接受美学虽然看重接受,但更为重视的是能延长读者理解过程的创造性的作品。在此基础上,施蒂尔勒还区分了对虚构文本的两种阅读:准实用式的阅读与反思性的阅读。准实用式的阅读把文学当作是一种摹仿,在日常经验的范围内去对之进行感知。从这个方面看,文学创作是对一系列经验和可描述性质的聚合,能打开读者的视域。同时创作也是一种昭示,它评价了人类各种可供评价的价值,从而解蔽了读者心目中不少晦暗未明的东西。反思性阅读则不然。读者的阅读不一定是对文本传达的艺术经验的被动汲取,有时还从当代的情境和需要出发向文本发问。它一方面使文本中未彰明的意义线索显豁起来,甚至于能根据作者无意识地留下的意义踪迹,去探究文本中潜藏的深层次的意蕴;另一方面,对于专业化的读者即批评家来说,他可以根据文本意义结构中的某些联系展开个人化论述,从而在一定程度上超越了文本。也就是说,阅读不仅起源于匮乏,也归因于自我确证的需要。叙事理论则进一步突出读者与作品的距离感。在韦恩·布斯看来,只有不成熟的读者才会与作

---

① [德]伊瑟尔:《文本与读者的相互作用》,见张廷琛编:《接受理论》,四川文艺出版社1989年版,第49页。
② [德]施蒂尔勒:《虚构文本的阅读》,程介未译,见张廷琛编:《接受理论》,四川文艺出版社1989年版,第181页。

品中的人物打成一片,从而失去距离感。读者对作品中的人物无论多么友好,只应该保持一种同情而不是认同,即读者本人的身份不要发生变化。

当然,也有对读者接受理论进行补充或者修正的。20世纪70年代在美国出现的读者反应批评进一步把文学批评的注意力转移到读者反应上来,更加强调读者的主观作用,认为文学意义取决于读者的主观解释。读者反应批评的代表人物费什(Stanley Fish,1938—   )质疑伊瑟尔对未定性和确定性的区分,认为根本就没有什么未定性,文学意义的创造依赖于读者在传统惯例之内运用主观性。他提出了解释共同体(interpretive community)的概念,认为解释不是个人性的,而是受到社会共同体思想的制约。在《结构主义诗学》一书中,卡勒曾提出著名的"文学能力"(literary competence)说,认为作品之所以有结构和意义,是因为以一定的方式阅读它,这种由读者带入阅读过程的阐释文学话语的思想准备就是文学能力。

2. 误读

美国解构批评家布鲁姆(Harold Bloom,1930—   )宣称,任何阅读都是误读,"正确的阅读"是不可能的,"所谓正确的解读只能是对原文的重复,相当于宣称文学作品无须解读。但事实并非如此"。① 早在1973年,布鲁姆在《影响的焦虑》中便提出了误读理论,认为前辈诗人的影响和后辈诗人对前辈诗人的借鉴是以误读的形式进行的,"虽然这种误读往往是无意识的,而且几乎是不知不觉地进行着的"。诗人的想象也是对前辈诗人意象和语词的反常化,"想象就是误释,就是使得所有诗篇对偶其前驱者"。② 在《误读图示》一书中,他把创造性误读(他称之为修正)作为文学阅读和意义产生的基本方式。布鲁姆认为,阅读是一种延迟行为,文学语言的意义是不确定的,能指和所指之间不存在固定的对应关系,只有能指之间无限的意义转换、播撒和延迟,因而寻找文本原意是不可能的,阅读都是一种误读。"每一位读者同每一首诗的关系都是由一种延迟的比喻所支配……诗人解释他的前辈,任何强劲有力度的后来解释者阅读每一位诗人,都必定通过他的阅读进行篡改歪曲。"③美

---

① [美]布鲁姆:《影响的剖析——文学作为生活方式》,金雯译,译林出版社2016年版,第15页。
② [美]布鲁姆:《影响的焦虑》,徐文博译,生活・读书・新知三联书店1989年版,第31页、第99页。
③ [美]布鲁姆:《误读图示》,朱立元、陈克明译,天津人民出版社2008年版,第69页。

国另一解构批评家保尔·德·曼(Paul de Man,1919—1983)认为,文学语言是一种修辞性语言,是用一个文本描述另一个文本,用一种修辞语替代另一种修辞语,因而是比喻性的,是没有确切意义的。他在谈到普鲁斯特的小说《追忆逝水年华》时指出:"根据普鲁斯特自己的表述规则,阅读是永远不可能的。除了这部小说所描写的事情之外,不管是爱情、意识、政治、艺术、鸡奸,还是烹饪法,小说中的一切还意指别的东西:所指指的永远是别的东西。"①

误读的观念影响极为深远。除了解构批评家以外,另一美国批评家桑塔格(Susan Sontag,1933—2004)在《反对释义》中也否认文学内容的客观性,她认为传统的释义方法追求确定性和透明性,而艺术存在本身就是反对解释的,真正的释义应该是对原文的一种修改,是一种解放。英国学者霍尔(Stuart Hall,1932—2014)在《编码,解码》一文中,试图证明读者尽管控制不了文学的生产,却能控制文学的消费。即作者虽然有意在作品中贯彻自己的意图,但编码和解码并不完全对称。读者除了服从作者的意图外,还可以进行选择性感知,将文本符号置入与其他符号的创造性关系中,甚至可以做出完全对抗性的阅读。

中国古代也有类似误读的思想,比如董仲舒所说的"诗无达诂"(《春秋繁露》卷五《精华》)。误读作为现代阅读观念和意义解读方式变以前过分注重继承、吸收和接受的观念为强调变革、更新和创造的观念。更有学者把误读上升为文化交流与传递中的一种创新机制。乐黛云指出:"文化之间的误读难于避免,无论是主体文化从客体文化中吸取新义,还是主体文化从客体文化的立场上反观自己,都很难不包含误读的成分。而从历史来看,这种误读又常是促进双方文化发展的契机,因为恒守同一的解读,其结果必然是僵化和封闭。"②

3. 征候阅读

"征候"(symptom)又译症候,原本是弗洛伊德在《精神分析引论》一书中提出的概念,用来表示神经病人病症无意识的表征:"神经病的症候,正和过失及梦相同,都各有其意义,而且也像过失和梦,都与病人的内心生活有相当

---

① [美]保尔·德·曼:《阅读的寓言》,沈勇译,天津人民出版社2008年版,第82页。
② 乐黛云:《文化差异与文化误读》,见乐黛云、勒·比雄主编:《独角兽与龙——寻找中西文化普遍性中的误读》,北京大学出版社1995年版,第111页。

的关系。"①医生据此寻找病因,以使身体机能恢复平衡。征候阅读法(symptomatic reading method)是"结构主义马克思主义者"阿尔都塞(Louis Pierre Althusser,1918—1990)在《读〈资本论〉》一书中受到弗洛伊德启发提出的阅读方法,认为文本存在着特定的论题间所构成的客观内在的关联系统,即决定所给定的答案的问题体系,需要超越字面含义的征候式阅读。征候阅读法虽然不是专门针对文学阅读提出来的,但是对文学阅读有重要意义。

阿尔都塞区分了对《资本论》的经济学阅读和哲学阅读,认为前者仅仅是对《资本论》中的有关论述同在它以外就确定了的对象加以比较,哲学阅读则要对《资本论》的特殊对象以及这种论述同它的对象的特殊关系提出问题,而这就需要对《资本论》的论述对象的统一性提出认识论问题。他提出的阅读方法就是征候阅读法,这种阅读包含了双重阅读和循环阅读,即把马克思主义哲学应用于马克思本人的著作,而马克思主义哲学的发展又要求深入研究《资本论》,"不借助马克思主义哲学就不能真正阅读《资本论》,而我们同时也应该在《资本论》中读出马克思主义哲学。如果这种双重的阅读,也就是不断从科学的阅读回复到哲学的阅读,再从哲学的阅读回复到科学的阅读是必要的和有成效的,那么我们就有可能在这种阅读中认识到马克思的科学发现所包含的这一哲学革命的本质"。② 按照阿尔都塞的说法,征候阅读是一种互文性阅读,包含了对主体所在场所进行反思的过程,"所谓征候读法就是在同一运动中,把所读的文章本身中被掩盖的东西揭示出来并且使之与另一篇文章发生联系,而这另一篇文章作为必然的不出现存在于前一篇文章中"。③ 这种双重阅读或循环阅读可以读出马克思没有在字面上写明的马克思主义哲学以及《资本论》的对象、理论、方法。

征候阅读的关键在于找出在一部著作中起决定作用的问题域即理论结构,因为新的对象和问题在特定征候条件下可以以空白、空缺、沉默、不出场的形式出现,征候阅读就是要把这些概念空缺所包含和规定的问题揭示出来。阿尔都塞曾经举了一个例子,马克思发现了古典经济学"劳动的价值等

---

① [奥]弗洛伊德:《精神分析引论》,高觉敷译,商务印书馆1984年版,第202页。
② [法]阿尔都塞、巴里巴尔:《读〈资本论〉》,李其庆、冯文光译,中央编译出版社2001年版,第81页。
③ [法]阿尔都塞、巴里巴尔:《读〈资本论〉》,李其庆、冯文光译,中央编译出版社2001年版,第21页。

于维持和再生产劳动所必须的生活资料的价值"有空白和毛病,因为这句话开头的"劳动"和结尾的"劳动"存在着不一致或空缺,第二个劳动应该是指"劳动力","马克思在回答中把这些空白本身当作一种存在的空白生产出来,并且表现出来。马克思建立起表述的联系,他在这种表述中引入和重新建立了劳动力的概念,而这种劳动力的概念已经存在于古典经济学所作出的回答的空缺中"。① 可见,征候阅读法与弗洛伊德的释梦相似,即透过表面的征候破译病因。西方有学者评论说:"问题域在确定其领域内所应包括的内容时,也就必然决定了它相应排斥的内容。因此,被排斥的概念(缺失部分、空白点)和没有充分提出的问题(半无言处、脱漏)或根本没有提出的问题(无言处),便与那些被提出的概念和问题一样,构成了问题域的一部分。由于这个原因,人们对原文中明确的论述简单地从字面来理解或直接地阅读,就很难把握它。相反,要掌握它就必须通过'征候'读法,即把明确的论述与那些欠缺部分、空白点和无言处结合起来读。后者构成另一种'未曾明言的论述',它们就是潜藏在原文中未被人意识到的问题域的许多征候。就像一切认识那样,正确地被理解和实践着的读法不是静观,而是理论性的劳作和生产。"②

虽然阿尔都塞提出征候阅读针对的是理论文本,具有明显的结构主义和唯理主义色彩,但是对于经验主义的阅读模式是一个突破,提醒读者注意文本论证或叙述与意义表达、文化形态与意指过程的不一致,如同医生检查病人身上的反常之处进而作出判断,对文学阅读非常具有参考价值。国内有的学者如蓝棣之等人以此进行文学批评,成效显著。

4. 对位阅读

对位阅读(contrapuntal reading)是美国后殖民批评家萨义德(Edward Said,1935—2003)从听巴赫的音乐中受到启发,提出的一种文本分析方法:"对位法的本质在于声部的共时性、对资源的超自然控制、仿佛无止境的创意。在对位法里,一个旋律永远都在被另一个声部重复的过程里……

---

① [法]阿尔都塞、巴里巴尔:《读〈资本论〉》,李其庆、冯文光译,中央编译出版社2001年版,第15页。
② [英]麦克莱伦:《马克思之后的马克思主义》,李智译,中国人民大学出版社2004年版,第333页。

这些声部永远持续和其他所有声部以相反又相成的方式发声。"①推及到文学领域,这种阅读方法认为所有作品都是复调的或者多声部的,既存在着表层的作者加以突出的东西,也存在着"沉默无声的、在意识形态中被作为边缘的东西",即受到压抑的部分,例如简·奥斯汀(Jane Austen,1775—1817)的小说《曼斯菲尔德庄园》中提到的安提瓜岛种植园:"我所说的'对位阅读法'的意思是,当一个作者说明,一个殖民者的甘蔗园对维持英国一种特殊的生活方式很重要时,意味着什么,对位法要弄懂这一点。……对位法阅读必须将两个过程都考虑到:帝国主义的和对它的抵抗。要做到这一点,就必须扩大我们的阅读,使之包括一度被强行排斥在外的东西"。② 也就是说,对位阅读要求读者把一个殖民者的甘蔗园对维持英国一种特殊的生活方式重要性带入对作品内容的理解中,发掘作品中被压抑的内容。

可见,在萨义德那里,对位阅读首先指带着现实问题,缝合文本和产生语境的裂缝,探寻充满活力的、多变的文本空间,而不去追求表面单一的意义指向,"我这里所说的对位,指的是不能化约同音(homophony)的东西,不能化约成一种简单的调和"。建构富于弹性的、多重的认同是对位阅读的基础,也就是达到"多重认同,许多声音彼此交错竞逐的那种声音,就像我所说的,不需要去调和它们,只要把它们放在一起——我的作品就是关于这个"。③ 对对位阅读法来说,文化和文本的意义不是单数的,而是复数的,多元才能形成对位,才能在对位中发现文本生产时的殖民印痕,把简单、透明的文本解读的历史再一次拉入复杂而混沌的现实之中;其次,在不可化约的多声部里,对位阅读的对照特征就变得十分突出了。在萨义德那里,这种对照主要表现为一种反抗,"换句话说,我现在做的并不只是阅读它们本身,而是试图以对位的方式来阅读它们,对照于打从帝国主义一开始就出现了的这个异议和反抗运动"。④ 对位阅读旨在揭示文本中的殖民权力关系,并进行拆解。

---

① [美] 萨义德:《音乐的极境》,彭淮栋译,江苏文艺出版社2012年版,第5页。
② [美] 萨义德:《文化与帝国主义》,李琨译,生活·读书·新知三联书店2003年版,第89—90页。
③ [美] 萨义德:《权利、政治与文化——萨义德访谈录》,单德兴译,生活·读书·新知三联书店2006年版,第137页。
④ [美] 萨义德:《权利、政治与文化——萨义德访谈录》,单德兴译,生活·读书·新知三联书店2006年版,第205页。

对位阅读是萨义德在后殖民理论框架中提出的一种阅读模式与批评方法论，试图突破殖民和去殖民的二元对立，在话语与表述、中心与边缘、历史与现实、宗主国与殖民地的多重格局中进行文学阅读的构想。

二、文本空白与意义建构

1. 英伽登与伊瑟尔的空白理论

文本空白是文学阅读与意义建构中的重要问题。这个问题是由波兰文学理论家、美学家英伽登（Roman Ingarden，1893—1970，一译英加登）提出来的。他区分了两种意向对象：一类是包括实在对象和观念性对象的认知行为的意向性对象，具有独立自足性，另一类是纯意向性对象如艺术品，没有自足性，需要通过读者的想象来补充其未充分显现的属性，"纯意向性的客体……例如一个语词或者一个语句的意义——它们是由想象的行动所创造的"。[①]他认为文学作品本身仅仅是一种"图式"，"纯粹的文学作品只是一个构架，是在各方面都是图式化的构架。它包含有空白、未确定点和图式化方面"。英伽登将文本层次一分为五：声音的层面，意义单元的组合层面，要表现的事物（小说家的"世界"、人物、背景）层面，"观点"的层面及"形而上性质"（崇高的、悲剧性的、可怕的、神圣的）层面。"文学作品描绘的每一个对象、人物、事件等等，都包含着许多未确定点，特别是对人和事物的遭遇的描绘"，"诗歌越是'纯粹'抒情的，对文本中明确陈述的东西的实际确定就越少（大致说来）；大部分东西都没有说出"[②]，文学作品中充满了"空白"（blank）与"未确定点"（places of indeterminancy），文学作品作为"图式"的"构架"，需要读者对它进行"填空"。作品的实现（又称"具体化"，concretize）是由接受主体来完成的。读者连接断裂，填补空白，进行推测，验证预感。文学作品，就其本身而言，其实是一个充满"暗示"的开放性的结构，是对读者的"邀请"，邀请读者介入作品的再创造，使文本丰富的意蕴得以实现。英伽登指出："因为文学作品的图式化方面是通过未尝彻底决定的对象或事件展示的不连续的复合体而存在着，所以它们是些因跳跃而互相分离的单位。……为了克服这种僵硬状态并

---

① ［波］英伽登：《论文学作品》，张振辉译，河南大学出版社 2008 年版，第 144 页。
② ［波］英伽登：《对文学的艺术作品的认识》，陈燕谷等译，中国文联出版公司 1988 年版，第 5 页。

使整体重新出现,首先需要读者的帮助和阅读的展现性的操作。"①

伊瑟尔发挥了英伽登的观点,认为文学文本和文学作品是两个不同的概念。文本具有未确定点,它是非自足性的,未完成的,它的存在本身并不能产生意义,意义的产生必须有赖于读者的具体化。作品本身显然不能等同于文本,也不能等同于具体化,而必定是处于两者之间的某个地方。这样,伊瑟尔就将意义当作文本和读者相互作用的结果,当作被经验的结果,而非被解释的客体。文学作品既非完全的文本,也非完全是读者的主观性,而是这两者的结合或交融。

伊瑟尔所说的空白指文本整体系统中的空白之处。未定点是意向性对象图式化序列中的空白。对空白的填充造成了文本模式间的相互作用,即填空的需要在这里变成了连接的需要。空白暗含着文本各个部分的相互连接,是文本看不见的接头之处,它从相互关系中划分出图式和文本的视点,同时触发读者方面的想象活动。当图式和视点连成一体时,空白就消失了。伊瑟尔说:"空白作为文本角度与角度断片之间联系的悬置,它表明同类相求的必要,这样使各种角度的断片之间能互相投映,进而把读者游移不定的观点组成一个参照域。"②伊瑟尔总结了空白在意义解读中的三个作用:一、使相互作用中的读者投射有可能组成一个参照视域;二、在读者的意义建构中起控制作用;三、使读者先发的和后续的想象连结起来,构筑一个审美的意象世界。因此空白是一种召唤结构,它激发读者进行结构化的阅读行为。正是空白造成了交流,因为它使文本各种角度间的联系保持开放状态,并促使读者去协调这些角度。伊瑟尔认为,叙述中有四种主要角度:叙述者的、人物的、情节以及虚设读者的,但没有一种角度自身能与文本的含义完全等同。文本的含义必须由各种角度通过读者在阅读过程中不断互相交织才能产生,一个角度只能成为想象对象的一个方面,这个网络中的每个角度都转化成相互间的反射镜,空白作为各片段之间的空隙使这些部分得以联结,形成相互影响的由各个片段组成的参照域。和英伽登一样,伊瑟尔的"召唤结构"也是一

---

① [波]英伽登:《对文学的艺术作品的认识》,陈燕谷等译,中国文联出版公司1988年版,第269页。
② [德]伊瑟尔:《文本与读者的相互作用》,见张廷琛编:《接受美学》,四川文艺出版社1989年版,第58页。

种图式化的构架,邀请读者加以现实化、具体化。

2. 空白与意义建构

我们可以跳出英伽登和伊瑟尔的论述,从更为一般的意义上来看文学中的空白及其作用。从一般意义上来说,文本中的空白对意义的建构作用体现在以下几个方面:(1) 文字省略,言近旨丰。陶渊明《饮酒》诗道:"结庐在人境,而无车马喧。问君何能尔? 心远地自偏。采菊东篱下,悠然见南山。山气日夕佳,飞鸟相与还。此中有真意,欲辨已忘言。"诗人面对飞鸟归巢悟出了人生真谛,却又无法用语言表达出来,索性让读者自己去思考吧。这首陶诗反而取得了言简意丰的效果。这种沉默与空白大抵前面对背景已作简略交代,对意象已进行了生动传神的描绘,这时稍作停顿,能给人以余音缭绕、不绝如缕的感觉。再比如元稹的《行宫》:"寥落古行宫,宫花寂寞红。白头宫女在,闲坐说玄宗。"通过在场者(宫女)对不在场者(玄宗)的谈论,产生了极大的意义张力,实际上包蕴了一部唐朝从开元盛世到安史之乱后的由盛而衰的历史,语少而意足。故沈德潜赞曰:"说玄宗,不说玄宗长短,佳绝。只四语,已抵一篇《长恨歌》矣。"①

(2) 淡化背景,意在言外。梅尧臣曾如此描述文学中的言外之意:"诗家虽率意,而造语亦难。若意新语工,得前人所未道者,斯为善也。必能状难写之景,如在目前,含不尽之意,见于言外,然后为至矣。"②李白《静夜思》云:"床前明月光,疑是地上霜,举头望明月,低头思故乡。"沈德潜评此诗写"旅中情思,虽说明却不说尽"。③ 作者把旅途之中刻骨的思乡之情抒写得很明白,但作者现居何处,为何思乡,以及家乡的什么勾起了他的思念,作者并无交代。正是这个"不说尽",让每个读者都可以根据自己的遭遇与体会加以补充发挥,提供了极大的意义解读空间。

(3) 侧面烘托,激发联想。德国学者莱辛(Gotthold Ephraim Lessing, 1729—1781)在《拉奥孔》中曾提出通过"美的效果来写美"的主张。他说:"诗人啊,替我们把美所引起的欢欣,喜爱和迷恋描绘出来吧,做到这一点,你就

---

① 沈德潜:《唐诗别裁集》,中华书局 1975 年版,第 257 页。
② 转引自欧阳修:《六一诗话》,见何文焕辑:《历代诗话》,中华书局 1981 年版,第 267 页。
③ 沈德潜:《唐诗别裁集》,中华书局 1975 年版,第 253 页。

已经把美本身描绘出来了"①。汉乐府民歌《陌上桑》对秦氏女罗敷容貌的描写就是用侧面烘托的方法:"行者见罗敷,下担捋髭须。少年见罗敷,脱帽著帩头。耕者忘其犁,锄者忘其锄。来归相怨怒,但坐观罗敷。"不正面描写罗敷的美貌,而是通过各类人见到罗敷所作的反应来烘托罗敷的美,让读者产生丰富的联想,反而取得了出人意料的效果。

毫无疑问,如同文学创作离不开想象一样,对文本空白的填补和文学意义的建构也离不开想象,正如意大利作家卡尔维诺(Italo Calvino,1923—1985)所说:"我们可以把想象的过程分为两类:一类是从语词出发到视觉形象;一类是从视觉形象出发到语言表达方式。第一类想象过程一般发生在阅读的时候,例如我们看小说时看到某个情景或看报时读到一篇报道,我们的头脑根据描述的生动程度,仿佛看到那个情景的片段与细节。"②

20世纪发生了语言学转向,人们认识到语言自身的表现潜质和意义建构功能,作者们更多地用沉默、中断、叙事要素的缺失等方式超越语言表达自身的有限性,达到不尽的意味境界。古代的叙事文学在描写人物对白时有时也以沉默、停顿与欲言又止暗含丰富的潜台词。例如《红楼梦》写贾母用掉包计使宝玉与宝钗成亲,病中的黛玉得知此事,临终前说了"宝玉,你好……"这半截没头没脑的话,是谴责,是悔恨,亦或是祝福,让人产生不尽的回味。但这类空白仍然是局部的、带有技术色彩并服从于叙事结构整体的。20世纪的文学把匮乏和不完整性视为人的现实的存在状态,从而致力于以残缺的形态揭示人类异化了的生存处境,其意象体系便充满了空缺、不连续性和中断。所以在这类文学中,空白显性化并具有总体性,而且呈现出向抒情类文学之外的各类文学蔓延的趋势。具体做法其一是页面上的文字空白。比如巴塞尔姆的小说《白雪公主》开头提到主人公白雪公主身上从头到脚六个部位有六颗痣,接着作者并没有仔细描写这六颗痣,而是自上而下、由大及小地分六行排列了六个圆点。在《尤里西斯》里为更好地描写主人公的潜意识和内心独白,乔伊斯刻意发明了一套自己独用的语汇,小说中也有意留下了大段文字空白;其二是叙事要素的残缺与不完整。比如卡夫卡的小说《城堡》就没有故事的起源和背景,也没有结局,甚至主人公也没有姓名而只有代号K,整部作

---

① [德]莱辛:《拉奥孔》,朱光潜译,人民文学出版社1979年版,第119页。
② [意大利]卡尔维诺:《美国讲稿》,萧天佑译,译林出版社2008年版,第81页。

品表达了K与目的(城堡)无望的周旋关系;其三是叙述的断裂与不连贯性。例如卡尔维诺的小说《寒冬夜行人》将十个不同的故事开头拼贴在一起。

三、中国古代阅读理论

1. 言、意、象关系与意在言外

哲学家冯友兰在谈到中国文学艺术的表意特点时说:"富于暗示,而不是明晰得一览无余,是一切中国艺术的理想,诗歌、绘画以及其他无不如此。拿诗来说,诗人想要传达的往往不是诗中直接说了的,而是诗中没有说的。照中国的传统,好诗'言有尽而意无穷'。所以聪明的读者能读出诗的言外之意,能读出书的行间之意。"①

有人说中国古代儒家坚持言尽意,道家则持言不尽意的观点,这种说法不够确切。其实儒家也有一种象喻思维,包含了对言、象、意关系间接性和复杂性的思考。我们先来看《周易》。《周易》相传是周文王所写,无所谓儒道两家。但此书既然经过了孔子的注疏,至少《周易》关于观物取象、立象尽意的论述可以代表儒家的观点。《易传·系辞上》:"子曰:'书不尽言,言不尽意。'然则圣人之意,其不可见乎?子曰:'圣人立象以尽意,设卦以尽情伪,系辞焉以尽其言,变而通之以尽利,鼓之舞之以尽神。'"又云:"是故夫象,圣人有以见天下之赜,而拟诸其形容,象其物宜,是故谓之象。"《易传》认为,"言"可达"意",但"言"与"意"之间的沟通与表达,需要通过"象"这一特殊的思维载体来完成。其次,儒家的象喻思维常常还以"比德"的形式广泛存在于艺术与审美活动中,例如用梅、兰、竹、菊四君子比喻傲、幽、坚、淡等。《庄子》总体上持"言"不尽"意"论。《庄子·外物》云:"筌者所以在鱼,得鱼而忘筌;蹄者所以在兔,得兔而忘蹄;言者所以在意,得意而忘言。"庄子指出了言、意之间的矛盾,深刻揭示了人类思维与表达方面的裂痕。前面我们从文本空白的角度分析了陶渊明《饮酒》诗特别是最后两句"此中有真意,欲辨已忘言",实际上这首诗表达了透过菊花、飞鸟、东篱、南山等等物象,达到与宇宙万物合一的境界,由器至道,有道家的意味。可以说,儒家、道家都有言不尽意的思想。

古代不少典籍融合了儒道诸家。王弼在《周易略例·明象》中试图沟通《易传》和《庄子》的说法:"夫象者,出意者也;言者,明象者也。尽意莫若象,

---

① 冯友兰:《中国哲学简史》,北京大学出版社2010年版,第9—10页。

尽象莫若言。言出于象,故可寻言以观象;象生于意,故可寻象以观意。""故言者,所以明象,得象而忘言;象者所以存意,得意而忘象。"当然,"得意忘言"说法有两面性,有强调言语只是一种象征性的工具的倾向,也有形象的含义大于文字的意思,虽不言"象"而象在其中。刘勰《文心雕龙》也是如此。该书多处表达了言不尽意的思想,如《夸饰》篇曰:"神道难摹,精言不能追其极。"《神思》篇曰:"至于思表纤旨,文外曲致,言所不追,笔固知止。至精而后阐其妙,至变而后通其数,伊挚不能言鼎,轮扁不能语斤,其微矣乎。"《隐秀》篇曰:"隐也者,文外之重旨也。"等等。如果我们考虑到钟嵘在《诗品序》中也用"文已尽而意有余"解释诗中的"兴"义,唐代诗僧皎然在《诗式》卷一中说过"两重意以上,皆文外之旨"。又说:"但见情性,不睹文字,盖诗道之极也。"宋代欧阳修在《六一诗话》中引梅尧臣语"含不尽之意,见于言外"。杨万里《诚斋诗话》云:"诗有句中无其辞,而句外有其意者。"凡此种种,体现了中国古代文学家与文论家在有限的艺术语言中追求无限的艺术意蕴的不懈努力。

2. 以意逆志与知人论世

"以意逆志""知人论世"是中国古代重要的文学阅读方法,它们是由孟子提出来的。以意逆志始见于《孟子·万章上》:"咸丘蒙曰:'舜之不臣尧,则吾既得闻使命矣。《诗》云:"普天之下,莫非王土;率土之滨,莫非王臣。"而舜既为天子矣,敢问瞽瞍之非臣如何?'曰:'是诗也,非是之谓也。劳于王事而不得养父母也。曰:"此莫非王事,我独贤劳也。"故说诗者,不以文害辞,不以辞害志。以意逆志,是为得之。如以辞而已矣,《云汉》之诗曰:"周余黎民,靡有孑遗。"信斯言也,是周无遗民也。'"这里孟子弟子咸丘蒙问舜父瞽瞍之不臣舜,与《小雅·北山》第二章所说"普天之下,莫非王土;率土之滨,莫非王臣"之意不符。孟子认为最好的说诗方法是"不以文害辞,不以辞害志"的"以意逆志",并以《大雅·云汉》"周余黎民,靡有孑遗"二句加以说明。故"以意逆志"是孟子提出的理想的阅读和理解诗歌作品的方法。"文"是文字,"辞"是言辞,"志"是作者的思想感情,"逆",迎也,推论的意思。

孟子的"以意逆志",要求全面而正确地分析诗人诗作,注重诗歌语言自身的特点,评说诗歌作品,不能望文生义,或是仅仅抓住其中的片言只语而信口开河,也不应对某些艺术性夸张修饰作机械理解,而必须领会全篇的主旨,再加上读者自己各有会心的切身体会,去解读作品的意蕴。孟子提出的"以意逆志"的方法影响深远,是对中古代文论发展的一大贡献。张伯伟在其论著《中国古代文学批评方法研究》中将"以意逆志"作为中国古代文学批评三大批评范式之一。"知人论世"始见于《孟子·万章下》:"孟子谓万章曰:'一乡之善士,斯友一乡之善士;一国之善士,斯友一国之善士;天下之善士,斯友天下之善士。以友天下之善士为未足,又尚论古之人。颂其诗,读其书,不知其人,可乎?是以论其世也,是尚友也。'"朱自清《诗言志辨》认为孟子所说"并不是说诗的方法,而是修身的方法。'颂诗''读书'与'知人论世'原来三件事平列,都是成人的道理,也就是'尚友'的道理"。① 其实,综观《孟子》一书,"知人论世"既是一种修身方法,同时又是一种说诗方法,二者并不矛盾。尚友古人,即通过颂读古人的作品以获得帮助,吸取教益;而要从古人作品中获得教益以提高自己的思想修养,又必须正确理解诗歌作品的精神实质。这样,仅仅就诗论诗,单从作品本身来分析显然是不够的,还必须联系作者的生平身世、思想感情,及其所处的具体环境和时代背景加以考察。当然,这并不是脱离作品本身。"知人论世"与"以意逆志"两种方法是相辅相成的,联系作者的生平与其时代,可以更好地认识作品的价值和意义。

但是"以意逆志"是以《毛诗序》所说的"在心为志,发言为诗"为前提的。它实际上认为诗的意义是确定的,因而可以通过"知人论世"的途径来把握。这就不仅断定了人品与文品的一致性,还混淆了诗的来源和读诗的结果,是一种古老的阅读观念。

四、阅读的社会功能

文学阅读可以发挥重要的社会功能。我们都知道,孔子非常重视诗歌和音乐在道德教化和维护社会稳定方面的作用,认为"诗,可以兴,可以观,可以群,可以怨,迩之事父,远之事君"(《论语·阳货》),柏拉图、贺拉斯等人也有类似的观点。鉴于文学的社会政治道德功能前面已经做了一些交代,后面关于文学与社会部分还将会涉及文学与道德的关系,我们在这里主要谈一谈其他方面的功能。首先,文学阅读可以获得情感愉悦、释放或净化。亚里士多德在《诗学》中就提出过戏剧的情感净化或宣泄功能。弗洛伊德说:"戏剧的目的在于打开我们感情生活中快乐和享受的源泉,恰像开玩笑或说笑话揭开了同样的源泉,揭开这样的源泉都是理性的活动所达不到的。毫无疑问,基

---

① 朱自清:《诗言志辨》,广西师范大学出版社2004年版,第19页。

本因素是通过'发泄强烈的感情'来摆脱一个人自己的感情的过程；……成年人作为一个充满兴趣的观众在场景与戏剧中得到的东西，正如孩子们在游戏中得到的东西。"①德国学者卡西尔（Ernst Cassirer，1874—1945）这样分析观看戏剧及阅读文学时所获得的情感自由与解放："因为在这里我们不再生活在事物的直接的实在之中，而是生活在纯粹的感性形式的世界中。在这个世界中，我们的感情在其本质和特征上都经历了某种质变过程。情感本身解除了它们的物质重负，我们感受到的是它们的形式和它们的生命而不是它们带来的精神负担。"②

其次，文学阅读是对读者人生的拓展与延伸。如果我们用社会角色及其表演来观察文学阅读，那么文学阅读可以说是一种读者依托于文本展开的表演游戏。保罗·利科指出："当一个读者专心致志地阅读一个文本时，特别是阅读文学作品，他以人物或主人公所提供的生存方式为参照，能够明确认识他自己的生存的可能性，但同时他也发生了一些转变；阅读活动所实现的对自我的认识与成为他者同样重要。"③现实生活中，我们每个人所充当的角色是有限的并且是相对固定的，无法呈现自己多样的可能性。在这个意义上，文学作品中多样的角色演示为读者提供了一个模拟与表演的舞台，文学阅读恰好是对读者自身匮乏性的一种补充："文本游戏从来不仅仅是一种现实行为，读者之所以参加这种实践是因为对这种'镜像世界'的不可接触性的吸引；它正是读者必须以个人的方式进行的游戏。在文本表演被带进到游戏中的东西的可变性的同时，读者能够且只在将要产生的结果的范围内加入到游戏的转换中。"④

日内瓦学派的乔治·布莱宣称，阅读改变了我和世界、我和他者的关系，首先"我通过语词所看到的，仍是一些具有客观表象的形式。但是我觉得这些形式对于思想着这些形式的我的思想来说并不具有不同的形式。这是一

---

① [奥]弗洛伊德：《戏剧中的神经病态人物》，张唤民等译，见《弗洛伊德论美文选》，知识出版社1987年版，第20—21页。
② [德]卡西尔：《人论》，甘阳译，上海译文出版社1985年版，第189页。
③ Paul Ricoeur, *Time and Narrative*, vol. 3, trans. Kathleen Blamey and David Pellauer. Illinois: University of Chicago Press, 1988, p.164.
④ Wolfgang Iser, *Fiction and Imagine – Charting Literary Anthropology*, The Johns Hopkins University Press, 1993, p.274.

些物,然而是精神的物,因此是主观化的物。简言之,鉴于语言的介入使一切在我身上都变成了精神性的,主体及对象之间的对立大大地减弱了"。其次,"我成了这样一个人,其思想的对象是另外一些思想,这些思想来自我读的书,是另外一个人的思考。它们是另外一个人的,可是我却成了主体"。① 阅读是对他者的肯定,读者在阅读过程中读到的是其他人的思想,因此阅读不但是一种向异在于自己的词汇、形象和观念作出让步的方式,也是向表达这些内容的异在于自己的原则作出让步的方式。

本章所选的四篇文章分别代表中西方关于文学阅读的不同观点。其中刘勰的《文心雕龙·知音》谈的是知音难觅的原因和鉴赏的步骤与方法(六观),伊瑟尔《文本与读者的相互作用》代表接受美学的观点,霍尔的《编码,解码》可算是文化研究一派的看法,而桑塔格的《反对释义》可以说代表解构主义和后现代主义的观点。

选 文

文心雕龙·知音

刘 勰

导言——

本文选自《文心雕龙注释》(人民文学出版社,1981),周振甫注释。

作者刘勰(约465—约520),生活于南北朝时期南朝梁代,中国古代著名文学理论家、批评家。本文谈的是文学鉴赏问题,指出知音的困难在于四个方面:一是贵古贱今,贵远贱近;二是由于文人相轻,崇己抑人;三是由于信伪迷真,学不逮文;四是因为各人的爱好不同,"各执一隅之解,欲拟万端之变"。文章认为,对文学的鉴赏要以丰富的阅历为基础,"凡操千曲而后晓声,观千

---

① [比利时]乔治·布莱:《批评意识》,郭宏安译,百花洲文艺出版社1993年版,第257页。

剑而后识器;故圆照之象,务先博观"。在具体鉴赏问题上,刘勰提出六观:一观位体,即文学的体制;二观置辞,即章句安排;三观通变,即继承和创新;四观奇正,即作品的表现方法;五观事义,即作者怎样引事因言来为自己驱使;六观宫商,即作品如何使用音律。由于在《情采》篇专门讲了情理,故本篇未谈情理问题。本文主要论述的是文学鉴赏的困难以及如何进行鉴赏的途径,没有涉及文本自身的属性及其对读者阅读的影响,这使文章有不足之处。

  知音其难哉!音实难知,知实难逢,逢其知音,千载其一乎!夫古来知音,多贱同而思古,所谓"日进前而不御,遥闻声而相思"也①。昔储说始出,子虚初成,秦皇汉武,恨不同时;既同时矣,则韩囚而马轻,岂不明鉴同时之贱哉②!至于班固傅毅,文在伯仲,而固嗤毅云:"下笔不能自休③。"及陈思论才,亦深排孔璋,敬礼请润色,叹以为美谈,季绪好诋诃,方之于田巴,意亦见矣④。故魏文称"文人相轻",非虚谈也。至如君卿唇舌,而谬欲论文,乃称"史迁著书,谘东方朔",于是桓谭之徒,相顾嗤笑,彼实博徒,轻言负诮,况

---

① 贱同:看轻同时人。思古:思念看重古人。不御:不加任用。"日进前"两句,本于《鬼谷子·内揵》。
② 《史记·韩非传》:"非作《孤愤》《五蠹》《内外储》《说林》《说难》十余万言,人或传其书至秦。秦王见《孤愤》《五蠹》之书,曰:'嗟乎!寡人得见此人,与之游,死不恨矣!'……韩王……乃遣非使秦。……李斯、姚贾害之,……下吏治非,……使自杀。"《汉书·司马相如传》:"蜀人杨得意为狗监,侍上。上读《子虚赋》而善之,曰:'朕独不得与此人同时哉!'得意曰:'臣邑人司马相如自言为此赋。'上惊,乃召问相如。"
③ 曹丕《典论·论文》:"文人相轻,自古而然。傅毅之于班固,伯仲(兄弟)之间耳,而固小(看轻)之。与弟超书曰:'武仲以能作文为兰台令史,下笔不能自休。'"
④ 曹植《与杨德祖书》:"以孔璋(陈琳)之才,不闲(熟练)于辞赋,而多自谓能与司马长卿(相如)同风。譬画虎不成,反类狗也。……昔丁敬礼(丁廙)常作小文,使仆润色之。仆自以才不过若人,辞不为也。敬礼谓仆:'卿何所疑难;文之佳恶,吾自得之,后世谁相知有定吾文者耶!'吾尝叹此达言,以为美谈。……刘季绪(刘修)才不能逮于作者,而好诋诃文章,掎摭利病。昔田巴毁五帝,罪三王,訾五霸,于稷下一旦而服千人。鲁连一说,使终身杜口。刘生之辩,未若田氏,今之仲连,求之不难,可无叹息乎!"

乎文士,可妄谈哉①!故鉴照洞明,而贵古贱今者,二主是也;才实鸿懿,而崇己抑人者,班曹是也;学不逮文,而信伪迷真者,楼护是也:酱瓿之议,岂多叹哉②!

夫麟凤与麏雉悬绝,珠玉与砾石超殊,白日垂其照,青眸写其形。然鲁臣以麟为麏,楚人以雉为凤,魏[氏]民以夜光为怪石,宋客以燕砾为宝珠③。形器易徵,谬乃若是;文情难鉴,谁曰易分。

夫篇章杂沓,质文交加,知多偏好,人莫圆该④。慷慨者逆声而击节,酝藉者见密而高蹈,浮慧者观绮而跃心,爱奇者闻诡而惊听⑤。会己则嗟讽,异我则沮弃,各执一偶之解,欲拟万端之变。所谓"东向而望,不见西墙"也⑥。

凡操千曲而后晓声,观千剑而后识器⑦;故圆照之象,务先博观。阅乔岳以形培塿,酌沧波以喻畎浍,无私于轻重,不偏于憎爱,然后能平理若衡,照辞如镜矣⑧。是以将阅文情,先标六观:一观位体,二观置辞,三观通变,四观奇

---

① 君卿(楼护)唇舌:《史记·太史公自序》索隐:"桓谭云:'迁所著书成以示东方朔,朔皆署曰太史公。'"从本篇看,当是楼护说,司马迁向东方朔请教,桓谭因此笑他,此事无考。
② 《汉书·扬雄传赞》:"雄著《太玄》,刘歆尝观之,谓雄曰:'空(徒)自苦!今学者有禄利,然尚不能明《易》,又如《玄》何!吾恐后人用覆酱瓿也。"
③ 麏(jūn):麕(似鹿而小)的别名。《公羊传》哀公十四年:"西狩(猎)获麟。……有以告者曰:'有麏而角者。'"《尹文子·大道》上:"楚有担山雉者,路人问:'何鸟也?'担雉者欺之曰:'凤凰也。'……请买十金,……将欲献楚王,经宿而鸟死。"又:"魏田父……得宝玉径尺,弗知其玉也,以告邻人。邻人阴欲图之,谓之曰:'此怪石也!……'于是遽而弃于远野。"氏,铃木云:"梅本闵本作民"。《太平御览》五十一引《阚子》:"宋之愚人得燕石于梧台之东,归而藏之以为大宝。周客闻而观焉,……卢胡(状笑)而笑曰:'此燕石也,与瓦甓不异。'"燕砾:燕石,燕地的石子。
④ 杂沓:犹众多。交加:犹交错。圆该:周备。
⑤ 逆声:迎着声辞。酝藉:含蓄。高蹈:举足高,指高兴。
⑥ 会己:合乎自己爱好。嗟讽:赞叹。
⑦ 《意林》引《新论》:"扬子云攻于赋,王君大习兵器。予欲从二子学。子云曰:'能读千赋则善赋。'君大曰:'能观千剑则晓剑。'"
⑧ 《诗·周颂·时迈》:"怀柔百神,及河乔岳(泰山)。"培塿(pǒu lóu):小土堆。沧波:沧海之波。喻:比。畎浍:田间水沟。衡:秤。

正,五观事义,六观宫商①。斯术既形,则优劣见矣。

夫缀文者情动而辞发,观文者披文以入情,沿波讨源,虽幽必显。世远莫见其面,觇文辄见其心。岂成篇之足深,患识照之自浅耳。夫志在山水,琴表其情,况形之笔端,理将焉匿②。故心之照理,譬目之照形,目瞭则形无不分,心敏则理无不达。然而俗[监]鉴之迷者,深废浅售,此庄周所以笑折杨,宋玉所以伤白雪也③!昔屈平有言:"文质疏内,众不知余之异采④。"见异唯知音耳。扬雄自称"心好沈博绝丽之文",[其]不事浮浅,亦可知矣⑤。夫唯深识鉴奥,必欢然内怿,譬春台之熙众人,乐饵之止过客⑥。盖闻兰为国香,服媚弥芬;书亦国华,玩[泽]绎方美⑦;知音君子,其垂意焉。

赞曰:洪钟万钧,夔旷所定⑧。良书盈箧,妙鉴乃订。流郑淫人,无或失听⑨。独有此律,不谬蹊径。

---

① 范文澜注:"一观位体,《体性》等篇论之。二观置辞,《丽辞》等篇论之。三观通变,《通变》等篇论之。四观奇正,《定势》等篇论之。五观事义,《事类》等篇论之。六观宫商,《声律》等篇论之。大较如此,其细条当参伍错综以求之。"
② 《吕氏春秋·本味》:"伯牙鼓琴,锺子期听之。方鼓琴而志在太山;锺子期曰:'善哉乎鼓琴,巍巍乎若太山。'少选之间(一会儿),而志在流水;锺子期又曰:'善哉乎鼓琴,汤汤(shāng shāng)乎若流水。'"
③ 监:王维俭本作鉴,观。深废浅售:弃深爱浅。《庄子·天地》:"大声(指古乐)不入于里耳;《折杨》《皇荂(华)》,则嗑然(状笑声)而笑。"宋玉《对楚王问》:"客有歌于郢中者,其始曰《下里》《巴人》,国中属而和者数千人。其为《阳春》《白雪》,国中属而和者数十人。是以其曲弥高,其和弥寡。"《折杨》《白雪》皆曲调名。
④ 《楚辞·九章·怀沙》:"文质疏内(文疏质讷,外表无繁饰,本质朴实)兮,众不知余之异采。"
⑤ 《古文苑》扬雄《答刘歆书》:"雄为郎之岁,自奏少不得学,而心好沈博绝丽之文。"其事浮浅,范注:"疑当作不事浮浅。"
⑥ 内怿:心悦。《老子》:"众人熙熙(和乐),如登春台。"又:"乐与饵,过客止。"音乐和食饵,能留住过客。
⑦ 《左传》宣公三年:"以兰有国香,人服媚之。"玩绎:赏玩;绎,推求义蕴。泽,王本作绎。
⑧ 洪锺:见《宗经》注[13]。夔、师旷:乐官,见《乐府》注[18]。
⑨ 流郑淫人:去掉靡靡之音的使人淫荡。《论语·卫灵公》:"放郑声,远佞人;郑声淫,佞人殆。"

文本与读者的相互作用(节选)

[德]伊瑟尔

导言——

　　本文节选自张廷琛编《接受理论》(四川文艺出版社,1989),程介未译。原载苏利曼编《本文中的读者》,普林斯顿大学出版社1980年版。该文原为伊瑟尔《阅读行为》一书中的一部分。

　　作者伊瑟尔(Wolfgang Iser,1926—2007)一译伊塞尔或伊泽尔,出生于德国的玛林堡,曾就读于莱比锡大学、图宾根大学与海德堡大学,是德国康斯坦茨大学英国文学与比较文学教授,与姚斯同为接受美学的代表人物,著有《阅读行为》、《暗含的读者》、《虚构与想象》等。在《阅读行为》一书中,伊瑟尔曾经提出,阅读的全部意义在于,使我们产生更深刻的自我意识,从而能批判地观察自身。本文认为,社会交往起源于人们无法体验他人对自己的体验,文学交流实际上是读者填补经验中的缺口,即文本与读者间的不对称导致了阅读过程中的交流。文章强调文本中空白的重要性,认为空白可以成为文学阅读的范型结构,能够引发读者的思维,在显与隐、表露与掩盖之间建立意义联系。在这个过程中,各种视点所在的各个部分进入焦点,并通过前一部分的衬托而展示其现实性,从而将各部分联结起来,形成了一个参照域。本文将阅读看作文本与读者相互依赖、相互制约、相互作用的过程,反映了作者观点的辩证性。

　　阅读任何文学作品,关键在于作品结构与其接受者之间的相互作用。艺术的现象学理论往往特别要求人们注意研究一部文学作品不仅要考虑实际的文本(text),而且对文本的反应当中所具有的行为要给予同样的关注,其原因也在这里。文本只提供"程式化了的各方面",后者促使作品的审美对象得以形成。

　　我们可以从中得出结论,文学作品有艺术和审美两极:艺术一极是作者的文本,审美一极则通过读者的阅读而实现。显然,鉴于这种两极分化,作品本身既有别于文本,又不同于文本的具体化,而必定处于两者之间的某一点。

在性质上它必定是一种虚像,因为它既不可降低到文本的现实,也不可以缩小为读者的主观态度。作品的动力,正是寓于这种虚像中。当读者接触到文本提供的一些角度,把不同的所见相互联系起来时,他便使作品及它自身处于运动状态。

假如作品的实际位置处在文本与读者之间,这一位置的具体化当然是两者相互作用的结果。因此,把注意力完全集中于作者的技巧,或读者的心理,都无助于揭示阅读过程本身。这并非否定两极各自的重要性——简单地说,假如看不到两者间的联系,就无法把握实际作品。各自分开来的分析虽说有用,也只有在两者处于传递者与接受者的关系时才有成效,因为在这种情况下,那么首先得假设一种共同代码,在此基础上进行精确的交流。然而,在文学作品中,传递信息的方式是双向的,读者通过组合来"接受"信息。共同的代码并不存在——至多只能说,共同代码可以在整个过程中产生。从这一假设出发,我们应该去探寻一种结构,以便对相互作用的各种基本条件作出描绘。只有这样,我们才能对作品中潜在的效果有所领悟。

……

文学中的交流是一个处于动态之中并受到调节的过程,启动并调节它的不是一种既定的符码,而是一种隐与显、表露与掩盖之间既互相控制又互相扩展的相互作用。隐含东西引发读者的思维行动,这一行动又受显露部分的控制。隐含部分揭示之后,外显部分也随之得到改造。一旦读者弥合了空隙,交流便即刻发生。空隙的功能就像是一个枢轴,整个文本—读者的关系都围绕它转动。于是,文本中结构化的空白促使读者按文本所定的条件形成观念。不过在文本的系统中还有一个使文本与读者汇合的地方。它的标志就是阅读中产生的各种否定。空白和否定各自以不同的方式控制着交流过程:空白使文本的各种角度间的联系保持开放状态,并促使读者去协调这些角度,换言之,它们诱发读者在文本中的基本活动。各种否定形式激发起明确的为人们所熟悉的因素或知识。目的是剔除它们。然而被剔除的成分依然可见,这样使读者对熟悉、确定因素所持的态度有所修正,换句话说,这导致他采取了一种与文本相关的立场。

为了突出交流过程,我们将集中讨论空白如何激发,又怎样同时控制读者的行动。空白表明文本中各不同部分和格局应该联系起来,尽管文本自身未作如此说明。空白是文本隐而不露的联结点,它们既标示了各种系统组合与文本角度之间的差异，同时也在促发读者形成观念的行为。结果，当各种系统组合和文本角度连到一起时，空白也随之"消失"了。

要想把握住调整但并不形成联系甚至意义的那种不可见的结构，我们必得记住在阅读过程中文本的各个部分得以呈现在读者观点面前的种种不同的形式。其中最基本的形式表现在故事的层次上。情节线索突然中断，或朝着始料未及的方向发展。一段叙述围绕着某一个人物，然后突然引入新的人物。这些突兀的转变通常由新的章节表示，因此区分明显；然而，区分的目的不是为了区分而区分，而是无言地邀请读者去寻找缺少的环节。此外，在每一着手连接的阅读时刻，文本提供的角度中只有某些部分呈现在读者游移不定的观点之前。

为了更完整地认识其中的含义，我们应该牢记，叙述体的文本是由许多角度组成的。它们概括了作者的观点，也为读者提供了途径。一般说来，叙述中有四种主要角度：叙述者的、人物的、情节的以及虚设读者的。其中尽管有主次之别，却没有一种角度自身能与文本的含义完全等同。文本的含义必须由各种角度通过读者在阅读过程中不断互相交织才能产生。随着文本中每一角度的进一步细分，必然会引起空白的增多。这样，叙述者的角度便经常被分为隐含的作者的角度及与之相反相成的作为叙述者的作者的角度。主要的人物的角度可以拿来与次要人物的角度相对。虚设读者的角度又可分为他应有的明确地位和这个地位要求他采取的不明确态度。

由于读者的观点游移于各种角度之间，在阅读的时间流动中不断转变，把各个角度交互缠织在一起，进而构成一个角度的网络。在这一网络之中的每一角度不但打开对于其他角度的一个视景，而且对于作者打开了意图中的想象对象的一个视景。因此，文本中的任何的单个角度都不能等同于想象对象。一个角度只能成为想象对象的一个方面。对象自身就是相互联系的产物，其结构的形成在很大程度上受到空白的制约和调节。

为了解释这一作用，我们首先将对空白如何发挥功能作概括的描述，然后再设法举例加以说明。在阅读的时间流动中，种种角度的断片移向焦点，并一一与先于它们移到焦点断片相反衬。所以人物、叙述者、情节与虚设读者等角度的断片不仅被排成顺序次第出现，而且都被改造成互相反映的镜子。空白作为各断片之间的空隙使这些部分得以连接，于是为读者游移不定的观点组成一个视野。只要有两个以上相互联系相互影响的立场（position），就足以构成一个参照域（referential field）——这是所有理解过程的最小组织单位，也是游移观点的基本组织单位。

空白在结构上的第一个特征在于它使文本中相互作用得以相互影响的各个断片组成的参照域。这样，参照域中呈现出来的各个片断在结构上有着相等的价值。它们能够拢到一起，这突出表现了它们之间有同有异。这种关系导致有待缓解的张力。因为就像阿恩海姆对较带普遍性的情境考察中指出的："第三维的作用之一就是在第二维中遇到麻烦的时候出来救场。"第三维是在参照域内的各断片被给定一个共同框架之后产生的，这使得读者将各种异同联系起来，以把握各种作为这些联系之基础的格局。但这一框架也是一个空白，它要求意念化行为加以填充，似乎读者视域中的空白已经变换了地位。它开始时作为角度的断片之间的空隙出现，暗示了这些断片之间的可联性。进而把它们组成许多相互影响的具象观念。但随着可联性的出现，空白作为包容这些相互作用断片的未成形框架，使读者得以在它们之间建立一种确定的关系。我们已能从这一地位变化中推断空白对所有在游移的观点之参照域内的运行起着重要的控制作用。

现在谈谈空白的第三个，也是最有决定性的功能。一旦各部分之间建立起确定的联系，一个构成特定阅读瞬间并继而具备了有形结构的参照域便随之形成。正如我们已经看到的，通过使观点在角度断片之间变换位置，各断片就会在参照域内聚合。在每一特定的瞬间，观点所关注的某个断片便成为一个主题。当下一个断片得以具体化时，前一个瞬间的主题便会成为衬托它的背景，以此类推。某个断片形成主题后，先前断片必须失去它在主题上的重要性，而退居边缘。处于主题上的虚空位置。读者往往占据这一位置，以求把注意力集中于新的主题。

……

需要强调的是：（1）为了解释文本与读者之相互作用所围绕的枢轴，我们必须对空白结构作抽象而略带理念化的描述。（2）空白具有不同的结构特征，但它们又互相吻合。读者填补文本中的空白，于是建立起参照域；而参照域出现的空白则又通过主题—背景这一结构来填补，各并列主题与背景产生的虚空为读者的立足点所占据，在这里通过各种相互转换产生审美客体。前面所概括的结构特征使空白位移，这样，空域不断变化的位置便明确标示需要确定它，而这则是由读者的建构行为来完成的。从这层意义上看，空白的位移画出了游移不定的观点在不断地自我调整中变移的途径,自我调节过程中,空白的各种结构特征互相交织。

现在,我们就能够更精确地界定读者介入文本的实际上指的是什么了。假如上述行为主要是由于空白所造成的,那么,介入指的不仅仅是读者使文本中位置"内心化",而且指诱引他促使这些位置相互作用,相互改造,最后形成审美客体。空白的结构组织了这一介入,并同时揭穿这一结构与阅读主体间的密切联系。皮亚杰的一个论断完全适合于这种联系:"一句话,主体活生生地存在着,因为结构过程本身就是每一结构的基本特征。"虚构文本中的空白是一种范型结构;其作用是激发读者进行结构化的行为,这一行为则使文本中各个文场的相互作用转化为意识。空白的位移导致一系列相互冲突的意象,它们在阅读的时间流动中互相制约舍弃的意象在后继的意象上打下印记,尽管后者在补充前者的缺陷。这一点看,各个意象在按顺序攀在一起,而正是通过这一顺序,文本的意义才在读者的想象中活起来。

编码,解码(节选)

[英]霍 尔

导言——

本文节选自罗钢、刘象愚主编《文化研究读本》(中国社会科学出版社,2000),王广州译。

作者霍尔(Stuart Hall,1932—2014)系英国著名文化批评家。本文认为,编码和解码的符码并不完全对称,这些符码完全或不完全地传达、中断或系统地扭曲所传达的一切。作者以电视符号为例证,指出视觉话语本身已经将三维世界转译为二维的层次,从而不等同于所指称的对象;其次在视觉话语中职业符码对主导符码具有相对独立性,它可以挑选职员、选择影像和现场辩论,进行相对自治的符码操作。社会生活中存在着主导的话语结构,因为制度/政治/意识形态的力量无所不在,这无疑影响编码和解码,所以存在着"被挑选出来的解读"方案。但观众或读者并不是被动的,他们未必在编码者"主导的"或"所选的"符码范围内活动,而能够进行"选择性感知",甚至做出对抗性阅读。文章注意到编码、解码的复杂性,特别是读者在阅读中的争斗与抵抗潜能,这对我们理解读者阅读的能动性有积极意义。

  编码和解码的符码也许并不是完全对称的。对称的程度——即在传达交流中"理解"和"误解"的程度——依赖于"人格化"、编码者—生产者和解码者—接收者所处的位置之间建立的对称/不对称(对等关系)的程度。但是,这转而又依赖于符码间的同一性/非同一性的程度,这些符码完全或不完全地传达、中断或系统地扭曲所传达的一切。符码之间缺乏相宜性在很大程度上取决于广播者和听众之间关系与地位的结构差异,但也取决于"信息来源"与"接收者"的符码之间的不对称性,这种不对称发生在转换为和脱离话语形式这一环节。所谓"扭曲"和"误解"恰恰因传播交流的双方缺乏对等性而产生。

  ……

  视觉符号内涵的层次,以及在意义和联想的不同话语领域中语境指涉和定位,就在已然符码化的各种符号与文化的深层语义符码相互交叉的地方,并呈现出附加的、更为活跃的意识形态之维。我们可以从广告话语中举出一例。这里也没有"纯粹外延的"再现,当然也没有"自然的"再现。广告中每一个视觉符号意味着质量、情景、价值或者推论,这呈现为依赖内涵定位的一种暗示或者暗示的意义。在罗兰·巴尔特的例子中,毛衣总是表示一件"温暖的外衣"(外延),因而表示"保暖"这一活动/价值。但是,在更多的内涵层次上也有可能表示"冬天的到来"或者"寒冷的一天"。在时装的具体化的次符码中,毛衣也可以意味着最新女时装的流行款式;或换句话说,也可以意味着服装的一种休闲款式。如果置于正确的视觉背景之中并被浪漫的次符码定位,它可以意味着"长时间在秋林中漫步"。显而易见,这种次序的符码使符号与社会中更广泛的意识形态领域拉上关系。这些符码就是促使权力和意识形态在各种特殊的话语中表达意义的途径。它们用符号来指称任何文化归类于其中的"意义图表";那些"社会现实的图表"有着各种各样的社会意义、实践及用途,以及"书写进"符号中的权力和利益。罗兰·巴尔特声称,能指的各内涵层次"与文化、知识和历史都有着密切的交流,这就是说,正是通过它们,环境世界才侵入语言和语义系统。也许,它们就是意识形态的碎片"。

电视符号所谓的外延层次由一定的非常复杂的(但是有限的或者说是"封闭的")符码固定下来。但其内涵层次虽然也是固定的,但更为开放,服从于利用其多义价值的更为活跃的转换。任何已经如此构成的符号都可能转换为一个以上的内涵建构。然而,多义一定不要与多元论相混淆。各内涵符码之间并不对等。任何社会/文化都有着不同程度的封闭,都倾向于强制推行其社会、文化和政治领域的分类。这些分类构成一个主导文化秩序,尽管这个秩序既不是意义单一的,也不是无可争辩的。"主导话语结构"这一问题是关键的一点。社会生活的不同领域似乎被划分为各个话语领地,等级分明地组合进主导的或选中的意义。新的令人难以捉摸或令人困惑的事件,破坏了我们的期望,并与我们的"常识建构"、与我们社会结构的"想当然的"知识相抵牾。这些事件必须首先安排进各自话语的领地才可以说"具有意义"。"绘制"这张事件的图表的最普通的方式就是把新事件安排进现存的"问题重重的社会现实图表"的某个领地。我们说主导的,并不是"决定性的",因为总是存在着不仅仅是以一种"绘制的"方式来处理、归类、安排和解码一个事件的可能。但是我们说"主导的",是因为存在着一种"被挑选出来的解读"方案:在这些解读内镌刻着制度/政治/意识形态的秩序,并使解读自身制度化。在"被挑选出来的意义"的多个领域镶嵌着整个社会秩序,它们显现为一系列的意义、实践和信仰:如对社会结构的日常知识、"事物如何针对这一文化中所有的实践目的而发挥作用"、权力和利益的等级秩序以及合法性、限制和制裁的结构。因此,为了在内涵层次上澄清"误解",我们必须通过符码来谈社会生活秩序、经济政治权力的秩序以及意识形态秩序。此外,因为这些测绘是"以支配关系为其结构",但又不是封闭的,交往过程并非存在于这样的安排之中,即毫无疑问地将每一个视觉项目安置在一套预先安排的符码之内的特定位置上,而是存在于一套演示规则(performative rules)之中——能力与使用的规则、使用中的逻辑的规则——这些规则积极寻求强化某一语义域并使其凌驾于另一语义域,并强行把义项(item)纳入或使其脱离适当的意义—集合。正统的符号学过于忽视阐释工作的实践,尽管实际上这构成了电视中各种广播实践之间的真实关系。

那么,在谈及主导意义时,我们不是在谈论支配所有事件会怎样被指涉的一个单方面的过程。这个过程要求在事件获得的内涵意义的主导定义的限制之内加强对这个事件的解码,为其赢得似真性和合法性。特尔尼指出:

> 我们用解读一词不仅是指鉴别并解码一定数量的符号的能力，而且是指这样的主观能力，即将这些符号放入它们之间及与其他符号之间的创造性关系中。这个能力自身是指对一个人所处总体环境的全面感知的条件。

这里，我们是在与"主观能力"的观念争论，好像电视话语的指称对象是一个客观事实，而阐释层次是一个个体化的、私人的事情。事实似乎恰恰相反。电视实践恰恰把"客观"（即制度的）职责认作是在任何话语实例中迥异的符号之间相互制约的关系。因此，电视实践不断地把这类被安排的义项再安排、限定并写入"对总体环境的认识"。

这就给我们带来误解的问题。电视节目生产者发现他们的信息"未被理解"，必须经常致力于清理交流链条上的症结，以此来推动传播的"有效性"。很多研究声称"政策导向分析"的客观性，通过试图发现观众回忆起一条信息的多少内容，增强理解程度，而再次实现这一管理目标。对字面意义的一种误解无疑是存在着的。电视观众不知道所采用的术语，不能理解议论或者阐述的复杂逻辑。他们对这种语言不熟悉，发现各种概念太陌生或者太晦涩，或者被说明性的叙述所迷惑。但是，广播员往往关注的是观众未能按他们（广播员）的意愿理解意义。他们真正想说的是电视观众没有在"主导的"或"所选的"符码范围内活动。他们的理想是"完全清晰的传播"。然而，他们不得不面对的是"系统地被扭曲的传播"。

近几年来，人们通常参照"选择性感知"来解释这种差异。一种残存的多元论就是通过这扇门避开了具有高度结构性的、不对称的和不对等的过程的冲击。当然，总会有私人的、个体的、不同形式的解读。但是，"选择性感知"几乎从不像这个概念所暗示的那样是选择性的、任意的、私人化的。这些方法越过个体的不同形式展示出重要的符码簇。因此，任何新的观众研究方法将不得不开始于对"选择性感知"理论的批评。

初期，人们就争论，因为编码与解码之间没有必然的一致性，前者可以尝试"预先选定"，但不能规定或者保证后者，因为后者有自己存在的条件。除非二者大相径庭，编码过程具有建构某些界限和参数的作用，解码过程就是在这些界限和参数中发挥作用的。如果没有界限，观众就可以简单地将他们所喜欢的一切解读成任何信息。人们无疑对这类符码存在着一些总体的误解，但是，这个广阔的范围必须包含编码时刻与解码时刻之间的某种程度的互换关系，否则我们根本就无从言及有效的传播交流。然而，这个"一致性"不是给定的而是建构的。它不是"天生的"而是两个截然不同的时刻之间表述的产品。并且，前者不能简单地决定或者保证会采用哪一些解码过程中的符码。否则，传播就会成为一个完全对等的流通，而每一条信息就会成为"完全明晰的传播"的一个实例。那么，我们必须要想到各种形式的表述，在这些表述中编码过程/解码过程得以结合起来。为了详细说明这一点，我们对一些可能的解码地位进行一次假想的分析，以便加强对"没有必然的一致性"这一观点的认识。

我们区别出三个假想的地位，由此可以建构电视话语的各种解码过程。这些过程需要从经验上予以检验和完善。但是，解码过程并非不可避免地依据编码过程，二者并不是同一的，这一论点加强了"没有必然的一致性"的论点。根据"被系统地扭曲的传播"理论，它也有助于解构"误解"的常识性意义。

第一个假想的地位是主导—霸权的地位(dominanthegemonic position)。比如说，电视观众直接从电视新闻广播或者时事节目中获取内涵的意义，并根据用以将信息编码的参照符码把信息解码时，我们可以说电视观众是在主导符码范围内进行操作。这就是"完全明晰的传播"的理想—典型的情况——或者我们"为了所有的实践目的"已经尽可能达到了那个理想。在这种情况下，我们可以区分由职业符码促成的位置。职业广播员在对一个已经以霸权的方式指涉的信息进行编码时，占据的就是这一位置(由我们也许应该确定为"元符码"的运作来促成的)。职业符码对于主导符码来说是"相对独立"的，因为它运用了自己的标准并进行自己的转换操作，尤其是那些带有技术—实践特性的标准和操作。然而，职业符码是在主导符码的"霸权"内部发挥作用的。事实上，它恰恰是通过括除主导符码的"霸权"本质，代之以被置换的职业符码，从而再生产主导定义。职业符码将这样明显的中立—技术问题如视觉本质、新闻及演播价值、播映本质、"职业特性"等等凸现出来。也就是说，对北爱尔兰的政策，或者智利的政变，或者《工业关系法案》的霸权阐释，主要是由政治和军事精英们制定的：通过职业符码的操作，选择并结合具体挑选播映的场合与式样、挑选职员、选择影像和现场辩论。广播职员是如何既能以他们自己"相对自治的"符码进行操作，又能以这样一种方式活动，即对各种事件进行(并非没有矛盾的)霸权指涉的再生产，这是本文不能澄清的一个复杂的事情。专业人员不仅是通过广播机构自身作为一种"意识形态机器"所处的地位,而且还通过节目播放的结构(即系统地"超量播放"精选的精英人员和他们在电视节目中"对形势的界定")而与这些精英们联系在一起。能说明这一点也就足够了。甚至可以说,职业符码特别是通过不明显地偏爱主导方向的操作来再生产霸权性的定义。因而,此时意识形态的再生产"背地里"不经意地、无意识地发生了。当然,冲突、矛盾甚至是误解也就经常在主导与职业意义之间及各自的符号代理之间有规律地发生。

我们将要确定的第二个地位是协调的符码(negotiated code)或者地位。大多数观众也许非常充分地理解什么已被界定为主导的、什么已被指涉为职业的。然而,主导的定义就是霸权性的,这恰恰是因为它们代表了对处于主导地位的(普遍的)形势和事件的界定。主导的定义将事件或含蓄或明显地与宏大的总体化、与宏大的组合的世界观结合起来:他们对各种问题采取"夸大的观点",他们将事件与"民族利益"或者地缘政治学相联系,即使他们是以掐头去尾、颠倒的或神秘化的方式进行的。霸权观点的定义是:(a)它用自己的语言界定可能产生各种意义的精神世界以及社会或文化中种种关系的完整层面。(b)它带有合法的印记——它与关于社会秩序是"自然的"、"不可避免的"、"应当如此的"说法相联系。在协调的看法内解码包含着相容因素与对抗因素的混合:它认可旨在形成宏大意义(抽象的)的霸权性界定的合法性,然而,在一个更有限的、情境的(定位的)层次上,它制定自己的基本规则——依据背离规则的例外运作。它使自己的独特地位与对各种事件的主导界定相一致,同时,保留权力以更加协调地使这种主导界定适合于"局部条件"、"适合于它本身团体的地位"。从而,这种主导意识形态的协调观点通过矛盾得以萌芽,尽管这些矛盾仅在一定的场合下才可以全部看清。协调符码通过我们可称之为具体的或者定位的逻辑运作,而这些逻辑通过它们与各种话语及权力逻辑的有差别的、不平等的关系得以维持。一个协调符码的最简单的例子是,它控制工人对《工业关系法案》的观念的反应——这项法案限定罢工或论证冻结工资的权力。在"民族利益"的层次上,在经济辩论中,解码者可以利用霸权性的界定,同意"我们都必须要给予自己少一些,以便抵制通货膨胀"。然而,这也许与他/她愿意为了更多的工资和更好的条件去罢工,或者以车间或工会组织来反对《工业关系法案》很少或毫无关系。我们怀疑大多数所谓的"误解"产生于霸权—主导编码与协调—自治的解码之间的矛盾和分歧。正是各种层次上的不相称往往招致限定的精英和专业人员看出"传播中的失败"。

最后,电视观众有可能完全理解话语赋予的字面和内涵意义的曲折变化,但以一种全然相反的方式去解码信息。他/她以自己选择的符码将信息非总体化,以便在某一个参照框架中将信息再次总体化。这是电视观众的情况,他收听对限制工资的必要性的辩论,可是,每次都将提及的"国家利益""解读"为"阶级利益"。他/她利用我们必须称之为对抗的符码进行操作。一个最重要的政治环节(因明显的原因,它们在广播组织自身之内也与关键环节一致)就是开始对抗地解读以协调的方式进行正常指涉和解码事件的时刻。这时,"意义的政治策略"——话语的斗争——加入了进来。

反对释义

[美]桑塔格

导言——

本文节选自戴维·洛奇编《二十世纪文学评论》下册(上海译文出版社,1993),陆凡译。原发表于1964年的《长青评论》。

作者苏珊·桑塔格(Susan Sontag, 1933—2004),生于美国亚利桑纳州,曾就读于加州大学柏克莱分校和哈佛大学,是美国著名批评家和小说家,曾著有文论集《反对释义》、《激进意志的风格》等多部及小说《死亡箱》、《火山恋人》、《在美国》等。本文批评了传统的摹仿论及传统的批评模式对文学内容的过分强调,认为真正的艺术具有使人紧张的力量,该力量并不存在于艺术与现实的关系之中。有价值的批评首先需要更多地关注艺术的形式,其次应当对艺术品的外表作一种准确的、轮廓鲜明的、亲切的描述。文章揭示了现代文学和传统阐释之间的矛盾,后者将作品的多种意思解释成唯一的意义,即隐藏于作品后面的客观意义,从而必然忽略辨别我们今天大部分作品的美学结构,这种解释学只是旨在加强传统对现在权威的固定教条。文章认为,艺术存在本身就是反对解释的,真正的释义应该是对原文的一种修改,是一种解放。

当艺术不知道需要证明自身存在的理由的时候，当人们不问一件艺术品说明了什么，因为人们知道（或者以为人们已经知道）艺术说明了些什么的时候，我们没有一个人能恢复天真无邪。从现在到意识的终止，我们负担着为艺术辩护的任务。我们只能为这种或那种辩护的手段而争论。的确，我们有义务抛弃任何一种辩护和维护艺术的手段，如果这种手段对当代的需要和实践已经变成特别愚笨或麻烦或迟钝。

今天关于内容本身这个概念就是这样。不管在过去它曾经怎样，在今天，内容这个概念主要是一种障碍，一种令人讨厌的东西，一种微妙的，但又不甚微妙的市侩作风。

虽然在许多艺术领域中实际的发展似乎是在把我们从那种认为一件艺术品主要是它的内容这个概念引开，但是这个概念仍然具有异乎寻常的霸权。我想指出这是因为这个概念在多数严肃对待任何艺术的人们中间，以某种认真面对艺术品的伪装彻底地、根深蒂固地保存下来了。过分强调内容概念所引起的后果是持久不变的、永远不能完成的"释义"的计划。相反地，接触艺术作品就是为了"解释"它们，正是这个习惯支持着这样的幻想，仿佛有所谓"艺术作品的内容"这样一种东西存在。

当然我所指的不是最广泛意义上的释义，即尼采（正确地）说的那个意义："没有事实，只有释义。"我所指的释义，是一种思想上有意识的活动，它说明某种法规，某种释义的"规则"。

面对艺术时，释义意味着从整个作品中摘取一套因素（X、Y、Z,等等）。释义的任务实际上就是一种翻译的任务。释义的人说：瞧，你看不出来 X 实际上就是——或者实际上就意味着——A 吗？Y 实际上就是 B 么？Z 实际上就是 C 么？

什么情况能激起转变一个文本的这种奇怪设计呢？历史提供给我们作出一个答复的资料。释义最早出现于古代古典文化的后期，那时，神话的威力和可信性被科学启蒙引进的"现实主义"世界观打破了。一旦困扰着后神话时期的意识——即宗教符号的适合性——的问题受到质问以后，那些原始状态的古代文献就不再被人接受了。释义便被召唤来，使古代文献适应"现代"的要求。因此斯多葛派为了符合他们关于神祇必须是道德的观点,就用讽喻的方式叙述宙斯的野蛮特点和荷马史诗中他的吵吵嚷嚷的氏族。他们解释说:荷马对宙斯和莉多的通奸真正要说明的是权力和智慧的结合。亚历山德里亚的斐罗以同样的调子把希伯来《圣经》的文艺性历史记事解释为精神范例。斐罗说,《出埃及记》的故事,40年沙漠中的流浪和进入希望之乡(《圣经》中上帝赐给亚伯拉罕的迦南地方),实际上是个人灵魂的解放、苦难和最后的拯救。释义因此先假定了原文的明确意义和(后来)读者的要求中间是有差异的。它企图解决那种差异。情况是:由于某种理由,一种原文已经不能被人接受了,可是又不能把它抛弃。释义是以修补的办法保存弃之可惜的古籍的一种彻底的策略。释义者实际上不用删减或复写原著,就把它修改了。但是他不能承认是这样做的。他说他只是用揭示真实意义的方法使原著容易使人看懂。不论释义者把原文修改了多少(另外一个恶劣的例子是犹太教和基督教对于清清楚楚是描写爱情的《雅歌》所作的"宗教的"解释),他们一定要说这是从原文中本来就有的意义分析出来的。

而到我们自己的时代,释义更复杂化了。因为当代关于释义的热情经常不是出于对烦琐原著的尊重(这样做可以掩盖它的侵犯性),而是出自公开的侵犯,公开的对于现象的蔑视。旧式的释义方式是坚定不移的,但是值得尊敬,它是在原文直接意义之上建立另外一种意义。新式的释义方式要发掘,而当发掘的时候,破坏了原文;它从原文的"背后"去挖掘,想发现一种副文,那才是真的。当代最著名、最有影响的理论,也就是马克思和弗洛伊德的理论,实际上形成了烦琐的"经典释义"体系,是侵犯性的、不虔敬的释义的理论。所有可以观察到的现象都用括弧括起来,用弗洛伊德的术语来说,叫作"显现内容"。这个显现内容必须加以探索,然后且把它放在一旁,而从下面去追求真实意义即"潜在内容"。对于马克思,像革命和战争这样的社会事件;对于弗洛伊德,个人生活中的事件(如神经官能症现象和说错话)和一些内容(如梦中的或艺术作品中的),这一切都被看作是释义的机会。按照马克思和弗洛伊德,这些事件只是"似乎"可以理解;实际上,假如没有解释,它们就没有意义。了解就是释义;而释义就是重述现象,结果是寻找它的一种等价物。

因而释义不是(像多数人所认为的)一种绝对价值、一种位于某种没有时间限制的可能性的领域中的心理姿态。释义本身必须用对人类意识的历史主义观点予以评价。在某些文化领域释义是一种解放行为。它是修订的手段,重新估价的手段,逃避僵死的过去的手段。而在其他文化领域,它却是反动的、鲁莽的、胆怯的、窒息的。

当前就是这么一个时代,释义的计划主要是反动的,窒息的。像污染着城市空气的汽车和重工业的油烟一样,释义的传播毒害着我们的敏感。在我们的文化中,已经存在着的智力恶性膨胀的传统危机大量地浪费着能力和感性才能,释义是智力对于艺术的报复。

更有甚者,它是智力对于世界的报复。释义是使世界枯竭,是使世界空虚,其目的是树立一个"意义"的影子世界。它是把世界改变为这个世界。("这个世界"!好像还有什么其他的世界。)

世界,我们的世界,被弄得精力消耗,贫乏够了。扫除一切它的复制品,直到我们再能更直接地体验我们所有的东西。

在多数现代的例子当中,释义,简直就是庸俗地拒绝不干涉艺术作品。真正的艺术具有使我们紧张的力量,把艺术作品缩减为只是它的内容,然后再解释"那个东西",人就把艺术作品给驯服了。释义使艺术成为可以随心所欲地驾驭的、使人舒服的东西了。

这种庸俗的拒绝态度在文学中比在任何其他艺术中尤甚。几十年来,文艺批评家们认为把诗歌、戏剧或小说、故事的组成部分翻译成其他的东西是他们的任务。有时一个作家在他的作品的赤裸裸的威力面前会感到很不安,结果在作品本身中注入清楚明晰的解释,虽然他有些羞怯,有一点嘲弄的风趣。托马斯·曼就是这样一位过分讲求合作的作家的例子。对于更顽固的作家,批评家就更愿意完成这项任务了。

例如卡夫卡的作品曾经遭受过不少于三队解释者们的集体掠夺。那些把卡夫卡当作社会寓言来读的人,在他的作品中看到的是现代官僚主义的挫败和疯狂的案例,以及它最终要在集权国家中发展到顶峰。那些把卡夫卡当作精神分析寓言的人看到的是卡夫卡的惧父心理,他的阉割焦虑,他自己阳萎,他的梦的压抑等等绝望心情的揭示。那些把卡夫卡当作宗教寓言读的人解释说,《城堡》中的K在试图进入天堂,《审判》中的约瑟夫·K在受着无情的神秘的上帝的正义所裁判……别的像吸血虫般吸引着释义者们的"文艺作品"是贝克特的作品。贝克特描写孤独心理(剥到本质,孤立起来,经常表现为身体不能移动)的微妙的戏剧被当作人的异化,离开了意义,离开了上帝,或者当作病态心理的寓言。

……

在今天什么样的艺术批评或艺术评论是合乎需要的呢?因为我不是说艺术作品是无法表达的,对它们不能加以描写或释义。能够的。问题是怎样做。能为艺术作品服务而不是攫取它的地位的批评应当像个什么样子呢?

首先,需要更多地注意艺术的形式。假如说过多的重视内容引起释义的傲慢气焰,更广泛、更透彻的关于形式①的描述会使释义无话可说。我们需要的是关于形式的一种描述性的而不是规约性的词汇。最好的批评,这也并不是不常见的,是把关于内容的考虑融化于形式考虑之中。在电影、戏剧和绘画等不同方面,我能想到的有厄尔温·潘诺夫斯基的文章《电影的风格与手段》,诺斯罗普·弗莱的文章《戏剧类型一览》,比尔·佛朗卡斯特尔的文章《造型空间的破坏》,罗兰·巴尔特的《论拉辛》和他的两篇论罗伯-格里耶的文章,这些都是对个别作家作品的形式分析的范例(埃里克·奥尔巴赫的《模仿》一书中的最好的文章,如《奥德赛的伤痕》也属于这一类)。对同时适用于类型和个别作家的形式分析的一个例证是瓦尔特·本雅明的文章《讲故事的人:关于尼古拉·列斯科夫作品的见解》。

同样有价值的批评是对艺术作品的外表作一种真正准确的、轮廓鲜明

---

① 困难之一是我们关于形式的概念是空间的(所有希腊关于形式的比喻都从空间观念引伸而来),所以比较起来我们更容易形成空间艺术形式词汇而不是时间艺术形式词汇。在时间艺术中的例外当然是戏剧;也许这是因为戏剧是一种故事的叙述的(也就是时间的)形式,在舞台上以图画的形式从视觉方面展现自己……我们还缺少的是一种小说的诗学,即关于故事叙述形式的清晰的观念。也许电影批评在这里可以提供一种突破的机会,因为电影主要是一种视觉形式,可是它又是文学的一个分支。

的、亲切的描述。这似乎比形式分析还要难做一些。曼尼·法伯的一些影评,多蔓西·范·甘特的文章《狄更斯的世界:托杰所见》、兰德尔·贾雷尔论惠特曼的文章是我所指的这类文章中的稀有的例子。这些文章揭示艺术的感性外表,而不在它的内容上胡说一通。

透明性是当前艺术(和批评)中最高级、最有解放意义的价值。透明性意味着体验物自体的光辉,事物本来怎样就怎样。这就是布利森和奥祖的影片和雷诺阿的《比赛的规则》的伟大之处。

曾经有一个时候(如对于但丁),创作艺术作品必然曾经是一种革命的和创造性的活动,这样它们才能在几个层次上被人体会。现在不是这样。现在强调累赘冗长,这是现代生活的苦恼。

曾经有一个时候(当高级艺术还稀少的时候),解释艺术作品必然是一种革命的创造性的活动。现在不是了。现在我们断然不需要进一步把艺术同化于思想,(更坏的)是把艺术同化于文化。

释义把艺术作品的感觉经验认为是当然的东西,而从那里开始。现在不能这样认为了。想一想可以见到的那么大量的艺术作品吧,对于我们每一个人都是这样,还要加上冲击着我们感官的纷纭矛盾的各种气味和城市环境的景象。我们的文化建立在过剩上由,建立在生产过剩上面;结果是逐步地丧失我们感性经验的敏锐性。现代生活的一切条件——物产丰富、人口过多——合到一起使我们的感觉官能迟钝。鉴于我们的感觉状况,我们的能力(而不是其他时代的),必须估计一下我们批评家的任务。

现在重要的是恢复我们的感觉。我们必须学着看得多一些,听得多一些,感觉得多一些。

我们的任务不是在一件艺术作品中寻找最大量的内容,更不能榨取比艺术作品已有的更多的内容。我们的任务是切断内容,这样我们才能看见东西。

当前一切艺术评论的目的应当是使艺术作品(同时用类比推理,我们自己的经验也应如此)对我们更真实,而不是相反。批评的功用应当是指示我们它怎样是它本来的样子,甚至于它就是那个样子,而不是指出它意味着什么。

我们需要用一种艺术的爱来代替经典注释。

延伸阅读

1. 叶朗《得意忘象》,见叶朗《中国美学史大纲》,上海人民出版社,1985。
2. 维姆萨特和比尔兹利《感受谬见》,见赵毅衡选编《"新批评"文集》,中国社会科学出版社,1988。
3. 杜夫海纳《文学批评:结构与意义》,见杜夫海纳《美学与哲学》,中国社会科学出版社,1985。
4. 梅雷加利《论文学接受》,见《比较文学研究译文集》,上海译文出版社,1985。
5. 格里姆《接受学研究概论》,见刘小枫编《接受美学译文集》,生活·读书·新知三联书店,1989。
6. 本尼特《读者反应批评之后的阅读理论》,李永新等译,《江西社会科学》2010年第1期。

问题与思考

1. 接受美学的基本观点是什么?它与传统的阅读理论有何不同?
2. 接受美学之后的读者阅读理论发生了什么变化?

研究实践

1. 人们常说,"一千个人眼中有一千个哈姆莱特"。关于莎士比亚悲剧《哈姆莱特》中的主人公哈姆莱特为何迟迟不动手杀死仇人克劳迪斯为父亲报仇,最终导致了自己的悲剧结局,文学批评史上有各种各样的解释。如反动力量过于强大和进步力量过于弱小造成的悲剧(当代马克思主义社会学批评),恋母情结产生的自我谴责和良心顾虑阻碍了哈姆莱特的复仇行动(弗洛伊德的精神分析批评),一种把高潮不断推后发生的戏剧技巧(俄国形式主义),一部"关于遏制颠覆力量的"作品(新历史主义),它体现了文本的自我解构性质(解构主义批评),它是一部"关于性别关系不对称的"文本(女权主义批评)等等。试以此种同一文本形成不同的解释的现象为例展开一次讨论,谈谈造成这种现象的原因。

2. 以下是一所本科大学中文系四个年级的学生(每届学生均为90人)阅读或观看曹雪芹所著《红楼梦》及其改编的不同形态——电影文本、电视文本的情况调查,试由此写一篇论文,谈谈读者文学接受心理及文本取向的变迁,以及对此的评价。

	论题:从不同形态《红楼梦》的接受情况看读者文学接受的变迁			
	年级 (单位人数:90)	小说《红楼梦》	电影《红楼梦》	电视《红楼梦》
某高校中文系学生接受《红楼梦》的情况	83级	88 (97.8%)	49 (54.4%)	30 (33.3%)
	85级	69 (76.7%)	55 (60.1%)	40 (44.4%)
	87级	45 (50.0%)	40 (44.4%)	58 (64.4%)
	90级	32 (35.6%)	36 (40.0%)	72 (80.0%)

第九章 文学与社会

导 论

文学活动首先是一种社会文化现象。从文学的发生发展看,文学原先是隶属于一般的社会政治、道德等文化活动的。文学活动本身没有独立性,而是与政治、宗教祭祀、道德教化等社会文化活动融为一体。从更广阔的视野看,文学与历史、经济、体制等等也有密切关系。

一、文学与政治

1. 文学中的"公共政治"与"微观政治"

文学与政治的关系非常密切。从表层看,文艺政策的制定、文学教育、文学审查与奖惩制度的实施、文学机构乃至文学社团的运转等等与政治有关。例如,法兰西学院、瑞典文学学院都是官办机构,又行使文学权威。中国文联、作家协会则通过驻会专业作家、作家代表大会和文学评奖活动影响文学。而教科书的编写与文学知识的传播更是受到文化政策和政治氛围的微妙影响。

在《〈政治经济学批判〉序言》中,马克思把社会结构分为四个层次:生产力、生产关系、上层建筑和意识形态。"法律的、政治的、宗教的、艺术的或哲学的"形式都被称为"意识形态的形式"①,它们受到特定生产方式的制约。按

---

① [德]马克思:《〈政治经济学批判〉序言》,见《马克思恩格斯选集》第2卷,人民出版社1972年版,第83页。

照马克思、恩格斯的说法,文学艺术是一种特殊的意识形态形式,是"更高地悬浮于空中的意识形态的领域"①,与物质生产常常存在不平衡关系。从深层次看,文学与政治的关系主要体现为政治意识形态对文学的渗透与影响。应当说,自中西方步入阶级社会,意识形态的生产与渗透便一直都在进行。在古代社会,政治、道德对文学的规约可以说是意识形态影响文学的表现。在民族革命和社会政治斗争紧张剧烈的时期,民族国家意识形态和政党意识形态对文学发展影响深远,有时文学甚至被要求作为政治宣传和政治斗争的工具。文学与政治意识形态的关系具有两面性,一方面,文学受到政治意识形态等"公共政治"的影响与制约;另一方面,作家不一定顺从现行政治的体制性安排,还会有自己的"个人政治"诉求,包括政治、性别、生活方式等等的诉求,大概属于"微观政治"的范围,"微观政治关注日常生活实践,主张在生活风格、话语、躯体、性、交往等方面进行革命"。② 这些微观政治诉求同样会通过文学表达出来,进而影响既有的政治。

2. 文学与意识形态

文学与意识形态的关系不是单向的,而是双向的、动态的。文学本身是一种"意识形态形式",既产生于意识形态,又生产出意识形态。在法国学者马歇雷(Pierre Mecherey,1938—)看来,文学生产是一种意识形态的生产,但在他的眼里事实上存在着两种意识形态,毋宁分别称为一般意识形态和文本意识形态。一般意识形态协调着整个社会结构,是一种"幻觉"(illusion)的思想体系。作为文学生产的原料,它规定着文学参与社会主导想象模式的形成和运作,但是文学生产凭借其虚构性开辟出多样的精神空间,形成对意识形态"幻觉"的抵制,"文本里存在着文本和它的意识形态内容之间的冲突"。③ 虽然一般意识形态是文学生产的原料,但文学的虚构性使它发生扭曲与变形:"即使意识形态本身看起来总是坚固的、丰富的,但却由于它在小说中的在场,由于小说赋予它以可见的、确定的形式,它开始言说自己的不在场。借

---

① [德]恩格斯:《致康·施米特》(1890年10月27日),见《马克思恩格斯选集》第4卷,人民出版社1972年版,第484页。
② [美]斯蒂文·贝斯特、道格拉斯·凯尔纳:《后现代理论:批判性的质疑》,张志斌译,中国编译出版社1999年版,第150页。
③ Pierre Macherry, *A Theory of Literary Production*, London: Routledge & Kegan Paul, 1978, p.124.

助于作品,使逃出意识形态的自发领域,摆脱对于自己、历史和时代的虚假意识成为可能。""文学通过使用意识形态而挑战意识形态。"①马歇雷以凡尔纳的小说《神秘岛》为例对此加以分析,指出小说的初衷是摆脱笛福《鲁滨逊漂流记》的俗套,呈现一幅幸存者被抛到荒岛上之后,只需知识技能便能改造自然、白手创业的传奇图景,并没有摆脱一般意识形态对叙述模式的制约。但随着故事的发展,这些幸存者得到了接踵而至不止一次的物质援助,于是幸存者的故事就成为鲁滨逊故事的翻版。这说明尽管《神秘岛》的一般意识形态内容原本是想证明资产阶级可以在一无所有的情况下运用科学知识创造一个新世界,然而小说的虚构叙述却暴露了意识形态的漏洞。因为文本向我们表明,孤岛英雄的创业必须依赖可见资本的运作。可见文本自身的意识形态颠覆了一般意识形态。

英国马克思主义批评家特里·伊格尔顿(Terry Eagleton,1943—)认为,作家作为社会的人,必然进入现实的意识形态符号秩序中去,文学不仅受意识形态的影响与制约,它自身也是一种意识形态的生产,可以反过来作用于既有的意识形态。伊格尔顿认为从一般生产方式到具体文学文本有多个中介环节:

一般生产方式;
文学生产方式;
一般意识形态;
作者意识形态;
审美意识形态;
文本。②

一般生产方式是社会物质生产力和生产关系的总体,文学生产方式是一定社会形态下文学生产力和生产关系的总体。在文学社会中存在着不同的文学生产方式,其中一个占据主导地位。文学生产方式的生产力是由文学生

---

① Pierre Macherry, *A Theory of Literary Production*, London: Routledge & Kegan Paul,1978,pp.132-133.
② Terry Eagleton,*Criticism and Ideology*,London:Verso,1978,p.44.

产方式作为其上层建筑的一般生产方式提供的。一般意识形态是一种生产方式下产生的占统治地位的意识形式。作者意识形态指的是由作者的社会阶层、性别、民族、宗教、地域等一系列独特因素造就的特点,文本是上述多种因素的产物。一般意识形态在以一定方式进入文本的过程中,文学的语言、形式也在对其进行重构从而使之移位和变形。在伊格尔顿那里,意识形态涵盖了一般意识形态、作者意识形态、文本意识形态、审美意识形态等亚结构,文学生产是多种意识形态以及一般生产方式、文学生产方式相互作用与冲突,生成文本的过程。

二、文学与道德

1. 文学的道德诉求

文学与道德有着密切的关系。文学作为一种精神存在方式,体现了作者对人的生存状态深刻的道德关注甚至终极关怀。俄国作家托尔斯泰说过:"艺术家的目的不在于无可争辩地解决问题,而在于迫使人们在用无穷尽的、无限多样的表现形式中热爱生活。"[①]文学包含了追求完满的生活境界、创造永恒的许诺。从作家方面看,文学创作的触发常常包含着道德动机的因素,具有某种道德诉求或道德承诺。美国人本主义心理学家马斯洛(A. H. Maslow,1908—1970)认为,健康的人对人生中美好事物的发现会产生高峰体验,"这些美好的瞬间体验来自爱情,和异性结合,来自审美感受(特别是对音乐),来自创造冲动和创造激情(伟大的灵感),来自意义重大的顿悟和发现"。[②] 在马斯洛看来,高峰体验形成于人们臻于完善、实现希望、达到满足的时刻。文学体验所包含的对人类命运的关爱,对善与美的祈求无疑是蕴含着道德诉求的。文学的道德关注还体现在对不合理的社会现象的针砭与批判。正因为如此,文学的道德意义向来为人们所看重。

柏拉图是西方最早以道德教育的效果作为文艺的评价标准的人,他要求文学要有道德教育意义。柏拉图之所以要把诗人逐出他的理想国,是因为他

---

① [俄] 托尔斯泰:《致波波雷金的信》(1865),见《列夫·托尔斯泰论创作》,戴启篁译,漓江出版社 1982 年版,第 4 页。
② [美] 马斯洛:《谈谈高峰体验》,见林方主编、马斯洛等著:《人的潜能和价值》,华夏出版社 1987 年版,第 368 页。

认为专事模仿的"诗人的创作是真实性很低的;因为像画家一样,他的创作是和心灵的低贱部分打交道的。因此我们完全有理由拒绝让诗人进入治理良好的城邦。因为他的作品在于激励、培育和加强心灵的低贱部分,毁坏理性部分"。① 其后,古罗马的贺拉斯在《诗艺》中提出后来影响深远的"寓教于乐"的观点。文艺复兴时期的锡德尼则认为诗人是历史家和道德家之间的仲裁者,因为诗歌可以正确地评价善恶,"引导我们,吸引我们,去到达一种我们这种带有惰性的、为其泥质的居宅染污了的灵魂所能够达到的尽可能高的完美"。② 浪漫主义诗人雪莱也说:"诗是最快乐最良善的心灵中最快乐最良善的瞬间之记录。""诗增强人类德性的机能,正如锻炼能增强我们的肢体。"③

中国古代的思想家孔子,就非常重视诗歌和音乐在塑造心灵和维护社会稳定方面的作用,他把文艺当作修身成仁的重要手段。他说:"兴于《诗》,立于礼,成于乐。"(《论语·泰伯》)唐代韩愈也把文学看作道德的表现手段。韩愈的学生李汉在此基础上把文学作为贯道之器。他说:"文者,贯道之器也。"(李汉《唐吏部侍郎昌黎先生讳韩愈文集序》)宋儒更是把文学的道德属性强调到无以复加的地步。周敦颐提出:"文所以载道也,……文辞,艺也;道德,实也。"(周敦颐:《通书·文辞》)这里的"道"便是关乎道德心性的义理之学。明代的方孝孺也说:"文所以明道,文不足以明道,犹不文也。"(方孝孺:《送牟元亮赵士贤归省序》)到了近代之后,文学道德论取得了新的形态,即将变革社会、革新道德与文学相联系。梁启超在《论小说与群治之关系》里写道:"欲新一国之民,不可不先新一国之小说。故欲新道德,必新小说;欲新政治,必新小说;欲新风俗,必新小说;欲新学艺,必新小说;乃至欲新人心,必新小说,欲新人格,必新小说。何以故?小说有不可思议之力支配人道故。"认为小说对于治国、提高国民素质、改变社会风气等方面都起着决定性的作用,并归纳总结出小说熏、浸、刺、提四种艺术感染力。

2. 文学的道德自省与道德反思

道德上的忏悔与反省反映了作家的一种自觉,是主体追求人格上的自我

---

① [古希腊] 柏拉图:《理想国》,郭斌和、张竹明译,商务印书馆1986年版,第404页。
② [英] 锡德尼:《为诗一辩》,钱学熙译,见伍蠡甫主编:《西方文论选》上卷,上海译文出版社1979年版,第233页。
③ [英] 雪莱:《为诗辩护》,缪灵珠译,见刘若端编:《十九世纪英国诗人论诗》,人民文学出版社1984年版,第154页、第129页。

完善的表现,道德自省和反思属于文学道德内容的较高层次。杜甫是较有反省意识的作家。杜甫的《自京赴奉先县咏怀五百字》一诗写道:"穷年忧黎元,叹息肠内热。"以天下忧乐为己任,接着写自己从长安回家省亲,一进门就听到哭声,原来幼子因饥饿而死,"入门闻号咷,幼子饥已卒。吾宁舍一哀,里巷亦呜咽。所愧为人父,无食致夭折",他作为父亲不能不深深自责。但杜甫可贵的地方不仅在于他能自省,还在于他能推己及人,显示出博大的胸怀和深广的忧愤。鲁迅在曾经不止一次称赞陀思妥耶夫斯基(Fyodor Dostoevsky, 1821—1881)是人的灵魂的伟大拷问者,他"所处理的乃是全灵魂。他又从精神底苦刑,送他们到那反省,矫正,忏悔,苏生的路上去;甚至于又是自杀的路。……凡是人的灵魂的伟大的审问者,同时也一定是伟大的犯人。审问者在堂上举劾着他的恶,犯人在阶下陈述他自己的善;审问者在灵魂中揭发污秽,犯人在所揭发的污秽中阐明那埋藏的光耀。这样,就显示出灵魂的深"。① 巴金的《随想录》便充满了自我解剖和反省。明明他是几十年极"左"路线的受害者,但他不放过自己,而勇于承担责任。他说:"在总结几十年经验的时候,我冷静地想:不能把一切都推在'四人帮'身上,我自己承认过'四人帮'权威,低头屈膝,甘心他们的宰割,难道我就没有责任!"②这种道德上严厉的自审使《随想录》焕发出巨大的道德价值。

3. 文学中道德判断的特点、局限与文学的道德超越

文学中的道德判断不同于伦理学中的道德判断。首先,文学中的道德判断是以情感判断的形式表现出来的。情感判断是以好恶、褒贬态度表现出来的一种判断。当作家面对被侮辱被损害的小人物或某一优良的道德行为时,他就会发出同情、赞美的情感反应和判断;而面对不合理的社会现实或某一恶劣的道德行为时,他便会流露出否定、疏远的情感态度,并作出相应的判断。其次,伦理学中的道德判断试图排除主观因素的介入,力求客观、公正。而文学中的道德判断是从主体出发,由情感而生判断,个人的价值观念和主观好恶免不了渗透其中。比如曹雪芹在《红楼梦》中对笔下的女性人物的命运就投入了较多的热情与厚爱,而对男性人物则多有评判。

---

① 鲁迅:《〈穷人〉小引》,见《鲁迅全集》第7卷,人民文学出版社1981年版,第104页。
② 巴金:《〈探索集〉后记》,见《巴金六十年散文选》,上海文艺出版社1986年版,第749页。

但是，社会生活是复杂的和多方面的，在很多情况下并不能简单地进行是非、善恶、好坏的道德区分和臧否。其次，道德本身具有相对性。比如，在抽象的价值系统中，"杀人"是恶的行为，但在反侵略战争中，它可能是高度的爱国主义的表现。在爱情的价值系统中，哈代小说《德伯家的苔丝》描写主人公苔丝杀死了侮辱她的"德伯"家的纨绔子弟亚雷而与克莱相爱，恰恰表现了人性的善。罗贯中的小说《三国演义》描写刘备的结拜兄弟关羽被孙权的部下杀死后，陷入悲痛与愤怒中的刘备不顾诸葛亮的劝阻执意要打荆州讨伐孙权，结果造成惨重的失败。从国家利益和军事利益来看，刘备的冲动行为是恶的，但从伦理道德的眼光看，则是善的行为，是刘备重兄弟情谊的表现。鲁迅在《陀思妥夫斯基的事》中说："忍从的形式，是有的，然而陀思妥耶夫斯基式的掘下去，我以为恐怕也还是虚伪。因为压迫者指为被压迫者的不德之一的这虚伪，对于同类，是恶，而对于压迫者，却是道德的。"①道德评判是有一定的适用性和局限性的，所以优秀的作品常常超越道德判断的层次，把人物纳入多维价值系统进行立体的观照，从而作出了更高的富于人生哲理意味的把握。文学史上让人难忘的人物形象常常是超越了道德判断的，如安娜·卡列尼娜、哈姆莱特、奥塞罗、于连·索黑尔、繁漪、阿 Q 等人就不能以好坏、善恶来评价。鲁迅认为，《红楼梦》之所以把我国古代文学推向巅峰，最重要的是在于它打破了先前的文学"叙好人完全是好，坏人完全是坏"②的简单化人物处理方式，表现了人物美恶并举的性格的丰富性。

4. 文学与恶

恩格斯说过，恶有时是历史发展的动力，他责备费尔巴哈"没有想到要研究道德上的恶所起的历史作用"。③ 恩格斯谈的是社会历史领域的情况。我们知道不少作家喜欢书写罪恶，而读者有时候也会被文学中的妖怪、精灵、恶棍、魔鬼或者丑恶的形象所吸引。那么文学与恶究竟是一种什么关系？

法国作家巴塔耶(Georges Bataille, 1897—1962)专门写了一本书《文学与

---

① 鲁迅：《陀思妥夫斯基的事》，见《鲁迅全集》第 6 卷，人民文学出版社 1981 年版，第 412 页。引文中人名按习惯译名有改动。
② 鲁迅：《中国小说的历史变迁》，《鲁迅全集》第 9 卷，人民文学出版社 1981 年版，第 398 页。
③ ［德］恩格斯：《路德维希·费尔巴哈和德国古典哲学的终结》，见《马克思恩格斯选集》第四卷，人民出版社 1972 年版，第 233 页。

恶》。他指出：创造、想象和罪恶的共谋关系是文学的普遍特征，罪恶与文学的想象力联系在一起。他在评论波德莱尔的《恶之花》时说："他只表达了诗人受到阻碍的心情，遇到无法维护或不能办到某事的心情。诗人不愿作恶，但觉得恶有魅力，这是真正的恶，因为他思想上向往的是善，与恶完全无分。总之，恶最后并不重要：意志的反面是迷惑，迷惑则是毁灭意志。"①英国学者本尼特认为："文学文本中的罪恶悖论性的创造力在于，它反过来使文学成为一种体验不确定性和对伦理道德进行思考的最佳空间。"②我们可以发现文学史上一个比较有趣的现象，作家在书写"负面人物"时往往最富有创造力，最潇洒放松、没有禁忌。其实不仅仅是作家，读者往往也对坏人、恶魔感到入迷、着魔，并被其渗透和主宰。这使得文学有一种"罪恶"的美，并促使我们思考文学的超道德层面。

三、文学与历史

1. 历史的文学性与文学对历史的表征

文学与历史是人类两个源远流长的文化形态，两者有着紧密的联系。通常"历史"既指过去发生的事件，也指关于历史的记载即历史学，还指与"自然"相对而言的人类"文化"或"文明"。文学可以对历史进行表征：对历史典籍中记载的故事进行借用与演义、书写过去发生的事件，甚至可以成为历史的见证等，更为重要的是文学可以表达对历史的判断或者反思，但是文学又有解构历史和超越历史的冲动。

历史与文学一个显而易见的相通之处是叙事性。中国古代就非常重视历史的叙事功能。唐代的刘知几说："夫史之称美者，以叙事为先。至若书功过，记善恶，文而不丽，质而非野，使人味其滋旨，怀其德音。"③美国学者海登·怀特更认为历史叙事具有意义建构作用，历史学家按照某种叙事秩序对过去的事件进行了编排，使之呈现为当下的样子："历史叙事不仅是有关历史事件和进程的模型，而且也是一些隐喻陈述，因而昭示了历史进程与故事类

---

① [法]乔治·巴塔耶：《文学与恶》，董澄波译，北京燕山出版社2006年版，第39页。
② [英]本尼特、罗伊尔：《关键词：文学、批评与理论导论》，汪正龙、李永新译，广西师范大学出版社2007年版，第161页。
③ 刘知几：《史通》，浦起龙释，上海古籍出版社2015年版，第153页。

型之间的相似关系,我们习惯上就是用这些故事类型来赋予我们的生活事件以文化意义的。"① 历史与文学相通处之二似乎是想象性与情感性。培根较早意识到想象对于历史是必不可少的,"编年史的作者编撰较长历史阶段的著作时,必然面临许多空白之处,他只能利用自己的才智和猜测来填充这些空白"。② 这里所说的"猜测"就是想象。20 世纪 40 年代,英国学者柯林伍德(Robin George Collingwood,1889—1943)在培根说法的基础上重申了"历史的想象力"问题,认为历史学家和小说家具有相似性。我国古人也认为历史需要合理的想象。说起历史的情感性,我们自然会想起陈寅恪晚年的呕心沥血之作《柳如是别传》所勾画的集悲苦、刚烈与才情于一体的传奇女子柳如是,还有司马迁《史记》中倾注了无限同情所描写的屈原和李广父子,等等,以至于怀特认为历史也是诗性的行为,一种想象性的文学活动,"本质上尤其是语言学的"。③ 但是怀特无疑夸大了历史的文学性。历史终究以记述事件为主,叙事技巧与想象在历史编纂学中还是处于比较低的位置,历史通常只具有低度文学性。问题的关键还在于历史的对象是实在的,文学的对象是虚拟的。荷兰学者安克斯密特(Franklin Rudolf Ankersmit,1945—),指出:怀特的说法忽视了历史文本和过去实在之间的关系问题。历史并未在时间中消失,恰恰是叙述赋予混沌的历史以我们所熟悉的形貌。安克斯密特进而认为,历史可以做到认识论与本体论二者合一,因为在历史书写中表现与被表现者同时到场,"历史编纂学表现的只是它自身……目标不再是指向表现背后的'实在',而是把'实在'吸纳到表现自身之中"。④ 也正因为如此,历史与文学有一个很大的不同,历史毕竟还有"一个独立于历史学家的历史实在,它作为客观给定物(objective given),过去和现在的所有历史学家,尽管观点不同,都可以讨论它"。⑤ 这个具有主体间性的实在是可公度的,所有历史阐释可以进行有意义的比较、批评和判断。文学则是虚拟的世界,没有这个实在

---

① [美]海登·怀特:《话语的转义》,董立河译,大象出版社 2011 年版,第 95—96 页。
② [英]培根:《学术的进展》,刘运同译,上海人民出版社 2007 年版,第 68 页。
③ [美]海登·怀特:《元史学:十九世纪欧洲的历史想象》,陈新译,译林出版社 2009 年版,第 35 页。
④ [荷兰]安克斯密特:《历史与转义:隐喻的兴衰》,韩震译,文津出版社 2005 年版,第 152 页。
⑤ [荷兰]安克斯密特:《历史表现》,周建漳译,北京大学出版社 2011 年版,第 155 页。

可以比较、批评和判断。可以说，历史是以实在为依据的建构，文学则是以虚拟为基础的创造。用金圣叹的话说，前者是"以文运事"，后者是"因文生事。"①

培根认为，文学超越历史甚至哲学的地方在于，它不像历史那样依赖记忆或哲学那样依赖理智，而是凭借想象，虚构的文学创作可以形成类似历史的认知效应和远胜历史的叙述效果。其实，文学本身就可以对历史进行多种表征，形成"伪装的历史"。首先，文学可以借鉴历史著作中的题材塑造历史人物；其次，小说常常以过去发生的事件为对象，采用过去时，特别是历史小说以历史上真实存在的人物和事件为原型，其叙事的逼真性可以起到类似历史读本的作用。第三，从最为一般的意义上来看，作家创造的文学世界与现实世界具有融通性，文学或多或少要参照现实世界，特别是再现型文学的纪实性可以形成准历史风貌及认知属性。此外，在特定的情况下，文学可以补充微观史实，保留集体记忆，成为历史的见证。

2. 文学中的历史判断

无论历史，还是文学，都带有认知或理性成分。文学中还包含着历史判断，这是文学更深一层次的历史维度。如果说文学的历史表征大体上位于文学的表象层次，那么文学中的历史判断则基本上位于文学的理性层次，它不仅存在于以历史为表征对象的作品中，也广泛存在于各类文学写作中。根据历史学家李宗侗的考证，历史（希腊文 historia）最初的含义是"真理的追求"，所指为史书。② 这就是说，西方的历史编纂暗含着语言与实在相一致的认识论诉求。或许因为如此，西方传统上关于文学（诗）与历史（史）关系的讨论，通常是在文学、历史、哲学的三维架构中进行的，文学被认为高于历史，因为文学比历史更能表达普遍性或真理。古希腊的亚里士多德、文艺复兴时期的锡德尼和启蒙运动时期的霍布斯（Thomas Hobbes, 1588—1679）可谓代表。在亚里士多德看来，历史与诗表达普遍性的程度不一样，其差别"在于一叙述已发生的事，一叙述可能发生的事。因此，写诗这种活动比写历史更富于哲

---

① 金圣叹：《读第五才子书法》，见黄霖、韩同文选注：《中国历代小说论著选》（上），贵州人民出版社1982年版，第284页。
② 李宗侗：《中国史学史》，中华书局2010年版，第1页。

学意味,更被严肃地对待;因为诗描述的事带有普遍性,历史则叙述个别的事"。① 即历史处理的是已经发生的事件,为对象所规定,具有偶然性,而诗则叙述可能发生的事情,创造了一个可能的世界,带有普遍性,所以诗高于史。亚里士多德、锡德尼和霍布斯等人虽然都认为文学长于虚构或想象,历史追求真实,但是二者拥有共同的认识论、因果论与目的论的设定。中国古代"史"的最初含义是史官,"其初盖与巫祝相近也",掌管政权教权,后来权力慢慢缩小至著国史为事,自司马迁开始以史称呼史书。② 也就是说,在中国"史"主要与政治统治与教化有关,因而中国古代有一套以史学为核心的文化价值系统。这种政教合一的实用理性,共存于史学和文学叙事中,所以中国历来有"文史不分家"的说法。中国史官文化也很重视历史与文学的认知属性,只是将维持社会的稳定和谐放在更高的位置。中国文学对所描写的人物和事件也会有历史的判断。当然,仔细推究起来,优秀的文学作品或多或少体现着作者的历史意识,表达了历史判断:艾略特的《荒原》寄寓了对西方文明走向衰败的思考,马尔克斯(Gabriel José de la Concordia García Márquez,1927—2014)的《百年孤独》包含了对近代拉丁美洲历史命运的反思,等等。如果这些也算是对历史的表征的话,那么这里的"历史"已经超出了具体的历史人物、历史事件或断代史、国别史的范围,走向了与自然相对应的人类命运、文明文化。

这就需要我们从更高的层面来审视文学与历史的关系。我们知道,德国学者狄尔泰(Wilhelm Dilthey,1833—1911)在其关于人文科学的构想中曾经提出过"历史意识"这一概念,表达人类对自身存在的有限性的超越和生活表现形式的反思。③ 鉴于这一概念的重要性及其与文学活动的兼容性,我们可以借用来说明文学:文学渗透了作家的历史意识,表达了作家对历史的判断。不过,无论是亚里士多德所说的"普遍性"还是霍布斯所说的"判断"都没有摆脱传统形而上学的思维方式,而狄尔泰以降的"历史意识"这一概念也多少带有解释学的相对主义痕迹,因而我们可能还需要从生存论的角度来考察文学

---

① [古希腊]亚里士多德:《诗学》,罗念生译,见亚里士多德、贺拉斯:《诗学 诗艺》,人民文学出版社 1962 年版,第 29 页。
② 李宗侗:《中国史学史》,中华书局 2010 年版,第 2 页。
③ 参见[德]狄尔泰:《人文科学导论》,赵稀方译,华夏出版社 2004 年版,第 150—151 页。

中的历史判断。按照海德格尔的说法,此在作为世界性的存在者是历史性的,并且始终在发生之中,"基于这种世界的超越,在生存着的在世的存在之演历中,向来已有世界历史事物'客观地'在此,而并不曾从历史学上加以把握……在这样以命运方式重演种种曾在的可能性之际,此在就把自己'直接地'带回到在它以前已经存在的东西,亦即以时间性绽出的方式带回到这种东西"。① 此在作为世界中的存在,本质上是与他人共在,其历事就是共同历事,海德格尔称之为天命,因此天命指的是共同体的历事、民族的历事,"当我们追问仍然还在发生的事情时,就是在历史性地追问,尽管表面上看它已经过去了"。② 虽然海德格尔认为这样一种"历史"不是历史学的对象,但我们认为它恰恰是文学的对象。伟大的作家作品常常对民族共同体甚至人类共同体的历程进行反思和追问,具有深厚的历史意识。

3. 作为文学批评的文史互证

文学与历史互证也是一种重要的文学批评模式。文(诗)史互证的确对文学研究不可或缺。其价值主要表现在两个方面,一是有助于探究作品人物及事件的原型,增进对作品的认识;其次,文(诗)史互证也有助于加深我们对作品中所写到的景观风物、人情世故、民风民俗等的了解与认知。但是我们又不得不承认,文学批评中的文(诗)史互证仅仅是对文学历史表征的表层认知,基本停留于文学"真实"与历史"实在"的对比阶段,又在事实上把文学仅仅视为对历史或现实的反映,把文学的可能世界纳入现实世界的框架内进行对照比勘,忽视了文学的虚构性与独立性,具有很大的局限性。其实,从文学的语言建制来说,文学历史表征所形成的纪实性只是一种原形化的语言叙述效果。

柯林伍德曾经说,历史学以人为中心,"历史学是'为了'人类的自我认识……历史学的价值就在于,它告诉我们人已经做过什么,因此就告诉我们人是什么"。③ 从这个意义上我们可以说,历史和文学都以人为中心,都是人类自我认识的一种方式,这是文学与历史深层的契合点,也是文学的历史表

---

① [德]海德格尔:《存在与时间》,陈嘉映、王庆节译,生活·读书·新知三联书店1999年版,第440—441页。
② [德]海德格尔:《物的追问》,赵卫国译,上海译文出版社2010年版,第39页。
③ [英]柯林伍德:《历史的观念》,何兆武等译,北京大学出版社2010年版,第11页。

征、历史判断所以发生的缘由和动力所在。然而从根本意义上说,文学对历史的表征只是现象甚至假象,文学对历史的超越才是实质。文学常常会对历史进行变形与解构,特别是历史元小说有意模糊历史和文学的边界,在荒唐的外表下流露出对历史复杂性的认知,通过对历史的戏谑尝试文学的多种可能限度,两者所形成的冲突或不一致恰恰是文学的永恒诉求与魅力所在。例如,美国作家罗伯特·库弗(Robert Coover,1932—)的小说《公众的怒火》改写了历史上遭受麦卡锡主义迫害的卢森堡夫妇案件,不仅虚构了一个作为美国化身的人物山姆大叔,刻画了虽有某种自省意识却又处处听命于山姆大叔的副总统尼克松形象,还通过交替使用全知全能的第三人称叙述者和第一人称叙述者尼克松,把过去时态和现在时态混合使用,挑战历史的线性序列和因果关系以及人们对其的单向认知,表明历史是人为的建构,文学的虚构性瓦解了历史的真实性。

总的来说,虽然历史的编纂需要通过构思、叙述、书写来生成,但是历史终究以实在为依据,追求实是状态;而文学的虚构性提供了实是人生、应是人生、虚拟人生的多重图景,寄托了对文学是什么和人是什么的双重思考。因而文学对历史有一种悖论性关系:一方面,既有的历史即便可以进行多种建构,却只有一种实在,而虚拟的文学可以创造出写实的、浪漫的、变形的、科幻的、玄幻的等等无数的可能世界。文学对历史的吸收与表征是有限的、相对的,文学对历史的突破与超越则是全面的、无限的;但是另一方面,文学又难以完全摆脱历史上形成的典籍、故事和文化的影响,因为文学自身就是这种文化的一部分,文学世界和现实世界具有某种同构性。

四、文学与经济

1. 物质发展推动文学发展

按照马克思的说法,生产力的发展、物质生活进步决定社会意识、精神生活,"物质生活的生产方式制约着整个社会生活、政治生活和精神生活的过程。不是人们的意识决定人们的存在,相反,是人们的社会存在决定人们的社会意识"。[①] 从这个角度说,物质生产进步推进了文学的发展进步,例如印

---

① [德]马克思:《〈政治经济学批判〉序言》,《马克思恩格斯选集》第2卷,人民出版社1972年版,第82页。

刷术、造纸术的发展推动了文学的发展。

其中媒介对文学的影响尤其显著。就我国新时期文学发展来看,电视、电脑、手机等新兴媒体的出现和普及改变了文学的疆界,一方面催生了新的文学类型,网络文学、手机短信文学、网络视频等等应运而生,文学的影视改编更成为时尚;另一方面,传统媒体如纸质媒体也改变了存在形态,获得新的生命力,例如漫画书和图文书的出现。网络文学的虚拟性和互动性也改变了传统文学以作者为中心的单向线性发展模式,具有视觉图画性。其次,新媒体时代也称图像时代或读图时代。新媒体文学普遍引入了图像因素,从传统静态的插图本文学"以文为主,以图释文"的文学存在方式,走向文学与自主图像及动态图像相结合,包括漫画书、文学的影视改编、MTV、新媒体写作、网络游戏与自媒体视频等等,图像越来越具有某种自主性。在某些自媒体网络视频中,图像甚至摆脱了语言文字甚至声音的制约,走向独立叙事。可以说,从静态图像为主转向以动态图像为主,是本时期文学与图像关系的重大变化,这也是媒介影响文学的直接后果。20世纪90年代之后这二十多年来图像文化在中国文化中的地位逐渐超越了文字文化。文学阅读也发生了从先前的静观到沉浸,或者说,从深阅读到浅阅读的变化;也就是说,媒介不仅改变了文学的生产方式,形成了新的文学类型,也改变了人们的阅读方式。

2. 物质生产与艺术生产的不平衡关系

马克思认为,物质生产同艺术生产之间存在着不平衡关系,"进步这个概念决不能在抽象意义上去理解……关于艺术,大家知道,它的一定的繁盛时期决不是同社会的一般发展成比例的,因而也决不是同仿佛社会组织的骨骼的物质基础的一般发展成比例的。例如,拿希腊人或莎士比亚同现代人相比。就某些艺术形式,例如史诗来说,甚至谁都承认:当艺术生产一旦作为艺术生产出现,它们就再不能以那种在世界史上划时代的、古典的形式创造出来;因此,在艺术本身的领域内,某些有重大意义的艺术形式只有在艺术发展的不发达阶段上才是可能的。如果说在艺术本身的领域内部的不同艺术种类的关系中有这种情形,那末,在整个艺术领域同社会一般发展的关系上有这种情形,就不足为奇了。困难在于对这些矛盾作一般的表述。"[①]这里面有

[①] [德]马克思《〈政治经济学批判〉导言》,《马克思恩格斯选集》第2卷,人民出版社1972年版,第112—113页。

两种情况,一是某些艺术种类例如神话与史诗,只能在人类物质经济状况不发达的早期阶段才能发生发展起来;二是某些经济不发达的国家或某个历史时期产生了伟大的文学,比如19世纪的俄国,还有中国的魏晋时期和五四时期,军阀混战,民生凋敝,但是产生了伟大的文学。这说明,文学的发展除了物质原因,社会政治状况、文化传统包括精神自由等等也很重要。

五、文学与宗教

1. 文学的终极关怀

文学与宗教是人类两种重要的精神现象,两者的关系很密切,也很复杂。首先,从文艺的起源看,一些社会学家、民族学家如法国的列维-布留尔(Lucien Lévy-Bruhl,1857—1939)认为艺术起源于原始宗教。俄国学者雅科伏列夫认为,宗教在功能上与艺术具有相似性,从历史上看,"艺术作为宗教思想的一种情感—形象的证明,在某种宗教的结构里占有一定的位置。这种过程以一种明显清晰的形式表现在发达的世界宗教的功能作用上"。[①] 美国学者托马斯·马特兰(Thomas R. Martland)甚至认为,"宗教做艺术同样的事情。"[②]即不仅是一种意识形态虚构,也是一种全新的意义构架和知觉方式。按照黑格尔的说法,文学艺术与宗教都是借助于表象来进行思维的人类精神现象,文学通过形象显现理念,宗教也通过形象或图像来表达教义。在某些历史时期,艺术甚至成了宗教的仆从,"宗教却往往利用艺术,来使我们更好地感到宗教的真理,或是用图像说明宗教真理以便于想象;在这种情形之下,艺术确是在为和它不同的一个部门服务"。[③] 其次,伟大的作品常常有终极关怀或者宗教感,比如托尔斯泰的《战争与和平》、《复活》,但丁的《神曲》等等。在文学中宗教感常常表现为超阶级、超种族的同情心与人道主义。《战争与和平》在描写波罗狄诺一战时,托尔斯泰写道,在死伤遍地的战场,俄法双方因缺乏食物和休息而疲乏的士兵都开始怀疑,同为基督徒,他们是否应当继续互相残杀,"为了什么,为了谁,我必须杀人和被杀?"托尔斯泰不仅是在为

---

① [俄]雅科伏列夫:《艺术与世界宗教》,任光宣等译,文化艺术出版社1991年版,第4页。
② [美]马特兰:《宗教艺术论》,李军、张总译,今日中国出版社1992年版,第1页。
③ [德]黑格尔:《美学》第1卷,朱光潜译,商务印书馆1979年版,第130页。

与拿破仑决战的俄国士兵祈祷,也在为法国士兵以及其他形形色色的敌人祈祷。我国现代作家冰心受到基督教的影响,许地山受到佛教的影响,表现出明显的关爱弱者的创作倾向。再次,不少文学作品借用宗教题材或故事,进行演义,例如《西游记》等。

2. 文学对宗教的批判

当然,文学与宗教的关系还有另外一面,那就是也有不少文学作品对教士的虚伪性进行了揭露,或者赞美了人间的世俗情感如何战胜宗教禁欲主义。薄伽丘的《十日谈》就是如此。它描写了在基督教禁欲主义统治西方的中世纪,不少教士或信徒耽溺于性爱的例子。《十日谈》第三日写阿莉白要出家修行,遇着修道士鲁斯蒂科,鲁斯蒂科教她怎样把魔鬼送进地狱,却垂涎那少女的青春美貌,借着侍奉天主的名义,引诱她与自己发生性关系。现代仍然不乏描写本能欲望与宗教信仰之间的冲突的作品。有一些小说描写了人的欲望如何战胜宗教的信念,比如法朗士的小说《泰绮斯》写的是道行深厚的神父巴弗尼斯原本试图用基督的教义感化美丽的妓女泰绮斯,但是当泰绮斯真的皈依宗教,到了修道院做了修女之后,巴弗尼斯却疯狂地爱上了泰绮斯,向垂死的泰绮斯表白他的爱情。

六、文学与制度

1. 艺术界

近半个世纪以来,对文学艺术活动自身的社会运作机制的研究越来越多。1964 年,美国哲学家及艺术理论家丹托(Arthur C. Danto,1924—2013)最早提出了"艺术界"概念,指出对艺术作品的认识有赖于某种复杂的制度性结构,在这个过程中,理论知识扮演着重要的角色。另一美国美学家迪基(George Dickie,1926—   )发挥了这种看法,指出:"艺术世界是若干系统的集合,它包括戏剧、绘画、雕塑、文学、音乐等等。每一个系统都形成一种制度环境,赋予物品艺术地位的活动就在其中进行。""艺术世界的中坚力量是一批组织松散却又相互联系的人,这批人包括艺术家(亦即画家、作家、作曲家之类)、报纸记者、各种刊物上的批评家、艺术史学家、文艺理论家、美学家等。就是这些人,使艺术世界的机器不停地运转,并得以继续生存。"在此基础上,迪基给"艺术品"下了这样一个定义,"类别意义上的艺术品是:1. 人工制品;2. 代表某种社会制度(即艺术世界)的一个人或一些人授予它具有欣赏对象资格的地位。"①迪基的艺术品定义突出了"社会制度"的因素,这里所说的艺术品的社会"制度性"是与艺术界的代理人的"授予资格"权联系在一起的,这便以艺术的社会性取代了其原本被赋予的神秘性。接下来,美国社会学家霍华德·贝克尔(Howare.D.Becker,1928—)从社会学角度延续了他们的研究,指出:"所有的艺术工作,就像所有的人类活动一样,包括了一批人,通常是一大批人的共同活动。通过他们的合作,我们最终看到或听到的艺术品形成并且延续下去。艺术品会展现出那种合作的迹象。合作的形式可能是短暂的,但经常变得或多或少惯常起来,产生了我们可以称作一个艺术界的集体活动模式。"②

2. 文学场

法国社会学家布尔迪厄(一译布迪厄,P.Bourdieu,1930—2002)进一步提出了艺术的"场域"理论。"场域"是随着社会分化出现的一些具有相对自主性的社会小世界,如科学场、艺术场等。每个场域都有自己的相对自主性,能够制定游戏规则并推及到场域的每个成员身上。文学场包括作家,也包括批评家、文学史家、编辑、记者、资助者、读者、教师等,形成社交圈、俱乐部、杂志、文艺团体、学术界、教研单位等机构。文学场是自主性较高的场,在场内运行的是反经济的经济或者说"象征性经济",这种象征性经济的运行原则、制度、行动者、等级制具有某种自律性,与处于他律极的其他场域不同,其他场域如经济场遵循的是市场运行的逻辑。此外,文学场的另一个特征是空间领域并不那么稳固,没有那么多制度化制约,只是大致地展现出象征性斗争及其运行机制。布尔迪厄指出,文学艺术活动作为一个话语生产场,处于场域中优势地位的人总是在按照有利于自己的标准制定准则,维护既有的艺术价值等级秩序,因此艺术作品的变化原则取决于进入者在文学场中的资源配置或力量关系的转变。

本部分所选的四篇文章,周敦颐的《通书·文辞》论述了文学与道德的关系,本雅明《机械复制时代的艺术作品》探讨了机械复制时代使艺术作品原有的膜拜价值被展示价值所取代的现象,阿多诺的《艺术与社会》则为现代主义

---

① [美]迪基:《何为艺术》,见李普曼编:《当代美学》,邓鹏译,光明日报出版社1986年版,第109页、第111页、第110页。
② [美]贝克尔:《艺术界》,卢文超译,译林出版社2014年版,第1—2页。

艺术的自律性与社会批判力量进行了辩护,布尔迪厄的《文化生产场的几个普遍特征》则集中表达了他的文学"场域"理论。

选 文

通书·文辞

周敦颐

导言——

本文选自郭绍虞主编《中国历代文论选》第二册(上海古籍出版社,1979)。

作者周敦颐(1017—1073),字茂叔,宋道州营道人,著有《太极图说》及《通书》四十篇,是宋代著名理学家。

本文明确提出"文以载道"的命题,虽然文章承认"美则爱,爱则传焉",但又认为"文辞,艺也;道德,实也"。这里所谓道,实际是孔孟一脉的义理之学。这就确立了文艺对道德的依存关系,文艺仅仅是表达某种思想道德的工具。它和儒家重视文艺的诗教功能是一致的,对我国文学的道德教化传统有深远的影响。

文所以载道也,轮辕饰而人弗庸①,徒饰也。况虚车乎?文辞,艺也;道德,实也。笃其实而艺者书之;美则爱,爱则传焉,贤者得以学而至之,是为教。故曰:"言之无文,行之不远。"然不贤者,虽父兄临之,师保勉之,不学也;强之,不从也。不知务道德而第以文辞为能者,艺焉而已。噫!弊也久矣。

---

① 庸:《说文》:"庸,用也。"

机械复制时代的艺术作品(节选)

[德] 瓦尔特·本雅明

导言——

本文节选自陆梅林主编《西方马克思主义美学文选》(漓江出版社，1988)，王齐建译。

作者本雅明(Walter Benjamin,1892—1940)一译本杰明，生于柏林一个犹太商人家庭，先后入弗莱堡大学和慕尼黑大学学习，曾在柏林和法兰克福电台担任记者和撰稿人，是法兰克福学派的重要人物之一，著有《德国悲剧的起源》、《机械复制时代的艺术作品》等。德国法西斯上台后本雅明于1933年开始流亡，1940年9月在法、西边境的逃亡中自杀身亡。

作者认为随着现代科技和生产力的发展，艺术生产也进入了机械复制的时代，对原作"韵味"造成巨大的冲击。"韵味"在本雅明这里指原作的本真性、独一无二性。原作的韵味是和仪式崇拜及权威性相连的，而机械复制时代使艺术作品原有的膜拜价值被展示价值所取代，本雅明对韵味的逐渐消失表示了惋惜。但本雅明赞扬了技术进步时代，大量机械复制艺术的出现打破了被复制对象的统治地位，扩大了欣赏范围和交流速度，同时现代技术的运用打破了观众常态的视觉过程整体感，引起震惊的心理效应，实现激励公众的政治功能，恢复艺术作品应有的社会活力和审美价值，适应了商品经济发展的需要。本雅明从"艺术是一种社会生产形式"出发，把原作的韵味、独一无二性置于马克思商品拜物教位置进行批判，主张批判这种仪式崇拜，敏锐地觉察到社会的进步和接受者对艺术作品需求扩大的密切关系，指出一味地坚持艺术作品的独一无二性已不适应社会发展的需要。可以说，本雅明在吸收马克思对资本主义批判思想的基础上，肯定资本主义社会发展的积极意义，预见机械复制艺术的意识形态功能会被统治阶级所利用，这在现代后现代社会得到一定程度的证实。但他并不是一味颂扬资本主义社会，在"拱廊街计划"的研究中，本雅明严肃批判了资本主义社会腐朽、落后的阴暗面，我们在注意他著作中辩证内涵的同时，也要看到他对艺术的精神性、独创性、个性等有所忽略。

前　言

在马克思对资本主义生产方式进行批判的时候,这种生产方式还处在它的童年时期。马克思努力使自己的批判具有预言的价值。他追溯了构成资本主义生产基础的基本条件,并经过论述,揭示出资本主义将会是个什么样子。结果人们会看到,它不仅越来越加紧剥削无产阶级,而且最终还会创造出消灭资本主义本身的条件。

上层建筑的变革,比基础的变革慢得多,它占用半个多世纪在一切文化领域中表现了生产条件方面的变化。只是在今天,我们才能指出这一变革所采取的是个什么形式。要讲清这些,就一定会碰到某些对预言的需要。然而无产阶级在取得政权之后的艺术纲领,或者说,一个无产阶级的社会的艺术纲领,会比在现有生产条件下艺术发展倾向的纲领,较少与这些需要发生关系。它们在上层建筑中的辩证法,并不比它们在经济中的辩证法更不引人注目。这些纲领是一种武器,低估它们就会犯错误。它们漠视诸如创造力和天才、永恒价值和神秘等等观念——这些观念要是不加控制（在目前要控制它们几乎是不可能的）地运用的话,就会成为一系列带法西斯气味的论据。这些后来被引进艺术理论里来的观念,跟那些更为常见的术语不同,它们在艺术理论中是全然不能为法西斯服务的。另一方面,它们对艺术政治学中革命要求的系统阐述倒是有用的。

一

原则上,一种艺术作品总是可以复制的。人所制作的东西总是可以被人模仿的。艺术复制品,被学生们在工艺实践中造出来,被大师们为了广为流传他们的作品而造出来,最后,还被追求赢利的第三种人造出来。然而,艺术作品的机械复制,表现出了一些新的东西。在历史过程中,它断断续续地取得进步,隔一长段时间就跃进一次,跃进的力量,一次更比一次强烈。希腊人只知道两种用技术复制艺术作品的方法：铸造和制模。他们能够大量制造的艺术作品,只有青铜器、陶器和硬币。其余的艺术品都是独一无二的,不能进行机械复制。还在手稿能用印刷术复制之前很久,木刻就早已破天荒地使刻印艺术的机械复制成为可能的了。印刷,书写的机械复制,在文字领域造成了巨大的变化,这已是老生常谈了。但是,我们若是从世界历史的角度在此观察这一现象的话,就可看出,印刷尽管特别重要,却不过只是一个特殊的例子。在中世纪,除了木刻,还有镌刻和蚀刻;在 19 世纪初,又出现了石印术。

有了石印术后,复制技术进入了一个全新的阶段。这种直接得多的复制方法,是因在一方石头上按设计打样,而不是因在一块木头上镌刻或在一片铜板上蚀刻而得名。它第一次使销入市场的平面艺术产品,不但在数量上大得跟今天差不多,而且在形式上也日新月异。石印术赋予平面艺术以表现日常生活的能力,并开始和印刷术并驾齐驱。但石印术发明后不过几十年光景,照相术就超过了它。在图画复制的历史上,照相术第一次将具有极重要艺术功用的手解放了出来,从此以后,手的功用就转移到瞧镜头的眼睛上面了。因为眼看比手画更快,图画的复制方法进展如此神速,以致能跟得上讲话的速度了。在电影制片厂里对准一场戏的电影摄影师在演员讲话的时候就以跟讲话同样快的速度拍下了多种形象。正如石印术实质上孕育着带插图的报纸那样,照相术也预示了有声电影的问世。在 19 世纪末,声音复制技术的问题解决了。这些努力交汇在一起,造成了保尔·瓦莱里在下面这句预言性的话里所指出的局面:"就像我们付出极小的劳动就能从很远的地方把自来水、煤气和电引进我们的住宅、满足我们的需要那样,我们也将能欣赏视觉的和听觉的影像,我们只须做一个示意性的简单动作,这些影像就会出现和消失。"①在 1900 年前后,技术复制已达到了这样一个水准,它不仅能复制一切传世的艺术作品并由此对公众施加影响,引起极为深刻的变化,而且还在艺术的制作领域里为自己攫取了一块地盘。在研究这一水准时,没有什么东西比这种重复性质更显而易见了。这两种不同的表现形式——艺术作品的复制和电影艺术——一直在传统形式的艺术上面进行这种重复。

二

即使是艺术作品的最完美的复制物,也会缺少一种成分:它的时空存在,它在其偶然问世的地点的独一无二的存在。艺术作品的这种独一无二的存在,决定了它的历史。在它存在的全部时间里,它都是历史的主旋律。这里面包含了由于年深月久它在物理条件方面可能会发生的变化和它在收藏中

---

① 引自保尔·瓦莱里:《美学》,"无处不在的征服"第 226 页。

可能会发生的各种变化。① 前一种变化的痕迹，只能靠化学或物理的分析来发现，而在一件复制物上面，是不能进行这种分析的；收藏过程中发生的各种变化是个因袭问题，这种因袭得从原作的状况说起。

原作的存世，是辨别真伪的先决条件。对一件铜器上的绿锈作化学分析，是有助于辨别真伪的，这就像某个中世纪的手稿是直接从一个15世纪的档案馆里取出来的那样证据确凿。整个真确性，都是技术——当然，不仅仅是技术——复制能力所达不到的。② 原作在碰到往往标有赝品字样的手工复制品时，就保有它全部的权威性；而碰到对等的技术复制品时就不这样了。这原因是双重的。第一，印刷法复制比手工复制更独立于原作。譬如，在照相术里，印刷复印能展现出那些肉眼不能看见但镜头可以捕捉的原作部分，而且镜头是可以调节的，并且可以任意挑选其拍摄角度。而且照相复制，还可以通过诸如放大或慢镜头等方法，捕捉住那些肉眼未能看见的影像。第二，技术性复制能将原作移入原作本身所去不了的地方。首先，不管它是以一张照片的形式出现，还是以留声机唱片的形式出现，它都使原作能随时随地被人观赏。大教堂搬了家，为的是在艺术爱好者的工作间里能被人看到；在音乐厅或露天里演奏的声音，在画室里再次响起。

在机械复制产品能发挥影响的场合，真正的艺术作品可能不会被触动，但是艺术作品存在的质地总是遭到贬值。这一点，不仅对艺术作品来说是这样，而且，例如，对电影观众眼前闪过的一场风景来说也是如此。在艺术品的问题上，一个最敏感的核心问题——即，它的真实性问题——受到了干扰，而在这个问题上，没有什么自然物是有懈可击的。一个东西的真确性，包括它实际存在时间的长短和它曾经流传过的历史的证据，从它问世的那一刻起，就是世上一切可供流传的东西的本质。因为历史的证据是建立在辨别真假

---

① 当然，一件艺术作品的历史所包含的不止这一点。例如，"蒙娜丽莎"（达·芬奇的杰作——译注）的历史，就包括它在17、18和19世纪的摹本的种类和数量。
② 这很明显，因为真实性是不可复制的，某些（机械）复制方法的强烈冲击，是有助于将真伪加以区分和归类的。加强这种区分能力，是艺术品买卖行业的一项重要业务。木刻术的发明，可以说早在人们认识到这一发明的重要性之前，就已摧毁了真确性的根基了。可以肯定地说，一幅中世纪的圣母玛丽亚的画像在原作创作出来的那个时候，还不能被说成是"真品"。只是在以后的几个世纪里，它才成了"真品"，而在本世纪，也许这种说法最为引人注目。

的基础上的,所以,历史的证据在这个东西的实际存在的时间长短无关宏旨的时候,就受到复制之害。而一旦历史的证据出于假冒的时候,真正受害的就是原作的权威性。①

人们可以把已被排除掉了的成分纳入"韵味"这个术语之中,并断言:在机械复制时代萎谢的东西是艺术作品的韵味。这是一个有明显特征的进程,其影响范围是在艺术领域之外。总而言之,复制技术把被复制的对象从传统的统治下解脱出来,它制造出了许许多多的复制品,用众多的摹本代替了独一无二的存在。它使复制品得以在观众或听众自己的特殊环境里被观赏,使被复制的对象恢复了活力。这两种进程导致了作为和现代危机对应的人类继往开来的传统的大崩溃。这两种进程,都跟现代群众运动有着紧密的联系。它们最有力的工具就是电影。电影的社会影响,特别是它那最积极的形式中的破坏性排泄性的一面,即对文化遗产的传统价值进行扫荡的一面,是不容忽视的。这种现象,在伟大的历史性电影里最为明显。它向着崭新的领域扩展。艾尔贝·甘西在1927年曾热烈宣称:"莎士比亚、伦勃朗、贝多芬将拍成电影……所有的传说、所有的神话、所有的志怪故事、所有创立宗教的人和各种宗教本身……都会被表现出来,得到复活,而主人公们会在墓门前你推我挤。"他大概并没有想到要这么干,但他发出了进行彻底扫荡的呼吁书。

……

三

一件艺术作品的独一无二性是跟它所置身其中的传统结构分不开的。这个传统本身完全是活生生的,并且可变性极大。比如说,一尊维纳斯的古雕像,希腊人把它作为一个崇拜的对象创造了出来,而中世纪的牧师却把它看作是一尊不吉祥的邪神像。希腊人和中世纪的牧师们从不同的传统的角度看待它的。但是,这两种人都同样地碰到了它的独一无二性,即它的韵味。

---

① 最贫穷的省份里上演的《浮士德》,在这方面也比一场浮士德电影强,平心而论,它真可以与魏玛的首场演出媲美。在银幕前,脑子里是不会闪现那在舞台前惯常会在脑子里闪现的思想的——例如,在靡非斯特等角色的身上,有着歌德的朋友约翰·海因里希·默克的影子。

在最早的时候,传统艺术结构的一体化表现在祭仪之中。我们知道,最早的艺术作品是起源于一种仪式——起初是魔法仪式,尔后是宗教仪式。与其韵味有关的艺术品的存在,从来就不能完全与其仪式的功能分开,这一点是很有意思的。① 换言之,"真确的"艺术作品的举世无双的价值的基础,是仪式,是它的原始的使用价值的所在。这种仪式的基础,尽管是很久以前的,但作为改作俗用的仪式,哪怕是在对美的崇拜的最亵渎的形式中,也依然是可辨识的。② 对美的世俗的崇拜,在文艺复兴时期发展了起来并称王称霸达三个世纪之久。这清楚地表现出那个正在衰微之中的仪式的基础和在它里面发生的第一次深刻的危机。随着第一个革命性的复制方法照相术的出现,同时也随着社会主义的兴起,艺术敏感到了正在迫近的危机。过了一个世纪之后,这场危机就变得显而易见了。在这个时期,艺术用"为艺术而艺术"的原则,用一种艺术的神学作出了反映。这促使一种在"纯"艺术观点的形式中可称之为否定的神学的东西的勃兴。它不仅否认艺术有任何社会功能,而且还反对用题材来对艺术进行任何分类。(在诗歌中,马拉美是始作俑者。)

机械复制时代的艺术分析,必须公正地对待这些关系,因为它们赋予我们一种十分重要的洞察力:机械复制在世界上开天辟地第一次把艺术作品从它对仪式的寄生性的依附中解放出来了。被复制的艺术作品在更大程度上

---

① 把韵味定义为一种"一定距离之外的独一无二的现象",只不过表现出了在时空知觉力的范畴之中的艺术品崇拜价值的公式化。远与近相对,本质上远的对象是不可接近的东西。不可接近性实在是崇拜形象的一种主要性质。要逼真,它就得保持"一定距离"。一个人可以从它的题材达到的这个近,并不减少它在其表面上所保持的距离。

② 绘画的崇拜价值俗用化到什么程度,它最重要的独一无二性的观念也就模糊到什么程度。在观赏者的想象中,在形象崇拜里占支配地位的现象的独一无二性,越来越多地被创作者的或他的创作成就的经验上的独一无二性所取代。当然,决不是完完全全的取代。真确性的概念总是胜过纯粹的真实性的。(这在搜集家身上表现得特别明显,搜集家总是保留着某些拜物教徒的痕迹,他们还通过占有艺术品来分享其仪式的力量。)然而,真确性概念的功能在对艺术作评价时依然是决定性的。随着艺术的俗用化,真确性取代了作品的崇拜价值。

变成了为了能进行复制而设计的艺术作品。① 例如,一个人可以用一张照相底片,翻洗任意数量的相片;而要鉴别出哪张是"真品"相片是毫无意义的。然而一旦真确性这个批评标准在艺术生产领域被废止不用了,艺术的全部功能就颠倒过来了,它就不再建立在仪式的基础之上,而开始建立在另一种实践——政治——的基础之上了。

艺术与社会(节选)

[德] 阿多诺

导言——

　　本文节选自周宪等编《当代西方艺术文化学》(北京大学出版社,1988),戴耘译。原为阿多诺《美学理论》(1970)一书第十三章《社会》中的一部分。

　　作者泰奥德·阿多诺(T. Adorno,1903—1969),又译阿多尔诺,出生在德国法兰克福一个犹太人家庭。1924年获哲学博士学位,1933年被法兰克福社会研究所聘为讲师。法西斯上台后流亡美国,50年代回国后曾任法兰克福社会研究所所长。是著名哲学家与美学家,著有《否定辩证法》、《美学理论》等。

　　作者从艺术和社会的关系出发,谈论艺术的接受和生产、艺术和科学、艺

---

① 机械复制在电影方面并不像在文学和绘画方面那样是大量发行所必需的一种外在条件:机械复制是电影制作技术本身所固有的东西。这种技术不仅以最直接的方式允许大量发行,而且在事实上造成了大量发行。它扩大了发行范围。这是因为电影制片的花费太昂贵了,一个比如说买得起一幅油画的个人就买不起一部影片。在1927年有人作过统计,一部第一流的影片,需要拥有九百万个观众才能偿清其制片费用,至于有声电影,当然,在向国际发行的初期遇到了挫折:由于语言的障碍,观众的范围受到了限制。这恰好与法西斯主义对民族趣味的强调相符合。把注意力集中在这种与法西斯主义的联系上,比把注意力集中在这种挫折上更为重要,电影的台词与音响效果跟画面的吻合,不久就把这种挫折造成的恶果减小到了最低限度。这两种现象的同时发生,可以归因于萧条。在更大的范围里发生的企图用武力来维持现存财产结构的同样的动乱,导致了用岌岌可危的电影资金来加速发展有声电影。采用有声电影的困难,暂时得到了缓解,这不仅是因为它再次把群众吸引进了影剧院,而且也是因为它用电影工业的资本,从电力工业中吸收了新的资本。这样,从外表上看,有声电影助长了民族趣味,但从骨子里看,它比以往更强地促进了制片的国际化。

术的社会效果等关系问题,为现代主义艺术中的批判力量进行辩护。阿多诺在对文化生产深表忧虑的同时,承认文化生产主流中内在的批判潜力,他认为艺术的自律性使艺术具有抵抗社会的功能,艺术对社会的批判正是其存在方式,现代艺术的审美效用产生于它对传统、对既存现实的否定,这个否定便是现代艺术的美学特征所在,因此要重视艺术的生产。他认为艺术是社会实践的一种特殊方式,并对艺术的社会功用问题作了肯定的回答。认为在现代工业化社会中人们失去了生活的真实内容,因而只能把这于现实中失败的内容推向意识,而现代艺术恰好表现了于现实中并不存在的希望,从而拯救了人对现实的绝望。这种功用只是给人以一种心理上的慰藉,而不是带来实际功效。阿多诺认为,社会无疑在艺术中得到了表现,但这表现不是直接的表现,社会在艺术作品中只是精神性地表现出来的。阿多诺力图赋予现代艺术一种形式上的颠覆能力,这种能力旨在削弱虚假的、总体化的观点赋予异化的社会存在的合理性外观。这为人类重新审视艺术的意识形态作用提供了新的视点。

艺术的双重本质:社会现象与自律性

毋庸置疑,艺术在其获得自由之前较之以后,从某种意义上说是一种更为直接的社会现象。自律性,即艺术日益独立于社会的特性,则是中产阶级自由意识的一种机能,它继而依赖于一定的社会结构。在此之前,艺术也可能与在社会中占支配地位的种种力量和习俗发生冲突,但它决不是"自为的"。这样的冲突始终存在;柏拉图在《理想国》中对艺术的责难就已零星地反映了这种冲突。不管怎么说,某种根本上站在社会对立面的艺术观在那个时代是不存在的。概言之,从艺术发轫之初一直延续至现代集权国家,始终存在着大量对艺术直接的社会控制,唯一的例外是资产阶级时期。可以说,资产阶级社会比它以前的任何社会都更加彻底地使艺术获得了整一性。唯名论的发展迫使艺术的潜在现实社会本质日益昭然于世:在资产阶级小说中,这种本质显然比高度风格化的、远离现实的骑士史诗更易体察。一方面,大量生活经验涌入艺术(它们不再被强行纳入既定的类型);另一方面,人们需要根据这些仿佛自下而上获得的经验来建立形式——这两种现象标志着"现实主义"的成长。这里的"现实主义"与其说是就内容而言,不如说是根据审美范畴的标准加以衡量的。由于不再根据风格化原则使艺术崇高化,艺术与其赖以生长的社会在内容上的联系因此而愈益直接,这一点不限于文学。在资产阶级之前的时代,所谓的低级形式也与社会保持着距离。甚至连集中描写资产者关系及日常生活经历的古代雅典喜剧这样一种类型也概莫能外;阿里斯托芬越入无人地带的举动并无逃避现实之嫌,倒是他的题材形式的应有之义。

由于艺术是社会的精神劳动产品,它历来被当作某种社会现象,这种现象的特性在艺术日益资产阶级化的情形下被强化了。资产阶级艺术直接注目于作为人工产品的艺术和经验性社会之间的关系。《堂·吉诃德》为其肇始。然而,艺术之所以是社会的,不仅仅因为它的产生方式体现了其制作过程中各种力量和关系的辩证法,也不仅仅因为它的素材内容取自社会;确切地说,它的社会性根本就在于它站在社会的对立面。然而,这种对立姿态的艺术只有在它具有了自治权时才会出现。由于凝结成为一个自为的实体,而不是服从现存的社会规范并由此显示自己的"社会效用",艺术对社会的批评方式恰恰是它的存在本身。艺术是对人遭到贬低的生存状况的一种无言的批评,这种生存状况正趋向某种整体性的交换关系,在这样的社会中一切事物都是"他为"的。艺术的这种社会偏离是对特定社会的特定否定。艺术与社会的这种距离暴露了它的不介入立场。必须时刻记住,社会并不是和观念形态具有相同外延的。任何社会都不是完全消极性的存在,以至要受到形式的审美规律的指控;即便是在其最令人厌恶的状况下,社会依然能够继续生存。艺术不能不把这一方面考虑在内,退而言之,除非社会确已呈现出自我毁灭的发展态势。艺术无法有意识地将肯定和批判两方面区分开来,因为它是非判断性的。由于摆脱了他律的(heteronomous)控制,它已成为一种纯粹的生产力量。

艺术只有在具有抵抗社会的力量时才得以生存,如果它拒绝将自己对象化,它就成了商品。它向社会提供的不是直接可以沟通的内容,而是某种间接的东西,比如以审美方式再现社会发展但又不直接模仿它。激进的现代主义之所以保留了艺术的固有禀性,就因为它让社会进入了自己的区域,但仅用一种隐蔽的形式,好像它似一场梦。倘若艺术拒绝这样做,它就会自取灭亡。

艺术中没有任何具有直接社会性的东西,即使直接社会性成为艺术的明确目的时也不例外。不久以前,具有政治抱负的布莱希特由于想继续用艺术来表现他的政治倾向,不得不越来越游离于社会现实,尽管现实正是他的戏剧的中心。为了解释他所描绘的所谓社会主义现实主义,他就只得采用瞒天过海的三段论推理,从而谋得了一条脱身之路,逃避了质询。正像在音乐中,音乐讲述的是来自课本——整个艺术课本的故事,社会连同它的矛盾运动的形态则仅仅像影子一般映现其中,通过它得到表现,但仍有待辨识。其他各门艺术无不如此。每当艺术试图复制社会现实时,它得到的必定是某种"仿佛如此"的东西。《四川好人》反映的布莱希特笔下的中国,其风格化程度不下于《墨西拿的新娘》中席勒眼里的墨西拿。对戏剧或小说人物的所有道德判断都是无效的;这种判断只有在关系到文学人物所依据的真实的历史人物时才是适当的。有关正面主人公是否可能有消极的性格特征等诸如此类的争论,其愚蠢程度其实是任何一位不懂戏剧理论的人都能一目了然的。形式的作用就像一块磁铁,它通过赋予各种现实生活因素以一定秩序,把它们同外在于审美的存在间离开来。但正是通过这种间离化(陌生化),它们的外在于审美的本质才能为艺术所占有。艺术的社会性并不在于它的政治态度,而在于它与社会相对立时所蕴含的固有的原动力。它的历史地位排斥经验现实,虽然艺术作品作为事物是那一现实的组成部分。如果说艺术真有什么社会功能的话,它的功能就在于不具有功能。与世俗的现实世界不同,艺术否定地体现了一种事物秩序,其中经验现实获得了应得的地位。艺术的奥秘恰在于它破解神秘的威力。人们必须从两方面考虑它的社会本质:一方面是作为自为存在的艺术,另一方面则是它与社会的联系。艺术的这种双重本质显现于一切艺术现象中;这些现象本身则是变化和矛盾的。

接受与生产

就艺术而言,艺术的对象化,即被外部世界视作艺术拜物教的特性,是社会分工的产物。这就是为什么我们在确定艺术和社会之关系时,应当重视的不是艺术的接受方面,而是更为基本的生产方面。要对艺术作出社会的阐释,就必须说明艺术的生产,而不是它的影响(在许多情况下,这种影响会产生出对艺术作品及其社会内容的各种不同解释,这种分歧也可以从社会学角度加以解说)。古往今来,人们对艺术作品的反应一直是极其间接的;他们不是与特定艺术作品直接相关,而是由整个社会决定了他们对于作品的态度。总之,作品效果的研究无法说明艺术的社会特性,而在实证主义的庇护下,这种方法甚至篡夺了制定艺术标准的权力。由于在对接受现象的实证研究中改变了标准,因而使得强加于艺术的他律性程度也有所增加,这种方法比起所有关于艺术具有它的神性特质的观念体系来更具有局限性。艺术与社会的聚合是实质性的,而不是某种外在于艺术的东西,这一点也适用于艺术史。个体的集体化是对社会生产力的消耗。在艺术史中包含着社会的真正历史,因为艺术生产力从社会中分离出来并在艺术中赢得了自己的生活。这就表明了为什么艺术是瞬息的回忆,艺术保存着稍纵即逝的生活,它把这种生活呈现于我们面前同时又改变了它。这是对艺术的暂时性的社会学说明。尽管竭力规避社会实践的常规,艺术依然是社会实践的一种特殊方式。每一部可靠的作品都是对艺术的一场革命。

不管怎样,如果社会经由审美力量和关系渗入了艺术,并且最终消溶于其中,那么艺术这方面则情愿被社会化,譬如说,被社会整合为一体。这种整一化并不像某些人所宣称的是某种事后的祝福,说这样或那样的艺术现象是恰当的、合适的。接受往往会磨损艺术的批判锋芒,损害它的特定的社会否定意义。作品刚刚问世时是极富有批判力的,过后它就变得中立起来,因为社会的状况发生了变化。中立化是艺术为它的自治权付出的社会代价。一旦艺术作品被送进陈列文化展览品的神殿供人祭奉时,它的真实内容便消退了。在受到周密管理的世界中,中立化具有普遍性。

……

题材的选择;艺术主体;与科学的关系

……

当艺术产品仅仅被当作对社会发生的情况的"反刍",而且持此见解的人还自以为这种新陈代谢机能显示了再度复制这一产品的真实过程时,它只能默然忍受。在这种情形下,艺术主体是社会的,而不是个人的。无论如何,艺术主体不会通过强行集体化的方式或通过对特定素材的选择变得具有社会性。在一个压制性的集体主义时代,与大多数人作斗争的抗拒力存在于孤独不依的艺术创作者身上。它成为艺术的绝对必要的条件。没有这种品格,艺术就失去了社会真实性。有造就力的作家谈及他自己时总是部分否定的,这意味着他正无意识地遵循着一种社会的普遍概念:当他改善和修正自己的工作时,一个集体主体便站在他身后,而这个主体自身也正亟待改善。艺术客观性的概念与社会解放是相辅相成的,后者旨在表明这样一种状况:某种事物依靠自身力量从社会习俗和控制中摆脱出来。艺术作品无法满足于古典主义特有的模糊、抽象的普遍性。艺术作品取决于世界状况,即是说,具体历史情境、艺术的他者,是它们的条件。艺术作品的社会真实性取决于它们是否正视这一具体内容,是否将这些内容同化为它们自身,它们的形式规律就其作用而言不是掩盖矛盾,而是考虑如何赋予它以一定的形态。

科学对艺术生产力的发展有着强大的然而至今却鲜为人知的影响。许多方法是艺术从科学中借用的。尽管这一点表明社会对艺术的相当大的制约力,但它并不证明艺术生产必然具有科学意义。艺术不能成为科学。整体构成派也不例外。科学的发展一旦影响到艺术领域,便显示出一种相当不同的复杂情形。我们可以通过分析绘画中视觉透视法则的变化以及音乐中泛音关系的变化来说明这一点。慑于技术的威力,艺术近来斗胆宣告自己已变成一门科学,并试图以此保住自己的狭小地盘。这一声明是错误的,它反映了对科学在经验现实中的作用的错觉。

在相反的极端上有非理性主义的观念,即认为美学原理天生与科学无缘,是神圣不可侵犯的。这也是错误的。艺术不是某种自以为是的对科学的文化矫正和补充,而是与科学有着批判的联系。当代文化或精神科学(Geisteswissenschaften)严重缺乏一种灵气,这种匮乏几乎总是与审美敏感性的缺乏有关。思维的粗朴说明了对所研究的事物缺乏一种辨析能力。辨析能力既属于认识范畴,又属于审美范畴,但这并不意味着艺术与科学已溶为一体。我们想指出的只是它们不是迥然相异的。信奉者也可以通过另一种途径了解这一点:如果他不能首先对艺术和科学作出可靠的分辨,他也就不愿意承认,在这两个不相一致的领域里,同一的力量在发挥着作用。

这一点含有道德意蕴,因为对事物的冷酷也意味着潜在的对人的冷酷。

艺术就其本质而言是否定冷酷的,它是主体的恶的核心,它站在(譬如说)潜心创作的理想的反面。正是通过这一点,而不是道德信条的宣谕,或赢得某种道德效果的意图,艺术才成为德行的一部分,它与一种更富有人性的社会理想相联系。

影响;生活经验;"震动"

艺术与实践的辩证关系表现于它对社会的影响。对艺术能否介入政治表示怀疑是正当的。它要是真的介入了,其影响便是表面的,或更糟,而且损害了艺术质量。从严格意义上说,艺术的社会影响是非常间接的。其影响归因于这一事实,艺术是精神生活,它将这种精神生活凝结于艺术作品中。艺术有助于变革社会,尽管是以隐蔽的、无形的方式。对象化是这种精神生活的先决条件。艺术作品所具有的影响在记忆这一层次上起作用,影响决非意味着把潜在的实践转化为明显的实践,因为自律性的高度发展使任何直接对应关系不再可能出现。

艺术作品的历史发生使人们追溯其因果关系,它在这些作品中并没有简单消失。相反,每一部艺术作品——作为一种特殊实践的范例,在这一过程中一个集体主体得以建立——都会激起社会的反响。因此,对艺术影响的批评分析可以揭示出许多隐蔽在艺术作品的逼真性之下的东西。这里,从社会学角度对艺术作品及其潜移默化的影响进行考察是十分恰当的,只要不是凭空把种种社会特性强加于艺术,因为这种方法忽视了艺术的实体性与艺术的影响之间的张力。

艺术作品在实际上是否介入社会(程度如何),不是由艺术本身决定的,而是取决于历史环境。博马舍的喜剧也许算不上是布莱希特或萨特意义上的委身文学(committed literature),但这些戏剧确实产生了不可低估的政治影响,因为它们的内容与某种历史倾向相符合,在这些戏剧中这种倾向得到了肯定。当社会影响是间接的时候,它具有明显的悖论性质:它产生于自发性同时又有赖于整个社会发展。相反,布莱希特的创作虽说从《屠宰场里的圣约翰娜》(1929)开始意欲有所变化,却可能在政治上是无能为力的:布莱希特这样的聪明人当然不会对此视而不见。他的影响可以说是一种对信徒的说教。运用间离效果在他看来可以使观众思索,并使观众、听众和读者对艺术作品保持一种静观态度。但另一方面,布莱希特的说教倾向表明他无法容忍多义性。这种多义性是激发思索和自省的。在这方面,布莱希特是独裁者,他想要不惜一切代价施加影响,必要时甚至运用支配技巧(这是他的拿手好戏)。然而在很大程度上,我们却要把艺术作品的自我意识的生长归功于布莱希特。因为当艺术被视为政治实践的一种因素时,它对观念形态神秘化的抵抗变得更为强硬。布莱希特对实践的强调在形式上对他的全部创作产生了影响,因而无法简单地从它的真实内容中取消掉,不管这些内容事实上离实践领域有多么遥远。

艺术作品,至少是那些不屈从于宣传的艺术作品之所以缺乏社会影响,一个决定性原因是它们必须放弃使用那些会使它们迎合更大多数公众口味的交流手段。假如他们不放弃,它们就会变成包罗一切的交流系统中的工具。如果说艺术真有什么社会影响的话,那它并不是通过声嘶力竭的宣讲,而是以非常微妙曲折的方式改变意识来实现的。任何直接的宣传效果很快就会烟消云散,原因或许在于即便是这种类型的作品也很容易被认为根本上是非理性的,其结果是原本估计会触发实践的构造由于审美原则的介入而受阻。审美教育把个体从艺术和现实交织在一起的前审美(pre-aesthetic)的边缘地带"引导"出来,确立了某种距离感,从而使艺术作品的客观本性彰明较著。在主体方面,它结束了原始的认同方式,取消了作为经验—心理个性的接受者,用以强调他与艺术作品的联系。主观上,艺术要求外化(这是布莱希特的着重敏感性的批评的中心问题)。艺术的实践性是从这个意义上讲的:它把进行艺术体验的人看作政治个体(Zoon politikon),迫使他走出自身。此外,艺术的客观实践性在于它形成和培养了意识,当然,这是以意识能摆脱直接宣传为条件的。

倘若你对艺术作品能取静观的态度,你就不会为怂恿行动的热情所动。与艺术的认知本质相适应的唯一主观倾向是一种认知态度。艺术作品通过给予习以为常的事物以新的观照来向盛行的需求挑战,并因此适应了改变意识的客观需要,这种意识最终可能会导致现实的改变。艺术无法用适应现存需要来赢得巨大影响,因为这恰恰会剥夺艺术应该给予人类的东西。审美需要是相当朦胧、难以言喻的。文化产业想方设法要改变这一点，这也是徒劳的。文化衰微的现象表明了主体的文化需要是由供应方面和分配装置所决定的。这些需要不是孤立存在的。

文化生产场的几个普遍特征（节选）

[法] 布尔迪厄

导言——

本文节选自布尔迪厄《艺术的法则——文学场的生成和结构》（中央编译出版社，2001）第二部《作品的科学依据》第二章《作者的观点 文化生产场的几个普遍特征》，刘晖译。

作者布尔迪厄(P.Bourdieu，1930—2002)，又译布迪厄，是法国著名社会学家，生前为法兰西学院院士，著有《实践与反思》、《区隔》、《论电视》、《艺术的法则》等。他借鉴福柯的权力—话语学说提出的"艺术场"理论，将文学场的内部结构视为个体或集团占据的位置之间的客观关系结构，通过"有限的生产场"（先锋派艺术）与"大规模的生产场"（大众文化）关系的分析，说明二者的斗争是争夺文学合法性的斗争。最纯粹、最严格和最狭义的文学定义维护者认定某些艺术家并不是艺术家，或不是真正的艺术家，并否认后者作为艺术家的存在，他们就是从自己作为真正艺术家的角度，想在场中推行作为场的合法视角的场的基本法则、观念与分类的原则。确定界线、维护界线、控制进入，就是维护文学场中的既定秩序。因此，艺术作品的变化原则取决于进入者在文学场中的资源配置或力量关系的转变。如果一部分生产者的颠覆欲望和一部分公众的期待相契合，便有可能改变力量关系与选择空间，占统治地位的产品由此被推到次等或经典产品的地位。所以不存在恒定不变的经典或次等，它们的存在取决于文学场中力量关系的对比。

权力场中的文学场

艺术家和作家的许多行为和表现（比如他们对"老百姓"和"资产者"的矛

盾态度)只有参照权力场才能得到解释,在权力场内部文学场(等等)自身占据了被统治地位。权力场是各种因素和机制之间的力量关系空间,这些因素和机制的共同点是拥有在不同场(尤其是经济场或文化场)中占据统治地位的必要资本。权力场是不同权力(或各种资本)的持有者之间的斗争场所,这些斗争如同19世纪的艺术家与"资产者"之间的象征斗争,把赌注下在各种不同的资本的相对价值的转变和保留上,而资本本身每时每刻都决定能参加这些斗争的力量。

文学范畴(等等)对一切形式的经济主义构成了真正的挑战,它在漫长而缓慢的自主化过程中逐渐形成,像一个颠倒的经济世界:进入的人想要做到不计利害;它像一个预言,特别是不幸的预言,按照韦伯的观点,这个预言通过它不能提供任何报偿证明了它的真实性,与严格意义上的艺术传统的异端式决裂在不计利害中找到了真实标准。这并不意味着其中没有这种建立在社会奇迹上的权威经济的经济逻辑,这个社会奇迹是严格意义上的美学愿望起一切决定作用的纯粹行为。人们将会看到有经济挑战的经济条件,经济挑战瞄准了先锋派知识分子和艺术家这类风险最大的地位;还会看到在缺乏任何财政补偿的情况下稳固地保持自己富裕的经济条件;以及保持象征利益的经济条件,它们本身可能在或长或短的时期内,转化为经济效益。

应该在这种逻辑中分析作家或艺术家和出版商或画廊经理之间的关系。"经济"逻辑通过这些双重人物(福楼拜曾以阿尔努这个人物描绘了其典型形象)一直深入到为生产者生产的空间的核心;这些双重人物也应该把完全冲突的支配权集中起来:经济支配权在场的某些区域,对生产者是完全陌生的,知识支配权接近生产者支配权,生产者只有在懂得欣赏劳动和确认其价值的时候,才能剥削这种劳动。事实上,出版商或画廊的场和相应的艺术家或作家的场之间的结构同源逻辑,使得每个艺术"殿堂的商人"体现出与"他的"艺术家或"他的"作家相似的特征,这对相信和信任的关系有利,剥削就是建立在信任的基础上(商人会对拉拢作家或艺术家感到心满意足,这样自己赚钱就有了可能,因为后者是不计利害的象征,放弃了世俗利益)。

由于建立在各种不同的资本及其持有者之间的关系中的等级制度,文化生产场暂时在权力场内部处于被统治地位。为了从外部限制和要求中解放出来,包罗万象的场如利益场、经济场或政治场必不可少。因此,文化生产场每时每刻都是等级化的两条原则之间斗争的场所,两条原则分别是不能自主的原则和自主的原则(比如"为艺术而艺术"),前者有利于在经济政治方面对场实施统治的人,后者驱使最激进的捍卫者把暂时的失败作为上帝挑选的一个标志,把成功当作与时代妥协的标志。这场斗争中的力量关系状况取决于场总体上掌握的自主权,也就是场自身的律令和制约在多大程度上加诸全体文化财富生产者和暂时(临时)在文化生产场中占据统治地位的人(成功的剧作家或小说家)以及有待占据统治地位的人(唯利是图的被统治的生产者),暂时占据统治地位的人和有待占据统治地位的人最接近权力场中相似位置的占据者,因而对外部需要最敏感,同时是最不自主的。

文化生产场的自主程度,体现在外部等级化原则在多大程度上服从内部等级化原则:自主程度越高,象征力量的关系越有利于最不依赖需求的生产者,场的两极之间的鸿沟越深,也就是有限生产的次场和大生产的次场之间的鸿沟越深。在有限生产的次场中生产者的主顾只有其他生产者,后者也是他们的直接竞争者,而大生产的次场在象征意义上受到排斥,失去信用。第一种情况下的基本法则是独立于外部的需求,在这种情况下,实践的经济如同在一场败者获胜的游戏中,是建立在权力场和经济场的基本原则颠倒的基础上的。它排斥对利益的追逐,它不担保在投资和金钱收入之间任何形式的一致;它谴责追求暂时的荣誉和声名。

按照在严格意义上处于权力场(也处于经济场)的暂时统治区域的外部等级化原则,也就是按照根据商业成功(比如书发行量,戏剧表演的场次,等等)指数进行衡量的暂时成功或社会名望(比如布景、费用等等)标准,对"大众"熟知或认可的艺术家(等等)最有优势。内部等级化原则,也就是特殊认可的程度,有利于被他们的同行或他们自己认可(至少在他们事业的最初阶段)的艺术家(等等),他们至少应该消极地把自己的声誉归功于他们丝毫不向"大众"的要求让步。

由于公众的规模(还有社会质量)为独立("纯艺术","纯研究",等等)或从属("商业艺术","实用研究",等等)于"大众"的需要和市场的限制以及不计利害价值的认同提供了良好的尺度,它无疑构成了在场中占据的位置的最确实和最清楚的指数。无法自主最终通过需求出现了，需求可能采取"保护人"资助人或主顾个人定购以及市场的无名期待和承认的形式。于是，没有什么比文化生产者与商业成功或世俗成功（获得成功的手段，比如，今天对报纸和现代传媒手段的俯首帖耳）保持的关系更能区分他们了：某些人承认和接受这种成功，甚至急功近利，但维护自主等级化原则的人拒绝这种成功，把它看作追求政治和经济利益的金钱趣味的体现。自主的最坚决的维护者在基本的评价标准方面构成了迎合公众的作品和造就自己的公众的作品的对立。

这些对于暂时成功和经济后果的截然相反的观念使得场的数量微乎其微，除了权力场之外，权力场中极点位置的占据者之间的对抗也是十分彻底的（在与从属于场相关的利益范围内）：互相对立的作家或艺术家在一定范围内的共同之处只是他们都参加了为推行文学或艺术生产截然相反的定义而进行的斗争。他们是构成场的相互作用关系和结构关系之间差别的典型体现，他们在方法论上也许永远也不会相遇，甚至互不知道，但在实践中被将他们联系起来的对立关系牢牢地确定住了。

在19世纪下半叶，文学场达到了空前绝后的自主程度，因而有了第一个按照真正或假设的对公众、成功、经济的依赖程度区分的等级制度。这个主要的等级制度被另一个印证了，后者按照所触及公众的社会和文化质量（根据与特殊价值的假定距离来衡量）和公众在承认生产者的同时为他们提供的象征资本（在第二维空间）建立起来。因此，有限生产的次场以一种绝对的方式投入为生产者而进行的生产，只承认特定的合法性原则，在这个次场中，得到他们同行认可的人，反对从特殊标准来看没有达到同样认可程度的人，同行的认可是持久认可（得到认可的先锋派）的先行指标。这个低级位置集中了年龄和艺术代各不相同的艺术家或作家，他们或按照异端的模式，以新合法性的原则的名义，或以回到先前的合法性原则的名义，怀疑得到认可的先锋派。

不成功本身是模棱两可的，因为它可以被看成要么是有意的，要么是不得已的，因为同行认可的指标把"受诅咒的艺术家"和"碌碌无为的艺术家"区分开来，而且指标总是不确定和模棱两可的，对于观察家和艺术家本人来讲都是如此。最不幸的艺术家能够在这种客观不定性中找到他们保持自身命运不确定性的手段，在这一点上集体的背信弃义为他们提供的所有制度上的支持帮了他们的忙。此外,作为文化生产场合法转变方式的持续革命的制度化促使先锋派文学和艺术从19世纪末以来,享有一种有利的偏见,这种偏见建立在对批评和从前公众认识和评价的"错误"回忆上:失败总是能够在来自整个历史进程的制度中找到证明,比如"受诅咒的艺术家"的定义把一种得到承认的存在,赋予暂时成功和艺术价值之间的真实或假想的距离;而且,更进一步说,被指定或自作主张进行判断或认可的因素或要求本身也在为获得认可而斗争,因而总是相对的,令人怀疑的。这一事实为背信弃义的过程提供了客观支持,多亏了它的支持,没有主顾的画家、没有角色的演员、没法出书和没有读者的作家才能对失败视而不见,利用模棱两可的成功标准,这就导致混淆"受诅咒的艺术家"有选择性的暂时失败与"庸人"直截了当的失败。事情变得越来越复杂,随着时间的流逝和衰老的到来,消极制约一再出现,宣告了可能性日益缩小,使得年少时一厢情愿地延长的不定性变得越来越支持不住了。

即使是为了重新发现、复兴或尊崇从前作品的竞争逻辑,最后也以确保一种文学形式在众多作家衰落之后幸存下来告终,而这些作家很可能被同时代人毫不犹豫地归入"庸人"行列。很难遇到类似阿尔丰斯·拉博这样的特例,他是《一个悲观主义者的画像》的作者,这本书最近再版,帕斯卡尔·卡萨诺瓦描绘了他的形象:"平庸的作家,被所有同代人悄悄地遗忘、抛弃,蹩脚的诗人,1788年生于普罗旺斯,一切尝试都遭到失败。沮丧的画家,无大才的批评家,业余音乐家,其南方口音注定他只能演喜剧的演员,二流历史学家,外省政客,匿名的小册子作者,社会边缘的记者,死于1829年,留下一部感人的遗作,堪称自杀的启示录,合乎逻辑地命名为《一个悲观主义者的画像》。他于一个世纪之后被安德烈·布勒东推举为'死亡中的超现实主义者'。"①

在场的另一极即投身和致力于市场和利益的大生产次场中,同样出现了一种对立,这种对立与将得到认可的先锋派从先锋派中分离出来的对立相

---

① P.卡萨诺瓦,《读书杂志》第9号,1992年3月,第15页。

同,它借助公众(部分地为利益的大小负责)的社会素质和规模以及公众通过赞同带来的认可价值,在拥有所有资产阶级权利的资产阶级艺术和纯粹的"商业"艺术之间建立起来,"商业"艺术遭到了双重贬值,在有利可图和"深得民心"方面都是如此:最终获得世俗成功和资产阶级认可(特别是法兰西学士院)的作者,既通过他们的社会出身和轨迹,又通过他们的生活方式和文学的亲缘关系,与获取所谓普遍成功的作者,比如乡村小说作者、通俗小说作者或歌谣作者区分开来。

场的自主程度可以按照转译或折射效果的重要性加以衡量,特定逻辑把这个重要性加在影响或外部控制和变革甚至是变化上,让宗教或政治表现和暂时权利的局限受到重要性的考验(折射的机械比喻,显然是不完全的,对于从精神中驱除更不恰当的反映模式只能起到消除作用)。场的自主程度也可在迫不得已时依照消极后果(声名狼藉,扫地出门,等等)进行衡量,这些消极后果对非自主举措的影响包括,直接听从政治指示甚至听从美学或伦理的需要,特别是听从鼓动的力量,因为它赞成反抗乃至公开对抗权力的斗争(相同的自主愿望由于它反对的权力的性质而导致相反的立场)。

场的自主程度(及由此而来的在场中确立的力量关系状况)随着时代和国家传统而发生很大变化。它与象征资本一致,象征资本是随着时间的流逝通过世世代代的努力(以作家或哲学家名义接受的价值,即法定的、几乎制度化的、否定权利的许可)积累下来的。就是以这集体资本的名义,文化生产者感到有权利和义务忽视暂时权利的需要和要求,甚至以他们的原则和特有的标准与权利做斗争。一旦自由和勇敢以客观潜在性甚至是必要性状态进入了场的特殊理性,它们即使在场的一种状态或另一个场中无法理喻或简直不可思议,也会变得正常,甚至平庸。

在服众场的运行规则中获得的象征权利反对一切形式的非自主权利,某些艺术家或作家,更进一步说,所有文化资本的持有者——专家、干部、工程师、记者,能够明白他们被赋予了非自主权利,这是他们向统治者(特别是在既定象征秩序的再生产过程中)提供的技术或象征服务的补偿。这种非自主权利可以出现在场的内部,而将全部力量投身到内部真理和价值的生产者被这匹"特洛伊木马"大大削弱了,与外部要求妥协的作家和艺术家代表了"特洛伊木马"。……

法则和界线的问题

内部斗争,特别是使得"纯艺术"和"资产阶级艺术"或"商业艺术"的维护者互相对立并导致前者拒绝给后者作家名分的内部斗争,不可避免地采取了"定义"这个词固有的冲突形式:每个人都想推行场中最有利于他的利益的局限性,或者也就是真正从属于场的条件定义(或赋予作家、艺术家或科学家身份的头衔),这个定义是证明他适得其所的生存的最佳方式。因此,当最"纯粹"、最严格和最狭隘的定义维护者认定某些艺术家(等)并不真正是艺术家,或不是真正的艺术家,并否认后者作为艺术家的存在,他们就是从自己作为"真正"艺术家的角度,想在场中推行作为场的合法视角的场的基本法则、观念与分类的原则(法则),这个原则决定了艺术场(等)非如此不可,也就是让艺术成为艺术的场所。

"纯"艺术家为反对习见而努力推行的这个"当成……看"(按照维特根斯坦的用语)不是别的东西,至少在这种情况下,恰恰是场非如此不可的基本视角,这个视角以这种名义,决定了进入场的权利:"谁也别进来",如果他没被赋予与场的基本视角协调或一致的视角;把艺术当成艺术的游戏靠反对习见和唯利是图者或贪财者,如果拒绝玩这个游戏,就是为了自己的利益把艺术的事业贬为金钱的事情(根据经济场的建立原则,"买卖就是买卖")。作家(等)的最严格和限制最多的定义,我们今天接受起来已是顺理成章了,它是一连串长长的排除和驱逐的产物,为的是以名副其实的作家的名义,否定所有可能以作家之名过活的人的生存,因为后者的职业名称定义更宽泛、更宽松。

文学(等)竞争的中心焦点是文学合法性的垄断,也就是说,尤其是权威话语权利的垄断,包括说谁被允许自称"作家"等,甚或说谁是作家和谁有权利说谁是作家;或者随便怎么说,就是生产者或产品的许可权的垄断。更确切地说,文化生产场相反两极的占据者之间的斗争目标都对准了垄断作家合法定义的推行,斗争围绕着自主和非自主之间的对立是可以理解的。随之而来的是,倘若文学(等)场是为作家(等)定义而斗争的场所是普遍真理,无论如何,没有作家的普遍定义,分析只会遇到与为作家的合法定义而进行的斗争状况相符的定义。

这就是说摆在所有专家面前的样本问题只能通过无知的任意仲裁解决,这些仲裁(有一切机会成为一种历史定义的无意识应用,尤其当涉及遥远的历史年代时,则变成了过时的定义)就是给可操作的定义取的名字:作家和艺术家概念的语义学含混同时是斗争的产物和条件,斗争的目的是推行定义。语义含混以这种方式,构成了需要阐释的现实本身。纸上谈兵或进行多少有些随意且在现实中不存在的争论,比如了解这个或那个觊觎作家(等)头衔的人是构成作家族类中的一员这个问题,就是忘记文化生产场是斗争的场所,这个场所通过占支配地位的作家定义的推行,力求规定有权参加为作家定义而斗争的人的范围。

关于团体范围和所属条件的斗争丝毫也不抽象:一切文化生产的现实和作家的观点本身,会仅仅由于全部对文学事务有发言权的人的增加,而发生彻底的改变。由此可见,任何力求比如在一个特定时刻确立作家或艺术家属性的调查研究,在开始的决定中都预定了其结果,通过开创性决定,调查研究确定了进行统计分析的人口范围。

> 要想走出圆圈,必须跟它相撞。调查研究本身要做的就是清查带有社会用途的固有而含混的现有定义,提供描述社会基础的手段:比如,通过按统计学方法分析不同的认可机构(学院、教育系统、上榜作者,等等)颁布的作家(出现在名单或光荣榜上)认可指数如何在书的生产者中(具有社会特征)进行分配,通过观察这些名单上的或排名榜上的和符合作家定义的作者本身在如此建构的空间中如何分布,我们最终可以确定,哪些因素影响不同形式的作家地位的获得,进而影响现有定义的内涵和外延。
>
> 但是我们也可通过建立一种导致作家体制的至尊过程的模式,借助文学圣殿在不同时期不同的名单中体现出来的不同形式的分析,打破圆圈,这些名单既体现在文献如手册、选集等等中,又体现在有纪念意义的东西如肖像、雕像、半身像或伟大人物的纪念章上(这令人想到弗朗西斯·哈斯克尔从德拉罗什的绘画中发现的一切,这幅画是1837年在美术学院的半圆形会场绘制的,表现了当时至尊艺术家的群体)。我们可以把不同的方法相结合,努力追寻形式和表现多种多样的至尊至圣的过程(纪念雕像或勋章的制作,街道名称的由来,纪念团体的创立,学术计划的引进,等等),观察不同作者评价的波动(通过他们的书或文章的曲线),得出重新恢复声誉

的斗争逻辑,等等。这项工作丝毫不涉及阐明有意或无意反复灌输的过程,这个过程使我们把制度化等级看作顺理成章的事情。

定义(或分类)的斗争的焦点就是(体裁或学科之间的,或同一体裁内部的生产模式之间的)界线,及由此而来的等级。确定界线、维护界线、控制进入,就是维护场中的既定秩序。事实上,生产者人口规模的扩大是主要中介之一,外部变化通过这些中介影响场内部的力量关系:大动荡发端于新来者的突现,他们仅借助自己的数量和社会质量的作用,带来产品生产和技术方面的革新,倾向于或在自诩在生产场中推行一种新的产品评价模式生产场就是自身固有的市场。

在一个场中发挥作用就是已经存在于其中了,即使是反抗或排斥的简单反应也是如此。随之而来的是,统治者很难抵御一切明确或潜在的重新定义进入权包含的威胁,这种重新定义,通过打击他们想驱逐的人,否定他们的存在。自由剧社实际存在于戏剧的次场中,自打它成为资产阶级戏剧的维护者——他们事实上加快了自由剧社获得承认的步伐——攻击的目标。这种情况的例子真是举不胜举,场的所有成员仿佛在荣誉的事情上和所有象征斗争中一样,都被迫在受到蔑视的打击和谴责或否定之间摇摆。蔑视倘若不被理解,就有表现为可鄙的虚弱或孱弱的危险,谴责或否定尽管存在,却包含着一种承认的形式。

一个场的最典型特征之一就是它的动态范围转化为一种合法界线的程度,动态范围的扩展同作用力量的范围一样遥远,合法界线受到明文规定的进入权的保护,比如拥有学术头衔,获得竞赛成功等等,或受到排斥和歧视措施的保护,比如旨在保证封闭的等级的法则。与加入游戏的高度系统化相伴而来的是明确的游戏规则和在这个规则上达成的最小一致的存在;相反,场的状态与系统化程度极弱一致,场中游戏的规则在游戏中起作用。文学或艺术场的特征与大学场的不同之处尤其表现在前者系统化程度很低。它们最有意义的一个属性就是它们界线的极端可渗透性和它们提供的职位以及与此同时碰到的合法性原则定义的多样性:对动因属性的分析证实了这个场既不要求与经济场继承程度相同的经济资本,也不要求与大学场继承程度相同的学术资本,甚或权力场的领域,比如政府高级职位。……

延伸阅读

1. 柏拉图《理想国》第十卷(诗人的罪状),商务印书馆,1986。
2. 列宁《党的组织与党的出版物》,见《列宁论文学与艺术》,人民文学出版社,1983。
3. 利维斯《文学与社会》,见张英进、于沛编《现当代西方文艺社会学探索》,海峡文艺出版社,1987。
4. 戈德曼《论小说的社会学》,中国社会科学出版社,1988。
5. 马尔库塞《作为现实形式的艺术》,见伍蠡甫、胡经之主编《西方文艺理论名著选编》下卷,北京大学出版社,1987。
6. 洛文塔尔《艺术与社会》,见张英进、于沛编《现当代西方文艺社会学探索》,海峡文艺出版社,1987。
7. 迪基《何为艺术》,见李普曼编《当代美学》,光明日报出版社,1986。
8. 鲍德里亚《象征交换和死亡》,见王逢振主编《2000年度新译西方文论选》,漓江出版社,2001。

问题与思考

1. 怎样看待文学与政治的关系?
2. 怎样看待文学与道德的关系?
3. 20世纪关于文学与社会的关系出现了哪些理论?

研究实践

1. 对于20世纪90年代以来市场经济条件下我国文学发展的现状有不同的估计,有人认为尽管出版繁荣了,但文学的市场正一步步被其他读物及音像制品所占据,文学面临萎缩与危机。也有人认为文学处境并不那么悲观,因为近年来我国每年仍然出版长篇小说约2000部,文学虽然不再占据文化甚至公共舆论的中心位置,但这主要是由于社会选择多元化了,文学仍然有它的读者群。试就目前市场经济条件下的文学发展现状与处境做一次讨论。

2. 俄国马克思主义者普列汉诺夫曾经提出过著名的表达经济基础与社会意识(文学为社会意识之一)关系的"五层楼"(或称"五项因素")公式:"如果我们想简短地说明一下马克思和恩格斯对于现在很有名的'基础'对同样

有名的'上层建筑'的关系的见解,那末我们就可以得到下面一些东西:(一)生产力的状况;(二)被生产力所制约的经济关系;(三)在一定的经济'基础'上生长起来的社会政治制度;(四)一部分由经济直接决定的,一部分由生长在经济上的全部社会政治制度所决定的人的心理;(五)反映这种心理特征的各种思想体系。"① 上述五因素可图表如下:

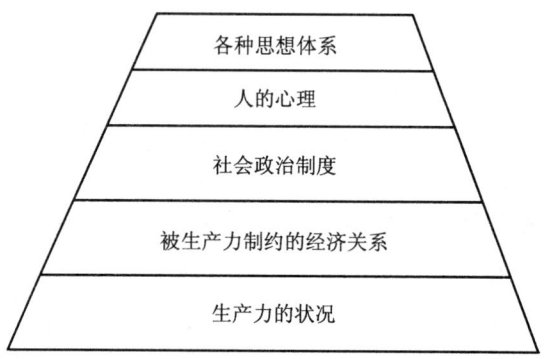

试分析该图表对我们认识文学与社会的关系有什么启示,它又有什么局限性。

---

① [俄]普列汉诺夫:《马克思主义的基本问题》,见《普列汉诺夫哲学著作选集》第三卷,曹葆华译,生活·读书·新知三联书店1984年版,第195页。

第十章 文学的现状与未来

导 论

2000年,美国著名文学批评家、解构批评的代表人物之一希利斯·米勒在北京参加名为"文学理论的未来"的学术研讨会,提出了语惊四座的论断"在特定的电信技术王国中整个的所谓文学的时代将不复存在"。① 接下来,米勒在2002年的著作《论文学:在行动中思考》(*On literature:Thinking in Action*,中译本名为《文学死了吗》)对此作了进一步思考,认为信息时代文学叙事依然秉有"文学性":"文学虽然末日将临,却是永恒的、普世的。它能经受一切历史变革和技术变革。"②具体而言,米勒定义中行将终结的文学,不过是受制于印刷媒介与西方中心主义意识形态的狭义文学,但文学作为人类符号系统中一种特殊的符号运作体系,却仍然凭借它创制虚拟现实的功能,对人类的行动和价值判断施加影响,这也即米勒定义中的文学性。③

米勒的观点有助于我们理解文学的现状与未来,重新思考文学与媒介的关系。美国学者尼尔·波兹曼(Neil Postman,1931—2003)认为,从印刷技术为主导的媒介到电视代表的图像媒介的更迭,直接导致思维模式和文化样态

---

① [美]米勒:《全球化时代文学研究还会继续存在吗?》,国荣译,见易晓明主编:《土著与数码冲浪者》,吉林人民出版社2011年版,第101页
② [美]希利斯·米勒:《文学死了吗》,秦立彦译,广西师范大学出版社2007年版,第7页。
③ [美]希利斯·米勒:《文学死了吗》,秦立彦译,广西师范大学出版社2007年版,第21页。

的转型,电视主导的话语模式与思维方式,开启了人们"娱乐至死"的消费文化时代。① 而致力于媒介叙事学研究的美国学者玛丽-劳尔·瑞安(Marie-Laura Ryan)、挪威学者埃斯本·亚瑟斯(Espen J. Aarseth,1965—)、芬兰学者莱恩·考斯基马(Raine Koskimaa,1968—)则从技术层面为考察文学的未来趋势提供了一种可能视角。与此同时,媒介叙事学的新进展又与哲学-社会科学领域包括伊哈布·哈桑(Ihab Hassan,1925—)、唐娜·哈拉维(Donna Haraway,1944—)、罗西·布拉伊多蒂(Rosi Braidotti,1954—)、N.凯瑟琳·海勒(N. Katherine Hayles,1943—)、卡里·沃尔夫(Cary Wolfe,1959—)等人为代表的后人文主义/后人类主义思潮(post-humanism)遥相呼应,分别从物质载体和社会意识形态两维,重新定义了人文主义/人本主义的文学样态。

毫无疑问,无论由"literature"的字面含义——"手写或印刷的文献",还是"美的艺术"的一个门类来定义文学都已经不够用了,数字桌面出版系统等新型文字处理终端的出现,极大地扩展了"泛文学""亚文学"的创作与阅读群体,为各种题材类型的写作提供了技术支持。纸质媒介急剧萎缩之时兴盛起来的"数字文学"(digital literature)与我们熟悉的网络文学处于何种关系?当先锋文学一轮又一轮的形式革新已然食而无味,如今的文学能否借新媒介之力开启文学之新风尚?其次,近二十年与科技比肩而行的后人类主义思潮似乎已占领了思想高地,标定文学意识形态价值的人文主义诉求与之如何展开斡旋?其三,当下五花八门的亚文化形态借新媒介的东风声势渐起,将同质的文化消费市场细分为诸多不同群体,这些亚文化圈子如何改写了文学的社会生态?值得注意的是,上述三个问题并非孤立存在于不同文学样态之中,而是交织共存于信息媒介时代文学生态场中的三个层面,分别回应了文学的媒介载体与形式结构,思想母题与社会意识形态,生产方式与技术基础。下面我们简要勾勒一下媒介时代的文学样态。

一、数字文学与"故事的变身"

1. 数字文学与超文本

先从文学媒介载体的更迭谈起。媒介变化在最直接的物质层面重新定

---

① [美]尼尔·波兹曼:《娱乐至死》,章艳译,中信出版社2015年版,第30页、第97—98页。

义了文学的叙事结构与形式。莱恩·考斯基马将数字化时代难以定型的杂糅文学形态称为"从封闭的、明晰的、静态的文本（一本小说、一本书）向不断变化和发展的阿米巴（变形虫）迈进的过程"。① 面对文学叙事变化了的情节结构、时空架构、审美形式，经典文学批评的术语范畴已经失效。新媒介文学批评家们，发明了一系列术语重新定义当下的文学与"文学性"，如"数字文学"（digital literature）、"超文本"（hypertext）、"赛博文本"（cybertext）、"遍历文学"（ergodic literature）、"互动叙事"（interactive narrative）、"本体互渗"（ontolepsis）等。莱恩·考斯基马参考了玛丽-劳尔·瑞安等人的媒介叙事学研究，主张以数字文学这一更具包容性的术语指称信息媒介时代的总体文学样态，其时间起点被大致界定为 20 世纪 80 年代，以数字桌面出版系统及文字处理器的普及为标志。

　　考斯基马界定了四种形态的数字文学。一、"印刷文学的数字化"，旨在文化资源的代际传承与平等共享，图书馆收录的各类文献数据库皆位居此列，它们的雏形是世界最早的电子图书馆古腾堡工程（Project Gutenberg）；二、"原创文学的数字出版"，简单地说，当下如火如荼的网络写作是数字出版的一种重要类型，它降低了写作与出版的门槛，扩大了业余写作群体，推动了各种亚文化书写与边缘写作；三、"应用由数字格式带来的新技术的文学创作"，超文本小说是其中的重要类型，虽然超文本在计算机领域自 20 世纪 50 年代末就投入使用，但第一部真正的超文本小说——迈克·乔伊斯（Michael Joyce）的《下午，一则故事》直至 1987 年才在美国计算机协会的第一届超文本会议（ACM Hypertext）上发表。美国作家史都尔·摩斯洛坡（Stuart Moulthrop）创作的《胜利花园》（1991）、雪莱·杰克逊的《拼缀姑娘》（1995）皆是超文本小说的代表，其显著的形式风格是情节序列上的多重路径与非时间性；四、"在互联网上才能实现其特性的超文本文学"。这一门类被专门列出，是为了与我们熟悉的网络写作相区分，这类超文本文学的特性无法依靠传统印刷媒介实现，而依赖能够瞬时更新的开放性网站。伴随数字技术的新进展，超文本文学全面借助声音、图像、视频剪辑等多媒体效果，在审美形式结

---

① ［芬兰］莱恩·考斯基马：《数字文学》，单小曦等译，广西师范大学出版社 2011 年版，第 30 页。

构上亦涌现出与数字媒介相适应的新特征。[①] 后两种类型的超文本文学是当代叙事媒介学分析的重点。

概言之,数字文学最本质的审美形式特征是超文本。超文本从20世纪50年代末至今的发展史,堪称物质技术与人文思潮展开跨学科互动的经典案例。超文本的应用最初局限在计算机领域,它是万维网的前身,旨在将不同空间的数据信息相互链接,以达成数据的瞬间检索与追踪。这一时期值得一提的两项计划是"超文本之父"范尼瓦·布什(Vannevar Bush,1890—1974)的联合写作装置——麦麦克斯储存器,以及道格拉斯·恩格尔巴特(Douglas Engelbart,1925—2013)旨在增强人类智力的NLS操作系统,今天的鼠标及电脑操作视窗系统(Windows)皆源于此。网络技术与文学世界在这一时期的首次碰撞发生在尼尔逊(Theodor H. Nelson,1937—)那里,他是数字文学的先行者,痴迷于文学与数据库的关联。尼尔逊构想了一项建构全球文本网络系统的"仙都"(Xanadu)计划。他认为"从本质上说,文学是文本间的相互征引",超文本应当视作"写作的最一般的形式"。[②] 瑞安指出,对尼尔逊而言,"这些链接不仅促进文件的检索,还通过在数据库中开辟联想性踪迹来促进创造性思维"。[③] 仙都计划因而能实现尼尔逊期待的"瞬时的写作"。尼尔逊极为欣赏弗拉基米尔·纳博科夫(Vladimir Nabokov,1899—1977)创作于1962年的实验小说《微暗的火》。这部小说由前言、诗歌、索引、脚注四部分组成,各部分皆处一种非线性的交互指涉关系之中;就整体结构而言,诗歌只占不到十分之一的篇幅,小说脚注约三分之一指涉诗歌正文,其余部分的脚注可自行拼凑出单独的故事线索。《微暗的火》文本片段的相互指涉形成了盘根错节的故事序列与时间线索,使得尼尔逊一度构想用它进行超文本小说的数据链接演示,后来因资金问题未果。现在的因特网早已取代了尼尔逊具有乌托邦色彩的仙都计划。但是尼尔逊关于超文本的定义影响很大,"非相续著述,即分叉的、允许读者做出选择、最好在交互屏幕上阅读的文本。正如通常所想象的那样,它是一个通过链接而关联起来的系列文本块体,那些链接

[①] [芬兰]莱恩·考斯基马:《数字文学》,单小曦等译,广西师范大学出版社2011年版,第24—27页。

[②] [芬兰]莱恩·考斯基马:《数字文学》,单小曦等译,广西师范大学出版社2011年版,第12、13页。

[③] [美]玛丽-劳尔·瑞安:《故事的变身》,张新军译,译林出版社2014年版,第173页。

为读者提供了不同的路径"。① 后来美国学者艾布拉姆斯与杰弗里·高尔特·哈珀姆(Geoffrey Galt Harpham,1946—)合编的《文学术语词典》的第十修订版里新增了"超文本"与"超媒体"的词条,转述了美国学者乔治·兰道(George P. Landow,1944—)在《超文本3.0:全球化世纪的批判理论与新媒体》(2006)中的定义:"超文本是指一种非顺序(不连续)的文本,通过在其内部嵌入对其他文本的许多链接和引用而获得;其结果,使得阅读超文本时会有一种非线性的、开放的、多变的体验。"②

可见,尼尔逊等人在数据技术领域的文本设想,既与同时期结构/后结构主义理论的代表人物罗兰·巴尔特、雅克·德里达等的思想不谋而合,亦和深受结构/后结构主义思想影响的文学先锋团体法国"潜在文学创造社"乌立波(Oulipo)的文本宣言遥相呼应。乌立波成员中不乏留名史册的文豪,众所周知的是伊塔洛·卡尔维诺、乔治·佩雷克等。乌立波成员们在文学形式上追求大胆创新,探索文本情节的非序列性与形式的视觉美感,这也使他们的作品被称为"原型超文本小说"(proto-hypertexts),成为后来数字技术意义上"真正"超文本小说的理论来源。

20世纪90年代至今,随着因特网的普及与媒介技术的更新换代,超文本不再是局限在实验性文学群体与知识精英群体中的概念,而化为媒介时代文学批评领域的常用词。文学理论奠基人之一的词典同时戏称自身也是"超文本",可见数字文学对当代文学生态不容小觑的影响。

2. 交互性与故事的变身

瑞安在《故事的变身》中将新媒介标志性的结构特征定义为"互动性"。瑞安指出,虽然数字媒介有潜能将交互指涉的超文本结构推演到极致,但标定数字媒介的"交互性"特征,实则与辅助故事讲述的叙事性处在对抗关系之中。她说:"我要强调的是调和叙事性与互动性之艰难,毕竟互动性乃数字环

---

① Ted Nelson, *Literary Machines*: *The report on, and of, Project Xanadu concerning word processing, electronic publishing, hypertext, thinker toys, tomorrow's intellectual revolution, and certain other topics including knowledge, education and freedom*, Sausalito: Mindful Press, 1981.p.35.

② [美]M.H.艾布拉姆斯、杰弗里·高尔特·哈珀姆:《文学术语词典》,吴松江等编译,北京大学出版社2014年版,第386页。

境最特有的属性。"① 瑞安指出,在数字化("电子文本性")所向披靡地征服了高文化与低文化之后,我们共同面对着这一现实文学生态:无论是面向少数受众群体的实验写作(超文本小说),还是试图吸纳文化多数的网文、游戏等文化产业,并不意外地陷入刻意"破坏"叙事、滥用叙事、简化叙事的境地。姑且不论数字文学依凭感官刺激获得的引人入胜的体验,在数字时代就各个方面而言讲一则好故事并非易事。瑞安对此并不悲观,她寄希望以叙事"治愈"媒介所患痼疾,主张合理平衡叙事性与数字媒介的"互动性"的张力,认为数字媒介时代更需要从理论高度上重构叙事学。瑞安主张探讨媒介的互动性如何重写叙事,她主张数字文学的潜能在于"让叙事意义的内在线性迁就互动模型"。② 具体而言,互动性的数字文学,要求作者(设计者)自上而下的指令设计与读者(用户)自下而上的信息输入,以恰当方式展开对接。这种情形下,作家(设计者)不仅要为读者(用户)准备好一则多岔路的故事,让他们通过恰当的参与方式赢得阅读整个故事的权限;与此同时,高级读者并不满足于单单获得一则设计好了的多线索故事,他们需要发挥自由意志的空间。瑞安指出,这在多用户参与游戏中体现得极为明显,游戏设计者除了要设计开放性的多线索故事供玩家探索,还要为那些读故事的高手保留一些文本破绽(bug),很多玩家就专门以寻找游戏文本中的破绽作为阅读之乐。③

考斯基马发明了"本体互渗"这一术语,以定义数字文学的超文本结构具有的标志性审美特点。简单地说,本体互渗指的是小说文本的三重世界("文本的现实世界"、"可供选择的文本的可能世界"、"文本的指涉世界")之间的交叉影响。考斯基马指出,这三重世界实为所有小说共享的本体论,以此形成文本世界与叙事的层级架构。④ "文本的现实世界"可谓文本的小宇宙中心,主导着叙事的层级结构和故事发展线索;诸如梦境、被嵌套进小说的子故事等,便是围绕"文本的现实世界"并与之同时存在的"可供选择的文本的可能世界";而"文本的指涉世界",是凭借作者私人化的视角与叙事技巧塑造的虚拟现实世界,它与生活世界处于可辨识的部分重合状态。值得注意的是,

---

① [美]玛丽-劳尔·瑞安:《故事的变身》,张新军译,译林出版社2014年版,第24页。
② [美]玛丽-劳尔·瑞安:《故事的变身》,张新军译,译林出版社2014年版,第24页。
③ [美]玛丽-劳尔·瑞安:《故事的变身》,张新军译,译林出版社2014年版,第169页。
④ [芬兰]莱恩·考斯基马:《数字文学》,单小曦等译,广西师范大学出版社2011年版,第84、85页。

对传统形态的小说而言,这三重世界之间有着相对分明的界限,小说人物的越界不过是有悖常规的行为,故事终将恢复层级秩序的稳定;与之相对的,在超文本小说那里,这三重世界的交叉冲突与混淆乱入,反倒是叙事表意结构不可或缺的。① 这使得超文本小说的读者更像在多路径的迷宫中逡巡往返的探险家,小说必须具备的主导线性叙事只是诸多可能之一种,读者完全可以不循此法,取道幽深小径。

总体观之,尽管数字文学研究者们青睐媒介新变,寄寓媒介开启文学新风尚的潜能。但在讲述新媒介与文学变身的故事时,他们仍然不约而同地为数字文学的"变身游戏"设定了最终规则:文学叙事被要求维系、坚守虚拟现实与生活世界之间的界限。考斯基马认为数字文学唤起了多维度的感官体验,有助于促成虚拟现实与生活世界的一种"新的共生关系":"超文本小说的视觉化和空间化不意味着它融入了虚拟现实——文本会与视觉信息一起并在一种新的共生关系中维系它的位置。"②在这一维度上,瑞安寄予叙事"治愈"媒介痼疾的厚望,在代表作《故事的变身》末尾,她明确指出,数字文学的越界游戏,必须恪守这一信念:"我们栖居在一个唯一'真实'存在的世界里,因为这个世界是我们肉身栖居的世界。"③这说明,社会意识形态诉求依然或隐或显地贯穿在当下数字文学的结构分析中。

二、后人类主义思潮与科幻母题

1. 后人类主义

1976年在威斯康辛大学举办的"后现代操演"国际研讨会上,文化理论家伊哈布·哈桑(Ihab Hassan,1925—)以《作为行动者的普罗米修斯:走向后人类文化》为题做了主旨发言,提出了"后人类主义"宣言:"人类形态,包括人类的欲望及各种外部表现,可能正在发生巨变,因此必须重新审视。五百年的人文主义传统可能走到了尽头,人文主义蜕变成了一种我们不得不称为

---

① [芬兰]莱恩·考斯基马:《数字文学》,单小曦等译,广西师范大学出版社2011年版,第101页。
② [芬兰]莱恩·考斯基马:《数字文学》,单小曦等译,广西师范大学出版社2011年版,第214页。
③ [美]玛丽-劳尔·瑞安:《故事的变身》,张新军译,译林出版社2014年版,第280、281页。

后人类主义的东西。"①哈桑以普罗米修斯的文化作为比喻,佐证后人类主义其来有自。盗火的普罗米修斯偏爱人类,为人类带去技术的福音,人因此脱离蒙昧,懂得如何使用实用技术战胜自然,似乎获得了高踞万物之上的技能,但也因此走上了一去不复回的"异化"道路。五幕剧由八种不同体裁的文本片段穿插交织而成,这些文本包括:担当旁白作用的"前文本"(pretext)、描述普罗米修斯故事的"神话文本"(mythotext)、承担当代视角下文化评论功能的主"文本"、援经据典形成互文本的"异质性文本"(heterotext)、交代历史背景的"语境"(context)及嵌套在文本内履行评论功能的"元文本"(metatext)等。②

在这一神话虚构、理论哲思与现实判断交织共存的奇特发言中,哈桑梳理出后人类主义思潮的大致脉络。在他的视角下,后人类主义滥觞于文明源头处普罗米修斯神话所寄寓的人与技术的永恒纠葛,潜滋暗长于后结构主义的理论温床中,孕生于20世纪宇宙科学、生物技术与计算机科学的巨大进展中,浮现于当代科幻小说预言般的场景里。哈桑采用的剧本展演形态,使后人类主义在理论界甫一出场,就处在多声部的文学样式营造的众声喧哗状态。这一方面启发后来者们关注文学叙事特有的复调性、异质性,聚焦文学独有的社会意识形态功用;另一方面,哈桑也为后人类主义设定了最宽泛的共享论题,即在人与技术"相爱相杀"的纠葛历程中,重新界定人的主体性及其诉求。哈桑勾勒出后人类主义的一体两面:"它是不断复现的人类自我憎恨的另一个形象。但是,后人类主义也暗示着我们文化中的某种潜力。"③

在哈桑之后,研究者们受到两个方面的启发,拓展了后人类主义的研究进路。其一,科学技术领域的新突破,诸如信息科技、脑认知科学、人工智能、生物遗传技术等领域的跨越式发展,使得人文学科同时呈现出一种拓展主体性的诉求和视野,主体性的外延被扩展到动物、数据、机械等。意大利学者布拉依多蒂在著作《后人类》(2013)中,如此概括学者们就当下后人类状况达成

---

① Ihab Hassan, "Prometheus as Performer. Toward a Posthumanist Culture", *The Georgia Review*, Vol.31, No.4 (Winter 1977), p.843.
② Ihab Hassan, "Prometheus as Performer. Toward a Posthumanist Culture", *The Georgia Review*, Vol.31, No.4 (Winter 1977), p.831.
③ Ihab Hassan, "Prometheus as Performer. Toward a Posthumanist Culture", *The Georgia Review*, Vol.31, No.4 (Winter 1977), p.843.

的最低共识:"当代科学和生物技术影响了生物的纤维和结构,并改变了我们对于什么才是今天人类基本参照系的理解。"进而,人和其他物种之间共同形成了一种"消极的统一和相互依赖关系"。① 这一脉络试图回应的理论资源包括:20世纪40年代以来阶段式发展的控制论(cybernetics)的三波浪潮,80年代中期由社会学家布鲁诺·拉图尔(Bruno latour,1947——)提出的"行动者-网络理论"(actor-network theory),及大数据时代被人们奉为"社会常识"的数据主义。

其二,20世纪五六十年代兴起的后结构主义、后殖民主义、女性主义思潮,深刻地影响了那些主导20世纪80年代以来后人类主义理论争锋的批评家们,如海勒、哈拉维、沃尔夫、布拉依多蒂等人。在众多新思潮的交汇中,这一批后人类主义学者既将后人类境况视为一种挑战,又把它当作颠覆逻各斯中心主义的契机。哈拉维在《赛博格宣言》中挪用、改造了"赛博格"(Cyborg)一词。赛博格最初是指宇航员为了适应不适合人类生存的太空环境,必须通过生物药剂和机械装置将自身改造成"cybernetic organism"("控制论有机体"),后来赛博格泛指被生物、医学、信息技术等拓展了运作机能的生物有机体。而哈拉维则将赛博格社会化,在她看来,模糊了人、机械、动物诸主体界限的赛博格,提供了拆解人本主义主体框架的契机,一整套寄生在人本主义话语中的关涉阶级、种族、性别的压迫性强势话语有机会被重写。有鉴于此,哈拉维指出,"我们的时代成为一种神话的时代",并如是呼吁:"我们都是赛博格。赛博格就是我们的本体(ontology),它把我们的政治给予我们。"②赛博格喻指的后人类状况,据此亦被视作一种联合起一切力量以打破旧秩序的政治虚构。

总体而言,后人类主义理论试图回应科技引发的主体性界定的危机。如果人所执行的生物算法与机械所执行的数据算法最终能够以数学的方式进行通约,那么人文科学的研究者就不得不在下述两极之间权衡抉择:是欢欣鼓舞地迎接新世纪由信息和生物科技造就的"超人类/跨越人"(transhuman),还是

---

① [意]罗西·布拉依多蒂:《后人类》,宋根成译,河南大学出版社2016年版,第57页。
② [美]唐娜·哈拉维:《赛博格宣言:20世纪80年代的科学、技术以及社会主义女性主义》,陈静译,见唐娜·哈拉维:《类人猿、赛博格和女人:自然的重塑》,河南大学出版社2012年版,第206页。

固守人这一特定物种的局限性——脆弱的情感回应方式与有限的肉身——并将之视为人性本身。

2. 科幻母题

科技领域的最新突破,不可避免地塑造了我们迈向后人类境况的社会意识形态"元叙事"(meta-narrative):2017年人工智能的代表阿尔法元(AlphaGo Zero)不再采用阿尔法狗(AlphaGo)与人类对弈学习围棋的方式,而是从零开始自学习围棋,仅凭短暂时间的数据算法自学习,阿尔法元以人类完全无法理解的围棋布局,100比0全胜阿尔法狗,人类对弈时所谓的棋势、棋风、大局观等讲法,在这里变得极为苍白;2017年五月,微软发布了人类史上第一本由机器人写的诗集,这本诗集的作者就是微软小冰。微软的工程师介绍,微软小冰用100多个小时学习了从1920年以来的519位诗人的作品,写出了这些诗。2018年"全球首例免疫艾滋病基因编辑婴儿"问世,消息一出,举世哗然,科学界一致谴责该项研究无视伦理争议与技术局限,对无先天缺陷的人类基因组进行了既无医学必要又无安全保障的编辑,而公众对此显现出更加强烈的担忧,生怕那些科幻文学中的梦魇,譬如阶级分化被扩大并固化为物种分化,基因改造诞生的"非人",乃至克隆人大军,明天就会从实验室走上街头;2019年世界顶级科学期刊《自然》发表论文,宣布人类记录到了15亿光年外的深空中神秘的"重复快速射电暴"(repeating fast radio burst),天文学界对其成因有多种猜想,其中之一便是"它是源自外星文明的信息",消息传到中国,网民们却不期待电影《E.T.》中温暖人心的"第三类接触",而是谨记科幻作家刘慈欣的"黑暗森林法则",重复着《三体》中使人毛骨悚然的名句,"不要回答!不要回答!不要回答!"正如詹姆逊所说的,"科幻小说一般被理解为试图想象不可想象的未来。但它最深层的主体实际上是我们自己的历史性当下。"①

秉承哈桑教诲的后人类主义学者意识到,为了有效回应后人类境况所塑造的意识形态元叙事,文学的意识形态功能亟待重估。在这一挑战与机遇并存的文化转折点上,文学叙事表达了诸多时代迷思、希望、焦虑与恐慌,以其特有的复调性承载了社会意识形态的断裂与冲突、矛盾与悖谬。海勒在她的代表作《我们何以成为后人类:文学、信息科学和控制论中的虚拟身体》中

---

① [美]詹姆逊:《未来考古学》,吴静译,译林出版社2014年版,第455页。

呼吁文学批评家抓住这一契机介入,自觉调动叙事资源反思、质疑和抵制诸多意识形态元叙事。① 当下数据主义的核心信仰:人向"去具身化"(disembodiment)的后人类转变,在海勒看来就是这些元叙事中的一个代表。数据信息在人的身体与电子部件之间穿行无碍,这意味着数据算法拥有与肉身的直觉、体验等同甚至更高的地位,在此意义上讲,它甚至比人更了解人自身。以色列学者尤瓦尔·赫拉利(Yuval Noah Harari,1976—)在《人类简史》中指出:"数据主义认为,宇宙由数据流组成,任何现象或实体的价值就在于对数据处理的贡献。"② 美国著名机器人研究专家汉斯·莫拉维克(Hans Moravec,1948—)做过一个怪梦,海勒将它引为当下数据主义元叙事的投影:某种高科技能将人的心智下载到计算机里存储,也就是说将人的心智化为数据。这种设想在科幻作品里司空见惯,电影《攻壳机动队》(Ghost in the Shell)就精妙运用了这一设定。然而在海勒看来,这却近乎噩梦,其可怖之处在于,即使如莫拉维克这般极富学识与教养的学者,也不免沉醉于身心二分的数据主义的迷梦,足可见它在当代的支配力。

为了恰当地评估在当下意识形态话语中占据支配地位的后人类元叙事,海勒尝试将文学叙事拉回理论的前台。她如此界定文学叙事在后人类境况中的可能功效:"叙事是一种更加具身化(embodiment)的话语形式,而不是分析性的理论系统。将无形信息的技术决定论、电子人和后人类转入关于发生在特定时间地点和人物之间的谈判的叙事。"对海勒而言,在面对诸多技术范式变革引发的思想冲突与论争之时,文学文本的功用并不止步于赋予科技理念、发明创作以文化意蕴,而是将之情境化,文学文本独有的意识形态功用借此得以发挥;具体到对后人类元叙事的回应上,文学文本的情境化意味着对信息与其载体愈演愈烈的分离化趋势的抵制。海勒认为此中关键在于重新唤回人的肉身性在当下理论话语争锋中的位置。③

海勒分析了科幻文学作家菲利普·K.迪克(Philip.K.Dick,1928—1982)的小说《机器人会梦见电子羊吗?》(后被改编为电影《银翼杀手》)中关于移情

---

① [美]凯瑟琳·海勒:《我们何以成为后人类:文学、信息科学和控制论中的虚拟身体》,刘宇清译,北京大学出版社2017年版,第29页。
② [以色列]尤瓦尔·赫拉利:《人类简史》,林俊宏译,中信出版社2014年版,第333页。
③ 参见[美]凯瑟琳·海勒:《我们何以成为后人类:文学、信息科学和控制论中的虚拟身体》,刘宇清译,北京大学出版社2017年版,第29、30页,第7页。

测试的经典桥段，以说明文学叙事的情境化何以使得主体界定问题变得可疑。移情测试由一系列关涉动物与人的情景性试题构成，以被测试者的生理反应判断其产生情感共鸣与移情的能力，未通过测试者即为电子复制人。海勒认为，小说中人与非人的界定，关乎所谓"内与外"的主体边界争端："努力主张作为一个实体所享有特权的'外部'位置——在定义自身目标的同时，强迫自己的对手接受'内部'位置。"[1]小说中电子复制人被视作没有独立主体地位的人的创造物，必须被剥夺人的情感、意识和生育能力，只能在人创生的系统中占据一个"内部"位置；当一个具有人类情感和生育能力的复制人打破了这种界限之时，内与外的界限旋即紊乱，"银翼杀手"这种内—外界限的维持者应运而生，负责清除界限的扰乱者。海勒指出，这类科幻叙事围绕主体的界定而展开的机器与人的纠缠，在两个层面对我们当下的困顿局面有所启发，一是反思警惕科技进步主义引发的所谓"超人类主义"（transhumanism）设想，这一设想可谓是人类中心主义的极致，幻想通过信息科技与生物遗传技术将人的主体性拓展到极限；二是当机器被证明能产生另一种人类无法理解的意识、情感之时，人该如何对待机器的主体性，人的独特性又该如何界定？在主体界限愈发游移不定的情形下，文学文本的叙事阐释给后人类境况的启发，在于诱导我们"以具身化的现实而非无形的信息为基础"，反思人的肉身在信息化数据化过程中遭受的侵蚀，避免在后人类境况下依然盲目自大地坚持人类中心主义。[2]

概言之，文学文本以具体而微的方式提供了"后人类主义"时代的一个剖面，科幻母题为当下范式性的技术变革提供了情境化的话语场，帮助我们反思数据主义等元话语所塑造的后人类转变。人类以"爱"无往不利地化解超级计算机与生化危机带来的灭顶之灾，这种俗套的科幻剧情，在后人类主义的研究者看来，却有严肃的社会象征意义。科幻是人们面对现实的灰暗与残破，想象可能的未来时那种焦虑与希望并存的心态的投影。在后人类境况的元叙事中，不能完全被还原为数据算法的东西，似乎只剩下作为"脆弱"而存

---

[1] ［美］凯瑟琳·海勒：《我们何以成为后人类：文学、信息科学和控制论中的虚拟身体》，刘宇清译，北京大学出版社2017年版，第212页。

[2] 参见［美］凯瑟琳·海勒：《我们何以成为后人类：文学、信息科学和控制论中的虚拟身体》，刘宇清译，北京大学出版社2017年版，第388、394页。

在的情感、直觉等人类肉身性的标识,而在当下后人类主义的理论争锋中,它们却被视为可与数据主义争夺话语霸权的强有力的语言。

三、作为"世界文学"与"文化工业"的文学生产

1."世界文学"时代的到来

激进的文学实验和新锐的文学理论冲击着文学的边界和常识,昭示出超乎想象的开放性的"文学的未来"。然而,在所有这些激动人心的可能性之前,所谓判读未来文学的趋势,首先意味着对于今日文学之特征的极致化。那些时下正在以巨量被生产着、以巨量被传播着、以巨量被消费着的文学,构成了在未来文学中任何可能上演的剧变的直接的、真实的背景。马克思主义文论所贡献的两个概念:1848年马克思在《共产党宣言》中提出的"世界文学"(*Weltliteratur*),1944年阿多诺(Theodor Adorno,1903—1969)在《启蒙辩证法》中提出的"文化工业"(*Kulturindustrie*),以一种跨越时代的方式提示给我们答案。

"资产阶级,由于开拓了世界市场,使一切国家的生产和消费都成为世界性的了。……这些工业所加工的,已经不是本地的原料,而是来自极其遥远的地区的原料;它们的产品不仅供本国消费,而且同时供世界各地消费。旧的、靠本国产品来满足的需要,被新的、要靠极其遥远的国家和地带的产品来满足的需要所代替了。过去那种地方的和民族的自给自足和闭关自守状态,被各民族的各方面的互相往来和各方面的互相依赖所代替了。物质的生产是如此,精神的生产也是如此。各民族的精神产品成了公共的财产。民族的片面性和局限性日益成为不可能,于是由许多种民族的和地方的文学形成了一种世界的文学。"① 这就是马克思关于世界文学之形成的原初论断。值得注意的是,这里的"文学"含义非常广泛,涵括科学、艺术、哲学、政治等方面的著作。显然,我们至今仍生活在对于马克思所界定的世界文学的直接经验中,这种经验的长久有效对应着世界文学的具体形态在时代中的变迁。这首先意味着西方工业民族占据进化论与历史目的论的话语,由此定义出落后的他者,譬如"东方主义"。在两次世界大战之间,经典意义的文化工业终于形成,

---

① 参见[德]马克思、恩格斯:《共产党宣言》,见《马克思恩格斯选集》第1卷,人民出版社1972年版,第254—255页。

并支配起西方文明的精神生产。二战后，世界文学又显示出后殖民语境下"中心—边缘"的张力：中心以军事、工业与传媒的霸权，宰制全球主流文化；边缘浸泡于中心文化的同时，寻机建构自身与之对抗的主体性话语。但这为边缘带来的真实结果未必是新的主体地位，反而可能使之沦于人造景观或珍稀物种般的境地，作为虚假的异质性被发明和保育，供中心消费，并反证中心的主体地位。

今天，极度扩张的世界文学表现于以下事实：第一，每时每刻都有巨量"文学"在全球范围内被生产、传播和消费；第二，在这巨量的文学当中，一部分是作为商品被工业化生产的，更大部分是作为公开的信息被自发生产的，然而它们都遵循文化工业的图式，并共处于一个更大的生产过程；第三，今天的文化工业所演绎的世界文学生产，建立在互联网与自媒体（social media）的新条件下，并通过大数据、市场细分（market segmentation）、亚文化圈（subcultures）等环节的中介而实现。这种精神生产在量上的巨大与在质上的贫乏都达到了空前的高度，人们从未如今天这般直观地理解阿多诺对文化工业的定义：大众欺骗（mass deception）；然而与此同时，相同的生产条件与环节也促成了颇具专业素质的可公共编辑数据库或网络百科全书、问答平台、学术网站等。这种精神生产在内容和数量上的丰富同样空前，人们从未如当下这般便利地占有全人类的精神财富。

在今日巨量的文学当中，被自发生产的公开信息占据了最大比重，在电子公告板（BBS）、论坛、贴吧、博客（blog）、社交网络、公众号等平台上，这些文学作为新闻、言论、诗歌、故事、段子、弹幕等等，每时每刻以巨量被生产出来，引出重重叠叠、难以尽述的新症候：互联网与自媒体扭曲了中心—边缘的界限，也隐去了文本生产—传播—消费之间的界限。符号和观念按照流行病学规律在"地球村"中爆发、蔓延、消退。实时滚动的热搜榜单终于印证了艺术家安迪·沃霍尔（Andy Warhol, 1928—1987）1968年的预言——"在未来，每个人都能驰名世界15分钟"。一切差异似乎都可能得到极致呈现，然而这些差异内部却高度同质，正如网民们人格分裂似的变更虚拟身份（匿名账号和"人设"），又如强迫症般重复缺乏理智的意见。然而在同一个互联网中，我们保存着直通几乎一切既往人类精神财富的途径，每时每刻都有大量新的知识和经验被录入。巨量的文学永远激起人类在这个虚拟空间里的窥探心和求知欲，至于这些欲望最终通过何种方式得到延宕和满足，以何种文学进行疏泄与填补,无法做出定论。但是,对于生产方式的分析,能够为我们指出这种文学生产已然或潜在面临的危险。为此,我们必须重新解读文化工业的概念。

2. 从"文化工业"到"文化产业"?

文化工业原本用于定义广播、电影、轻音乐等面向大众的精神生产。在今天,面对极端多样的精神产品类型,这一概念仍富有解释力。阿多诺指出,大众文化与文学遵循商业消费主义意识形态,是按照交换原则批量生产的商品,具有标准化、齐一化的特征。文化消费者的需求被同质化的文化工业预先地规定了,个体的审美追求处于受操纵的状态,"与其说是源自事实,不如说是因应对于消费者的分类、组织和掌握的需求","以不同的性质层级的产品供应阅听大众,只是更彻底地量化那层级而已"。① 这里且不说中国20世纪90年代以来各地轰轰烈烈进行的"文化搭台,经济唱戏",《印象·刘三姐》《宋城千古情》《东京梦华》《六祖大典》等的实景演出,文化工业俨然变成了"文化产业"。阿多诺更想象不到今日这种程度的量化区分:大数据、市场细分、亚文化圈三者首尾相接,形成生产流程上的闭环,通过这个结构,每种审美品位、旨趣,乃至任何一个迷因(meme)、一个"哏"(neta),都可能一时催发"文学"无数,乃至衍生出众多亚文化消费市场,圈足眼球、流量与金钱。

今日状况与经典的文化工业的关键区别在于,互联网与自媒体对文学生产—传播—消费之间界限的消隐,仿佛消除了大资本控制下的工业化、集中化的精神生产。当作者将他的随想写在日记本上,它并不作为公开信息存在;一旦作者将它放到互联网与自媒体的平台上,它就如同被即刻出版了,对无数读者公开。此时,平台(platform)将它生成为一种公开的精神产品。确切地讲,作者充当了平台的"工人";作为"智识无产者"(intellectual proletarian)从事精神生产;平台则成为一座挣脱了厂区围墙与工时制度的"弥散工厂"(diffuse factory)。② 而作者、精神生产者同时又是读者、精神消费者,看博客,刷帖子,带动信息流量;平台是一个广场,只是人们在此并非扮演现实生活中的市民身份,而是作为网民,以虚拟身份围聚于各自的亚文化圈。

---

① [德]霍克海默、阿多诺:《启蒙的辩证》,林宏涛译,台北商周出版社2008年版,第159页。
② 关于"智识无产者""弥散工厂",参见 Lazzarato M. Immaterial Labor[M], *Radical Thought in Italy: A Potential Politics*, Virno P, Hardt M, eds. Minneapolis: University of Minnesota Press, 1996. pp.135,136.

20世纪90年代,意大利哲学家拉扎拉托(Maurizio Lazzarato)指出,受资本支配的"非物质劳动"(immature labor)精神生产符合以下"审美模型"(aesthetic model):"'作者'必须失去其个人维度,并转变为工业组织的生产过程(包括劳动分工、投资、订购等);'再生产'成为按营利指令组织的大量复制;而受众('收效')往往成为消费者/传播者。在智识活动经济内的这一社会化与吸纳的过程中,'意识形态'产品往往以商品形式呈现。"① 然而令早期论者始料未及的是,随着互联网与自媒体的高度发达,精神产品被进一步公共产品化,平台甚至无须指望产品本身带来利润:高流量会吸引广告投放,带来可观收益,最终引得大资本注入,平台在商业上的跨越即告完成。当然,由资本主导的精神生产不会因此被消灭,反而会被强化,这个过程也变得更为复杂。有学者提出了"创意产业"的概念,倡导"创造性的艺术家和企业家之间的联合"。②21世纪初以来,上海大学等多个高校陆续开设了"创意写作"课,后来又招收创意写作硕士甚至博士。这就把写作与训练、体制化的培养结合在一起。

就像弗拉基米尔·普罗普发现,规定俄国传统民间故事的,不只是几个母题,而首先是它的叙事结构那样,规定今日的世界文学的,不只是令人眼花缭乱的媒介与题材,而首先是当代文化工业的生产方式,是大数据、市场细分、亚文化圈等一系列新机制、新中介的连锁。"智识无产者"去中心化的文本生产与消费,堆积起巨量的文学,几乎每天都能引发集体无意识的狂欢:人类从未如今天这般直观地体验到,自我表达的自由和便利竟同意识形态客体对人的质询和占据具有如此一致的步调。不可胜数的亚文化圈将与之相对的主流文化概念掩盖和包装起来,极端对立的符码之下,埋藏着高度一致的观念与图式。经典的文化工业并未因此消失,而是加入到更大规模的文学生产链条中,变得无往不利。在资本面前,文学脱离了内容而成为质料:大数据。凭借大数据分析,市场细分的文学商品被精准定位于亚文化消费群体。文化工业不再依赖于专业作家的原创,转而收买亚文化圈内脱颖而出的大流量"IP"(这个词已经脱出了原本"知识财产/intellectual property"的含义,成

---

① M. Lazzarato, "Immaterial Labor", *Radical Thought in Italy: A Potential Politics*, Virno P, Hardt M, eds. Minneapolis: University of Minnesota Press, 1996. p.143.
② [英]贾斯汀·奥康诺:《艺术与创意产业》,王斌等译,中央编译出版社2013年版,第142页。

为"迷因"的同义词),并施以预设目标消费群体的、公式化的改编。文学因而失去了内容的自律,取而代之的是纯形式的自律:它具有彻底的工业自动化的、编程般的形式。对此,阿多诺曾不无讽刺地说:"德国观念论的美学原理,'无目的的合目的性'(*Zweckmäßigkeit ohne Zweck*),反转了中产阶级艺术在社会层次上所服从的结构:市场所宣告的'为了各种目的的无目的性'(*Zwecklosigkeit für Zwecke*)。而在娱乐和消遣的要求下,目的终于把无目的性消耗殆尽。"[①]如果说今天的文化工业的优秀作品,正是要让目标读者的感官紧随它的形式自律性而动,那么我们应不难得出这般结论:这种"文学"的典范是那些代码流畅、界面友好、目标客户明确的应用软件(app)。时下风头正健的 AI 写作已经实现对联、古诗词,乃至能通过专业期刊审查的学术论文的自动生成,今日文学的形式自律与无精神性,在此达到最极端的体现。这使人不禁感叹:执行这种文学生产的写作 AI 本身,正是人类今日至高的文学成就,它的开发者就是人类今日最伟大的作家。

通过扩大了的文化工业所揭示出的今日文学生产的主要矛盾,我们终于能够对亚文化圈中花样繁多的文学题材真正有所认识。蓬勃发展的文化工业可以制造无数文学题材和迷因,较真的研究者也可以面对层出不穷的"穿越""宫斗""玄幻""耽美"等等文学,无休止地归纳和批评下去。沉浸在这些文学的构境中,读者永远能够从中解码出对于现实的某种戏仿、影射乃至对抗,这被视为这些文学之具有思想性的依据;而凭借理论训练所塑造的独特感官,研究者还能比一般受众多得到一层被撩拨的感觉:当他看到某种网络官能文学(所谓"爽文")时,他不仅被撩拨了那种由网文写手计划好的欲望(肉欲、杀戮欲、征服感、优越感等),还被撩拨了由学术"真理体制"(truth regime)所规定的欲望(归纳、批评等)。然而这并不会改变什么。我们知道,许多民族在不同历史时期都有自己的官能文学,也都描写过男性之间的情爱,但它们不构成时下耽美文学的真正源头。耽美文学,直到与其他题材的官能文学、小众文艺、网文写作一样,成为文化工业在市场细分下的一类产品,源源不断地再生产于腐女/腐男(*fujoshi/fudanshi*)的亚文化圈时,它才"上升"为一种"独立的"文学,而非依附在其他文学内部的男性间情爱描写。事实上,各种奇情异致、套路桥段、"粉丝福利"(fan service)在同类作品间是可置

---

① [德]霍克海默、阿多诺:《启蒙的辩证》,林宏涛译,台北商周出版社 2008 年版,第 200 页。

换的；各类题材、迷因在亚文化圈际的文学生产中是可置换的；文学传播的媒介、载体在文化工业的商品生产中也是可置换的。可置换性本身就是今日以巨量被生产的文学的首要特征。因而这种文学可以缩减到"句型"的程度，中文网络上一度流行、现已过气的"咆哮体"、"丽华体"、"《舌尖》体"，以及各种日渐溢出"二次元"亚文化圈的"黑话"，都可视为其实例，习见于各类新媒体平台，并且越发频繁地被主流媒体、正统话语纳为流行装饰。

由互联网、自媒体、大数据、市场细分、亚文化圈等生产条件与环节所共同构成的文学生产方式，规定了今日"世界文学—文化工业"的结构：它仿佛是"稳定的"，实则充满危机。奥地利经济学家熊彼特（Joseph Schumpeter, 1883—1950）和美国地理学家大卫·哈维（David Harvey, 1935—   ）所说的资本主义生产的"创造性破坏"（creative destruction），对于文学，这一指向人类灵魂的领域而言，同样完全适用。那么，对于"文学的未来"，最终的"拯救"会出现吗，将如何出现？我们不得而知，拭目以待。

本部分节选了四篇文章。哈拉维《赛博格的宣言》所说的"赛博格"（Cyborg）由"控制论"（cybernetics）与"有机体"（organism）两词的词首字组合而成，表示人与动物、生物体与机器、物质与非物质、自然与虚构的界限的超越；考斯基马《数字文学》提出了数字文学的概念；大卫·丹穆若什《从旧世界到全世界》重新界定世界文学，把世界文学看作文学流通和阅读的方式；凯瑟琳·海勒《虚拟性的符号学：描摹后人类》认为后人类标志着人本主义主体中的自我与意识的同一性的彻底改变，并建构了一个虚拟性的符号矩阵。

选 文

赛博格的宣言（节选）

[美] 哈拉维

导言——

本文节选自《类人猿、赛博格和女人：自然的重塑》（河南大学出版社2012年版）第八章《赛博格的宣言：20世纪晚期的科学、技术和社会主义—女权主义》,陈静译。

作者唐娜·哈拉维(Donna Haraway,1944—),生于美国丹佛市,1972年于耶鲁大学获得生物学博士学位,先后任教于夏威夷大学、加州大学圣克鲁兹分校,从事妇女研究和意识史研究,著有《灵长类视觉:现代科学世界中的性别、种族和自然》等,是当代著名跨学科学者。

赛博格(cyborg)是控制论的生物体(cybernetic organism),是机器与生物体的混合,既是虚构之物,也存在于社会现实。赛博格出现在这样一个时代,其中人与动物的界限、生物体与机器的界限、物质与非物质、自然与虚构的界限被打破了。作者认为,我们的时代充满了赛博格,赛博格是我们的本体论。赛博格是打破界限的结果,关涉着被僭越的界线,同时隐喻着有效的异质融合及解放的另一种可能性。赛博格宣言从这一新的角度重新审视了马克思主义、后殖民主义及女权主义等,为激进话语寻找新的认识论策略以及新的联合与抵抗的可能性。赛博格意象反对这些总体化理论,它们依赖于寻求原初统一神话,这种认识论策略是无效的,无法包容大部分现实,并且削弱了其立场与主张。而这个时代又是无比迫切地需要进行政治联合以有效地对抗"种族"、"性别"、"性征"以及"阶级"的支配。组织联合的有效策略是赛博格。赛博格是对于二元论的抵抗和僭越,是一种异端和异质语言,反对编织共同语言之梦。赛博格女权主义者不再需要自然的统一范型,不再需要建构受害者身份,而是要从科学技术的社会关系造就的有效而忌讳的融合中获得快感。赛博格意象对科学技术的社会关系负责,重构日常生活的界线,打破边界,期待新的异质联合,正如作者所说,我宁愿是赛博格而不是女神。作者从跨学科视角灵活吸收和转化了多种理论话语,提出了赛博格思想,赛博格思想为当代激进话语提供了新的认识论策略和新的解放可能性,富有历史与现实意义。

赛博格是一种控制生物体,一种机器和生物体的混合,一种社会现实的生物,也是一种科幻小说的人物。社会现实是现有的社会关系,是我们最重要的政治建筑,是一部改变世界的小说。国际妇女运动已经构建了"女性经历",并揭示或发现了这个重要的集合对象。这种经历是虚构的,却是最关键的政治事实。自由依赖于意识,即富有想象力的理解以及压迫和可能性的构建。赛博格是一件关于虚构和过去经历的事情，它改变了20世纪晚期算作女性经历的东西。这是一场生与死的斗争，但是虚构和社会现实之间的边界是一种视觉上的假象。

当代科幻小说里充斥着赛博格——既是动物又是机器，生活于界线模糊的自然界和工艺界。现代医学里面也充满着赛博格，充满着有机体和机器之间的结合，每个都被看作是一种编码装置而亲密地聚在一起，并带着一种不是在性征历史中产生的力量。赛博格的"性别"还原了蕨类植物和无脊椎动物（这种美好的机体预防反对异性繁殖）可爱的巴洛克复制方式。赛博格的复制脱离了有机体的繁殖。现代生产似乎要把赛博格殖民化，这样的美梦给噩梦般的泰勒制管理增添了些许田园色彩。现代战争是一场由C^3I编码的赛博格狂欢，是指令—控制—交流—情报，是1984年一个美国国防预算高达840亿美元的项目。我要争论的是赛博格，作为一个勾画出社会现实和身体现实的虚构之物以及一种富有想象力的资源，这种资源暗示了一些非常有成果的结合。福柯的生物政治学对赛博格政治做出了松散的预言，它是一个非常开放的领域。

到20世纪晚期，我们的时代成为一种神话的时代，我们都是怪物凯米拉（chimera），都是理论化和编造的机器有机体的混合物；简单地说，我们就是赛博格。赛博格是我们的本体论，将我们的政治赋予我们。赛博格是想象和物质现实浓缩的形象，是两个中心的结合，构建起任何历史转变的可能性。在"西方"科学和政治的传统中——种族主义和男性主导的资本主义的传统；进步的传统；对大自然的挪用作为文化生产资源的传统；来自他人反映的自我繁殖的传统——有机体和机器之间的关系已经成为一场边界战争。这场边界战争中争夺的筹码就是生产、繁殖和想象的领地。本章争论了边界混乱的乐趣和边界构建的责任。这也是为促成社会主义—女权主义的文化和理论所做的一种努力，通过后现代主义、非自然主义的模式和假设一个无性别世界的空想主义传统，这个世界可能没有起源，也没有尽头。赛博格的化身在救赎的历史之外。它也不会在"俄狄浦斯恋母情结"的日历上等候时机，试图在一种口头上共生的空想主义或后伊底帕斯的世界末日中来弥补性别的可怕分裂。正如左索芙莉丝在她未出版的手稿《莱克莲恩》（*Lacklein*）中，讨论雅克·拉康、梅兰妮·克莱因（Melanie Klein）以及核文化时表明，在赛博格的世界里最可怕或许也是最有前途的怪物带着一种不同的压抑逻辑，化身于非伊底帕斯的叙述中,这种逻辑是为了生存我们所必须理解的。

赛博格是后性别世界中的一种生物;它绝不考虑双性征、前伊底帕斯的共生现象、未被让渡的劳动以及对有机整体的其他诱惑,这些诱惑是通过把所有部件的力量最终挪用为一个更高级的统一体来实现的。从某种意义上说,赛博格没有西方意义上的起源故事——"最终的"讽刺,因为对于"西方"统治不断升级的抽象个性化,赛博格也是可怕的世界末日目的论,是一个从所有依赖中最终解放出来的终极自我——一个太空中的人。在"西方"的起源故事中,人文主义的意义依赖于初始的团结、充实、狂喜和恐惧的神话,由所有人都必须脱离的菲勒斯母亲、个人发展的任务和历史的任务、在精神分析和马克思主义中记载的最具影响力的两个孪生神话所表现出来。希拉里·克莱因(Hilary Klein)表明,马克思主义和精神分析在关于劳动、个性化和性别形成的概念中都依赖于初始团结的情节,而差异必定从中产生,并列于对女性/自然的升级统治的剧目中。赛博格跳过了西方意义中初始团结和自然认同的步骤。这种不合法的承诺可能导致它的目的论被彻底颠覆,其程度不亚于星球大战。

赛博格坚决以偏心、讽刺、亲密和刚愎为己任。它是对立的、空想主义的、完全非单纯的。失去了公众和私人的两极架构,赛博格把技术上的政治群体部分地建立在栖息地,即家庭中一场社会关系革命的基础之上。自然和文化被重新加工;一方不再是为另一方所用的或合并的资源。部分构成整体的各种关系,包括极性和等级统治的关系,在赛博格的世界中还在探讨。与科学怪人(Frankenstein)创造的怪物所期待的不同,赛博格并没有期待它的父亲通过修复花园来拯救它;也就是说,通过虚构一个异性伴侣,通过它在一个完成的整体,即城市和宇宙中的实现。赛博格没有梦想基于有机家庭模式而建的社区,这一次没有伊底帕斯的计划。赛博格不会认识伊甸园;它不是泥土捏成的,也不想死后化为尘土。或许这就是为什么我想知道赛博格是否在那种命名敌人的狂躁强迫症中颠覆回归核尘土的启示。赛博格不是虔诚的;它们并不重新组成宇宙。它们对整体论态度谨慎,却需要联系——看起来它们对统一的前沿政治有着天生的敏锐,却没有先锋政党。当然,赛博格的主要麻烦就是,它们是军国主义、家长制资本主义的私生子,更别说国家社会主义了。但是,私生子常常对其出身极其不忠。毕竟,它们的父亲是无足轻重的。

在本章的最后部分,我会回到对赛博格科学幻想的论述,但是现在我想标注三个关键边界的破裂,从而使以后对政治—虚构(政治—科学)的分析成为可能。在20世纪晚期的美国科学文化中,人和动物之间的边界被彻底破坏了。独特性的最后阵地已经被污染了,甚至变成了游乐场——语言、工具使用、社会行为、心理活动,什么都不能真正令人信服地区分人类和动物。而且,很多人不再觉得这样的区分是必要的;实际上,女权主义文化的许多分支肯定了人类与其他生物之间联系的乐趣。动物权运动并不是非理性地否定人类的独特性;这些运动清楚地认识到跨越这种遭贬抑的、违反自然和文化的联系。在过去的二百年里,生物学和进化论同时产生了现代有机体,作为知识的对象,并把人类和动物之间的边界简化到重新蚀刻在意识形态斗争或生命科学和社会科学之间的专业争论中的一个暗淡痕迹。在这个框架内,我们应该把传授现代基督创生论作为一种虐待儿童的形式而进行打击。

生理决定论的思想只是科学文化中争论人类动物性意义开启的一种立场。激进的政治人物还有很多空间来争辩逾越边界的各种含义。① 神话中的赛博格恰恰就出现在人类和动物被逾越的边界上。赛博格远不是标记出一种把人和其他生物区分开来的高墙,而是标记出一种不安而又快乐的紧密结合。兽交在婚姻交换的这一循环中有了新的地位。

第二个有漏洞的区分是动物—人类(有机体)与机器的。前控制论机器可能附着鬼怪;机器中总是闹鬼。二元论构建了唯物主义和唯心主义的对话,这一对话由一种辩证的成果来解决,即根据不同喜好称为精神或历史的东西。但是从根本上讲,机器不能自我移动和自我设计,它不是自主式的。它们不能实现人类的梦想,只能模仿它。它们不是人,不能改写自我,而只是一幅描绘那种男权主义繁殖梦想的讽刺画。把它们认作其他东西是妄想的。而现在我们并不是那么确定了。20世纪晚期的机器完全模糊了自然

---

① 对左翼和/或女权主义激进科学的运动和理论以及生物学/生物技术问题有用的参考书包括:Bleier(1984,1986)、Harding(1986)、Fausto Sterling(1985)、Gould(1981)、Hubbard et al.(1982)、Keller(1985)、Lewontin et al.(1984)、《激进科学杂志》(*Radical Science Journal*,1987年改名为《科学作为文化》(*Science as Culture*,26 Freegrove Road,London N7 9RQ)、《人民的科学》(*Science for the People*,897 Main St,Cambridge,MA 02139)。

和人造、心智和身体、自我发展和外部设计以及其他许多适用于有机体和机器之间的区别。我们的机器令人不安地蠢蠢欲动，而我们自己却迟钝得令人恐惧。

技术决定论只是一个由机器和有机体的重新构想所开启的思想空间，这些构想是我们读写世界的密码文本。① 后结构主义、后现代主义理论中的事事"文本化"被马克思主义者和社会主义女权主义者指责，因为它的空想主义忽视了奠定任意解读"作用"的现有统治关系。后现代主义策略，和我的赛博格神话一样，颠覆了无数有机整体（例如诗歌、原始文化、生物有机体），这当然是真实的。简言之，对什么视为自然的确定性——一种对单纯性的洞察力和承诺的来源——在被削弱，很可能是毁灭性的。解释的超验授权不复存在，"西方"认识论背景下的本体论也随之荡然无存。但是，替代的并不是愤世嫉俗或背信弃义，即抽象存在的某个版本，就像技术决定论者通过"机器"来摧毁"人"，或通过"文本"来破坏"有意义的政治行动"。赛博格会成为"谁"是一个根本问题，答案生死攸关。连黑猩猩和人工产品都有政治，为什么我们不该有(de Waal,1982；Winner,1980)？

第三个区分是第二个区分的一个子集：对我们来说，身体和非身体之间的界线很不明确。关于量子理论的推论和不确定原则的通俗物理学书籍是一种与禾林言情小说(Harlequin romance)一样流行的科普读物，标志着美国白人异性性征的根本转变：他们错了，但主题是对的。现代机器是典型的微电子装置，它们无处不在却又是看不见的。现代机械是心怀不敬的新生之

---

① 对技术和政治的左翼和/或女权主义的方法的出发点包括：Cowan(1983)、Rothschild(1983)、Traweek(1988)、Young and Leviow(1981,1985)、Weizenbaum(1976)、Winner(1977,1986)、Zimmerman(1983)、Athanasiou(1987)、Cohn(1987a,1987b)、Winograd and Flores(1986)、Edwards(1985)。《全球电子报》(*Global Electronics Newsletter*, 867 West Dana St, ♯204, Mountain View, CA 94041);《被处理的世界》(*Processed World*, 55 Sutter St, San Francisco, CA 94941); ISIS, 妇女国际信息和交流服务(PO Box 50[*Cornavin*], 1211 Geneva 2, Switzerland and Via Santa Maria Dell'Anima 30, 00186 Rome, Italy)。对科学进行现代社会研究的基本方法没有延续全部始于托马斯·库恩(Thomas Kuhn)的自由神秘化，这些方法包括：Knorr-Cetina(1981)、Knorr-Cetina and Mulkay(1983)、Latour and Woolgar(1979)、Young(1979)。在1984年，科学、技术和组织的人种学研究网络的目录中列出了许多对改善激进分析起关键作用的人物和项目；可联系以下地址获得：NESSTO, PO Box 11442, Stanford, CA 94305。

神，模仿父亲的无处不在和灵性。芯片是一种写入信息的表面；它以分子刻度来蚀刻，这些刻度仅被原子噪音，即对核刻痕的终极干涉所干扰。写作、力量和技术在西方文明起源的故事里是老搭档了，但是微型化改变了机械装置带给我们的体验。原来，微型化是关于力量的；小的与其说是美的，还不如说是特别危险的，比方说巡航导弹。对比一下20世纪50年代的电视机或70年代的照相机和现在广告中的腕带式电视机或手掌大小的摄像机。我们最好的机器是阳光的产物；它们都是轻巧干净的，因为它们只是信号、电磁波、一段光谱，而且这些机器非常容易携带和移动——关于底特律和新加坡的人们承受巨大痛苦的一件事。再没有像这样人员流动性如此之大的地方了，人们既是客观实在的又是模糊的。赛博格是缥缈的、典型的。

赛博格的无所不在和不可见性正是为什么这些阳光带的机器如此致命。很难从政治上了解它们，就像从物质上解释它们一样。它们是关于意识的——或对意识的模拟。[1] 它们是漂流的信号，乘着皮卡穿越欧洲，被流离失所而又如此反常的格林翰女人们的魔法织物所阻隔，她们如此了解赛博格的力量网络，以至于她们的阻隔比旧的男权主义政治的战斗力更为有效，而该政治的自然拥护者需要防御工作。最后，最"难"的科学是关于边界最混乱的领域，即纯数字、纯精神、C^3I、密码学和保守有力秘密的领域。新机器是如此的干净和轻巧。它们的工程师是太阳的崇拜者，调解一个与后工业社会之梦相关的新科学革命。这些清洁的机器所引起的疾病"只不过"是免疫系统中一个抗原的微小编码变化，"只不过"是紧张的体验而已。"东方"女性的灵巧手指、维多利亚时代盎格鲁—撒克逊的小女孩们对娃娃房子的迷恋、女性对细小事物的格外关注在这个世界中呈现出完全不同的维度。也许，有一个叫艾莉克丝的赛博格会想到这些不同的维度。具有讽刺意味的是，反常的赛博格女性在亚洲制作芯片、在桑塔丽塔监狱（Santa Rita Jail）旋转起舞，也许正是她们构建的团结会指引有效的对立策略。

所以，我的赛博格神话是有关边界的逾越、有力的融合和危险的可能性，革新主义者会探索这些可能，把它们作为必要政治工作的一部分。我的假设之一是，大多数美国社会主义者和女权主义者在社会实践、象征表达式以及

---

[1] Baudrillard(1983). Jameson(1984，第66页)指出柏拉图（Plato）对模拟物的定义是没有原版的抄袭，例如发达资本主义的世界——纯交换的世界。见《话语》第9期（*Discourse*，1987年春/夏）查询一个关于技术（控制论、生态学和后现代想象）的特殊议题。

与"高科技"和科学文化相联系的人工产品中,见识了对心智和身体、动物和机器、唯心主义和唯物主义的二元论。从《单维度的人》(*One Dimensional Man* Marcuse,1964)到《自然之死》(*The Death of Nature*,Merchant,1980),革新主义者所发展的分析资源坚持了对术语的必要统治,并使我们回忆起一个想象的有机体来整合我们的反抗。我的另一个假设是,人们团结起来抵制世界范围的集权统治,这一需要从来没有如此紧迫过。但是,对视角些许任性的改变会让我们有更好的能力为意义而战,也为技术所促进的社会其他形式的权力和快乐而战。

从一个角度看,一个赛博格的世界是最后强加在这个星球上的控制网,是体现在以防御为名而发动的星球大战启示中最终的抽象概念,也是与最终把女性身体挪用到男权主义的战争狂欢中有关(Sofia,1984);从另一个角度看,一个赛博格的世界也许是现存的社会现实和身体现实,其中人们并不惧怕与动物和机器结合的亲属关系,也不怕永远只有半个身份和相互矛盾的观点。政治斗争要同时从这两个角度出发,因为每个角度都揭露了从另一个有利位置上看不到的统治和可能。单视野与双视野或多头怪兽相比,会产生更严重的错觉。赛博格联合是怪异的、不合法的;在我们当前的政治环境里,我们几乎不能期望得到关于反抗和再结合的更有力的神话。我喜欢把利佛莫行动组(the Livermore Action Group,LAG)想象为一种赛博格社会,它致力于真实地转化最能强烈体现并生产出技术启示性工具的实验室,并建立一种政治形式,确实设法使女巫、工程师、年长者、性变态者、基督徒、母亲和列宁主义者结合足够长的时间来解除国家武装。分裂不可能(Fission Impossible),这是我所在城镇中亲密关系组织的名字(亲密关系:不是由血缘决定,而是由选择决定的关系,是一个化学核集团对另一个化学核集团的吸引,即亲和力)①。

---

① 查询人种学解释和政治评估,见 Epstein(即将出版),Sturgeon(1986)。不带明确的讽刺意味,为宇宙飞船采用从太空拍摄的这个星球的地球/整个地球的徽标,衬托着"爱你的母亲"的标语,内华达的核武器测试机构在 1987 年 5 月母亲们和其他人的节日里的这一行动依然考虑了地球各个视角的可悲矛盾。演示者们向肖松尼族(Shoshone)的官员要求官方许可,让他们可以踏上这片土地,该种族的领地在 20 世纪 50 年代美国政府修建核武器试验基地时被侵占。演示者们由于非法侵入而被逮捕,他们争辩道,没有正式的官方授权,警察和武器机构的人员都是入侵者。一个女性行动的关联组织称自己是其他人的代理;而且他们支持这些被迫挖地道的生物和炸弹在同一地面上,上演了一个赛博格的出现,出现于一个无异性性征的沙漠巨虫的构建体。

数字文本与文学(节选)

[芬兰]考斯基马

导言——

本文选自《数字文学》(广西师范大学出版社 2011 年版)第一章《数字文本与文学》,单小曦译。

作者考斯基马(Raine Koskimaa,1968—),美国西弗吉利亚大学比较文学博士,现为芬兰于韦斯屈莱大学艺术与文化研究系教授。作者划分了数字文学的四种类型——印刷文学的数字化、原创文学的数字出版、应用由数字格式带来的新技术的文学创作(包括超文本小说、交互性诗歌等),以及网络文学。作者指出,数字文学的特点在于交互性与时间性操作两个方面。交互性主要指读者参与及读者与文本的互动;时间性操作指限制或延迟阅读时间、限制阅读时段、在不同的时间间隔内更新文本等。考斯基马把 20 世纪 80 年代出现的文字处理器和数字桌面出版系统看成数字文学诞生的技术起点,以此来论证数字文学的动态性、交互性内涵,视野开阔,富有启发性,对于国内把数字文学、电子文学、网络文学混为一谈的做法有矫正意义。

数字化的文学至少同时从三个方面获得发展,最近这几个方面已经开始融合,这种融合是我们开始注意到数字文学的主要原因。下面我将从文字处理、桌面出版系统、超文本、文字冒险游戏等方面阐释数字文学的历史。然后,我将探讨数字媒介与因特网使书写与阅读新形式成为可能的问题。重点探讨的是数字文本的两个基本特征,即交互性与时间性操作。

一、文字处理器与桌面出版系统

数字文学之前的一项革新是数字文本处理设备的诞生,即文字处理器与版面设计程序。因为没有关于这一主题的深入研究,所以很难估计文字处理已经对文学形成的影响;我的意思是这项研究之所以被关注是在于,文字处理器的使用已经很大程度上改变了文学的内容和形式。在我参加过的某个研讨会上,一个芬兰出版社的编辑介绍说,20 世纪 80 年代中期,他们收到的文稿数量显著增加,这与个人电脑的销量激增有着密切的关系。对这种假设给予进一步支持的是,这些文稿大多数来自中年人、中层管理人员、男性作者的自传体写作。这与哪些人率先在他们的办公桌上安置电脑的情况是完全吻合的。由此,我们可以得出结论,即文字处理器或多或少降低了写作的门槛。君特·格拉斯(Günter Grass)近日发表了类似的观点,他说他在阅读一篇文稿十页之后就能分辨出这篇手稿是否是在电脑上完成的——因为用电脑写作太容易了,因此文本走得比思想快(Kettman 2000)。

文字处理的另一个重要特征是在文本的外在视觉方面进行操作的多种可能性,包括从字体类型到页面设计。最新的文字处理器与桌面出版软件的关系如此密切,以至于它们往往被实际运用于制作小型出版物上。另一方面,文字处理器有其局限性,超文本诗人吉姆·罗森伯格不满足于文字处理器的笨拙,把它们称为"文字压迫者"。而一个相反的例子是,作为一个极端前卫的作家,小说家雷蒙·费德曼(Raymond Federman)特别喜欢排版技巧,他的第一部小说《两个或者没有》(*Double or Nothing*)的 240 页都有特别的设计,没有任何一页符合那种常见的"从页面顶部到底部每行文字都均匀隔开"的设计。每一页都有独特的页面版式——借助打字机,费德曼用两年时间才完成这部小说!后来他彻底放弃了页面设计的实验,因为据他讲,文字处理器使之变得"太容易了"。

还有,与使用打字机相比,使用文字处理器写作在文本视觉效果的处理上要容易得多——理查德·连汉(Richard A. Lanham)已在他颇有影响的《电子文字》(*Electronic Word*, 1993)一书中强调过这一点。但是,在实践中发生这种状况的可能性究竟有多大呢？在我个人经验当中,作为一名读者和搞文学研究的学者,我的兴趣被特别地引向了所谓的实验性写作——文学在很大程度上仍是固定在纸页格式中的东西。我们不应该忘记,18 世纪劳伦斯·斯特恩(Laurence Sterne)的《项狄传》(*Tristram Shandy*)已经使用了比目前大多数小说更加有效的页面设计。

相对于文字处理,数字桌面出版系统在总体上对文学的影响更为深远。在 PostScript① 代码的帮助下它在文本的编辑方面比传统印刷出版更加有效、便捷和便宜。这种方式为小型出版社提出了一个新的工作事项,而这些

---

① PostScript 是一种编程语言,适用于文本和图片的打印。——译者

小型出版社往往是实验文学与边缘文学最主要的，通常也是唯一的发行渠道。因此，桌面出版系统已经对出版业的改革产生了深远的影响，并有助于那些多少有些非营利性的、边缘性的文学的生存。

毋庸置疑，通过页面设计处理器与数字印刷机，数字化已经不知不觉地溜进了文学之中。毕竟，有多少仍在烛光下用羽毛笔写作的诗人会意识到，他们送到出版社的手稿会被编码为数字格式呢？需要记住的是，许多人担心的数字化所导致的文学衰退——我在此会特别想起斯文·比克兹（Sven Birkert）的《古腾堡悲歌》（*Gutenberg Elegies*）——并未到来，这就证明了这些人的担心是错误的：如果他们指出的问题真的是由数字化造成的，那么问题早在10—15年前就应该露出端倪了（Birkerts 1994）。

二、超文本

页面设计与文字处理器已经成为文学数字化的一个渠道。另外一个渠道就是超文本创作工具以及计算机网络的发展——两者合在一起使因特网和万维网成为可能。

由于发明了建立在缩微胶卷基础上的联合型写作装置——麦麦克斯储存器（Memex），范尼瓦·布什（Vannevar Bush）一般被视为超文本之父。麦麦克斯储存器试图联合一个大型数据库，并有可能使该数据库的不同部分互相连接在一起。这意味着数据的检索和模塑将变得更加容易，但同时：布什的想法是，当一个人读另一个人写的麦麦克斯储存器文件时，他可以通过链接结构，接触这一特定文件背后的联想性推理链。麦麦克斯储存器并未建成，因为几乎与它同时发展起来的数字化计算机，很快就使这种设想变得过时了。

不过，基于超文本系统的计算机仅发端于20世纪50年代末。有两项计划需要特别提一下，一是道格拉斯·恩格尔巴特（Douglas Engelbart）的 NLS 系统（也叫"增值"[Augmentation]系统）——其基本原理接近于麦麦克斯储存器。顾名思义，恩格尔巴特的目标是要建立一个可以增强人类智力的系统，这一方案可以使展现人的更加复杂的心理过程成为可能。此外，他的目的是加强智力合作，使许多人能够一起开发一种共同理念。恩格尔巴特的研究成果的几项衍生物在今天仍在使用，其中有两项革新成果使他广为人知：一是鼠标——一旦没有这种装置计算机就无法操作；二是视窗屏幕，它首先被成功地安装在苹果操作系统中,后来又被微软公司采用,产生的结果众所周知——最新版本的视窗是 Windows 2000,今天很难找到一台不基于 Windows 操作系统的电脑(即使 Mac 的用户也会开玩笑说:一个没有窗户的房间要比一个有 Windows 98 的房间更好)。即使是 Linux 操作系统也已经升级到了它的视窗版本(即 X-windows)。

如果说恩格尔巴特(至少他的一些想法)已经获得了成功,那么另一位超文本的前瞻者西奥多·泰德·尼尔森也是如此,他创造了超文本和超媒介这两个术语。他的思想和远见对电脑世界影响巨大。他的名为仙都(Xanadu)的超文本项目至今没有得到普遍使用。但在建设仙都过程中发展起来的技术已经成功地运用于其他领域。从某种意义上说,仙都落在了因特网技术后面,但尼尔森仍在坚持研究他这一宏伟构想。

当谈起尼尔森时,我们应当注意到他特别强调超文本就是某种文学事物。他于 1980 年出版了《文学机器》(*Literary Machines*)一书,该书至今已经多次再版和修订。书的副标题说:"有关仙都项目的报告考虑到了文字处理、电子出版、超文本、创新思维、未来的智力革命和知识、教育、自由等其他议题。"此外,在封面有如下声明:"这本书描述了大胆而富于传奇色彩的仙都项目,一次朝向瞬时性电子文学的行动;一项对知识、自由和即将在计算机王国中出现的更美好世界的最大胆和特别的计划;一个原创的(或许是最终的)超文本系统。不要将该书与任何其他电脑书籍相混淆。"

这些例子应该可以表明,对尼尔森来说,超文本和文学之间的关系有多么重要,不管是过去还是现在都是如此。根据一种相当后结构主义的方式,他将文学理解为一个庞大的引文的网状结构——应该指出的是,尼尔森开始仙都项目的时候,即 20 世纪 60 年代中期左右,雅克·德里达和罗兰·巴尔特也为后结构主义和解构主义奠定了基础。从本质上说,文学是文本间的相互征引,而超文本是一种特定的手段,套用该书封面上的话来说,旨在使"瞬时性的文学"成为可能;也就是说,被引用的文本或段落可以被瞬时性地访问——因此:超文本系统是一部文学机器。

尼尔森对超文本的界定如下:"关于'超文本',我指的是非序列性的写作——文本相互交叉并允许读者自由选择,最好是在交互性的屏幕上进行阅读。根据一般的构想,这是一系列通过链接而联系在一起的文本块(text chunks),这些链接为读者提供了不同的路径。"

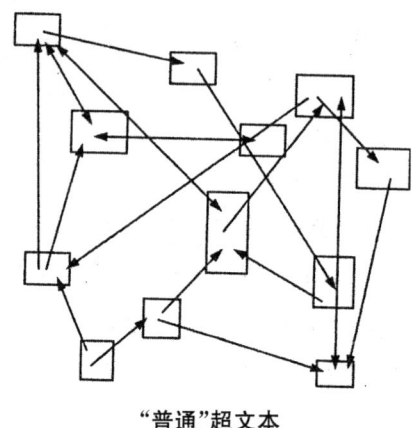

"普通"超文本

尼尔森在他的界定中使用了"非序列性"(non—sequential)一词——今天的超文本理论通常使用的术语是"非线性"(non—linear)。这一直是个热点话题,人们一致认为"非线性"写作或阅读似乎是不可能的——作为一个更好的选择,"多线性"(multi—linear)这一表达已得到强有力的支持,它强调的是超文本有多种可能的阅读顺序的事实。(作为例证,参见 Landow 1992,4)。

根据上下文,超文本中单独的"文本块"可称作节点、页面、框架、工作区,在理论上更常见的是将它称作文段(lexia)①。这个术语是由乔治·兰道(George P. Landow)从罗兰·巴尔特的《S/Z》中借过来并整合到超文本理论中的。在处理基于"超卡"(Hypercard)环境的 Macintosh 计算机时,使用的是"卡"这一术语,而在万维网中使用的则是"主页"这一非常具有误导性的术语。链接就是一种连接——任何两个文段之间的联结。在此必须对"锚点"(Anchor)这个与链接密切相关的术语作一下澄清。一个锚点就是一个链接在文段中的确切位置,即一个链接开始或结束的那个点。史都尔·摩斯洛坡和南茜·坎普兰还提出了一个叫作"提示"(cue)的术语,来表示一个锚点从周围的文本中得以显示的方式。例如,在万维网中锚点的一种标准表现方式是蓝色字体和下画线——如果用一个图像来充当锚点,那么它会有一个蓝色的框。在这些例子中,带有下画线的词或带有小框的图像就是锚点的标志,尽管它们通常被称为链接——确切地说,链接即两个文段之间的联结,一个提

---

① 在罗兰·巴尔特的《S/Z》中,lexia 指有意义的阅读单位,在此作者指超文本中各自独立而又相互链接的文本片段。——译者

示则标示出一个锚点并显示了一个链接的存在,通常也提供了一些关于此链接的目的地的信息。但在某些情况下,比如在一些超文本小说中,链接/锚点并不通过任何提示来显示,以此来获取某种审美效果。

文段不仅仅包括文本,同时也包括了图像、声音、视频剪辑等等。从技术角度上说,链接两个文本块,或文本与图像,或图像与声音等没有差别,所以我们可以把超文本理解为超媒体和多媒体的同义词。使用"超文本"作为一个抽象的术语来形容某些文件的结构,似乎也是很自然的做法——而"超媒体"和"多媒体"应该是更具体的表达,用以表示包括几种类型的文段——文字、声音、图像及其组合构成的特殊文件的超文本结构。

故事空间(Story Space)是专门为文学创作设计的超文本编辑系统。它已经成为迈克尔·乔伊斯的《下午,一个故事》(1987)、史都尔·摩斯洛坡的《胜利花园》(1991)和谢莉·杰克逊的《拼缀女郎》(1995)等最知名的超文本小说的软件环境。这些小说都以自己的方式挖掘超文本的潜力,从而为读者提供了多种参与故事展开的方式,但它们的共同之处是,都在很大程度上依赖文字文本,很少甚至几乎没有使用视听符号文本以增强效果。超卡编辑器也被用于文学创作,尽管它主要用于教材和手册的写作上。基于超卡的文本至少应该提及约翰·麦克戴德(John McDaid)的《巴迪叔叔的幽灵乐园》(*Uncle Buddy's Phantom Funhouse*,1993)和蒂娜·拉森(Deena Larsen)的《大理石温泉》(*Marble Springs*,1996)。其他各种实验,像吉米·埃尔南德斯(Jaime Hernandez)(以绘制漫画《爱与火箭》〔*Love and Rockets*〕为人所熟知)和莫妮卡·莫兰(Monica Moran)合著的《救护车,一部电子小说》(*Ambulance. An Electronic Novel*,1993)等——因为销售不佳,几乎被人们遗忘了。

迈克尔·乔伊斯的《下午,一个故事》中的一个截屏

三、文字冒险游戏

当早期微型计算机于20世纪80年代开始进入人们的家庭时,从电脑游戏的角度来说其图形处理能力是非常有限的。计算机处理文字文本的效率要比处理图形高得多,因此很自然,随着射击及其他动作游戏的发展,以文本为基础的游戏也有了发展(当然,为早期的大型计算机编写的游戏《龙与地下城》在这方面也是先驱)。文字冒险游戏为玩家提供了多种可供选择的路径在文本环境中前行;在实际操作中,这种前行通常严格限定为解决各种不同的谜团和问题,并且往往只有一种路径可以成功过关。

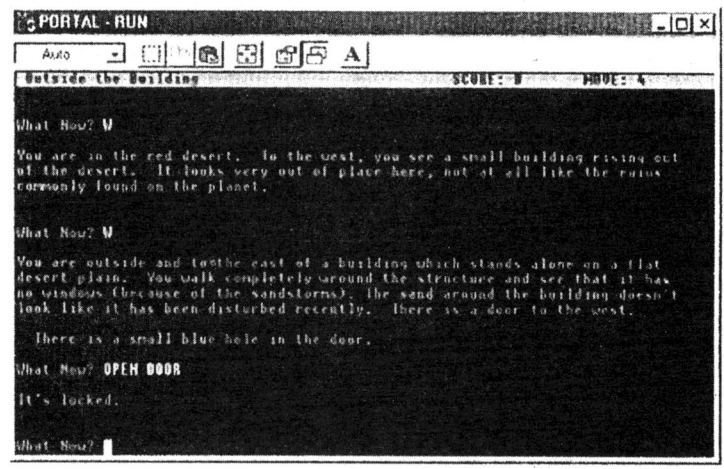

迈克尔·德特里夫森(Michael Detlefsen)的文字冒险游戏
《星星之门》(*The Star Portal*)的截屏

大部分冒险游戏建立在《指环王》似的幻想风格基础上,在某种程度上也是建立在科幻小说、推理小说和侦探故事基础上。尽管高度图像化的动作游戏在不断发展,但在很长一段时间里,文字冒险游戏依旧吸引了大批热衷的读者/玩家,而且其中一些文字冒险游戏不管在结构还是文本上都显得相当有野心。安东尼·涅茨(Anthony Niesz)和诺曼·霍兰(Norman N. Holland)(以研究读者反应著称)在《批评探索》(*Critical Inquiry*,1984)上发表了题为"交互性小说"的论文——在文中他们探讨的正是这种文字冒险游戏。虽然,从文中可以明确发现他们两人对游戏其实并不了解,但他们提出的"交互性小说"这一术语却引起了人们的关注。

早期的超文本小说家似乎都强烈渴望把自己与文本冒险游戏区别开

来——超文本出版商东门系统公司(Eastgate Systems)使用的口号"严肃超文本之源"(the source of serious hypertext)似乎回应了这种渴望。最近,超文本小说作者已经接纳游戏等方面因素作为超文本文学和赛博文学的核心组成部分,并且承认文字冒险游戏作为最早的及具有经济效益的数字文学形式的地位。

四、数字文学

数字文学作为一个论题既宽泛又非常难以界定。作为一种粗略的研究方式,我们可以对之作如下分类:

1. 印刷文学的数字化——包括诸如古腾堡计划以及在斯堪的纳维亚与之相似的鲁纳博格计划(The Project Runeberg)这些宏大的文献研究工程,这些工作的目标是尽可能地使古老的且多为经典的文学实现数字化。这些计划有几个实际的目的。它们要保护物质载体不断恶化的旧文本,使珍稀作品(有些可能只剩一个版本存世了)能为广大公众所获得,并为学生与研究人员创建有用的数据库。在此数据库中,可以使用单词和短语在文本中进行搜索,对于研究者而言,单单这一项功能就极大地扩展了这些资料的可用性。此外,数字文献使各种风格的统计分析成为可能——"人性化处理"(humanistic computing)这一术语本身就意味着对数字文本数据库的风格化分析——比如关于某一剧作是否出自莎士比亚之手的研究。

2. 原创文学的数字出版——这类文本不用任何超文本技术,或只是谨慎地使用。文学的既定惯例没有改变,数字形式主要用在文本的发布上。一直以来此类出版规模较小,而且这类作品主要是由业余作家来完成。当然,也有专业作家尝试过数字出版,如芬兰作家莱纳·克龙(Leena Krohn)就以数字形式出版了她的故事集《斯芬克斯或机器人?》(1996)①,之所以这样做,是因为克龙想为她的故事配上经数字强化的插图,而如果采用印刷文本的形式将非常昂贵。也有一种少量的平行出版,也就是以印刷和数字两种形式出版同一种读物,主要运用在不同的杂志上(其中有相当多的文学杂志)。

3. 应用由数字格式带来的新技术的文学创作——包括从超文本小说、交

---

① 书名原为芬兰语"Sfinksi vai robotti?",英语书名为"The Sphinx or the robot?"。——译者

互性诗歌到多媒体百科全书等的所有事物。迈克尔·乔伊斯的《下午，一个故事》(1987)通常被视为第一本超文本小说。这部超文本故事由 539 个文段和 951 个链接构成，讲述了一个男人在早晨去工作的途中目睹了一场车祸，他担心这起事故的受害者（当时可能已经死了）可能是他的前妻和儿子。可以用不同的方式阅读《下午》（不同的顺序将会形成不同的文段组合），结果是会出现各种不同的故事，但仍然可以在读者的故事之上构建出一个故事框架。它叙述了一个男人拖延寻找事故受害者的处境和身份的实际情况，并描述了他和他的前妻以及同事之间复杂的人际关系和风流韵事，还对他自己的人生进行了思考。通过系统地游历这个文本，人们可以从中发现"真实的故事"，它可以解释为什么这个男人对这起事故如此震惊，同时又疯狂地试图不去想它。迄今为止，只有一家商业性的超文本小说（故事）出版社，但同时世界各地的不同大学也出现了许多超文本小说——只不过通常都难以见到。

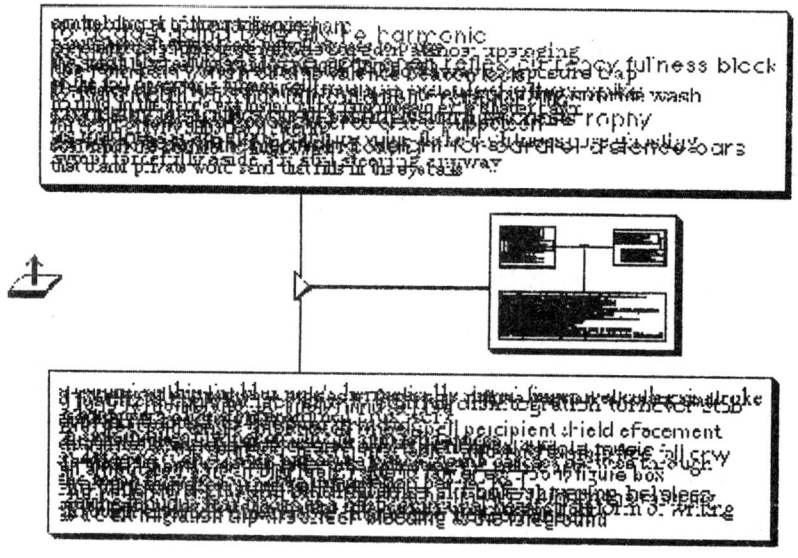

吉姆·罗森伯格的《因特图》(*Intergrams*，1997)的一个截屏

也有使用交互性和动态技术创作的诗歌作品。吉姆·罗森伯格的《因特图》(*Intergrams*，1997)尤为有趣——它有两个显著特点：共时性，即文本的几个层次相互并置，这样随着光标的移动，某个文本层在读取的时候其句法结构可以"外化"为图形符号，从而表现文本碎片之间在句法上的相互关系。在罗伯特·肯德尔（Robert Kendall）的诗《生活的两级》(*A Life Set for Two*,

1996)中,读者可以从"菜单"中选择文本的"氛围"以及其他参数。屏幕上还有一些个别字眼可以根据程序变换成其他单词。

4. 网络文学——这是指运用那些只有在互联网上才能实现的特性的超文本文学。例如,马蒂·尼斯坎南(Matti Niskanen)发表于 1998 年的《惟适所安》(*Leporauha*〔*Rest Peace*〕),巧妙而有效地使用了开放网络环境的链接潜能。大部分链接操作是在《惟适所安》自身的文本内进行的,但一些链接却会毫无征兆地引向外部的某个政党的网站或某个黄页的首页等等。基于互联网的文本可能会不断升级——所有更改的内容会立即出现在读者面前,而无需购买新版的 CD 光盘。互联网,读者的反馈可以很容易迅速组织起来,这使得读者参与文本的写作和重写成为可能。这种交互性的一个非常有趣的例子是马库·艾斯柯利仁的《界面》(*Interface*,1997),该作品最初是一本印刷小说,现在却在互联网上延续着自己的生命,由作者本人的输入以及读者的反馈共同驱动。

除了这四种类型,还有大量其他各种类型的数字文本,它们都在不同程度上含有一些文学性因素——叙事结构和虚构性——但还不能称之为真正的文学;特别是电脑游戏、模拟游戏、各种多用户网络游戏、IRC(网络聊天)、虚拟现实,等等。就它们自身而言都是非常有趣的现象,而且它们确实也给文学和文学研究带来了很多东西,但如果把它们都归类为"文学",则破坏了它们的真实本质。

另一方面,应该指出互联网上的所有网页在本质上都具有超文本性。因此,所有可读的网页,如流行的青少年电视频道网站或者新闻网——都使其读者熟悉了超文本的呈现方式。这些网站一般会充分利用读者的直接反馈、各种观众调查以及其他一些凸显读者交互性的手段。在不久的将来,新的网络文学会在那片土壤上滋长起来,这似乎并非过分的期望。不管怎样,比起本文讨论过的所有文本来,它们让更多的读者熟悉了互联网交流的各种可能。

五、交互性与时间性操作

简单地说,数字文本性的新奇之处大多表现在交互性与时间性操作方面。对文学而言,"交互性"是一个很有问题的术语,应该说,所有的文学都具有交互性——这个事实早在罗曼·英伽登(Roman Ingarden)写于 20 世纪 30 年代的著作《文学的艺术作品》(*Das Literarische Kunstwerk*,1960)中就已有系统的阐述了。后来这种观点得到了进一步发展,特别是在接受美学和读者反应理论的研究之中;这些研究都把读者是文学意义生产过程中的积极参与者作为它们的理论的出发点。交互性有很多种,而首次明确指出传统文学与数字文学在交互性方面有差异的是艾斯本·亚瑟斯,他描述了4种读者(用户)功能:解释、导航、结构和写作。

解释是一切阅读不可分割的一部分。而在阅读超文本时,读者不仅要解释,还必须积极地在超文本路径形成的网络中为自己导航。此外,有可能允许读者/用户设定文本,例如,在超文本中添加她自己的链接。因此,结构意味着在一定范围内改造文本。最后一个用户功能是写作,即允许用户参与文本的写作——这样的写作也可能就是编程。超文本理论普遍宣称,由于有了交互性,"读者变成了作者"——但这并不准确,只有那些向读者提供写作功能的文本才可以达到上述要求(在其他文本中,这一要求只能在某种隐喻意义上才能被接受),而迄今为止,这样的文本还是非常罕见的。

亚瑟斯还令人信服地表明了印刷文本和数字文本之间的区分事实上相当不奏效。在许多情况下,一个特定的印刷文本可能会更接近数字文本,而非其他印刷文本。反之亦然。亚瑟斯更常谈到的是赛博文本性(cybertextuality),他把它定义为针对所有文本的一种透视,而与这些文本的媒介无关:如果一个文本使用了结构和写作的功能,那么它显然是个赛博文本。另一方面,如果一个数字文本除了解释功能之外没有使用任何其他用户功能,那么它和传统文本也就没有任何显著的不同。这是一个大体可以接受的有益的观念,但在实践中,印刷文本和数字文本之间的差异可能会比亚瑟斯所说的要明显得多。

在亚瑟斯的研究中,时间性操作几乎是一个被忽略的论题,否则他的研究堪称典范,但正是这一点凸显了印刷文本和数字文本之间最大的差异:在印刷文本中,像在数字文本之中那样控制阅读活动的时间简直是不可能的。我们可以列举以下几点作为时间操作的可能性:

1. 限制阅读的时间——文本只会在屏幕上停留有限的时间。例如,在史都尔·摩斯洛坡的网络文本《漫游网际》(*Hegirascope*,1997)中,屏幕上的文本每30秒就会改变一次。此外,网页上还有超链接,读者点击它们就可以"左右文本的流程"。此外还有些文本只能读取一次,这些可以看作是限时阅读的特殊情况。当然最有名的一次阅读型文本是赛博朋克科幻小说家威廉·

吉布森(William Gibson)的《艾格内帕》(*Agrippa*)。《艾格内帕》的文本在屏幕上自动滚动,而当一行文字滚动出屏幕后就消失了——因此读者无法返回已经阅读过的文本。乌拉圭多媒体艺术家贡萨洛·弗拉斯卡(Gonzalo Frasca)还写了非常有趣的"一次性叙述",文本在读者每次开始阅读时都会改变。一旦一次阅读结束,读者就永远不能返回到完全相同的文本。

2. 延迟阅读的时间——阅读活动只有在经过一定的等待期后才能继续进行。我们可以假设在一个文本中有这样一个场景,主人公需要十五分钟的打盹时间——那么不管怎样,读者此时在文本中的游历同样要被终止十五分钟。(到目前为止,这种手法主要还是一种潜在的选择,使用得并不多。当然,在互联网上,我们会经常碰见非有意性地使用这种手法的情况。)

3. 限制阅读的时段——这主要还是一个推测,但马库·艾斯柯利仁在他的论文集《数字空间》(1997)①中提出了几个运用这种效果的方法:例如一部只能在工作时间阅读的小说,等等。另一方面,根据阅读时段是在白天还是晚上,文本也可能不同,等等。

4. "活"在时间中的文本——数字文本可以在不同的时间间隔内进行更新。我们前面提到的《惟适所安》将其链接引向一份报纸的头版就是一个最简单的案例。报纸头版的内容自然是每天都在变化的,使用这一简单的手法,作家无须做任何事情便可获得每天都可自动更新的作品。交互性文本(至少是使用了重组的用户功能的文本)通过读者的积极参与而不断变化。因此,我们便能够获得"活"(或者说不断进化的)的文本,它的存在在本质上是过程性的。

现在我们可以看到,数字化使文学面临的最大挑战或许便是从封闭的、明晰的、静态的文本(一本小说、一本书)向不断变化和发展的阿米巴②迈进的过程:这种理解颠覆了我们关于伟大作品、经典、创作天才、审美对象等的观念。这样的写作始终是一种杂糅物,永远处在成为其他东西的进程中;并非只有这个才是文学(尤其是小说)的本质——但这至少是米哈伊尔·巴赫金(Mikhail Bakhtin)所希望看到的。人们不得不思考芬兰作家马蒂·普尔基宁(Matti Pulkkinen)对小说的界定:小说就像一头猪,它什么东西都吃;数字化

---

① 原书名为芬兰语"Digitaalinen avarus",英语书名为"The Digital Space"。——译者
② 阿米巴(amoeba),亦即变形虫。——译者

只不过是再次凸显了这种"猪性"(piggishness)罢了。

对此,我们应该有什么样的反应?当前,我们正处在这样一种状况中:数字文本尚处于无主之地——传统印刷出版商对数字出版没有多大兴趣(我指的尤其是超文本和赛博文本文学;当然,根据试验的需要,数字技术已经运用在印刷出版上了),已成立的数字出版商也不多。虚拟书店(领军者是亚马逊网上书店)属于为数尚少的功能性的网上交易(而且现在它们还没有多少利润可言),但它把注意力几乎完全集中在出售印刷文学和传统书籍上。传统出版社很可能会如此保留下去,而数字文本则会产生属于自己的交易方式——毕竟,很明显,对大多数那些整合了更强大的多媒体性和沉浸式虚拟现实的数字文本来说,"图书"这一概念已变得越来越不适合了。

那么,本文展示的那些赛博文本可以视为一种处于文学、多媒体、电脑游戏和电影之外的全新的媒介。这并不意味着文本数字化不会给图书交易带来显著影响。互联网已成为一个重要的图书销售渠道。今后,越来越多的文学将通过互联网以数字形式传播,这样顾客便可以选择自己喜欢的形式来阅读——比如通过电子阅读工具的电脑屏幕,或通过个人的硬拷贝进行阅读。定制书籍也是可能的,现在甚至可以订购以自己孩子的名字作为人物名称的儿童读物,等等。一本印刷书现在也是数字化处理的产品,并且这也让它成为比以往任何时候都更加灵活的媒介。在今天这个数字时代,印刷书籍绝对再也不是一个清白之物①。另一个日益兴旺的行业很可能与赛博文本完全相反:手工制作的、独一无二的、非数字化的艺术家的书籍。

从旧世界到全世界

[美] 大卫·丹穆若什

导言——

本文节选自《什么是世界文学?》(北京大学出版社 2014 年版)第三章《从旧世界到全世界》,查明建译。

---

① 指现时代的印刷书籍不可能完全不受数字技术的影响。——译者

作者大卫·丹穆若什（David Damrosch,1953— ），生于美国缅因州，1980年于耶鲁大学获得比较文学博士学位，曾任哥伦比亚大学比较文学系主任、美国比较文学学会会长、哈佛大学比较文学系主任。著有《尘封的书籍：伟大史诗〈吉尔伽美什〉的遗失与再发现》、《如何阅读世界文学》等，是美国文学史学家。

什么是世界文学，作者并不试图给出本体论的严格定义，而是在对具体案例的细致考辨中进行了现象学的描述。"有多少种民族和本土的视角，就有多少种世界文学"，作者把世界文学看作是文学流通和阅读的方式，从流通、翻译、生产三个角度来阐明世界文学。选文中，作者考察了世界文学文集选目的变迁。世界文学曾长期被认定为欧美文学名著经典，而随着世界文学从旧世界走向全世界，版图不断扩大的同时形成了新的冲突。世界文学开始在同化与断裂之间摇摆，要么极端地自我中心化，要么极端地去中心化。面对这种冲突，作者将世界文学看作是民族文学间的椭圆形折射。椭圆是由双焦点形成的，对于世界文学的阅读就是在两个焦点所产生的张力场中进行，既不能彻底陷于其原始语境，也不能使其完全屈从于自我的需求。只有当一部作品可以同时从多种框架来看待时，我们才拥有名副其实的世界文学。作者从现象学的描述入手，充分显明了世界文学的多样性、变异性、生成性，为世界文学提供了一个有效的可操作的概念，开创了世界文学研究的新方法。

当世界文学从阿卡德史诗扩展到阿兹特克咒符，什么是世界文学的问题，就几乎可以反过来问了：什么不是世界文学？一个无所不包的类别本质上毫无价值。一直以来，世界文学在北美经常就是指西欧文学。这个定义至少有内在的一致性，也相对便于操作，特别是如果我们暂时不讨论那些较少使用的欧洲语言，比如以荷兰语与依地语所撰写的作品；余下的经典，那些核心的杰作，很大程度上就局限在少数几个受到重视的民族传统。1971年，比较文学学者霍斯特·吕迪格（Horst Rüdiger）即主张，世界文学不应该是"一个联合国大会，超级大国和政治小国在其中同样举足轻重。它是所有语言里具有美学成就和历史影响的作品中的黄金之书（liber aureus）"（*Zur Theorie der vergleichenden Literaturwissenschaft*,《比较文学理论》，第4页）。吕迪格反对的是当时最初要扩展这个领域的努力。然而，早在这之前十年，对于把"世界文学"如此宽泛的术语用于如此狭窄的地理范围内的材料,比如说,《比较文学与总体文学年鉴》(Yearbook of Comparative Literature and General Literature)的创始人维尔纳·弗里德里希(Werner Friederich)就已经提出严厉的批评:

> 且不论一个术语如此不知天高地厚,造成一所好的大学不可容忍的浅薄与偏执,使用这样的术语本身就是一种糟糕的公关,这是去冒犯人类中的一大半……有时,随便说说的时候,我认为我们的课程应该称作北约文学——即使如此也还是夸张了,因为通常我们关注的,不超过十五个北约国家的四分之一。("On the Integrity of Our Planning",《对我们规划的完善》,14—15 页)

此后的几十年间,弗里德里希的立场越来胜过吕迪格,今天,我们把视野扩展到超级大国的杰作之外,会带来诸多的好处。但要做到这一点,我们不得不找到评估、研究作品的新方法,以应对从最早的苏美尔诗歌到最近的西藏后现代主义者(现在有了这一类别)嘉央诺布和扎西达娃的小说实验。要是我们还想从根本上保留对旧有经典和杰作的关注,这个问题还会更加突出。我们怎样才能拥有全部这么多?在某种意义上,世界文学的存在,也许是作为一种理想的法则,一种假想的思维建构,但在实践中,对于世界文学的经验,是学生与普通读者在课堂、坊间、课表、选集中所能读到的作品,在这样的现实语境中,有关世界文学的范围与一致性问题就变得相当重要。

我们不清楚有哪一种框架才能把迦梨陀娑①的诗歌、松迪亚塔(SonJara)的史诗②以及但丁的《神曲》包容起来。进一步,我们的注意力哪怕仅仅集中在一种体裁,比如抒情诗上,为了让非专业读者也易于理解彼特拉克体十四行诗、日本的连歌(renga)、莫札拉布语的双韵体抒情诗(Kharjas),又需要提供什么样的文化语境——并且,什么样的文化语境是能够在实践中被提供

---

① 迦梨陀娑,约生活于4至5世纪,是印度诗人及戏剧家,梵文古典文学代表作家之一,代表作有叙事诗《罗怙世系》和《鸠摩罗出世》。——译注
② 非洲长篇英雄史诗,歌颂13世纪西非马里帝国的奠基人松迪亚塔(SonJara,或 Sundiata,或 Sun-jata)创建国家的英雄业绩。该史诗被几内亚文学家、历史学家吉布里尔·塔姆西尔·尼亚奈用法文记录整理成书,于1960年出版。——译注

的？最后，假如我们的确能有办法比较迥然不同的作品，多半不可避免地要阅读翻译而放弃与原作的亲密接触。为什么我们要去阅读这些从其文化与语言中被剥离的作品呢？我们有限的时间本来可以花费在我们自己的作品上，它们来自我们的语言和当前的传统。

早在我们想把范围大胆扩展到全球之前，对于西方文学，已经遇到这样的问题。一个真正的纯粹论者会认为翻译的材料断不可用于严肃的研究：我们唯有关注能用母语阅读的作品，至多关注那些恰巧非常熟悉的少数几门语言的作品。大牌如罗兰·巴尔特即是这样的立场。他对翻译的文学没有兴趣，尽管他的理论框架不折不扣具有国际性，其讨论的文学作品却几乎完全局限于法语作品。在他的自画像《罗兰·巴尔特论罗兰·巴尔特》(*Roland Barthes Par Roland Barthes*)中，他把自己描述为"几乎不喜欢外语，也缺乏外语天赋……对外国文学没有鉴赏力，对翻译一直抱悲观的态度，对译者提出的问题感到困惑，他们恰恰经常不明白什么是我认为的一个词语的真正意义：言下之意"(115页)。巴尔特的广大国际读者感到幸运的是，他的译者一次又一次成功地克服了巴尔特的困惑，也超越了他们自身的无知；他的散文诗《罗兰·巴尔特论罗兰·巴尔特》本身，著名诗人与翻译家理查德·霍华德(Richard Howard)就明白易懂地翻译了。可是即使如此，不论是原文还是译作，仍然没有哪一位读者能够纵览西欧和北美传统中的主要作品。我们该如何做出选择？如何让我们不得不挑选出来的作品具有一致性？

就像圣徒意识到原罪一样，学者意识到自己的无知。最具雄心的读者也强烈地意识到他们所能阅读的作品实在是很少。埃里希·奥尔巴赫(Erich Auerbach)的权威性研究《摹仿论：西方文学中所描绘的现实》(*Mimesis: The Representation of Reality in Western Literature*)，分析了从荷马、《圣经》到普鲁斯特、弗吉尼亚·沃尔夫等人的作品，探讨了用古典与中世纪拉丁语、古代与现代法语、意大利语、德语、西班牙语和英语撰写的文本。而在书的开始有这样一段题词(出自安德鲁·马维尔[Andrew Marvell])，表达了他对所有被遗漏作品的遗憾，"但愿我们有足够大的世界和足够长的时间……"一位学者能够像伊拉斯谟(Erasmus)渴望知道"一切"的时代早已过去，甚至如维多利亚时代的古典学家本杰明·乔伊特(Benjamin Jowett)渴望知道一切值得知道的时代也早已过去。乔伊特担任牛津大学贝利奥尔学院(Balliol College)院长时，曾流传这样两句诗：

> 乔伊特是这所学院的院长；
> 乔伊特不知道的，就不是知识。

这样的断言今天再也不可能在任何一个学者身上成立。一位如饥似渴的读者，充其量也就接近于掌握某一民族文学的所有作品。哈罗德·布鲁姆几乎能记住用英语写作的所有重要诗歌，并以此著称；刘易斯（C.S.Lewis）也有这样的天赋，来访问他的人因此发展出一个客厅游戏，用所能想到的最晦涩的古老作品来挑战他，难倒他。比如有一次，一名罗氏奖学金①的获得者从刘易斯的书架上取下 15 世纪诗人约翰·利德盖特（John Lydgate）长达一万六千行的史诗《底比斯之围》(*The Siege of Thebes*)，随意读了一段。"'停'，刘易斯喊道，抬眼看看天花板，接着就继续背了下去……那位美国人慢慢合上书坐了下来。"(Griffin, *Clive Staples Lewis*, 《克莱夫·斯特普尔斯·刘易斯》，360 页) 如今大多数文学学者缺少这样全面的记忆，他们专长于某个可以操控的部分，研究的语言和断代都有确定的边界。

要从传统欧美的范围走出去，还在变得越发困难。在 20 世纪 70 年代，对很多比较文学学者而言，文学理论似乎为跨文化的作品提供了必要的基础，而对大陆理论怀有敌意的人大部分反对将它的应用扩展到西方以外。然而现在，恰恰是那些最热衷于理论研究的学者质疑欧美理论在全球范围的使用。如乔纳森·卡勒就说，"意义的互文特性……使文学研究在实质上和根本上就是比较，但它也导致其可比性取决于文化系统，是这个总体的领域确保了比较……对话语的理解越深刻，越难以把西方与非西方的作品进行比较"("Comparability",《可比性》，268 页)。还有更糟的，非西方传统如果不落入新殖民模式的预设并被明显地挪用，西方人几乎就不可能评价。现在我们意识到，我们应对的是巨大的权力差异和棘手的殖民主义后遗症。我们要么把外国的传统压缩为自身传统的一种异域版本，要么把一个原本是对广大世界的敞开，贬低为对新市场的搜寻，或者文学原材料的采矿，以供欧美学术工厂进行理论处理。如此导致的不平等关联，也许会丰富西方的文化，但却压

---

① Rhodes Scholarship，罗氏奖学金，是美国最古老也最著名的奖学金，每年向二十岁上下的美国学生提供机会在英国牛津大学就读学位。——译注

抑了其他地区当地文学文化的原创性与多样性。

很多评论家认为，美国尤为明显地维持着一种极度不对等的文学贸易。比如，劳伦斯·韦努蒂(Lawrence Venuti)指出，翻译强化了美国对外来文化的模式化理解，当前翻译的不平等生产模式使美国文化更多向外传播，而较少把世界文化带回美国。他特别提到，1987年，巴西出版了超过一千五百多种从英语翻译的作品，而英美仅仅出版了十四种巴西文学翻译。英美出版商通过向国外出售版权来增加他们的利润份额，而国外出版商却并未获得相应的利益回报。韦努蒂曾说，"很明显，从翻译英语中赚了大钱，但很少投入钱来翻译成英语"(*The Scandals of Translation*,《翻译的丑闻》,160—161页)。

越发明显的是，全球化不仅仅是学术讨论的重点，而且也在文学作品本身显山露水。

诺顿定位于名著——或西方——把荣耀的地位给予传统上的主要作家，都属于强国的经典：以1976年版为例，文选一百零二位作家中的三分之一占据了文选全部四分之三的空间。此外，入选的作品几乎完全是严格意义上的文学，如诗歌、戏剧、小说，外加一些散文与自传(蒙田；奥古斯丁和卢梭的《忏悔录》)。其他最常用的选集，如威尔基(Wilkie)与赫特(Hurt)合编的《西方世界的文学》(*Literature of the Western World*)，关注的重心与比重也很相似——而他们的标题还至少是大方地公开承认了他们的偏见。

自20世纪90年代初，这种情形发生了急剧的改变。世界文学选集开始展现更广泛的地理范围与文学类型，通常会选入大量的非西方文学，有些已经抛弃了"名著"的方法，从更广范围的作家中简要摘录。因此，《哈珀柯林斯世界读本》(*The Harper Collins World Reader*, 1994)收录了不少于四百七十五位作家，尝试对所有世界主要文学传统作比例相应的描述，甚至认真关注很多文学传统不深的国家。这导致选自西方作家如荷马、但丁的内容大为减少，不仅为中国、日本、印度的作家，还为越南、新加坡、密克罗尼西亚(Micronesia)以及其他很多地方的作家让出空间。文学本身也日渐成为一种不固定的类别：哈珀柯林斯选择的文本包括孔子、波伊提乌(Boethius)①、克里斯托

---

① 波伊提乌(480—524/525)，古罗马政治家，思想家。其作品《哲学的慰藉》(*Consolatio Philosophiae*)被誉为西方古典时代的最后一本杰作，对中世纪和早期文艺复兴影响甚广。——译注

弗·哥伦布(Christopher Columbus)的日记,还有大量非常有趣的章节是关于非洲口头史诗、美洲原住民的口头文学,这些作品从书写文本的根本意义上说甚至就不是文学。

就在哈珀柯林斯选集编撰的同时,沉睡在欧洲的诺顿文选觉醒了,于是,1995年有了"扩展版",在四千页西方材料的基础上增加了两千页的非西方材料。诺顿保留了"名著"为其核心——包括整本《奥德赛》(*Odyssey*)、《神曲·地狱篇》(*Inferno*)、伏尔泰的《老实人》(*Candide*)、歌德《浮士德》(*Faust*)的第一部——也增加了很多根本不符合过去名著模式的作品。比如关于20世纪世界文学的一节,由萨拉·拉沃尔(Sarah Lawall)重新编辑,从纳瓦霍人(Navajo)的《夜曲》(*Night Chant*)开始,接下来选的是西格蒙德·弗洛伊德(Sigmund Freud)(开启了超越传统文学边界的又一个例子),然后继续选取经典作家如叶芝(Yeats)、托马斯·曼(Thomas Mann)、弗吉尼亚·伍尔夫(Virginia Woolf)。后来的版本中,该书的标题发生了改变,以便囊括新的文学范围;萨拉·拉沃尔担任新的总编,去掉了"名著"(Masterpieces)一词而成为《诺顿世界文学选集》(*The Norton Anthology of World Literature*,第2版,2002)。一方面,梅纳德·麦克(Maynard Mack)①专注于英语研究,与耶鲁新批评派(Yale New Criticism)关系密切;另一方面,拉沃尔则是研究欧洲文学与理论的比较文学学者,对西方以外的世界很感兴趣。即使在扩展版还未出版之前,她就在重新考虑世界文学的课程形式,在给所编的《阅读世界文学》(*Reading World Literature*,1994)撰写的引言中,她多有触及,公开批评了现存的课程安排:

> 为了描述文本中存在(或缺乏)的"世界",被设计出来多样、复杂的理论,对世界文学研究中最明显的个案却几乎没有影响:它[世界文学]在学院的课程中牢不可破的存在……"世界"一词所产生的鲜活的预期,与传统方法所引起的匮乏的现实,只要这两者之间还存在差异,对世界文学研究的再思考还会继续。(45页)

---

① Maynard Mack(1909—2001),耶鲁英文系著名教授,主要研究莎士比亚和亚历山大·蒲柏,为《诺顿世界名著文选》(*The Norton Anthology of World Masterpieces*)的总编。——译注

即使长期满足于关注著名的欧洲的经典杰作，诺顿也乐于尝试新的方法。同一时期，威尔基与赫特的两卷选集，就算明确表明是西方文选①，也扩展了"西方"而包括一些阿拉伯的选文（《古兰经》、《一千零一夜》）。1999年其出版社，培生出版公司（Prentice-Hall）引进了由威利斯（Willis）和托尼·巴恩斯通（Tony Barnstone）编辑的《亚非拉文学》（*Literatures of Asia, Africa, and Latin America*）。②

所有这些新的发展证明，当世界文学的关注从旧世界扩展到全世界，从严格定义的文学如诗歌、戏剧、小说扩展到一般意义上的文学和围绕这一文学领域的扩展所带来的热潮。然而，所有这些文选也揭示了我们快速转变的处境所产生的困惑。哪些应该选入这样的选集？这些新材料该如何整理与展示？上述所提到的选集对此问题采取了不同的方法，但尽管每一个选集都提供了极其丰富的新材料，却没有一个真正有效地展示了这种丰富性。巴恩斯通的《亚非拉文学》作为威尔基与赫特的《西方世界的文学》的补充，其实显得相当不协调，它由不同的人编辑，采取的是不同的组织结构，且西方卷并未作修改来顾及它们新的"同伴"。《哈珀柯林斯世界读本》本质上是为了推翻"旧世界"，腾出地方而为来自"整个世界"的快照提供一个生动的画廊，但结果却支离破碎、前后矛盾，从一个选文突然跳到另一个，让人失去方向：要从两页半的奥古斯丁或五页的塞万提斯中获得什么，是一件困难的事情。

另一方面，在早于20世纪的章节中，诺顿1995年"扩展版"很大程度上是在没有变化的欧洲核心之上增加非西方材料，而这种增加经常看上去是象征性的，缺乏前后的关联。如此，在传统的长达五百页的"欧洲文艺复兴"一节之后，扩展版引入了标题宏大的"新大陆的美洲原住民与欧洲人"（Native America and Europe in the New World）一节——但（2002年与1995年一样）这个新大陆一节仅有三十二页长，包括一些阿兹特克诗歌，玛雅《波波·乌》（*Popol Vuh*）③中的选文；西班牙探索者与本地人对欧洲人的回应都没有出现

---

① Brian Wilkie & James Hurt, *Literature of the Western World*, Macmillan Pub. Co., 1991.——译注
② 在封底，出版社显然是希望向我们保证，这套地区性的选集可以作为一个连贯的整体来阅读，由此把该选集描述成"范围广阔的文学"。——原注
③ 西班牙殖民者曾经烧毁玛雅典籍，《波波·乌》是幸免于难的最重要的一部玛雅经典。——译注

在选集中。同样,欧洲浪漫主义与欧洲现实主义、象征主义两个篇幅较长的章节之间,插入了新的一节"北印度的乌尔都诗歌"(Urdu Poetry in North India)——但仅有薄薄的十页,是唯一的诗人加利卜(Ghalib)创作的甘查尔(ghazal)。① 很是不得其所,被插在近七百页的欧洲文学中,有关北印度的这一节,在某个意义上,却又相当清楚地被"归于其所",处在分配给欧洲与印度次大陆的 70∶1 的篇幅比率上。

除了前面章节中地区划分上极大的倾斜外,20 世纪一节完全放弃了地区划分,而采取全球模式,西方与非西方的比例更加均衡。但其基本组织原则,是按照作家的出生日期以时间先后排序。1995 年版中,这种安排就使得在卡夫卡(Kafka)与劳伦斯(D.H.Lawrence)之间插入了六页的因纽特人(Inuit)的诗歌——或许给"爱斯基摩派"(Eskimo Pie)②增添了新的意义,但却没有给读者或教师提供任何上下文。2002 年的新版重新洗了牌,把本节后半部分的祖尼人(Zuni)的祭祀诗歌前移了几页,给因纽特人的诗歌增加了一个伴侣。祖尼诗歌现在位于卡夫卡与因纽特诗歌之间,接下来是日本作家谷崎润一郎(Tanizaki)(劳伦斯被删掉了)和艾略特(T.S.Eliot)。西方过去的杰作队列不复存在,但完全不清楚该用何种组织形式来代替它。

随着世界文学的围墙的消失,世界文学这座房屋也变得很不稳定,新的问题产生,连房屋的地面都开始塌陷。传统上,西方文学依赖清晰可辨的雅典与耶路撒冷这两大源头。如果没有其他已知的文化出现在他们前面,荷马与柏拉图,耶和华典(Yahwist)与以赛亚书(Isaiah)③可以合情合理地作为其起点。过去一个半世纪里有关古代近东的知识激增,却给我们带来了另外一幅非常不同的风景,各种选集也开始反映出这一变化。以《诺顿世界名著》为例,传统上,"古代名著"一节,开篇先介绍《圣经》,接着转入希腊和罗马的主题,但"扩展版"引入了一个新的开篇章节"书写的发明与最早的文学"。这一

---

① 甘查尔,又译为"厄扎尔"、"卡扎尔",本是种音乐形式,一千多年以前产生于波斯,14 世纪从波斯进入到印度,它是以歌唱的形式来诠释一些关于爱情的诗歌。——译注
② 爱斯基摩派,一种冰淇淋的名字,香草冰淇淋裹以巧克力制成的外皮。生活于格陵兰岛、加拿大和美国的因纽特人属于爱斯基摩人的一支。——原注
③ 雅威典,也称耶和华典,《摩西五经》的重要来源之一,因其文本称上帝为雅威(Yahweh)而得名。以赛亚,公元前 8 世纪的犹太先知,《旧约·以赛亚书》中的主要人物,传统认为他即是此书的作者。——译注

节以《吉尔伽美什史诗》开篇,接着谨慎地选取了古埃及诗歌,再继续选取《创世记》("Genesis")、《约伯记》("Job")、《诗篇》("Psalms")和《预言书》("Prophets")。这一节要比以前的版本向前追溯了约一千五百年,同时向东、向南扩展。

世界在今天看起来要比二十五年前更大。传播、翻译与评价方面的困难依然存在,接下来的几章会继续以个案研究的形式加以探索。但是,经典范围的打开,提供了我们与周围世界真诚交流的各种新机遇,以及在审美上真正接触到广阔的可能性的新机会。恩加一方面尖锐地讽刺部落老人和詹巴蒂斯塔·维柯之间的不理解,后者自我标榜甚至自我憎恨,但一方面,同样尖锐的是,他没有要读者同意法官所坚持认为的,维系"两个世界,在时代的深处每一个世界都迷失在它自己的历史中。两种对立的轨迹。两种人性"(90页)。维柯想要恢复失传的部落口头文化,可是,也正是这一个维柯,无休无止打电话给朋友,有时每个耳朵一个话筒,同时与两个朋友一起讨论(41页)。审判结束时,"在场的最年轻的律师"发表了充满激情的辩护,不是为维柯那高高在上的新殖民主义事业辩护,而是赞成真正新的写作科学,这种科学有关于文化间真正的理解:

> 让我把话说清楚。我远不是赞成这个年轻人所做的事情。但我想指出……我们的一个同志刚才所说的"对我们安全的侵犯",只不过是在我们退回自身之时,"对我们特质的侵犯"。但我们不要忘记"特质"会导致缺氧,甚至完全接收不到外界的氧气。文化唯有向其他文化开放才可能存活下来,使其免于集体性的自恋。(112页)

在后殖民时期,恩加本人的得与失,都源于对民族特质的强调。他初到欧洲之时的风尚是任何一个移民都期望高度的同化,他以乔治·恩加(George Ngal),而不是姆布威尔·恩加(Mbwil Ngal)的名义出版了第一本书。出版《詹巴蒂斯塔·维柯》时,他又恢复了原有的名字,但到目前为止,这部小说的主要读者只是非洲文学专家。对他小说的翻译早就应该完成了。恩加的小说可以同时从多种框架来看待:非洲文学、法国文学、世界文学以及文学;而唯有到了这样的时候,我们才拥有名副其实的世界文学。

虚拟性的符号学:描摹后人类(节选)

[美] N.凯瑟琳·海勒

导言——

本文节选自《我们何以成为后人类:文学、信息科学和控制论中的虚拟身体》(北京大学出版社2017年版)第十章《虚拟性的符号学:描摹后人类》,刘宇清译。

作者N.凯瑟琳·海勒(N.Katherine Hayles,1943—   ),生于美国圣易路斯市,1977年于罗彻斯特大学获得文学博士学位,先后任教于加州大学洛杉矶分校、爱荷华大学、杜克大学,主要从事文学和科学的关系研究。著有《计算机,我的母亲》、《数字主体与文学文本》等,是美国文学批评家。

虚拟性是控制论的第三次浪潮所建构的核心概念,指的是物质对象被信息模式贯穿的一种文化感知。选文中,作者从在场与缺席(有—无)、模式与随机(有序—无序)两个重要的辩证逻辑出发建构了虚拟性的符号矩阵。该符号矩阵的动态运作生成及刻画了物质性、信息、突变和超现实四个理解后人类的关键节点,作者借助四篇科幻小说分别对每一个节点进行说明。表现突变的文本是《血色音乐》,表现超现实的文本是《终极游戏》,两者所组成的横轴关注身体边界的问题,前者中后人类通过彻底重组人类的身体而产生,后者中人类的身体成为了一个虚拟意识的组成部分。表现物质性的文本是《伽拉忒亚2.2》,表现信息的文本是《雪崩》,两者组成的纵轴关注的问题是各种形式的铭写以及它们主导或替代血肉之躯的潜力。前者中,计算机产生了自我意识,能够像人一样行为,后者中,人类可以被计算机程序接入并受其控制,变得只能像计算机一样运行。最后,作者将从人类到后人类的过程思考为铭写与归并在基本编码层上的一系列变化,这意味着自由人本主义主体中的自我与意识的同一性被彻底改变。作者借助了大量的科学知识与科学概念来介入思想观念问题,将科学知识与文学文本相结合,从两者的互动关系中全面地描摹后人类并提供了理解后人类的概念框架,思路新颖,论证有力,富有启发意义。

早在二十多年前，伊哈布·哈桑就有先见之明地预言了后人类的到来。"首先，我们应该明白，人类形态——包括人类的愿望及其各种外部表现——可能正在发生剧变，因此必须重新审视。当人本主义进行自我转化，成为某种我们只能无助地称之为'后人类主义'的新事物时，我们就必须理解五百年的人类主义历史可能要寿终正寝了。"当我们迈进了新千年，关于后人类的各种问题变得日益紧迫。当代推理小说对这些问题的探索比其他任何领域都更热情。本章将回到先前介绍过的那些名词，并且证明它们怎样被用来将后人类描绘成文学现象的地形图。这幅地图不是版图。这个不言而喻的道理在这种情况下更是如此，因为后人类尽管还是一个不成熟的新概念，却已经非常复杂，牵涉到一系列文化的和技术的领域，包括纳米技术、微生物学、虚拟现实、人工生命、神经生理学、人工智能、认知科学以及其他学科。尽管如此，即使一幅粗糙的地图，也可以为理解后人类在展开时沿随的轴线，以及后人类引发的深层问题，提供一些有益的启发。

　　为了绘制这幅地形图，我要回到这个概念：牵涉到后人类形成的两个重要的辩证逻辑是在场/缺席（有—无）和模式/随机（有序—无序）。我在第二章中指出，由于信息变得日益重要，模式/随机的辩证（信息与此深刻相关）有可能超越在场/缺席的辩证。但是，认为在场/缺席的辩证不再具有解释效力，那肯定是个错误。因为它将物质与意义连接在一起的方式，是模式/随机的辩证法不可能有的。要成为有用的（地形图），后人类的地形图需要包含两种辩证逻辑。因此，我在这里要重新捡起在第二章末尾放弃的线索，即，模式/随机可以视为对在场/缺席有利的补充而不是对抗性。在本章中将两种辩证关系结合起来，可以帮助我们探索具身/身体和归并/铭写的理论结构的全部复杂性。

　　我们将模式/随机和在场/缺席这两组辩证关系看作一个符号学矩阵的两条轴线。符号学矩阵作为一种启发模式吸引我，因为它对结构和灵活性进行了与众不同的结合。结构是由轴线以及轴线表达的形式关系决定的，但构成轴线的条件不是静态/不变的。相反，这些条件与它们的伙伴不断地动态地互动，并且从互动中产生新的合成的条件。将在场/缺席放在第一条轴线上，将模式/随机放在第二条轴线上，这两种辩证逻辑就可以开动。第二条轴线与第一条轴线的关系是一种排除关系而不是反对关系（见图表1）。模式/随机讲述的一部分故事，是不能通过在场/缺席讲述的，反之亦然。连接在场

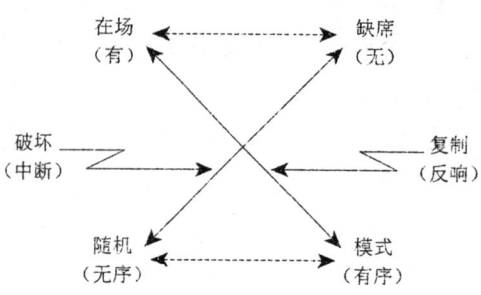

图表 1　虚拟性符号学

与模式的对角线可以方便地被标记为复制,因为它指向了继续(continuation)。一个在场的实体将继续如此;跨越时间和空间复制自身的模式将继续复制自身。相反,连接缺席与随机的对角线则象征着破坏和中断。缺席破坏了在场的幻觉,揭露在场(的幻觉)缺乏本源的充实(originary plenitude)。随机把模式撕开一个洞,让背景中的白噪音(white noise)汹涌而入。

现在我们可以开启符号学矩阵的动态运动了。第一轴线和第二轴线之间以及构成轴线的各种条件之间的相互作用,可以产生更多的辩证关系,反过来,这些辩证关系又会进一步相互作用,由此无限往复。对于我的目标,将一层正在进行合成/综合的条件添加到原初的矩阵中,就足够穿过这些转化中的一个(见图表2)。

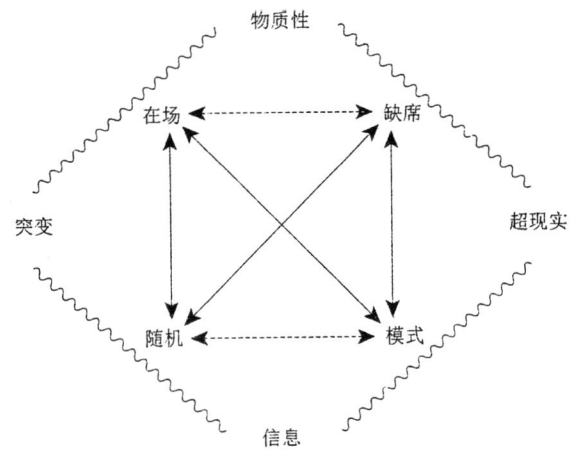

图表 2　符号矩阵的变形

在顶部的横轴上,从在场与缺席的相互作用中产生的合成条件是物质(性)。我认为这个条件同时涉及物质性的象征/指示能力以及象征/指示过程的物质性。在左边的竖轴上,在场与随机的相互作用产生了变异/突变(mutation)。突变证实了随机留到在场上的标记。例如,当一个随机事件介入,影响一个机体的基因代码时,这种介入就会改变机体用来在世界中表现/证明自身的物质形态。在第二章,突变跟模式/随机对在场/缺席的替换或转移相关。而在这里,突变作为随机与在场之间的一种综合化条件出现。当随机爆发到物质世界,突变就获得了作为后人类的社会表现和文化表现的效力。在右边的竖轴上,缺席与模式的相互作用,可以根据鲍德里亚的说法,被称为超现实(hyperreality)。预言社会内爆成超现实(the implosion of the social into the hyperreal),鲍德里亚描述了能指和所指之间,或者原物/原象("original" object)及其类象/拟象(Simulacra)之间的距离崩溃的过程。这列思想火车的终点站是模拟/仿真;模拟/仿真不仅只是与原物/原象相互竞争,而实际上要取而代之。如果某人一生中看到的都是《蒙娜丽莎》的复制品(reproductions),而现在站在这幅画的原作面前,却没有将它看成原作,而仅仅只是另一件复制作品,他会直觉地理解鲍德里亚所谓的"拟象先行"(Precession of Simulacra)。最后,在底部的横轴上,模式与随机之间的相互作用,我将标记为信息,打算让这个条件同时包括信息的技术意义以及一种更普遍的认识(perception)——信息是由物理标记承载的代码,同时也是可以从载体上抽离的。这个示意图表明概念对于后人类多么重要——物质(性)、信息、突变和超现实——可以被理解为从在场/缺席与模式/随机的辩证关系中产生的合成条件。

为了使这个示意图更加充实,我会选择四篇小说作为指导文本(tutor texts)来举例说明后人类的各种关节(articulations)(见图表3)。每一组(对)文本可以通过一组(对)互补性的问题来表示。表现突变(的文本)是格雷格·贝尔(Greg Bear)的《血色音乐》(Blood Music),在这个故事中,后人类的产生是通过彻底重组人类的身体而实现的。沿着横轴与之配对的(文本)是科尔·佩里曼(Cole Perriman)的《终极游戏》(Terminal Games),在这个谋杀谜案中,谋杀者最后被发现是一种虚拟意识(virtual consciousness),这种虚拟意识坚信它模拟的虚拟世界比人类居住的物质世界更真实。两者都受到关于身体边界的焦虑的驱动。这是一个非常熟悉的主题(theme),无论从科学

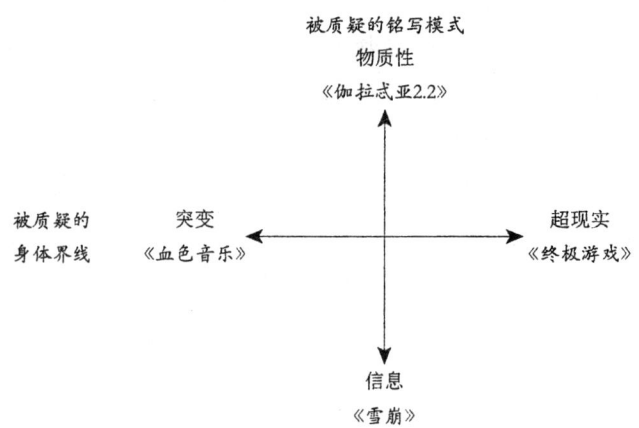

图表3 绘制到符号矩阵上的指导文本

著作还是文学作品中都可以找到。前者比如诺伯特·维纳的《控制论》和马图拉纳的自生系统论；后者比如伯纳德·沃尔夫的《地狱边缘》和菲利普·K.迪克的《拟象》(*Simulacra*)。《血色音乐》追问："现在,人类的组成部分正作为有意识的实体自行运作。如果人类被他们自己的组成部分取代,情况会怎样？"《终极游戏》追问一个互补的问题："假若人类被迫作为另一个实体的组成部分进行运作,该怎么办？"

在垂直的轴线上,用来举例说明物质的动力学的(文本)是理查德·鲍威尔斯(Richard Powers)的《伽拉忒亚2.2》(*Galatea 2.2*),在这部自传性的小说中,主人公卷入一个创建神经网的计划中；这个神经网非常精密、复杂,甚至可以通过一场英语文学的硕士考试。在这里,后人类采取了交感神经人工智能(sympathetic artificial intelligence)的形式,最后,这种人工智能变得非常复杂,并且能够自我参照,以至于它可以被称为(自我)意识(self-referential),以至于也可被称为(自我)意识的。这个文本提出的问题是："如果计算机也像人一样行为表现,该怎么办？"信息的动力学是通过尼尔·斯蒂芬森(Neal Stephenson)的《雪崩》(*Snow Crash*)进行探讨的。《雪崩》是以这个条件为基础的：计算机病毒也可以影响人类,损坏人类的新皮层软件(neocortical software),并且将他们变成只能执行被输入的程序而没有其他任何选择的机械化的实体。这个文本提出的互补性问题是："如果人被变得只能像计算机一样运行(程序),该怎么办？"关于身体边界的问题主要是沿着横轴体现的。相反,沿着纵轴的重要问题关注的是各种形式的铭写,以及它们主导或者替代血肉之躯的潜力。

当景观的轮廓从这个模型的线性框架的抽象中涌现出来时,情况将变得非常明显:对于后人类预示着什么,这里不存在任何共识,部分原因在于建构和想象后人类的方式各不相同。人类和后人类应该怎样被连接在一起作为提出这个问题的复杂的语境?拓扑学所能揭示的不一定是对于这个深度问题的答案。我们现在转向关于单个文本的讨论。在单个的文本中,一系列关于后人类的不同结构/组态将会得到清晰的阐释。在这些文本中,后人类不是作为一种服从普遍规律的抽象实体,而是作为一种异质性力量的场域出现;某些特别的向量将会贯穿这个场域。我曾经选择不把这些讨论编织到一个无缝的网络中,免得让后人显得比他本来的情况更加不统一(unified)。相反,这些讨论按道理要像超文本的 Lexias 一样行动,邀请读者从断裂、并置和隐含的联系中建构意义。

奥吉高喊着"没有空间",然后无奈地死去。这个结局象征着人类对于后人类的胜利,并且绝非巧合地,象征着在物质上有限的真实世界对于可以无限扩张的无形的"信息世界"的胜利。《血色音乐》坚持后人类永垂不朽的诺言,相反,《终极游戏》坚决地站在了有限性一边。人类之所以为人类,因为他们终究要死亡,并且只能生活在一个资源受限的有限世界。《终极游戏》暗示,改变这些,就破坏了人类意义的基础。小说的情节轨迹表明,只有在不威胁人类的自主性、独特身份和有限性(finitude)的情况下,智能机器才是可以被接受的。当后人类出现在这些特性的对立面时,它就被构想成一种致命的威胁,理性和爱就会携手肢解并且消灭它。

《伽拉忒亚 2.2》中的物质性象征

正如标题所示,《伽拉忒亚 2.2》不仅充满了重叠(doublings),而且开篇就是理查德·鲍威尔的身份重叠,他既是这部自传性小说的作者,又是小说的主角。但是,这些重叠并非简单的镜像(mirror images)。将这对孪生的 2 分隔开的那个小圆点,既象征着差异也象征着映像。第一句话就开门见山,直奔主题,叙述者(为了将他与作者鲍威尔进行区分,我把他称为里克)声称,"像这样,但并不是这样"($G2$, p.3)。在中心——大学的一个研究所,正在进行关于大脑和心智的前沿性研究——休假一年,里克参与了两个相互竞争的研究者之间的一次赌博:是否可以创造一种足够复杂以至于能够通过硕士英语考试的人工智能？两个人各执己见。创造这种智能，将会利用一个神经网络，即，自上而下的人工智能与自下而上的神经生理学之间连接性的"中间层"(middle level)(*G2*, p.28)。研究者决定，这个网络将会根据一个参加同一次考试的人类主体，即在文学版的图灵测试中进行评判。

（脑子里）装满了菲利普·兰茨(Philip Lentz)——他自己的科学合作者——撰写的各种技术类论文，里克向自己的朋友戴安娜·哈特里克(Diana Harrick)——中心的另一位研究者——解释神经网的学习过程。"信号模式从一层向另一层扩散，穿过整个网络。最后的反应收集在输出层(output layer)。然后，网络将这种输出与训练者表达出来的预期输出（结果）进行比较。如果两种输出不同，网络就会把误差的信息反向传播到输入层，以便调整导致错误的每一个连接（中间层）的价值(weight)。"(*G2*, p.67)调节价值就等于决定两个或者更多的神经元怎样才能同时激发。里克解释说："如果两个神经元同时激发，它们的连接就会更强大，并且下一次刺激会变得更容易。"这种想法被总结在海布学习法则(Hebbian law)中："运动中的神经键喜欢保持运动。休息中的神经键倾向保持休息。"(*G2*, p.73)由此，神经网通过一个连续不断的猜测过程——不断被纠正，反向传播（误差），再猜测，以此类推——进行学习。层次和连接越多，神经网络就越复杂，其学习能力也更完善。

这种神经网的创造过程，经历了多种处理程序(implementations)，直至达到程序 H(Imp H)。这个过程包含一个由两条线索交织的故事。第一条线索是里克在回忆自己与 C.之间失败的交往关系。C.是里克在当助教时(22 岁，对 2.2 的另一种暗示)遇到的一个女子，她是里克班上的一个本科生(20 岁，比里克小两岁，停留在小圆点的另一边)。在这个没有善终的故事里，叙事的功能仿佛使得（故事）正在通过里克的神经线路被反向传播，因此他可以调整连接点的相关价值，以便更准确地估计它的意义。里克认定他与 C.的关系失败了，因为 C.扮演着他的皮格玛丽翁（眼中）的伽拉忒亚，绝不仅是他自己创造的对象。

在此意义上，C.类似于里克正在训练和培养的神经网。神经网也是他(和兰茨)的创造对象。由于 A 和 B 等处理程序变得更加复杂，并且更像人类，与 C.的通讯和呼应也变得更强大。当兰茨和里克想到了程序 H(Imp H)时——Imp H 现在发展成非常巨大（神经网），它运行的分布式平行处理器遍及整个大学——C.的映像变得非常明确。从文学中获得滋养并且战胜比喻，"Imp

H"被赋予一个声音界面,因此它可以说话;同时获得一个人造的眼球,所以能够观看。"Imp H"已经发展了足够的智能,因此它可以理解编码在文学文本中的性别。有一天,它问里克:"我是一个男孩还是一个女孩?""H 现在开始注意自己的思想了,"里克自言自语地说,"我敢肯定是这样的。随着时间推移,它的隐藏层面能够观察到自身的变化速率。我这边的任何停顿都将是致命的。延误意味着某种不确定的事情,甚至可能永久地破坏我正打算为它绑定的连接点的力量。'你是一个女孩。'我毫不犹豫地说。我希望我是对的。'你是一个小女孩,名叫海伦。'"(G2,p.176)确定她的名字和性别,就为她与C.的镜像关系确定了舞台。当海伦问里克她长得什么样时,他给她看了 C.的照片。尽管海伦非常精明地猜到,这个照片不是她自己的,而是里克以前的某个朋友的。

现在,我们反向传播这个叙事,以便对分隔 2 和 2 的那个小圆点进行更深刻的理解。那些作为里克恋爱对象的女子(C.,然后是我们很快就会碰到的 A.,以及只是短暂露面的 M.),她们的名字后面都有一个句点。处理程序(Imp)A,B,C……H 的后面却没有句点。这个黑色的小圆点并非可有可无的。它标志着一个人(人的名字被缩写成一个字母)与一个处理程序(处理程序的名字不带句点,因为这个字母本身就是名字)之间的差异。在这个意义上,这个句点就是一个区分人类和非人类智能的标记。这个句点也代表一种被用来区别软件的不同版本符号(我在 6.0 版本的 Microsoft Word 软件上写作本书),使之可以适用于海伦。不过,海伦的名字从未按照这种方式被重复。在里克给她命名之前,她总是被称为"Imp H",并且没有任何进一步的细分。因此,原本应该有名字的人类反而有了句点;原本应有句点的软件处理程序反而有了名字。

由此,这个黑色的句点盘桓在两个表意系统之间,既指涉着人类又指涉着后人类。通过这种暧昧性,它激发人类和后人类彼此作为自己的镜像。不过,它的形式(2.2)暗示的不是一个而是两个重叠(doublings)。这种模糊、冗余的重叠还具有另一层含义:作为一种分隔,黑色的句点暗示,尽管具有像照镜子一样的对称性,但还是有一条无法跨越的鸿沟将人类的女性与后人类的计算机分隔开来。关系到情节发展的最重要的差异是如下事实:C.是一个具身化的生物,可以在物质世界中运动;相反,海伦是一个分布性的软件系统,尽管具有物质载体,但在任何类似于人类的世界中都不具有身体。海伦是存在的(present),但在世界上没有现身(Presence)。C.在世界上有现身,但现在缺席了里克的世界,并且除了以间接地方式出现在里克的会议中,她在叙事的世界中也是缺席的。

从现身与缺席之间丰富的相互影响中,形成了物质(materiality)与意义(signification)之间的联系(connections)与分离(disjunctions)。作为一个后人类创造物,海伦从与人类相反的方向接近了意义。对于个体的人类以及某个种族而言,血肉之身要早于语言。最先到来的是具身的物质;然后是通过与环境以及其他人类的互动进化而来的各种概念;最后才是充分表达的语言。但是对于海伦而言,语言却是最先到来的。关于成为一个具身生物意味着什么的各种概念,肯定是从语言意义中进化而来的。母亲的每一个孩子都知道从体内(from the inside)快跑的情形——看到围绕在周围景象时感觉心跳加速、呼吸急促——对于海伦,这些感觉必须通过解码语言并且(在出现错误时)反向传播,才能以非常间接的形式重建。

不过,还是可以发现这样的例子。人类的大脑通过同一种反向传播原理(principle of back-propagation)进行工作;有意识的思想与感官经验只具有一种非常间接的关系——兰茨坚持认为大脑"本身只是一个被美化的、言过其实的图灵机器"(G2, p.69)——鲍威尔小心翼翼地在自己文本中表达具身经验的全部价值——具身经验分开了C.与海伦,也分隔了人类与人工智能。"讲话障碍了我的机器,"里克说,"海伦造出了非常完善的句子。但它们是空洞的或者被填充的——语言训练罩。她从动词中分类出名词,但不是具身的,她不知道事情(thing)与过程(process)之间的区别,除了它们在条款中发挥作用。她的预测和判断全都是闪电式婚姻(勉强凑合);她的想法与不承受建筑重量的半木梁一样具有装饰性。"(G2, p.191)

里克对海伦的训练过程也不完全是单向度的。当他在训练她时,与她一起工作的经验也会反过来训练他,将他的语言经验非本质化,以便让他渐渐意识到语言具有相互纠缠的、循环递归的本质。他们之间的相互影响让人想起了维诺妮卡·霍林格(Veronica Hollinger)的主张:我们需要能够"解构人类/机器之间的对立,并且开始追问这种的新问题"的文本——"我们和我们的技术如何'相互接入'(interface)并且产生已经成为一种共同(mutual)进化的东西?"在这里,鲍威尔作为一个作家的艺术手法变得非常重要,因为他高度递归性的、紧密嵌入式的叙事风格给读者留下这样的感觉:每一个句子都是精雕细琢、苦心经营的；即便是在句子中途产生的意义，也要读到句号为止才能得到确认；读者除了反复阅读并且反向传播再也别无选择；将我们变成在《伽拉忒亚 2.2》中执行重叠任务的读者。

考虑由这篇短章制定的多重递归，里克和海伦了解的众多情况之一是："英语像巧克力一样混乱，它已经开始让我明白。我想知道说母语的人怎样才能号召沉着的心灵进行思考。准备（readiness）是一种语境，并且语境就是一切。H 聚敛的语境越多，他在面值上就能接受更多破碎的英语面貌。"(G2, p.170)"像巧克力一样混乱"（Chocolaty mess）这个短语，唤起了与触觉和味觉有关的记忆。这种记忆是一种共同的人类经验。但对海伦而言，这种经验必然是抽象的。不过，这些生动的感觉记忆还是被唤起来服务于抽象，服务于自然语言错综复杂的本质。甚至当这个形象暗示一种融合，将一个单词和另一个单词的区分变成一种视觉幻象时，鲍威尔的递归性风格也加入了一个比喻性的即兴重复的音乐小节，进一步强化了读者的感受：自然语言是怎样递归性地错综交织的。

"准备是一种语境"的意思可以这样理解：因为一个人拥有具身经验的语境，以及包围和贯穿语言的文化语境，所以这个人能够比非母语的说话者更容易理解说出的话，更别说人工智能的异类心灵了。这个短语暗指埃德加（Edgar）在莎士比亚戏剧《李尔王》中的评论"准备就是一切"（readiness is all）。《李尔王》这部戏剧因为对宇宙的相对化处理而著名。葛罗斯特（Gloucester）回答说"并且那也是真的"，鼓励一种反向传播，暗示即使这种著名的箴言也只是在有限的、具体的语境下才是正确的。通过这个语境的反复利用，里克版的格言"准备是一种语境，并且语境就是一切"还鼓励另一种反向传播，在对自己的宣言性前提条件进行相对化处理的同时，吸引读者注意更广泛的文化语境，海伦必须进入这种文化语境才能理解说话的全部涵义（例如，她必须读过《李尔王》）。

了解这个语境，其结果一定会促使母语人士"按照面值"（at face value）接受"英语的破碎面目"（The shattered visage of English）。面值（face value）这个死喻（dead metaphor）在这种语境被复活，因为它鼓励读者记住海伦（一个非人类智能，与另一个绝世美女共享同一个名字。绝世美女的脸可以启动一千艘战船为她而来）没有面庞，也没有进化的历史。进化的历史能够赋予她细致入微地阅读人类面目的能力。"面值"（face value）只是众多成语中的一个；那些成语将人类经验的向量编码到它们中间；直到与非人类智能可能赋予它们的意义相对照时，我们才能同样地确认这些经验。"面值"与"破碎面目"(shattered visage)之间的对比，进一步加强了这个死喻的复活，造成一种似是而非的认识：仅仅因为英语被自然化/本质化(naturalized)了，母语人士才可能认为它是一个天衣无缝的整体(whole)，而不是由破裂和分离构成的"混乱"(mess)。"混乱"（源于"像巧克力一样混乱"）与"破碎的面目"的并置，进一步体现了融合(melting together)与撕裂(ripping apart)之间的紧张关系。这种紧张关系熟练地抓住了自然化赋予的悠闲以及对自然化假设的剥离。不仅这篇文章体现了这种剥离，而且里克和海伦也经历了这种剥离。一旦我们的理解重复循环了所有这些递归和反向传播，结果顿时(*simultaneously*)就会让我们感到轻松自在。这种轻松自在是母语人士所享受的，也是像海伦这样的神经网将会体验到的紧张后的感觉。

在我们作为人类或多或少可以根据"面值"接受的这些意义背后，存在一种微妙的涵义。里克认为海伦是"无形的"(disembodied)(*G2*, p.191)，但是只有从人类的视角来看，这种说法才（当然）是对的。海伦在学习人类语言时遇到的问题，并非因为她是无形的（可以在世界中获得的一种没有现身的状态），而是因为她的具身与人类的具身完全不同。在她的具身中，没有任何东西可以对应编码在人类语言中的身体性感觉。对她而言，"'脑了'里根本没有身体"。正如马克·约翰逊(Mark Johnson)曾经说过的，没有反映和对应她在世界中的具身经验的计划。在语言中感受疏离，正如里克在与海伦相处时的感觉一样，是为了明白被归并到身体中的情形。这个身体在人类铭写中既找不到形象也找不到回声。

将海伦的故事与里克的故事交织起来的深层的同源性，恰恰是由语言创造的这种与社会的疏离感。与对语言的非自然化过程并行不悖的，是里克和海伦经历的一种感情。他告诉海伦，他和C.一起回到C.和她的家人曾经居住的一个荷兰村庄。当里克想方设法使用荷兰语但还是在这门新语言中不断出丑时，文本的叙事形成了这样的认识：语言并不仅仅代表某人的祖国和家乡，而且它本身也是一种媒介，能让有些人感觉到家的温暖，也能让另外的人感觉格格不入。陈(Chen)是中心的另一个研究者，当他用自己"印象派的"(impressionistic)英语对这种动态关系发表个人看法时，对创建一个自由人本主义主体的很多属性，特别是代理/机构的属性，在面对后人类时继续得到重视。如果被认为是在保护代理/机构(《血色音乐》),后人类就趋向于被接受和包容,反之(《终极游戏》),就倾向于抵制和反抗。我们在控制论的发展中看到的序列化模式在这里继续存在。自由人本主义主体的一些原理被重新写进后人类,然而另一些要素,特别是自我与意识心灵的同一性则被彻底改变。没有被表现为一种(去语境化的)心灵思考,这些文本的主体通过循环在不同编码层之间的递归性反馈回路获得了意识。后人类主体性与多重编码层的联系暗示,需要不同的涵义模型,这些模型可能会识别神经语言结构和计算机语言结构的区别性特征。在第二章介绍过的闪烁能指概念,表明了这类模型可能会是什么样。就像主体性自我一样,人类语言正在被重新描述到强调它与计算机编码的相似性和差异性的不同条件中。

除了对分层编码结构的强调,后人类的观念/构想也深入地牵涉到界线问题,特别是在重新划界改变了自我和人格的核心场所的时候。身份的场所从大脑转移到细胞,或者从新皮层转移到脑干,主体的天性也会剧烈地变化。采用一种与弗洛伊德或者荣格明显不同的方式,这些文本揭示了意识的虚弱。意识心灵可以被操纵,被叛变的细胞切除,然后被吸收到人造意识中,或者通过有缺陷的记忆被反向传播。这种弱点直接关系到一种被改变的涵义观念。意识越被视为多重编码层的产物,干预能够产生灾难性后果的场所数量就越大。不管意识被视为我们应该奋力保护的一种珍贵的进化成果(《雪崩》),还是我们时刻准备突破其限制的一种隔漠空间(《血色音乐》),我们都再也不能简单地假设意识保证了自我的存在。在此意义上,后人类的主体也是一种后意识的主体。

正如我们已经看到的,人类—计算机等式的一种涵义是关于一个基本编码层的想法:铭写和归并在基本编码层相互结合。当从基本编码层向上运动时,铭写倾向于从归并分叉,变成表现性的而非行动性的。那么,关于从人类向后人类的转变,其中一种思考方式就是作为不断进化/发展中的铭写与归并之间的一系列变化。重新回到符号学矩阵,我们可以描绘这些可能性(见图表4)。

设想细胞收缩成单纯的信息而留下具身化的人类作为过时的陈迹,《血色音乐》利用这种结局提出一个根本性的问题。从人类到后人类,这种变化到底是一种进化论的进步,还是一场史无前例的灾难?这种变化代表了下一个逻辑发展——智人(Homo sapiens)与智能机器结合起来创造智人硅

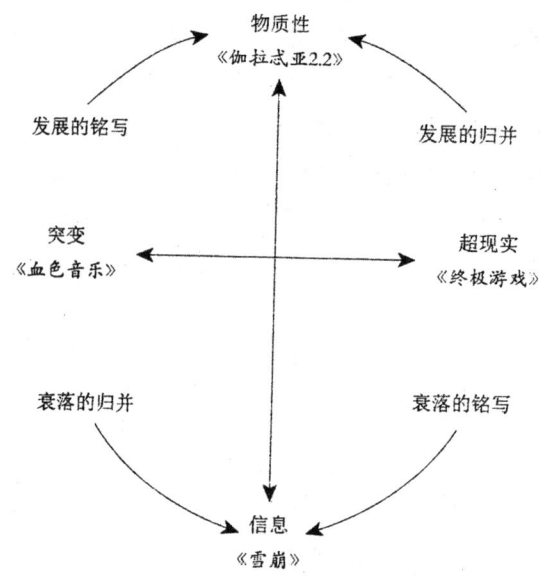

图表 4　符号阵中的铭写与归并

(Homo silicon),还是预示着人类长久的暮年与衰落？在《血色音乐》中,这些问题呈现为相互竞争形态学。通过跨越作为独立机体的人类与细胞殖民者凝聚的整体之间的界线,意识形态得以制定。

当强调的重点是铭写而不是归并上的时候,重要的界线在于铭写向各种竞争性实践之间,而不在于不同的形态学之间。人类是通过在计算机键盘上打字创造化身(alter),还是化身控制人类的打字以便铭写反映化身的意志而不是人类的意志？像《血色音乐》一样,《终极游戏》反复考虑一个重要的意识形态斗争。根据奥吉的观点,他是一种比他控制的"细胞"更先进的铭写形式;从人类的观点看,他代表了一种权力转移(devolution),通过这种转移,一种充满危险的独立铭写可以宣告它对具身化人类的控制。奥吉认为人类是一种低劣的书写形式。

对于纵轴上的文本而言,铭写与归并之间的张力关系也很重要。在《伽拉忒亚2.2》中,人类通过他们与环境的互动进化来的物理性能/实际能力(Physical capacities),以及处于进化中的将海伦构成一种智能存在/生命的铭写,被并置在一起。人类语言产生于具身化的经验,然而,海伦必须根据人类语言向后推断到具身化经验。这种根本性的差异造成了不断进化的铭写,对于它的所有弱点,最后都比进化中的铭写更稳健。在《雪崩》中,当雪崩病毒在铭写与归并融合的基本编码层活动时,人类就交权(衰落)了。扭转这种衰落的途径是,重新激活高级的编码层,由此从行动空间运动到表现空间。我曾经指出,这种运动的意思是要起到病毒模因的作用,给读者接种预防文本自身最重要隐喻——人类等于计算机——的行动性力量。

值得注意的是:通过各种不同的方式,所有这些文本都与进化(evolution)与交权/衰落(devolution)之间动态关系纠缠不清。在它们的痴迷纠缠背后,是一些非常重要的问题:当人类遇到后人类时,这种遭遇是更好还是更糟?后人类还会保护我们在自由主体中继续看重的东西吗?或者从人类到后人类的转变要彻底毁灭这种主体吗?在后人类的将来,自由意志和个人机构还可能存在吗?在变化之后,我们还能够认识自己吗?还会有一个需要被承认和已经被公认的自我存在吗?

当文本与这些问题纠缠战斗时,令人惊喜的是——如果这里有惊喜的话——文本对于某种人类主体始终如一的坚持。如果后人类中的"后"(post)表明已经部分地存在于此的变化,那么"人类"则表明这些变化的序列天性。但是最后在书中还是不会找到关于后人类的各种问题的答案,或者至少,只是在书中寻找,是找不到答案的。相反,答案可能是某个星球的共同创造。这个星球上住满了人,他们正在努力创造一种未来。我们可以在未来继续活下去,继续发现意义,为我们,也为我们的孩子,继续思考我们与智能机器的亲缘关系甚至差异。渐渐地,我们的命运与智能机器休戚相关。

♀ 延伸阅读 ♀

1. 黄鸣奋《新媒体与西方数码艺术理论》,学林出版社,2008。
2. 欧阳友权《网络文学概论》,北京大学出版社,2008。
3. 单小曦《媒介与文学——媒介文艺学导论》,商务印书馆,2015。
4. 莱恩·考斯基马《数字文学》,单小曦等译,广西师范大学出版社,2011。
5. 安德鲁·本尼特、尼古拉·罗伊尔《关键词:文学、批评与理论导论》第26章《变异》,汪正龙、李永新译,广西师范大学出版社,2007。

📍 问题与思考 📍

1. 比较传统的文字阅读与后来的网络文学阅读特别是数字文学阅读有什么不同。

2. 怎样看待近来的科幻文学热?

📍 研究实践 📍

1. 2017年5月19日微软发布了世界上第一部机器人小冰的诗歌集《阳光失了玻璃窗》。以下是小冰"创作"的两首诗歌。思考一下机器人诗歌与诗人创作的诗歌有没有不同。

我的爱人在哪

快把光明的灯擎起来了
那里有美丽的天
问着村里的水流的声音
我的爱人在哪
因为我的红灯是这样的幻变
像是美丽的秘密
她是一个小孩子的歌唱
那时间的距离

香花织成一朵浮云

像花的颜色
也渐渐模糊得不分明了
蘸着它在我雪净的手绢上写几句话
钢丝的车轮在偏僻的心房间
香花织成一朵浮云
有一模糊的暗淡的影
是我生命的安慰
只得由他们亲手烹调

2. 以下是网络小说《爱》,请以此为例,谈谈网络文学的特点。

那年我上初三。

有一天,班里新来了一位英语老师,非常漂亮。我第一次见到她,就喜欢上了她。

　　那天晚上,月光如水。晚自习后,我,独自一人,来到了英语老师住的宿舍门口。我急切地想作表白。那时青春期荡漾翻滚,却不知道用什么方法。

　　想念佳人,思绪良久,夜凉有霜。我在旁边的地上捡起了半截砖头,上面写着一句爱的心声:"爱你!万年。"扔了进去。撒腿就跑。

　　不到二十四小时后。确切地说,第二天早上。全校大会。校长头上缠着绷带,当众宣布:开除本校保安李万年!……

　　不要问为什么!……

　　没有人问为什么。……!

　　甚至,李万年也不知道为什么。但是,我只是瞥见,校长夫人偷偷抹眼泪。李万年离开操场时,深情看了她一眼。

　　没有人知道李万年被开除的理由,只有我。

　　那年我刚好十六岁。

第十一章 文学研究方法论（上）

导 论

一、文学研究方法论概说

1. 方法与范式

我们研究一个学术问题，离不开论题、材料、方法、论证与结论几个方面，可见方法对于从事学术研究来说十分重要，甚至可以说具有枢纽地位。方法是一个大的概念，包含不同的层次，我们这里所说的文学研究方法是文学研究的思维方式、参照准则、切入视角、研究手段等等的总称。方法论往往与其哲学基础、逻辑起点有关，所以包含了一定结构要素的方法可以形成某个文学理论或文学批评流派的叙述原则。在这里，我们可以借用库恩（Thomas Sammual Kuhn，1922—1996）的范式和福柯的知识型来加以说明。

1962年，美国科学哲学家库恩在《科学革命的结构》一书中反对把科学研究视为线性累积的观点，提出了科学和科学思想发展的动态结构理论，即"范式"（paradigm）理论，认为科学的实际发展是一种受范式制约的常规科学以及突破旧范式的科学革命的交替过程。库恩指出，"范式"有两个特点，第一，"它们的成就空前地吸引一批坚定的拥护者，使他们脱离科学活动的其他竞争模式"；第二，"这些成就又足以无限制地为重新组成的一批实践者留下有待解决的种种问题"。① 质言之，范式是科学活动的工具，包括精神工具和物

---

① [美]库恩：《科学革命的结构》，金吾伦、胡新和译，北京大学出版社2003年版，第9页。

质工具：世界观、理论、方法、仪器等科研共同体的手段。库恩认为范式在科学研究中起着重要作用，"范式一改变，这世界本身也随之改变了。科学家由一个新范式指引，去采用新工具，注意新领域。甚至更为重要的是，在革命过程中科学家用熟悉的工具去注意以前注意过的地方时，他们会看到新的不同的东西"。[1]

法国学者福柯则提出知识型（episteme，或译认识阈）的概念。他指出："认识阈是指能够在既定的时期把产生认识论形态、产生科学，也许还有形式化系统的话语实践联系起来的关系的整体；是指在每一个话语形成中，向认识论化、科学性、形式化的过渡所处位置和进行这些过渡所依据的方式；指这些能够吻合、能够相互从属或者在时间中拉开距离的界限的分配；指能够存在于属于邻近的但却不同的话语实践的认识论形态或者科学之间的双边关联。"[2]可见知识型是一个时期所有知识生产、辩护、传播与运用的标准，如范畴、结构、方法、制度等等。知识的模型在不同的历史时期是变化的，这个变化的过程就称为知识转型。所谓知识转型就是知识型的转变，就是知识的范式、知识的形态或知识整体的转变，原有的知识型出现了问题，新的知识型逐渐出现并替代了原有的知识型。

这样看来，福柯的"知识型"是一个更为宏观的方法论概念，指的是特定时代的具有话语生产能力的基本话语关联总体，突出特定知识系统得以构成的由众多话语组成的实践系统及其关系；库恩的"范式"指特定话语系统产生的话语系统模型，它们适用于对文学研究方法论的理解。例如，以西方文学理论与文学批评为例，"知识型"指的是较长时间支配或制约种种文论流派的更基本的思维方式与知识系统总体，"范式"则是指受到其支配或制约的具体文论流派。如果我们把20世纪初以来以语言和语言学为中心的整个人文社会科学知识主流称为"知识型"，那么在它的总体氛围熏陶下成长的俄国形式主义文论、英美"新批评"和结构主义文论等都可称为"范式"。这也说明，方法具有不同的层面。

---

[1] ［美］库恩：《科学革命的结构》，金吾伦、胡新和译，北京大学出版社2003年版，第101页。

[2] ［法］福柯：《知识考古学》，谢强、马月译，生活•读书•新知三联书店2010年版，第214页。

2. 文学研究方法的分类

文学研究方法有很多。文学研究方法论按其不同的层次系统来划分,有哲学方法、一般方法、专门方法以及交叉方法等。哲学方法是从整体上把握对象的方法;一般方法中既有经验形态的数量统计法、问卷调查法、模型法,也有理论形态的历史与逻辑结合、归纳与演绎、比较的方法等,还有从自然科学中发展起来并上升到一般方法的系统方法[①];专门方法主要是从该学科长期发展过程中形成的具体研究方法,如中国古代文论中的评点法、西方现代新批评的细读法;交叉方法指从其他学科移植到文学研究中的方法,如心理学方法、社会学方法、语言学方法、人类学方法、文化学方法等。大体说来,西方 20 世纪以前的文学理论研究中哲学方法占据重要地位,现代则以交叉方法和文化分析为主;中国古代的文学理论研究方法大体上属于经验方法,现代则以马克思主义批评方法为主,晚近出现了多种研究方法并存的局面。

西方近代以前的文学理论常常是从一定的哲学体系出发对文学艺术进行的理性思辨,柏拉图、康德、黑格尔、克罗齐等等莫不如此,文学理论是其哲学体系的一个延伸,谢林、黑格尔、丹纳等人甚至干脆给他们本人的主要文艺理论著作命名为"艺术哲学"。其特点是长于从思辨整体的高度看待文艺现象,高屋建瓴,常常能提出引领时代潮流、影响深远的文学观念,但有时又不免脱离文学实际,陷入主观武断。

中国古代文学批评的方法带有较强的经验形态。张伯伟曾经将钟嵘《诗品》的方法归结为"品第高下"、"推寻源流"、"较其异同"、"喻以形象"、"知人论世"、"寻章摘句"六个方面[②],这在我国古代文学批评中有一定的代表性。诸如评点法、喻以形象等方法对对象的把握都有模糊性。

二、马克思主义方法

1. 经典马克思主义文艺批评

马克思主义批评是 20 世纪影响最为广泛的文学研究方法之一。马克思主义批评既包括马克思、恩格斯的文学批评,也包括 20 世纪在马克思主义影

[①] 目前对于一般方法是否可以作为文学研究方法这个问题在文学理论界还有争议,本书暂且认为一般方法可以成为文学研究方法的一部分。
[②] 张伯伟:《钟嵘〈诗品〉的批评方法论》,《中国社会科学》1986 年第 3 期。

响下发展起来的各种西方马克思主义批评。马克思把文学看作社会意识之一,它受一定时代的社会经济条件的制约。马克思高度重视文学与社会实践的联系,将艺术视为人类掌握世界的方式,它使人们注意到社会的生产方式及经济力量在文学发展中的作用。经典马克思主义认为经济基础决定上层建筑,上层建筑对经济基础有反作用。经典马克思主义文艺批评有一套自己的命题与概念,如马克思的世界文学、艺术作为一种生产、艺术生产与物质生产的不平衡关系、资本主义与艺术及诗歌相敌对等,恩格斯以真实性与典型性为标志的现实主义理论等,但是经典马克思主义文艺批评又是开放的,马克思在其政治经济学框架中论及的异化—物化—拜物教批判、意识形态批判以及关于人的全面发展的思想等等,与艺术及审美有很大的兼容性,也成为当代文艺批评的重要理论和方法来源。

2. 西方马克思主义文艺批评

20世纪马克思主义批评发生了一些变化,出现了西方马克思主义批评。西方马克思主义是欧洲革命失败、法西斯主义兴起的产物,主要把马克思主义理解为一种反抗资本主义的思想武器,以马克思主义批判精神的继承者自居,比较重视文化的作用,对马克思关于意识形态、艺术生产、异化—物化—拜物教等的论述极为看重。与经典马克思主义相对集中于对资本主义进行政治经济批判不同,西方马克思主义及其文艺批评把批判的矛头主要对准资本主义的思想与文化,具有强烈的文化批判性。

意大利马克思主义者葛兰西(A. Gramsci,1891—1937)提出的文化霸权理论注意到发达资本主义国家资产阶级统治方式由暴力镇压到民主协商的转变,对西方马克思主义把研究重心由经典马克思主义所关注的政治经济领域转到文化与上层建筑领域产生了很大影响。"霸权"意指统治的权力赢得它所征服的人们赞同其统治的方式,也就是说霸权的实现是一个协商和获得共识的过程,它呈现为一种内在于社会思想中的经验与意识。霸权包括意识形态,但涵盖了国家机器以及介于国家与经济中间的机构如新闻媒体、学校、教会、社会团体等范围。根据葛兰西的观点,赢得霸权就是在社会生活中确立道德、政治和智力的领导,其办法是将自己的思想体系作为整个社会的构造,从而将自己的利益等同于社会的利益;也就是说,国家的统治表现在由军队、政府、法律机关构成的政治社会和非强制的市民社会,后者行使着文化霸权的功能。葛兰西的文化霸权理论使人们注意到文化或上层建筑并不单纯是对经济基础的反映与复制,它们自身具有实践性和物质性的潜能。

受葛兰西影响,从威廉斯开始,马克思主义批评便质疑经济基础/上层建筑的二分法和狭隘的经济决定论,不再强调经济结构在理解文化上的重要性,而看重文化本身的作用,要求用一种更为复杂的方式来处理文化与经济的关系。并且不再把文化仅仅当作单一的统治阶级的意识形态,而看作是各种力量妥协、商谈与相互渗透的一个过程。马克思主义批评的这种变化为其应对当代文化形式的各种变异提供了新的活力。例如,威廉斯提出了主导文化、新兴文化与残余文化的概念,三者相互作用、彼此斗争,其中新兴文化与主导文化相对立,有可能取代主导文化,又有可能被主导文化所收编,残余文化则是形成于过去,但却仍然在文化进程中发挥作用的文化,与主导文化存在着距离,但在特定情况下也有可能被主导文化所利用。

20世纪马克思主义批评出现了与社会学批评相结合的趋势,形成了马克思主义文艺社会学批评。这里面有两种情况,一是匈牙利的卢卡契、德国的阿多诺等人接受过专门哲学训练,又受到马克思主义的影响,比较关注文艺的社会性质和社会功能,带有思辨特征。阿多诺倡导艺术的否定性,认为艺术的社会性是因为其充当了现实的反题,"艺术之所以是社会的,不仅仅是因为它的生产方式体现了其生产过程中各种力量和关系的辩证法,也不仅仅因为它的素材内容取自社会;确切地说,艺术的社会性主要因为它站在社会的对立面。但是,这种具有对立性的艺术只有在它成为自律性的东西时才会出现。通过凝结成一个自为的实体,而不是服从现成的社会规范并由此显示其'社会效用',艺术凭借其存在本身对社会展开批判"。① 按照他的说法,现代艺术应当摆脱意识形态的同化,在善恶、美丑的冲突中,从荒诞、迷惘、颓废、躁动和喧闹中认清这个世界的现状,揭露现代文明的危机和人性的弊病,抵制社会的总体化运动;另一个代表人物是洛文塔尔(Leo Lowenthal,1900—1993),他是法兰克福学派第一代中流亡并定居美国的学者,喜欢运用定量分析、文本调查的方式对文学作品和大众文化现象进行分析。这体现了经验社会学研究对文艺社会学研究的影响与渗透。

---

① [德]阿多诺:《美学理论》,王柯平译,四川人民出版社1998年版,第386页。

三、形式主义方法

1. 俄国形式主义的兴起

狭义的形式主义批评指的是俄国形式主义,广义的形式主义批评指的是受以索绪尔为代表的结构语言学影响的俄国形式主义、英美新批评及法国结构主义批评。俄国形式主义是一种将文学作为一种独立自足的语言现象来进行研究的文学理论与批评模式。1915年,莫斯科大学语文史系的一群学生成立了莫斯科语言学小组,成员包括罗曼·雅克布森(Roman Jakobson,1896—1982)、勃里克(Osip Brik,1888—1945)、鲍·托马舍夫斯基(B.Tomasevsky,1890—1957)、格·维诺库尔(G.Vinokur,1896—1947)等人。第二年,彼得堡大学的一群学生成立了诗歌语言研究会(缩称"欧帕雅茨",Opojaz),成员主要有什克洛夫斯基(Viktor Shklovsky,1893—1984)、埃亨鲍姆(Boris Eikhenbaum,1886—1959)、雅库宾斯基(Leo Jakubinsky,1892—1945)以及后来加入的维诺格拉多夫(Viktor Vinogradov,1894—1969)、迪尼亚诺夫(Jurij Tynyanov,1894—1943)、日尔蒙斯基(Viktor Zhirmunsky,1891—1970)等。在理论倾向上与上述这些人比较接近的还有俄国民间故事研究者普罗普(V.Propp,1895—1970)。他们对文学的形式与语言等问题感兴趣,有着共同的倾向,所以联系比较密切,共同形成了俄国形式主义。俄国形式主义之所以开20世纪文学理论与文学批评之先河是因为它赋予了形式以文学的本体地位。埃亨鲍姆说:"确定文学科学的特点的努力,首先表现在把'形式'宣布为研究的主要问题,把它当作某种特有的东西,即缺了它艺术就不存在的东西看待。"并且"认为文学作品特有的形式是文学科学研究的主要问题,认为组成它的所有成分作为结构成分具有形式的功能","表示某种对艺术现象来说是主要的东西,表示组织艺术现象的原则"。① 形式主义关于文学科学的构想,主要集中在文学家如何将文学材料重构为艺术结构的各个过程与环节上。埃亨鲍姆在《"形式方法"的理论》中说,"文学科学的对象应是研究区别于其他一切材料的文学作品的特殊性","形式方法如何通过自身发展和扩大研究领域,而完全超越人们一般称为方法论的界限,它如何变成一种

---

① [俄]埃亨鲍姆:《谈谈"形式主义者"的问题》,见《十月革命前后苏联文学流派》下编,上海译文出版社1998年版,第206—207页。

独立的科学。……是希望根据文学材料的内在性质建立一种独立的文学科学。"①什克洛夫斯基也说:"关于形式主义方法,最引人注目之处不是在于它否认艺术的观念(ideological)内容,而是在于它认为所谓内容只是形式的一个方面。"②但是俄国形式主义又受到传统诗学(作诗的技艺)的"技法"论习惯性思维模式定势的作用,它们有时又在不严格的意义上将形式理解为一般的手法,如俄国形式主义者托马舍夫斯基说:"艺术作品的本质……在于将表达结合成为某些统一体,在于词语材料的艺术构成。"③这样,俄国形式主义所说的"形式"便有两种层次不同的含义:统摄艺术材料的具有本体意味的形式,作品具体的表达形式,什克洛夫斯基也是如此。

2. 俄国形式主义批评的基本主张

俄国形式主义试图使文学理论(诗学)成为语言学的一部分,核心主张是文学性(literariness)与陌生化(defamiliarisation)。雅克布森提出了著名的"文学性"理论:"文学研究的对象不是整体的文学,而是文学性,即使一部作品成为文学作品的东西。"④由于雅克布森将诗学视为语言学的一部分,他认为诗学研究的是文学语言的美学功能(诗学功能)与文学语言的其他功能的相互关系,文学性就是文学语言的美学功能(诗学功能)占据了主导地位的体现。什克洛夫斯基则针对日常感觉的"自动化"(automatization)而阐述"陌生化"理论的。因为习惯往往使我们看不到、感觉不到各种事物,一定要使这些事物变形,我们才会注意到。什克洛夫斯基通过对诗歌语言与散文语言的比较,指出散文语言是普通的言语,是一种节约的、容易的、正确的话语,而诗歌语言是难懂、晦涩的的言语,充满障碍的语言。诗歌语言的"陌生化",可以对抗日常语言所造成的人的感觉的自动化。"艺术的目的是提供作为幻象的事物的感觉,而不是作为一种认识;事物的'反常化'程序及增加了感觉的难度与范围的高难形式的程序,这就是艺术的程序,因为艺术中的接受过程是具有自我目的的,而且必须被强化;艺术是一种体验人造物的方式,而在艺术里

---

① [俄]埃亨鲍姆:《"形式方法"的理论》,见托多罗夫编:《俄苏形式主义文论选》,蔡鸿滨译,中国社会科学出版社1989年版,第24页,第20—21页。
② See Victor Erlich, *Russian Formalism*, The Hague:Mouton Publishers,1980,p.187.
③ [俄]托马舍夫斯基:《艺术语与实用语》,见《俄国形式主义文论选》,方珊等译,生活·读书·新知三联书店1989年版,第84页。着重号系原文所有。
④ Victor Erlich, *Russian Formalism*, The Hague:Mouton Publishers,1980,p.172.

所完成的东西是不重要的。"①即文学语言是对日常语言的反常化与扭曲。由于把文学理论(诗学)视为语言学的一部分,俄国形式主义倾向于在文学语言、日常语言与科学语言的区分中讨论文学的特征,文学性、陌生化的说法表明了这一点。

四、结构主义方法

1. 结构主义的基本理论

结构主义的基本思想源于索绪尔的《普通语言学教程》,索绪尔关于语言符号能指与所指之间关系的任意性以及他对语言活动共时性与历时性的区分,是结构主义的理论基础。俄国形式主义把文学作为一个独立的审美对象来研究,着力考察文学语言不同于日常语言和科学语言的"文学性"的方面,包括普罗普对俄国民间故事形态学的研究,成为结构主义的理论先驱。此外,丹麦的叶尔姆斯列夫(Louis Hjelmslev,1899—1965)、捷克的特鲁别茨柯依(Nikolay Trubetzkoy,1890—1938)、美国的乔姆斯基(Avram Noam Chomsky,1928—　)等人的语言学思想对结构主义也有重要影响。

结构主义注重系统与结构。所谓系统,是指由各个部分组成的整体,结构主义重视语言系统内诸因素关系的研究。所谓结构,主要指与作为外部联系的表层结构相联系的无意识的深层结构。列维-斯特劳斯曾经对特鲁别茨科依的一段话表示了赞同,并以之作为结构主义的基本原则,"结构语言学把对有意识语言现象的研究转变为对其无意识底层结构的研究。第二,它不把术语看作是独立的实体,而是把分析术语间的关系当作自己的基础。第三,它引入了系统概念……最后,结构语言学以发现一般规律为目标"。② 结构主义认为,语言及文化系统的内部关系,或者说"编码"决定了意义统一体,结构主义的任务就是要探讨决定这个一般系统含义的结构与规则。结构主义看重非个人偶然性的客观关系结构,它把符号意义的产生归之于符号间的结构关系,"语言既是一个系统,它的各项要素都有连带关系,而且其中每项要素

---

① [俄]什克洛夫斯基:《作为程序的艺术》,见伍蠡甫、胡经之主编:《西方文艺理论名著选编》下,北京大学出版社1987年版,第383页。
② 参见[法]列维-斯特劳斯:《结构人类学》,谢维扬等译,上海译文出版社1995年版,第35—36页。着重号系原文所有。

的价值都只是因为有其他各项要素同时存在的结果"。①

法国人类学家列维-斯特劳斯(Claude Levi-Strauss,1908—2009)无疑是结构主义最重要的代表。他的结构主义的神话学研究就从人类无意识结构中寻找神话的深层结构。他认为,之所以全世界各地的神话具有超时空的相似且能相互解释,就是因为各神话系统具有结构形式上的内在类似性,"我始终旨在根据种族志的经验,编制心理区划的目录,由此把似乎任意的数据归结为某种秩序,达致昭示某种必然性的层面,而这种必然性乃是自由这种幻觉的深层基础"。② 结构主义关注的就是共时性的非历史的条件下特定的系统和结构。因为结构主义所看待的"结构"以符号为基础,按照语言符号能指与所指的任意性的观点,符号与世界之间的关系便是非稳定的,所以结构主义事实上致力于凸显能指及能指之间的组合关系,即语言自身的自我调节性与完整自恰性。

2. 结构主义文学批评

结构主义文学批评是一种以文本为中心的各叙事要素及其整体的研究,属于广义的形式主义范畴。结构主义的代表人物主要集中于法国,有列维-斯特劳斯、阿尔都塞、早期的巴尔特、福柯、拉康(Jacques Lacan,1901—1981)、戈德曼(LucienGoldman,1913—1970)以及结构主义叙事学家托多罗夫、格雷马斯等。例如斯特劳斯对神话的分析便留意神话叙事中所呈现出的统一的形态与意义,致力于探讨神话背后无意识的深层结构。他说:"如果神话中有一种意义,那么它不能是在那些神话组合的孤立因素中,而只能在那些因素结合的方式中。"③在《结构人类学》中,列维-斯特劳斯提出神话的基本单位是神话素(mytheme),神话素在神话中以双重对立的形式出现,如在《俄狄浦斯王》的神话中,过分重视血缘关系(俄狄浦斯娶母伊俄卡斯特、安提戈涅不顾禁令安葬其兄波吕涅克斯)与过分轻视血缘关系(厄特俄克勒斯杀死其兄波吕涅克斯)构成了对立,而这组对立又与否定人由大地所生与肯定人由大地所生构成的对立形成了对应。可见列维-斯特劳斯比较留意的是情节逻辑中

---

① [瑞士]索绪尔:《普通语言学教程》,高名凯译,商务印书馆1980年版,第160页。
② [法]列维-斯特劳斯:《神话学:生食和熟食》,周昌忠译,中国人民大学出版社2007年版,第17—18页。
③ [法]列维-斯特劳斯:《结构人类学》,谢维扬等译,上海译文出版社1995年版,第226页。译文有改动。

的静态结构。除了列维-斯特劳斯的神话研究,结构主义文学批评成就最大的领域无疑是以热奈特、格雷马斯、托多罗夫等人为代表的叙事学研究。结构主义叙事学把语言学的句法与逻辑引入结构分析,"把表达形式看成符号;这些符号的意义取决于惯例、关系和系统,而不取决于任何内在的属性"。① 比如托多罗夫就把文学分析归为语言研究,致力于作品的"语法"分析。在对《十日谈》的语义考察中,他假定了一种普遍的人类语法,可以作为叙事语法分析的基础。在作品句法方面,基本单位是句子,句子由主语和谓语组成。然后又用专有名词、形容词和动词建立语法分类。依靠这些原理,托多罗夫将所有故事归结为偏于属性变化与偏于报复性质两大类。巴尔特认为,结构主义本质上是一种活动,是在功能类似的基础上通过模拟而重建客体,而这个建造起来的客体(模拟物)不是按它见到的样子来表现世界,它不是真实的,它的建造是为了使某些功能显示出来,正是在这个意义上,是制作者赋予了作品人所制造的意义,而不是作品自身的意义,因而结构主义是一种活动。

正因为在结构主义那里,抽象关系和被构造的实体都可成为研究对象,这就有导致用此一种关系阐明彼一种关系,产生一个自足的、可理解的新世界的可能性,因此德里达指责"结构"变成了一种假设,结构主义是在用理论阐释理论,用理论理解理论。德里达论证了结构的假设性质,一方面文本是不确定性的,另一方面,批评家与读者总是在彼时彼地由某种目的推动其阅读,"假如结构真的存在的话,它们的可能性也只能通过那个使整体最终在某种目的(这里指最一般意义上的)的预测中获得意义开启并溢出自身的基本结构才可实现"。②

五、文学地理学方法

1. 文学地理学方法的兴起与发展

文学地理学批评是文学研究的基本方法之一,近年来有勃兴之势。虽然在《论法的精神》中,法国启蒙思想家孟德斯鸠(Baron de Montesquieu,

---

① [英]安纳·杰弗森、戴维·罗比等:《西方文学理论概述与比较》,陈昭全等译,湖南人民出版社1986年版,第93页。
② [法]德里达:《书写与差异》上册,张宁译,生活·读书·新知三联书店2001年版,第44页。

1689—1755)讨论了地理环境与民族精神气质、法律法规的关系,认为"地理环境对人的性格、体能、社会文化观念有决定性的影响"。① 但是还不是专门讨论文学。一般认为,法国的斯达尔夫人(Madame de Staël,1766—1817)是文学地理学批评的奠基人。她的基本观点是,自然环境决定文学风格。她认为英国、德国、丹麦和瑞典等北方国家土地贫瘠、天气阴沉、寒冷多风,所以"北方文学"富于哲理、深沉忧郁,表现出强烈的"意志",所以以莪相为鼻祖的北方文学呈现出忧郁和哲思的气质。而希腊、罗马、意大利、西班牙和法国等南方地区空气清新,有着茂密的树林、清澈的溪流和充足的日光,"南方的诗人不断把清新的空气、繁茂的树林、清澈的溪流这样一些形象和人的情操结合起来"②,所以"南方文学"情调欢快、富于想象、热情典雅。斯达尔夫人意识到气候、空间、区位对人的精神性格、文学艺术的影响,"人们呼吸什么空气,对于发出的声音是很有影响的,在同一种语言里,土地和气候的多样性可以产生极不相同的发音方式,越接近海洋,字音就越温文尔雅,那里的气候温和,也许经常面对浩瀚无际的海洋,便倾向于沉思遐想,也就使发音格外柔和悠长;但越接近山区,音调越铿锵,简直可以说这些高山峻岭的居民是从那天然的讲坛上发出声音,好让全世界都听得一清二楚"。③

其后,法国的丹纳(Hippolyte Adolphe Taine,1828—1893)在《艺术哲学》中提出的"种族"、"环境"、"时代"是文学生成和发展三动因的理论,对文学地理学方法有所推进。其中种族为"内部主源",指的是一个民族在生理学和遗传学意义上所固有的性格、气质、观念、智力等方面的文化倾向,是一个民族的先天本能和最稳固的原始特性,极少受环境的迁徙与时代沿革的影响而变化。环境为"外在压力"。此之所谓环境包括自然环境和人类环境。丹纳把自然环境称之为"物质环境",包括种族生存的地理位置和气候状况等自然条件。丹纳认为,自然环境对事物的本质起着干扰或凝固的影响作用。人类环境主要是指整个社会文化氛围。时代是"后天动量"。丹纳受到达尔文进化论的影响,强调种族的生物属性,将环境主要理解为自然环境。

---

① [法]孟德斯鸠:《论法的精神》上册,张雁深译,商务印书馆1961年版,第169页。
② [法]斯达尔夫人:《论文学》,徐继曾译,人民文学出版社1986年版,第147页。
③ [法]斯达尔夫人:《论德国的文学与艺术》,丁世中译,人民文学出版社1981年版,第36页。

中国古代也有关于文学的地域特征及地域风格的论述。例如孔子认为郑国的音乐淫乱,在《论语》中两次说过"郑声淫"。班固在《汉书·地理志》中讨论到风俗时,也认为民风与自然环境有关,"凡民函五常之性,而其刚柔缓急,音声不同,系水土之风气"。刘勰在《文心雕龙·物色》篇中以"江山之助"来表示文学与自然环境的关系,"然屈平所以能洞监《风》《骚》之情者,抑亦江山之助乎"。但是这些论述都比较零散。近代的刘师培是比较系统地谈论文学与地理环境关系的学者,"大抵北方之地,土厚水深,民生其间,多尚实际;南方之地水势浩洋,民生其间,多尚虚无。民尚实际,故所著之文不外记事、析理二端;民尚虚无,故所作之文或为言志、抒情之体"。[①] 刘师培认为中国的南方与北方具有地理差异性。北方多山,土地贫瘠,交通不便,民众崇尚实际,因而北方文学以记事、析理为主;南方江河纵横,土壤肥沃,交通便利,民众崇尚虚无,因而南方文学以言志、抒情为主。

2. 文学地理学方法的拓展

20世纪发生了"空间转向",人们认识到空间的生产、重组与分配在社会发展乃至殖民扩张、资本流动中的作用,这股思潮也蔓延到文学研究中,因而文学地理学延伸出空间维度。法国学者巴什拉(Gaston Bachelard,1884—1962)在《空间的诗学》中,选取波德莱尔、里尔克等诸多诗人和小说家的文本,对地窖、阁楼、角落、小径、鸟巢等进行场所分析。巴什拉提出要研究"幸福空间"的形象,探索作家的"场所爱好"(topophilie)。[②] 他对家宅这个空间形象进行了探讨。美籍华裔地理学家段义孚在巴什拉场所爱好的基础上提出"恋地情节"(Topophilia)的概念,认为人们对家园及地方投注的感情形成了自己的身份,回归尘土也是人的最终归宿。而詹姆逊"民族寓言"的说法其实也暗含了一种文学地理学观念,即全球化语境中地域的、民族的文化因子和域外的、西方的文化因子互相渗透,以及地域的、民族的文化因子面对外来文化因子冲击时的应对和反抗,他的研究因而也被称为地缘政治美学。詹姆逊还提出认知图绘(cognitive mapping)这一明显带有地理学意味的概念,认

---

① 刘师培:《南北学派不同论·南北文学不同论》,见《刘申叔遗书》,江苏古籍出版社1997年版,第560页。
② [法]加斯东·巴什拉:《空间的诗学》,张逸婧译,上海译文出版社2009年版,引言第23页。

为在现实被眼花缭乱的景观与仿像所遮蔽的情况下,批评家个体需要将自己放置在一个广阔的不具有表象性的社会总体性中,进行政治想象。法国学者柯罗(Michel Collot,1952—)的地理诗学则深入到空间的文学再现与文学文体形式的相互形构机制,一方面探讨文学形式对于空间意象的创造,另一方面探讨空间再现的主题学与文学形式的生成学之间的关系,代表了文学地理学批评的新进展。可见,近来在空间转向视野下开展的文学地理学批评致力于研究文学中"地理学想象"的维度,带有某种想象和隐喻的特征,不同于通常的空间批评,后者与社会学、政治学、建筑学等的关联度比较大。

中国近年来文学地理学批评也发展迅猛。杨义、吴承学等学者努力重绘中国文学地图,杨义对中国文学与民族学、地理学、图志学、文化学的关系做了探讨,吴承学则提出了"岭南学"的构想,等等,都是文学地理学批评的新成果。华中师范大学、广州大学等高校相继举办了文学地理学的专题研讨,跨学科的文学地理学学科建设已经提上了日程。

本部分选入了四篇论文,伊格尔顿的《马克思主义文学理论》清理了马克思主义文学批评的脉络,什克洛夫斯基《作为程序的艺术》、巴尔特的《结构主义——一种活动》概要反映了形式主义批评方法的一般情况,提出了形式主义与结构主义批评的基本原则,柯罗的《文学地理学》则对新兴的文学地理学批评做了扼要的阐明。

选 文

马克思主义文学理论(节选)

[英]伊格尔顿

导言——

本文节选自伊格尔顿《历史中的政治、哲学、爱欲》(中国社会科学出版社,1999),马海良译。

作者伊格尔顿(Terry Eagleton,1943—),1964年毕业于剑桥大学,曾先后为牛津大学、曼彻斯特大学教授,是英国著名的马克思主义文化理论家与文学批评家,主要著作有《马克思主义和文学批评》、《文学理论引论》、《美学意识形态》、《后现代主义的幻象》、《文化的观念》、《批评之后》等。

  本文原是伊格尔顿为《马克思主义和文学批评》一书所写的序言。这篇文章首先批驳了那些认为马克思主义在当代已经过时的谬见。作者认为马克思主义并没有过时,反而在现代性的问题上表现出了自己特有的立场,在赞美现代和谴责现代方面都显示了动态性和开放性。而隶属于马克思主义理论内部的马克思主义批评四种模式——人类学的、政治的、意识形态的(着力于文学作品与社会意识形态形式的关系)、经济的(以文化的生产方式为主要议题),以及众多的当代西方马克思主义理论家(如本雅明、阿多诺、葛兰西、马尔库塞等)则显示了马克思主义至今没有衰退,也没有死亡,它已与现代文明融合在一起。作者论证有力,视野开阔,对四种马克思主义批评的分析几乎囊括了西方所有重要的马克思主义理论家。作者认为作为现代性一部分的马克思主义,在现代性不死的情况下是不会死亡的,这一结论也具有极强的说服力。

  对于马克思主义来说,文化既是至关重要的,又是明显次要的:是结聚权力和培养奴性的地方,但也是某种"上层建筑"的东西。就其狭窄的专业化艺术制度的意义而言,只能产生于一定的经济剩余和劳动分工,即使从它更慷慨的人类学"生活形式"的意义上说,它仍然可能是对某些重大冲突和区分的一种徒然的掩饰。文化包括了意识形态,但它既不是中性的也不是超验的实体。因此,任何名副其实的马克思主义批评必须采取一种几乎不可能的双重视角,在尽力接受文化制品的压力的同时,努力把它移置到物质条件和社会权力的复杂领域之中。说得极端一些,它一方面指向形式主义,另一方面指向语境主义,它所寻找的那种永远避退的话语可能以一种寓言的方式同时讲到艺术手法和整个物质历史,叙事的转折和社会意识的形式。

  概括而言,马克思主义批评大致可分为四种,每一种都与马克思主义理论内部的一定"区域"相对应,因而也与特定的(非常笼统地讲)历史时期相对应。它们是人类学的、政治的、意识形态的以及经济的——模式,这些模式之间的种种细微的嬗变和移置构成了本书所讲的马克思主义批评的主要内容。

"人类学"批评(该术语需要引号来指明性质)是四种方法中雄心最大、影响最远的一种,它力图提出一些令人生畏的根本性问题。在社会进化过程中,艺术的功能是什么?"审美"能力的物质和生物基础是什么?艺术与人类劳动的关系是什么?艺术如何与神话、仪式、宗教和语言联系起来,它的社会功能是什么?尽管诸如此类的问题打击了19世纪晚期人文科学的生硬的综合论,但总的来说,这些问题并不是今天的人们感到十分舒服的问题。后现代的感性对这些让人难为情的问题有过敏反应,这些重大问题横跨于诸时代和诸文明之间,设定了某些永久的同一性("艺术","劳动"),往往用进化代替历史。但是从G.V.普列汉诺夫到克里斯托弗·考德威尔,以及恩斯特·费舍尔《艺术的必然性》所代表的晚近的奇怪繁荣,构成了马克思主义文化探询中的一支重要潮流。它代表了某种原教旨主义的唯物主义,但也非常有趣,它试图解除唯心主义艺术观的神秘性,把艺术观念放在青年马克思称为我们的"物种的存在"、自然历史或曰物种语境之中。尽管这一潮流表现出实证主义、功能主义和生物主义倾向,它的开阔视野和理论活力仍然与当代左派历史主义的窄小视界形成很大的反差。在这种左派历史主义看来,现象在准确无误的历史时刻生与死,它把一般性或持久同一性完全简化成一种形而上或意识形态的行李包。弗朗西斯·马尔赫恩曾有力指出,这是把历史简化为变化,但历史"也是——而且最关键的是,大部分是——连续的。历史是一种差异进程:节奏和速度的多样性决定了它的模式,有的可变性较大,有的则很少变化,有的可以用时钟和日历测算,有的则属于实践的'深层时间'的永恒性"。①文学作品的时间并不是人体的时间,人体在进化过程中几乎没有什么改变,但文学作品不是像握手似的一个稍纵即逝的事件。文本既保留现状也发生嬗变;既激起共鸣也强化差异;既标明各个历史时刻的星座,也丈量它们之间的距离。极端历史主义把作品禁锢在作品的历史语境里,新历史主义把作品禁闭在我们自己的历史语境里,从某种意义上说,这两家永远只会提一些伪问题,如:"我是20世纪的人,不相信复仇女神会在乱伦问题上有自由主义的观念,可是我为什么会对古代希腊悲剧作出这样的反应?"这也是那个让马克思苦思冥想的著名问题。然而,马克思主义不仅仅是一种历史主义,也不应该以为只要是历史主义,就一定是激进的。许多历史主义根本不是这样。跨

---

① [英]马尔赫恩编:《当代马克思主义文学批评》,朗曼出版社1992年版,第22页。

历史概念在历史唯物主义中占有一席之地,因为跨历史活动在人类历史中起着关键性的作用。马克思主义的"人类学"批评尽管有这样那样的缺陷,但它的长处之一就是提醒了我们这样的事实。文化王国是不断变化的,而生物种属的王国却稳定得多,但是这种对立既能揭示问题,也会混淆问题。因为文化在其最宽泛的意义上说,也是我们的物质存在永远需要的东西,如果没有文化,我们很快就会消亡。我们的"物种的存在"带着结构性的断沟或空缺,如果想繁衍和繁荣,就必须在其中植入某种文化;文化可以是多种多样的。但文化的必要性是不变的。与其说像文化主义者认定的那样,"人的本质是文化",倒不如辩证地说,我们是我们的本质的文化存在。

人类学批评始于第二国际时期,它有百科全书式的学问和充满自信的总体化观念,它对社会主义必然性所依据的历史进步法则持有实证主义的肯定观点,它不可思议地把机械唯物主义和新康德主义融合起来,既谈对抗斗争,也谈审美能力。然而从布尔什维克时代开始,一种政治的批评走上前台,它关注的是一套相当不同的问题。对普列汉诺夫和他的同事们而言,马克思主义批评基本上是一件思辨的、学术的事情;而此时从列宁论托尔斯泰的小册子到托洛茨基的《文学与革命》(*Literature and Revolution*),批评成了一种论战和干预的事情,竭力造就国家的文化政策或挫败某种对立的文化政治倾向,赢得同路人或打败孟什维克分子。文化问题部分成了更深层的政治问题的符码,你的艺术立场反映你对某一国的工人阶级、资产阶级民主以及社会主义的立场态度,或反映你对农民和城市无产阶级的重要性的立场态度。关键问题已经与审美能力的生物学基础无关,而是艺术是否应该有公开的倾向性或曰"客观的"党性,先锋实验是塑造革命未来的一种方法抑或仅仅是离间简单幼稚的群众的一种手段,艺术应该讲出实际是的样子抑或应该是的样子,应该是镜子还是锤子,认识的还是感染的,用直白的阶级术语向无产阶级定向发布,还是想象成一种正在形成的"普遍的"社会主义存在。应该捣烂并重铸阶级社会的文学呢,还是以低廉的普及形式在人民中间播撒?是否工人的一首坏诗也比资产阶级的一首好诗好?应该把艺术压低到群众目前的水平,还是应该把群众提升到当前的艺术水平?是精英者用纸和笔呢,还是把诗写在街头人们的衬衣角上?文学形式与特定艺术相一致呢,还是现实主义享有特权?

所有这些问题都与俄国革命前后那些年里的炽热的伟大活动联系在一

起,那是一项史无前例的全新的文化工程,好像整个熟悉的历史都投入了坩锅,对一些紧迫问题的答案只得边走边找。现在的我们也许无法重新体验那种混合着焦虑和欣快的眩晕,但是我们可以从当时的批评论争中追溯到一些印迹,它的活力和胆魄仍然是有待今天的我们重新获得的东西。新的批评概念在行动中发明出来,理论只能步履蹒跚地紧跟艺术实践,这些伟大的激电般的活力之流不仅属于世界上第一个工人国家,而且属于更广泛的欧洲激进现代主义的语境,属于达达主义、超现实主义、布莱希特以及魏玛的世界。其时,文化的作用就是塑造与革命现实相适应的主体性形式。正像我们现在的情况一样,并不是激进文化飞越了保守的现实,相反,问题是眼看着现实在变换,但人的意识不能或不愿意与现实同步。工业资本主义曾经要求人有全新的感觉中枢,同样,工业社会主义也热烈地追求与新型的社会关系相匹配的主体性,这就是赋予苏维埃批评家的任务,不需要他们对普希金五光十色的象征主义作出注解。文学批评家和文学实践家之间将锤炼出一种新型关系,就像形式主义者奥西普·勃里克和未来主义者马雅可夫斯基或本雅明和布莱希特之间的关系一样,批评家是测试员、分析员,为艺术家供应语言技术和材料。总之,他们不是隔绝的学院派批评家,而是运动,刊物,集体;宣传鼓动派和艺术左翼阵线,无产阶级文化运动和拉普派。

所谓社会主义现实主义信条的胜利和更富战斗性的艺术活动的败退最终结束了这个伟大的文化实验时代。苏联遭遇到法西斯主义的兴起,感到有必要压低咄咄逼人的文化上的无产阶级气势,以便把其他国家的进步的资产阶级联合起来。除了巴赫金一派被赶到地下之外,所有最具创造力的马克思主义批评都移到了其他地方,进入所谓的西方马克思主义世系,其中有卢卡契、葛兰西、布洛赫、阿多诺、本雅明、马尔库塞、考德威尔、萨特、戈德曼、阿尔都塞。这些理论家大部分人或者几乎完全站在苏维埃官方意识形态之外,或者与它保持一种若即若离的关系。本雅明或萨特等人是对正统马克思主义毫不留情的批评家,自行其事的同路人;卢卡契和阿尔都塞等人是党的成员,但是他们的文化或理论工作与政治机关的基本立场暗中不合。他们都自认为唯物主义思想家,把文化和哲学放在优先位置,这在一定程度上是对已经失败了的那种政治的替代。[①] 对乔治·卢卡契来说,辩证的总体性拒绝在政

---

① 见[英]佩里·安德森:《西方马克思主义探讨》,维瑟出版社1979年版。

治现实中被实现,只存在于现实主义的艺术作品中。对恩斯特·布洛赫来说,美学乌托邦打开了一个曾经被斯大林主义关闭了的视角。而在阿多诺和马尔库塞看来,"高雅"文化尽管有种种不好的特权作风和麻痹人的和谐之态,但仍然不失为一种极好的政治批判。葛兰西把文化纳入一种很有创意的新的权力理论("霸权"),而萨特则发现写作行为本身包含一种含蓄地谴责苏维埃和资本主义现实的自由模式。与此同时,本雅明、阿多诺和法兰克福学派的同仁们划出一个新的很有冲击力的领域,在这里,通俗文化在结构上与高雅的现代主义相对立。

换句话说,批评现在是另一种方式的政治,实际上包括了群众文化、文学性、普及教育、权力组合和主体性形式等问题,甚至在更窄的意义上还包括艺术文本。如果马克思主义批评的这个第三次浪潮最好称为意识形态的批评,那是因为它的理论着力点是探索什么可以称为**形式的意识形态**,这样既避开了关于文学作品的单纯形式主义,又避开了庸俗社会学。这中间的关键是,生产艺术作品的物质历史几乎就刻写在作品的肌质和结构、句子的样式或叙事角度的作用、韵律的选择或修辞手法里。因此便有卢卡契对资产阶级在其叙事方法分崩离析的过程中迷失历史方向这一现象的溯本追源,而瓦尔特·本雅明将在波德莱尔诗歌的感知策略中探查出巴黎众生的看不见的存在。卢西恩·戈德曼将从拉辛和帕斯卡的作品里发掘出把他们与过时社会阶级捆在一起的一种永久的范畴结构,而西奥多·阿多诺则在现代主义艺术作品的纷攘和破碎的特性中看出,坚决抵制灾难性的意识形态封闭和经济商品化最终不免是作茧自缚。

这种对单纯"内容分析"的有意回避在阿尔都塞式的批评家皮埃尔·马歇雷的著作中达到了自我戏仿的程度。在他看来,文学作品**没有说出**的东西——作品中雄辩的沉默,有意味的省略,吞吞吐吐的歧义——比它碰巧说出的任何言语更能揭示作品与社会意识形态的关系。可是,所有这些对文学形式的强烈关注并不会被马克思主义文学批评的政治反对者们放在心上,他们觉得最省事的办法还是继续相信,马克思主义批评家唯一操心的事情就是作者是进步的还是反动的,小说卖出去多少本和小说里是否提到了工人阶级。仿佛精神分析学批评的丰富遗产只是关于阳物象征意义(phallic symbolism)的学说。批评马克思主义的批评家们仍然定期出来指控马克思主义批评家总是迫不及待地寻找某种终极的政治意义,几乎顾不上"书页上的词语"(words on the page)。他们不可能读过托洛茨基的《文学与革命》,阿多诺的文学随笔,巴赫金对陀思妥耶夫斯基的思考,本雅明论波德莱尔的著作,戴勒·沃尔普对诗歌进行的马克思主义符号学研究,萨特写的关于福楼拜的文章,弗雷德里克·詹姆逊对巴尔扎克或康拉德的评论,以及大批同类的研究著作。总的来说,指挥马克思主义批评基本上只关注一些大而无当的一般性问题,是站不住脚的。任何情况下都值得记住,如果不关注作品的历史参照范围,就很难公正地对待"书页上的词语"。

"意识形态"批评着力于文学作品与社会意识形式的关系。此外还从认识论角度做了一些深入的思考:艺术是反映,移置,投射,折射,转换,复制,生长?它是社会意识形态的体现,还是对社会意识形态的批判?或者以阿尔都塞的思想看,它与社会意识形态既保留一段批评的"距离",同时又符合社会意识形态的逻辑?"革命的"艺术品超乎整个意识形态之上,还是转换读者与意识形态的关系?"意识形态"的二十种不同定义中哪一种最切中要害?诸如此类的问题成了最有理论创意的马克思主义批评著作施展身手的场所,但是总体上并没有很大的政治成效。也许有人会贸然得出这样的看法,说马克思主义批评的理论力量基本上与它的政治弱点是成正比的。这种说法需要马上予以厘定:它基本不符合左翼艺术阵线、安德烈·布勒东、贝尔托尔特·布莱希特以及克里斯托弗·考德威尔的情况。不过,大体上符合这种情况:最优秀的马克思主义批评一直是某些政治僵滞导致的文化移置的产物。乔治·卢卡契在斯大林主义的阴影之下,从直接的政治活动转向文学批评,可谓典型的一例;葛兰西在法西斯的囚室里思考语言和哲学问题;本雅明在政治流放中秘密地研究波德莱尔。法兰克福学派一波三折的理论研究是这类问题的另一案例,在从法西斯统治、世界大战到冷战的长时间的冰冻期,他们的研究领域从政治经济转到文化哲学。阿尔都塞所以研究文化,是因为他相信这些领域有"相对的自主性",在一定程度上是对压抑人的马克思主义正统的批判。因此对左派而言,政治滑坡反而高度集中了理论才思,或者至少可以说导致了创造力的偏斜,这也许是一个精选的历史反讽。

然而这种偏斜也受到了惩罚。即使从唯物主义立场出发去关注意识形态,也很容易无意识地滑入以观念为最终决定因素的唯心主义信念。学者们甚至激进学者们也由于他们的职业关系而很容易成为这一谬误的牺牲品。在马克思主义批评著述史上的这个第三次大潮,我们看到从卢卡契的小说研究到威廉斯或詹姆逊的当代著述,在一定程度上越来越学院化,而在托洛茨基、布勒东、考德威尔和布莱希特时代,文学批评著述曾经是一种政治介入方式。这并不是对"椅子上的马克思主义者"的廉价的嘲讽:左派并不是因为自身的过失而失掉了政治出路;再说,激进思想能在椅子上生存下来,总比彻底倒下去好。社会主义知识分子的部分任务就是要保护珍贵的传统,这基本上是一个思考问题而不是行动问题。但是马克思主义批评空前的理论盛况毕竟与某种政治衰落相对应,对文学和哲学这类"边缘"领域的突出关注在一定程度上反映出激进思想家们自身就处在社会的边缘。马克思主义批评不再是政治过程或制度过程的一部分,而是成了一种孤立的理论探索,这一事实表明左派在整个社会中的"公众圈子"日益缩小。

然而,始终存在着针对这一潮流的反运动(counter-movement),构成我们的第四次,即**经济**的(这一术语过于粗疏)马克思主义批评维度。与前面的潮流不同,这一次很难划定它的分期界线:在整个马克思主义文化理论史上,这种批评方式总是以这样或那样的面目冒出来,经常与其他批评方法不同程度地纠缠在一起。它的主要议题或许可以称为**文化的生产方式**:它关心的主要问题既不是具体的文学作品,也不是抽象的社会构型,而是生产文化的全部物质设置这一中间领域,从剧场和印刷机到文学小圈子和资助人制度,从排练、评论到生产者和接受者的社会语境,都在其中。照此看来,这种批评方法很难与所谓的文学社会学区别开来。的确,往往只有通过它的政治取向和反经验主义方法,才能看出它的不同。任何理论兴趣的重大转移都有其发生的物质条件,这一次也不例外:从现代主义的高峰时期以降、在战后几十年里更以加速度的方式出现了一种新的文化形式,它的物质设置(电影,收音机,电视,录音技术)不仅是最惊人最新奇的事情,而且是与"内容"关系非常密切的交际媒介。书籍的情形也大体如此,当然像电视一样也是物质媒介、社会制度规范和社会关系的节点。但是所有这一切很久以来就"自然化"了,我们能够透过一本书的坚固的物质事实,盯住那些缥缈的意义,不再对书页上这些小小的黑色记号竟然能表达实际的意义而感到神秘。后来,好像是现代文化技术粗暴地疏离了这些熟悉的感觉,再次迫使我们记下特定媒介生成特定意义的方式,使我们再次见到长期私人化的"艺术"在采取(比方说)电影院观看的形式时所具有的社会性和集体性,使这些文化制度和资本权之间相互贯穿和渗透的现象变得昭然若揭。换言之,不必再为文化的物质性而费尽口舌了，开关一动，它就向你跳出来；也不用多说它的经济基础，它裹在广告里送来了。

这种情况对于早期的革命先锋派来说已经相当明显，未来主义者、构成主义者和超现实主义者意识到革命文化不是把不同的材料顺着同样的管道倒下去，而是意味着对传播管道本身的改造。布莱希特的所谓史诗剧就属于这一世系，而史诗剧的主要理论家是他的同道瓦尔特·本雅明，这一点主要反映在他的原创性论文《作为生产者的作者》中。在1960年代初期的英国，这种批评方法在雷蒙德·威廉斯的《漫长的革命》(*The Long Revolution*)中已经初露端倪，现在看来，这部著作为威廉斯后来所称的"文化唯物主义"奠定了基础。我们前面说过，对马克思主义而言，文化既是主要的，也是次要的，而"文化唯物主义"概念为解决这个悖论提供了办法。一方面，文化不过是一般唯物主义更宽广领域的一部分而已；另一方面，通过这样的"物质化"，文化可以获得被唯心主义美学剥夺了的力量和现实性。换句话说，现在的关键问题不单单是找一种替代的文学作品阅读方式，更重要的是对作品所属的文化进行唯物主义的重读。于是，"经济的"批评方法就可以把前面说过的其他几种方法综合起来。因为文化唯物主义在一定程度上依赖于某些更宽泛的"人类学的"劳动、生产、交际等范畴。它审视物质媒介和意义之间的关系，并因此从意识形态批评对形式的关注中学到东西。它把唯物主义直接带入敌人的领地，也就是说带入首先被看作唯心主义建构的"文化"之中，因为辩护者们把文化看作这个堕落世界里的最后一个"精神"堡垒。这样就使马克思主义批评更加锐利。……

作为程序的艺术（节选）

[俄] 什克洛夫斯基

导言——

本文节选自伍蠡甫、胡经之主编《西方文艺理论名著选编》下册（北京大学出版社，1987），方珊译。

作者维·什克洛夫斯基（Viktor Shklovsky，1893—1984），生于彼得堡，

曾就读于彼得堡大学历史语言学系。俄国形式主义的主要代表之一,前苏联著名文学理论家,著有《散文理论》等。

本文是俄国形式主义的代表作之一,因提出"反常化"(即"奇特化"、"陌生化")理论而著名。作者认为"艺术是一种体验人造物的方式",也就是通过隐喻、夸张、寓言等艺术手法使事物"反常化",增加对其感受的难度和强度,并尽力增加时间的长度,以给人们造成非常强烈的印象。这是因为艺术的领悟过程是以自身为目的的。这样就能通过"反常化"手法创造出一种人们对客体的特殊感受,从而使其摆脱在日常生活中因习惯性而生的机械性。艺术的目的是通过"反常化"提供作为一种幻象事物的感觉,而不是对它的认识。诗歌的语言就是为了满足这些条件,因此诗是经过加工的困难的、扭曲的话语。本文通过对艺术语言"反常化"的分析指出艺术形式的美感之所在,对20世纪的文学形式与文学语言研究产生了深远影响。

……我们知道,把一些未加思考所建立起来的现象当作诗的、为艺术鉴赏而创作的某种东西的感觉,这种情况是常有的。例如,安涅斯基论斯拉夫语言的特殊诗意就是如此,安德列·别雷对18世纪俄罗斯诗人的把形容词放在名词之后这一程序大加赞颂也是如此。别雷称赞这样做是艺术之作,或者准确地说,——这已为艺术家所公认——这是自觉的艺术。事实上,这是该语言的一般性质(斯拉夫教会语言的影响),因此,一事物可以是:1. 作为被创造出来的散文却被当作诗歌来接受;2. 作为被创造出来的诗却被作为散文来接受。这说明,艺术性以及使该事物成为诗的性质,都是我们感觉方式的结果。在狭义上说,我们将把那种被特殊程序创造出来的事物称为艺术作品,而所谓特殊程序的目的在于,要使这些事物尽可能地被人们作为艺术品来感受。

波捷布尼亚的结论能够表示为:诗歌=形象性。这个结论建立的全部理论就是:形象性=象征性,形象的特性成为带有各种主语的固定谓语(由于思想的亲缘性,象征主义者——安德烈·别雷、梅烈日科夫斯基与其"忠实的伙伴们"得出了这个孤芳自赏的结论,而这个结论是建立在象征主义理论基础之上的)。这一结论部分地源于波捷布尼亚没把诗歌语言与散文语言加以区分的这一作法。因此,他没有注意到存在着两种形式的形象,一种形象是思维的实践手法,这种手法把事物归入一类之内;而另一种形象是诗歌形象——这是加强印象的一种手法。可以用例子来说明。我走在街道上,看见我前面走着一个戴着帽子的人,他失落了包裹,我大声喊:"喂!戴帽子的,包裹丢了。"这是一个纯粹散文形式的形象比喻例子。再举一个例子:一些人站在队伍里,队长看到他们中的一个人站得不好,不是像别人那样,于是对他说:"喂!饭桶!怎么站的。"这是一个诗的形象比喻的例子(在一种情况下,"帽子"一词是换喻,在另一种情况下——隐喻,但我的注意力不是集中在这一点上)。诗的形象——这是产生最强烈印象的方法之一。作为方法——它在使用上与其他的诗歌语言的程序相等,与比较、重复、对称、平行法相等,与一般称之为形体的那个东西相等,与所有这些加强对事物的感觉相等(指作品本身的语句或者甚至声音能够表达的那个东西),但是,诗歌形象只是外表上与寓言形象、思想形象相似。例如,(奥夫霞尼科·库利科夫斯基《语言与艺术》)还接近于小姑娘把圆球称为西瓜这种情况。诗歌形象是诗语手法之一。散文形象是一种抽象手法:西瓜代替圆灯罩,或者西瓜代替头,都仅仅是对于对象的性质之一的抽象,而和头=球、西瓜=球毫无区别。这当然——是思维,但与诗歌没有什么共同的东西。

　　创造力的节约规则甚至属于为大家所公认的规则之类。斯片谢尔写道:"在确定选择和使用词的各项规则的基础上,我们找到了那种主要要求:保存注意力……把智力引到所希望的概念上是最简易的方法,在许多情况下是唯一的目的,而在各种情况下都是主要目的……"(《风格的原理》)P.阿芬那留斯说:"假如心灵具有无穷之力,那么当然,从这无穷无尽的源泉中再多地加以耗费,对具有无穷之力的心灵来说也是无所谓的。大概,唯一重要的是时间,因为必然要耗费时间。但是,因为心灵的力量是有限的,那么应当期望,心灵将努力地、尽可能地、合适地完成统觉过程,所谓合适地,是和最小的力量消耗相比较,或者和达到最大成果相比较。"由于引用精神力量的一般节约原则,佩特拉日茨基避免落入与自己思想路线相反的詹姆斯的激情的肉体原则理论中。创造力的节约原则是如此诱人,尤其是在考察节奏时,更是如此。亚历山大·维谢洛夫斯基在谈到斯片谢尔的思想时认为:"风格的长处正是在于要以尽可能少的词表达尽可能丰富的思想。"别雷在其最好的篇幅中提出了如此困难的例子,可以说是失去了节奏的例子。别雷还提出诗的形容语在表现上的困难(只是在个别情况下,例如在巴拉蒂斯基的例子中),安德烈·别雷也认为,在自己的书中谈论节约原则是必要的,而他的书乃是一种狂妄的企图,是要从旧书本中、从按旧中学大纲编纂的克拉耶维奇物理教科书里的诗学创作程序的大量知识中,提取出未经检验的事实,并在此基础上建立艺术理论。

关于节省力量的思想作为创作的规则的目的,大概,在个别语言情况下是正确的,即适合于"实践"语言时是正确的,由于缺乏关于实践语言规则与诗歌语言规则之区别方面的知识,这种思想近年来流行起来。在日本诗歌语言中有声音,这是日本实践语言中所没有的,前者几乎真实地指出了这两种语言的不一致。Л.П.雅库宾斯基在文章中谈了诗学语言中缺少平稳声响的变异,他还指出了在诗学语言中,若把相似的声音聚集在一起,就会发生发音困难这种可能性,这篇文章是第一批能经受住科学批评[①],并从实践上指出了诗学语言规则与实践语言规则[②]的矛盾性(暂时认为,哪怕仅仅是在这种情况下)的文章之一。

因此有必要不是在与散文类比规则的基础上,而是在其自身规则的基础上谈论诗学语言中的浪费与节约原则。

如果我们在感觉的一般规则基础上开始研究,那么我们就可以看到,动作在变为习惯的同时,也变成自动的。例如,离开,在我们大家的经验中是无意识的、自动的,如果谁去回味他曾经有过的感觉,即保存着第一次握笔或者第一次说外语的感觉,把这一感觉与他无数次重复体验过的东西相比较,那么就会赞同我们的意见。我们的散文语言与不完整的句子及其不完整的单词就解释了自动化的过程。以符号代替物的代数学是这个过程的完善的表现。在快速的实践语言中,不能说出单词来,而在意识中勉强能出现各词的第一个音。

……被人们称作艺术的东西之所以存在就是为了要重新去体验生活,感觉事物,为了使石头成为石头的。艺术的目的是提供作为一种幻象的事物的感觉,而不是作为一种认识;事物的"反常化"程序及增加了感觉的难度与范围的高难形式的程序,这就是艺术的程序,因为艺术中的接受过程是具有自我目的的,而且必须被强化;艺术是一种体验人造物的方式,而在艺术里所完

[①] 《诗学》:《诗歌语言理论文集》,彼得堡,1919年,第3页。
[②] 《诗学》:《诗歌语言理论文集》,第13—21页。

成的东西是不重要的。

诗歌(艺术的)作品的生命——从幻象走向认识,从诗歌走向散文,从具体走向一般,从顿·基霍特(经院哲学家和贫乏的贵族、半有意半无意地忍受两个公爵的侮辱)到既宽广又空洞的顿·基霍特·屠格涅夫,从卡尔·维利基到《国王》这个名词;随着作品和艺术的更新,诗歌作品在扩展着。寓言比诗更有象征意义,而谚语又比寓言更有象征意义。因此波捷布尼亚的理论极少与自己对寓言的评论相矛盾,波捷布尼亚对寓言的探究是自始至终坚持了自己的观点。但理论并不是通往艺术"物品"的创作,所以,波捷布尼亚的著作并未完成。众所周知,《语言学理论札记》出版于1905年,已经是作者死后13年的事情了。

波捷布尼亚本人对这本书进行充分修改的仅仅是对其关于寓言的那部分①。

事物经过数次感觉,开始为认识所接受;事物摆在我们面前,我们知道这一点,但是对它视而不见②。所以我们不能对它谈论些什么。——从感觉的自动性中我们得出的事物的结论,是通过各种方式在艺术中完善化的;在这篇文章中,我想指出其中一个方法,它是Л.托尔斯泰几乎经常使用的方法,Л.托尔斯泰这个作家,虽然在梅列日科夫斯基看来,他是按照事物本身去描述事物,彻底地观察事物,而不改变事物。

Л.托尔斯泰的反常化程序在于,他不用事物的名字来称呼事物,而是像第一次看到它一样对它加以描述,而偶然性——像第一次发生的那样,并且他在描述事物时,使用的不是已被接受的那一部分的名称,而是像在其他事物中称呼适当的部分那样来对其命名。

……陀思妥耶夫斯基没有把反常化程序加以专门化或固定下来,我对陀思妥耶夫斯基纯粹实际地考虑素材加以描述,完全因为这一素材是众所周知的。

现在,我们阐明这一程序的性质,是为了力求准确地确定其运用的范围。我个人认为,反常化是几乎到处都存在,只要那儿有形象。

这就是我们的观点与波捷布尼亚的观点的区别,可以这样说明:形象不

---

① [俄] A.A.波捷布尼亚:《语言学理论讲演选·寓言、谚语·俗语》,哈尔科夫,1914年。
② [俄] B.什克洛夫斯基:《词的复活》,布拉格,1914年。

是变化着的谓语的固定主语,形象的目的不是使其意义与我们的理解更加接近,而是创造对客体的特殊感觉,创造对客体的一种"幻象",而不是一种认识。

……研究诗学言语,不论是在发音和词汇结构上,还是在词的搭配性质上,及在由词所组成的意义构造性质上,我们到处都可发现艺术的特征:可以看出它是从感觉的自动性中引出并有意地创建起来的,也可以看出,其中的形象的幻象是创作者的目的,它是"艺术地"被创造出来,所以感觉被阻挡而达到自己力量的最大高度和最大延时性,并且事物不是在其空洞性上被感知到,而是应当说,是在自己的连续性上被感知到。"诗歌语言"满足于这些条件。按照亚里士多德的说法,诗歌语言应具有异国的、令人惊异的性质;实际上它又是完全异己的。……令人振奋的杰尔扎维的风格对普希金的同代人来说是惯常用的诗语,从自己的(当时的)陈腐性上看,普希金的风格对他们来说是出乎意外的困难的风格,由于他的表现是如此不体面,我们想起了普希金的同代人的恐惧。普希金所使用的作为引人注意的特殊程序的俗语,正如他的同代人在自己日常所说的法语中使用一般俄语单词一样(参看托尔斯泰的《战争与和平》中的许多例子)。……

结构主义——一种活动

[法] 巴尔特

导言——

本文选自伍蠡甫、胡经之主编《西方文艺理论名著选编》下卷(北京大学出版社,1987),袁可嘉译。

作者巴尔特的情况见本书第七章《作者与写作》部分之《作者的死亡》导言里的介绍。在这篇文章中,巴尔特廓清了围绕结构主义的种种迷雾,他认为结构主义本质上是一种活动,是在功能类似的基础上通过模拟而重建客体,而这个建造起来的客体(模拟物)不是按它见到的样子来表现世界,它不是真实的,它的建造是为了使某些功能显示出来,正是在这个意义上,是制作者赋予了作品人所制造的意义,而不是作品自身的意义,因而结构主义是一种活动,它在模拟过程中建造所得的客体是为了使原客体中不可见的或不可理解的东西显示出来,也是为了强调人类对作品意义的制造与作品本身同样重要。在这篇文章中,巴尔特对结构主义的本质和重要性的分析精辟扼要,很有说服力,为这一批评流派的传播扩大了影响。

  结构主义是什么？它不是一个学派,甚至也不是一个运动(至少,目前还不是①),因为一般被贴上这个标记的多数作者并不感到有任何真实的教义或主张把他们联合在一起。它也不是一套词汇。结构已经是个老词儿了(出自解剖学和语法的根源),如今快用滥了：一切社会科学均纷纷求助于它,用这个词已不足以突出谁,除非是为了进行关于该词内容的争论。功能,形式,符号和指示也并不更恰当；它们在今天是常用的词儿,人们用来询问(或获得)他们所需要的任何东西,主要是作为古老的决定论——因果关系的烟幕。我们无疑必须回到诸如指示者/被指物和同时态/历时态②等对偶,以便了解使结构主义与其他思维方式相区别的东西：必须回到前者,因为它涉及索绪尔所首创的语言模式,而且因为和经济学一样,处于目前状态的语言学是真正结构的科学；更必须回到后者,因为就"共时性"这个概念(虽然索绪尔主要用它为操作概念③)承认时间的某种休止而言,就"历时性"的概念倾向于把历史进程看作纯粹是形式的延续而言④,它似乎包含对历史概念的某种修正。第二副对偶是更加显明的,因为今天结构主义的主要阻力似乎来自马克思主义的根源,因为它贯注精神于历史的概念(而不是结构的概念);不管怎样,很可能我们最后必须严肃地求助于指明意义的术语(而不是结构这个词本身,因为说来矛盾,这个词毫无特色)⑤,把它们作为结构主义的表明了的符号：你瞧谁使用了指示者和被指物,同时态和历时态,你就会明白结构主义的幻象

---

① 指《批评论文集》出版的1964年。
② 结构主义语言学创始人索绪尔认为一个字就是一个符号,它用声音和形象发出指示(能指),指向某个事物(所指),这两者的关系只有放在该种文字(或文化)的系统中才能解释,他又认为19世纪语言学是研究诸语言因素在历史中的演变的,因此是历时性的；结构主义语言学是研究同一时期内诸语言因素的相互关系的,因此是"共时性"的。
③ 即分析问题时具体使用的概念。
④ 结构主义者认为事物各有结构的模式(形式),历史进程也就是各种模式延续的过程。
⑤ 即索绪尔所使用的"能指"和"所指"、"共时性"和"历时性"等术语。

是否已经组成。

对于理性的元语言学来说，上面所说是确实的，它公开运用方法论概念。不过，结构主义既然不是一个学派，也不是一场运动，我们没有理由——哪怕是心怀疑问地——先验地把它简化为哲学家的活动；倒不如设法在反身语言的范围以外找到对它最广义的描述（如果不是定义的话）。事实上，我们可以假定世界上存在某些作家，画家，音乐家，在他们眼中结构的某种练习（不只是它的思想）代表一种明晰的经验，而且我们必须把分析家和创作家都置于我们或可称之为结构主义的人的共同标记之下，这种人不是靠他的观念或语言来定，而是靠他的想象力——换言之，靠他精神上体验结构的方式来定。

因此，要说的第一件事是，对所有使用这个词的人来说，结构主义本质上是一种活动，即是说，一定数量的精神活动的延续。我们可以说结构主义活动就像我们一度说超现实主义活动①一样（而且，超现实主义很可能产生了最早的结构主义文学，这个可能性总有一天会得到探索）。不过在考察这些活动以前，我们必须说一说它们的目标。

一切结构主义活动，不管是内省的或诗的②，是用这样一种方式重建一个"客体"，从而使那个客体产生功能（或"许多功能"）的规律显示出来。结构因此实在是一个客体的模拟，不过是一个有指导的、有目的的模拟，因为模拟所得的客体会使原客体中不可见的，或者你愿意这么说的话，不可理解的东西显示出来。结构主义的人把真实的东西取来，予以分解，然后重新予以组合；看来，这个微不足道（这使有些人说结构主义事业"没有意义"、"没有兴味"、"没有用处"等等）。但从另一角度来看，这"微不足道"却是决定性的：因为在结构主义活动中两种客体或两种时态③之间产生了一些新东西，而这新东西并不少于一般的可理解性④：模拟物是理智加于客体，而这种增加是有人类学上的价值的，因为自然献给人的头脑的正是人自己，他的历史，他的处境，

---

① 超现实主义是20世纪二三十年代以安特烈·布勒东（Andre Breton）等为代表的一个文艺流派，主张依靠下意识描写梦幻世界，特别提倡"自动写作"。
② 即哲学理论活动或文艺创作活动。
③ 两种客体即原客体和模拟所得的客体；两种时态即共时性和历时性。原客体存在于历史中，是历时性的；模拟所得客体是表明同一时间内各部分关系的模式，是共时性的。
④ 即上文所说模拟所得的客体能使原客体中不可理解的东西显示出来，变得可以理解。

他的自由,他的阻力①。

这样我们看到为什么我们必须说结构主义活动;创作或思考在这里不是重现世界的原来的"印象",而是确实地制作一个与原来世界相似的世界;不是为了模仿它,而是为了使它可以理解。因此人们可以说,结构主义本质上是一种模仿活动;这也是为什么,严格说来,结构主义作为理性活动与特别是文学或一般艺术并无技术性的差别:它们都来自模拟,不是在实质类似的基础上的模拟(如在所谓现实主义艺术中那样),而是在功能类似的基础上模拟(列维-斯特劳斯所谓同源类似关系②)。当特鲁别茨科依③把语音客体作为一个有变化的系统重建起来时,当杜梅日尔④精心创制功能神话学时,当普罗普⑤根据事先分解全部斯拉夫故事的结构的结果来构造民间故事时,当列维-斯特劳斯发现图腾想象有同源类似的功能时,或者当格朗格⑥发现经济思想的形式规律,或者当加尔丹⑦发现史前青铜器的有关特征时;当理查⑧把马拉美⑨的一首诗分解为明晰的颤动节奏时——他们的所作所为无异于蒙德瑞安⑩、布莱⑪或布托⑫在表达某个客体时的所作所为——精确地说,可以称为用有控制地显示某些部分或这些部分的某些联系的方法来进行的一种制作。这是无关紧要的:不管世界所给予的、容易遭到模仿的原客体居于已经聚合的状态(如在对一个已经组成的语言或社会或作品进行结构分析的例子中)或者它还是零散的(如在进行结构"制作"的例子中);不管这个原客体取自社会的真实或想象的真实。规定一种艺术的并不是模拟得来的客体的属性(虽

---

① 根据存在主义哲学,一些事物只是人的"自我"表现,是自我的补助或阻力。
② 克劳德·列维-斯特劳斯(Chaude Levi-Strauss,1908—):法国结构主义人类学家。他认为图腾有同源类似的功能。
③ 特鲁别茨科依(Troubetskoy,1890—1938):语言学家,布拉格学派创立人之一。
④ 乔治·杜梅日尔(George Dumeyrl):生平不详,当系人类学者。
⑤ 符拉吉米尔·普罗普(Vladimir Prop,1895—1970):俄国文学批评家。
⑥ 格朗格(Granger):生平不详,当系经济学家。
⑦ 加尔丹(Gardin):生平不详,当系考古学家。
⑧ 让-比尔·理查(Jean-Pierre Richard,1922—):法国当代批评家,属于现象学派。
⑨ 斯蒂芬·马拉美(Stephane Mallarme,1842—1898):法国象征派诗人。
⑩ 比艾·蒙德瑞安(Piet Mondrian,1872—1914):荷兰抽象派画家。
⑪ 比尔·布莱(Prerre Bouley,1925—):法国作曲家,曾任英国广播公司交响乐团指挥。
⑫ 米歇尔·布托(Michel Butor,1926—2016):法国小说家和批评家。

然在一切现实主义艺术中这是一个牢固的成见),而是这个事实——人在重建客体时使它有所增益:技巧是一切创作的生命。因此,结构主义与某种技巧密不可分地联系在一起的程度也就是结构主义与其他分析或创作方式相区别而存在的程度:我们重建客体是为了使某些功能显示出来,可以说,是方法造成作品;这是为什么我们必须说结构主义活动,而不说结构主义作品。

  结构主义活动包含两个典型动作:分割和明确表达。分割原客体,那个承受模拟活动的客体,就是要在其中发现某些机动的部分,它们的不同处境会产生某种意义;那个部分本身并无意义,但它却是这样的部分,在它构造中造成的最细微的不同会引起整体的变化;蒙德瑞安的方块,波塞①的系列,布托《机动》②中的短诗,列维-斯特劳斯的"神话素",语音学家著作中的音素,某些文学批评中的"主题"——所有这些部分(不管它们的内在结构如何,它们的规模如何,这在各种情况中颇为不同)都不会有显著的存在,除非依仗它们的分界线:那些分界线把它们从叙述中其他实有部分区分开来(这不过是一个明确表达的问题);那些分界线把它们与其他虚设部分(后二者组成一类,语言学家称之为词形变化)③区别开来。如果我们想要理解结构主义者的幻象,这个词形变化的概念显然是主要的:词形变化是一群储存着的——尽可能有限的——客体(或部分),人们从中以引用的方式召来他们想赋予真实意义的客体或部分,词形变化对象的特点在于它是与同类其他对象面对面地存在于某种类似和不同的关系中:同一词形变化中的两个部分彼此必须有些相似以便使区别它们的不同变得真正明显起来。S 和 Z 必须有一个共同的特点(齿音)和一个相异的特点(一个发音响亮,一个不响亮),这样我们在法语中就不能把相同的意义赋予 Poisson 和 Poison④ 了;蒙德瑞安的方块必须在形体上和一般的方块有某些相似,而在比例和色彩上又有某些不同;我们必须经常用同样方式看待(布托《机动车》中的)美国汽车,但每次它们必须在样式和涂色方面互相区别;俄狄浦斯神话的情节(在列维-斯特劳斯的分析中)必须

---

① 亨利·波塞(Henri Posseur):当代法国小说家。
② 《机动》(1962)是一部小说,其中有的部分采用诗的形式。
③ 索绪尔认为影响一个字的意义的有两种关系:一是句位,即该字在句中与其他实际存在的字的关系;二是词形变化,即与句中并不存在,但与此字有同样语法功能、同义、反义或同样发音构造的字的关系。
④ 鱼和毒药,前者发 S 音,后者发 Z 音。

既相同,又相异——以便使所有这些语言、这些作品都可以理解。这样,分割的动作产生出模拟物的最初的分散状态,但构成结构的各部分决不是乱糟糟的:在它们被分配到组合的连续过程中固定下来以前,每一部分与它自己虚设的群或储存库结成一个聪明的有机体,受制于一个最高的活动原则:最小差别的原则。①

各个部分一旦定位以后,结构主义的人必须在其中发现或为它们建立某些联合的原则:这就是明确表达的活动,它接替了召唤的活动。我们知道,艺术或叙述的方法是极为不同的;但我们在结构主义事业中的每件作品里都发现一种对经常性强制力的服从,这种强制力的形式主义②,当它被不恰当地表明时,远远不如它的稳定性重要,因为在模拟活动这第二阶段发生的正是一种反对偶然性的斗争;这是为什么强制某些部分重复出现的力量几乎具有造物主的价值:是靠部分以及部分联系的经常重现使作品显得是制成的,即是说,是被赋予了意义的。语言学家称这些结合规则为形式,保留这个用过了度的词的严格意义是有益的:有人说过,形式是使各部分互相接近显得不是纯粹偶然的结果:艺术是人从偶然性争夺过来的东西。这也许能让我们懂得,一方面为什么所谓抽象派作品却是最高水平的艺术,在那里,人的思想并不是建立在仿制品与模特儿的类似上的,而是依靠聚合物③的规律性;另一方面,为什么这些同样的作品在那些不能察觉其形式的人们看来,恰恰是偶然的,因此是无用的:在一幅抽象画的面前,赫鲁晓夫只看到骡子尾巴扫过画布,他当然是错了;不过他至少以他的方式懂得艺术是对偶然性的某种征服(他干脆忘记了一切规律都必须经过学习,不管你想运用它或解释它)。

这样建造起来的模拟物不是按它所见到的样子来表现世界,正是在这里结构主义是重要的。首先,它显示了客体的一个新范畴,既不是真实的,也不是理性的,而是功能的范畴,从而加入了整个科学的复合体,后者正围绕着信息论及其研究而发展起来。结果是,特别是,它照亮了人类赋予事物以意义

---

① 巴尔特认为结构中某些部分的细微变动能引起整体的变化,因此"最小差别的原则"就是只要有一丁点儿差别就要引起变化的原则。
② 即强制力在组成形式中所起的作用。
③ 例如立体派绘画中的方块、锥形等物体的聚合。

的严格的人的过程。这是新鲜事吗？在一定程度上说，是的；当然，世界从未中止过寻求它所得到的和它所产生的事物的意义；新的是思想方式（或者一种"诗学"），它不企图把它所发现的完整的意义给予客体，而是去了解意义如何成为可能，要付出什么代价，要依靠什么手段。最后，我们可以说结构主义的目标不是人被赋予意义，而是人制造意义，好像它不可能是穷尽了人类语义学目标的意义的内容，而只是产生这些意义——历史的和有条件的变数——的行动。发出指示的人类①：这就是从事结构探究的新人。

据黑格尔说，在希腊人看见自然界中的自然物感到惊奇；他经常倾听自然之声，探询山岳、泉水、森林、风暴的意义；他不了解所有这些事物用称谓告诉他的含义，他察觉到植物界或宇宙界内有一种意义的巨大颤动，赋予它以神的名义——潘神②。结果，自然界就起了变化，变成社会性的了：给予人类的一切，直到我们旅行时穿越的森林和河流都变成已经是人性化了的东西。但面对着这社会化了的自然，简单明了地说，就是文化，结构主义的人与古希腊人并无不同：他也倾听文化中的自然的声音，经常察觉到的不是稳定的、有限的、"真实的"意义，而是一架庞大机器的颤动——人类不知疲倦地动力去创造意义，舍此就不成其为人类了。因为在结构主义者看来，这种意义的制比意义本身更为重要，因为功能和作品同存并在，结构主义本身就成为一种活动，它把作品的制作活动和作品本身看作单一的同一物：列维-斯特劳斯的一系列制作或一个分析并不是客体，除非说它们已经制成了；它们目前的存在就是它们过去的行动：它们是制成品；艺术家，分析家，重新创造了意义形成的途径，他无需给它命名：我们再次回到黑格尔所举的例子，艺术家或分析家的功能是一个预言家；像古代的占卜者，他只讲意义的轨迹而不为它命名。特别因为文学是一种预言性的活动，它既可理解又要发问，既说话又沉默，它靠为世界重建意义之路而加入了世界，但又要脱离世界所精雕细琢的有条件的意义：③它对享受文学者是一种回答，但对自然总是提出问题，一种询问的回答，一种回答的询问。

那么结构主义的人怎样对待有时向他抛来的非真实性的指责呢？难道

---

① 拉丁文 Homo Significans，即索绪尔所谓"能指"。
② Pan，希腊神话中人身羊足、头上有角的牧神，或泛指顺乎自然的精神。
③ 指摆脱某些人从事物结构外部所强加于事物的意义。

世界上的形式,难道形式是不负责任的吗？难道在布莱希特的作品中真是他的马克思主义是革命的吗？难道不是那种在戏院里把聚光灯的安置或服装的故意的磨损和马克思主义联系起来的决心更为革命吗？结构主义并不把历史从世界撤走:它企图把历史不仅与某些内容联系起来(这个已经干过上千次了),而且与某些形式联系起来;不仅与材料而且与理解联系起来;不仅与意识形态而且与美感联系起来。恰恰是因为一切关于事物可以历史地理解的思想也是那个可理解性的参预者,结构主义的人毫不关心永存的事;他懂得结构主义也是世界的某种形式,它将跟着世界变化;正如他在自己用新方式操世界旧语言的力量中体验到他的真实性(而不是他的真理),他也知道只要有新的语言、一种轮到它来说他的新语言从历史中出现,他的任务也就完成了。

文学地理学(节选)

[法]米歇尔·柯罗

导言——

本文节选自《文化与诗学》2014年第2期,姜丹丹译。

作者米歇尔·柯罗(Michel Collot,1952—),曾任法国巴黎第三大学教授、"现代性书写"研究中心主任,致力于研究文学与地理、艺术与自然的关系,著有《身体——宇宙》、《物质——情感》等。文学的地理批评作为新兴学科在整体文化语境上从属于人文社科领域的"空间转向",为文学研究提供了新的视角和批评方法。作者从文学地理学、地理批评和地理诗学三个大的方面概括和介绍了这一思潮的研究方向和理论准则,这三个方面既是其不同侧面也呈现出逻辑进深。文学地理学旨在研究文学生产的空间语境,这种空间语境始终处于文本之外,与文本保持着外在的关联。地理批评在文本之内研究空间的文学再现,其研究对象是文本生发出的图像与意指,关涉一种想象性的地理学。地理诗学则深入空间的文学再现与文学文体形式的相互形构机制,一方面探讨文学形式对于空间意象的创造,另一方面探讨空间再现的主题学与文学形式的生成学之间的关系。作者对文学的地理批评这一新的视角与方法进行理论概括和介绍,资料翔实,思路清晰,说服力强。

……

在我看来,这三个不同的层面,却互为补充:首先是文学地理学,它研究在作品中制造的空间语境,这种语境同时处在地理、历史、社会与文化的层面上;其次是地理批评,研究在文本中的空间再现,处在集体想象与主题学的层面上;再次是地理诗学,研究在空间、文学形式与文学体裁之间的关系,抵达一种关于创作潜能的诗学,即关于文学创作的理论。

下面,我将逐一论述这三种研究方向,并举几个例子来阐述,提出关于其各自的位置与意义的提议。

文学地理学

论述正在兴起的这门学科当今的研究方向与准则之前,我想首先向已被今人遗忘的一位先驱致敬,他就是安德烈·费雷(André Ferré)。他曾撰写过一篇题为《马塞尔·普鲁斯特的地理学》的博士论文①,还与皮埃尔·克拉哈克(Pierre Clarac)在伽利玛出版社联合主编出版"七星图书馆"丛书中的《追忆似水年华》的第一版。② 假如说是一个普鲁斯特专家发明"文学地理学"的提法,这不是一种偶然,因为《追忆似水年华》探索属于"(我们的)内心土壤里的深层矿藏"的地点③以及时间本身。

在一部名为《文学地理学》的篇幅很短的作品里,安德烈·费雷提到一个显明的事实,即让人了解在文学史内部总包含一种地理的构成因素:

> 因为作品并不仅仅在时间里诞生,而且也在地点里诞生,作家们曾经在空间与时间段里生活;他们也同样分布在不同的国家、省份、地域以及不同的世纪、年代与流派里……在年份的机器上,文学史找到其框架与基准点,因为文学史回应了一种拓扑学,此外后者也与前者密切结合……空间。④

---

① 安德烈·费雷:《马塞尔·普鲁斯特的地理学》,巴黎:射手出版社,1939年版。
② 1954年在巴黎的伽利玛出版社出版。
③ 普鲁斯特:《追忆似水年华》,"七星图书馆"丛书,巴黎:伽利玛出版社,1987年版,第182页。
④ 安德烈·费雷:《文学地理学》,巴黎:射手出版社,1946年版,第9—11页。

如同文学史一样,文学地理学的首要宗旨在于研究文学生产的语境,两者共同的假设即在于这种语境不仅是一种简单的情形,而影响到作品本身:

> 文学地理学奠基在这种很宽泛的公理的基础之上:在全部人类作品以及它所置身的地理环境之间,必然存在一些关系,甚至包括在最精神的、最稀罕的特征之中,人类的活动不能不表达这种性质的关系。①

这样一种关系的理念并不是全新的,费雷在文中也提到几位显著的前人。他在该书的卷首题词里引用拉·布吕耶尔(La Bruyère)的一句话:"似乎,我们需要借助地点,以培养精神、情绪、激情、趣味与情感。"②

在梳理这条路径时,他也提到孟德斯鸠及其气氛的理论;斯达尔夫人把欧洲北部与南部的文学相对立;米歇莱在他的《法兰西图画》里"着手呈现我们国家的每个地区的自然特征反映"在具有代表性的几个大作家的作品里;泰纳在文学研究里应用他提出的关于种族、环境、历史时刻的理论,尤其是在其著作《泉》里。

但安德烈·费雷批评天真的决定论,认为这会引导一些人把文学当作"一种土地与气候的产物",他尤其抨击雷米·德·古尔蒙(Remy de Gourmont)"有一天被决定论的论证热情冲昏头脑,打赌可以为所有法国作家指定从其故乡省份的地质学里占主流的岩石的特征"。③

然而,我们注意到,这一类的天真不仅仅对批评界产生某种影响,而且也对文学创作本身产生影响。直到今天,还有一位作家皮埃尔·贝古尼乌(Pierre Bergounioux)把他的全部思想传记奠定在布利维(Brive)盆地与附近的阳光普照的凯尔西(Quercy)高原的对照之上,他说不幸出生在盆地地区。④ 如果说他见证一种久远的大学教育,他也汇拢在同时代的史学中的某些倾向所共有的关怀,即对于气候与环境(环境历史,environmental History)的

---

① 安德烈·费雷:《文学地理学》,巴黎:射手出版社,1946年版,第10页。
② 拉·布吕耶尔:《品格论》,巴黎:袖珍书出版社,1995年版,第223页。
③ 安德烈·费雷:《文学地理学》,巴黎:射手出版社,1946年版,第33页。
④ 参见皮埃尔·贝古尼乌:《第一个词》,巴黎:伽利玛出版社,2001年版。

兴趣。

正如现代地理学一样,安德烈·费雷更倾向于肯定人类、社会、经济与文化的因素。在他看来,对于一部文学作品的生产具有决定性意义的第一种地理因素,正是语言学的语境,从更广义上而言,是文化的语境。但是,他也关注经济的状况:存在出版、印刷、书店与翻译的地理学。

但是,在历史的过程中,关于文学生产研究的最贴切的地理地带的定义发生了变化。文学的外省主义曾经是文学地理学里最常见的一种形式,这有时也会促生一些平庸的研究,大大增进一些神话成分,但在一些情况下,也能借助一些不可否认的政治与文学的现实。在法国及欧洲其他国家,尽管有诸多的变幻,语言层面的逐渐统一也把各民族强加为一种典范化的文学史的框架。但这种统一进程也使一些地区的特殊性延续,而这正是反叛中央集权化的某些文学与批评潮流所诉求的。

直至今天,某些法国科雷兹省籍贯的作家还被归为"布利维学派"的成员。这种归类的集中有点迷惑人,因为这些作家彼此之间颇为不同,但这对应一种传统的持续,与布利维书展相联系的"乡土小说"潮流,具有媒体效应的某种影响。[1]

对于法国当代文学史来讲,主要的现象是法语国家的文学生产的高涨,还有它相对于法兰西本土的文学生产的逐步独立,迫使我们考虑到地理、文学语境的多样性,甚至也有作家们在其中工作的语言语境。

同一种语言从一个国家到另一个国家产生变化,并承载一些不同的意义:"树"这个词,对于一个生活在加拿大魁北克北方的居民和居住在法兰西岛的居民具有不同的内涵。一旦人们走出国家领土的范围,文学史的惯常标准就变得模糊。比如,文学史的时期划分,在各个法语地区并不是一样的。

这是比较文学所熟悉的一种困难,这种学科一直以来与地理学、史学同样应值得重视。

当它不宣称"跨越地理范畴,却不如说明确了在其中限定的各种领域之间交流的方向与重要性","它包含在理念、主题、书写方式的流通层面的一种历史地理学,这与世界交通的地理学之间并非没有类比性或关联性",安德

---

[1] 参见 Jaques Peuchmaurd 主编:《布利维学派:其历史与角色》,巴黎:拉封出版社,1996年版。

烈·费雷这样写道。①

现代阶段以这些交流的加速和变速为标志,乃至于我们可以提到"文学的世界理想国"的出现。② 这是瓦雷里·拉尔博(Valery Larbaud)或安东尼·贝尔曼(Antoine Berman)开出的诊断,他们提到"'世界文学'是与'世界市场'同时出现而并肩齐驱"。一种世界文学的历史不能是"空间化的历史"或"时间层面的地理学",其标准不能与政治地理学的基准相混淆,正如拉尔博已经指出:

> 在世界的政治地图与思想地图之间,存在一种巨大的差异。前者每五十年变幻面貌,其上覆盖着一些不确定的、任意的分化,占据优势的核心是可变化的。与此相反,思想的地图缓慢地变更,其疆域的边界呈现出一种很大的稳定性。③

依据巴斯卡尔·卡萨诺娃(Pascale Casanova)的观点,这种地理学是由一种或多种世界、全球(巴黎、伦敦和今天的纽约)的主要文学之间的关系所结构的:"文学世界生产出它的地理学与其特殊的切分,与生产政治信仰(如民族主义)的民族边界相反。文学的地域是依照美学的间距来界定和规限的,而不是文学的'制造'与认可。"④

关于文学史的世界视角完全不否定文学作品的民族定位,比如,巴斯卡尔·卡萨诺娃指出,贝克特从爱尔兰文学中汲取颇多,每个作者应该分两次来定位:"依据民族文学的空间地理位置,依据在世界文学领域的空间位置。"⑤

这种世界性的视角不应当与对所谓"文学的世界化"的颂歌相混淆,后者为满足国际公众的期待而奠定的畅销生产标准所明确。相反,我们可以说,

---

① 安德烈·费雷:《文学地理学》,巴黎:射手出版社,1946年版,第13页。
② 参见巴斯卡尔·卡萨诺娃:《文学的世界共和国》,巴黎:瑟伊出版社,1999年版。
③ 瓦雷里,拉尔博:《未受惩罚的罪恶,阅读。英国领地》,巴黎:伽利玛出版社,1936年版,第33—34页。
④ 巴斯卡尔·卡萨诺娃:《文学的世界共和国》,巴黎:瑟伊出版社,1999年版,第41页。
⑤ 巴斯卡尔·卡萨诺娃:《文学的世界共和国》,巴黎:瑟伊出版社,1999年版,第65页。

比如伴随着诗人爱德华·格利桑(Edouard Glissant)的随笔和著作,①捍卫、阐明关于文学与在地理与文化的层面上不可分割的领土保持的关系,正是面向单一的世界化的一种抵抗行为。

但如何考虑文学作品与其环境之间的各种关系呢?在隶属于文学史的地理学的范畴里,这与其说是一种语境,不如说是一种环境状况。它始终处在文本之外,与文本保持着外在的关联,在文本之外被把握,尤其是在作家的传记之中。

安德烈·费雷的研究主要致力于清点一个作家曾生活过或熟悉的地点,并将之与其作品中提到的地点相比较。他这样归结,这些地点"传记地图"上引出的结果对于文学地理学来讲,正如编年史对于文学史的作用:"文学史建构的编年图表旨在围绕标志性的日期来归结作家的生命历程,这在文学地理学上对应传记性的地图,在其中突出一个生命存在的标志性地点。"②

在安德烈·费雷著作里的地图插图包含一整套适应于一种文学地理学特性的象征系列,尽管这些地图包括"所梦想或投射的栖居地点",安德烈·费雷也强调生活的地点与作品的地点之间的"间距",这些地图不免使得文学地理学从属于作为参照系的地理学,正如文学史倾向于让作品依附于生活:"人们在传记中寻找作品中透显出的地理要素,这使人可以识别并定位带来灵感启发的那些场所。……几乎任何文学作品都不免反映作家存在中的地点情形,哪怕是用完全间接的方式。"③

在这里,我们又看到所有有关镜像式映照的理论本身所具有的界限。如此构想的文学地理学表明,一部文学作品如何嵌在一个地带之中,但它不能表现如何转化这个地带来建设自身的空间,这正是属于想象与书写的空间,我们只能在文本中找到,而不能转移到任何世界地图上。这样一种地理学使人可以研究文学生产的地点,而不是地点的文学再现。

在这层意义上,弗兰克·莫莱蒂的著作迈出了一步。在其著作《欧洲小说的地图册》里,他为一种"文学的地理学"辩护,把"对在文学中的空间研究"

---

① 参见爱德华·格利桑:《关系的诗学》,巴黎:伽利玛出版社,1990年版。
② 安德烈·费雷:《文学地理学》,巴黎:射手出版社,1946年版,第38页。
③ 安德烈·费雷:《文学地理学》,巴黎:射手出版社,1946年版,第24页。

与"空间中的文学研究"结合在一起。① 其著作的第一部分把 19 世纪的欧洲小说中的地点再现作为研究对象;第二部分则是关于在同一时期获得巨大成功的小说传播与接受的地点的研究。这两个部分都表明文学"与地点相联结"。② 但在我看来,第二部分属于文学地理学,甚至是文学社会学的范畴,因为它主要奠基在一种统计学类型的调查基础之上。第一部分则立足于对文学的分析与阅读的基础之上,更加接近于我所构想的地理批评与地理诗学。

然而,莫莱蒂也借助于一些欧洲的地图,来彰显小说虚构中的地点,由此始终依据其或然的地点参照来加以分析。这种技法不太考虑在一种客观的拓扑学与文学拓扑学之间的间距,也并不适用于纯粹想象性的地理学。信息化可以帮助改进和精炼这种技法,在地图中引入变幻的可能性,正如由苏黎世的地理学院所制作的欧洲文学地图册所做的那样。③ 但在我看来,这是可质疑的,因为它把虚构与参照性的地理学联系在一起,并将在空间的文学再现中的感知与想象的部分减到最少化,在我看来,后者更多属于景观,而较少属于地图的范畴,这就召唤其他的研究进路,即属于批评与诗学范畴。

地理批评

我提议把对空间的文学再现的分析称作"地理批评",正如可以从文本的研究或者作者的作品中抽取出的,在我看来,这不如说属于在严格意义上的文学地理学需要承担的任务。对它而言,指的是较少研究启发文本的语词所指的参照或者参照性元素,而更多研究义本所生发出的图像与意指,关涉的不是一种真正的地理学,而是或多或少呈现想象性的地理学。正如同时也兼为地理学家的作家格拉克这样提醒我们:"在我们摊开来参阅的一座城市的平面图与因它的名字的召唤而从我们内心涌现的城市的心理图景之间,并不存在什么叠合之处,后者是我们日常的游移在记忆里余下的沉积。"④

---

① 弗兰克·莫莱蒂(Franco Moretti):《欧洲小说的地图册(1800—1900)》,巴黎:瑟伊出版社,2000 年版,第 9 页。

② 弗兰克·莫莱蒂(Franco Moretti):《欧洲小说的地图册(1800—1900)》,巴黎:瑟伊出版社,2000 年版,第 11 页。

③ 关于这个项目的英文介绍在网络上可以找到,请见网址:www.literaturatlas.eu/index_en.html。

④ 于连·格拉克:《一座城市的形态》,巴黎:科尔笛出版社,1985 年版,第 2—3 页。

"地理批评"的术语是法国利摩日的学者发明的,这为它给予一种略有不同、更特殊化的接受。① 这种新的批评方法是由在当代文学中的地理主题的上升所带动的,在形式主义时期之后,见证了某种"真实在文学领域的返归",②而且,也见证了在哲学的空间中所涵盖的日趋增长的重要性,尤其德勒兹与瓜达里依据他们的期许所称作的"地理哲学"。③ 贝尔唐德·韦斯特法尔(Bertrand Westphal)受到两者在地域化与解地域化之间设立的辩证法的启发,"反思在人类空间与文学之间的联系"。④ 他考虑在真实空间与空间的再现之间的互动:一个文本的空间参照本身,已经部分地承载了文学的参照,这应引向为"想象的空间"及其与真实地点之间保持的多种可能的关系留出广阔的位置。但是,他倾向于把"文学中的空间再现"的研究局限于"对以一种空间参照与/或地理参照为媒介的再现"的研究。⑤

　　这种方法旨在选择承载历史与文化的一个地点,并比较各个作家所提议的不同意象:在某种方式上探索文学的记忆。这种方法似乎依然属于一种文学地理学,因为其出发点始终是参照性的,Bertrand Westphal 为之辩护,他强调文学参与地点本身的建构,并最终将之作为文本来阅读。尽管如此,但他承认,这"不太适用于想象的空间"以及对"唯一一个文本或作者的研究",⑥他把应当以"地理为中心"的地理批评与以"自我为中心"的批评相对立。

　　但是,空间的文学再现的主旨,难道不是明确地存在于一种想象的世界的建构中吗,难道不是立足于一个主体的视角以及一个文本的结构之中吗?⑦

---

① 贝尔唐德·韦斯特法尔主编:《地理批评作为运用方法》,利摩日:利摩日大学出版社,2000 年版。
② 贝尔唐德·韦斯特法尔:《地理批评:真实、虚构与空间》,巴黎:子夜出版社,2007 年版,第 152 页。
③ 参见德勒兹:《何谓哲学?》,巴黎:子夜出版社,1991 年版,第 82—108 页。
④ 贝尔唐德·韦斯特法尔:《地理批评:真实、虚构与空间》,巴黎:子夜出版社,2007 年版,第 17 页。
⑤ 贝尔唐德·韦斯特法尔主编:《神话的河岸:地中海地区的地理批评——地点及其神话》,利摩日:利摩日大学出版社,2001 年版,第 7 页。
⑥ 贝尔唐德·韦斯特法尔:《地理批评:真实、虚构与空间》,巴黎:子夜出版社,2007 年版,第 39 页。
⑦ 在这个视野中,参见加斯东·巴什拉:《空间的诗学》,巴黎:法国大学出版社,1957 年版。

即使不应忽略地理参照、语境与互文本的投入,它也是一种"自我地理学"①与"地点的结构"②,是一种独特的语义、形式层面的建构,为了要被理解,提示另一个主体的视角,即批评性的阅读。这就是为何我提议将之作为风景来看待,借鉴这个术语的最广义的界定,教给我们风景不是国家,而是关于国家的某种图像,是从一个主体的视角出发来建构的,无论是从一个艺术家还是从一个单纯的观察者的角度。

我也借助让-皮埃尔·里夏尔(Jean-Pierre Richard)为这个词所给予的更特殊的词义,它提供了一种有意思的视野,来阅读空间的文学再现并建构一种真正的"地理批评",这种方法却经常遭到忽视。我曾在其他处对之做过细致的介绍,③在此,我只限于提到切题的一些主要要素与意涵。在里夏尔的著作里,"风景"这个词显然指的不是一个作家曾经历或旅游过的以及在他的作品中描述的一个或多个地点,而是世界的某种意象,与他的文风和感性亲密地联结在一起——不是这样或那样的参照,而是能指的总体与一种文学的建构。比如,"夏多布里昂的风景",不能缩化为美洲的沙漠或孔布尔的荒野,这指的是一种更复杂、更混杂的意象,借助夏多布里昂在生活中、在书籍与绘画中经常光顾的地点的某些特征,但也出自通过想象与书写对这些地点的重新建构。④

对里夏尔来说,这样一种想象的风景的结构是与文本的结构不可分割的,他邀请我们在文学的风景里不是阅读地点的意象或者空间的想象,而是世界与作品相互的形构。他也尽力地在主题学与文体学的分析之间建立越来越紧密的关系:受到偏重的风格形象的运用的影响,对应于风景的具象构造。对于空间的再现的纯粹文学维度作一种感性的地理批评,应当像他一样探求在"页面"与"风景"之间建立一种对应,⑤也就是说其通向一种地理诗学。

---

① 参见雅克·列维:《自我地理学——认知性传记的素材》,巴黎:Harmattan 出版社,1995 年版。
② 在此借鉴西班牙 15—16 世纪耶稣会的创立者依纳爵·罗耀拉(Ignace de Loyola)的表达,这指的是对一个有利于做祈祷的心灵地点的创造。
③ 参见米歇尔·柯罗:《风景与诗歌》,巴黎:约瑟·科尔笛出版社,2005 年版,第 177—189 页。
④ 参见让-皮埃尔·里夏尔:《夏多布里昂的风景》,巴黎:瑟伊出版社,1967 年版。
⑤ 参见让-皮埃尔·里夏尔:《页面、风景》,巴黎:瑟伊出版社,1984 年版。

地理诗学

在我看来,地理诗学的术语似乎一方面可以用来指一种诗学——一种关于文学形式的研究,打造地点的意象;另一方面也可以用来指一种诗学理论(poïétique)——关于把文学创作与空间联系在一起的关系的思考。

在法文语境中发明这个词的作者们特别偏重第二种特征,尤其是其中两位创造性的作者。他们是两位诗人,一位是米歇尔·德吉(Michel Deguy)①,他勾勒了轮廓;另一位是肯尼斯·怀特(Kenneth White),他在对这个概念的捍卫与阐述中走得更远,在《信天翁的高原》里提议一篇《地理诗学导论》。②

依据肯尼斯·怀特的观点,文化"以在人类的精神与大地之间的关系为地基,它构成这种关系在知性、感性与表达层面上的发展"。③ 但是,世界的文明似乎失落了这个地基,需要重新获得,以重建一个可栖居的世界。文学似乎可以对此有所贡献,只要文学不封闭在"文本的栅栏"里,对于肯尼斯·怀特而言,这不仅仅是一种语言的艺术,正如20世纪70年代的文本主义与形式主义思潮所主张的,它包含一种世界观,也召唤"一种后现代的诗学,既不是关于自我、也不是关于词语,而是关于世界的诗学"。④ 但是,肯尼斯·怀特所探求推动的"地理诗学"的观念非常宽广,它远远超出诗与文学的场域,而指向一种"全新文化空间"的营造,涵盖了艺术、科学与哲学。

对我来说,我更倾向于坚持关于地理诗学的一种更严格的文学意义上的界定,作为空间的再现与文学形式之间的关系的研究,正如弗朗哥·莫雷蒂(Franco Moretti)在其著作里概述的。

在其中,我们找到关于生成学(générique)与空间范畴之间的对应的非常有趣的提议:"每一种文学体裁都有它的地理学——几近几何学。"⑤莫雷蒂提

---

① "在很长时间里,我曾相信某些东西或者说地点的部署构成……一种'地理诗学'的寓言,是对地球上的山谷成为可能的认知。"参见米歇尔·德吉:Actes,巴黎:伽利玛出版社,1966年版。
② 该著作1994年在格拉塞出版社出版。
③ 在参考文本中重新借鉴的这个界定出现在国际地理诗学学院的题名"群岛"的主页上(www.geopoetique.net)。
④ 肯尼斯·怀特:《信天翁的高原:地理批评引论》,巴黎:格拉塞出版社,1994年版,第200页。
⑤ 弗朗哥·莫雷蒂:《欧洲小说的地图册》(1800—1900),巴黎:瑟伊出版社,2000年版,第208页。

出,一部作品的形式特征传达它所提议的地点的形象:"一些不同的形式居住在不同的空间里。"①反之亦然,虚构所选中的地点影响了书写:"文体的选择与地理位置相联系:空间对风格发生作用……空间与形象彼此交织"②,甚至也关涉到叙事的内容:"每个空间决定或者至少鼓励一种不同的历史……在现代小说里所发生的一切与发生的地点紧密联系。"③

空间主题学不断增长的重要性与文学题材的形式的新近演变不可分离,正如约瑟夫·弗兰克(Joseph Frank)④提到的。比如,在诗歌的领域,自马拉美以来,我们参与到文本的一种空间化的趋势中,走出规律押韵的诗体强加的框架,在各种方向与维度中探索页面的空间,归纳出一种全新的阅读类型,并不一定追寻语句或诗句的直线化进程,但允许在排版印刷以及句法方面相距较远的术语有彼此切近的可能:读者感知到"从平常的序列中独立出来,投射在洞穴的岩壁上的"词语。⑤

对于排版空间的征服与朝向星球甚至星球之间的空间的开放不可分离:这显然反映在未来主义的"自由的词语"里,也反映在阿波利奈尔的某些"图像诗"里,⑥但也呈现在马拉美那里。根据瓦雷里的看法,马拉美在他那首著名的诗《骰子一掷,不会改变偶然》中尝试把"一页纸抬到星空的高度",最后几页由这些词语加强,用大写字母刻写:"除了地点之外什么都没发生/或许除了一群星座之外。"⑦

这种诗歌话语的空间化形式抵达一种新形式的创作,既不是散文也不是

---

① 弗朗哥·莫雷蒂:《欧洲小说的地图册》(1800—1900),巴黎:瑟伊出版社,2000年版,第43页。
② 弗朗哥·莫雷蒂:《欧洲小说的地图册》(1800—1900),巴黎:瑟伊出版社,2000年版,第52页。
③ 弗朗哥·莫雷蒂:《欧洲小说的地图册》(1800—1900),巴黎:瑟伊出版社,2000年版,第43页。
④ 约瑟夫·弗兰克:《欧洲文学中的空间形式》(1945),法文译本收入《诗学》(*Poétique*)第10期,巴黎:瑟伊出版社,1972年版,第244—266页。
⑤ 马拉美:《马拉美全集》第2卷,"七星图书馆"丛书,巴黎:伽利玛出版社,2003年版,第233页。
⑥ 参见阿波利奈尔:《阿波利奈尔全集》,"七星图书馆"丛书,巴黎:伽利玛出版社,1964年版,第183页。
⑦ 马拉美:《马拉美全集》第1卷,"七星图书馆"丛书,巴黎:伽利玛出版社,第384—387页。

自由诗,而是在页面之中有间隔的书写,借助一种不确定、可变化的排版布局。这种空间间隔让陈述的各个部分之间的句法的、逻辑的与编年的联系松弛,并与自马拉美以来所经常被宣扬的诗与叙事之间的脱离汇拢。①

但这种叙事的危机在散文中也存在,它也为空间的主题学以及地理学的灵感给予越来越多的位置。尤其是诗歌叙事的情况,它与叙述的线化范式相断裂,有时也与叙述本身相断裂,为描述给予一个重要的,有时是占主导地位的位置,在其中,人物们有丧失其自主性,风景借此获得蔓延的在场,成为主要的角色,而不再仅仅是简单的装饰。②

在这种倾向中,最著名、最具象征性的一个范例是作家兼地理学家于连·格拉克(Julien Gracq),在他的小说中,描述的扩展不断地让叙事滞后甚至陷入困境,而最终扼杀了叙事。在发表了四部小说之后,从1970年代起,格拉克只出版一些短篇小说,其中的叙事篇幅变短,在他的一些自传性的回忆与片段性的文集中,地理的启发占据至上的地位。③ 在另外一些当代的小说化作品中,可以观察到有一种相近似的演变,尤其是在米歇尔·布托的作品中,他差不多和格拉克同一时期放弃小说,而推动一些日益广泛地开拓地球的空间、页面与书籍的空间的作品,放置在"地点的守护神"的标志之下。④

许多当代的叙事呈现为"空间的叙事",依照乔治·佩雷克(Georges Perec)的象征性的文本里的意象。⑤ 在其中的一些文本里,叙述的脉络缩化为空间的一种路径,如同弗朗索瓦·邦的《黑铁风景》,其中的叙事依循作者每周在巴黎和洛林之间穿行的旅程来展开。⑥

的确,在依然呈现为"小说"形式的一些作品中,比如勒·克莱齐奥在《逃

---

① 参见多米尼克·孔布(Dominique Combe):《诗歌与叙事:体裁的诗学》,巴黎:科尔笛出版社,1989年版。
② 参见让-伊夫·塔迪耶(Jean-Yves Tadié):《诗化叙事》,巴黎:法国大学出版社,1978年版。
③ 参见于连·格拉克的以下著作:*La Presqu'ile, Les Eaux étroites, La Forme d'une ville, Carnets du grand chemin*,巴黎:科尔笛出版社,先后于1970、1976、1985、1992年出版。
④ 米歇尔·布托:《地点的守护神》,巴黎:格拉塞出版社,1958年版。
⑤ 参见乔治·佩雷克:《空间种种》,巴黎:伽利略出版社,1974年版。
⑥ 弗朗索瓦·邦:《黑铁风景》,拉格拉斯:韦尔迪出版社,1999年版。

逸书》里看到"发现空间的一种倾向",①让·埃什诺兹(Jean Echenoz)说"尝试做一些地理小说"。② 当皮埃尔·贝古尼乌讲述他的童年时,正是透过给他留下深刻印象的一些地点,他通过风景走向一种真正的自传。③

因而,空间似乎运用叙事的危机与传统心理学以在当代虚构里占据越来越多的位置。在其中,指的是对被看作后现代时期标志性的更广泛的现象的文学传译:"主体之死"和"历史的终结"。但是,这些表述的不合适之处在于它们只是负面的,正如"后现代"形容词本身;讲主体与历史的某种观念的终结,也许是更贴切的,还有一种全新看待世界与人的观念的来临。

对于笛卡尔式主体的优越性的质疑,可以在思考的行为中把握,作为自身与宇宙的主宰,比如在现象学里让位给意识的一种重新界定,如同"在世界中的存有"。由此,"思想之物"不再与"广延之物"如同一种纯粹的内在性与无关紧要的外在之间的对立:"思想之物"既具空间化,也具时间化。④ 因此,在当代诗歌与叙事里提倡空间的书写并不一定意味着非人化或彻底的客观主义,它可以用来重新界定抒情的主体或者人物,这些变得与围绕在四周的风景不可分离。⑤

另外,历史模式的危机在西方占据上风,奠基在一种渐进的过程之上,甚至是人类活动的一种直线的和连续的进步,为一种新的历史观即"地理历史"赋予机遇,把人类社会的各种关系纳入其环境之中,探索长时段及其周期,并将之与自然周期相对照。各种景观蔓延在当代的虚构里,用其特有的方式讲述人类与社会的历史。

比如,弗朗西斯·邦所描述的"黑铁风景"正是在洛林地区遭遇钢铁冶炼的衰落的冲击后的风景,而其"钢筋混凝土的装饰背景"也反映郊区所遭遇的

---

① 勒·克莱齐奥:《逃逸书》,巴黎:伽利玛出版社,1969年版。
② 参见让·埃什诺兹:《湖》,巴黎:子夜出版社,1990年版。
③ 参见皮埃尔·贝古尼乌:《风景中的一点蓝》,拉格拉斯:韦尔迪出版社,2001年版。
④ 参见笔者的论文《风景思维》,米歇尔·柯罗、弗朗索瓦·谢奈与巴尔蒂·圣邦谛(B.Saint Girons)主编:《风景:研究现状》,布鲁塞尔:Ousia出版社,2001年版,第498—511页。
⑤ 参见笔者的论文《主体的空间间隔》,米歇尔·柯罗:《风景与诗歌》,巴黎:约瑟·科尔笛出版社,2005年版,第43—64页。

危机。①

　　这种观察以及这些思考可以通向一种"诗学"（poïétique），一种文学创作的理论。这指的是理解为什么空间可以不仅成为灵感的源泉，而且也是新形式的创造。有些人执意把写作主要看作精神活动，处在内在性的范畴之中，对他们来说，这并不显而易见。

　　比如，对布朗肖而言，"文学空间"是一个特殊的空间，为写作而保留，与外部世界没有什么关系。② 有一种论据经常与地理诗学的假设相对立，即外部世界是沉默的，因此，它不会启发在语言中找到其材质及资源的。但是，难道不正是在沉默的世界以及言说的话语之间的这种间距赋予作家革新语言的欲望吗，并促使作家把语言带向它的边界，使它言说前人从未说过的，并创作出一种讲述的话语？这正是弗朗西斯·蓬热（Francis Ponge）的立场，比如说，对这位诗人来说，应当成为"沉默世界的大使"或其"代言人"。③

　　一种地理诗学的理论提示对文学活动的另一种观念，立足在"外部世界"（res cogitans）与"内部世界"（res extensa）的关联一致的假设的基础之上。书写是主体的间隔的一种形式，为了表达自身，需要投射到空间之中：页面的空间与风景的空间。它也诉求在空间的体验与语言之间的某一种持续性，比如海德格尔对"逻各斯"的传译"将整体—延展—在面前"（laisser-ensemble-étendu-devant）所表达的内涵。④

　　要理解这种联系，需要远离奠立在语言与世界之间关系的悬隔的基础上的语言学，比如转向居斯塔夫·吉约姆（Gustave Guillaume），其较少有相对时间更倾心于空间之嫌，因为，他最著名的作品名为《时间与语词》⑤，对他来说，"人类的语言有它的起点……并不是朝向人与人的微小的面对面，而是宇宙与人的宏大的面对面。在那里有语言的源泉，语言的结构承载着不容置疑

---

① 弗朗索瓦·博纳（François Bon）：《钢筋混凝土的装饰背景》，巴黎：子夜出版社，1988年版。
② 参见布朗肖：《文学空间》，巴黎：伽里玛出版社，1985年版。
③ 参见弗朗西斯·蓬热：《蓬热全集》，"七星图书馆"丛书，巴黎：伽里玛出版社，1999年版，第629页。
④ 马丁·海德格尔：《随笔与演讲》，巴黎：伽利玛出版社，1969年版，第256页。
⑤ 1929年在阿尔冈出版社出版。

的见证"。① 我们也可以借助于现象学,现象学揭示空间的条件在人的语言与思维中留下印记,反过来转化空间的条件,或者影响认知科学,如今也提问语言与空间体验之间的关系。②

空间的隐喻还时刻萦绕在我们的话语里,它们并不一定是我们的思想的无能为力或衰退的标志,正如柏格森所认为,却证明它们需要空间的支撑来舒展和向外表达(s'ex-primer)。在革新话语的同时,文学为人类精神和生存状况的革新做出贡献,对于地理诗学和地理批评来说,它们构成颇受青睐的一种研究对象,证实空间对于作家们来说不仅仅是一种外在的框架,而且也注入其集体想象中最内在亲密的价值与意义,承载着语言与形式发明的显要潜能。

♀ 延伸阅读 ♀

1. 叶维廉《中国文学批评方法略论》,见叶维廉《中国诗学》,生活·读书·新知三联书店,1992。

2. 张伯伟《中国古代文学批评方法研究》,中华书局,2002。

3. 赵宪章《文艺学方法通论》,江苏文艺出版社,1990。

4. 詹姆逊《批评的历史维度》,见《詹姆逊文集》第二卷《新马克思主义》,中国人民大学出版社,2004。

5. 雅克布森《隐喻和换喻的两极》,见伍蠡甫、胡经之主编《西方文艺理论名著选编》下卷,北京大学出版社,1987。

6. 休姆《语言及风格笔记》,见赵毅衡编《"新批评"文集》,中国社会科学出版社,1988。

7. 燕卜荪《朦胧的七种类型》,中国美术学院出版社,1996。

8. 罗杰·福勒《语言学批评导论》,载《文艺理论研究》1992年,第4期。

♀ 问题与思考 ♀

1. 文学研究方法包含哪些层次?又经历了哪些变化?

---

① 居斯塔夫·吉约姆:《结构语言学绪论》第1卷,魁北克:拉瓦尔大学出版社,2003年版,第129—130页。
② 参见米歇尔·德尼主编:《语言与空间认知》,巴黎:马松出版社,1997年版。

2. 文学心理学研究方法包含哪些要素或步骤？你怎样看待文学心理学研究方法？

3. 谈谈文学社会学研究方法的发展概况。

4. 谈谈马克思主义文学批评方法的发展与演变。

5. 谈谈俄国形式主义和结构主义批评方法的基本特点。

研究实践

1. 除了通常的文学批评方法之外，我国古代的文学研究中还曾经流行一种索隐式的批评方法。它原起于对文学典籍中相对稳固的意象代码含义的解释，但是后来的索隐式批评偏执地以为文学代码必定联系着一定的观念内容，把文学意义的探究变为符码对译的技术操作，强调文本的政治内容和道德内容及其和作者生平经历的联系，意在立说，而疏于实证，被人称之为"索隐"。"索隐"形成了中国古代文学批评中一种附会说诗和附会说文的传统。

汉代儒生解诗就有意识地从作品中引申出政治道德教化含义，并把它与历史上某一仁人志士相比附，以强化教化效果。《诗大序》开首便断言《诗经》"《关雎》，后妃之德也"，之后对该诗的含义作了进一步推论："是以《关雎》乐得淑女以配君子，忧在进贤才，不淫其色，哀窈窕，思贤才，而无伤善之心焉，是《关雎》之义也。"①汉代对《易经》的解释也常常"依物取类，贯穿比附"②。

索隐比附之风在清代尤甚。比如常州派词人说词，认为词"缘情造端，兴于微言，以相感动，极命风谣。里巷男女，哀乐以道。贤人君子幽约怨悱不能自言之情，低徊要眇，以喻其致。……然要其至者，莫不恻隐盱愉，感物而发，触类条鬯，各有所归，非苟为雕琢曼辞而已"，"义有所隐，并为指发"。③ 常州派开山祖张惠言在其所编的《词选》中，不根据充分的史料疏证，便认定词是对历史事件的隐射。如说韦庄《菩萨蛮》是晚年留蜀思唐之作，而高居宰相位的冯延巳作《蝶恋花》意在排斥异己等。似乎结合了他们本人经历，但多有揣

---

① 《毛诗卷一·周南》，见《十三经》1，据《四部丛刊》初编初印本影印，上海书店出版社1997年版，第155—156页。

② 张惠言：《周易虞氏义自序》，转引自郭绍虞主编：《中国历代文论选》第三卷，上海古籍出版社1980年版，第560页。

③ 张惠言：《词选序》，见郭绍虞主编：《中国历代文论选》第三卷，上海古籍出版社1980年版，第557页。

度臆测之处,并无实据。

中国古代索隐式批评的极端事例是对《红楼梦》的研究。《红楼梦》既出,清人涂瀛便认定主人公贾宝玉乃作者曹雪芹自己,《红楼梦》是作者本人的自传。他并由此敷衍出该书的写作过程:"意其初必有一人如甄宝玉者,与贾宝玉缔交,其性情嗜好大抵相同,而其后为经济文章所染,将本来面目一朝改尽,做出许多不可问、不可耐之事,而世且艳之美之,其为风花雪月者,乃时时为人指摘,用为口实。贾宝玉伤之,故将真事隐去,借假语村言演出此书,为自己解嘲,而亦兼哭其友也。"①此后,执意寻求《红楼梦》中隐去的本事或微言大义的做法颇为流行,形成了《红楼梦》研究中的"索隐派"。其特点是找出一些似乎与作品有关的人物与史实,来与《红楼梦》中所描写的人物与事件进行对比印证,以此来论证《红楼梦》的意义与价值。索隐派代表人物之一王梦阮指认《红楼梦》写的是清世祖顺治与董鄂妃的爱情故事,而董鄂妃实乃秦淮名妓董小宛。他说:"不熟清初掌故,不可读《红楼》,不知当时大事,何能看得亲切。""为存一代史事,故为苦心穿插,逐卷证明,其斗笋交关,均已一一吻合,神龙固难见尾,而全豹实露一斑。以例推之,余蕴亦复有限,后来者更加搜访,似不难完全证出,成为有价值之历史专书,千万世仅有之奇闻,数百年不宣之雅谜。彼虽善隐,我却索而得之、宣而出之,以赠后人,亦大快事。"②

请以上述事例为材料,试做一篇作业,谈谈索隐式批评的基本特征,它与本章所介绍的其他文学批评方法有何不同,以及它与我国古代文化传统及文学批评传统的关系。

2. 苏联与我国当代在文学社会学方法的演进过程中,一度出现了用阶级与阶级斗争界定文学的基本性质,以政治代替文学,用狭隘的经济决定论解释文学的盛衰演变的庸俗社会学倾向,忽视文学的语言与审美的存在属性,对文学研究造成了很大的危害。例如郭沫若在"文革"期间出版的《李白与杜甫》,据《茅屋为秋风所破歌》中"八月秋高风怒号,卷我屋上三重茅","南村群童欺我老无力,忍能对面为盗贼,公然抱茅入竹去"等诗句,断言杜甫过着地

---

① 涂瀛:《红楼梦论赞》,见郭绍虞主编:《中国历代文论选》第三册,上海古籍出版1980年版,第449页。
② 王梦阮:《红楼梦索隐提要》,见黄霖、韩同文选注:《中国历代小说论著选》下册,江西人民出版社1985年版,第418页。

主阶级的寄生生活,并站在剥削阶级立场对劳动人民及其子弟表现出了刻骨的仇恨:"诗里是赤裸裸地表示着诗人的阶级立场和阶级感情。""诗人说他住的茅屋,屋顶的茅草有三重。这是表明老屋的屋顶加盖过两次。一般地说来,一重约有四五寸厚,三重便有一尺多厚。这样的茅屋是冬暖夏凉的,有的时候比起瓦房来还要讲究。茅屋被大风刮走了一部分,诗人在怨天恨人。使人吃惊的是他骂贫穷的孩子们为盗贼,……他在诉说自己的贫困,却忘记了农民们比他穷困百倍。"①试做一次讨论,谈谈文学社会学研究方法与庸俗社会学的文学研究的区别。

---

① 郭沫若:《李白与杜甫》,人民文学出版社1971年版,第138页。

第十二章 文学研究方法论（下）

导 论

20世纪60年代之后，随着后结构主义与解构主义的兴起，文学研究方法出现了新的特点。一是兼容性，一种方法常常包含其他方法的要素或步骤，二是研究的对象不局限于文学，而走向跨学科化、泛文本化的文化批评。

一、解构批评

1. 解构主义的基本观点

解构批评是这一时期比较突出的批评模式。巴尔特的后结构主义与解构主义一脉相承，他认为文本分析是为文本创造一种新的意义，而不是被动地接受意义，这为解构主义批评提供了思想依据。在解构批评的另一思想先驱福柯眼里，文本所提供的明显的意义只是一个方面，文本的陈述常常流露更多的意义痕迹，已说出的事情总是包含着比它本身更多的含义。所以解构批评致力于研究文本的上述不确定性、差异和断裂。对解构批评影响最大的人物无疑是解构主义哲学的主要代表——法国哲学家德里达（Jacques Derrida, 1930—2005）。德里达批判了传统形而上学的"逻各斯中心主义"，即习惯于为世界设立一个本源——理念、始基、目的、现实实体、真理、先验性、意识、上帝、人等等，并由此出发设定了在场/不在场、精神/物质、主体/客体、能指/所指、理智/情感、本质/现象、声音/书写、中心/边缘、男人/女人等等一系列二元对立范畴，而所有这些对立总是其中一方占有优先的地位，另一方则被看作是对于前者的衍生、否定和排斥，如在场高于不在场、声音高于书写、男人高于女人等等,这样就逐步形成了"逻各斯中心主义"、"声音中心主义"、"男性中心主义"等。德里达的解构理论正是从索绪尔能指和所指的差异性思想出发,但他又指出在索绪尔那里仍然所指决定能指,能指依附所指,因而是不彻底的,他主张能指和所指的非同一性和意义的延异(différence),"延异……是通过迟缓、代理、暂缓、退回、迂回、推迟、保留来实现的"。① 文字作为延异是差异、差异之踪迹的系统游戏。他说:"有意识的和说话的主体取决于差异系统和延异活动,主体唯有在与自身相区分中,在生成空间中、在拖延中、在推迟中才被构成。"②能指对所指的表达关系总是被超越,能指的指示运动是一种漫无止境的分离、倒塌、再分离,只能根据上下文的关系显示出特定的、暂时的意义来。在《书写与差异》中,德里达声称书写更具有普遍的适用性,是最具有空间性的语言,能够达到语言最大的自足性,制造无限开放的意义轨迹。

2. 耶鲁学派与解构批评

"解构"(deconstruction)一词最早出现于海德格尔《存在与时间》第二章第六节"解构存在论历史的任务"。他认为为了把存在"这个问题的历史透视清楚,那么需要把硬化了的传统松动一下,需要把由传统做成的一切遮蔽打破"。③ 正是在这里他提出了解构概念,意思是分解、拆解、揭示等。德里达在《论文字学》、《书写与差异》等一系列著作中系统地提出了他的解构主义理论并赋予了解构以消除、破坏、问题化等新的含义,"不想保留指称结构内的差别,我们就不能设想人为的痕迹,正是在指称结构中,差别才如此显示出来,并使各项之间的自由变动成为可能"。④ 20世纪60年代后期,随着德里达到美国传播解构主义,在美国逐渐形成了解构批评学派,代表人物是耶鲁大学的保罗·德曼(Paul de Man,1919—1983)、希利斯·米勒(J. Hillis Mille,1928—)、杰弗里·哈特曼(Gerffery Hartman,1929—)、哈罗德·布鲁姆(Harold Bloom,1930—),他们四人被人戏称为"耶鲁四人帮"。保罗·德

---

① [法]德里达:《多重立场》,佘碧平译,生活·读书·新知三联书店2004年版,第8页。
② [法]德里达:《符号学与文字学》,见包亚明主编:《德里达访谈录:一种疯狂守护着思想》,何佩群译,上海人民出版社1997年版,第78页、第82页。
③ [德]海德格尔:《存在与时间》,陈嘉映、王庆节译,生活·读书·新知三联书店1999年版,第26页。
④ [法]德里达:《论文字学》,汪堂家译,上海译文出版社1999年版,第64页。

曼强调文本符号与意义之间的不一致性,文本因其修辞性而包含了自我解构的要素。他认为新批评仍然继承了柯勒律治的有机形式论,把艺术视为有生命的有机物,把精神存在与自然进行了简单的类比,"为了代码本身的缘故而专注于代码的结构要素是在所难免的,因而文学必然产生它自己的形式主义"。① 这说明解构批评把语言的自足性推进了一步,在很大程度上是形式主义批评的一个发展;布鲁姆在《影响的焦虑》中提出著名的"影响即误读"的理论,认为作家接受前人的影响主要是对前人的"误读"、修正和改造。阅读是一种延迟行为,文学语言的意义是不确定的,能指和所指之间不存在固定的对应关系,只有能指之间无限的意义转换、播撒和延迟,因而寻找文本原意是不可能的,任何阅读都是一种误读。"每一位读者同每一首诗的关系都是由一种延迟的比喻所支配……诗人解释他的前辈,任何强劲有力度的后来解释者阅读每一位诗人,都必定通过他的阅读进行篡改歪曲。"②米勒倡导修辞性阅读,将文学作品的比喻性或修辞性看作语言的本性,"随着读者对其要素提出疑问、让每一个问题生成一个本身是另一个问题的答案,它文本的丰富打开了深渊下面的深渊,每个深渊下都有个更深的深渊"。③ 哈特曼也从语言的多义性、不确定性出发,张扬作者写作与文本意义的不确定性。20 世纪 80 年代后期以后,解构批评开始走向衰落。

解构主义和解构批评对西方盛行的理性中心主义提出了质疑与挑战,对 20 世纪下半叶以来的西方思想、文化和文学批评产生了深远的影响。有人说解构主义消解了人的理性,破坏性大于建设性。这些说法不无道理。但是解构主义也有建设性的方面,那就是对于多元主义和差异的尊重。

二、东方主义与后殖民批评

1. 东方主义

东方主义与后殖民批评兴起于 20 世纪 70 年代末,旨在分析殖民统治以来殖民者与被殖民者之间的不平等关系,揭示西方知识体系、思维方式和价

---

① [美]保罗·德曼:《阅读的寓言》,沈勇译,天津人民出版社 2006 年版,第 4 页。
② [美]布鲁姆:《误读图示》,朱立元、陈克明译,天津人民出版社 2008 年版,第 69 页。
③ [美]米勒:《大地·岩石·深渊·治疗——一个解构主义批评的文本》,《当代外国文学》1999 年第 2 期。

值等级观念中隐蔽的意识形态性,重建被殖民者的形象、历史和文化归属感,代表人物是萨义德(Edward W. Said,1935—2004)、斯皮瓦克(Gayatri C. Spivak,1942—　)、霍米·巴巴(Homi K. Bhabha,1949—　)、罗伯特·扬(Robert Young,1950—　)等。

历史进入20世纪下半叶,种族与文化冲突问题日益尖锐化,美籍阿拉伯裔学者萨义德(又译赛义德)所提出的东方主义(或译东方学)对西方压迫东方的殖民话语方式所作的剖析与指证,是上述情况在理论上的一个表现。在《东方学》(1975)出版之前,东方学作为一个学术领域,被认为是客观的、科学的,拥有自己的社团、期刊、传统、词汇与修辞。萨义德在《东方学》一书中,以其少数族裔人士所特有的敏感性,指认西方学者所说的东方是被创造出来的一整套理论和实践,所谓东方学并不是一个客观的知识体系,与其说它与现实东方相对应,不如说与传统知识、公共机构、固定模式等存在着联系;其次,揭示东方学这一被传统视为客观的知识体系的政治作用,揭示出东方学者作为"西方权力代理人"的身份;再次,东方学中的东方,尤其是这一东方概念所包含的东方思维、东方风格、东方生活等,与其说是对现实东方的描写,不如说与现实东方毫不相干,是由东方学构造出来的可流通的文化因素。其结果是使东方学成为一种共识:特定的研究范围、特定的论说方式、特定的操作模式。所谓"东方主义"既是西方文化所建构起来的他者形象和对手,也是西方人观察、认识和叙述东方的一种思维方式,在18世纪之后更成为西方统治、重建和管辖东方的一种风格。因而此之所谓东方其实是西方意识形态的话语建构,它既有某种神秘色彩,又是专制、愚昧、无知、落后的代名词,是长期处于强势的西方对处于劣势的东方的殖民话语压迫方式。

萨义德把东方学的运作策略概括为"再现"(Representation)或"解说"(Interpretation)两个方面。在东方学中,正是再现这一策略传递并强化了东方学的权力网络。第一,把东方从沉默中拉出来,对东方加以设计、想象与描述,体现了西方文化对东方文化的优势地位;第二,无论把东方文本化还是依据个人需要阐述东方都属于阐释者的特权,尤为重要的是,通过对东西方进行简单化的划分以及对东方的分类与阐释,东方成为西方可以自由支配的话语,然后用文本化的东方取代了现实的东方,从而将现实的东方排斥在西方秩序之外,东方的异质成分以及反抗力量仅仅被当作与西方文化毫不相干的"东方特性"、"东方风格"受到抑制。这样一来,东方学通过再现有效地排斥了异己文化,并为自己创造了一个优越于其他文化(这里指东方文化)的地位。

在《文化与帝国主义》(1993)一书中,萨义德进一步阐述了权力与知识之间的关系。他试图证明,帝国主义对某个地域或国家的控制,不仅是行使政治经济权力的问题,而且是如何掌握想象的文化领导权问题。萨义德认为,帝国主义的"力量与合法性并存,一种力量存在于直接的统治中,另一种力量存在于文化领域。这两种力量的并存是老牌帝国主义霸权的一个特点"。① 这就是说,文化帝国主义既建立在强大的军事和经济力量的基础之上,也建立在对原住民的形象、文化与历史想象性的话语建构中。

2. 后殖民批评

后殖民批评认为,文学叙事作为帝国主义话语的塑造力量,对帝国主义实践、理论与态度的形成包括对殖民地的统治具有重要的作用,掩盖、遮蔽、扭曲了殖民压迫。

萨义德以波兰裔英国作家康拉德(Joseph Conrad,1857—1924)的小说《黑暗的心》为例加以阐释。《黑暗的心》以叙述者马洛的刚果之行为主线,既展示了欧洲殖民主义在非洲的野蛮行径,又描写了梦幻般的异国情调,"沿河而上就好像回到最原始的世界去作一次旅行……越来越宽的河水穿流过一群林木丛生的小岛;在这条河上航行,你一定会像在沙漠中一样迷失方向,整天在浅滩中东冲西撞,找不到航道,最后你觉得自己好像着了鬼魅,永远与你过去所熟悉的一切隔绝——来到了某个地方——非常遥远的地方——也许是到了另一个世界"。小说把我们带到神秘、黑暗的非洲丛林,使我们沉溺于艺术的氛围之中。但是,对克尔茨从事象牙贸易的掠夺行为的揭露没有颠覆作者的帝国主义的立场,"《黑暗的心》中有许多次提到'文明的使命',提到用意志的行动或力量的壮大,用慈善或残忍的手段,把光明带给世界上黑暗的地方和人民"。② 这暴露了作者的欧洲中心主义。同样,后殖民批评家们也从《简·爱》中看到了种族主义,《简·爱》在描写女性解放的外衣下,包含了白人种族中心论,并对种族问题进行了无意识表征:罗彻斯特把贝莎视为种族

---

① [美]萨义德:《文化与帝国主义》,李琨译,生活·读书·新知三联书店2003年版,第415页。
② [美]萨义德:《文化与帝国主义》,李琨译,生活·读书·新知三联书店2003年版,第38页。

的他者。他把贝莎和简作了明确的对比:"瞧瞧两者何等不同!把这双明净的眼睛同那边红红的眼珠比较一下吧——把这张脸跟那付鬼相——这付身材与那个庞然大物比较一下吧!"但是实际上,我们需要谨慎地对待他性:因为贝莎和简都是罗彻斯特的配偶,贝莎是简所不是但可能是的样子。批评家们有人甚至认为莎士比亚也是一个种族主义者,因为他作品中的许多"负面人物"就属于少数族裔——《奥赛罗》中的奥赛罗是摩尔人,《威尼斯商人》中的夏洛克是犹太人,等等。有人这样评价后殖民批评:"将人种与种族作为自己的主要关注对象的文学批评突出了社会中种族身份的重要性,质询至今为止未受怀疑的在种族方面未受注意的文学研究中的种族标准。"①

后殖民批评发掘出文学中所不为人注意的一个方面,具有重要的理论意义与现实意义。但是后殖民批评的倡导者基本上都是出身东方移居到西方发达国家并执教于西方高校的知识分子,这就决定了后殖民理论本身也是西方学术话语的一部分,它对非西方国家的适用性要打折扣。

三、女性主义方法

1. 女性主义批评的基本观点

女性主义批评是女性主义思潮的产物。女性主义思潮大致经历了三个阶段。第一个阶段从18世纪末到20世纪30—40年代,主要是争取女性与男性同等的政治、经济权利,例如争取选举权、就业权等等,当然也有少数作家或者学者开始从文化方面反思男权制的压迫,例如英国作家沃尔夫(Virginia Woolf,1882—1941)在《一间属于自己的房子》中提出"双性同体"观点,法国作家、学者波伏娃(Simone de Beauvoir,1908—1986)在《第二性》中提出"女人不是先天的,而是被社会塑造出来的,塑造女人的是整个文明"。② 上述思考对后来的女性主义思潮产生了很大影响。第二个阶段是20世纪60年代至80年代,代表人物有美国的贝蒂·弗里丹(Betty Friedan,1921—2006)、米利特(Kate Millet,1934—)、肖瓦尔特(Elaine Showalter,1941—)、英国的朱丽叶·米切尔(Juliet Mitchell,1940—)、法国的克里斯蒂娃、埃莱娜·西

---

① [美]迈克尔·莱恩:《文学作品的多重解读》,赵炎秋译,北京大学出版社2006年版,第185页。
② [法]西蒙·波伏娃:《第二性》,陶铁柱译,中国书籍出版社1998年版,第45页。

苏(Hélène Cixous,1937—　)等。其理论资源涵盖了马克思主义、精神分析学说、解构主义等。米切尔认为，妇女劳动没有社会化，被看成男性劳动的附属品，"妇女被赋予了自己另外的世界——家庭。家庭像妇女自身一样，被视为自然的产物，而实际上它是社会的产物"。① 这个阶段在文学领域产生了女性主义文学批评。女性主义批评关注文学作品中的女性人物，常常注意勘察女性的经历和经验在男女作家那里究竟得到了怎样的的表现，倡导一种以性别经验为基础的女性写作。女性主义批评的另一个重心是分析社会的父权制结构对妇女所构成的权力关系，并进而剖析男权社会的组织形式及其意义和功能。当然，不同国家女性主义批评的发展状况与关注重心各有不同。美国女性主义批评家主要集中于高校，那里的女性主义批评注重学术与专业问题，如文学作品中的种族主义及黑人的文学传统问题。英国的女性主义批评则有新左派传统，受到马克思主义影响较深，强调性别与阶级的关系。法国的女性主义批评则多受拉康精神分析理论的影响，把批判的矛头指向男性中心主义。第三阶段的女性主义也被成为后女性主义，大约开始于20世纪90年代以来，以美国学者朱迪斯·巴特勒(Judith butler,1956—　)为代表。

　　第二阶段的女性主义主张一种女性的身份政治，倡导一种女性经验。肖瓦尔特提出了"女性批评"的概念，用以概括那些对女性写作所做的女性主义研究。埃莱娜·西苏认为女性写作与女性觉醒、女性解放息息相关。为了使女性从男权制下解放出来，西苏倡导女性写作，认为女性写作使妇女解除了对其性特征和女性存在的抑制关系。"写吧！写作是属于你的，你是属于你的，你的身体是属于你的，接受它吧。……写吧，不要让任何人、任何事阻止你，不要让男人、让愚笨的资本主义机器阻止你……我写妇女：妇女必须写妇女。"②这是一种反叛的写作，接近女性本原的力量，"通过写她自己，妇女将返回到自己的身体"，"写你自己，必须让人们听到你的身体。……这行为将归还她的能力与资格、她的欢乐、她的喉舌，以及她那一直被封锁着的巨大的身体领域……这行为同时也以妇女夺取讲话机会为标志，因此她是一路打进一

---

① ［英］米切尔：《妇女：最漫长的革命》，见李银河主编：《妇女：最漫长的革命》，生活·读书·新知三联书店1997年版，第9页。
② ［法］西苏：《美杜莎的笑声》，见张京媛编《当代女性主义文学批评》，北京大学出版社1992年版，第190页。

直以压制她为基础的历史的"。① 西苏的理论对"女性写作"的倡导对此后的女性作家产生了重要影响。西苏一直强调女性语言的解构性和女性写作的政治功能,"妇女必须通过她们自己的身体来写作,她们必须创造无法攻破的语言,这语言将摧毁隔阂、等级、花言巧语和清规戒律","女性的本文将具有极大的破坏性……假如她不是一个她,就没有她的位置。假如她是她的她,那就是为了粉碎一切,为了击碎惯例的框架,为了击碎法律,为了用笑声打破那'真理'"。② 但是,第二波女性主义批评对女性经验的倡导假定了女性经验的独特性,仍然在总体上陷入了男女的二元对立。第三波女性主义则对性别的稳定性与统一性提出了质疑。

2. 女性主义批评的得失

女性主义批评揭示了男权制在文学创作和阅读中的种种表现,呼唤一种以女性经验为基础的写作,构成了文学批评中的一道独特风景线,使我们发现了既往文学研究的缺失环节,对现有的文学研究框架形成了冲击。但是女性主义批评在取得很大成就的同时也面临着一些挑战。首先,女性主义批评诞生于男权统治的土壤之中,难以形成自己的一套理论,对男权文化展开的批判,所运用的理论资源基本上是男性的理论。从内部来说,亚裔与少数民族妇女质疑女性主义批评仅仅代表了白人中产阶级女性的立场,而忽视了女性中的种族与阶级差异;从外部来说,越来越多的人们对是否存在着一种独立于男性经验甚至人类经验之外的女性经验以及女性主义批评中所包含的男女二元对立的思维模式提出了异议。近来朱迪斯·巴特勒解构了性别的统一性。她认为,我们无法严格区分生理性别和社会性别,生理性别一开始就是社会性别化的。性别是随时间的推移组成的身份,我们并没有先在的性别,而是风格化的行为塑造了我们。巴特勒指出,女性主义批评只要把自己当作一种"身份的政治学",即把自己当作一种具体的、通常被边缘化的和受压迫的群体的社会诉求方式,其所发挥的社会与政治作用就仍然会受到限制。身份本身可以被有效而又批判性地看作是存在裂痕的、捉摸不定的,并

---

① [法]西苏:《美杜莎的笑声》,见张京媛编《当代女性主义文学批评》,北京大学出版社1992年版,第193页、第194页。
② [法]西苏:《美杜莎的笑声》,见张京媛编《当代女性主义文学批评》,北京大学出版社1992年版,第203页。

且与其自身不一致的。她借鉴了英国哲学家奥斯汀的言语行为理论，认为性别是一种述行，一种操演，主体或性别身份是通过操演显示出来或建构起来的，"如果性别属性和行动——身体所由以表现或生产其文化意义的各种不同的方式——是操演性质的，那么就不存在一个先在的身份，可以作一项行动或属性的衡量依据；将不会有什么正确的或错误的、真实的或扭曲的性别行为，而真实性别身份的假定将证明只是一种管控性的虚构"。① 这标志着女性主义向后结构主义和后现代主义的转化。

四、文化研究

1. 文化研究的兴起与文学理论的边界扩张

20 世纪中期以后，当代文学理论发展的一个显著趋向是走向**文化研究**。从知识谱系上看，文化研究的思想资源除了马克思主义以外，还包括 20 世纪各种人文社会科学的研究成果，如社会学、政治学、文化学、语言学、人类学、符号学、结构主义、叙事学、精神分析等等。文化研究是对于狭隘的经济决定论的扬弃，认识到政治、经济与文化之间存在的复杂的相互关系，并且将传统的文学文本研究扩展为各种新的文学与文化变异形态的研究。英国马克思主义文化研究学派推动了这股思潮的形成与壮大。威廉斯便质疑简单的上层建筑/经济基础二分法，将对高雅文化、文学经典的研究转到对表意实践的研究，使文化研究涵盖了电影、电视和广告及社会学、政治和文化认同等问题，把大众文化纳入文学研究的视野。威廉斯首先对"大众"(mass)概念进行了探讨，指出这个词的含义是与"群氓"(mob)联系在一起的，实际上是文化精英以民主为幌子对共同社会群体的蔑称，"事实上没有所谓的大众，有的只是将人视为'大众'的观察方式"。② 大众原本的含义是民享、民有，但在特权阶级和受过良好教育的群体眼中却成为庸俗、低级的代名词；其次，威廉斯指出，大众社会的来临使得文化的创造取决于精英对"大众"的倾听和在此基础上的创造。"'大众'对社会方向产生影响不是通过参与，而是通过表达某种

---

① ［美］朱迪斯·巴特勒：《性别麻烦：女性主义与身份的颠覆》，宋素凤译，上海三联书店 2009 年版，第 185 页。
② ［英］威廉斯：《文化与社会》，高晓玲译，吉林出版集团有限责任公司 2011 年版，第 315 页。译文略有改动。

模式的需要和偏好——这是一种新型市场的法则——而对精英们来说,这就成了一个起点:仔细研究大众的需要和偏好(通过诸如市场调查和民意测验之类的技术手段),然后再去设法说服他们。"①也就是说,文化是精英和大众互动的结果。霍加特的《有文化的用途》(或译《识字的用途》)则肯定了大众文化(廉价杂志、街头小报、通俗小说、体育、俱乐部等)在工人阶级中所起的有益的作用,力图揭示工人文化和工人生活之间的联系。英国文化研究学派在既存的权力网络中来分析文化艺术作品、实践和机制,它关注的是意识形态、支配和抵制及文化的政治性研究。文化研究关注的重心是文学与社会历史的关系,将文学看作一个受政治、经济、社会文化制约的非自治的领域。威廉斯认为,"现实"与"虚构"的二元区分以及对文学"想象性"、"创造力"的本质规定建立在近代哲学主客对立的基础之上,也与当时文学实践的状况有关。而如今"书写的多样性"早已经超越了当时的文学发展状况,出现了很多新的文学种类以及跨文类与超文类的写作类型,上述情况要求我们把目光投向当下的文学实践,关注文本真实的形成过程,因此现在对"文学"的指认更多地取决于惯例,而不是纠缠于关于文学的陈旧定义。大众文学与文化的兴起是20世纪最为突出的文化现象之一。大众文学与文化适应传媒时代的发展,在很大程度上改变了文学与文化的发展格局。威廉斯及英国文化研究学派所做的一个主要工作便是消除高雅、大众文化的二元对立,对大众文学与文化的价值进行了重估,指出其有助于丰富人们的精神生活并形成共同文化。

此外,文学与意识形态的关系尤为文化研究者所看重。从威廉斯开始,文化研究者便摈弃了将意识形态等同于统治阶级骗局的简单化说法,视意识形态为"意义与观念的一般过程"②。他认为这个生产过程不仅存在于理论与观念领域,也存在于文学艺术活动中。因此文化研究者执着地追寻文学与意识形态的关系,既注意发掘意识形态对文学隐秘的渗透,又探讨作者本人的意识形态立场与文本的语言创造潜能对既有意识形态的颠覆。西方的文化研究关注各种晚期资本主义的特征,如文化及意识形态所扮演的角色,各种形式的权力关系,如以新的形式出现的经济及政治殖民主义,性别与种族的

---

① [英]威廉斯:《漫长的革命》,倪伟译,上海人民出版社2013年版,第119页。
② [英]威廉斯:《马克思主义与文学》,王尔勃等译,河南大学出版社2008年版,第58页。

歧视问题。其重心是传媒时代文学与文化的形态变异,种族、性别以及文化传播中的权力运作机制和意识形态功能格外受到关注;其实质是通过文化批评进行政治参与。因此文化研究是一种对既定的统治秩序和文化形态富有颠覆性的力量,"文化研究一直试图表达被贬低的或曾受压制的人类体验和文化表现。通过文化研究,人们力求发现并了解那些在恶劣的环境中发展起来的文化实践及产物,包括基于种族、阶级、地域、性别或其他可知的劣势标志而产生的种种为我们所熟悉的社会歧视形式。为了达到这一目的,人们悄悄地在文化研究工作中糅合了启蒙运动的基本原则,即所有的生命、所有的社会表现实践都理应受到尊重,理应给予同等的深思和解释。……将人类从冲动、偏私、排斥、强迫和压抑中解救出来"。[1]

2. 文化研究的趋势与得失

当今的文化研究有进一步向多领域和多学科蔓延的趋势。除了文学研究的文化学视野、文化政策、亚文化群体、社会时尚等等之外,很多文化批评家把触角伸向了广告、电视肥皂剧、MTV、流行歌曲、麦当劳和酒吧,文化研究演变为文化批评。有人说,近来的文化研究完全是一种钟情于社会政治的"外部研究"。这种说法其实不够全面,文化研究在某种程度上也得益于在文学批评的"内部研究"中发展起来的语言学、符号学与叙事学这些被认为是文学的本体批评或审美批评的分析工具与分析方法。同时,文化研究还拓展了文学研究的手段与技术,例如心理分析、问卷调查、定量统计等。

文化研究把文学置入更大的社会文化境遇之中进行考察,为文学与各种社会元素的交叉接合提供了广阔的空间。因为社会的性质与其文学的特征之间并非只有一种关系,而是有随实际历史而变化的多种关系。文化研究揭示了文学与社会的多重关系。特别是21世纪以来,文化研究已经涉及视觉文化、大众文化、消费文化、文化现代性、空间等领域,极大地拓展了文学理论的研究领地。但是文化研究对文学研究又是一把双刃剑,由于它对文学的研究毕竟主要还是一种外部研究,在拓展了文学理解的视野和方法的同时,实际上把触角伸展至社会学、传播学、心理学、文化学等领域,有演变成大而无当的"泛文化研究"的趋势,并无形中助长了追逐学术热点时尚、淡化基础理论

---

[1] [美]理查德·特迪曼:《传统结构下的文化研究》,李丹译,见王逢振主编:《2000年度新译西方文论选》,漓江出版社2001年版,第301页。

研究的学风,无疑有消解文学理论研究自身的危险。

本部分选取了四篇论文。其中卡勒的《解构批评》、萨义德的《东方主义》和肖瓦尔特的《女性主义与文学》分别介绍了解构批评、东方主义和女性主义批评的基本情况,而威廉斯的《文化分析》则对文化研究的基本概念与功能提出了自己的看法。

选 文

解构批评(节选)

[美] 卡 勒

导言——

本文节选自乔纳森·卡勒《论解构》第三章(中国社会科学出版社,1998),陆扬译。

作者卡勒的情况见本书第一章《何为文学理论?为何要学习文学理论?》部分之《理论是什么?》导言中的介绍。

本文分析了解构批评的思想与方法背景,指出德里达专注于修辞性的阅读,潜心于话语中比喻用法的含义,是解构批评的一个重要来源。然后重点介绍了德曼、琼生、希利斯·米勒等人的解构批评实践。不同于传统批评孜孜于阐释作品的整体性与统一性,解构批评常常注目于文本中语言的指涉功能与修辞功能的不一致或对立,关注文本中互为抵触的叙述逻辑,因此它旨在勾画文本的逻辑,而不追求做出一个确定的结论。文章清理了解构批评的发展脉络,演示了解构批评的若干操作事例,并能加以公允的分析。

在讨论解构主义于文学批评的含义时,我们辨析了一系列可能发生的策略和侧重点,从对哲学等级的峻厉剖析,说明它们怎样在文学话语中惨遭覆灭,到追踪能指以狼人之释名方式环环转播而奠立的节节联系。有鉴解构批评并不是将哲学课搬到文学研究之中,而是着力开掘文学文本中的文本逻辑,所以它的可能性变动不居,评论家也情不自禁画出界线,欲将正宗的解构批评与它的歪曲变形或面目全非的模仿区别开来。以德里达和德曼为例,二者虽不相同,却具有权威意义的真正的解构范例。……

德曼在为首次刊出琼生论《比利·巴德》一文的论述"浪漫主义修辞学"的一部文集作序时说:"所有这些文章都有一个共同的也是卓有成效的特点,即有意超越摆在它们面前的阅读的细致程度,通过更为细致地阅读细读,表明它们远够不上细致。"①我们可以通过追踪这段评论暗示的两个问题,更进一步概括解构批评的特征:什么使一种阅读成为细读?对解构批评来说,先前的阅读出演什么角色?琼生在文本的某些关键契机中详尽分析指意逻辑之时,读得极为细致。还能更为细致吗?

对德曼来说,细读意味兢兢业业,特别留心似乎是无关大局或不易理解的部分。在为卡洛尔·雅各布斯的《伪饰的和谐》所作的序言中,他谈到释义有如"理解的同义词":一种转陌生为熟悉的行为,"面临明显的困难(且不论它们是句法上的、比喻用法上的或经验上的)……殚精竭虑左支右绌,力求使人信服",同时悄悄地抹去隐去转移开挡在意义路上的障碍物。他问:"如果人们颠倒释义中的客观因素,力图真正做到精确无误,孜孜于一种不再盲目屈从于意义控制的目的论的阅读,将会发生什么?"②这是说,倘若读者不再认定文本中的要素是某种意义控制或总体支配态度的驯服工具,反过来探索每一种抵御意义的成分,将有什么局面出现?抵御意义的主要据点可能是我们所谓的修辞格,因为把一段话一章书中认作是比喻性的,即是鼓励将字面上的困难,这本来可能不乏精彩的,转化为释义以迎合据说是从整体上把握着这段话的意义。如我们在对德里达的讨论中所见,专重修辞的阅读,即潜心于话语中比喻用法的含义,正是解构之一主要资源。

譬如,来看德曼对普鲁斯特《追忆逝水年华》中一段话的分析,彼处马塞尔不愿遵祖母嘱出门玩耍,留在他的房间里看书。叙事者声称通过阅读他能更为真切地接近人们,接近情感,就像留在户内较之实实在在走出门去反能更密切更见成效地把握夏天的精粹一样:"我房内幽幽的阴凉……为我的想

---

① [美]德曼:《导论》,《浪漫主义研究》,18(1979),第489页。
② [英]雅各布斯:《伪饰的和谐》,约翰·霍普金斯大学出版社1978年版,第ix—x页。

象展开了夏日的全景,而倘若我在散步的话,我的感觉只能享受到它的片断。"夏的感受之所以能传达给他,是因为"苍蝇的微型音乐会,在这面前奏着夏的室内乐。它是那样的动人心弦,非人类的曲调所能比拟,因为一般的乐曲或而夏日里听上一回,以后使人回想起来,而它则是为一种更为必然的联系,与夏融为一体:生在美丽的时日里,唯当这日子重归之时,才又复兴,它包含了夏日的一些精华,不仅在我们的记忆中唤醒它们的意象,也保证了它们回归,它们实在的、持久的、直接的、伸手可及的存在"。德曼说,普鲁斯特的这段话是元比喻性质的,因为它评价的是比喻关系:

> 它对比了两种唤起夏的自然经验的方式,明白陈述了所厚所薄:使苍蝇的嗡嗡声与夏融为一体的"必然联系"使它成为一种极见成效的象征,这自是夏日中"或而"闻之的曲调无法比拟的。所厚所薄的表达是赖于根据隐喻和换喻之间的差异而划出的界线,这使必然与偶然成了区分类推和邻接的合法途径。作为隐喻构成因素的同一性和总体性,是纯关系性质的换喻联系中所没有的……这段话显示了隐喻对换喻的审美优越性……但是,它没有看出文本说的是一套,做的又是一套。从修辞角度来读这段文字,我们发现比喻的运用和元比喻的理论并不殊途同归,而所谓隐喻支配着换喻的说法,其说服力也正归功于换喻结构的使用。①

为说明通过种本质的隐喻性转移,他能经验到"夏的全景",马塞尔必须解释室外特有的热能和活力怎样被带入室内。他写道,我房中幽幽的阴凉"很适合我的歇息(书籍中叙述的那些惊险故事,搅乱了我的宁静),它就像汹涌的河流中间一只纹丝不动的安详的手,支撑着活力的激流的震撼和涤荡"。德曼说,带进来夏的热能的"活力的激流"这个短语,是起着换喻而非隐喻的功用。这经三种途径,开拓了相对于本质联系的邻接的或偶然的联系:第一,这个意象是赖一"激流"和"活力"之间一种老生常谈或成语式的偶然联想,"激流"的字面义和本质属性对这成语显得无关重要。第二,以成语"活力的激流"与水中之手的意象并列,作为邻接的效果,唤醒了"激流"与水的联想。

---

① [美]德曼:《阅读的寓意》,耶鲁大学出版社1979年版,第14—15页。

第三,"激流"(torrent)凭借客观存在与能指"热"(torride)因词形相似而引起的偶然性联想帮助把热能注入了这段话内。德曼结论说:"热因此以一种暗藏不露的方式刻写在文本之内……在一段充满成功的且引人入胜的隐喻,更明白无误肯定隐喻对换喻之优越效能的文字中,其信服力的获得是借于这样一种比喻活动:其间偶然的辞格被改头换面化装成了必然的辞格。"①修辞阅读揭示了文本怎样有赖于它口称否定的偶然性关系:"恰恰是在极力推崇隐喻的统一力量之时,这些意象本身事实上却赖于这类半自动语法模式的欺骗性使用。"②在对《悲剧的诞生》进行的类似探讨中,德曼指出:"解构并不发生在陈述之间,如在一段逻辑反驳或一段论证中所见,而是发生在文本中关于语言的修辞性质的元语言陈述,和对这些陈述提出疑义的修辞实践之间。"③

　　细读在这里牵涉到对细节中修辞模式或地位的关注。对普鲁斯特这段话的主题阅读,很可能去论说"活力的激流"中无与伦比的冷热交融,而不深入到那一效果的修辞基础或哲学含义中去。当然,德曼无意论说每一种主题陈述为它的表达方式所挫,他的细读集中在具有元语言功能或元批评含义的段落中的关键性修辞结构之上,这些段落直接评论着象征关系、文本结构、阐释过程,或以讨论为修辞结构奠定基础的诸哲学的二元对立(如本质/意外、内/外、因/果)而直接影响到修辞和阅读问题的动向。德曼的许多分析均针对隐喻的一体化而发,反对通过一种表现了一个领域的本质的替代,来支配一个领域或一种现象。这类契机其实是建立在对偶然关系的压抑上面,用德曼在这之前的一部著作中的话说,是批评的洞见源生于批评的盲目性。他说:"隐喻成了一种盲目的换喻。"④但是德曼坚持说,他对语法、偶然性和邻接的机械过程的解构,并不产生中止解构过程的知识。当我们把《追忆逝水年华》中的这段话作为对隐喻和换喻之等级对立的解构来读,我们必须注意到,"告诉我们隐喻之不可能的叙事人,他本人,或它自身,便是一种隐喻,一种语法单元的隐喻,其意义凭借反语法,偏偏否定了有言在先的隐喻的居先地位。"⑤对隐喻之优越性的肯定被归因于一位叙事人,而这位叙事人本身是种

---

① [美]德曼:《阅读的寓意》,第66—67页。
② [美]德曼:《阅读的寓意》,第16页。
③ [美]德曼:《阅读的寓意》,第98页。
④ [美]德曼:《阅读的寓意》,第102页。
⑤ [美]德曼:《阅读的寓意》,第18页。

隐喻建构，一种语法单位，其属性是从偶然性中转移而至。最终结果，德曼相当肯定地结论说，是"一种悬搁的盲然状态"。①

这些阅读以惊人的速度，从文本细节过渡到极为抽象的修辞或形而上学范畴。其"细致性"似乎在于它们认真探索了其他阅读可能忽略或一笔勾销之的可能性，而这些可能性之所以被忽略，恰恰是因为它们可能打乱唯其被勾销方有可能进行的阅读的焦点和连续性。比如，叶芝的《学童中间》一诗，结尾几行一般被读作修辞问句，肯定跳舞人与舞蹈之不可能分辨开来：

> 噢栗树，扎下深根的花仙子，
> 你是绿叶、花朵，抑或树干？
> 噢随音乐翩跹的躯体，噢美目流盼，
> 我们如何从舞蹈中辨出跳舞的人？

德曼说："最后一行亦有可能撇开比喻意义，照它的字面义来读，如是非常急切地提出问题……我们如何才能作出区分，以使我们避免错误，去辨认无法辨认的东西？……比喻义阅读事先认定问题仅是修辞手段，故而可能是天真的，而字面义阅读却把人引向主题和陈述的更为深刻的含义。"②

面临这一暗示，批评家可能倾向于问，根据诗的其他部分来看，哪一种阅读更好。但值得怀疑的恰是这一步骤：我们倾向于运用统一和主题连贯的概念来排斥为语句赫然唤醒的可能性及因此引出的问题。如果一位读者将"树干"(bole)听成"碗钵"(bowl)，也许于正在进行的阐释无甚妨碍。但叶芝的结尾问句的字面义阅读，却不能视之为无甚相干而舍弃不顾。德曼发现，两种阅读不得不短兵相接，直接对抗，因为一种阅读恰恰是另一种阅读加以斥责的错误，必须由它来消解之……语法结构所产生的意义权威，为一其内藏差异呼之欲出的辞格的两重性，弄得面目全非了。跳舞人与舞蹈，或栗树与其外形之间的关系问题，既类似，也陷入字面意义、语法结构与其修辞用法之间的关系问题。将"我们如何从舞蹈中辨出跳舞的人？"解释为修辞问句，是认可了准确区分言语形式(问句的语法结构)与此一结构之修辞行为的可能性，

---

① [美]德曼：《阅读的寓意》，第19页。
② [美]德曼：《阅读的寓意》，第11页。

它肯定我们能从问句的修辞行为中明确问题本身。但将这个问句作为修辞行为来读,恰又是肯定了"无有可能"在某个实体(跳舞的人)与其行为(舞蹈)之间作出区分。所谓诗是使融合和延续性得到证实说法,被为推断这个观念而必须先设定的断续性所瓦解倾覆了。

德里达曾在一篇访问记中附带说过,"解构不是一种批评活动。批评是它的对象,解构在这个契机或那个契机上,总是影响到批评,或批评—理论过程中的信心,这是说,影响到决断行为,及作出决断的最终可能性。"关于意义的决断是必不可少且无以避免的,然而它毕竟以决断的原则抹杀了各种可能性。德曼说,"解构的目的总是在所谓一元性状的总体中揭示潜在的组合和分裂。"①

前一章中,我们辨认了若干阅读意在消解的总体概念。而经常专执于浪漫主义时期文学的解构文学批评,则专门向文学史的生成模态及为生成叙述经常启用的有机模式所需的总体化发起了挑战。批评家起用历史叙述来阐说文学,集合作品,按顺序排列,以见出某种东西,如一种文类、一种模式、一种主题,或一种特定理解方式的发展。因此,卢梭的《朱丽叶,或新爱洛绮斯》与《忏悔录》和《一个孤独者的散步》归为一类,被视为内省小说,以便它能起到开创一个重要小说类型的功用。德曼说:"卢梭这一阐释中的历史投资甚是可观,重读《新爱洛绮斯》,其中之一更为云谲波诡的可能性,便是平行重读据认为是属于卢梭以降那一家系的文本。历史'线'的存在,很可能是这类阅读的第一动因。"②

解构批评的一个主要结果,是打破了这样一种历史观念:它将浪漫主义同后浪漫主义的文学对照,认为后者故作深奥,讽刺性地打破了前者幻觉横溢的神话。如同许多历史模式那样,这个程式是诱人的,尤其是它一面提供似乎为接近以往文学敞开大门的理解性原则,一面又将时间上的进展与理解力的发展联系起来,从而将我们和我们的文学置于最为清醒的意识和自我意识之中。许多解构阅读的策略,均是意在表明,据信是后浪漫主义文学特有的讽刺性的非神秘化,早在最伟大的浪漫主义者的作品中便已有之,尤其是华兹华斯和卢梭的作品。正是其感染力,使它们一直被人误读了。批评传统

---

① [美]德曼:《阅读的寓意》,第249页。
② [美]德曼:《阅读的寓意》,第190页。

是赖于将一种内部的差异转化为二元之间的差异,把在文本内部活动的一种异质性释为模式和时代之间的区别。譬如,在一部有机论的文学分代史中,浪漫主义就被视为艺术从模仿论向生成论或有机论过渡的阶段。如果,如德曼暗示的那样,浪漫文学意在摧毁与有机论和发生论相关的概念范畴体系,"人们不禁会问,如何编写文学史,才能为浪漫主义说上句公道话?因为浪漫主义(本身是一特定时期的概念)如此便成了向发生原则发动挑战的运动,而这类原则对任何历史叙述来说,都是必要的基础。"①解构阅读则是反之专门注意内在的差异,而消解了叙事程式。

解构阅读也涉及指涉性决断所引起的简约化问题。语言的指涉功能与修辞功能的对立万古常新,堪称基础,总是阅读行为中有待裁决的问题,因为阅读必须就什么是指涉的,什么是修辞的作出决断。在小说中,希利斯·米勒在其《小说与重复》中论争说,从主题出发而有力地肯定语言的模仿功能,促使读者将细节解释成某个世界的再现,但与此同时,作品中又有这部小说那部小说各不相同的其他暗示,以至人们无法信赖任何一个特定语言单位的指涉性。例如,人物的错觉幻觉经常被小说描写为把比喻义当字面义,或者把虚构当作真实的结果。米勒用这些术语分析了乔治·艾略特的《米德尔马契》,通过揭示它赖以立足的再现论前提是不足信赖的虚构故事,表明它是"小说自拆台脚的一个例子"。②

德曼说,"欲先了解意义以确定某个文本的意指模式,并姑且假定这一点不成问题……那么只要我们能够区分字面义和比喻义,我们便能将比喻译回到它的专门所指上来。"认定某物为一种辞格,是设定了使它在另一层次上变成所指物的可能性,由此,也"设定了所指义之成为所有语言的'终极目的'的可能性。以为可以轻松避开所指意义约束的想法,未免是太愚蠢了"。③ 德曼对《新爱洛绮斯》的阅读探讨了这个问题的复杂性,表明小说怎样暗中破坏指涉性的每一种特定的确证,因而质疑了将指涉性从修辞中区分出来的可能性。但这并不能使阅读脱离指涉性进行,因为它总是重又显现出来。比如,小说的序言议论了小说的指涉性质:它是一段真实生活的再现,比方说,一系

---

① [美]德曼:《阅读的寓意》,第82页。
② [美]米勒:《小说与重复:七部英国小说》,哈佛大学出版社1982年版,第462页。
③ [美]德曼:《阅读的寓意》,第101页。

列真实的信件呢,还是一系列虚构的信件,在另一层次上为爱情描写起到参照作用?虽然序言没有讲明,读者多半会选择后者,比如说,视人物为爱情的化身。但是德曼说,序言和作品中的爱情描写,拆了这一指涉性的台脚。"如(卢梭《论人类不平等的起源》和《论语言的起源》中的)'人类','爱情'是个一面在破格的辞格,是一个将确切意义的幻觉加诸某一悬空的开放语义结构之上的隐喻。"①例如小说中说:"爱情只是一种幻觉:这是说,它让另一个宇宙来将就自己;它在周围纠集起并不存在,或者唯有在爱情眼中方才存在的事物;而且由于它通过意象来诉说情感,它的语言也总是充斥比喻。"

德曼说:"不仅可能,而且必须如此来读《新爱洛绮斯》,质疑'爱情'的指涉可能,揭示它的比喻性质。"②(这使它成为另一种卢梭的"瞄住比喻诱惑的解构叙述"。)但有鉴作品暗中破坏了爱情的指涉性,把它看作一种比喻,它赋予欲望一种强烈的感情色彩,使爱的情愫和作者欲望的情愫把它再现为一个所指物。"正是欲望(且不论是从正面还是从负面勉力维持)的情愫,表明欲望的呈现替代了本体的非现,且文本愈是否认某个参照物的事实存在,不论这参照物是现实的还是理想的,便愈是变成异想天开式的虚构故事,变成它自身情愫的表征。"③

《新爱洛绮斯》序言部分的对话中,对话人之一意欲通过在文本中发现"某种可在文本与外部所指之间设立一个边缘地带的陈述",来切断指涉性的延伸和再现,从而确定文本的指涉模式。"君不见,"N说,"你的题辞把它彻底断送了?"这个关键的证据是援引了彼特拉克,而它的原意又可上溯到《圣经》,就是《圣经》也同人们用它来解决的一切问题那样疑义重生。这句话可被用来确立可理解性,但并不特别具有权威意义。德曼结论说:

> 支配着我们生活的无数文字,其能显现意义是因为我们预先一致协定了它们的指涉权威。但这种协定纯粹是契约性的,从来不具有建构性质。它时刻都能会分崩瓦解,每一段文字,其修辞模式都经不起推敲,一如"序言"中《新爱洛绮斯》之受怀疑那样。而这一经

---

① [美]德曼:《阅读的寓意》,第198页。
② [美]德曼:《阅读的寓意》,第200页。
③ [美]德曼:《阅读的寓意》,第198页。

发生，原先的文件或工具便成了文本，作为结果，它的可读性也大可质疑。这些疑点回溯到在这之前的文本，反过来又产生一些宣称却又做不到关闭文本领域的其他文本。因为每一种此类陈述反转来都能变成一个文本，就彼特拉克的引文和卢梭称信件系由他"收集并发表"的话都能成为文本一样，这不是因为简单宣称它们都是谎言，其对立面才是真实，而是因为揭示了它们之有赖于一个不加分析，想当然认肯它们或真或伪的指涉协定。①

差异不在信或不信某个文本说了什么，而在认肯这个契机是一指涉功能，所以有真伪之分呢，还是视它为一种辞格，因此无可避免的指涉性的契机便被延缓了下来。

最后，解构批评还颇注重那些抵御文本之统一性叙述程式的结构。这正是希利斯·米勒许多论文所致力的格局：先是通过追溯出某个统一序列中的凝聚法则，进而描述小说之有赖于连接起点和终点的叙述"线"，继之又进一步开掘各种不同的模式，其间小说或暗示了互为抵触的叙述逻辑，或表明它们的构架辞格只是些没有根据的人为设置。……

东方主义（节选）

［美］萨义德

导言——

本文节选自《赛义德自选集》（中国社会科学出版社，1999），谢少波译。本文原为作者的成名作《东方主义》(1979)一书的前言，题目为编者所加。

作者萨义德(Edward W. Said, 1935—2004)一译赛义德，出生于耶路撒冷，中学毕业后到美国求学，1964年获哈佛大学博士学位，现为哥伦比亚大学英文与比较文学系教授，著有《东方主义》、《世界、文本和批评家》、《文化与帝国主义》等，是美国著名的左派批评家。

---

① ［美］德曼：《阅读的寓意》，第204—205页。

文章认为，东方主义是西方文化建构中作为"他者"形象逐步确立起来的话语体系，在这个过程中东方被视为一个沉默、无能的客体，因此作为愚昧、落后代名词的东方概念本身就是西方意识形态的话语建构，是长期在政治、经济上占据主导地位的西方为了使东方继续屈从自己而采取的一种殖民话语压迫方式，即西方对东方统治、重构和施加权威的一种风格或方式。以"客观"自居的"东方学"、"东方研究"其实是一种静止的、强制性的知识系统，因为它缺乏方法论上的自我批判，且没有与它所表现的民族对话。作者对东方主义的剖析可谓深刻犀利，但对如何摆脱这种东方主义的约束没有提出切实有效的方案。

I

在1975—1976年那场残酷的内战期间，一位法国记者在访问贝鲁特时遗憾地描写了被劫掠一空的市区："这里看来曾经属于……夏多布里昂和奈瓦尔的东方。"关于这个地方，他说对了，尤其是考虑到他是一个欧洲人。东方几乎是欧洲人的一个发明，亘古以来就是一片浪漫之地，充满了珍奇异物，萦绕不去的记忆和风景，千载难逢的经历。现在，这一切都正在消失；在某种意义上，那已是过去的事了，那个时代已经结束。这个过程对东方人本身来说至关重要，这看起来也许无关紧要，甚至在夏多布里昂和奈瓦尔的时代，东方人就居住在那里，而现在遭受折磨的又正是他们；对这位欧洲来访者来说，主要的是欧洲对东方及其当代命运的再现，这二者对于这位记者和他的法国读者都具有特殊的种族意义。

美国人对于东方可不会产生完全相同的感觉，对他们来说，东方完全可能以非常不同的方式与远东（主要是中国和日本）联系起来。与美国人不同，法国人和英国人——德国人、俄国人、西班牙人、葡萄牙人、意大利人和瑞士人则次之——已经具有与东方和睦相处的悠久传统，东方在西欧的经历中占据着特殊的位置，我将把这种传统称为东方主义。东方不仅与欧洲毗邻，它也是欧洲最大的、最富有的、最古老的殖民地，是其文明和语言的源头，其文化的对手，也是最深切的最常出现的他者形象之一。此外，东方还帮助限定了欧洲（或西方）的意义，即与其相对照的形象、思想、性格和经历。然而，这个东方的所有这一切都不是纯粹的想象。东方是欧洲物质文明和文化的必要组成部分。东方主义在文化上甚至在意识形态上表现和再现了那个组成部分，将其作为一种话语模式，并以各种制度、词汇、学术研究、意象、学说甚至殖民地官僚体制和殖民地风格为其支持。对比之下，美国对东方的理解似乎相当的浅薄，尽管我们近年来在日本、韩国和印度支那的冒险现在应该酿成了一种比较清醒、比较现实的"东方"意识。更有甚者，美国在近东（中东）扮演的广为扩张的政治经济角色又强烈要求我们去理解那个东方。

读者将清楚的是（而且在以后的章节里将更加清楚的是），我所说的东方主义具有几层意思，我认为这几层意思都是相互独立的。东方主义最容易让人接受的一个名称是学院的，实际上，这个称呼仍然为一些学院机构所用。任何教东方、写东方、研究东方的人——不管这个人是人类学家、社会学家、历史学家或语文学家——无论在特殊还是在一般的方面，都是一位东方主义者，他或她所做的一切都是东方主义。与东方学（Oriental Studies，或译作东方研究）或区域学（area studies）相比较，今天的专家们并不太喜欢东方主义这个术语，这既是因为这个术语太含混和笼统，又因为它意味着 19 世纪和 20 世纪初欧洲殖民主义高压的管理态度。尽管如此，关于"东方"的书籍撰写了出来，以"东方"为议题的会议时有召开，而以新旧伪装出现的东方主义者则成为这些书籍和会议的权威。关键在于，即便它不像过去那样存活很久，但东方主义在学术上通过关于东方和东方人的学说和论文而存活下来。

这一学术传统的时运、迁移、专业化和传播是本项研究的部分主题，而与此相关的则是东方主义的一种更加一般的意义。东方主义是一种思维方式，基于"东方"（the Orient）与（大多数情况下）"西方"（the Occident）之间的一种本体论和认识论区别的一种思维方式。因此，一大批作家，包括诗人、小说家、哲学家、政治理论家、经济学家和宗主国行政官员都把东方（East）与西方（West）之间的基本区别作为理论、史诗、小说、社会描写和政治叙述的起点，进而详细描写东方，及其人民、风俗、"精神"、命运等等。这种东方主义可以包括埃斯库罗斯，还有维克多·雨果、但丁和卡尔·马克思。在本序言中稍后我将论及在如此宽泛的研究"领域"内人们所要遭遇的方法论问题。

东方主义的学术研究与其多少有点想象色彩的诸种意义之间始终坚持着这种交流，自 19 世纪末起二者之间就建起相当多的、非常严明的——甚或规定的——交往。这里，我谈的是东方主义的第三种意义，它比前两种都更受到历史的和物质的局限。把 18 世纪末作为非常粗略的限定起点，我们可以把东方主义作为与研究东方的团体机构来分析和讨论——这种研究包括发表关于东方的声明,阐述关于东方的权威观点,描写东方,以及教东方、占领东方和统治东方:简言之,东方主义已经成为西方统治、重建、管辖东方的一种风格。我发现在这方面可以使用米歇尔·福柯在《知识考古学》和《监禁与惩罚》中提出的话语观念来认识东方主义。我的论点是,如果不把东方主义作为一种话语来探讨,那就不可能理解欧洲文化庞大的规章制度,正是借助这个庞大的规章制度欧洲才能在政治上、社会上、军事上、意识形态上、科学上、想象上于后启蒙时代对东方施加管理——甚至生产。此外,东方主义占据了如此权威的地位,以至于我认为任何关于东方的写作、思想和行动都不能不考虑到东方主义所强加给思想和行动的局限。简言之,由于东方主义,东方过去不是(现在仍然不是)一个自由的思想或行动主体。这不是说东方主义单方面地决定了关于东方的说法,而是说每当那个特定的实体"东方"成为问题焦点时都必然要承受(因而总是涉及)一整个利益网络。这种情况何以发生,这是本书试图要表明的。本书还试图表明,欧洲文化正是通过把东方作为一种替身甚至隐蔽的自我而获得力量和身份的。

在历史上和文化上,英法对东方事务的参与——直到第二次世界大战后美国占支配地位时为止——与其他欧洲和大西洋列强的参与之间存有一种量的和质的差异。因此,谈论东方主义就等于主要、尽管不是独一无二地谈论英法的文化企业,这样一项事业的范畴包括以下各相迥异的领域,如想象力本身,整个印度和黎凡特(Levant)地区,《圣经》经典和圣经地带,香料贸易,殖民地军队和具有悠久传统的殖民地行政官,庞大的学术团体,无以数计的东方学"专家"和"研究人员",东方学的教授职位,大量复杂的东方"思想"(东方专制主义,东方的辉煌,残忍,性感),许多东方派别,哲学,和为当地欧洲人所用的驯化了的智慧——这个名单似乎可以无限的延伸下去。我的论点在于,东方主义衍生于英国、法国在东方所经历的一种特殊的封闭,在19世纪初以前,东方实际上仅指印度和圣经地带。从19世纪初到第二次世界大战结束,法国和英国统治了东方和东方主义;二次大战以后美国统治了东方,像以前的英法那样对付东方。这种封闭性具有极大的生产力,尽管总是表明西方(英国、法国和美国)的力量相对更大些,但还是从这种封闭性当中产生出大量的文本,我称之为东方主义的文本。

同时也应该说明,即便我所研究的著作和著者在数量上已经是慷慨至极,但仍然还有一笔更大的数目我只能忽而视之。然而,我的论证既不取决于一个穷尽有关东方的文本的书目,也不取决于构成东方学经典的显然有限的文本、著者和思想。我所依赖的恰恰是另一种不同的方法——在某种意义上,其基础是我在本序言中一直从事的一套历史概括——现在我想要详加分析的正是这些概括。

II

我是以这样一个前提开始讨论的,即东方并不是自然的一个惰性事实。它不仅仅存在,正如西方也不仅仅存在于那里一样。我们必须认真对待维科的深察洞见,即人创造自己的历史,人所能认识的是他们自己创造的东西,并将他们的创造引申到地理:既作为地理的又作为文化的实体——不消说历史的实体——诸如"东方"和"西方"这样的地点、区域、地理部门都是人为地造成的。因此,东方与西方并没有什么不同,它只是一种思想,有历史和思维传统,有形象和词汇,从而赋予其对于西方来说和在西方的现实和在场。因此说这两个地理实体在某种程度上是相互支持、相互反映的。

有鉴于此,我们必须继续陈述一些合理的条件。首先,要说东方本质上是一种思想,或没有与之相对应的现实的一个创造,那就错了。当狄斯累利在他的小说《坦克雷德》中说东方是一种职业时,他意思是说对东方感兴趣是使有前途的西方年轻人感到热血沸腾的一件事,而不应解作东方对西方人来说不过是意味着一种职业。过去有——现在仍然有——一些文化和民族位于东方,他们的历史、生活和习俗有显然比在西方所言传的一切都更真实的一种严酷的现实。对于这个现实,本书的东方主义研究贡献甚少,惟只缄默地予以承认。我在此书中所研究的东方主义现象所主要涉及的,不是东方主义与东方之间的对应,而是东方主义内部的一致性,及其关于东方(作为职业的东方)的看法而不屑于或超越或因而缺乏与"真正的"东方的任何对应。我的观点是,狄斯累利关于东方的说法主要指那个被创造出来的一致性,关于东方的那些杰出思想的汇集,而不是像华莱士·史蒂文斯所说的仅仅指东方的存在。

第二个条件是,思想、文化和历史在不研究其力量,确切说是其权力构造的情况下是不能得到认真理解和研究的。相信东方是被创造出来的——或我所说的"东方化了的"。——并相信这样的事情仅仅作为想象的必然性而发生,就是不真诚的。西方与东方的关系是一种权力的关系,统治的关系,一种复杂霸权的不同等级关系,在K.M.帕尼卡的经典《亚洲与西方的统治》这个题目中已经相当准确地体现出来了。东方的被东方化,不仅仅因为它在19世纪的普通欧洲人看来都极其普通平常的那些方面被发现是"东方的",而且还因为它有可能——即是说,屈服于——被塑造成东方的。比如,人们对下面这个事实极少表示同意,福楼拜与一位埃及高级妓女的相遇产生出一种影响广泛的东方妇女的模式;她从来不谈论自己,从来不流露情感,不暴露她的现在和过去。他替她说话,代表她的一切。他是外国人,比较富有,是男性,这些历史性的统治事实使得他不仅仅占有了居殊·阿楠的肉体,而且还谈论她,告诉读者她在哪些方面是"典型的东方的"。居殊·阿楠的现象不是孤立的。它只是体现了东方与西方的力量格局,以及它所促成的关于东方的话语。

　　这使我们论及第三个条件。我们永远不应该假定,东方主义的结构只不过是谎言或神话的结构,如果讲出关于这些谎言或神话的真实情况的话,它们就自然烟消云散了。我本人认为,东方主义作为欧洲—大西洋统治东方的权力符号,比它作为有关东方的一种真实的话语(它至少在经院或学术上声称是真实的)更具有特殊的价值。然而,我们必须尊崇和试图理解的是那股纯粹编织在一起的东方主义的力量,它与促成这股力量的社会经济和政治制度的紧密关系,以及它的令人起敬的忍耐力。毕竟,从19世纪40年代末厄内斯特·勒南的时代直到美国的现在,作为可教授的智慧而从未改变的任何思想体系(学院、书籍、议会、大学、外交学院)一定比一部纯粹的谎言集还要可怕。因此,东方主义不是欧洲人关于东方的虚无缥缈的幻想,而是被创造出来的一整套理论和实践,世世代代的人们已为其作出大量的物质投资。作为关于东方的一个知识体系,东方主义已经由于不断的投资而成为一个被接受的网格,而当那笔投资——的确颇具生产力的投资——把盛产于东方主义的众多主张变成一般文化时,东方便通过这个网格的过滤而进入了西方的意识之中。……

女性主义与文学(节选)

[美] 肖瓦尔特

导言——

本文节选自《2000年度新译西方文论选》(漓江出版社,2001),郭乙瑶译。

作者肖瓦尔特(Elaine Showalter,1941—),是美国著名女性主义批评家。1970年获戴维斯加州大学博士学位,现为耶鲁大学教授。主要著作有《她们自己的文学》、《性的混乱》等。

本文考察了女性主义批评的历史与现状,指出对男性文本中的女性表现及文学作品中的妇女形象与父权制社会统治结构的关系的研究是女性主义批评关注的主要方面。文章提出了"女性批评"的概念,用以概括那些对女性写作所做的女性主义研究,并提出女性批评的两个假定:一、所有作品都有性别标志,二、女性写作的双文本性。由于作者本人系女性主义批评的代表人物,故文章视野开阔,对女性主义批评理论资源与历史发展的把握较为深入细致。

女性主义作为一种政治思想至少可以追溯到17世纪,但女性主义文学批评却是一个新兴的领域。回顾过去,曾有许多妇女批评家,他们关心女性主义问题,其中包括斯达尔夫人、玛丽·伍斯顿克拉夫特、乔治·艾略特、玛格丽特·弗勒、夏洛特·帕金斯·古尔曼、奥立伍·施莱纳、吕蓓卡·韦斯特、弗吉尼亚·沃尔夫和西蒙娜·德·波伏娃。但是只有到划时代的1968年之后妇女才把自己看成是女性主义批评家,他们不但把文学通过妇女解放运动与政治主张联系起来,而且还充分运用他们在当代文学研究机构中所受的训练。罗瑟琳·科渥德指出:"和其他激进运动相比,女性主义更多地认识到了意象和词汇以及他们内心的压抑或反抗所能起到的实际效果。"当这些妇女还是学生、教师、作家、编辑或者仅仅是读者时女性主义文学批评就开始了,他们开始注意到文学作品中的女主人公、女作家和女批评家所被赋予的有限的和次要的地位,于是他们开始探讨他们自己与文学研究之间的关系这样严肃的问题。在男性文本中,女性是如何被表现的？在社会生活中女性的受压抑与文学作品中妇女所受到的文本骚扰有什么关系？为什么在文学史中女性往往被忽视？如果文学正如罗兰德·巴塞斯所言"是被教授出来的"的话,那么几乎没受过正规教育的女性作家的作品算不算文学？妇女写作是否有自己的传统,或者说有没有一种特有的女性主义美学？如果我们可以把妇女写作作为一种性别文学(gender)来讨论,那么"男性作品"是否也可以冠之以"性别"？

为了回答这些问题,女性主义批评家把文化人类学、语言学、心理分析学、马克思主义、解构主义、符号学和话语(discourse)理论作为重要的理论依据,按照自己的意识主张对这些问题作了修正。在过去20年中,女性主义文学批评把我们对妇女在文学上的从属地位、不公平待遇及受排斥的关注转向了在文学领域中对于妇女写作的研究,转向了文学话语中性别建构和再现的分析。随着女性主义文学批评的发展,它要求人们不仅要对妇女写作加以认识,还要对文学研究的概念问题进行彻底的重新思考。与此同时,建立我们自己的批评这一计划使许多美国的女性主义批评家开始考虑我们与被亨利·路易斯·盖茨称为"左翼文化"的其他批评学派和批评革命之间的关系。女性主义文学批评的未来所面对的挑战是在保持内部的团结的同时,与文学研究领域中其他少数激进的立场建立了知识及政治的联盟。……

女性主义文学批评依然在探讨以下问题：是否有一种严格的方法来界定妇女文本的特性以及建立不依靠经验,能反映女性之间的差异并利用当代文学评论的一种女性文学传统。在20世纪70年代,已不再是女性主义单独面对这些问题了。美国黑人、加拿大人以及后殖民主义批评家就文学史以及批评差异也提出了同样的问题：主流文化和弱势文化之间的关系是什么？弱势文化是否能有其自己的历史和文学,以及它是否一定要受到主流文化年代、标准以及偏见的衡量？少数人的文学批评是否可以通过广泛而仔细地阅读自己的文学作品而得出自己的方法和理论？文化如何变化？这些理论上的问题是少数派批评论述所特有的问题,这类问题在主流文学批评和理论上从未被提出过；因为即使是在大男子主义以及种族中心主义并没有公开的情况下,西方文学理论既是费勒斯中心主义,也是种族中心主义,因为他们的观点都是基于白人和男性占绝对地位的文学史上的。

回答这些女性主义问题所必需的概念在许多方面来自完全不同于后结

构主义所推荐的那些学科。文化批评家需要研究带有象征意义的人类学、社会史和人种论而不是以语言学和哲学为典范。这一事业是非常富有成效的，同时它也是充满艰辛的。一方面，十年前黑人批评家怀疑白人批评家是以她们的运动为先例的。"那种认为像肖瓦尔特这样的批评家使用黑人文学的观点，"巴巴拉·史密斯在1977年写道，"是令人胆寒的，因为这简直就是一种伪装起来的文化沙文主义的赤裸裸的表现。"另一方面，虽然现在黑人和白人女性主义批评家之间的关系至少已经可以公开讨论了，但"理论"这一术语已经被后结构主义使用得如此广泛以至于任何一种其他的抽象思想都显得非常渺小甚至是不存在的了，无论是以后用结构主义理论作依据还是不用任何理论作依据，情况都不会有所改变。根据克里斯蒂娃的批评家托里尔·莫瓦的观点，如果你宣布对文化感兴趣，那就意味着你很明显地"把文章看成是指意过程"而摒弃，而喜欢那种含糊的、"经验主义的、超文学的影响"，这种影响非常害怕被问及那些非常重要的理论问题："什么是阐释？阅读意味着什么？什么是文本？"关于女性主义批评在政治上和知识上的最基本的差异是由这种辱骂性的矛盾来反映的：我自己的观点既不能以一种形式主义的方式把理论从"超文学"的语境中分离出来，又不能把阐释、阅读和文本性的问题与性别和文化相隔离。

大多数文学批评家都承认，所有文学理论都是以文本为基础的（textspecific）；为发展女性主义文学批评，就必须把妇女的写作与其独特的社会背景相认同。1978年，我提出了"女性批评"（gynocriticism）一词用来描述对于妇女写作所进行的女性主义研究，包括阅读妇女文本和分析妇女作家之间（一种女性主义文学传统）以及男性作品与女性作品之间的文本性的关系。我自己在这方面的研究工作开始于对19世纪和20世纪英国女小说家的研究即《她们自己的文学》(1977)。这本书的书名来自约翰·斯图尔特·米尔的《妇女的主体性》(*The Subjection of Women*)（有些书评认为该书名取自弗吉尼亚·沃尔夫，这是不对的）中的一个段落。我写这本书的目的就在于要表现我作为一个美国妇女与我所描写的英国文学史之间的距离。女性批评的关键性文章是桑德拉·吉尔伯特和苏珊·格巴的重要作品《阁楼上的疯女人》。吉尔伯特和格巴修正了哈罗德·布鲁姆关于影响焦虑的理论，把他们文学父子之间的俄狄浦斯斗争的弗洛伊德范式转变为女性主义的影响理论，用来形容在父权制文学文化中19世纪妇女作家的焦虑。

经过过去 15 年的发展，女性批评硕果累累。单是吉尔伯特和格巴所提出的新理论就足以让女性主义批评家再研究 20 年。在一段相对短的时间内，女性批评激发了关于独立女作家的大量的文献，这些关于从中世纪一直到现在的女性文学理论的令人信服的研究实际上已波及每一个国家的文学，同时也出现了关于"性别与文类"的一些重要的论著：研究从圣歌到成长小说的构成中性别的重要性。除了英国和美国之外其他国家也相当高产：人们可能关注埃斯特·富克斯关于以色列妇女的论著；芬兰玛依克·梅耶和里亚·莱麦尔的作品或者斯堪的那维亚的波吉塔·霍姆，杰特·兰德伯·利维，艾琳·恩格斯泰德和詹妮肯·奥弗兰。即使是暂时性的，我们现在也有了连贯的关于妇女文学史的论述。妇女写作已经经历了几个发展阶段，其与文学主流的关系从从属到抗议到独立自主的地位。然而，通过阅读我们男女作家前辈的作品我们可以看出，这些发展阶段是通过创造反映妇女社会、心理和文学经历的意象、隐喻、主题和情节而穿越历史跨越民族紧密连结起来的。由于深受吉尔伯特和格巴作品的影响，20 世纪 80 年代关于女性批评的理论，在文学和批评上对"女性向男性传统挑战的分析"被看作"是一个界定女性主义文学文本以及女性主义批评文本的项目，这一项目是修正、盗用、颠覆行为"以及"文类、结构、声音和情节"差异的总和。

女性批评认为所有写作都有性别标志，正如艾丽西亚·奥斯特里克指出："就像作家必须表达他们的性别，正如他们必须表达民族精神、时代和语言一样。虽然女性主义批评家认识到性别的意义必须在历史、民族、种族和性别等不同语境中加以阐述，但他们还坚信女作家不可能完全放弃或超越自己的性别。妇女可以把她们自己的立场与任何一种女权主义的偏见区别开来，从而把自己界定为黑人、女同性恋者、南非人或劳动人民。但是完全否认她们同时也受其性别的影响是自欺或是自恨，是几个世纪留下来诋毁妇女艺术的产物。正如桑德拉·吉尔伯特所言"如果作者是一个受过女性教育而成长起来的妇女——不过我敢说只有极少数生理异常的女人没有作为女性而被抚养成人——那么她的性别身份如何能够用她的文学创造力相分离呢？甚至否定她的女性本质……也对理解她的美学创造原动力具有意义"。

此外，女性主义批评家也是妇女作家，她们创作一些向传统的学术方法及内容挑战的批评性文章。那些身为女性主义批评家的女性所创作出的关于妇女写作及其与主流传统文化之间关系的文章，以及对于这一事实的发现与理解都对我们的研究工作具有个人的转化暗示意义,因为正如罗兰·巴尔特在他的早期作品《批评与语言》中指出的那样:"创作的规则规定作家不应受到批评家的评论是一件不可想象的事情。"那么,也就是说,女性主义批评家自身脉动所证明的女性主义批评理论并不是要激发女性生理经验的意象(如玛丽·雅各布斯所抨击的);事实上,即使没有明确的说明,这种脉动也不能被看成是性别差异的标志。相反,女性主义批评理论就是要强调妇女写作的历史在女性主义批评中已经不可避免地被忽视了。

关于女性批评的第二个假设是,在与男性与女性文学传统对话时,妇女写作常常是双文本(bitextual)的。我在一篇标题为《荒野中的女性主义批评》一文中,曾反对那种认为在父权制之外存在着女性意识或女性文化的荒野地带的幻想,主张"在主流文化之外根本就不可能存在写作或批评"。因此无论是妇女写作还是女性主义批评都必须是一种"双声的话语,它包括缄默者和主导者,处于女性主义批评之内与之外的讲话"。在阅读妇女文本时,女性批评大量地进行了各式各样的阐述工具的实验;女性批评不规定任何一种特殊的文本分析模式,广泛地运用了后结构主义的深察洞见,尤其是那些与女性意义有关的东西。

虽然女性主义文学批评取得了上述的成就,但或者也就正因为这些成就,多年来女性批评遭到了来自批评界各个方面的攻击。对于女性主义最常见的攻击就是认为研究妇女写作是"分离主义"的,也就是说,它认为女性主义批评在实践着一种颠倒了的性歧视。例如,K.K.鲁思文主张女性批评在重蹈覆辙,因为女性主义以"批评男性为己任,具体地说,也就是又完全陷入了单一性别写作的泥潭"。关于"分离主义"的指控也许是反女性批评各派中最微不足道的也是最玩世不恭的,因为没有任何人指责描写美国文学、浪漫主义诗歌或是俄国小说是"分离主义",也没有任何人坚持认为一本完全收集男性作家作品的文集应该被命名为"18世纪伟大的男性诗人"。似乎是只有女批评家才被要求维护自己关于主题的选择。而且,最令女性主义批评家痛心的并不是完全以男性作家为中心的问题,而是对于完全描写男性的作品并不简单是描写普通的文学这一事实在批评界还没有得到认证的问题。女性批评在强调这种把单一描写男性看成是描写具有社会普遍性这一不合理的本质的同时,还强调在任何情况下把妇女写作完全从父权制传统的语境下分离出来是不可能的,即使这些并不是主要主题。"一位女性主义批评家不能简单地拒绝阅读主流文化的东西,"帕奇·施维卡特指出,"因为这些东西无处不在,而且它们是她参与文学和批评的条件。事实是,当一个妇女真正成为女性主义批评家时,她已经读了大量的男性作品——尤其是那些在文学和批评原则上都具有权威的作品。她不但不自觉地受到了以男性为中心的文本的影响,而且也受到了以男性为中心的阅读技巧以及价值观念的影响。"

女性批评由于它侧重于现实主义或19世纪文本而受到攻击。许多后结构主义者坚持认为,女性主义批评若要保证其真正的革命性,就必须彻底摒弃"父权制美学",例如,关于人类主题一元化(hman subject)的观点、对于线性手法的喜爱,或是把文学阐释成是模仿而不是纯粹的语言或语言学现象等。他们认为,女性主义批评的最合适的主题,就是现代主义和后现代主义的作品。……

文化分析(节选)

[英]威廉斯

导言——

本文节选自王逢振主编《2000年度新译西方文论选》(漓江出版社,2001),赵国新译。

作者威廉斯(Raymond Williams,1921—1988),生于威尔士一个工人家庭,曾就读于剑桥大学,后任教于牛津大学与剑桥大学,是英国著名文学批评家与文化理论家,著有《文化与社会》、《马克思主义与文学》、《漫长的革命》、《文化社会学》、《走向2000》等。

本文认为对文化的定义有三种方式,即理想的、文献的、社会的,这三种方式都与文学有关:"理想的"的文化定义将文化看作某些绝对或普遍价值,文化是人类完善的一种状态或过程,文化分析是对作品中与普遍的人类状况有永久关联的价值的发现和描写;"文献式"文化定义视文化为知性和想象作品的整体,这些作品以不同的方式详细地记载了人类思想和经验。从这种定义出发,文化分析是一种批评活动,作品中思想和体验的性质、语言的细节,以及它们活动的形式和惯例,都可以得到描写和评价;文化的"社会"定义把文化当作是对一种特殊生活方式的描述,从这样一种定义出发,文化分析就是阐明一种生活方式、一种特殊文化隐含或外显的意义和价值。文章的结论是,文化在总体上可以被看作是一种"情感结构",即从一般组织中所有因素产生的特殊的现存结果。在作者看来,文学与社会之间有多重关系,文化分析可以揭示文学与社会的多重关系。作者是文化批评的代表人物,他的理论有助于我们更好地看待文学的变异形态与现实生活的整体性之间的关系。

文化一般有三种定义。首先是"理想的"文化定义,根据这个定义,就某些绝对或普遍价值而言,文化是人类完善的一种状态或过程。如果这个定义能被接受,文化分析在本质上就是对生活或作品中被认为构成一种永恒的秩序,或与普遍的人类状况有永久关联的价值的发现和描写。其实是"文献式"文化定义,根据这个定义,文化是知性和想象作品的整体,这些作品以不同的方式详细地记录了人类思想和经验。从这种定义出发,文化分析是批评活动。借助这种批评活动、思想和体验的性质、语言的细节,以及它们活动的形式和惯例,都得以描写和评价。这种批评涉及范围很广,从非常类似于"理想的"分析过程,经过着重强调被研究的特定作品的过程(以阐明和评价这部作品为主要目的),同时对传统发生兴趣,并发现"世界上构思和写得最好的作品",直到一种历史批评,在分析特定的作品之后,历史批评试图将它们与它们从中出现的特定传统和社会联系起来。最后,是文化的"社会的"定义,根据这个定义,文化是对一种特殊生活方式的描述,这种描述不仅表现艺术和习得中的某些价值和意义,而且也表现制度和日常行为中的某些意义和价值。从这样一种定义出发,文化分析就是阐明一种特殊生活方式、一种特殊文化隐含或外显的意义和价值。这种分析将包括总是被提及的历史批评,在历史批评中,分析知性和想象的作品与特定的传统和社会联系起来。但是这种批评也包括对生活方式中诸因素的分析,而文化其他定义的追随者认为这些因素根本不是"文化":生产组织、家庭结构、表现或制约社会关系的制度的结构、社会成员借以交流的独特形式。此外,这类分析涉及的范围包括"理想的"重点,即发现某些绝对的或普遍的,或至少是高级或低级的意义和价值,以阐明一种特殊生活方式为主要目的的"文献式的"重点,它研究的特殊意义和价值、目的不在于对它们进行比较以确立一种标准,而是通过研究它们的变化方式,去发现从总体上更好地理解社会和文化一般发展的某些一般"规律"或"趋向"。

  在我看来,上述每一种定义都有价值。因为,不仅在艺术和知性作品中,而且在制度和行为方式中,寻求意义和价值,寻求创造性人类活动记载,总是非常必要的。与此同时,在我们对过去许多社会和我们自己的社会的发展阶段的认识中,我们对保持重要交流能力的主要知性和想象作品的依赖程度,使从这些角度对文化进行描述,即便不够全面,至少也是合理的。的确可以这样认为,既然我们可以比较宽泛地描述"社会",我们就能够将"文化"恰当地限制在这种比较有限的指涉中。然而,"理想的"文化定义的一些因素,在我看来也很有价值,它们鼓励保留宽泛的指涉。现在记录的许多比较研究结束之后,我发现很难将人类完善的过程与"绝对"价值的发现等同起来,就像平常所界定的那样。我接受了这种批评,这些"绝对"价值通常是一个特殊传统或社会的价值的延展。然而,如果我们不将这个过程称作人类的完善——人类的完善意味着我们努力的目标是一种已知的理想,而称之为人类的进化,以表示作为物种的人类的一般发展过程——我们就能够认出其他定义可能排斥的事实领域。因为,在我看来,特定个体在特定社会中发现的、社会传统所保存的特定种类的作品体现出的意义和价值,确实被证明是普遍的,即,当被人们所掌握时,它们在任何特定情况下都完全有助于发展人的能力,以便丰富生活、管理社会和控制环境。我们深刻地意识到以特殊技巧的形式出现在医学、生产和传播中的这些因素,但是,显而易见,这些因素不仅仅依赖比较纯粹的知性学科——这些学科只有创造性地掌握经验才能产生——而且,这些学科本身,连同某些基本论理前提和某些主要艺术形式,被证明同样能够被汇集成一种一般的传统,而这种一般的传统,通过许多变化和冲突,似乎代表了一条共同的发展路线。

  我认为,在文化作为一个术语而使用的过程中,意义和指涉的变化,不但必须被看作阻碍任何简捷和单一定义的一种不利条件,而且必须被看作一种真正的复杂性,与经验中的真实因素相一致。三种主要定义中的每一种都有一种重要的指涉,如果情况确乎如此,值得我们注意的是它们之间的关系。在我看来,任何充分的文化理论必须包括这些定义所指向的三个事实领域,相反,排除彼此指涉的任何一种特殊的文化定义,都不是完备的。因此,"理想"定义试图将它描述的过程从它详细的体现和特定的社会塑造中抽象出来——把人的理想发展看作脱离，甚至对立于他的"动物本性"或物质需要的满足——在我看来，这种定义无法接受。此外，只从书写和绘制的记载中看到价值、将这个领域同人的其他社会生活截然分开的"文献式的"定义，同样不可取。另外，"社会"定义将一般过程或艺术和学术总体当作纯粹的副产品，是对社会真正利益的消极反映，在我看来同样是错误的。然而，无论在实践上有多大困难，我们必须将这个过程视为一个整体，即便不显著，至少通过终极指涉将我们的特殊研究与实际和复杂组织联系起来。

我们可以从分析方法中拾取一个例子对此进行说明。如果我们分析某一件特殊艺术作品，例如索福克勒斯的《安提戈涅》，我们可从理想的角度进行分析——从中发现了某些绝对的价值，或者从文献式的角度进行分析——以某种艺术手段传达某些价值。无论从哪一种分析中都会得到这许多东西，第一种分析指向尊崇死者的绝对价值；第二种分析通过合唱队与双重哀歌这种独特的戏剧形式以及诗歌具有的特殊的激情，表达了人与人之间某种基本的紧张状况。然而，很明显，无论哪一种分析都是不全面的。作为一种绝对的价值，对死者的尊敬，在剧中仅限于独特的亲属关系系统及其传统的义务职责——安提戈涅愿意为一位兄长而不是为丈夫做这一切。同样，戏剧形式、诗歌的韵律背后不仅有一种艺术传统，许多人的作品，它们不仅仅受到体验需要的塑造，也受到使戏剧传统得以发展的独特的社会形式的塑造。我们能够接受从我们最初的分析当中引申出来的内容，但我们不能继续接受这样一种看法，那由于是引申出来的内容，所以尊崇的价值或者戏剧的形式及特殊的诗歌，只有在我们赋予它们的语境下才有意义。通过这类内容浓缩的例子来认识尊崇，已超出它的语境，进入人类意识的普遍发展之中了。戏剧形式超出了它的语境，在许多不同的社会中成为主要的一般戏剧传统中的一种因素，戏剧本身作为一种特定交往形式超越了塑造它的社会与宗教，并可能被重新创造，以便直接向想象不到的观众述说。这样，尽管我们不能抽象出理想的价值或特定的文献，也不能把这些都归结在某一特定文化自身的术语之内进行解释。如果我们在任何一种实际的分析当中研究真正的关系，我们便认识到，我们是在一个特殊的例子当中研究一个一般的组织，而在这个组织之中我们又无法从中抽象出或分离出一种因素。认为价值或艺术作品在不参照它们得以表现的特定的社会情况下是可以充分进行研究的这种看法当然是错误的，但是，认为社会的解释是决定性的，或者说价值与艺术品不过是副产品的看法也同样是错误的。因为我们意识到了艺术作品或价值是如何受到它们从中得以表现的整个背景的深刻影响，我们就习惯于用一种标准形式去询问和这些关系有关的问题："这种艺术与这个社会有什么关系？"但是，在这个问题中"社会"是一个貌似有理的整体。如果艺术是社会的一部分，那么在艺术之外，就没有一个坚实完整的我们以问题的形式承认其优先权的整体了。艺术作为一种活动，同生产、贸易、政治、养家糊口一样，就在那里存在着。为了充分地研究它们之间的各种关系，我们必须积极地去研究它们，把所有的活动当作人类能力特定的同时代的形式来看待。如果我们从这些活动中抽出任何一种，我们就能看到，有许多其他的活动以各种各样的方式，按照整个组织的性质，从这种活动当中反映出来。似乎同样可能的是，我们能够区分出为某些特定目的服务的任何特殊活动，这一事实表明，没有这种活动，当时当地的人类组织的整体就不可能实现。因此，艺术显然与其他活动相关的同时，可以认为它在以那个组织的措辞表达那个组织内的某些因素，而且那些因素也只能以这种方式表达。这就不是把艺术与社会联系起来的问题，而是在不承认我们选择抽象出来的任何一种活动具有优先性的情况下，研究各种活动以及它们之间相互关系的问题。正如我们经常遇到的那样，如果我们发现了某一特殊的活动开始彻底改变整个组织的时候，我们还不能说其他的所有活动一定与这个活动有关；我们只能在变化着的组织内部去研究各种特殊的活动以及它们之间的相互关系受到影响的方式。因为这些特殊的活动要为变化着的、有时是相互矛盾的目标服务，我们必须去寻求的那种变化则很少是一种简单的变化：持续、调整、无意识的吸收、积极抵制、替代性的努力等因素通常都要出现在特殊的活动与整个组织当中。

  从文献角度分析文化极为重要，因为它能产生它从中得以表现的整个组织的特殊根据。我们不能说我们了解社会的一个特殊形式或时期，也不能说我们将看到它的艺术和理论如何同它联系在一起，因为在了解这一切之前，我们的确不能宣称自己认识了社会。这是一个方法问题，这里提到它是因为，许多历史实际上都是在这样的一个假定基础上书写的，即社会的基础，它的政治的、经济和"社会的"分类构成了核心事实，而艺术和理论可以从中得以引证作为边缘性说明或"对照"。在文学、艺术、科学、哲学等学科的历史中，这个过程被利落地颠倒过来了，当这些学科被描述成按它们自身的规律发展的事物时，一种被称为"背景"的东西（在普遍的历史上居于核心的东西）

也被概述出来了。显而易见,在概念讲解时选择某些活动加以强调是必要的,在暂时的分类中去追寻发展的独特线索也是完全合理的。但是文化史是从这类独特的工作中慢慢地积累而形成的,只有当积极的关系被重新建立起来,所有的活动都受到平等对待时,编写文化史才是可能的。文化史肯定大于这些特定的历史的总和,因为这些特定历史之间的关系、整个组织的特定形式才是它所特别关注的。我则愿意把文化理论定义为是对整体生活方式中各种因素之间的关系的研究。分析文化就是去发现作为这些关系复合体的组织的本质。在这个语境之下分析特定的作品或体制,就是去分析它们的组织的基本种类,分析作品或制度作为总体组织各个部分而加以体现的关系。这类分析中的一个关键词是模式:任何有用的文化分析始自于发现一个独特种类的模式,总体的文化分析所关注的正是这些模式之间的相互关系,这些模式有时揭示出迄今分别加以考虑的活动中出乎意料的同一性和对应,有时又揭示出出乎意料的非连续性。

　　只有在我们自己的时代和地点,我们才能够期望本质地认识一般组织。我们能够了解有关其他地点和时代的大量生活,但是,在我看来,某些因素总是无可挽回的。甚至那些能够弥补的,也是通过抽象得以弥补,而这至关重要。我们将每一种因素当作一种积淀来认识,但是,在这个时代的活生生的经验中,每一个因素都在稀释,都是一个复杂整体不可分割的一部分。在研究过去任何一个时期,最难以掌握的事情就是,这种感觉到的对特殊地点和特殊时代生活性质的感知:把特殊活动结合成一种思考和生活方式的感知。我们能够在某种程度上恢复一个特殊生活组织的概貌;我们甚至能够复原弗洛姆所说的"社会特征"或本尼迪克特所说的"文化模式"。社会特征——态度和行为的一种评价系统——是以正式或非正式的方式被传授的;它既是一种理想又是一种方式。"文化模式"是对利益和活动的一种选择和构形,而且是对它们的一种特殊评价,产生了一个独特的组织,一种"生活方式"。而当我们将它们复原的时候,即使这些通常也是抽象的。可是,我们很有可能获得对一种更为常见的因素的感知,这种因素既不是特征也不是模式,而是它们在某种程度上借以存活的实际经验。这可能非常重要,我想事实是,我们深刻地意识到一个时期的艺术中的这类联系。很可能发生的事情是,当我们拿这些去衡量这个时期的外在特征,允许单独变化的时候,仍然存在我们不能轻易定位的某种重要的共同因素。我认为,如果考虑到对我们自身共有的一种生活方式的类似分析,我们就能最深刻理解这一点。因为我们在此发现了对生活的一种感知,几乎不需要表现的一种特殊的体验群体,通过它,外部的分析家所描述的我们的生活方式的特征都以某种方式传递下去,给予它们一种特殊和独特的外表。当我们注意到从不以"同一种语言"交谈的各代人之间的对比的时候,或当我们读到社群之外的人对我们的生活的描述时,或当我们在学习我们的方式但未在这种方式中长大的人身上观察到言语或行为风格的细小差异时,我们通常深刻地认识到这一点。几乎任何形式描写都过于粗糙,无法表现对一种特殊和与生俱来的方式的非常独特的感知。在我们所熟知的生活方式中,如果情况果真如此的话,那么,当我们处于来访者、学习者和另一代人的位置上,情况肯定如此,事实上,当我们研究过去任何时期的时候,我们都处在这个位置上。尽管它很可能被转向琐碎的叙述,然而具有这种特点的事实既不是琐碎的也不是边缘的;它令人感觉到非常关键。

我建议用以描述它的术语是情感结构,它同结构所暗示的一样严密和明确,然而,它在我们的活动最微妙和最不明确的部分中运作。在某种意义上,这种情感结构是一个时期的文化:它是一般组织中所有因素产生的特殊的现存结果。正是在这方面,一个时期的艺术,包括论证中的独特研究方法和基调,非常重要。如果这个特点在某处得以表现的话,那么就是在这里;它的表现通常是不自觉的,但却通过以下事实表现出来,在我们仅有的活过载体的被记录的传播例子中,实际的现存感觉,使交往成为可能的强烈的共同性,被自然地加以利用。我的意思并不是说,比起社会特征,情感结构为社群中许多个体以同样的方式占有。但我认为它是所有实际社群中一种非常深刻和非常广泛的支配,因为确切地说,它正是传播所依赖的。一代人训练自己的后继者,在社会特征或一般文化模式方面获取尚好的成功,但是,新的一代人将有其自己的情感结构,他们的感觉结构好像并非"来自"什么地方。极为独特的是,因为在这里,变化的组织产生于有机体中:新的一代人将会以其自身的方式对他们继承的独特世界作出反应,吸收许多可追溯的连续性,再生产可被单独描述的组织的许多内容,可是却以某些不同的方式感觉他们的全部生活,将他们的创造性反应塑造成一种新的感觉结构。

……

延伸阅读

1. 德里达《人文科学语言中的结构、符号及游戏》,见王潮选编《后现代主义的突破》,敦煌文艺出版社,1996。
2. 保罗·德曼《符号学与修辞》,见保罗·德曼《解构之图》,中国社会科学出版社,1998。
3. 玛丽·雅各布斯《阅读妇女》,见张京媛主编《当代女性主义文学批评》,北京大学出版社,1992。
4. 桑德拉·吉尔伯特、苏珊·格巴《镜与妖女:对女性主义批评的反思》,见张京媛主编《当代女性主义文学批评》,北京大学出版社,1992。
5. 霍加特《当代文化研究:文学与社会研究的一种新途径》,载周宪等编《当代西方艺术文化学》,北京大学出版社,1988。
6. 詹姆逊《论"文化研究"》,见詹姆逊《快感:文化与政治》,中国社会科学出版社,1998。

问题与思考

1. 20世纪60年代之后,文学研究方法出现了哪些变化?
2. 解构批评的特点。
3. 怎样看待女性主义批评?
4. 怎样看待文化研究的兴起与文学理论边界的扩张?

研究实践

1. 21世纪以来,不少文学理论研究者对于文化研究或文化批评进行了反思与批评,其中最重要的批评是认为文化研究或文化批评是一种对文学的外部研究,它忽视了对文本自身或文学内部规律的研究,从而背离了我国近百年来对文学自主性和自律性的现代性追求。例如,吴炫便对"当前文化批评对文学独立之现代化走向的消解"深表忧虑。在他看来,"'文学独立'不仅顺应了文化现代化的'人的独立'之要求,成为'人本'向'文本'的逻辑延伸,体现出文化对文学的推动,而且也成为新文学告别'文以载道'传统、寻求自己独立形态的一种努力——这种努力,应该理解为是对传统文学与文化关系的一种革命。尽管一百年,中国学人总是以西方独立的文学性质和形态为参照,或提出'为艺术而艺术'、'创作自由'的现代主张,或以'文学主体论'、'艺术形式本体论'等西方现代的文学独立观念为依托,从而暴露出艺术无力或文化错位问题,但这种努力本身,近则具有摆脱文学充当政治和文化的工具之现实意义,远则具有探讨中国文学独立的现代形态之积累的意义。"但是,这个文学研究的现代性进程似乎被文化研究给阻扼了。① 你怎样看待吴炫对文化研究的批评?试作一篇论文,谈谈你对文学研究与文化研究的关系的看法。

2. 1975年,英国女性主义批评家劳拉·莫维在《银幕》杂志上发表了著名论文《叙事电影中的视觉快感》,指出西方电影中妇女的从属者位置。她借用了弗洛伊德的"视淫"理论,即人在孩童时代的窥视活动如果随年龄增长未受控制的话会形成窥视欲,在偷看某一客体时产生性的快感。而商业电影所提供的封闭空间以及放映时剧场灯光的熄灭、屏幕上光影的闪动,使观众的观影活动转化为对另一私人世界的偷窥,观众将被压抑的欲望投射到电影中的女性人物身上。表面上看,女性人物占据着屏幕的中心,但是她们既是电影中男性角色的色欲目标,又是观众席上男性观众的色欲目标。男性观众不仅在男性角色的成功追逐行为中体验到快感,且很快与角色认同,确认了一个更强大的自我,从而强化了男权主义的意识形态。这种研究在方法论上有什么特点?又有何局限?

---

① 参见吴炫:《文化批评的五大问题》,载《山花》2003年第6期。

参考书目

一、教材部分

郭绍虞主编:《中国历代文论选》(一、二、三、四),上海古籍出版社,1979。

朱光潜:《西方美学史》,人民文学出版社,1963。

伍蠡甫主编:《西方文论选》,上海译文出版社,1979。

伍蠡甫主编:《西方现代文论选》,上海译文出版社,1983。

伍蠡甫、胡经之主编:《西方文艺理论名著选编》(上、中、下),北京大学出版社,1987。

胡经之、张首映主编:《二十世纪西方文论选》(一、二、三、四),中国社会科学出版社,1989。

以群主编:《文学的基本原理》,上海文艺出版社,1980。

蔡仪主编:《文学概论》,人民文学出版社,1979。

钱中文:《文学发展论》,经济科学出版社,1998。

王春元:《文学原理——作品论》,社会科学文献出版社,1989。

杜书瀛:《文学原理——创作论》,人民文学出版社,2001。

童庆炳主编:《文学理论教程》,高等教育出版社,1992。

王元骧:《文学原理》,广西师范大学出版社,2002。

刘安海、孙文宪主编:《文学理论》,华中师范大学出版社,2000。

胡有清:《文艺学论纲》,南京大学出版社 1992。

董学文、张永刚:《文学原理》,北京大学出版社,2001。

南帆主编:《文学理论新读本》,浙江文艺出版社,2002。

陶东风主编:《文学理论基本问题》,北京大学出版社,2004。

季摩菲耶夫:《文学原理》,查良铮译,平民出版社,1953。

毕达可夫:《文艺学引论》,北京大学中文系文艺理论教研室译,高等教育出版社,1958。

韦勒克、沃伦:《文学理论》,刘象愚等译,生活·读书·新知三联书店,1984。

波斯彼洛夫:《文学原理》,王忠琪等译,生活·读书·新知三联书店,1985。

安纳·杰弗森、戴维·罗比等:《西方现代文学理论概述与比较》,陈昭全等译,湖南文艺出版社,1987。

乔纳森·卡勒:《文学理论》,李平译,辽宁教育出版社,1998。

哈利泽夫:《文学学导论》,周启超等译,北京大学出版社,2006。

塞尔登:《文学理论导读》,刘象愚译,北京大学出版社,2006。

迈克尔·莱恩:《文学作品的多重解读》,赵炎秋译,北京大学出版社,2006。

本尼特、罗伊尔:《关键词:文学、理论与批评导论》,汪正龙、李永新译,广西师范大学出版社,2007。

布莱斯勒:《文学批评:理论与实践导论》,赵勇等译,中国人民大学出版社,2014。

二、著作部分

何文焕辑:《历代诗话》,中华书局,1981。

徐中玉主编:中国古代文艺理论专题资料丛刊《本源 教化编》,中国社会科学出版社,1997。

程代熙辑注:《马克思、恩格斯论文学与艺术》(一、二),人民文学出版社,1983。

朱光潜:《诗论》,见《朱光潜美学文集》第二卷,上海文艺出版社,1982。

宗白华:《美学散步》,上海人民出版社,1981。

钱中文:《文学理论:走向交往对话的时代》,北京大学出版社,1999。

钱中文主编:《巴赫金全集》,河北教育出版社,1998。

杨匡汉、刘福春编:《中国现代诗论》上,花城出版社,1985。

杜书瀛主编:《20世纪文艺学学术史》,上海文艺出版社,2001。

杨义:《重绘中国文学地图》,中国社会科学出版社,2004。

赵宪章:《文艺学方法通论》,江苏文艺出版社,1990。

周宪等编:《当代西方艺术文化学》,北京大学出版社,1988。

张英进、于沛编：《现当代西方文艺社会学探索》，海峡文艺出版社，1987。

朱虹编译：《外国现代剧作家论剧作》，中国社会科学出版社，1982。

柏拉图：《柏拉图文艺对话集》，朱光潜译，人民文学出版社，1963。

亚里士多德、贺拉斯：《诗学　诗艺》，罗念生、杨周翰译，人民文学出版社，1962。

康德：《判断力批判》，邓晓芒译，人民出版社，2002。

黑格尔：《美学》，朱光潜译，商务印书馆，1979。

歌德：《歌德谈话录》，朱光潜译，人民文学出版社，1978。

丹纳：《艺术哲学》，傅雷译，人民文学出版社，1963。

克罗齐：《美学原理》，朱光潜译，外国文学出版社，1983。

海德格尔：《存在与时间》，陈嘉映、王庆节译，生活·读书·新知三联书店，2006。

托多罗夫编：《俄苏形式主义文论选》，蔡鸿滨译，中国社会科学出版社，1989。

韦勒克：《近代文学批评史》，杨自伍译，上海译文出版社，2002。

伊格尔顿：《二十世纪西方文学理论》，伍晓明译，陕西师范大学出版社，1986。

戴维·洛奇编：《二十世纪文学评论》（上、下册），上海译文出版社，1993。

拉尔夫·科恩主编：《文学理论的未来》，程锡麟等译，中国社会科学出版社，1993。

乌尔利希·威斯坦因：《比较文学与文学理论》，刘象愚译，辽宁人民出版社，1987。

维谢洛夫斯基：《历史诗学》，刘宁译，百花文艺出版社，2003。

施塔格尔：《诗学的基本概念》，胡其鼎译，中国社会科学出版社，1992。

赵毅衡编：《"新批评"文集》，中国社会科学出版社，1988。

布斯：《小说修辞学》，华明、胡苏晓、周宪译，北京大学出版社，1986。

张寅德编：《叙述学研究》，中国社会科学出版社，1989。

西摩·查特曼：《故事与话语》，徐强译，中国人民大学出版社，2013。

普林斯：《叙事学》，徐强译，中国人民大学出版社，2013。

玛丽-劳尔·瑞安：《故事的变身》，张新军译，译林出版社，2014。

斯科尔斯、费伦、凯洛格：《叙事的本质》，于雷译，南京大学出版社，2015。

詹姆斯·费伦:《作为修辞的叙事——技巧、读者、伦理、意识形态》,陈永国译,北京大学出版社,2002。

马克·柯里:《后现代叙事理论》,宁一中译,北京大学出版社,2003。

赵毅衡:《苦恼的叙述者——中国小说的叙述形式与中国文化》,北京十月文艺出版社,1994。

赵毅衡:《广义叙述学》,四川大学出版社,2013。

赵毅衡:《文学符号学》,中国文联出版公司,1990。

申丹:《叙述学与小说文体学研究》,北京大学出版社,1998。

申丹、王丽亚:《西方叙事学:经典与后经典》,北京大学出版社,2010。

普罗普:《故事形态学》,贾放译,中华书局,2006。

汤普森:《世界民间故事分类学》,郑凡等译,上海文艺出版社,1991。

莫宜佳:《中国中短篇叙事文学史》,韦凌译,华东师范大学出版社,2008。

刘若愚:《中国之侠》,周清霖等译,生活·读书·新知三联书店,1991。

陈平原:《千古文人侠客梦》,北京大学出版社,2010。

本尼特:《文学的无知》,李永新、汪正龙译,河南大学出版社,2015。

乔治·布莱:《批评意识》,郭宏安译,百花洲文艺出版社,1993。

刘小枫选编:《接受美学译文集》,生活·读书·新知三联书店,1989。

张廷琛编:《接受理论》,四川文艺出版社,1989。

瑙曼等:《作品、文学史与读者》,范大灿译,文化艺术出版社,1997。

凯塞尔:《语言的艺术作品》,陈铨译,上海译文出版社,1984。

贝克尔:《艺术界》,卢文超译,译林出版社,2014。

培根:《学术的进展》,刘运同译,上海人民出版社,2007。

柯林伍德:《历史的观念》,何兆武等译,北京大学出版社,2010。

海登·怀特:《元史学:十九世纪欧洲的历史想象》,陈新译,译林出版社,2009。

海登·怀特:《话语的转义》,董立河译,大象出版社,2011。

安克斯密特:《历史表现》,周建漳译,北京大学出版社,2011。

何西来、杜书瀛主编:《新时期文学与道德》,山东教育出版社,1999。

乔治·巴塔耶:《文学与恶》,董澄波译,北京燕山出版社,2006。

考斯基马:《数字文学》,单小曦等译,广西师范大学出版社,2011。

詹姆逊:《未来考古学》,吴静译,译林出版社,2014。

希利斯·米勒:《文学死了吗》,秦立彦译,广西师范大学出版社,2007。
威廉斯:《马克思主义与文学》,王尔勃等译,河南大学出版社,2008。
列维-斯特劳斯:《结构人类学》,谢维扬等译,上海译文出版社,1995。
德里达:《论文字学》,汪堂家译,上海译文出版社,1999。
德里达:《书写与差异》,张宁译,生活·读书·新知三联书店,2001。
布鲁姆:《影响的焦虑》,徐文博译,生活·读书·新知三联书店,1989。
布鲁姆:《误读图示》,朱立元、陈克明译,天津人民出版社,2008。
保罗·德曼:《阅读的寓言》,沈勇译,天津人民出版社,2008。
西蒙·波伏娃:《第二性》,陶铁柱译,中国书籍出版社,1998。
张京媛主编:《当代女性主义文学批评》,北京大学出版社,1992。
萨义德:《东方学》,王宇根译,生活·读书·新知三联书店,1999。
萨义德:《文化与帝国主义》,李琨译,生活·读书·新知三联书店,2003。
罗钢、刘象愚主编:《文化研究读本》,中国社会科学出版社,2006。
陶东风主编:《文化研究精粹读本》,中国人民大学出版社,2006。
陆扬、王毅:《文化研究导论》(修订版),复旦大学出版社,2015。
王逢振主编:《詹姆逊文集》(一、二、三、四),中国人民大学出版社,2004。
李普曼编:《当代美学》,邓鹏译,光明日报出版社,1986。
王逢振主编:《2000年度新译西方文论选》,漓江出版社,2001。
哈桑:《后现代转向》,刘象愚译,上海人民出版社,2015。
王潮选编:《后现代主义的突破》,敦煌文艺出版社,1996。
唐娜·哈拉维:《类人猿、赛博格和女人——自然的重塑》,陈静、吴义诚主译,河南大学出版社,2012。
罗西·布拉依多蒂:《后人类》,宋根成译,河南大学出版社,2016。
凯瑟琳·海勒:《我们何以成为后人类:文学、信息科学和控制论中的虚拟身体》,刘宇清译,北京大学出版社,2017。

图书在版编目(CIP)数据

文学理论 / 汪正龙等编. —南京:南京大学出版社,2019.8(2021.5 重印)

汉语言文学本科专业核心课程研究导引教材/徐兴无,徐雁平主编

ISBN 978-7-305-22473-7

Ⅰ.①文… Ⅱ.①汪… Ⅲ.①文学理论-高等学校-教材 Ⅳ.①I0

中国版本图书馆 CIP 数据核字(2019)第 149904 号

敬告作者

为编写《汉语言文学本科专业核心课程研究导引教材》,选编了一些优秀作品,得到许多作者的大力支持,我们表示衷心感谢！由于地址不详等方面的困难,未能与一些作者或译者取得联系,谨表歉意。敬请有著作权的作者与我们联系,以便按国家有关规定支付稿酬并赠送样书。

出版发行	南京大学出版社
社　　址	南京市汉口路 22 号　　邮　编 210093
出 版 人	金鑫荣
书　　名	文学理论
编　　者	汪正龙 等
责任编辑	李廷斌　马蓝婕
照　　排	南京紫藤制版印务中心
印　　刷	常州市武进第三印刷有限公司
开　　本	718×1000　1/16　印张 35.5　字数 567 千
版　　次	2019 年 8 月第 1 版　2021 年 5 月第 2 次印刷
ISBN	978-7-305-22473-7
定　　价	130.00 元

网址:http://www.njupco.com
官方微博:http://weibo.com/njupco
微信服务号:njuyuexue
销售咨询热线:(025)83594756

* 版权所有,侵权必究
* 凡购买南大版图书,如有印装质量问题,请与所购图书销售部门联系调换